Die Untersberg Saga

Historischer Roman

edition winterwork

Bibliografische Informationen der Deutschen Nationalbibliothek:
Die Deutsche Nationalbibliothek verzeichnet diese Publikation in der Deutschen Nationalbibliografie. Detaillierte bibliografische Daten im Internet über http://www.d-nb.de abrufbar.

Mit freundlicher Unterstützung der Volksbank-Raiffeisenbank Oberbayern Südost eG.

Impressum

Günter Gscheidlinger, D-83471 Berchtesgaden
»Die Untersberg Saga«
www.edition-winterwork.de

Satz: Günter Gscheidlinger
Umschlag: Martin Brunner
Druck und Bindung: winterwork Borsdorf

ISBN 978-3-942150-07-1

Maximilian Hofer

Die Untersberg Saga

Historischer Roman

edition winterwork

… der du die Missetat der Väter heimsuchest auf Kinder und Kindeskinder bis ins dritte und vierte Glied.

Buch Exodus

Prolog

Lange vor Tagesanbruch waren die beiden Männer bereits aufgebrochen und hatten, noch Schlaf in den Augen, die feudale Jagdhütte verlassen. Aufsteigende Nebelschwaden, der Gesang zweier Amselhähne und das Krächzen von den Horsten der Geier kündeten von einem neuen Tag, der wiederum gutes Wetter bringen sollte.

Die beiden Männer waren sichtlich bemüht, keinen Lärm zu verursachen. Sie wählten sorgfältig ihre Schritte, wollten auf keinen trockenen Ast treten, keinen Stein ins Rollen bringen. Es war das typische Verhalten von Jägern auf der Pirsch. Sie gingen hintereinander, weil so der Durchschlupf zwischen den teilweise sehr eng stehenden Büschen und Bäumen leichter möglich war.

Freiherr von Bachstein, der voranging, drehte sich hin und wieder zu seinem Begleiter um, der ihm still mit Handzeichen die Richtung wies. Valentin Brandstädter wusste den Standort des Wildes, das heute gejagt werden sollte.

Die beiden Jäger waren keine Freunde. Es war ein Verhältnis wie das von Herr und Knecht. Der Freiherr war einer der führenden Domherren zu Salzburg und Brandstädter ein entrechteter Lehensbauer und Tagelöhner.

Da sie nicht miteinander sprachen und auch die Nacht nicht im gleichen Raum verbracht hatten, weil der Domherr in seiner Jagdhütte standesgemäß eine eigene Kammer für sich beanspruchte und für seinen Helfer lediglich eine harte Bank übrig blieb, gingen Brandstädter Gedanken durch den Kopf, die ihn schon seit dem Verlust seines Anwesens fast ständig quälten. Dabei fraß sich bei ihm immer mehr der Gedanke fest, dass die Vertreibung von seinem Hof nicht auf ein schicksalhaftes Zusammentreffen von unglücklichen Umständen, an deren Zustandekommen er sich keinerlei Schuld bewusst war, zurückgeführt werden konnte. Vielmehr handelte es sich um eine gezielte Aktion, die von dem Manne vor ihm herbeigeführt worden war.

Zuerst traf es seinen Viehbestand. Eine Seuche raffte all seine Tiere in kürzester Zeit hinweg.

Als er dann die fällige Pacht nicht zahlen konnte, wurde ihm eine dreimonatige Zahlungsfrist eingeräumt. Drei Monate? Was ist das schon? Das sagte er auch dem für die Pachten zuständigen Freiherrn. „In einem Jahr bin ich wieder so weit, dann kann ich auch zahlen", versuchte er einen weiteren Aufschub zu erhalten.

Erst als seine Frau, mitten im Winter, einen Jungen zur Welt brachte, ließ sich der gnädige Herr erweichen und gewährte ihm noch einmal einen Aufschub.

„Lange können wir aber nicht mehr warten, dann muss Er vom Hof!", drohte er.

Valentin suchte sich Arbeit in der Saline am Dürrnberg. Das Geld brauchte er jedoch dringend, um seine Familie ernähren zu können und für den Ankauf von Kälbern.

Bei dem ersten Sommergewitter brannte sein Stall ab, was auch den Kälbern das Leben kostete. Niemand hatte aber den Blitz gesehen und den Einschlag gehört. Ab diesem Zeitpunkt glaubte er nicht mehr an Zufall.

Ein paar Wochen später musste er mit seiner Familie den

Hof verlassen und einem neuen Pächter Platz machen.
Erst später erfuhr er, dass der neue ein Verwandter des Domherrn war.
Was sollte er unternehmen, wo sollte er klagen? Jeder, den er fragte, zuckte mit den Achseln.
„Leg dich mit den Erzbischöflichen nicht an, sonst findest du dich plötzlich in einer Zelle wieder." So oder so ähnlich waren die Ratschläge von Freunden.
Valentin ging jedoch zu Bachstein und pochte auf sein Recht, das Lehen, das ihm auf Lebenszeit gehören sollte, zurückzuerhalten. Er deutete dabei mit der nötigen Vorsicht an, dass es bei den Gründen für seine Kündigung nicht mit rechten Dingen zugegangen sein konnte.
„Ihr wart doch früher schon ein tüchtiger Jagdgehilfe. Ich könnte Euch gut brauchen. Ihr kennt den Wald, Ihr kennt das Wild. Wenn Ihr mir als Kundschafter dienlich seid, dann will ich Euch gut entlohnen. Wer weiß, vielleicht könnt Ihr Euch dann bald für die Übernahme eines Hofes bewerben", zeigte der sich entgegenkommend.
In seiner Freizeit suchte Valentin nach kapitalem Wild, zu dem er dann den Freiherrn führte.
Die Entlohnung war zwar nicht der Rede wert, aber Valentin brauchte jeden Kreuzer, nachdem er in der Saline als ungelernte Kraft nicht allzu viel verdiente. Sein erster Sohn war gestorben, weil er nicht das Geld für einen Arzt hatte. Sie warteten zu lange, versuchten es mit allerhand Hausmitteln, bis es dann zu spät war.
Er fühlte ganz deutlich, wie sehr ihn der Freiherr verachtete, wie er ihn seine Abhängigkeit spüren ließ und Valentin sann auf Rache. Ein Gedanke, der sich bei jedem ihrer Zusammentreffen tiefer in seinem Kopf festsetzte.
Ein weißer Bock war es, der den Freiherrn, als er Nachricht

von Valentin erhielt, sofort in leidenschaftliches Jagdfieber versetzte. Er wusste von Kollegen, dass dieser Gamsbock ständig sein Revier wechselte und sowohl in Berchtesgaden als auch auf Reichenhaller Seite gesichtet wurde. Man berichtete von vielen gescheiterten Jagdversuchen.
Valentin hatte ihn bei seinen Pirschgängen auf einem grünen Grasfleck, dicht unterhalb einer Felswand, mehrmals beobachtet. Es war ein Einzelgänger, der von keinem Rudel, auch in der Brunftzeit nicht, geduldet wurde. Näherte er sich einer Gruppe von Gämsen, wurde er sofort verjagt. Dies war sicher auch der Grund, weshalb er immer wieder den Untersberg umrunden musste.

Sie hatten rasch die Baumzone hinter sich gelassen und bewegten sich nun in einem Latschengürtel, an dessen oberem Ende der Flecken Gras lag, der zur Zeit dem Bock als Äsplatz diente.
Valentin hatte nun die Führung übernommen. Er bewegte sich geschickt, ohne die Äste groß in Bewegung setzen zu müssen, in Richtung ihres Zieles. Hoffentlich ist der Kerl noch da, dachte er sich. Er hatte ihn nämlich bisher nur in den Stunden der Dämmerung beobachtet.
Dann hatten sie ihr Ziel erreicht. Der Bock lag im Schatten der Felswand, sichtlich zufrieden, als schliefe er. Nur seine Kiefer bewegten sich wiederkäuend. Er hatte die Jäger noch nicht bemerkt.
Der Freiherr fand sich nahe genug, um einen Schuss aus seiner Armbrust zu riskieren. Er reichte seinem Gehilfen einen zweiten Pfeil, um schnell einen weiteren Schuss anbringen zu können, sofern der erste nicht tödlich war.
Wie waidmännisch, dachte sich Valentin und trat einen Stein los. Sofort stand der Bock, äugte in Richtung der Männer

und sprang los. Überhastet schoss der Domherr, traf aber nur die Felswand. Sofort entriss er Valentin den zweiten Pfeil, musste jedoch einsehen, dass der Bock leichtfüßig einen steilen Grat hinaufgeflüchtet und für seinen Pfeil unerreichbar war.
Der Bock schien das zu fühlen. Er stand jetzt auf einem Felsabsatz und äugte auf seine Feinde. Jetzt sah man, wie prächtig er gewachsen war.
„Bestimmt an die fünfzig Kilo und weit über einen Meter lang“, raunte Valentin zu seinem Jagdherrn. Der pirschte sich nun auf Schussweite an den wie zu einer Salzsäule erstarrten Bock heran.
Sobald er anlegte, machte die Gams ein paar Hopser und war wieder außer Reichweite.
„Der hat bestimmt schon viel Erfahrung mit anderen Jägern gemacht“, bemerkte Valentin zu Bachstein hin. Der arbeitete sich wieder näher an sein Ziel heran.
Die Armbrust mit zwei Armen schussbereit nach vorne gestreckt und nur den Bock im Auge, der ihn mit seinen kurzen Ausweichmanövern in Raserei versetzte, hastete er vorwärts, übersah eine tiefe Felsspalte, in die er mit einem Bein und der ganzen Wucht seiner Vorwärtsbewegung hineinkrachte.
Valentin hörte ein Geräusch wie das Splittern von trockenem Holz und lief spontan zu seinem Jagdherrn, um ihm zu helfen.
Der steckte fest, konnte sich mit eigener Kraft nicht befreien. Angst und Hilflosigkeit hatten ihn erfasst. War der weiße Bock keine Gams? Ein Geist? Ein Rächer, der Störenfriede narrte, sie für ein Leben lang zeichnete? Oft schon hatten ihn Träume gequält, in denen die Sagengestalten des Untersbergs eine Rolle spielten. Erzählungen über Wesen, die in den Höhlen des Berges wohnen sollten und Eindringlinge zu

Tode brachten, verwies er immer in das Reich der Fabeln. In seinem Unterbewusstsein hatte er jedoch immer Angst vor einer Situation, wie sie ihn jetzt ereilt hatte.
„Helfe Er mir heraus. Das Bein ist wahrscheinlich gebrochen. Er muss es schienen und mich ins Tal tragen. Mach Er schon!“ Seine Stimme, der er einen befehlenden Ton geben wollte, klang jedoch weinerlich.
Valentin setzte sich in seine Nähe. Er rührte sich nicht und sprach kein Wort.
„Los, los, verdammt, es soll Sein Schaden nicht sein. Er weiß, dass Er an diesem Unglück die Schuld trägt. Ich will das aber vorerst vergessen, wenn Er mir sofort hilft!“
Allmählich stellten sich die Schmerzen ein und er begann fürchterlich zu jammern.
Valentin machte noch immer keine Anstalten.
„Wenn Er mir nicht sogleich hilft, dann werde ich...“ Unterbrach sich aber, weil er sich bewusst war, mit Drohungen seine Situation nicht zu verbessern.
Sosehr er sich auch bemühte, sein gebrochenes Bein aus der Felsspalte zu ziehen, es gelang ihm nicht. Dann sah er Blut an seinen Händen.
„Helft mir doch, bitte helft mir“, flehte er nun. Seine Aggressivität war auf einmal wie weggeblasen.
Valentin blieb immer noch regungslos sitzen.
„In meiner Jagdhütte befindet sich viel Geld. Damit kann Er sich einen Hof kaufen. Er bekommt es sofort nach unserer Rückkehr. Bis zur Hütte schaffen wir es heute noch. Dann holt Er mir einen Arzt, erhält seine Belohnung und alles ist gut“, warb er weiterhin um Hilfe.
„Ich traue Euren Versprechungen nicht. Ich will das Geld und dann helfe ich Euch. Also, wo ist das Versteck?“
Bachstein diskutierte, gestikulierte, immer wieder Schmer-

zensschreie ausstoßend und sah sich ständig einem Mann gegenüber, der ruhig auf seiner Forderung beharrte. Dann verriet ihm der Domherr das Versteck und Valentin verschwand.

Am nächsten Tag machte er sich auf den Weg zurück zur Unfallstelle. Was er irgendwie erhofft hatte, ohne es sich offen eingestehen zu wollen, war eingetreten.

Bachstein hatte sich einen offenen Bruch zugezogen und dabei eine Schlagader verletzt.

Er war verblutet.

Erstes Buch

1

Gebannt blieben die beiden Freunde stehen. Das Schauspiel, das sich vor ihren Augen abspielte, ließ sie kaum atmen. Der Wind stand gut, sodass sie von den beiden Kämpfenden nicht bemerkt wurden.

Es war Spätherbst und auf der kleinen Lichtung am Nordwesthang des Untersberges maßen zwei kapitale Hirsche in einem erbitterten Duell ihre Kräfte um die Führung eines stattlichen Rudels an Kühen und einjährigen Kälbern, die scheinbar unbeteiligt den Zweikampf verfolgten.

Lange schon vorher hatten Bertram und Peter das herausfordernde Röhren eines der beiden Duellanten gehört und auch die zornige Antwort des Platzhirsches. Beide waren etwa gleich stark, Zwölfender mit mächtigen Stangen. Unerbittlich und mit dem Einsatz ihres ganzen Körpers kreuzten sie ihre starken Waffen.

Es schien, als würde der Kampf nie enden. Immer wieder stiegen sie hoch, die Hinterläufe im Boden wie verankert und stießen mit aller Kraft in das Gehörn ihres Gegners. Es klang wie beim Abschuss von Musketen.

Allmählich schienen sie etwas zu ermüden, weil sie kleine Pausen einlegten, um aber dann wiederum beherzt weiterzukämpfen. Von den beiden Freunden nahmen sie keine Notiz, obwohl sich Bertram und Peter immer näher heranwagten.

Keiner der kapitalen Gegner zeigte Schwächen, jeder wollte das Rudel und setzte seine ganze Kraft und Stärke ein. Ein Kampf voller Dramatik, wie es die beiden Freunde noch nie

gesehen hatten. Auch sie hatten nur noch Augen und Ohren für dieses Schauspiel und verfolgten mit angehaltenem Atem das hin und her wogende Getümmel.
Dann schien der Streit entschieden zu sein, als einer der Kämpfenden seinen Gegner mit verkeilten Geweihen Meter um Meter zurückschieben konnte. Der hatte sich aber schnell wieder gefangen und so ging es auf dem gleichen Weg zurück, die Köpfe nah am Erdboden, heißer Atem entwich den geblähten Nüstern wie weißer Dampf. So wogte der Kampf hin und her. Ein faszinierendes Kräftemessen von Giganten. Der Wald schwieg, war nur erfüllt vom Aufeinanderkrachen der Geweihe und dem wilden Gestöhn der beiden Zwölfender. So bemerkten sie anscheinend auch nicht, wie sich das Rudel absetzte und in wilder Flucht davonstob.
Da knickte, wie vom Blitz getroffen, der Platzhirsch plötzlich ein und fiel mit röchelndem Stöhnen seitlich zu Boden. Sein Kontrahent war sichtlich irritiert, stieß noch einmal mit seinem Geweih auf den am Boden Liegenden, hob den Kopf und ließ ein triumphierendes Röhren erklingen.
Plötzlich war Hundegebell zu hören und Menschen drangen durch das Unterholz auf den Kampfplatz. Mit einem wilden Satz suchte nun auch der zweite Hirsch das Weite und war schnell allen Blicken entschwunden.
Jetzt sahen Bertram und Peter auch den Pfeil einer Armbrust, dessen Ende vibrierend aus dem Blatt des gestürzten Hirsches herausragte. Die beiden Freunde zogen sich scheinbar unbemerkt in das schützende Unterholz zurück. Schnell hatten sie erkannt, dass eine erzbischöfliche Jagdgesellschaft auf die Lichtung gestürmt war und den Schützen, der den Kampf der beiden Hirsche und deren Unachtsamkeit ausgenutzt hatte, bejubelten.
„Sicher irgend ein Staatsgast, dem mit dem Abschuss eines

kapitalen Hirsches eine besondere Ehre gewährt werden soll", mutmaßte Bertram.
Du musst es ja wissen", antwortete der Freund.
„Komm jetzt, wir haben noch einen weiten Weg vor uns", überhörte Bertram den Kommentar.
Mit kräftigen Schritten ging es bergan. Die beiden Bergsteiger waren schon sehr früh aufgebrochen, weil sie sich vorgenommen hatten, den Gipfel des Untersberges zu erklimmen, ein Ziel, das aus verschiedenen Gründen nicht ganz einfach zu erreichen war.
Einerseits war noch keiner von ihnen jemals oben gewesen und andererseits gab es da viele Geschichten und Mähren, die es jedermann für ratsam erscheinen ließen, diesen Berg nicht zu besteigen. Geister und Hexen sollten dort wohnen, die vielen Höhlen allerlei Gesindel Unterschlupf bieten und tief im Berg drinnen ein Kaiser schlafen, der von mächtigen Kriegern beschützt und bewacht werden würde.
Dies alles konnte die jungen Freunde nicht abschrecken, genau das Gegenteil war der Fall.
Bertram, der mit seiner Familie in Grafengaden wohnte, kannte den ersten Teil ihrer Tour, weil er oftmals seinen Landesherrn, Wolf Dietrich von Raitenau, Erzbischof von Salzburg, bei dessen Jagdausflügen begleiten durfte.
In der Hauptsache galt die Jagd dem Rotwild. Gämsen konnten erst gejagt werden, wenn diese aus ihren hohen Felsregionen vom ersten Schnee in tiefere Lagen gezwungen wurden.
Dies war auch die Jahreszeit, in der das Rotwild seine Einstände verließ und, den Flussläufen folgend, den Winter in den Auwäldern der Niederungen verbrachte. Meist auch völlig ungestört, weil auf Wilderei härteste Strafen standen, nicht selten bis hin zum Todesurteil.

Bertram kannte auch die Bärenhöhle, die aber meist großräumig umgangen wurde, weil bereits zu viele erzbischöfliche Jagdhunde übel zugerichtet oder getötet worden waren. Hin und wieder wurde zwar ein Jungbär, der sich zu weit und ohne elterlichen Schutz hinausgetraut hatte, erlegt, aber das war meist Zufall.
Die Alten schienen gegen die Pfeile der Armbrustschützen gefeit zu sein. Sie fetzten sie weg wie Fliegen, weil sie kaum in das dichte Fell einzudringen vermochten. So ließ man sie schließlich; jagdbares Wild gab es ohnehin genug. Es hatte durchaus auch den Anschein, als wolle der Jagdherr die Population der Bären nicht stören.
Anders verhielt es sich mit den Wölfen, die das ganze Jahr über gejagt wurden und nur noch vereinzelt auftauchten.

Die von fern angereisten Gäste, die der Landesherr zu seinen Jagden eingeladen hatte, erzählten zu Hause wahre Wunderdinge über das stattliche Rotwild in den Wäldern und Auen am Fuße des Untersberges. Natürlich verbreiteten sie auch die Sagen und Geschichten über diesen Berg, der nicht nur so manchen Einheimischen einen Schauer über den Rücken trieb.
„Weiß dein Erzbischof von unserem Wagnis oder musstest du ihn nicht vorher um Erlaubnis fragen?“
„Er ist nicht mein Erzbischof, sondern der unsere und ich kann machen, was ich will“, wehrte Bertram erneut ab.
„Na ja, tu jetzt nicht so, jedermann weiß doch, dass der gestrenge Herr bei euch ein und aus geht, als wäre er Mitglied eurer Familie!“
Peter hatte sich vorgenommen, auf ihrer langen Wanderung etwas zu erfahren, was es an den Gerüchten um den Erzbischof und der Familie seines Freundes auf sich hatte. Seine

Eltern wollten das auch gerne wissen und bedrängten ihn deshalb schon seit geraumer Zeit.
Jeder wusste, dass in unmittelbarer Nähe des Jagdschlosses in Grafengaden ein großes Gesindehaus errichtet und von Bertrams Familie bewohnt wurde.
Vorher waren seine Großeltern in der erzbischöflichen Residenz beschäftigt. Der Großvater als angesehener Dombaumeister. Seine tüchtige Ehefrau stammte aus dem Scheidegglehen, das zur Gnotschaft Gern, nahe Berchtesgaden gehörte. Selbst im Alter sah man ihr noch an, dass sie in ihrer Jugend eine Schönheit gewesen sein musste.
Ihre außergewöhnlich hübsche Tochter soll, wie es unter vorgehaltener Hand weitererzählt wurde, die besondere Aufmerksamkeit des Erzbischofs erregt haben.

Der Großvater musste sich künftig um beide Anwesen kümmern. Seine Tochter hatte die Aufgabe übernommen, für den Landesherrn, sobald er sich im Jagdhaus aufhielt, hausfrauliche Pflichten zu übernehmen. Sie konnte ausgezeichnet kochen und war bei all den Jagdgästen gerne gesehen.
Dann kam es plötzlich zu einer überraschenden Hochzeit. Ein Offizier der Leibgarde des Erzbischofs, Paul Brandstädter, heiratete Gertraud und zog zu ihnen ins Gesindehaus. Oft war er jedoch nicht zu Hause, weil er von seinem Dienstherrn zu wichtigen Einsätzen in viele Länder Europas als Berater oder Gesandter eingesetzt wurde.
Paul entstammte der Familie eines Großbauern, der, für viele überraschend, zu Geld gekommen sein musste. Dadurch wurde er in die Lage versetzt, das Gehöft eines aus dem Land gewiesenen Protestanten günstig zu erwerben. Der wird von seinem Domherren, den er, unter Hintanstellung seiner eigenen Sicherheit, retten wollte, einiges geerbt ha-

ben, mutmaßten die Nachbarn. Er hatte jedoch keine lange Freude an seinem Besitztum. Einer seiner Zuchtstiere wurde ihm zum tödlichen Verhängnis. Der Erstgeborene wollte das Erbe nicht antreten und wanderte nach Amerika aus. Die Witwe verkaufte den Besitz, weil Paul bereits die militärische Laufbahn eingeschlagen hatte.

Die eilige Verheiratung Pauls mit der schönen Gertraud führte nicht nur bei den Nachbarn zu allerhand Vermutungen und Getuschel, zumal man wusste, dass Wolf Dietrich wahrlich kein Kostverächter war. Bald nach der Hochzeit erblickte Bertram das Licht der Welt.

Er war der Sonnenschein im Hause, die Freude der ganzen Familie und auch der Erzbischof hatte anscheinend einen Narren an ihm gefressen.

Bertram durfte sehr bald schon in die Residenz oder mit auf die Jagd. Darüber hinaus brachte ihm der Landesherr immer wieder wertvolle Spielsachen mit.

„Dein Vater ist nur selten zu Hause, oder ?", versuchte Peter wieder ins Gespräch zu kommen, weil ihnen ein steiler Anstieg für einige Zeit den Atem genommen hatte.

„Wie man es nimmt, er hat eben viel zu tun. Mal muss er nach Köln, dann nach Rom, oftmals nach Wien und Regensburg, das ist eben sein Los, da kann man nichts ändern", antwortete kurz Bertram.

Er war es leid, immer wieder das Gleiche gefragt zu werden, aber ebenso überrascht, dass nun auch sein bester Freund in die gleiche Kerbe schlug.

„Freuen wir uns auf unser Vorhaben und lassen Familiäres beiseite, ich mag das nicht. Heute nicht", setzte er mit Nachdruck hinzu.

Peter hatte zwar nicht viel gesagt, aber mit feinem Sinn erkannte Bertram, in welche Richtung die Fragen zielten.

Er war sich bewusst, dass die meisten Leute neidisch auf ihn waren, neidisch darauf, wie wohlgesonnen er von dem mächtigen, aber sonst so herrischen und jähzornigen Landesfürsten behandelt wurde.
Sein Großvater sagte Bertram immer wieder, dass auch ein Mächtiger Menschen um sich brauche, denen er freundschaftlich und ohne Misstrauen begegnen könne. Ihre Familie besuchte der Erzbischof regelmäßig, wenn er sich im Jagdschloss aufhielt. Er benahm sich dann wie einer von ihnen. Es war abgemacht, dass keiner die Besuche Wolf Dietrichs erwähnte oder gar daraus Nutzen ziehen sollte.
„Die Leute reden viel, das brauchen sie auch, und da mischen wir uns nicht ein, selbst wenn es über uns geht oder wir etwas besser wissen", riet der Großvater.
Peter wollte seinen Freund keineswegs verärgern, er wusste die Zurechtweisung einzuordnen.
Was geht uns das Ganze auch an, den Eltern werde ich schon einiges berichten, ob es nun stimmt oder nicht. Ist halt ein Gerücht mehr oder weniger, dachte er sich.

Inzwischen waren sie an einem hohen Felsabsatz angelangt, den sie überwinden oder umgehen mussten. Eiben, Buchen und Zirben hatten sie schon lange zurückgelassen.
Vom Tal aus war der Felsbrocken gut zu sehen, schien aber weitaus kleiner und unbedeutender zu sein. Links und rechts konnten sie Latschenfelder entdecken, die ein Durchklettern einfacher erscheinen ließen. Sie entschieden sich für die linke Seite, weil sie näher zum Gipfel lag.
Anfänglich kamen sie gut voran und barfuß, wie sie waren, hatten sie auch das richtige Gespür für den Untergrund, sodass sie sich mehr oder weniger gefahrlos fortbewegen konnten.

Obwohl sie sich das nicht eingestehen wollten, erwarteten sie jederzeit die Begegnung mit unbekannten Wesen, seien es nun Menschen oder Geister. Von frühester Kindheit an hatten sie doch nichts anderes gehört. Schlief tatsächlich ein Kaiser im Berg? Bewacht von Zwergen und Soldaten? Ein wenig unheimlich fühlten sie sich schon.

Manchmal löste sich über ihnen ein Stein und sauste polternd in die Tiefe. Erschrocken sahen sie sich dann an, um sich aber gleich wieder Mut zuzusprechen. „Sicher von einer Gämse oder einem Murmeltier!“

Allmählich wurde der Latschenbestand dichter und höher. Sie kamen nur noch mühsam voran. Auch die Orientierung ließ zu wünschen übrig. Erst auf einem Felsen, der über die Latschen hinausragte und den sie gekonnt erklommen hatten, ließ sie einigermaßen erahnen, wo sie sich befanden.

Sie glaubten, etwa die halbe Wegstrecke zurückgelegt zu haben.

„Wir müssen zusehen, wieder aus den Latschen herauszukommen, sonst verlieren wir zu viel Zeit“, mahnte Bertram und bewegte sich wieder in Richtung der Felswand, die sie umgehen wollten.

Als sie sich nach dem Sonnenstand orientieren wollten, mussten sie feststellen, dass Wolken aufgezogen waren, die nichts Gutes verhießen.

„Ein paar Wolken, das tut uns gar nichts“, redeten sie sich ein.

„Wir müssen uns halt ein bisschen beeilen, dann schaffen wir ganz locker den Gipfel“, prophezeite Peter.

„Welche Richtung schlägst du vor, Bertram?“

Bertram war jedoch noch nie in dieser Höhe. Was ihnen unten schon klar war, sie mussten durch die Wand und hofften genug Halt in den Felsrissen zu finden.

Endlich hatten sie die Latschen hinter sich und auch der große Felsklotz war passiert.
Unterwegs fanden sie eine paar Preiselbeeren, die sie hastig zu sich nahmen. Dabei hätten sie beinahe eine Kreuzotter übersehen, die sich jedoch im letzten Augenblick aus dem Staube machte.
Nun marschierten sie über loses Gestein, das ihren nackten Füssen doch einigermaßen zusetzte. Die Sonne hatte sich jetzt völlig verdunkelt und Wind kam auf. Plötzlich wurde es empfindlich kalt. So kalt, wie sie es um diese Jahreszeit nicht vermuten konnten.
Ein greller Blitz blendete sie und sie sahen, wie er in Sichtweite unter ihnen in den verkrüppelten Stamm einer Zirbe einschlug, die sofort Feuer fing. Der unmittelbar darauffolgende Donnerschlag wurde von der Felswand in einer Lautstärke zurückgeworfen, die sie erschaudern ließ.
Regen setzte ein, der nach kurzer Zeit in Schnee überging. Bertram deutete zu einem Spalt in der vor ihnen aufragenden Felsenwand, der sich nach unten hin erweiterte und fürs erste einen Unterschlupf zu bieten schien.
Ihre kurzärmeligen Leinenblusen und die aus dem gleichen Material geschneiderten knielangen Hosen waren schon völlig durchnässt, als sie die Stelle erreichten und tatsächlich in die höhlenartige Erweiterung hineinschlüpfen konnten. Beiden war kalt, was sie sich aber nicht eingestehen wollten.
„Mit diesem Wettersturz konnten wir wirklich nicht rechnen“, waren sie sich einig.
Als sie sich nach einiger Zeit an das dämmrige Licht, das durch den schmalen Riss vom Eingang stammte, gewöhnt hatten, sahen sie sich ein wenig um und staunten nicht schlecht, als sie verstreut herumliegende Knochen fanden und eine geschwärzte, bis in die Höhe reichende schwarze

Spur, die von einem Feuer stammen musste. Ihre Vermutung wurde durch verkohlte Holzreste bestätigt, die sie mit ihren Händen auflasen und eingehend begutachteten.
„Da muss schon jemand vor uns hier gewesen sein“, stellte Bertram fest. Leider können wir nicht weiter ins Innere eindringen, weil es stockfinster ist. Vielleicht könnten wir da noch mehr entdecken.“ Abenteuerlust hatte sie erfasst.
„Müssen das Menschen gewesen sein?“, fragte Peter „oder sind es die Spukgestalten, von denen so viel gesprochen wird?“
„Klar ist, dass hier Feuer gemacht wurde und dies ist auch der Grund, warum manchmal der Berg raucht, bei dem dann die Leute glauben, dass im Inneren des Berges ein von Geisterhand entfachtes Feuer brennt.“
„Was tun wir jetzt? Bei dem Wetter kommen wir weder auf den Gipfel noch zurück.“
„Ob das Menschenknochen sind?“, murmelte Peter.
„Es kann nicht immer schneien, es sieht jetzt schon wieder mehr nach Regen aus. Wir müssen halt abwarten.“
Dein Großvater hat uns doch gewarnt. Die Berggeister würden es nicht zulassen, dass Sterbliche den Gipfel besteigen. Er hat recht behalten.“
Gleichzeitig nahmen beide ein Geräusch wahr, das tief aus dem Inneren der Höhle kommen musste und nicht zu deuten war.
„Höhlengeister“, sagte Peter mit Schaudern.
„Ach was, da wird halt irgendwo Wasser eindringen und lockeres Geröll bewegen“, beruhigte Bertram, rückte aber wieder näher, weil er sich nicht sicher war, an den Ausgang der Höhle heran. Peter folgte seinem Beispiel.
„Mit einem Sprung sind wir draußen, wenn es hier ungemütlich werden sollte.“

Sie kauten jetzt an dem Brot und dem Stück Käse, das sie in der Gürteltasche mitgebracht und erst am Gipfel verspeisen wollten, lustlos herum und horchten noch immer auf die seltsamen Geräusche. Ohne es zuzugeben: es war ihnen unheimlich zumute und sie froren ganz erbärmlich. Ihr Bergabenteuer, mit dem sie vor ihren Freunden prahlen wollten, hatten sie sich ganz anders vorgestellt.

„Ich denke aber doch, dass dein Großvater..."

„ Ach was, Großvater ist ein alter Mann, der selbst nicht an Geister glaubt. Er freute sich aber, wenn er uns Kindern damit Angst einjagen konnte. Er weiß aber mehr von der Welt, als die meisten von uns. Sein Dienstherr hatte ihn sofort nach dem Dombrand 1598 in alle Welt geschickt, um für den Neubau des Doms die modernen Bauarten zu erkunden. Er war in Frankreich, Portugal und lange Monate in Italien und hat dem Erzbischof viele Pläne und Skizzen mitgebracht von einem neuen Baustil, der prächtiger ist, als all das, was man bisher kannte."

„Ich hab da schon was läuten gehört, nicht alle ..."

„Aber der Erzbischof war begeistert. Darauf kommt es schließlich an. Er ließ zwar zum Leidwesen ihrer Bewohner viele Bürgerhäuser abreißen und in dem neuen Stil wieder aufbauen. Dazu holte er Künstler und Handwerker aus Italien. Jetzt sind auch die meisten Leute begeistert und der Dom soll ebenfalls so aufgebaut werden."

„Will er nicht auch ein Schloss für seine Geliebte, die Salome Alt, errichten?"

„Was du alles weißt, aber so etwas lässt sich nicht verheimlichen. Ja, es stimmt, Großvater ist der Baumeister von Schloss Mirabell, wie es einmal heißen soll. Für wen es dann ist, weiß so recht niemand. Die Leute reden eben viel."

„Irgendetwas wird schon dran sein, oder?"

„Nächsten Monat werde ich 17 und dann will mich Großvater in der Baukunst unterrichten und mich auch praktisch mitarbeiten lassen. Der Erzbischof will das so. Zumindest im Augenblick. Er ist ja äußerst sprunghaft in seinen Plänen. Er brauche einen verlässlichen Mann, wenn er den Dom wieder aufbaue, sagt er jetzt."

„Ich glaube, es hat zu schneien aufgehört und es wird wieder heller draußen", sagte nun Peter, der sich dem Höhleneingang noch mehr genähert hatte, wieder mutiger werdend.

„Wenn die Sonne herauskommt, dann machen wir schleunigst, dass wir nach Hause kommen!"

Kurze Zeit später zeigte sich dann auch die Sonne und der Schnee schmolz dahin.

„Das waren die Geister, die unsere Absicht, nicht mehr auf den Gipfel zu klettern, gespürt haben. Jetzt aber nichts wie los."

Lachend machten sich die Freunde auf den Rückweg. Die vorübergehende Beklommenheit war wie weggeblasen.

Tief in ihrem Inneren wussten sie, dass sie wiederkommen würden.

Zu viele Rätsel gab es zu lösen.

2

Zur gleichen Zeit hatte Erzbischof Wolf Dietrich von Raitenau seine Berater und Domherren um sich versammelt. Wolf Dietrich, der einem Landadelsgeschlecht aus dem Bodenseeraum entstammte, wurde 1587, bereits mit 28 Jahren, Erzbischof von Salzburg. Er war ein tatkräftiger Landesfürst, dem die katholische Erneuerung am Herzen lag und der dafür Kapuziner und Augustiner ins Land holte.

Die Verbesserung des Schulwesens trieb er mit Ehrgeiz voran. Sein selbst gestecktes Programm setzte er mit großem Elan um. Zug um Zug besetzte er wichtige Ämter mit fachlich qualifizierten und ihm gegenüber absolut loyalen Beamten, die so manchen Domherren, der sich bis dahin von seiner Wichtigkeit überzeugt war, vor vollendete Tatsachen stellten. Er war vom barocken Baustil begeistert, was er bereits 1595 mit dem Neubau seiner Residenz sehr anschaulich demonstrierte.

Im Kreise seiner Kleriker war er aufgrund seines herrischen Auftretens nicht sonders beliebt, duldete keinen Widerspruch und konnte seine Ansichten äußerst lautstark vertreten. Zudem wurden ihm zahlreiche Affären nachgesagt, was ihn aber in keiner Weise störte.

„Heute, am 27. Oktober im Jahre des Herrn 1607", er sprach mehr zu seinem Schreiber als zu seinen Ratsherren, „ist es an der Zeit, einen Beschluss zu fassen, was unsere Abkommen mit Bayern und Berchtesgaden bezüglich des Salzhandels betrifft.

Wie ihr wisst, wurden wir durch Kaiser Rudolf II. aufgefordert, das Schellenberger Salz zu Lande und zu Wasser passieren zu lassen und zwar gegen eine Maut, die kaum der Rede wert ist. Darüber hinaus sollen wir dem Stift Schäden ersetzen, die uns meist zu Unrecht angelastet werden. Geklagt hat der bayerische Herzog Ferdinand, der von Köln aus Berchtesgaden mitregiert.

Für unsere Erwiderung wurde uns eine Frist von drei Monaten gesetzt, die in wenigen Tagen abläuft.

Ich will heute Ihre Zustimmung zu unserer Gegenschrift mit folgendem Inhalt.

Unter anderem wollen wir darauf hinweisen, dass das Berchtesgadener Gebiet lange vor der Gründung des Augustinerchorherrenstiftes durch kaiserliche Schenkung unserem Bistum übertragen worden war. Das Gebiet gehört zu Österreich und damit zu Salzburg."

Die Anwesenden nickten beifällig. Einmal wussten sie, dass Widerspruch zwecklos war und nur zu Zornesausbrüchen Wolf Dietrichs führen würde und außerdem war ihnen allen der Berchtesgadener und Schellenberger Salzhandel ein Dorn im Auge.

„Sicher wird es zu einem Prozess beim kaiserlichen Reichshofrat kommen, weil Ferdinand nicht nachgeben wird. Der Prozess wird erfahrungsgemäß lange Zeit in Anspruch nehmen, was gut für uns ist, weil wir bis zu seinem Ausgang die Ausfuhr des Schellenberger und Berchtesgadener Salzes verhindern können, in dem wir so hohe Mauten erheben, dass sich der Weiterverkauf nicht mehr lohnen wird. Umso mehr wird daher unser Dürrnberger Salz gefragt sein."

„Fürchtet Ihr nicht den offenen Konflikt mit den Bayern, die bekanntlich den Berchtesgadenern Sicherheitsgarantien versprochen haben, wenn wir zu rigoros vorgehen?", wandte einer der Domherren ein.

„Das glaube ich nicht. Der Berchtesgadener Fürstpropst residiert in Köln und hat andere Sorgen.

Außerdem sind wir bestens gerüstet. Vor den Bayern brauchen wir militärisch keine Furcht zu haben!"

Er ignoriert die aufkommende Skepsis seiner Räte und fährt fort:

„Meinen Informationen nach ist Hofkammerrat Stängl, der den bayerischen Herzog in allen Fragen des Salzhandels berät, ohnehin der Meinung, dass die Berchtesgadener selbst Schuld an ihren Ausfuhrschwierigkeiten hätten."

„Zu alledem haben die Schellenberger auch Probleme mit den Bayern, die ihrerseits den Export behindern, wo sie können. Also Ferdinand sollte einmal vor seiner eigenen Türe kehren", ließ sich jetzt Monsignore Rechtenberg vernehmen, einer der wenigen, die hin und wieder auch ihre Meinung vertraten, die jedoch nicht immer deckungsgleich mit der des Erzbischofs war. „Meines Wissens wollen die Berchtesgadener nun auch ein eigenes geistliches Konsistorium installieren, eine Gerichtsbarkeit also, die alleine unserem Erzbistum zusteht. Dem Nachbarn müsste man einmal gehörig auf die Finger klopfen!"

Wolf Dietrich freute sich sichtlich über den Beitrag, weil Rechtenberg meist in Opposition zu seinen Vorschlägen stand. Die Freude Wolf Dietrichs hielt aber nicht lange an, als Rechtenberg mit einem anderen Thema fortfuhr.

„Ihr habt uns einzureden versucht, dass der Neubau des Schlosses Mirabell als Repräsentations- und Gästehaus für unser Erzbistum unerlässlich sei, weil alle anderen Länder ähnlich repräsentative Gebäude unterhielten."

Er machte eine bedeutungsvolle Kunstpause, ehe er fortfuhr.

„Weil wir heute in großem Kreise versammelt sind, was meiner Meinung nach allzu selten vorkommt, ist mir, ist uns die Frage erlaubt, ob es richtig ist, dass das Schloss nur für die Privatgemächer einer", wiederum machte er eine Pause, „einer Dame mit zweifelhaftem Ruf erbaut wird. Um sie beim Namen zu nennen: für Salome Alt!" Bei Nennung des Namens erhob er anklagend seine Stimme.

Gespannte Unruhe entstand im Saal.

Wolf Dietrich hatte nur für kurze Zeit die Farbe verloren, dann aber überzog sich sein Gesicht mit glühendem Rot. Er wollte lospoltern, ihm fehlten aber die richtigen Worte.

Zudem kannte er die Gerüchte, die nicht nur in der Bevölkerung die Runde machten. Vorsichtige Andeutungen seiner

Leute waren auch ihm nicht verborgen geblieben. Aber hier und heute? Diesen Vorwurf durfte er nicht auf sich sitzen lassen. Er wollte ruhig bleiben, seine Erregung nicht nach außen zeigen, was ihm äußerst schwer fiel. Mit dem Rechtenberg würde er später abrechnen.

„Ich bin sehr dankbar für Eure Frage, lieber Rechtenberg, weil auch mir schon in der Tat solch schamlose Vorwürfe bekannt geworden sind", fast flüsternd kamen ihm die Worte über die Lippen, „Schloss Mirabell, ein barockes Juwel, soll unserem Land für unsere außenpolitischen Unternehmungen, der Festsaal für Konzerte und Begegnungsraum für Gäste, einheimischen und auswärtigen Repräsentanten dienen. Die weiteren Räumlichkeiten stehen Künstlern und hochrangigen Regierungsgästen bis hin zum Kaiser zur Verfügung."

Nun hatte er sich wieder vollends gefangen, seine Stimme klang wieder laut und sicher.

„Das habe ich bereits mehrmals erklärt und wir sollten stolz darauf sein, endlich auch über so ein Gebäude zu verfügen. Ich hoffe, dass es bald fertiggestellt sein wird. Die Verantwortung für den Bau habe ich meinem hochgeschätzten Dombaumeister übertragen, der gleichzeitig mit Hochdruck mit anderen Fachleuten an den Plänen für den neuen Dom arbeitet. Mit unserem Marmor aus den Steinbrüchen des Untersberges werden wir uns vor den Bauten in Rom oder Wien nicht zu verstecken brauchen!"

Nun machte auch er eine Pause und sah kalt lächelnd auf Rechtenberg.

„Die Dame, die von Ihnen genannt wurde, hat die Aufgabe, anstelle einer Hausherrin die Gäste zu empfangen und zu betreuen. Mehr nicht!"

„Und die drei Kinder hat sie wohl vom Heiligen Geist",

sagte halblaut, um keine Antwort herauszufordern, einer der Anwesenden.
„Was hat Er gesagt?", rief ihm Wolf Dietrich zu.
„Ah, entschuldigt, ich habe nur Selbstgespräche geführt", war die verlegene Antwort.
Über viele Gesichter huschte für kurze Zeit ein schadenfreudiges Grinsen.
Wütenden Blickes fuhr der Erzbischof fort.
„Eine Hausdame ist international üblich und deren Pflichten können hier von der Residenz aus, allein schon wegen der räumlichen Entfernung, nicht wahrgenommen werden.
Ich hoffe, dass ich mich damit ein für alle Mal deutlich genug ausgedrückt habe."
Das Donnerwetter, mit dem die meisten der Anwesenden gerechnet hatten, war also ausgeblieben. Das allein gab schon zu denken.
Er schien aber angeschlagen, weshalb sich Rechtenberg noch einmal erhob.
„Gestattet mir noch eine Bemerkung zu den von Euch angesprochenen Bauvorhaben."
Wolf Dietrich zog die Augenbrauen hoch und bedeutete mit einem unwilligen Handzeichen, dass er einverstanden war.
„Mit Verlaub, Eure Eminenz, ich bin mit vielen hier der Meinung, dass die rasch vorangetriebene Barockisierung unserem Stadtbild nicht nur schadet, sondern völlig in die falsche Richtung geht."
Im Saal war es plötzlich mäuschenstill und alles beobachtete die Reaktion des Erzbischofs.
Rechtenberg fuhr aber fort: „Wir müssen nicht alles nachmachen, was aus Portugal oder Italien kommt. Die Auswüchse der Renaissance konnten wir mit Bravour abwehren, aber dieser neumodische Stil, der sicher bald überholt sein wird,

kann nicht unsere Sache sein. Die Darstellung gotteslästerlicher Nacktheit, die grellen Farben, die üppigen Ausstattungen sind nicht nur teuer, sondern ordinär. Wir sind eine Stadt der Gotik und dabei soll es auch bleiben."

Der verhalten aufkommende Beifall wurde von dem nun aufspringenden Erzbischof mit einer herrischen Geste zum Verstummen gebracht.

„Rechtenberg, Ihr seid ein ewig Gestriger, einer der sich dem Laufe der Zeit nicht anzupassen vermag, einer, dem nicht wohl ist, wenn er nicht überall ein Haar in der Suppe findet. Mit Euresgleichen wären wir noch tiefste Provinz und ihr solltet in Zukunft Eure Zunge besser im Zaume halten, wenn Ihr Euch nicht plötzlich als Eremit im Hochgebirge wiederfinden wollt! Soviel zu Euch."

Nun war sie da, die Erregung, die donnernde Stimme, die von den Anwesenden teils vermisst aber noch mehr gefürchtet wurde.

Man war sich jedoch ziemlich einig, dass Rechtenberg überzogen hatte. Das war einfach zu viel auf einmal.

„Seine Heiligkeit und auch unser Kaiser sind sich darin einig, dass der Barockstil eine unserer Antworten auf die Reformation ist", fuhr, wieder ruhiger werdend, Wolf Dietrich fort, „Ausdruck einer neuen Gottes- und Heiligenverehrung ist. Er zeigt dem Volk die Freude der katholischen Kirche und den Glauben an den einen Gott und seinem Nachfolger auf Erden. Engel und Heilige bejubeln Gott, auch wenn sie mancher Künstler so darstellt, wie uns Gott geschaffen hat. Auch das jedoch dient zur größeren Ehre unseres Herren. Deshalb werden wir Salzburg neu gestalten, seine Kirchen, seine Gärten und auch unser neuer Dom soll die Pracht entfalten, die unserer Hochpreisung für unseren Schöpfer und seine Heiligen gebührenden Ausdruck verleihen."

Er hatte sich richtig in Rage geredet, seiner Überzeugung deutlich Ausdruck gegeben.
Alle wussten, dass die Tage Rechtenbergs als Domherr gezählt waren.
„Wohnt der kaiserliche Vetter, Erzherzog Ferdinand von der Steiermark, auch schon im neuen Schloss?“ wollte nun Prälat Prantl wissen und setzte hinzu: “Was macht der eigentlich bei uns?“ Er hoffte mit seiner Frage, den Zorn des Erzbischofs ein wenig zu dämpfen.
Der schien auch sichtlich froh über diese Frage zu sein.
„Der ist in geheimer Mission hier und er wohnt, weil er ein großer Jäger vor dem Herrn und Mirabell noch nicht fertiggestellt ist, in unserem Jagdschloss in Grafengaden. Deshalb ist auch das wildreiche Gebiet um den Untersberg für uns so wichtig. Hoffentlich ist ihm das Jagdglück hold und wir können unsere Gespräche heute Abend in einer guten Atmosphäre führen.“
Wolf Dietrich spürte, dass er mehr sagen musste.
„Ihr wisst, dass es überall im Reich gärt. 1606 ließ der Kaiser die evangelische Reichsstadt Donauwörth von Maximilians Truppen besetzen, weil von den Protestanten eine katholische Prozession mit Gewalt aufgelöst wurde. Daraufhin schlossen sich die protestantischen Fürstentümer unter Führung von Friedrich IV. von der Pfalz zu einer Union zusammen, was die Gründung der katholischen Liga unter Führung von Maximilian von Bayern zur Folge hatte. Wir sitzen auf einem Pulverfass, der Kaiser weiß das und er schickt überall seine Parlamentäre hin für den Fall, dass es zum Äußersten kommt. Ich werde jedoch alles dafür tun, dass Salzburg von einem möglichen Konflikt herausgehalten wird. Dies ist auch ein Grund, weshalb wir uns bisher neutral verhalten haben. Es steht natürlich außer Frage, dass wir mit

den Zielen der Katholischen Liga völlig konform gehen. Es wird schwierig werden, aber nicht unmöglich."
Der Erzbischof registrierte mit Genugtuung den zustimmenden Beifall seiner Leute.

3

Außer Atem kam Bertram zu Hause an. Total durchnässt vom Schweiß und dem Regen begab er sich umgehend zum Brunnen, entledigte sich seiner Kleider und wusch sich.
„Was ist denn mit dir passiert, dass du dich so gründlich säuberst. Bist du unter die Säue gefallen?", hörte Bertram die Stimme seines Vaters, der dazu herzhaft lachte.
„Grüß dich Vater, es ist schön, dass du wieder einmal daheim sein kannst", begrüßte der Junge seinen Vater, den er nur allzu selten zu Gesicht bekam.
„Nein, nicht unter die Säue. Ich war ein wenig im Wald und bin in das Gewitter geraten. Aber das schadet ja nichts." Wohlweislich verschwieg er seinen Ausflug auf den Berg.
„Du musst dich rasch fein machen. Wir sind heute ins Jagdschloss eingeladen. Der Erzbischof empfängt einen wichtigen Gast und will uns dabeihaben. Mutter kommt auch mit."
„Ah, ins Jagdschloss, ich glaube, ich habe heute schon den hohen Gast gesehen. Oben am Berg, bei der Jagd nach Rotwild."
Der Vater war heute besonders elegant gekleidet.
Er trug sein volles schwarzes Haar schulterlang, sein aufgezwirbelter Schnauz- und der bis zur Brust reichende Spitzbart waren frisch gepudert. Darunter ein breiter weißer Kragen aus edler Spitze. Wams und Kniehose waren

aus dunkelblauem Samt und die weichen Lederschuhe, mit Stulpen bis zu den mit Fransen verzierten Knien, bestanden in Qualität und Farbe aus demselben Material wie die bis zu den Ellenbogen reichenden Handschuhe.
Natürlich fehlte auch der Degen nicht, dessen Griff und Handschutz reich verziert waren.
An den Schuhen trug er Sporen.
Bertram kam aus dem Staunen nicht mehr heraus; so hatte er Vater noch nie gesehen. Das musste schon ein ganz wichtiger Besucher sein.
Auch er musste seine besten Kleider tragen, kam sich aber gegen Vater eher armselig vor.
Schon hörten sie den Sechsspänner des Erzbischofs, der an ihrem Hause vorbeijagte und eine Staubwolke hinter sich lassend mit Getöse in den Hof zum Jagdschloss einbog.
Mit Großvater, der ebenfalls der Gesellschaft beiwohnen durfte, machten sich Vater und Sohn auf den Weg.
Auf der Treppe des Schlossaufganges erwartete sie bereits ihre Mutter, die ein goldfarbenes Brokatkleid mit einem weiten langen Rock trug. Die gelockten und schulterlangen blonden Haare hielt sie mit einer perlengeschmückten Goldspange zusammen. Ihr Collier, ebenfalls aus Perlen, war der einzige Schmuck. Bertram fand sie hinreißend und war mächtig stolz auf seine schöne Mutter. Selbst Großvater sah Gertraud, seine Tochter, ganz verliebt an.
Ein Diener führte sie in den Empfangsraum, in dem sich der Erzbischof angeregt mit seinem Gast unterhielt. Es war nur noch ein Domherr zugegen, ein Adeliger, der mit dem Kaiser verwandt war.
Nach einiger Zeit wurden die Neuankömmlinge dem Gast vorgestellt.
Erzherzog Ferdinand von der Steiermark war ein Vetter Kai-

ser Rudolfs II., dem die Regierungsgeschäfte immer mehr aus der Hand glitten, sodass sein Vetter und Matthias II. zunehmend mehr Verantwortung übernahmen.
Der Gast war bestens gelaunt und erzählte von seinem Jagdglück, das ihm einen Zwölfender bescherte, wie er in seiner Heimat noch keinen gesehen, geschweige denn erlegt hätte.
Auch der Erzbischof ließ sich von der guten Laune anstecken.
Wolf Dietrich war ganz in Schwarz gekleidet, sein Kinn- und Oberlippenbart kurz gestutzt.
Auf seiner Brust leuchtete ein großes goldenes Kreuz mit einem nicht minder großem Rubin.
Ferdinand hingegen trug einen roten Seidenanzug und ein mit winzigen Brillanten besticktes Wams, das im modischen Gegensatz zu der gestärkten und aus Brüsseler Spitzen bestehenden Halskrause stand. Das scharlachrote Band mit einem päpstlichen Ordensstern war nicht zu übersehen. Der zierliche Degen war aus edlem Metall, der Griff und die Manschette ebenfalls mit Brillanten besetzt.
Das Essen entsprach der Jagdsaison. Fasanenbrüstchen mit karamellisierten Edelkastanien, geräucherte Saiblinge mit Meerrettichpüree, Wildschweinschinken mit eingelegten Edelpilzen, gespickter Rehrücken und eine Süßspeise aus Waldfrüchten und Sahne.
Bertram erkannte sehr schnell die Kochkunst seiner Mutter, die auch hier Regie geführt hatte.
Der feine Wein aus der Wachau und die anschließend gereichten edlen Brände taten ein Übriges, um die Stimmung der Gesellschaft noch weiter zu verbessern.
„Wir können hier offen über alles sprechen“, ermunterte der Erzbischof seinen Gast.
„Selbst Bertram, den ich in Zukunft verstärkt in die Ver-

antwortung nehmen möchte, ist für seine 17 Jahre besser entwickelt als die meisten seiner Altersgenossen und besitzt mein volles Vertrauen. Ihn will ich als Kurier zu Herzog Maximilan I. senden, weil so ein Bursche am wenigsten das Misstrauen unserer Gegner erwecken wird."
Bertram erschrak und plötzliche Röte überzog sein Gesicht. Seinem Vater jedoch, der eingeweiht schien, sah man den Stolz deutlich an.
„Ich habe bewusst diesen Rahmen und die Personen gewählt, weil absolute Vertraulichkeit angesagt ist", nahm Wolf Dietrich die Anwesenden in die Pflicht.
Ich, ein Kurier?, fragte sich Bertram.
Gewiss, der Erzbischof hatte ihn schon einige Male in die Residenz mitgenommen, mit ihm auch über Politik gesprochen, aber ein Auftrag dieser Tragweite? Nicht auszudenken!

„Mein Oheim", ergriff nun der Gast das Wort, „setzt großes Vertrauen in mich. Er selbst ist hin- und hergerissen von den sich immer mehr überstürzenden Ereignissen. Einerseits haben wir eine permanente Front im Osten, weil wir nicht wissen, ob sich die Osmanen an den Waffenstillstand halten und dadurch unsere Kräfte binden, andererseits distanzieren sich immer mehr Fürstentümer von unserem Kaiser. Sie müssten militärisch zur Raison gebracht werden, was aber Bürgerkrieg bedeuten würde. Dafür ist kein Geld da und der Kaiser scheut sich auch, gegen Fürsten vorzugehen, die vor der Reformation noch treu zur Krone standen.
Wir müssen also genau sondieren, auf wen wir uns im Ernstfall verlassen können.
Die Zeichen stehen auf Sturm und wenn es zum großen Krach kommen sollte, wird auch das Ausland nicht ta-

tenlos zusehen. Franzosen, protestantische Niederländer, Schweden oder Dänen warten nur darauf, sich von unserem deutschen Kuchen mehr oder weniger große Stücke abzuschneiden."

Großer Ernst war eingekehrt in der Runde und so mancher fragte sich, was er wohl für eine Rolle spielen sollte, welche Aufgabe er zu übernehmen hatte.

„Soweit es in unserer Macht steht, Eure Hoheit, bieten wir jede uns mögliche Hilfe an. Wir sind treue Untertanen des Kaisers und des Heiligen Vaters und kennen die Gründe für die Unruhen, die ausschließlich darin zu suchen sind, dass sich Verblendete von der Heiligen Mutter Kirche abgewandt haben", entgegnete nun der Erzbischof.

„Wir brauchen Geld, um ein schlagkräftiges Heer aufzustellen, wir brauchen kriegstüchtige Soldaten, auf die wir uns verlassen können und wir brauchen Verbündete, die unserer gerechten Sache verpflichtet sind", stellte Ferdinand seine Forderungen in den Raum.

„Mit Geld ist es bei uns nicht zum Besten bestellt", antwortete der Erzbischof, „wir müssen all unsere Steuern und sonstigen Einnahmen für unsere sozialen Aufgaben verwenden. Wir wollen unseren Dom wieder aufbauen, das übersteigt bei weitem unsere finanziellen Möglichkeiten. Wir haben bisher erhebliche Mittel und Soldaten für die Türkenwehr des Kaisers bereitgestellt. Mehr schaffen wir einfach nicht", und nach einer kleinen Pause „es sei denn...".

„Ihr wüsstet einen Weg?", nahm der Kurfürst den Faden auf.

„Es ist etwas schwierig", drückte der Erzbischof herum.

Bevor er jedoch fortfahren konnte, entstand Tumult vor dem Speisesaal. Schon wurde die Türe aufgedrückt und der davor stehende Lakai ins Innere geschoben. Mit lauter Stim-

me verschaffte sich ein stattlicher und gut gekleideter Mann Einlass und zwei bis drei weitere folgten ihm.
„Verlassen Sie sofort diesen Raum", donnerte nun der Erzbischof. „Das hat Konsequenzen, das ist Ihnen doch sicher klar!"
„Wir wollen doch nur reden, endlich Gehör finden, weil wir in der Residenz immer abgewiesen werden. Ihr müsst uns anhören, das ist unser Recht und wir hoffen auf den Beistand des erlauchten Erzherzogs..."
Weiter kam er nicht, weil Wolf Dietrich mit lauter, keine Gegenrede duldenden Stimme dazwischenfuhr: „Raus hier und das sage ich nicht noch einmal, sonst können Sie sich die nächsten Jahre auf unseren Kerker einrichten. Diese bodenlose Unverschämtheit Eurem Landesherren und seines hochgestellten Gastes gegenüber, wird für Euch und Eure Familien unvergessen bleiben. Dafür sorge ich!"
„Wenn Sie ein legitimes Ansinnen haben und es kurz und anständig vortragen, dann sollten wir sie anhören", schaltete sich nun Ferdinand ein.
„Also, was habt Ihr uns zu sagen?"
Wolf Dietrich gab sichtlich widerwillig nach. Mit einer herrischen Geste forderte er die Männer zum Sprechen auf.
Die Eindringlinge zeigten sich über die harsche Reaktion des Erzbischofs mehr als erschrocken. Wieder Mut fassend berichtete der Anführer, wie rigoros ihre Häuser rund um St. Peter entschädigungslos abgerissen würden, um für neue Häuser Platz zu schaffen.
Häuser, die angeblich modern sein sollten, von den Betroffenen aber als geschmacklos empfunden werden und in der Übergangszeit viele Bürgersfamilien obdachlos machen würden .
Niemand sei vorher um sein Einverständnis gefragt worden.

Für den Wiedereinzug müssten sie sich darüber hinaus an den hohen Baukosten beteiligen. Gegen diese erzbischöfliche Willkür wollten sie Beschwerde beim Kaiser führen, hatten aber erfahren, dass der Erzherzog heute hier wäre und wollten ihn deshalb um seine Unterstützung bitten. In dem so hochgelobten Italien ginge es auch anders. Dort würden die gotischen Grundformen erhalten und nur mit dem neuen, barocken Dekor versehen.

Aufbrausend wollte Wolf Dietrich mehrmals den Redefluss seines Bürgers unterbrechen. Ferdinand fasste ihn jedoch beschwichtigend am Arm und bedeutete ihm, den Mann ausreden zu lassen.

Sofort schaltete er sich ein, weil er ahnte, dass es mit dem Erzbischof zu einem Eklat kommen würde, der den Absichten des heutigen Abends nicht dienlich sein konnte.

„Es wird sich bestimmt um Missverständnisse handeln. Ich weiß von den Absichten Eures Landesherren zur Neugestaltung Salzburgs. Das kann man eigentlich nur begrüßen.

Ich verspreche aber, dass ich mit dem Erzbischof die Angelegenheit besprechen werde und Ihr sehr bald schon Eure Sorgen und Wünsche in der Residenz vortragen könnt.

Aber nun bitte ich Euch zu gehen, wir haben wichtige Themen zu besprechen, die für die Gesamtheit der Salzburger Bürger und damit auch für Euch von großer Bedeutung sind.

Wenn Ihr stichhaltige und ernsthafte Bedenken vortragt, so wird Euer Eindringen heute keine negativen Folgen haben. Nicht wahr, mein Freund?“, wendet er sich an seinen Gastgeber.

Mit zornigem Gesicht nickt Wolf Dietrich zu der Aufforderung.

Die Abordnung zieht sich bedankend zurück. Sie hofft, dass

ihr Auftreten und das Hilfsangebot des Erzherzogs etwas bewirkten.
Die Abendgesellschaft ist froh, dass sich die unerwartete Störung mehr oder weniger in Wohlgefallen aufgelöst hat und niemand spricht deshalb vorerst mehr den Vorfall an.
Der Erzbischof schalt sich insgeheim selber, ohne größere Eskorte angereist zu sein.
„Die werden mich noch kennenlernen", murmelte er in seinen Bart.
„Ihr hattet doch vorher auf eine Möglichkeit hingewiesen, was die Finanzhilfe für die Militärausgaben des kaiserlichen Heeres betrifft", nahm der Gast den Faden wieder auf.
„Wie schon angedeutet", Wolf Dietrich machte wieder eine Pause, „also, wie schon angedeutet betrifft es ein etwas heikles Thema."
„Nur zu, ich bin für konstruktive Vorschläge immer zu haben."
„Mein Kapitel und ich sind einer Meinung, dass Berchtesgaden von jeher Teil unseres Erzbistums ist. Im Laufe der letzten Jahrhunderte haben sie sich, mit stiller Duldung meiner Vorgänger, immer mehr von uns abgesetzt und sogar mit Hilfe des Kaisers den Status eines selbstständigen Fürstentums mit Virilstimme im Reichstag erreicht.
Mit ihrem Salzvorkommen jonglieren sie zwischen uns und den Bayern und machen uns zusehends Konkurrenz auf unseren Märkten bis hin nach Böhmen.
Der Verkauf unseres Dürrnberger Salzes ist dadurch rückläufig und damit auch unsere Einnahmen."
„Ihr verlangt doch Mautgebühren für den Durchtransport."
„Würden wir, aber die Berchtesgadener umgehen jetzt mit ihren Transporten unser Gebiet."
„Wie wollt Ihr das ändern?"

„Es gibt nur einen Weg. Wir holen uns zurück, was ohnehin uns gehört. Paul Brandstädter, mein militärischer Berater sitzt hier am Tisch und kann uns dazu seine Einschätzung offenlegen." Mit einem Nicken forderte er Brandstädter, zum Sprechen auf.

Der war gut vorbereitet, weil er von seinem Herrn vorher entsprechend instruiert worden war.

Ferdinand durchschaute nun sehr rasch, weshalb Brandstädter mit eingeladen war.

„Berchtesgaden ist schnell zu nehmen, das dauert maximal einen Tag. Wenn vorher nichts durchsickert, können wir mit unseren Truppen handstreichartig alle wichtigen Stellen besetzen. Widerstand ist bei den wenigen Grenztruppen nicht zu erwarten und in der Fürstpropstei gibt es kaum Bewaffnete. Zudem ist der Fürstpropst fast durchgängig in Köln und sein Dekan, der die Verwaltung innehat, ist kein Kriegsmann. Alles in allem, ein Kinderspiel also."

„Mein lieber, verehrter Erzbischof, davon würde ich unbedingt abraten." Und nach einer Pause: „Erstens erwarten wir von den Berchtesgadenern selbst finanzielle Mittel in erheblichem Umfang und zweitens sind da noch die Bayern, die einen Überfall, und so werden sie Euer Vorgehen werten, nicht tatenlos hinnehmen. Dazu gibt es Abmachungen, die ebenfalls in Salzwährung abgesichert sind."

„Das weiß ich", wandte Wolf Dietrich ein, „natürlich brauchen wir vorher Sicherheiten. Einmal vom Kaiser und dann von den Bayern. Deshalb will ich auch Bertram, als meinen persönlichen Bevollmächtigten und mit meinem Ring ausgestattet, nach München senden.

Wir werden dem Herzog die finanzielle Beteiligung an der Ausbeute des Schellenberger und Berchtesgadener Salzes anbieten. Wenn wir ihm außerdem das stillschweigende Ein-

verständnis des Kaiserhauses signalisieren dürfen ...“
„Halt, halt“, warf Ferdinand ein „Ihr verkennt die Situation und meinen Auftrag. Wir müssen die treuen Verbündeten, und Berchtesgaden gehört genauso wie Salzburg dazu, politisch vereinen und sie nicht gegenseitig in Händel verstricken. Euer Vorschlag, der sicher nur um die Sorge um unsere Sicherheit gemacht wurde, in Ehren, aber hiermit würdet Ihr einen Irrweg beschreiten, der für alle Welt Unrecht bedeuten und uns mehr Schaden als Nutzen bringen würde. Schlagt Euch das aus dem Kopf!
Bertram könnt Ihr von mir aus zu Maximilian schicken, aber ohne den geringsten Hinweis auf die Unterstützung des Kaiserhauses.“
Wolf Dietrich sah man die Enttäuschung an. Vorerst waren ihm die Hände gebunden.
Aber noch war es nicht aller Tage Abend. Seine Stunde würde noch kommen, da war er sich sicher, und damit waren dann auch die Tage der Berchtesgadener gezählt.
„Wie können wir sonst noch helfen, gibt es denn keine anderen Verbündeten, die einen maßgeblichen Anteil in der Liga leisten können?“
„Wie gesagt, wir brauchen Geld und Männer. Dazu die vorbehaltlose Unterstützung im Reichstag. Hierzu ist mehr denn je Eure Anwesenheit erforderlich.
Die Lutheraner erhalten immer mehr Zulauf. Sie haben sich zwar gespalten, in Protestanten, die sich vorwiegend in den Fürstentümern Nord- und Mitteldeutschlands breitmachen, in die Reformierten in der Schweiz und Teilen der Niederlande, die sich allerdings wiederum in Splitter-Gruppen aufgeteilt haben. Da gibt es plötzlich viele Luthers; ein jeder preist eine andere Seligmachung. Einig sind sie sich jedoch, wenn es gegen das Kaiserhaus geht.

Ich konnte jedoch ehemalige Jesuitenschüler, genau wie ich auch einer bin, gewinnen, von deren Hilfe wir durchaus ausgehen können.
Dazu gehört unter anderem der reichste Mann Mährens, Baron Albrecht von Wallenstein, der bereits früher in militärischen Diensten der Krone stand und sich im Kampf gegen die Türken auszeichnen konnte, sowie General Tilly, ein exzellenter Stratege und noch in kaiserlichen Diensten, der nun das bayerische Militär neu organisieren soll. Tilly ist glühender Marienverehrer und gegen alles Lutherische gefeit und Wallenstein war früher Hussit und steht der katholischen Sache seit seinem Glaubenswechsel mit voller Überzeugung zur Verfügung. Er ist so reich, dass er ohne weiteres ein eigenes Heer finanzieren könnte."
„Wenn ich Euch so höre, dann beurteilt Ihr die politische Lage nicht gerade rosig. Wie schlimm ist es denn?", wollte Wolf Dietrich wissen.
Er war durchaus gut informiert, wollte aber dem Gast Gelegenheit geben, sein Wissen preiszugeben, um noch mehr zu erfahren, was unter Umständen seinen Spekulationen und Gelüsten nach dem Berchtesgadener Salz zustatten kam.
„Sturm liegt in der Luft, deshalb müssen wir uns beizeiten wappnen und hoffen dabei auch auf Eure Hilfe."
„An uns soll es nicht liegen, wenngleich ich alles daransetzen werde, Salzburg aus allen Kriegshändeln herauszuhalten."
„Wenn es keinen Flächenbrand gibt und wir stark genug sind, braucht Ihr Euch keine Sorgen zu machen. Ich werde also dem Kaiser berichten, dass wir uns voll auf Euch verlassen können.
Und noch ein Rat: Lasst die Hände von Eurem Nachbarn, darüber können wir uns später einmal unterhalten."
„Den kleinen Finger hab ich also", dachte sich Wolf Diet-

rich. Es war nämlich ein offenes Geheimnis, dass Ferdinand einmal Kaiser werden würde. Den zum Freund zu haben, war ein gewaltiges Pfund. Schließlich war er Jesuitenschüler gewesen, der wusste, wie man Ziele konsequent erreichen konnte.

Ein Krieg, an dem die Kräfte gebündelt werden mussten, würde sicherlich die Aufmerksamkeit von Berchtesgaden ablenken. Man musste nur vollendete Tatsachen schaffen; das war dann die halbe Miete.

Der Abend klang aus, indem sich die beiden hohen Herren in die Bibliothek zurückzogen, was ein Zeichen dafür war, dass auch die Gäste entlassen waren.

Frau Brandstädter musste jedoch bleiben, für den Fall, dass die beiden Herren noch irgendwelche Wünsche hatten.

4

Die Ausbildung zum Baumeister bei seinem Großvater war nur von kurzer Dauer. Der Erzbischof hatte andere Pläne mit Bertram vor. So stand er jetzt vor dem Abschluss einer Ausbildung, die er in der Hohen Schule der Jesuiten in Ingolstadt erfahren hatte.

Latein und Französisch waren seine Pflichtfächer, dazu höfisches Benehmen und auch der Umgang mit Waffen. Unter den jungen Adeligen, Abkömmlinge niedriger Stände waren nicht vertreten, war er nur der Salzburger, weil er seine Herkunft nicht preisgeben sollte.

Bertram durfte während der dreijährigen Studienzeit kein einziges Mal nach Hause.

Trotzdem hielt er mit emsigem Schriftwechsel Kontakt zu seinen Eltern und seinem Freund Peter. So wusste er, dass er

inzwischen ein Brüderchen bekommen hatte: Martin.
Peter berichtete immer wieder von fehlgeschlagenen Versuchen mutiger junger Männer, die Gipfel des Untersberges zu bezwingen. Zwei Berchtesgadener wurden nun schon über ein Jahr vermisst, drei junge Burschen aus Salzburg waren in eine Steinlawine geraten und tödlich verunglückt.
Der Berg schien niemanden zu dulden. Das schaurige Geheimnis, das er barg, wurde immer mehr bösen Geistern zugeschrieben. Ein Jäger stürzte bei der Jagd nach einem Gamsbock ab, ein Arbeiter im Marmorsteinbruch wurde von einem Gesteinsblock erdrückt. Das schrieb ihm sein Großvater, der von großen Schwierigkeiten mit der Salzburger Bürgerschaft berichtete, deren Widerstand gegen die Erneuerung ihrer Häuser immer heftiger werden würde.

Kaum hatten sich die Katholische Liga und die Protestantische Union unter Führung Friedrichs IV. von der Pfalz formiert, als der Tod des kinderlosen Herzogs von Jülich, Cleve und Berg einen größeren Krieg heraufzubeschwören droht. In Ingolstadt verfolgte man mit großer Sorge, wie Protestanten und Katholiken gleichzeitig nach den nun führerlosen Ländereien am Niederrhein greifen. Die calvinistischen Niederlande und das hochkirchliche England treten auf die Seite der Union. Spanien, das aus militärischer und finanzieller Erschöpfung gerade einen Waffenstillstand mit den aufrührerischen Niederlanden geschlossen hat, stellt sich auf die Seite der katholischen Partei. Man wartet nur noch auf die Entscheidung Heinrichs IV. von Frankreich, der das Zünglein an der Waage werden und einer der beiden Seiten das nötige Übergewicht verleihen könnte.
Der französische König lässt sich Zeit für seine Entscheidung. Am 14. Mai 1610 fällt er jedoch einem Meuchelmörder

zum Opfer. Man vermutet die Jesuiten hinter dem Anschlag, weil sich der König gegen die Habsburger, gegen den Kaiser wenden wollte.

Bertram wird mit besten Noten nach Hause entlassen. Seine Lehrer loben seinen Fleiß, seine schnelle Auffassungsgabe und sein ausgewogenes Wesen, das ihn durchaus für den diplomatischen Dienst geeignet erscheinen lässt.
Zu gut erinnert er sich noch an seine erste Mission, als er dem bayerischen Herzog eine Depesche überbringen sollte und nach mehrmaligen Anläufen, die für ihn wie ein Spießrutenlaufen waren, kläglich scheiterte. Völlig genervt von den vielen Abweisungen schlug er einen herzoglichen Bediensteten zu Boden, als ihn dieser einen Salzburger Bauerntölpel schimpfte, der zuerst einmal Deutsch lernen sollte, ehe er sich in die Nähe des Herzogs wagen könne.
Als er unverrichteter Dinge nach Salzburg zurückkehrte, lag schon eine offizielle bayerische Beschwerde beim Erzbischof. Dieser nahm den Vorfall jedoch äußerst gelassen auf. Erst viel später glaubte Bertram zu erkennen, dass er anscheinend nur vorgeschickt wurde, weil der Erzbischof den Herzog provozieren wollte, indem er ihm einen völlig bedeutungslosen Kommissär geschickt hatte.
Bei den Jesuiten lernt man so etwas. Nun war er wieder zu Hause. Der Erzbischof ließ ihn wissen, dass er sich auf Abruf bereit halten sollte.
Neben einer kleinen Schwester wartete noch eine Überraschung auf ihn. Wolf Dietrich hatte seiner Mutter ein junges Mädchen in den Dienst gestellt, das sich im Hause und im Jagdschloss nützlich machen sollte.
Bertram verschlug es beinahe die Sprache, als er das Mädchen sah. So ein schönes Wesen hatte er vorher nicht gese-

hen. Vielleicht lag es auch daran, dass er vor seinem Studium von Mädchen noch nichts wissen wollte und in Ingolstadt streng darauf geachtet wurde, die jungen Männer von jeglichen Mädchenbekanntschaften abzuschirmen.
Trotzdem waren sich alle Hausbewohner, einschließlich des Großvaters, darin einig, dass Karina besonders hübsch war. Sie war mit ihren Eltern aus Donauwörth geflüchtet, als die Lage für die wenigen Katholiken immer beängstigendere Formen annahm.
Der Erzbischof wurde von einem seiner Mitarbeiter auf die Familie aufmerksam gemacht und ließ sich daraufhin persönlich von den Verhältnissen in Donauwörth berichten.
Er verschaffte dem Vater Arbeit und Wohnung im Salzbergwerk Dürrnberg, das Mädchen schickte er zu den Brandstädters.
Von da an nahmen seine Besuche im Jagdschloss noch zu. Gertraud roch den Braten sofort. Zu gut kannte sie ihren Wolf Dietrich. Kein schönes Mädchen war vor ihm sicher. Er hatte sie bestimmt nicht ihretwillen hierher gebracht.

Karina, so war ihr Name, war von der erzbischöflichen Allmacht sichtlich eingeschüchtert. Sie war dem Erzbischof auch dankbar für die schnelle Hilfe für sie und ihre Eltern. Meist konnte sie seinen Annäherungsversuchen ausweichen; Gertraud half ihr dabei so gut es ging. Wenn Wolf Dietrich Karina zu lange im Schloss festhielt, tauchte meist Gertrud auf und bat darum, dass ihr das Mädchen bei diesem und jenem zur Hand gehen sollte. Als Mutter spürte sie auch, dass Bertram in hellen Flammen stand. Er machte sich plötzlich überall da nützlich, wo Karina zu tun hatte.
Das konnte nicht gut gehen, dachte sie sich. Der Erzbischof und mein Bertram? Die Zuneigung ihres Sohnes zu Karina

war ihr nämlich nicht im Verborgenen geblieben. Sie bemerkte aber auch, dass Karina an Bertram Gefallen fand.
Ihr Ansinnen, das Mädchen zu ihren Eltern nach Dürrnberg zu schicken, wurde vom Erzbischof vehement zurückgewiesen. So kamen sich die beiden jungen Leute immer näher und verliebten sich ineinander.
Als Bertram von Heirat sprach, wurde er von Karina erschrocken zurückgewiesen.
Er ließ nicht locker, beteuerte ihr immer wieder seine Liebe, wollte den Grund ihrer Ablehnung wissen.
Unter Tränen berichtete ihm seine Angebetete, dass ihr der Erzbischof die Ehre geraubt habe.
Nicht nur einmal, bei jedem seiner Besuche musste sie ihm zu Willen sein.
Er brachte ihr Geschenke, beteuerte ihr seine Liebe, wollte ihr das Jagdschloss schenken, sie wie eine Königin verwöhnen. Wenn sie sich ihm jedoch verweigern würde, müssten das ihre Eltern büßen und sie würde als Dirne gebrandmarkt und an den Pranger gestellt werden.
Wut kam in Bertram auf, Wut auf seinen Förderer.
„Trotzdem liebe ich dich von ganzem Herzen und ich will nicht von dir lassen“, beteuerte Bertram mit Tränen der Wut in den Augen.
Du trägst dieses Schicksal nicht allein, es ist vielen jungen Mädchen so ergangen, wie man sich erzählt. Viele Landesfürsten glauben ein Anrecht auf ihre Untertanen zu haben.
Sie hat zwar nie darüber gesprochen, aber aus vielen Andeutungen von Bekannten und auch den Großeltern glaube ich, dass auch Mutter zu seinen Opfern gehört oder gehört hat!“
„Was soll ich bloß machen, ich bin ihm doch hier auf Gedeih und Verderb ausgeliefert?“

Du musst hier weg, so schnell es geht!"
„Aber meine Eltern. Sie haben gute Arbeit und eine schöne Wohnung. Wenn ich verschwinde, ist es aus mit ihnen, das hat er mir unmissverständlich klargemacht!"
„Ich finde schon einen Ausweg, ich habe da auch schon so einen Gedanken...", nachdenklich fasste sich Bertram an die Stirn.
Ich muss nach Schellenberg. Ich muss zu Peter. Der Freund konnte ihm sicher helfen.
„Vorerst bleibst du hier im Hause. Ich spreche mit Mutter, dass sie, wie früher, deine Aufgaben im Schloss übernimmt. Dem Erzbischof müssen wir eben vorgaukeln, dass du schwer erkrankt bist. Eine Zeit lang werden wir ihn schon hinhalten können. Außerdem hat er jetzt andere Sorgen. Die Salzverträge mit Bayern stehen nämlich auf sehr wackeligen Füßen.
Bayern hat die Mauten für die Halleiner Salzausfuhr drastisch erhöht, was den Erzbischof in erhebliche Rage versetzt hat. Daran knabbert er, berät sich mit diesen und jenen und weiß nicht recht, wie er reagieren soll. Einig ist sich das Kapitel in der Einschätzung, dass die bayerische Maßnahme eine bewusste Provokation gegenüber dem Erzbistum darstellt."

Karina hatte nicht allzu große Hoffnung, dass deshalb die Besuche Wolf Dietrichs nachlassen würden.
Es dauerte auch nicht lange und der Schlossherr schickte nach Karina. Als an ihrer Stelle Gertraud erschien, war er sichtlich enttäuscht. Er kündigte seinen Besuch im brandstädtischen Haus an, weil er sehen wollte, wie es um die Patientin bestellt war.
„Ihr wollt einen Krankenbesuch bei einem Dienstboten machen?", stellte ihn Gertraud wütend zur Rede. „Das kann doch nicht Euer Ernst sein, das entspricht doch in keiner

Weise Eurer Position!“
Der Erzbischof wand sich, musste aber schließlich einsehen, dass er dieses Mal Karina nicht zu Gesicht bekommen würde. Er würde sich aber nicht ewig vertrösten lassen, das war allen klar.
Weitere Sticheleien der Bayern veranlassten Wolf Dietrich schließlich, die Salzverträge einseitig zu kündigen. Das hatte Maximilian vorausgesehen. Sein nächster Schachzug war nun die völlige Einfuhrsperre für das Dürrnberger Salz.
Wolf Dietrich, der neue Märkte in Österreich, Böhmen und Mähren beliefern wollte, um damit seine maroden Finanzen aufzubessern, blieb nun auf seinem Salz sitzen. Er schäumte vor Wut, konnte aber im Augenblick nichts ändern, weil er es ja war, der die Verträge aufgekündigt hatte.
Wiederum schickte er Bertram nach München, um die Lage zu sondieren und Lösungen auszuloten, wie man den alten Zustand wieder herstellen konnte. Bertram bekam den Auftrag durch seinen Herrn persönlich. Er ließ dem Erzbischof nicht merken, wie sehr sich seine Einstellung ihm gegenüber inzwischen gewandelt hatte.

Die Bayern dachten nicht daran, den Salzburgern entgegenzukommen. Bertram wurde dieses Mal besser behandelt. Als offizieller Unterhändler durfte er sogar an einem Gartenfest teilnehmen, das Maximilian für seine junge Frau ausgerichtet hatte.
Er konnte die Hofdamen bewundern, die auch zu Pferde, bei der Jagd durch die Wälder und Auen eine gute Figur abgaben, war sich aber ganz sicher, dass keine von ihnen die Anmut und den Liebreiz Karinas besaß.
Anschließend musste Bertram zu Ferdinand in die Steiermark, den er von seinem Besuch im Jagdschloss noch kann-

te. Ferdinand versprach zu vermitteln, warnte aber eindringlich vor weiteren unüberlegtem Handeln, das man bei dem jähzornigen Erzbischof immer befürchten musste.

Wolf Dietrich ließ sich durch Gertraud nicht mehr länger hinhalten. Er fühlte sich mehr denn je zu dem jungen Mädchen hingezogen, wollte und konnte einfach nicht mehr von ihr lassen.
Es kam zu einem großen Krach, bei dem der Erzbischof die wüstesten Drohungen ausstieß und es war zu erwarten, dass er alles daran setzen würde, Karina wieder ganz für sich zu gewinnen. „Ich werde sie in die Residenz holen und da wird sie auch bleiben, immer in meiner Nähe, und was ich mit ihr mache, was ich mit ihr vorhabe, ist allein meine Angelegenheit!“, brüllte er Gertraud an. „Ihre Eifersucht ist es, die mir das bisschen Glück nicht gönnt. Nichts anderes. Aber nicht mit mir. Ihr bringt mir Karina morgen in die Residenz und haftet mir persönlich für ihr Erscheinen. Wenn nicht, wird es Euch und Eurer Familie schlecht ergehen!“
Seine Wutanfälle nahmen immer mehr zu. Auch im Umgang mit seinen Räten wurde er allmählich unerträglich.

Bertram musste handeln, so schnell es ging. Er hatte alles gut vorbereitet. Seinen Vater konnten sie nicht einweihen, weil er mit Leib und Seele dem Erzbischof diente. So war auch zu befürchten, dass er sich wegen dieses Mädchens nicht mit seinem Herrn überwerfen wollte.
Einen Tag später suchte Bertram den Erzbischof auf, um ihn davon zu unterrichten, dass Karina verschwunden sei.
„Sie ist nicht mehr da. Weder bei uns im Hause, noch im Schloss. Hält sie sich vielleicht in Eurer Nähe auf?“, setzte er, Sorge heuchelnd, hinzu.

Der Erzbischof war außer sich vor Zorn. „Eine Schurkerei Eurer Mutter. Das weiß ich genau, sie wird mir das büßen, alle werdet ihr das büßen. Ihr habt sie weggeschafft. Versteckt habt ihr sie vor mir. Sie wäre nie von mir weggegangen. Sie hing an mir, ja, sie war verliebt in mich. Bis heute Abend ist sie bei mir, du bringst sie mir, das schuldest du mir!"
„Aber Eure Eminenz, auf Ehre und Gewissen, wir wissen alle nicht, wo sich Karina aufhält, wir sind untröstlich, die einzige Hoffnung, die wir hatten war, dass sie sich hier befindet. Bitte geben sie uns keine Schuld, wir haben alles getan, um ihr den Aufenthalt und das Leben so angenehm als möglich zu machen. Wir waren entsetzt, als wir sie nicht mehr fanden. Ihr Bett war unberührt, wir haben alles abgesucht..."
Bertram hatte bei den Jesuiten viel gelernt, auch die Worte und die Gestik des Verstellens.
Wolf Dietrich war unsicher.
„Ich schicke sofort einen Trupp Soldaten, die die Gebäude und das Gelände weitläufig absuchen werden. Sie nehmen auch Hunde mit, die jeder Spur zu folgen vermögen.
Finden sie Hinweise auf Euer Verschulden, dann Gnade Euch Gott. Ihr bleibt hier und begleitet die Truppe."

Unbemerkt für beide war eine Frau ins Audienzzimmer getreten, die sicherlich die letzten Worte noch gehört haben musste.
„Um welches Mädchen geht es denn?", fragte sie spitz. „Schon wieder eine Affäre?"
Raitenau zeigte keine Verlegenheit. „Das hat Sie nicht zu interessieren", antwortete er barsch.
Für Bertram kam die Störung gerade recht. Er wusste auch, dass die ungebetene Besucherin Salome Alt war, von der

manche sogar behaupteten, sie sei mit dem Erzbischof verheiratet.
Das war aber sicher nur ein Gerücht, weil seit dem Laterankonzil 1139 das Zölibat ausnahmslos für alle Priester galt und Ehelosigkeit als auch sexuelle Enthaltsamkeit einschloss. Das störte sowohl Heinrich VIII. von England wie auch Martin Luther, die sich beide auch aus diesem Grunde von der Römisch-Katholischen Kirche abgewendet hatten.

Bertram tat es leid, wie frostig der Erzbischof diese Frau behandelte. Sie war nicht mehr ganz jung, jedoch außerordentlich schön. Man hätte sie auch als vollschlank bezeichnen können. Dazu trug aber sicher die Kleidung mit bei. Die Taille ihres rosafarbenen und von Silberfäden durchzogenen Seidenkleides war bis zur Brust hinaufgesetzt, was unwillkürlich den Eindruck einer Schwangerschaft erweckte. Der weitausladende gestärkte Spitzenkragen reichte ihr bis über die Schultern. Im Haar, um den Hals, um Brust und Leib hatte sie bunte Perlenschnüre gebunden.
Da sie nicht gehen wollte, zerrte der Erzbischof an einem der Ärmel ihres Kleides, der daraufhin einriss, und schob sie aus der Türe.
„Störe Sie nie wieder bei meinen Dienstgesprächen", gab er der Widerstrebenden noch mit auf den Weg. Der Besucher konnte noch die farblich mit dem Kleid abgestimmten hocheleganten Stoffschuhe bewundern.
„Vor lauter Puder erkennt man kaum noch ihr Gesicht", zischte der Raitenauer.

Bertram war zufrieden, weil er Karina und ihre Eltern in Sicherheit wusste und der Erzbischof durch Salome Alt vom Thema um Karina abgelenkt war.

5

Wolf Dietrich hatte inzwischen Paul Brandstädter aufgrund seiner Loyalität und seiner Tüchtigkeit den Befehl über die gesamte Streitmacht des Erzbistums übertragen.
„Wenn wir uns dem Würgegriff der Bayern entziehen wollen, dann müssen wir an ihr Salz.
Wie stehen unsere Chancen, wenn wir Berchtesgaden einnehmen?"
„Wir haben unsere Leute, die uns sehr zuversichtliche Kunde brachten. Berchtesgaden ist praktisch wehrlos. Von den paar Soldaten an der Grenze abgesehen gänzlich unbewaffnet. Der Dekan, der den meistens in Köln weilenden Fürstpropst vertritt, ist anscheinend völlig arglos. Eher ein Mann des Geistes und nicht der Waffe. Er glaubt fest daran, dass er im Schutze der bayerischen Krone keinen Schaden erleiden kann."

„Wenn wir losschlagen, haben es sich die Bayern selbst zuzuschreiben. Zuerst zwingen sie uns aus den Knebelverträgen auszusteigen, dann sperren sie die Ausfuhr unseres Salzes zu Wasser und zu Lande, steigern ihre Salzproduktion, um damit unsere Märkte zu beliefern und jetzt errichten sie noch eine dritte Salzpfanne, was im klaren Widerspruch zu dem Eichstätter Vertrag vom April 1556 steht.
Wir werden militärisch vorgehen und dazu bitte ich um Eure Vorschläge."
Längst schon hatte Paul Brandstädter einen fertigen Plan, den er jetzt anhand von Kartenmaterial erläuterte.
„Als erstes besetzen wir die Pässe der Plainer Grafschaft und sperren diesen Weg der Ausfuhr des Berchtesgadener Salzes. Dann schließen wir die Ausfuhrstraße in Großgmain.

Gleichzeitig machen wir die Grenzen in Grafengaden und am Hallthurm dicht. Wir verhindern vorerst nur die Salzausfuhr, Personen und andere Güter können passieren. Das zeigt, dass wir guten Willens sind und nur auf die gegen unsere Salzinteressen gerichtete Willkürpolitik angemessen reagieren."

„Weiter!"

„Wenn dieser erste Schritt zu keinen ernsthaften Konsequenzen führt, ziehen wir an den Grenzübergängen noch mehr Leute zusammen, um zu zeigen, dass wir gerüstet sind. Überall müssen unsere Kuriere deutlich machen, dass wir im Recht sind, weil Berchtesgaden ohnehin seit alters her zu uns gehört und wir es deshalb nicht hinnehmen können, dass sich der Nachbar auf unsere Kosten bereichert, ja sogar alles tut, um unseren rechtmäßigen Handel zu unterbinden."

„Wir müssen aber nach Berchtesgaden und vorher unbedingt nach Schellenberg", forderte der Erzbischof seinen Vertrauten auf.

Schellenberg geisterte seit einiger Zeit ständig in seinem Kopfe herum. Er hatte erfahren, dass Karina mit ihren Eltern in Schellenberg untergekommen war, wo ihr Vater auch eine Anstellung in der dortigen Saline erhalten hatte. Karina arbeitete als Haushaltshilfe bei Peters Eltern, der zusammen mit Bertram alles eingefädelt hatte.

Wolf Dietrichs Informant war ein Salzburger, der in der Schellenberger Saline Arbeit gefunden hatte. Er versorgte den Erzbischof laufend mit Informationen über Karina.

So erfuhr er auch von deren Schwangerschaft. „Ein Bastard mehr oder weniger", beruhigte er sich. Ein Kind von ihm, daran zweifelte er nicht, und das musste sie ihm doch zurückbringen. Das Feuer seiner Leidenschaft für das Mädchen wurde durch diese Nachricht eher noch angefacht.

Wolf Dietrich litt sehr unter dem Verlust von Karina. Er wusste selbst nicht genau, ob aus verletzter Eitelkeit oder aus tiefer Zuneigung. Zweifel plagten ihn. Ihm, dem Landesherrn, dem alle Weiber zu Füßen lagen, ausgerechnet ihm musste so etwas passieren. Sein Stolz ließ diese Schmach nicht zu. Deshalb musste er dieser Familie und ihren Helfern habhaft werden. Er wollte im Triumph nach Schellenberg und allen seine Macht spüren lassen.
„Wir sollten nichts übereilen. Einen Schritt nach dem anderen. Mit Bedacht und genau die Reaktion der Bayern beobachten. Militärisch sind wir denen im Ernstfalle nicht gewachsen.
Man spürt überall bereits die Handschrift General Tillys, der das bayerische Heer zu einer äußerst schlagkräftigen Truppe formt“, riet Brandstädter.
Immer schon gab es von beiden Seiten Nadelstiche, wenn es um das Salz und seine Vermarktung ging. Immer schon wollten sowohl die Bayern als auch die Salzburger den Zugriff auf das Berchtesgadener Salz. Diese Pattsituation nutzten die Fürstpröpste zu ihrem Vorteil und fuhren damit Jahrhunderte lang ganz gut. Nun spitzte sich die Lage zu.
Öl auf das Feuer, das in Wolf Dietrichs Brust brannte, gossen viele Berchtesgadener, die den Erzbischof ermunterten, sich Berchtesgadens zu bemächtigen. Man war es nämlich überdrüssig, dass im Fürstentum kein Regent mehr anwesend war und ihre Geschicke mehr schlecht als recht von einem weltfremden Dekan geleitet wurden.
Maximilian konnte die Reisen dieser Leute nach Salzburg nicht unterbinden, weil es zahlreiche Handelsbeziehungen gab und ein Ausreiseverbot unweigerlich zu einem Aufruhr in der Bevölkerung geführt hätte.
Dann trafen sich General Tilly, Oberst Haslang aus Bay-

ern und Paul Brandstädter mit Salzburger Abgesandten in Gmain, um die vertrackte Lage zu besprechen und um einen Ausweg zu suchen. Die Salzburger beklagten dabei die zu dieser Eskalation führenden Übergriffe und Anmaßungen auf die alten Salzburger Rechte und die Verträge zwischen Bayern und Berchtesgaden, die nach Meinung der Salzburger absolut unzulässig waren.
Danach legte Wolf Dietrich noch einen förmlichen Protest gegen die bayerische Willkür ein, die zu Lasten seines Erzstiftes ging.
Dies alles berührte den bayerischen Herzog in keiner Weise. Er saß am längeren Hebel, weil er durch den Bau eines neuen Frachtweges über Weißbach die Blockade der Straße über den Hallthurm und Gmain durch die Salzburger gefahrlos umgehen konnte. Umgekehrt wirkte sich aber die Sperre des Salzburger Salzes durch Bayern viel stärker aus.
Wolf Dietrich wusste keinen anderen Ausweg mehr, als sich die Berchtesgadener Produktionsstätten mit Waffengewalt zu sichern.
Maximilian sah dies voraus und wartete in Ruhe ab. Der Salzburger musste den ersten Schritt tun, sich dadurch ins Unrecht setzen. Danach konnte Bayern ein für alle Mal Fakten schaffen, die sich wirtschaftlich und politisch äußerst vorteilhaft auswirken konnten.
Um den Salzburgern ihren Waffengang noch mehr verlockend erscheinen zu lassen, ignorierte Maximilian nicht nur die Bitten um militärische Hilfe für Berchtesgaden, er sorgte sogar dafür, dass alle waffentragenden Männer aus dem Stiftsbereich abgezogen wurden.
Brandstädter misstraute diesem Gebaren, er warnte seinen Dienstherrn. Zu souverän hatte er die Abgesandten, allen voran Graf Tilly, noch in Erinnerung.

„Also sperren wir die Holzzufuhr für die Bayern aus dem Pinzgau, dann kann auch ihre Reichenhaller Saline nicht mehr arbeiten. Vielleicht sticht diese, unsere letzte Karte“, hoffte der Erzbischof, obwohl er ständig an Karina in Schellenberg denken musste. Aber da gab es bestimmt auch noch andere Wege. Vielleicht ein Tauschgeschäft?
Die Bayern protestierten halbherzig gegen die Sperre der Holzausfuhr und blockierten weiter die Salzburger Transporte durch Bayern. Nun war es mit der Geduld Wolf Dietrichs zu Ende. Insgeheim hatte er sich diese Situation herbeigewünscht. So befahl er am 7. Oktober des Jahres 1611 den Einmarsch seiner Truppen nach Berchtesgaden.

6

Bertram kam zu einem seiner heimlichen Besuche zu Karina. Er war oft schon hier um seiner Geliebten beizustehen. Ihre Schwangerschaft endete mit einer Totgeburt und Karina überstand heftiges Kindsbettfieber mit knapper Not.
„Ihr müsst euch sofort in Sicherheit bringen“, forderte Bertram Peters und Karinas Familie auf. „Salzburger Truppen werden in Kürze in Schellenberg einmarschieren und wir müssen mit dem Schlimmsten rechnen.“
„Wie soll er wissen, dass Karina hier ist. Sie leben und arbeiten doch unter falschen Namen bei uns. Waffen gibt es in unserem Hause auch nicht. Was soll uns also passieren?“
„Mein Vater hat so etwas fallen gelassen, weil er sich gewundert hat, dass der Erzbischof ausgerechnet eure Familie in Haft nehmen möchte. Er muss etwas wissen, sonst hätte er Vater nicht diesen Befehl erteilt. Ihr müsst weg von hier, wenn es auch nur für kurze Zeit ist“, drängte Bertram. Lie-

bevoll hielt er dabei Karina im Arm.
„Ich hab da schon eine Idee, einen Unterschlupf, wo uns mit Sicherheit so schnell keiner findet“, beruhigte nun Peter seinen Freund.
„Ich bin auf dem Wege nach Wien, um dem Kaiser die Gründe darzulegen, warum Salzburg gezwungen ist, Berchtesgaden zu besetzen. Ich verlasse mich ganz auf dich, mein Freund. Nach meiner Einschätzung wird der Spuk auch nicht zu lange dauern. Die Stimmung in Salzburg hat in letzter Zeit umgeschlagen. Wolf Dietrichs Tage sind gezählt. Zu groß ist die Zahl seiner Gegner. Klerus und Bürger sind sich einig.“
Erstaunt und erleichtert nahmen die befreundeten Familien diese Botschaft auf.
Peter aber, dem der Untersberg auch in den Jahren von Bertrams Abwesenheit keine Ruhe gelassen hatte, fand durch puren Zufall in großer Höhe den Einstieg in eine Höhle, deren Inneres von Zauberern geschaffen schien. Im Scheine seiner Fackel taten sich Türme und Gestalten auf, wie sie noch niemand gesehen haben konnte. Das Spiel der Farben und der Lichtreflexe löste bei Peter Staunen und Furcht aus. Sie war es auch, die ihn daran hinderte, noch tiefer in die Geheimnisse der Höhle einzudringen. Er hatte Scheu davor, sie noch einmal zu betreten. Er betete zu den Geistern der Höhle und bat um Erlaubnis, die beiden Familien für einige Zeit dort zu verstecken.
Es war im Sommer des vergangenen Jahres, als er durch eine Senke vor der großen Felswand schritt. Er balancierte über loses Gestein und größere Felsbrocken, als er plötzlich einen kalten Luftzug spürte, der durch einen schmalen Spalt nach oben stieg. Neugierig kam er noch näher. Die kalte Luft, die an diesem heißen Tag so erfrischend war, veranlasste ihn, das lockere Gestein um den schmalen Spalt wegzuräumen. Er

fühlte sich wie ein Schatzgräber, als er die Öffnung so weit verbreitert hatte, dass er sich in den dunklen Hohlraum hinabzwängen konnte. Hin und wieder wurde von Goldfunden rund um den Berg berichtet.
Niemand verriet aber jemals eine Fundstelle.
Peter hatte das Goldfieber gepackt. Er tastete sich weiter, konnte jedoch nichts mehr erkennen.
Deshalb kletterte er wieder nach oben, suchte nach einem harzreichen Zirbenast, zündete ihn an und machte sich wieder auf Schatzsuche. Dann stand er plötzlich in einer Halle, die seine Augen blendete. Er war sprachlos, überwältigt und wusste sofort, dass diese Gebilde nicht von Menschenhand stammen konnten.
So fasziniert er auch war, zog er sich dennoch rasch zurück.

Die Nachrichten über den massiven Aufmarsch der Salzburger Truppen in St. Leonhard verbreiteten sich wie ein Lauffeuer.
Peter drängte zur Eile. Warme Sachen, Fackeln, Essen für mehrere Tage wurden auf die Kraxen gepackt, Wertsachen vergraben und das Haus nicht verschlossen. So machten sich die beiden Familien auf den Weg, den nur Peter kannte.

Bertrams Gedanken waren bei Karina. Er hatte noch seinem Vater das Versprechen abgenommen, das Mädchen schonend zu behandeln und ihm auch seine Liebe zu ihr gestanden.
Als er endlich in Wien eintraf, war man dort bereits bestens unterrichtet und Bertram wurde nicht mehr vorgelassen. Es war klar zu erkennen, wie verstimmt man wegen des Einfalls der Salzburger in Berchtesgaden war. Irgendwie konnte man aber auch Schadenfreude erkennen, die Bertram nicht zu

deuten vermochte.
Er wollte sofort zurück, als er einem Studienkollegen aus Ingolstädter Zeiten begegnete, der am Hofe eine wichtige Stelle eingenommen hatte.
Als junger Adeliger einflussreicher, wohlhabender und reicher Eltern war er wie geschaffen, um am Hofe des Kaisers Karriere zu machen. Er war aber keineswegs eingebildet und verfügte über einen gesunden Humor, der von Bertram schon während der harten Studienzeit als sehr wohltuend empfunden wurde. Auch Graf Stani, wie er kurz genannt wurde, hatte schon von dem Salzburger Abenteuer gehört und lachte nur. „Alles halb so schlimm, am Hofe hat man das zwar mit einem gewissen Unmut, aber nur beiläufig registriert. Die große Politik ist es, die derzeit die Gemüter bewegt."
„Man hat mich aber nicht einmal empfangen", stellte Bertram fest.
„Das ist üblich, weil sich mit dieser Nebensächlichkeit zur Zeit wirklich niemand beschäftigen will."
„Was weißt du noch, ich habe keine Informationen."
„Ah so, du bist also noch nicht im Besitz der letzten Entwicklung.
Also hör zu: Euer Erzbischof ist, ohne auf Gegenwehr zu treffen, in Berchtesgaden einmarschiert und hat sämtliche Salzstätten sowie das Stift und einige zentrale Stellen besetzt. Der Bayernherzog war darauf vorbereitet, weil er euch absichtlich in diese Falle gelockt hat. Wir wissen, dass er zurückschlagen wird.
Das wird Wolf Dietrich und seine Untertanen teuer zu stehen kommen. Jedermann wird Verständnis für die Bayern haben, wenn sie einem Schutzbefohlenen zu Hilfe kommen."

Bertram war einerseits geschockt, auf der anderen Seite aber recht froh, weil das vielleicht auch bedeuten konnte, dass seiner Karina nichts mehr geschehen würde. Er war fest davon überzeugt, dass sein Freund einen Weg gefunden hatte, Karina so zu verstecken, dass sie der Erzbischof nicht in seine Klauen bekam.

Graf Stani forderte Bertram auf, ein paar Tage in Wien zu bleiben und brachte ihn in einer vornehmen Gästesuite am Kaiserhof unter. Zwei Lakeien wurden abgestellt, die sich um das Wohl des Gastes zu kümmern hatten.

„Wir müssen dich auch ein bisschen anders einkleiden, damit du hier in deiner Salzburger Montur nicht so auffällst. Die Mode am Hofe wechselt nämlich ständig. Zur Zeit trägt man diese enganliegenden, über den Knien gepuffte und mit Seidenbrokat unterlegte Hosen“, erklärte Stani, auf seine Beinkleider zeigend.

Beim Gang durch das Kaiserschloss und seine Gärten wurde immer wieder Servus Stani oder Habe die Ehre gerufen und Bertram deutete dies nicht zu Unrecht als Zeichen von großer Beliebtheit seines Studienfreundes.

Am Abend besuchten sie eine Weinschenke und auch hier war Graf Stani bestens bekannt.

Damen kamen an ihren Tisch, die recht freizügig mit ihren Reizen umzugehen wussten. Auf dem Nachhauseweg wurde ihre Kutsche von betrunkenen jungen Männern angehalten, die ohne Zweifel Raufhändel suchten und an den Adeligen, die sie in der herrschaftlichen Kutsche vermuteten, ihr Mütchen kühlen wollten.

Bertram und Graf Stani hatten aber in Ingolstadt nicht nur Geistliches gelernt. Schnell waren die Störenfriede, die zwar nominell in der Überzahl waren, vertrieben.

Am nächsten Tag durfte Bertram auf Vermittlung seines Freundes einer hochpolitischen Besprechung beiwohnen, die ihm die Augen öffnete, was derzeit in den Köpfen der Führenden umging. Hohe Minister, kaiserliche Berater und Kirchenfürsten trafen sich zu einer Lagebesprechung, die einen mehr oder weniger konspirativen Anschein hatte. Der Kaiser jedenfalls war nicht informiert, das fand Bertram schnell heraus.

Die einführenden Worte spricht einer der Anwesenden, der anscheinend eine wichtige Position innehat, den aber Bertram vorerst nicht zuordnen kann. Er beginnt sehr leise, um die Aufmerksamkeit zu erhöhen:

„Eine fieberhafte Spannung liegt über dem religionszerrissenen Europa. Ohnmächtig sehen die Mächtigen der herannahenden Gefahr entgegen. Keiner wünscht sich den Krieg, der unausweichlich scheint. Die Angst voreinander, die Furcht, der jeweilige Gegner könne zu mächtig werden, hält ganz Europa in fieberhafter Aufregung. Jede Machtverschiebung innerhalb der Bündnisblöcke kann eine verheerende Explosion auslösen. Kuriere und Diplomaten reisen ohne Unterlass mit ihren Depeschen durch die Lande, beschwören im Namen ihrer Fürsten die Mächtigen, versichern sich, dass die Verbündeten standhaft bleiben.

Kaiser Rudolf II., der sich nur noch der Alchemie, der Sterndeuterei und der Magie widmet, wird nicht mehr einmal von der eigenen Familie als kraftvoller Führer anerkannt. Die Regierungsgeschäfte in Mähren und Ungarn hat sein Bruder Matthias in die Hand genommen, Böhmen hält nur noch zu ihm, weil er großzügige Freiheiten gewährt. Einer seiner Kammerdiener soll ihm diesen Rat gegeben haben. Er gewährt den Untertanen in Böhmen das Recht zur freien Religionsausübung, wie er es schon vor Jahren den Ungarn

gewährt hat.
Mit seinem Majestätsbrief gesteht er den böhmischen Brüdern die Gleichberechtigung mit den Katholiken zu. Dieses Privileg sichert er ihnen dazu noch mit Waffenschutz.
Wir lassen keinen anderen Glauben zu und dies im Namen dieses Kaisers und des Papstes, und der Kaiser selbst macht das Gegenteil.“ Beifallheischend blickt er in die Runde.
Bertram ist überrascht von dieser Analyse, die nicht einmal den eigenen Monarchen schont .

Es wird nur französisch gesprochen, das geht hinunter bis zu den Lakeien. Der Salzburger ist froh, in Ingolstadt einer der besten Französischschüler gewesen zu sein. So kann er der Diskussion locker folgen.
Die Anwesenden sind sich darin einig, dass der Toleranz des Kaisers ganz energisch begegnet werden muss.
„Wenn wir diesen Großmut länger dulden, wächst der Protestantismus überall im Lande. In Oberösterreich, der Lausitz, in Ungarn und in anderen Ländern unseres Herrschaftsbereiches breitet sich diese Irrlehre wie ein Flächenbrand aus. Das wird zu einer nicht zu unterschätzenden Gefahr für den katholischen Süden“, greift nun auch Graf Stani in die Debatte ein. Er will damit dem Freunde zeigen, dass er bei diesem Personenkreis gleichberechtigt mitreden kann.
„Es wird zum Krieg kommen. Nicht allein wegen der Religion. Spanien ist der Habsburger überdrüssig, Frankreich will uns schwächen, die Engländer lauern auf Landbesitz und die deutschen Fürsten glauben sich stark genug, um sich bei einem Waffengang Vorteile für sich und ihre Ländereien zu verschaffen. So schätze nicht nur ich die Lage ein. Wer gescheit ist, hält sich aber aus den kriegerischen Auseinandersetzungen heraus. Es kann nur Verlierer geben.“

Bertram reist mit sorgenvollen Gedanken zurück. Stimmte das alles, was ihm der Stani von Salzburg erzählt hat?
Wie hat Karina alles überstanden? Sein Fühlen, sein Sehnen gilt seinem geliebten Mädchen. Er kann den Tag des Wiedersehens kaum mehr erwarten.
Er wird sie zum Traualtar führen, ob der Erzbischof damit einverstanden ist oder nicht.
Graf Stani hat ihm ohnehin angeboten, für ihn eine gut dotierte Stelle am Kaiserhof zu besorgen. Dann müssten sie halt Salzburg verlassen. Er ist sicher, dass seine Eltern damit einverstanden wären.

7

Der Einmarsch über die Berchtesgadener Landesgrenzen am Hallthurm und in Grafengaden geschieht gleichzeitig. Spielmannszüge und Fahnenträger marschieren den geordneten Truppenformationen voran.
Der Salzburger Oberkommandierende, Paul Brandstädter, hat den Einmarsch exakt geplant.
Er weiß, dass die Berchtesgadener kaum Widerstand leisten werden, weil ihre vielfältigen Hilfsgesuche um die Gestellung von Truppen von bayerischer Seite sämtlich abschlägig beschieden wurden. Erzbischof Wolf Dietrich legte diese Zurückhaltung der bayerischen Herzöge so aus, dass keinerlei Interesse an der Stiftspropstei bestünde. Es gab schließlich Wichtigeres zu dieser Zeit.
Den Salzburgern stellten sich nicht nur keine Bewaffneten gegenüber, auch die Suche nach Waffen war vergeblich. Kurz vor dem Überfall nämlich wurden den Einheimischen

alle Waffen abgenommen und in einem aufgelassenen Salzstollen versteckt.
Die Berchtesgadener Verantwortlichen wollten sich keinesfalls auf einen Kampf mit den Salzburgern einlassen, und außerdem war ihre Sorge nicht ganz von der Hand zu weisen, dass sich ein großer Teil der Einwohner auf die Seite der Okkupanten schlagen und dem Erzbischof als ihren neuen Landesherrn huldigen könnte.
Brandstädter schickte bereits beim Durchmarsch von Schellenberg einen Suchtrupp zu dem Haus, in dem sich nach Angaben seines Erzbischofs Karina befinden sollte. Er instruierte die Männer, dass weder ihr noch der Familie bei der Festnahme ein Haar gekrümmt werden dürfe.
Nachdem das betreffende Haus unbewohnt schien, wurden systematisch alle Schellenberger Häuser und die umliegenden Gehöfte untersucht. Erfolglos.
Wolf Dietrich griff daher zu einer List. Er ließ alle Soldaten aus Schellenberg abziehen und nur ein paar Mann in der Saline zurück. Des Weiteren ließ er verkünden, dass Schellenberg zur waffenfreien Zone erklärt werden würde und alle Bewohner ihrem Alltag wie bisher nachgehen könnten. Jedem Einwohner sei darüber hinaus garantiert, dass durch die Salzburger keinerlei Zugriff auf Personen oder Eigentum erfolgen würde. Seinem Salzburger Informanten, der nach wie vor in der Schellenberger Saline arbeiten konnte, versprach er eine hohe Belohnung, wenn er ihm den Aufenthaltsort Karinas bekannt geben würde.

So überwältigt von der Pracht der Höhle die Flüchtlinge auch waren, so sehnten sie sich doch mehr nach ihren eigenen vier Wänden.
Peter hatte sie gut geführt und zielgenau das Einstiegsloch

gefunden, das er nach seiner Entdeckung wieder mit Steinen verschlossen hatte. Es war kalt in der Höhle, sodass sich die beiden Familien lieber im Felsgewirr im Freien aufhielten. Feuer durften sie nicht machen und erhöhte Aufmerksamkeit war geboten.

Bis in ihre Höhe herauf hörten sie die Spielmannszüge des Salzburger Militärs und vereinzelt Schüsse, wenn Musketen abgefeuert wurden.

Sonst blieb es jedoch unheimlich ruhig. Die Familien hielten sich nur nachts, eng aneinandergeschmiegt, im Eingangsbereich der Höhle auf. Zu unheimlich schien ihnen dieser Raum, in dem es ächzte und stöhnte, gluckerte und raunzte. Geister hatten die Höhle geschaffen, lebten hier, Zauberer oder Elfen, darin waren sie sich einig und sie hofften darauf, möglichst schnell zurückkehren zu dürfen.

„Das wird sehr schwierig werden, einfach zu gefährlich", zerstörte Peter ihre Hoffnung auf eine schnelle Rückkehr.

„Wenn der Erzbischof einmal fest Fuß gefasst hat, wird er alles daran setzen, uns aufzuspüren. Wir müssen ins Bayerische, dort dürften wir sicher sein. Ich werde schon einen Weg finden und auch Freunde, die uns weiterhelfen. Zuerst muss sich die Lage etwas beruhigen, dann können wir weitersehen."

Die Eltern von Karina sahen sich an: „Schon wieder Flucht. Nimmt denn das kein Ende!"

Nach ein paar Tagen schlich Peter in das Tal, um Lebensmittel zu holen.

Er wartete im nahe gelegenen Bergwald bis es Früh wurde und tastete sich, immer Deckung suchend, an die Häuser heran.

Er war sehr verwundert, keinem einzigen Wachsoldaten zu begegnen, und so schlich er auch zu seinem Haus. Keine

Menschenseele war zu sehen. Auch im Hause schien alles ruhig zu sein. Er bemerkte zwar eine gewisse Unordnung, Zeichen dafür, dass jemand hier war, aber trotzdem war er mehr als überrascht von dem guten Zustand seiner Wohnung.
Er wartete bis er sah, wie die Nachbarn ruhig zur Arbeit gingen und später die Frauen mit ihren Körben auf den Markt. Waren die Salzburger nicht einmarschiert? Waren sie umsonst geflohen?
Er musste Klarheit haben. Auch er marschierte, immer noch mit äußerster Vorsicht, auf den Markt.
Dort traf er einen Gemüsehändler, bei dem sie immer einkauften. Auch er war schon oft bei ihm, wenn er für seine Mutter etwas besorgen musste.
„He, Peter, was braucht denn deine Mutter heute? Hier die festen Krautköpfe sind billig und von bester Qualität", sprach ihn der Händler an.
Peter registrierte einen völlig normalen Markttag, keine Aufgeregtheit, keine Hektik, keine Hamsterkäufe. Was war los? Er musste es genau wissen.
„Ach weißt du, wir waren jetzt einige Zeit bei Verwandten in Passau und haben dort gehört, dass angeblich die Salzburger über uns hergefallen sind. Scheint aber nicht wahr zu sein, oder? Wir sind nämlich erst heute Nacht zurückgekommen und ziemlich ahnungslos."
„Die Salzburger waren zwar hier, sind aber schnell weitergezogen. Niemand ist zu Schaden gekommen, außerdem wurde durch den Oberbefehlshaber garantiert, dass kein Einwohner behelligt werden würde oder irgendwelche Sanktionen zu erleiden habe. Das Leben geht hier weiter wie immer."
Peter läuft nun herum, spricht mit diesem und jenem, geht auch zur Saline, wo er seit ein paar Tagen nicht zur Arbeit er-

schienen war, entschuldigt sich mit einer schweren Erkältung und verspricht morgen seine Arbeit wieder aufzunehmen.
Er kann es nicht glauben. Nichts, aber auch gar nichts, was ihn beunruhigen könnte.
Die zwei Salzburger Soldaten bei der Saline sind die Harmlosigkeit in Person. Sie spielen in der Sonne Karten, trinken ihr Bier und stören niemanden.
Peter steigt also zu den Familien auf und berichtet über das was er gesehen und gehört hatte.
Alle sind froh und optimistisch, wollen so schnell wie möglich wieder in ihr Haus zurück.
„Karina sollte sich aber in der Öffentlichkeit nicht zeigen. Wer weiß, ob sie der Erzbischof vergessen hat", rät ihr Vater, der erst vor kurzem von dem Martyrium seiner Tochter erfahren hat. Eine gewisse Skepsis bleibt.
„Ich kann mir das nicht recht erklären", rätselt Peters Vater nachdenklich, „wir haben mehr Einwohner als die in Berchtesgaden, unsere Salzproduktion kann sich mit Dürrnberg und Berchtesgaden durchaus messen und trotzdem verhalten sich die Besatzer so, als würden wir überhaupt nicht zählen. Etwas stimmt da nicht!"
„Das hat halt etwas mit Politik oder Strategie zu tun", meint Peter, „Hauptsache ist doch, dass hier das Leben ungestört weitergeht. Trotzdem werden wir sehr vorsichtig sein. Karina lässt sich vorläufig nirgends sehen und verlässt nur nachts zum Luftschnappen für kurze Zeit das Haus", pflichtet er seinem Vater bei.

Das Haus wird bezogen, das Leben geht weiter.

In der folgenden Nacht dringen Agenten des Erzbischofs in das Wohnhaus ein und entführen Karina. Alles geht blitz-

schnell, an Widerstand ist nicht zu denken. Schlaftrunken und erschreckt müssen die Eltern von Karina mit ansehen, wie ihre Tochter in Decken gewickelt in eine Kutsche verfrachtet und mit großer Eile abtransportiert wird.
„Wir waren viel zu arglos. Wer rechnet aber mit einer derartigen Schurkerei des Salzburgers, der eine ganze Einwohnerschaft scheinbar in völliger Sicherheit wiegt, nur um einer Person habhaft zu werden? Was mag Bertram sagen. Ich getraue mir nicht, meinem Freund bei seiner Rückkehr unter die Augen zu treten." Selbstanklagend und wie ein Häufchen Elend sitzt Peter auf der Treppe vor dem Haus.
Er überlegt was zu tun ist und will sofort nach Salzburg. Er kennt einige von Bertrams Freunden, die wissen einiges aus der Residenz. Wichtig ist es, den Aufenthaltsort Karinas zu erfahren. Vielleicht konnte man sie wieder befreien.

8

Maximilian glaubte schon fast nicht mehr daran, dass sich der Salzburger zu einem Einmarsch hinreißen lassen würde. Hatte er ihn falsch eingeschätzt? Die Falle war gut gestellt, die Nadelstiche so gesetzt, dass sie Wolf Dietrich zunehmend wütender machen würden. Seinem Charakter nach konnte er nur mit Gewalt reagieren. Das tat er dann auch.
Maximilian ließ den Erzbischof einige Tage im Siegestaumel. Wolf Dietrich war trunken vor Glück. Landgewinn, Salz, Macht, keine Verluste an Menschenleben, das war die Krönung seiner Regierungszeit. Das würde auch die immer größer werdende Opposition im eigenen Lande zum Ersticken bringen. Und nicht zuletzt würde er Karina besitzen, solange wie er wollte. So wie er es mit jeder seiner Mätressen

gehalten hatte.
Knapp drei Wochen später kam Maximilian seinen Bündnisverpflichtungen gegenüber Ferdinand, der immer noch von Köln aus die Geschicke Berchtesgadens eher desinteressiert leitete, nach. Die bayerischen Truppen überrannten am 26. Oktober die Salzburger, die sich fast ohne Gegenwehr geschlagen geben mussten. Paul Brandstädter wusste, wann er aufzugeben hatte, um sinnlose Menschenopfer zu vermeiden.

Peter hatte bis dahin vergeblich versucht, den Aufenthaltsort Karinas herauszufinden.
Bertram, der inzwischen wieder aus Wien zurück war, biss ebenfalls auf Granit. Der Erzbischof entließ ihn Knall auf Fall aus seinen Diensten.
„Ich schone Ihn nur, weil ich das Seiner Mutter schuldig bin. Ich weiß nämlich, dass Er einer Familie zur Flucht verholfen hat, deren Tochter ich Seinen Eltern anvertraut hatte.
Gehe Er mir aus den Augen und verlasse Er das Land. Auf der Stelle!“
Brüllend hatte er seinem Zögling die Türe gewiesen.
Wolf Dietrich war jetzt am Gipfel seiner Macht. Niemand wollte sich mit ihm anlegen. Jedermann erhoffte sich durch den nun florierenden und konkurrenzlosen Salzhandel großen Profit.
Angesichts der bevorstehenden Einnahmen legte der Erzbischof den Grundstein zum Bau des neuen, barocken Domes. Er hatte noch Großes vor und wollte aller Welt zeigen, welch bedeutender und weitsichtiger Stratege und Politiker er war.
Nachdem sich die Bayern mehr als zwei Wochen nicht gerührt hatten, fühlte er sich in großer Sicherheit.

Dann geschah aber das für ihn Unfassbare. Er musste fliehen. Karina musste ihn begleiten. Er hatte sie nach ihrer Entführung in einem gesicherten Haus der Grafschaft Plain versteckt, in dem er auch Schmuck und Goldmünzen für den Ernstfall deponiert hatte.

Sie reisten in einer Kutsche. Karina weinte still vor sich hin. Sie wusste nicht, was inzwischen geschehen war, weil sie seit ihrer Gefangennahme von der Außenwelt völlig abgeschirmt worden war.

Niemand durfte zu ihr. Das Essen wurde ihr von einer schweigsamen Bediensteten durch einen Schlitz in der Wand durchgeschoben. Sie befand sich in einem Raum, der sicherlich schon vielfach als eine Art Gefängnis genutzt wurde.

„Sei Sie endlich still! Sie sollte froh sein, mit heiler Haut davongekommen zu sein. Was mir gehört, lasse ich mir nicht nehmen. Merke sie sich das. Ein für alle Mal. Wir verlassen jetzt Salzburg und ziehen uns auf unsere Kärntner Besitzungen zurück.

Ich will nicht nachtragend sein und ihre Untreue vergessen. Also, Kopf hoch, wir werden gemeinsam eine schöne Zukunft haben. Im Winter reisen wir nach Italien, das wird Ihren Trübsinn sicher vertreiben."

„Lasst mich doch gehen, ich bitte Euch. Ich liebe einen anderen und das wird immer so bleiben", flehte Karina.

„Pah, ich weiß schon, den jungen Brandstädter. Der hat Sie doch verraten. Er war bei mir und hat sich mit mir arrangiert. Der macht Karriere und ist einer jungen Adeligen versprochen. Der verschwendet keinen Gedanken mehr an dich", log Wolf Dietrich.

„Und die Frau mit ihren drei Kindern hinter uns in der zweiten Kutsche, ist die nicht mehr gut genug für Euch?", warf Karina nun ein. Sie hatte nämlich eine weitere Kutsche

bemerkt und beim ersten Wechsel der Pferde darin Salome Alt mit den Kindern erkannt.
Er aber lachte nur glucksend und sagte: „Die ist für die Kinder da, für mehr nicht!“
Er war sich seiner Sache so sicher gewesen. Vor ein paar Tagen noch fühlte er sich am Höhepunkt seiner Macht. Alle Kritiker waren verstummt. Er hatte doch gute Arbeit geleistet!
Den Glauben hochgehalten, ehemalige Kirchenleute an wichtigen Positionen durch tüchtige Beamte ersetzt, der Stadt durch seine barocken Bauten zu neuem Glanz verholfen, die Armut bekämpft und treu zu Kaiser und Papst gestanden.
Was hatte er falsch gemacht? Er hatte sich nichts vorzuwerfen. Da waren sicher böse Mächte im Spiel. Aber allen wollte er es noch einmal zeigen. Von Kärnten aus würde er seine Fäden ziehen und dann wehe denen, die sich gegen ihn stellten.
Er machte sich selbst Mut und mit dem Rütteln der Kutsche wuchs seine Wut. Was sollte er noch mit dem Mädchen. Er fand sie nun nicht mehr schön, nicht mehr begehrenswert, es war nur verletzte Eitelkeit, gekränkter Besitzerstolz, die ihn zu der Entführung veranlassten. Nun war Karina in seinem Schlepptau. Sicher nicht mehr lange, denn in Kärnten gab es bestimmt hübsche Mädchen, die sich glücklich schätzen würden, von ihm, dem Erzbischof, begehrt zu werden.
Er dachte an Rache, an Liebe, an seine Vergangenheit und Zukunft. Seine Gedanken schwirrten nur so durcheinander. Einer plötzlichen Laune folgend überlegte er, seine Gefangene beim nächsten Pferdewechsel zurückzulassen.
Dann verwarf er aber diesen Gedanken und hetzte weiter. Getrieben von seinem Ehrgeiz, von seinen Racheplänen,

aber auch von Furcht. Immer öfter kam ihm in den Sinn, dass er verfolgt werden könnte oder ausgeliefert oder vielleicht sogar von seinen vermeintlichen Freunden in Kärnten verraten werden würde.

Seine Stimmung schlug um. Er misstraute nun allen. In jeder Kutsche, in jedem Reiter, in jedem Landsknecht, die ihnen begegneten, sah er Feinde und Häscher, die ihm ans Leben wollten.

Nach zwei Tagen traf er in seinem Domizil in Kärnten ein. Er wurde bereits erwartet. Bayerische Reiter nahmen ihn gefangen. Sie eskortierten die Kutsche auf dem Weg zurück nach Salzburg.

Dabei ließen sie ihn nicht zur Ruhe kommen und verhöhnten ihn fast pausenlos.

„Bist du der große Feldherr, der reiche Ländereien im Handstreich einnimmt? Oder bist du der elende Feigling, der wie ein Hase die Flucht ergreift, wenn er eine Muskete knallen hört?

Haben das deine Soldaten von dir gelernt, sofort davonzulaufen, wenn sich bayerische Landsknechte sehen lassen? Bist du nicht der große Verführer, dem alle Frauen zu Füßen liegen?“ So ging es in einem fort.

Wolf Dietrich tat so, als hörte er nichts. Zusammengesunken kauerte er in einer Ecke der Kutsche und führte flüsternd Selbstgespräche. Dieses Gebrummel konnte auch Karina nicht verstehen, die nicht wusste, ob sich das Blatt zu ihren Gunsten gewendet hatte.

Mit zunehmender Fahrt wurde die Sprache der Reiter immer anzüglicher. Je gröber die Zoten, je übler das Gelächter ihrer Bewacher, desto ängstlicher wurde Karina. Ihre Begleiter weideten sich zunehmend an ihrer Angst.

„Beim nächsten Halt werden wir es dir gründlich besorgen,

damit du den Unterschied zu deinem Schlappschwanz da merkst“, rief einer und die anderen stimmten mit lautem Gegröle ein.
Wolf Dietrich rührte sich nicht, er schien alles um ihn herum nicht wahrzunehmen. Dass er überhaupt noch lebte, war daran zu erkennen, dass er schmerzhaft stöhnte, wenn er wieder einmal derb angestoßen wurde.
„Da siehst du deinen Kavalier. Eine Memme ist das, der Herr Hochwohlgeboren.“
Dann hielt der Trupp. Die Pferde mussten gewechselt werden.
Einer der Soldaten riss die Tür der Kutsche auf und zerrte Karina ins Freie.
„Ziehst du deine Kleider selbst aus oder sollen wir sie dir herunterreißen“, brüllte sie der Soldat an.
„Lass mich los, du Schwein“, schrie Karina aus Leibeskräften zurück und riss sich los.
Sie rannte auf das Stationshaus zu und rief angsterfüllt dem herauseilenden Hausherren zu: „Bitte ich muss austreten, wo kann ich das?“
Der Mann erfasste sehr schnell die Situation und wies ihr den Weg ins Haus. Den nacheilenden Soldaten hielt er mit den Worten zurück: „Geht immer nur für eine Person!“
„Sie ist aber eine Gefangene!“
„Die läuft euch schon nicht weg. Ihr seid doch zehn Reiter und sie ein unbewaffnetes junges Ding!“
Jetzt schaltete sich auch der Hauptmann des Trupps ein. „Lasst das Mädchen, wechselt die Pferde, wir haben einen anderen Auftrag zu erfüllen und vergeuden unsere Zeit nicht damit, um jungen Mädchen nachzulaufen.“
Er kannte seine Leute und bereute schon, Karina mitgenommen zu haben.

Karina suchte sofort nach dem Hinterausgang des Hauses. Eine Frau, anscheinend die Ehefrau des Stationswartes, die vom Fenster aus den Vorgang mit verfolgt hatte, zeigte ihr die Türe.
Karina rannte aus dem Haus, geschützt vor den Blicken ihrer Eskorte und lief, so schnell sie ihre Füße trugen, in den nahen Wald.
Nach dem Pferdewechsel suchten die Soldaten fieberhaft nach Karina. Vergeblich.
Dann befahl ihr Hauptmann den sofortigen Aufbruch, insgeheim froh darüber, dass sich Karina abgesetzt hatte. Fluchend brachen die Soldaten auf und verhöhnten Wolf Dietrich umso mehr.

Der Erzbischof blieb nur für kurze Zeit in Salzburg.
Dann brachte ihn eine neue Eskorte als Gefangenen auf die Festung Hohenwerfen.
Danach sollte beschlossen werden, wie mit ihm weiter verfahren werden würde.
Die Position eines Erzbischofs von Salzburg hatte er jedoch für alle Zeit verloren.

Das Stationsehepaar half Karina weiter.
Mit der nächsten Kutsche konnte sie zurück nach Salzburg und von da aus halfen ihr Freunde zu ihren Eltern und Bertram auf den Brandstädter Hof.

9

„Schau, Liebste, bis hierher kamen wir schon, Peter und ich.

Hier fanden wir Unterschlupf bei dem plötzlichen Wintereinbruch. Es ist zwar schon einige Jahre her, aber nichts hat sich seither verändert.“
Karina staunte nicht schlecht. Sie war noch ganz außer Atem von dem langen und beschwerlichen Anstieg. Es wurde auch schon dunkel. Bertram hatte aber vorgesorgt und genügend Proviant und Decken mitgebracht. Alles, um ein gemütliches Nachtlager zu errichten, wenn sie den Abstieg am gleichen Tag nicht mehr schaffen sollten.
Sie waren jetzt ein Jahr verheiratet und eigentlich recht glücklich. Karina hatte sein Werben lange Zeit abgelehnt.
„Ich kann keinen Mann mehr glücklich machen“, beteuerte sie immerzu.
Liebkosungen beendete sie abrupt, sobald sie spürte, dass Bertram mehr wollte.
Manchmal stieß sie ihn zornig zurück, manches Mal brach sie in Weinkrämpfe aus.
„Es dauert halt seine Zeit, bis sie die schrecklichen Erlebnisse mit dem Erzbischof vergessen hat“, beruhigte ihn seine Mutter.
„Am besten, ich gehe in ein Kloster“, sagte nicht nur einmal das Mädchen.
„Ich weiß nicht einmal, ob ich Kinder haben kann. Die Hebamme hat mir bei der Totgeburt keine großen Hoffnungen gemacht. Such dir doch ein anderes Mädchen“, forderte sie Bertram immer wieder auf.
Der aber blieb hartnäckig. Er warb und warb. Versprach, sie nicht zu berühren, solange sie das nicht wollte. Er zeigte viel Verständnis für ihre Situation, das Verständnis eines Liebenden. Endlich gab Karina ihren Widerstand auf und es konnte Hochzeit gefeiert werden.
Peter und seine Schwester waren Trauzeugen.

An dem Verhalten Karinas änderte sich jedoch nichts. Besonders nachts musste sie wahre Höllenqualen durchleiden, sie stöhnte, schrie und weinte und Bertram litt mit. Sein Hass auf ihren Peiniger wuchs.

Der saß inzwischen in lebenslanger Haft auf Hohensalzburg. Sein Nachfolger und Neffe, Marcus Sitticus, hielt ihn dort gefangen. Eine Amnestie oder Freilassung kam nicht infrage, weil Marcus Sitticus befürchtete, damit Unruhen auszulösen. Nach der Gefangennahme stellte sich nämlich schnell heraus, dass Wolf Dietrich immer noch über Anhänger verfügte, die, wenn sie organisiert werden würden, durchaus für einen Umsturz sorgen könnten. Zu seinen Anhängern zählten die Kapuziner, die er ins Land geholt hatte, der niedrige Klerus, der die von ihm angestrebte Erneuerung des Katholizismus immer mitgetragen hatte und die von ihm installierten Beamten, die es vorher mit diesen Befugnissen nicht gegeben hatte.

Marcus Sitticus machte aber sehr schnell deutlich, dass er die von seinem Vorgänger eingeführten Reformen genauso fortsetzen wollte. So auch den Domneubau, ebenfalls im Barockstil, aber wesentlich kleiner, um die Staatskasse nicht allzu sehr zu belasten.

Das Jagdschloss nutzte auch er für seine Jagden und bot seinen politischen Gästen regelmäßig den Triumph kapitaler Abschüsse. Im Erdgeschoss wurden die Jäger untergebracht, im ersten Stock die herrschaftlichen Zimmer für die hohen Gäste bereitgehalten.

Die Brandstädter waren willkommene Verwalter des Schlosses. Sie durften auch ihren Hof behalten, den Wolf Dietrich Gertraud für treue Dienste geschenkt hatte. Paul war jetzt auch zu Hause, weil er, als ergebener Helfershelfer für Wolf Dietrich, seinen Dienst quittieren musste. Er war jetzt Bauer

mit einem gesunden Viehbestand.
Marcus Sitticus sicherte sich allerdings weiterhin die Dienste Bertrams, weil ihm dessen Kontakte zum Kaiserhaus und zu den Fürstenhäusern durchaus nützlich erschienen.
Nach dem Tode von Rudolf II. im Jahre 1612 in Prag wurde Matthias II. auf den kaiserlichen Thron gehoben. Graf Stani wurde persönlicher Berater und unterstützte Bertram bei dessen Missionen am Kaiserhof.

Bertram errichtete in der Höhle ein Nachtlager.
Karina war sehr ängstlich. Sie sah die Brandspuren, die verstreuten Knochen und fuhr bei jedem Geräusch schaudernd zusammen.
Bertram hatte vorgebeugt und Zunder aus getrocknetem Baumpilz, den er tüchtig mit Pferdeurin getränkt und wieder getrocknet hatte, sowie einen Feuerstein mitgenommen. Mit einem zweiten Stein schlug er solange zu, bis einer der aufspritzenden Funken den Zunder zum Glühen brachte. Trockenes Gras und kleine Rindenstücke taten ein Übriges, um ein gemütliches Feuerchen zu machen, das er mit abgestorbenen Latschenzweigen nährte. Der Geruch des mitverbrennenden Harzes wurde wohltuend aufgenommen.
Nachdem sie einen Teil des Mitgebrachten verspeist und aus einem Lederbeutel dem guten „Wachauer“ zugesprochen hatten, schlüpften sie unter die Decken und Karina suchte aus Angst oder Kälte die unmittelbare Nähe ihres Mannes. Sie schmiegte sich fest an ihn.
Durch den Eingangsschlitz leuchteten die Sterne und allmählich breitete sich eine wohlige Ruhe aus. Bertram spürte die Bereitschaft Karinas. So vollzogen sie mit inniger Zärtlichkeit ihre Ehe.
„Ich glaube, du Schuft hast mit Absicht alles so arrangiert“,

flüsterte Karina.
Frohsinn und unbändige Freude schwang in ihrer Stimme.
Am nächsten Tag hüpften sie wie die kleinen Kinder ins Tal.
Endlich hatte sich das langersehnte Glück eingestellt.

Bertram hatte immer noch die beste Verbindung zu seinem Freund Peter. Auch der hatte sich eine Frau genommen und war bereits Vater. Seine junge Frau aber überlebte die Geburt ihres zweiten Kindes nicht. Peter befand sich bereits wieder auf Brautschau; er suchte eine Mutter für die Kinder. Dennoch vergaßen die beiden Freunde nicht ihren Jugendtraum.
„Wir müssen auf den Berg. Bisher hat es noch keiner geschafft. Wir wollen doch die Ersten sein."
Bei jedem ihrer Treffen fantasierten sie in die gleiche Richtung. Es war aber nicht zu übersehen, dass ihre Familien von dem Vorhaben nicht gerade begeistert waren.
„Diese Flausen werden wir ihnen schon austreiben", waren sie sich einig.
So verhinderten sie immer wieder mit weiblicher List oder unaufschiebbaren Verpflichtungen die Pläne der Freunde.

Großvater war noch immer beschäftigt. Marcus Sitticus übertrug ihm die Aufsicht beim Neubau der Marcus-Kirche und der Corpus-Christi-Kirche.
Als er auch noch mithelfen sollte, den neuen Landsitz des Erzbischofs, das Schloss Hellbrunn zu bauen, musste er ablehnen, weil ihm sein Rücken höllische Schmerzen bereitete. Gertraud hatte also noch mehr zu leisten, jedoch in Karina eine tüchtige Hilfe.

Bertram musste zum Kaiser. Matthias II. war äußerst ungehalten, weil das Erzbistum noch immer nicht der Katholischen Liga beigetreten ist.
„Wenn nicht einmal die Erzbischöfe sich offen zur Liga bekennen, wer denn sonst?“, zeigte sich auch der Stani verwundert.
Bertram wusste, dass Marcus Sitticus dem Bündnis nicht beitreten wollte, weil er glaubte, damit Salzburg von eventuellen kriegerischen Auseinandersetzungen heraushalten zu können.
Ob die Rechnung aufging, wusste natürlich niemand.
„Es ist doch besser, man hat Bündnispartner, die einem in der Not beistehen können“, lockte der Freund.
Bertram versprach, seinem Dienstherrn dem Wunsch und die Gründe des Kaisers noch einmal vorzutragen. Er hoffte damit Zeit zu gewinnen, wollte die Entwicklung abwarten, um vielleicht später einschätzen und reagieren zu können, ob sich Salzburg der Liga anschließen sollte.
Im Augenblick war es ein Balanceakt, bei dem man nicht voraussehen konnte, welche Konsequenzen er nach sich ziehen würde.

Bertram wurde auch in die Verhandlungen mit der Berchtesgadener Fürstpropstei mit einbezogen. Das Fürststift hatte nach dem Tode von Kurfürst Ernst seit 13. Juni 1612 mit Herzog Ferdinand einen neuen Herrscher, der wiederum von Köln aus die Geschicke der Propstei leitete. Aufgrund seines hohen Ranges glaubten die Berchtesgadener, überhöhte Forderungen bezüglich einer unbegrenzten Ausfuhr des Schellenberger Salzes stellen zu können. Salzburg war zwar durchaus zu einem Entgegenkommen bereit, aber nicht in diesem Ausmaß.

„Wir sind zwar an einer gedeihlichen Nachbarschaft interessiert, aber nicht um diesen Preis“, stellte Bertram klar.
Salzburg brauchte aber ein gutes Einvernehmen, weil es einen noch immer schwebenden Prozess am Reichshofrat, bei dem eine Verurteilung durchaus im Bereich des Möglichen war, unbedingt verhindern wollte.
Die Verhandlungen zogen sich deshalb in die Länge. Es bedurfte viel Fingerspitzengefühls von Seiten Bertrams, um die Berchtesgadener, die sich immer noch der starken Unterstützung durch den Bayernherzog Maximilian sicher sein konnten, gnädig zu stimmen.
Zwangsläufig vernachlässigte er in dieser Zeit seine Frau, die Guter Hoffnung war. Seinen Plan, diesen Herbst die lang ersehnte Bergtour zu machen, musste er ebenfalls zurückstellen. Er nutzte jede freie Minute wenn er zu Hause war, um sich auf langen Wanderungen auf „seinem“ Berg Kräfte zu sammeln. Manches Mal nahm er seine kleine Schwester Sarah mit, die wegen der Schule bei der Tante in Salzburg wohnte und nur zur Ferienzeit zu Hause war. Sie genoss es sichtlich, mit ihrem großen Bruder auf den steilen Hängen herumzukraxeln und hatte keinerlei Angst, wenn er mit ihr eine der vielen Höhlen erkundete.
„Einmal kaufen wir uns den ganzen Berg“, versprach dann oftmals verträumt der Bruder.

Die Verhandlungen mit Berchtesgaden führten schließlich zu einem Kompromiss, der in einem intensiven Schriftwechsel zwischen den beiden Fürsten vereinbart wurde.
Peter besuchte, seitdem er Witwer war, immer öfter seinen Freund, den er jedoch sehr selten antraf.
Ohne es sich eingestehen zu wollen, war der Grund seines Besuches Karina.

Er sollte Taufpate des Kindes werden, sodass seine Besuche durchaus natürlich erschienen.
Karina spürte aber, wie sehr er sie verehrte. Das war schon so, als er sie zum ersten Male sah, als sie bei seiner Familie Aufnahme gefunden hatte und von ihm in der großen Höhle vor dem Erzbischof versteckt wurde. Nicht einmal Peter war sich über seine Gefühle im Klaren.
Er erschrak förmlich selbst, als er sich eingestehen musste, wie sehr ihm die Frau seines Freundes ans Herz gewachsen war.
Er wollte sich zurückziehen, seine Besuche beenden. Es hielt ihn aber nicht lange zu Hause.
Er vernachlässigte seine Arbeit, nur um in die Nähe von Karina zu kommen. Manchmal fühlte er sich als Verräter an seinem Freund. Dann verscheuchte er diesen Gedanken wieder, weil er sich im Recht fühlte, weil er doch die Frau seines Freundes beschützen und ihr zur Seite stehen wollte.
Wenn Bertram von einem seiner Einsätze zurückkam, war Peter ziemlich froh. Blieb er jedoch zu lange, dann hoffte er insgeheim, ein Auftrag des Erzbischofs würde ihn wieder weit weg bringen.
Karina spürte immer mehr, was in Peter vorging. Noch war er ihr nicht zu nahe getreten, aber die Lunte brannte und sie musste sie löschen, ehe sie zur lodernden Fackel wurde. Zu lange drückte er sie bei der Begrüßung, immer mehr suchten seine Lippen ihren Mund.
Gertraud musste helfen. Auch sie hatte Augen im Kopf und Karina schon angesprochen.
Nun nahm sie sich Peter vor. Vorsichtig, einfühlsam und doch mit Nachdruck.
Peter war wie vor den Kopf geschlagen. Hatte er sich so verraten? Er fühlte sich ertappt.

Seine Besuche wurden seltener und galten von Stunde an immer mehr einer alten Freundin am Dürrnberg, deren Vater im Salzbergwerk arbeitete und auch Peter eine besser bezahlte Stelle verschaffte. Trotzdem spukte Karina immer noch in seinem Kopfe herum. Er hatte die wildesten Träume und wusste, dass er sich fernhalten musste, wenn er je von ihr loskommen wollte.
Bertram bekam von alledem nichts mit. Er reiste und reiste, verhandelte, beschwichtigte, drohte und versuchte immer einen Ausweg zu finden im Auftrag seines Erzbischofs. Er umschiffte geschickt brenzlige Situationen und machte sich für die Salzburger Belange fast unentbehrlich.
Marcus Sitticus vertraute ihm die Leitung der Salzburger Delegation beim Reichstag 1613 in Regensburg an.
Bertram war begeistert von der Schönheit dieser Stadt, dem pulsierenden Leben auf den Straßen und Promenaden. Die Donau ist viel schmaler als in Wien, trotzdem herrscht reger Bootsverkehr. Fischer bieten unter lautem Geschrei ihren nächtlichen Fang an.
Marktweiber und Dienstboten streiten sich um die Wette, Studenten in Stulpenstiefeln schieben sich durch die Menge, adelige Offiziere mit ihren langen Degen fordern hochmütig ihren Platz und zwingen die einfachen Leute in die morastigen Teile der Straße. Diener und Lakaien der angereisten Delegationen in Livree, Bauern, Räte, Gardisten, Bürger und Scharen von Kindern drängen lautstark durcheinander; ein buntes Treiben, das man nicht alle Tage zu Gesicht bekommt. Dann aber wurde es ernst.
Bertram war erschüttert, wie unversöhnlich die beiden konfessionellen Lager aufeinanderprallten.
Vordergründig ging es um die durch den Pfälzer Kurfürsten vorgetragene Forderung, den Protestanten mehr Mitspra-

cherecht beim kaiserlichen Reichshofrat, der obersten Gerichtsinstanz im Reiche, einzuräumen.

Diesem Ansinnen widersetzte sich, unter Führung Bayerns, die katholische Seite.

Einige Delegierte, unter ihnen Bertram, der sich in diesen Kreisen bereits einen Namen gemacht hatte, versuchten vergeblich einen Kompromiss zu finden.

Jedoch hatte keine der beiden Seiten offensichtlich Interesse an einem Konsens. Kein neutraler Beobachter konnte sich des Eindrucks erwehren, dass die Kontrahenten ganz bewusst auf eine kriegerische Auseinandersetzung zusteuerten.

Mit großer Sorge berichtete Bertram seinem Dienstherrn.

10

Nun war es endlich soweit.

Bertram hatte einen gesunden Stammhalter und Peter hatte sich wieder verheiratet.

Kurzfristig hatte er Peter zu einem erneuten Angriff auf die Gipfel des Untersberges überredet, weil er Abstand zu einem Erlebnis gewinnen wollte, das ihm seit einigen Tagen nicht aus dem Kopf ging und schlaflose Nächte bereitete.

Wolf Dietrich, der nun schon fünf Jahre auf Hohensalzburg gefangen gehalten wurde, hatte ihn schon mehrfach um seinen Besuch gebeten.

Bertram kam dieser Bitte bisher nicht nach, er ignorierte sie einfach. Zuletzt schrieb ihm Wolf Dietrich, dass er sein Ende nahen sehe und Bertram noch unbedingt ein Geheimnis anvertrauen wolle. Sein Flehen war so inständig, dass auch Karina ihrem Manne zuriet, den Gefangenen zu

besuchen.
„Geh doch hin, der hat jetzt genug gelitten, wir sind glücklich, er kann uns nicht mehr schaden."
Bertram war erschüttert, wie sich der einst mächtigste Mann Salzburgs verändert hatte.
Er hatte massiv an Gewicht verloren, die Augen lagen über den eingefallenen Wangen in tiefen Höhlen. Die einst so elegante Kleidung trug er zwar immer noch; sie war aber fleckig, zerrissen und ausgeblichen. Sein früher so modisch geschnittener Bart wucherte nun wild und ungepflegt.
Er umarmte Bertram, der sich diesem Liebesbeweis kaum zu entziehen vermochte, und drückte ihn so, als wollte er ihn nicht mehr loslassen.
„Das also ist von mir übrig geblieben", sagte er und sah auf seinen Körper herab.
„Ich, der ich so viel für Salzburg und seine Bewohner getan habe. Ich brauche das nicht alles aufzuzählen, du weißt das alles. Was habe ich dafür geerntet? Undank, Undank, Undank!
Selbst meine Familie hat mich im Stich gelassen, mein Neffe hat sich in das gemachte Bett gesetzt, hat mich inhaftiert wie einen Schwerverbrecher. Das habe ich nicht verdient und ich bete täglich zu Gott, dass er meine Feinde bestrafe."
Bertram unterbrach ihn, weil er nicht gewillt war, sich diese Selbstbemitleidung länger anzuhören.
„Ihr tut mir zwar leid, ich bin aber gekommen, um ein Geheimnis zu erfahren. Helfen kann ich Euch nicht. Wenn Ihr mir nur vorjammern wollt, dann gehe ich wieder."
Erschrocken packte ihn daraufhin der Gefangene bei der Hand und ließ sie nicht mehr los. Er zog Bertram auf eine Bank und setzte sich neben ihn.
„Ja, ein Geheimnis", der weinerliche Tonfall hatte sich geän-

dert und machte großem Ernst Platz. Zitternd begann Wolf Dietrich zu sprechen. Man sah deutlich, wie schwer ihm das fiel.
„Es liegt nun schon viele Jahre zurück, Ihr wart noch nicht geboren. Ich habe Eure Mutter geliebt", sprach er nun mehr zu sich selbst und die Erinnerung führte ihn zurück in die ersten Jahre seiner Salzburger Zeit.
Bertram, der solche Ahnungen immer verdrängt hatte, war nun ganz aufmerksam. Sein Herz klopfte rascher. Er wollte Wolf Dietrich nicht stören, mehr erfahren.
„Eure Mutter wurde schwanger. Sie wollte das Kind und ich widersetzte mich nicht.
Ich wusste keinen Ausweg, wollte meiner Karriere nicht schaden und brachte Gertraud und ihre Eltern auf den Hof neben meinem Jagdschloss unter. Später überschrieb ich euch das Anwesen." Er hing seinen Gedanken nach und sein Besucher drängte ihn nicht.
„Ich hatte damals einen Offizier in meiner Garde, der mir verpflichtet war. Paul Brandstädter, ein verschwiegener und tüchtiger Soldat mit einem guten Charakter. Ein Mann, den man gerne als Schwiegersohn hätte.
Ihn bat ich, Gertraud zu heiraten, damit es kein Gerede gibt und deiner Mutter Ehre erhalten bleibt."
Nun sah er auf, sah in die Augen von Bertram und sprach mit zittriger Stimme, wobei ihm Tränen aus den Augen flossen: „Und du, Bertram, bist mein Sohn, mein eigen Fleisch und Blut." Auch Bertram brauchte einige Zeit, ehe er auf das Gehörte antworten konnte. Er war zornig, aber auch voller Mitleid mit dem Manne, der sein Vater war.
„Warum erst heute, warst du zu feige, es mir früher zu sagen?"
„Vielleicht schon, ich habe noch mehr Kinder. Aber du bist

mein Erstgeborener und nur dir erzähle ich das vor meinem Tode. Ich weiß seit einiger Zeit, dass ich nicht mehr lange zu leben habe. Außerdem habe ich mit deiner Mutter und ihrem Manne absolutes Stillschweigen vereinbart. Wir wollten dich nicht verunsichern und auch die wilden Gerüchte, die immer wieder verbreitet wurden, nicht noch mehr anheizen."
Bertram bemerkte, wie Wolf Dietrich sichtlich verfiel. Zu sehr hatte ihn sein Geständnis angestrengt.
„Verzeih mir bitte, was ich dir und auch Karina angetan habe. Ich habe euch beide geliebt."

Bertram war wie betäubt, tausend Gedanken kreisten in seinem Kopf. Seine Mutter, sein Vater, der Erzbischof, seine Karriere, der Untersberg, alles drehte sich wild durcheinander.
Taumelnd erhob er sich. Er musste weg aus diesem Gefängnis. Sein Vater war das? Diese Jammergestalt? Der sich zwischen ihn und Karina gestellt, Karina entführt hatte?
Ohne sich noch einmal umzudrehen, verließ er fluchtartig den Raum; einen gebrochenen Mann zurücklassend, einen Herrscher, der einmal glaubte, der größte zu sein.

Die Bergausrüstung hatten sie nach ihren früheren Erfahrungen komplettiert, die Route, die sie gewählt hatten, von der gegenüberliegenden Talseite mittels Fernrohr studiert und eine bereits länger andauernde Schönwetterperiode gewählt. Ihren Familien gaukelten sie eine dringende Dienstreise Bertrams vor, der dafür unbedingt einen zuverlässigen Begleiter brauchte.
Bertram marschierte voraus. Hatte er einen Fehler begangen, als er seinen wirklichen Vater grußlos zurückließ? Er wollte später mit Peter darüber reden. Vielleicht konnte er Wolf

Dietrich noch einmal besuchen.
Dieses Mal wollten sie auf dem Grat, der von Grafengaden aufstieg, zum Gipfel.
Von unten sah er so aus, dass zwischen kurzen, felsigen Abschnitten immer wieder Gras und Sträucher eingelagert waren und keine steilen Felswände zu überwinden waren.
Sie trugen Lederschuhe, die an den Sohlen mit Nägeln versehen waren. Extra für sie vom Hufschmid angefertigt.
In ihren mitgeführten Säcken hatten sie reichlich Proviant und jeweils zwei Schaffelle verstaut, für den Fall, dass sie irgendwo übernachten müssten. Ein langer und fester Stock ergänzte ihre Ausrüstung.
Den weit ins Land hineinreichenden Mischwald hatten sie in kurzer Zeit durcheilt.
Da Peter bei seinem Freund übernachtet hatte, konnten sie schon sehr früh losmarschieren.
Ihre Ausrüstung hatten sie bereits am Vortag unbemerkt auf einem Baum deponieren können.
Zielsicher erreichten sie den gewünschten Grat, der nur spärlichen Bewuchs aufwies und daher anfänglich kaum Probleme bereitete.
Schwieriger wurde es, als sie mehr oder weniger hohe Stufen zu überwinden hatten, die manches Mal senkrecht in die Höhe ragten. Auf ihre Stöcke gestützt, halfen sie sich gegenseitig. Inzwischen hatte die Sonne ihren höchsten Stand erreicht, sodass sie in kürzester Zeit nass vor Schweiß waren.
Ein kleines Rinnsal bot ihnen Gelegenheit zu einer kurzen Rast, bei der sie einen Teil ihres Proviants zu sich nahmen.
Sie sahen ins Tal und waren überrascht, wie klein die Leute mit ihren Fuhrwerken waren, die sich auf der Straße von Salzburg nach Schellenberg bewegten.
„Schon prima hier“, freuten sich die Freunde, lachten und

stießen sich an.
„Schau, da drüben, ein Rudel Gämsen“, machte Bertram seinen Freund darauf aufmerksam.
Plötzlich schreckte das Rudel hoch und sauste in alle Richtungen davon.
Ein Adler war im Sturzflug in die Gruppe gestoßen und hatte sich blitzschnell ein Kitz gekrallt.
Bereits kurze Zeit später erhob er sich mit seiner Beute.
Gebannt verfolgten die beiden Bergsteiger den Flug des Adlers, der sich anscheinend genau am höchsten Punkt ihrer Route niederließ.
„Wenn der da oben seinen Horst hat, dann werden wir ihn heute noch besuchen“, meinte Peter und lachte.
Frohgemut stiegen sie weiter, als der Grat plötzlich schluchtartig abfiel. Sie konnten erkennen, dass er gegenüberliegend zwar weiterführte, was aber nur durch die Überwindung einer senkrechten Steilwand möglich gewesen wäre.
„Wir müssen nach links ausweichen“, riet Bertram, „von unten sah es so aus, als wären da grüne Matten, die sicherlich gefahrlos zu erklimmen sind.“
Nun mussten sie vom Grat herunter. Das war schwieriger, als sie sich gedacht hatten.
Als sie die Wiese erreichten, war es Nachmittag und eine erneute Rast angesagt.
Dann ging es zügig bergauf. Einen Zugang zu ihrem Grat fanden sie nicht mehr.
Dafür türmte sich vor ihnen eine hohe Felswand auf, die auf den ersten Blick unüberwindlich schien.
„Dort drüben, glaube ich, ist eine Rinne, in der auch einiges Grünzeug wächst, das müsste doch gehen?“, glaubte Bertram.
„Natürlich machen wir das, wir wollen doch ganz nach

oben“, war die Antwort.
Anfänglich kamen sie gut voran. Die Stöcke mussten sie zurücklassen, weil sie nun Hände und Füße brauchten, um vorwärtszukommen.
Dann kam wieder eine Steilstufe. Senkrecht und vom Wasser glatt gewaschen.
„Die ist nur zwei Körperlängen hoch, wenn wir hier hinaufkommen, dann geht es oben wieder leichter“, redeten sich die Freunde ein.
„Steig auf meine Schultern, vielleicht erreichst du den oberen Rand“, forderte nun Peter seinen Freund auf.
Als sich Bertram hinaufgezogen hatte, versuchte er Peters Hand zu fassen. Der Abstand war aber zu groß.
„Hol einen der Stöcke, damit schaffen wir es bestimmt“, forderte Bertram seinen Freund auf.
Peter sah in die Tiefe und fragte sich, wie sie es geschafft hatten, überhaupt bis hierher zu kommen.
Vorsichtig tastete er sich zurück. Die Nägel an den Schuhen hatten sich zwar dort bewährt, wo der Untergrund etwas nachgab, aber auf dem Fels war das Gegenteil der Fall. Endlos lange brauchte Peter, um die Stelle zu erreichen, wo sie ihre Stöcke zurückgelassen hatten.
Für den Rückweg, den er nun schon kannte, brauchte er nur die halbe Zeit, aber die Dämmerung hatte schon eingesetzt.
Er warf Bertram den Stock hoch, der ihm seinerseits ein Ende zurückreichte. Mit vereinten Kräften schafften sie auch diese Hürde. Bereits nach kurzer Zeit standen sie vor einer weiteren Stufe. Viel, viel höher, glatt und überhängend. Ein Ausweichen war wegen der Steilwand links und rechts nicht mehr möglich.
Die Nacht brach herein. Hier konnten sie nicht bleiben.
Sie konnten sich nicht sichern. Das schmale Band, auf dem

sie standen, war kaum so breit wie eine Schuhsohle. Wenn sie einschliefen, würde das sicherlich Absturz bedeuten.
Also machten sie sich auf den Rückweg.
Sie stützten sich gegenseitig und sie stürzten gemeinsam. Auf dem Absatz, den sie vorher mit ihrem Stock überwunden hatten, blieben sie liegen.
Beide bluteten, Peter rührte sich nicht mehr.
„Peter, Peter, was ist los“, schrie Bertram und rüttelte den Freund. Er tätschelte sein Gesicht und spürte das Blut, das aus einer Kopfwunde stammen musste. Obwohl er kaum etwas sah, holte er aus seinem Rucksack eine Leinenbinde, die er vorsorglich mitgenommen hatte und verband damit Peters Kopf. Der stöhnte jetzt. „Gott sei Dank“, entwich es Bertram.
Auch er war verletzt. Sein Unterschenkel war bis zum Knochen aufgerissen und wurde ebenfalls notdürftig versorgt.
„Was ist los, wo sind wir“, stöhnte nun Peter.
Bertram antwortete nicht und dachte an die Berggeister, die es anscheinend nicht zuließen, dass sie den Berg bestiegen.
Bertram schlief nicht. Es stellten sich allmählich höllische Schmerzen ein, die sich nicht nur auf sein Bein beschränkten, sein ganzer Körper schien verletzt zu sein. Er stützte Peter, der wieder in Ohnmacht gefallen war, so gut es ging, deckte ihn mit den mitgeführten Fellen zu und wartete auf den Morgen. Sie mussten wieder zurück, koste es was es wolle.
„Wir schaffen das auch“, war er überzeugt.
An festen Schlaf war nicht zu denken. Von Schmerzen geplagt, schreckten sie immer wieder hoch. Die Kälte der Nacht tat ein Übriges.
Bei der ersten Morgendämmerung brachen sie auf. Die notdürftigen Verbände waren blutdurchtränkt und es war ihnen,

als wäre kein einziger Knochen mehr heil.
Trotzdem rangen sie sich ein Lachen ab, rutschten, stolperten, gingen immer wieder zu Boden, stöhnten und krochen wie die Schnecken bergab. Die Strecke, die sie beim Aufstieg zügig gemeistert hatten, schien kein Ende zu nehmen. Die Kleider klebten ihnen schweißnass am Körper und sie spürten, wie immer noch Blut aus ihren Wunden sickerte.
Erst gegen Abend erreichten sie, völlig ausgepumpt und am Ende ihrer letzten Kraftreserven, das Tal.

11

Nach dem Tode von Kaiser Matthias II. wurde Ferdinand II. 1619 neuer Kaiser.
Die böhmischen Stände warfen drei Prager Statthalter des Kaisers ein knappes Jahr vorher aus dem Fenster des Hradschin, der Prager Festung, setzten den damaligen König von Böhmen, Ferdinand II., ab und wählten einen eigenen König.
Dieses Vorgehen forderte Genugtuung.
Graf Stani durfte zu den Beratungen auch Abgesandte der bayerischen Herzöge und des Erzbistums Salzburg hinzuziehen.
Bertram, der schon lange die unausweichliche Konfrontation der beiden konfessionellen Machtblöcke vorausgesehen und befürchtet hatte, musste miterleben, wie die Befürworter eines militärischen Vergeltungsschlages die Oberhand gewannen.
Kaiser Ferdinand II. entschloss sich zum Krieg, war aber aus finanziellen Gründen selbst nicht in der Lage, ein schlagkräftiges Heer zu stellen.

Er verbündete sich daher mit dem Bayern-Herzog Maximilian, der dank Graf Tilly über eine gut organisierte und schlagkräftige Truppe verfügte.
So kam es 1620 zu der Schlacht am Weißen Berge in Böhmen, aus der die bayerisch-kaiserlichen Truppen siegreich hervorgingen.
Von da an ging es Schlag auf Schlag.
Schnell war klar, dass aus einem ursächlichen Religionskrieg Auseinandersetzungen um Macht und Hegemonieansprüchen wurden. Protestantische Fürsten verbündeten sich mit katholischen und umgekehrt. Dänen, Schweden und Franzosen fielen in deutsche Lande ein und verwüsteten sie. Unvorstellbare Gräueltaten, Brandschatzungen und Plünderungen bluteten das Reich aus. Nur wenige Landstriche wurden verschont. Wie durch ein Wunder auch Berchtesgaden und Salzburg.
Jedoch die Pest wütete auch hier, verschonte weder Volk noch Adel.

Karina besuchte mit ihrem Söhnchen und Sarah, ihrer kleinen Tochter, hin und wieder am Dürrnberg Peters Frau. Bertrams Frau kam sich manchmal wie eine Witwe vor. Sie war viel allein, ihre Schwiegermutter pflegebedürftig und die Großeltern tot. Paul diente als Offizier im kaiserlichen Heer. Es kam aber schon lange keine Nachricht mehr von ihm.
Peters Familie war inzwischen auf fünf Köpfe angewachsen. Karina war stolz auf ihr Patenkind, das ihren Namen trug.
Du bist immer noch schön und begehrenswert, da muss ich schon ein wenig auf dich aufpassen, das bin ich meinem Bergkameraden schon schuldig“, scherzte Peter.
Er begegnete jetzt Karina völlig unbefangen.
Sowohl er als auch Bertram hatten ihr letztes Bergabenteuer

einigermaßen glimpflich überstanden.
Der Krieg hatte an Heftigkeit noch zugenommen. Bittere Armut herrschte in weiten Teilen des Reiches. Die Auswirkungen waren auch in Salzburg zu spüren. Lebensmittel wurden knapp und so teuer, dass viele Menschen großen Hunger litten.
Karina unterhielt auch aus diesem Grunde ihre kleine Landwirtschaft und wurde dabei von Tochter Sarah, die sich bestens herausgemacht hatte, unterstützt.
Gemüse, Käse und Butter gehörten daher immer zu den Mitbringseln am Dürrnberg.
Peter half dafür, wenn es am Brandtstädterhof eines Mannes bedurfte.

Bertram gelang es mit Glück, Geschick und Bestechungsgeldern feindliche Söldnertrupps, die sich überall im Lande führerlos herumtrieben, von Salzburg fernzuhalten. Er pendelte fast ständig zwischen München und Wien und war für den neuen Salzburger Erzbischof, Paris Graf von Lodron, unentbehrlich.
Marcus Sitticus starb zwei Jahre nach seinem Onkel, den er fünf Jahre in Haft gehalten hatte.
Durch die hohe Inflation war das Geld kaum mehr etwas wert. Bertram erhielt deshalb auf eigenen Wunsch ein großes Waldstück am Fuße des Untersberges, das an ihren Hof grenzte und auch den Steinbruch mit einschloss, in dem schon seit Jahrhunderten Marmor gebrochen wurde.
Für den Erzbischof stellte das Grundstück keinen Wert dar, weil er weiterhin das alleinige Jagdrecht behielt und sich die kostenfreie Entnahme des Marmors für seine eigenen Bauten, sicherte.
1634 fiel Tilly, was einen schweren Verlust für die Liga be-

deutete.
Die nachrückenden Schweden kamen bedenklich nahe an das Salzburger Hoheitsgebiet heran.
Wieder musste Bertram an die Front. Verhandeln, bestechen, drohen, bitten.

Als er nach Hause kam, brach eine Welt für ihn zusammen.
Das gesamte Anwesen niedergebrannt, dem Erdboden gleichgemacht.
Keine Spur von seiner Familie.
Verzweifelt suchte er den nächsten Nachbarn auf, wurde aber barsch zurückgewiesen.
So hetzte er immer weiter und erfuhr nach und nach den Ablauf einer Tragödie.

Am Dürrnberg war die Pest ausgebrochen. Sein Sohn, der mit Dürrnberger Kindern spielte, musste sich angesteckt haben. Karina war ahnungslos. Sie pflegte liebevoll ihren Sohn, der an heftigen Kopfschmerzen litt. Hochgradiges Fieber mit Schüttelfrost kam hinzu. Sie vermutete eine schwere Erkältung. Als sie Beulen in den Leisten und Achselhöhlen bemerkte, war es aber schon zu spät.
Es dauerte nicht lange, dann traten fast gleichzeitig die gleichen Symptome bei ihr, bei Sarah und auch bei Gertraud auf. Schwarze Flecken übersäten den Körper und unsagbare Schmerzen kamen hinzu. Karina lief zu den Nachbarn, wollte Hilfe holen, wurde aber zurückgewiesen.
Das Schreckgespenst der Pest hatte inzwischen alle Menschen erreicht. Jeder schottete sich ab, vermied Kontakt mit anderen Personen, hoffte und betete, dass er von dieser Geißel verschont bliebe. Wallfahrten wurden versprochen, Gelübde abgelegt. Die Angst ging um, man fürchtete sich

mehr, als vor den mordenden Soldaten.

Bertram war wie von Sinnen. Er stocherte, wühlte und siebte in den verkohlten Überresten herum. Fand Knochen von ihren verbrannten Tieren und schließlich auf dem Platz ihres ehemaligen Wohnhauses Schmuckreste, die er eindeutig seiner Mutter und Karina zuordnen konnte. Sie waren also mit dem Haus verbrannt. Aber wer hatte es angezündet? War seine Familie schon tot, als Feuer gelegt wurde?
Es sollte ein ewiges Geheimnis bleiben.
Bertram lief auf den Berg, vergrub sich in einer Höhle. Von Selbstvorwürfen geplagt, nahm er weder Essen noch Getränke zu sich. Er fiel in Trance, wusste nicht mehr wo und wer er war.
Abgemagert und völlig verdreckt tauchte er dann wieder im Tal auf, wo er bewusstlos liegen blieb.
Nach Tagen kam er wieder zu sich. Er lag im Spital in Salzburg. Die Ärzte hatten ihn bereits aufgegeben aber nach und nach erholte er sich wieder. Auch sein Gedächtnis kehrte zurück.
Wie in einem einzigen Alptraum hatte er die letzten Wochen verlebt.
Als er einigermaßen bei Kräften war, suchte er nach den Überresten der Verbrannten und fand unter verkohlten Balken und Steinen Gebeine und Schädelknochen, die von seiner Familie stammen konnten. Die Großeltern, die vor einigen Jahren in kurzem Abstand gestorben waren, hatten im Friedhof von Grafengaden eine Grabstätte.
Bertram wollte aber vorerst keine der üblichen Beerdigungen.
Er trug die Knochenreste zusammen, packte sie in eine Kraxe und trug sie auf seinen Berg.

In einer verborgenen Höhle ordnete er sie so gut es ging auf dem felsigen Boden und bedeckte sie mit losen Steinen. Darin verankerte er ein mitgebrachtes Holzkreuz, betete unter Tränen für seine Familie und bat um Verzeihung, dass er ihnen in ihrer größten Not nicht beistehen konnte.
Er dachte zurück, als er bei seinem zweiten Bergausflug mit Karina diese Höhle entdeckt hatte.
Wie immer suchte er nach einem geeigneten Einstieg zum Gipfel. Durch Zufall und dem Gluckern von Wasser folgend, fanden sie eine Öffnung im Fels, die in eine Höhle führte. An der niedrigsten Stelle befand sich eine Quelle. An den Wänden hatte sich eine dicke Schicht aus Flechten gebildet, die seit ewigen Zeiten durch den Kot von Insekten, Fledermäusen und dem aufsteigenden Wasserdampf genährt wurde.
In der Höhle war es dunkel, nur das Wasser erzeugte einen schwachen Schimmer.
Karina beobachtete angstvoll, wie sich ihr Liebster am Rand der Höhle bis zur Quelle hintastete.
„Ich glaube, der Ursprung der Quelle liegt noch viel weiter hinten, das habe ich schon bei einer anderen Höhle genauso gesehen. Schade, dass wir kein Feuer machen können. Da geht es bestimmt noch weiter."
Karina schrie plötzlich auf, als an ihrem Gesicht etwas vorbeischwirrte. Der Laut hallte zurück. Es war ein dunkles verlangsamtes Echo, das nun Dutzende von Fledermäusen aufscheuchte, die man mehr hörte als sah.
„Bitte gehen wir wieder", flüsterte Karina angstvoll.
Bertram nahm sich aber vor, die Höhle demnächst genauer zu untersuchen.
Er führte nun seine Frau noch höher hinauf, wollte ihr zeigen, wo er mit Peter gewesen war.

Er hatte sein Bergabenteuer längst gebeichtet. Die große Narbe am Bein glänzte immer noch vielfarbig.
Bertram schritt voran und überquerte ein schmales Felsband. Karina folgte ihm, kam aber nur bis zur Mitte. Sie hatte nach unten gesehen und erschrak. Zitternd blieb sie stehen, schloss die Augen, Übelkeit überkam sie. Alles drehte sich um sie, sie presste sich an die Felswand und krallte sich in feine Spalten, um sich einen weiteren Halt zu verschaffen.
Zurückblickend erkennt Bertram die Not seiner Frau.
„Bleib ganz einfach da wo du bist, ich bin gleich bei dir", spricht er beruhigend auf sie ein.
„Ich hab solche Angst, meine Arme und Beine fühlen sich taub an, ich kann nicht mehr!"
Tränen laufen ihr übers Gesicht, als sich Bertram neben sie stellt, ihre Hand nimmt und sie ganz langsam zurückführt.
„Lass ruhig die Augen zu und mache nur ganz winzige Schritte, gleich ist es geschafft."
Die Erinnerung an dieses Erlebnis treibt Bertram Tränen in die Augen und er brüllt den Namen Karinas hinaus, laut und immer wieder. Er verfluchte sich und seine Arbeit, die ihn von seiner Familie ferngehalten hatte, als sie ihn am nötigsten brauchte.
Die Höhle verschloss er mit Steinen und Buschwerk, sodass sie von außen nicht entdeckt werden konnte.

Der Erzbischof, der Bertrams Dienste so schnell wie möglich wieder in Anspruch nehmen wollte, ordnete von sich aus den Wiederaufbau des brandstädtischen Anwesens an.
Er beschäftigte genügend Bauhandwerker, die mithelfen mussten, ansonsten jedoch pausenlos damit beschäftigt waren, einen wehrhaften Gürtel um die Stadt anzulegen, die Felsen des Mönchsberges zu natürlichen Wehrmauern

umzugestalten und die Festung nach modernsten Gesichtspunkten der Verteidigung zu gestalten. Vom Neubau der ersten Salzburger Universität wurden ebenfalls Arbeiter abgezogen, um das Anwesen Bertrams möglichst rasch wieder aufzubauen.

Auch viele Nachbarn halfen mit. Hatten sie ein schlechtes Gewissen?, fragte sich Bertram, der selbst am Neubau nicht beteiligt war, ja, nicht einmal etwas davon wissen wollte.

Zu schmerzhaft hatten sich die Erinnerungen an seine Familie in sein Herz eingegraben. Jeder Baum, jeder Strauch, jeder Ausblick taten weh, rissen seine Wunden immer wieder auf. Stundenlang irrte er durch den Untersberger Forst, hastete in die Höhe, überkletterte gefährliche Felsstürze und wünschte sich so manches Mal, dass er in der Höhle unter dem Steinhaufen liegen würde.

Dann rief ihn sein Erzbischof, der ihm als vorläufigen Wohnsitz sein Jagdschloss zur Verfügung gestellt hatte. Der erschrak über das Aussehen seines wichtigsten Gesandten, tat aber so, als bemerke er nichts.

„Ihr müsst sofort zu Wallenstein. Der General beabsichtigt nämlich, bei uns sein Winterquartier aufzuschlagen. Sagt ihm, dass wir keinen ausreichenden Platz für sein Heer hätten und“, er zögerte ein wenig, „bei uns sei die Pest verbreitet!“

Das war zwar eine Notlüge, aber irgendwie stimmte es doch. Bertram konnte ihm von dem Leid berichten, das diese Seuche an seinen Liebsten verursacht hatte.

Bertram kannte Wallenstein von seinen ersten Einsätzen als Generalissimo des Kaisers, der ihn, nachdem er ihn zwischenzeitlich abgesetzt hatte, aus purer Verzweiflung wieder zurückholen musste.

Tatsächlich konnte Bertram den großen Feldherrn von sei-

nem Vorhaben abbringen um den Preis von 100 Pferden, die ihm Salzburg für sein Heer stellen wollte. Der Erzbischof verweigerte jedoch weiterhin die Mitgliedschaft in der Katholischen Liga, unterstützte sie aber mit Geld, Soldaten und Material.
So befanden sich gegenwärtig 600 Salzburger Hilfstruppen am Innübergang bei Mühldorf, um feindliche Soldaten am Passieren der Brücke zu hindern.
Kaum von seiner Mission zurück, erreicht Bertram die Nachricht von der Ermordung Wallensteins.

Viele sehnen sich nach Frieden. Die Pest hat inzwischen auch in Süddeutschland bis zu siebzig Prozent der Bevölkerung hinweggerafft. Immer noch tobt der Krieg. Immer noch ziehen plündernde Horden über die Lande. Rauben, morden, brandschatzen.

Bertrams Haus ist fertiggestellt. Er bezieht es nicht, nimmt Flüchtlinge auf und quartiert sich in Salzburg ein, in ein neues Haus nahe der Residenz. So steht er seinem Dienstherrn ständig auf Abruf zur Verfügung.
Der schickt ihn nach Prag. Die kriegsmüden Parteien haben sich zu einem Friedensschluss durchgerungen. Zu viele Opfer hat es gegeben. Keine Seite hat große militärische Vorteile errungen, Opfer wurden genug gebracht.
Bei der Vereinbarung zum Frieden zwischen Kaiser Ferdinand II. und den Reichsständen unter Führung des sächsischen Kurfürsten, wird unter anderem eine paritätische Besetzung des Reichskammergerichtes beschlossen und territoriale Zugeständnisse von Seiten des Kaiserhauses gemacht. Religionsfreiheit sollte im Rahmen früherer Verträge gewährt werden.

Bertram ist Beobachter und muss sehr schnell feststellen, dass sich einige der Reichsstände, wie auch Brandenburg und Kursachsen, nicht an die Abmachungen halten.
Salzburg wird verpflichtet, 436.000 Gulden für den Wiederaufbau und die Bezahlung der Kriegsschulden an das Reich abzuführen.
Verzweifelt schickt der Erzbischof wiederum seinen Abgesandten zum Kaiser. Auch hier gelingt es Bertram, die geforderte Summe auf 350.000 Gulden herunterzuhandeln.
Selbst dieser reduzierte Betrag stellt das Erzbistum vor größte Probleme. Die Errichtung der erforderlichen Verteidigungsbauten, das eigene, 3800 Soldaten umfassende Heer, und die Unterstützung der vielen in Not geratenen Bürger sind kaum noch zu schultern.
Der Krieg geht aber weiter.
Frankreich, unter Erzbischof Richelieu, schließt eine Allianz mit Schweden und eröffnet erneut eine Front gegen die habsburgischen Spanier.
Das Volk leidet unsäglich.

12

Noch immer kann sich das Erzbistum aus allen Kriegshändeln heraushalten.
Die fürchterliche Not kennt jedoch keine Grenzen.
Das Geld ist nichts mehr wert, weil viele Fürsten und Mächtige die überall gültigen Goldmünzen aus dem Verkehr gezogen und durch neue, wertlose Metalllegierungen ersetzt haben. Jedes Vertrauen ist geschwunden. Tausch- und Schwarzhandel blühen wie nie zuvor.
Ohnmächtig muss auch Bertram zusehen, wie überall im

Reich gekämpft, gehungert und gestorben wird.
Salzburg, aber auch Berchtesgaden, das seit Anbeginn der Liga angehört, sind vom Krieg bisher verschont geblieben. Die bergige Gegend hat für große Heere keinen strategischen Vorteil, und Salzburg hat sich so eingemauert, dass ein rascher Einfall von vorneherein ausgeschlossen ist.
Die Streitereien der beiden Nachbarn um das Salz, seine Förderung, seine Ausfuhr und die damit zusammenhängenden Mauten, gehen im weltpolitischen Geschehen fast unter.
Trotzdem muss Bertram immer wieder zum Nachbarn, um die Einhaltung von Vereinbarungen anzumahnen. Natürlich weiß auch er, dass durch den Verfall des Geldes mit dem Verkauf des Salzes kein Gewinn mehr zu erzielen ist.
Manches Mal wählt Bertram nicht den Weg über Schellenberg, sondern er steigt auf seinen Berg bis hinauf zur Waldgrenze und sucht sich einen Weg, der parallel zu der Straße im Tal bis Berchtesgaden führt. Er kommt an den Almen Ettenbergs vorbei, hält Einkehr bei den Almhütten und träumt von einer Heimstatt hier heroben auf seinem Berg. Er versäumt es nicht, an einem Muttergottesbild für seine Familie zu beten. Gleich darauf hat er jeweils eine Klamm zu überqueren, deren Wasser über mächtige Felsabsprünge durch eine enge Felsenschlucht talwärts stürzen.
Nach dieser Tagestour erreicht er gegen Abend die Gnotschaft Gern. Hier kann er beim Bruder seiner Mutter übernachten.
Vor kurzen war er schon einmal in Berchtesgaden, musste aber schleunigst umkehren, weil er um Leib und Leben fürchtete.
Auf dem großen Platz vor dem Stift, traf er damals auf einen Mann, der ihn freundlich grüßte.
Bertram kam ins Gespräch und erkundigte sich, was es in

Berchtesgaden Neues gäbe, ob sie auch unter den Kriegseinwirkungen zu leiden hätten und ob er auch im Salzabbau sein Geld verdiene.
Mit einer Gegenfrage, ob Bertram aus Salzburg käme, antwortete der Mann.
„Wollt Ihr ins Stift wegen unseres Salzes?“, wollte der Mann, immer noch freundlich, wissen.
„Ja, das auch.“
„Ah ja, ich kenne Euch, Ihr wart schon einmal bei uns, kurz bevor uns Euer sauberer Erzbischof überfallen hat. Juckt Euch schon wieder der Hafer, glaubt Ihr nun Eure Chancen stünden besser, weil die Bayern ihre Soldaten anderswo brauchen?“
Die Stimme des Mannes war nun lauter und aggressiver geworden. Leute scharten sich um sie. Das gab dem Manne noch mehr Auftrieb.
„Schaut her“, rief er, „einer der Blutsauger, die uns wieder ans Zeug wollen. Er war am seinerzeitigen Einmarsch beteiligt. Jetzt ist er hier um uns auszukundschaften, die Lage zu sondieren, wie gut wir vorbereitet sind!“
„Treibt ihn aus dem Markt, fort mit ihm, prügelt ihn hinaus!“, erscholl es nun ringsum aus vielen Kehlen.
Er musste sich in Sicherheit bringen, denn seine Lage wurde immer bedrohlicher. Er drängte sich, so gut es ging, durch den Menschenring und lief in die Kirche. Auf dem kurzen Weg dorthin bewarfen ihn noch ein paar Halbwüchsige mit Steinen. Die Zurückgebliebenen stießen Flüche und Hohnrufe aus. Er schlug die Kirchentüre hinter sich zu und verriegelte sie mit dem dafür vorgesehenen Holzbalken. Durch den Seitenausgang erreichte er den Kreuzgang und den Eingang in das Stift. Auch diese Türe verriegelte er von innen.
Er hörte die Verfolger. Wieder gab es einen Seitenausgang,

der in einen großen, von Baumbeständen bewachsenen Garten führte. Von da aus gelangte er schließlich auf den steilen Anstieg zur Gnotschaft Gern. Im Hause seines Oheims fand er dann Unterschlupf.

Als er eines Tages, etwa auf halber Strecke, eine Rast einlegt, sich ein Stück Brot mit Käse und frisches Quellwasser munden lässt, hört er Gesang. Das Lied hatte auch seine Karina immer auf den Lippen. Er bat sie oftmals weiterzusingen, weil sie dann besonders reizend aussah.
Er schloss die Augen und hörte zu. Hin und wieder trug der Wind die Töne davon, machte sie ganz leise, um sie dann wieder zur vollen Entfaltung kommen zu lassen. Den Text brauchte er nicht zu verstehen. Den kannte er. Die glockenklare Stimme kannte er nicht. Sie stammte von einem weiblichen Wesen. Von einer Fee vielleicht, die im Untersberg wohnte?
Auch er glaubte daran, dass dieser Berg voller Geheimnisse war, dass die Erzählungen der Alten nicht frei erfunden sein konnten, dass es vielleicht doch gute und böse Geister gab, die einen erschrecken oder auch mit Wohltaten segnen konnten.
Er blickte herum, stand auf, konnte aber nicht genau orten, woher der Gesang kam. Er klang fröhlich, jauchzend, frei und ungezwungen.
Als er aufhörte, rief Bertram: „Hallo, wer singt da so schön?" und wiederholte das mehrmals.
Nach einiger Zeit, die Sängerin schien erschrocken zu sein, weil sie sich sicherlich auch alleine glaubte, kam die Antwort: „ Hier, hier bin ich!"
Nicht weit von ihm sah er jetzt eine Gestalt, wobei die Son-

ne ihn so blendete, dass er nicht allzu viel erkennen konnte. Offene blonde Haare flatterten im Wind und ein schlankes Wesen mit einem langen Rock und engem Mieder kam auf ihn zu.

Bertram war verlegen, wie schon lange nicht mehr. Ihm, den ausgefuchsten Diplomaten, der allen Großen der Welt schon Auge in Auge gegenübergestanden hatte, verschlug es jetzt die Sprache.

„Ich bin die Vroni und wer bist du?“, kam es jetzt ungezwungen von dem Mädchen, das Bertram auf Anfang zwanzig schätzte.

„Und ich bin der Bertram aus Grafengaden und will nach Berchtesgaden“, kam die Antwort etwas zögernd.

Er war überrascht. Noch nie hatte er auf diesem Pfad jemand angetroffen. Er dachte immer, dieser Berg gehörte ihm ganz allein. Und nun ein Mädchen, das die italienischen Kirchenmaler im neuen Dom nicht hätten schöner malen können. Bisher dachte er immer nur mit großer Traurigkeit an seine Karina, wenn er einer schönen Frau oder einem schönen Mädchen begegnete.

Heute war das anders. War es die plötzliche Überraschung? War es die herrliche Gegend, der farbenfrohe Teppich der Bergblumen, die sich so nahe am Felsgestein behaupteten? Das Lied?

Er musste dieses Mädchen immerzu anschauen. Allein ihr Lachen brachte wieder Freude in sein Leben, ließ ihm den persönlichen Schmerz um seine Familie für einen Moment verdrängen, die Not der vom Krieg und den Seuchen gepeinigten Menschen vergessen.

Er wünschte, er könnte diesen Augenblick festhalten, davonlaufen in eine Welt des Friedens und des Wohlstandes und ertappte sich bei dem Gedanken, dieses Mädchen mitzuneh-

men auf dieser Reise ins Glück.
„Was machst du hier? Da gibt es doch keinen Weg. Hast du dich verirrt, wollte Vroni wissen."
„Das gleiche könnte ich auch dich fragen. Das ist nämlich mein geheimer Pfad, den sonst niemand kennt und auf dem ich auch noch nie jemandem begegnet bin."
„Ich bin aber oft da. Hier wachsen nämlich die gesündesten Kräuter. Ich sammle sie für meine Mutter, die Salben und Tinkturen daraus macht. Sie ist eine Heilerin, allseits bekannt und geschätzt, nur den Doktoren und Apothekern ein Dorn im Auge. Du hast bestimmt schon von ihr gehört."
Da Bertram nichts sagte und sie immer nur anschaute, fuhr sie fort:
„Da viele unserer Domherren ihre Hilfe in Anspruch nehmen, haben wir nichts zu befürchten. Mein Vater ist tot. Umgekommen beim kaiserlichen Heer, als es gegen die Türken ging. Ich war damals noch ein Kind."
Vroni plauderte drauf los, frisch von der Leber weg, völlig unbefangen. Bertram hatte sich wieder gesetzt, tat so als würde er interessiert zuhören, dabei sah er sie nur an, konnte sich nicht satt sehen. Hin und wieder warf er eine kurze Frage ein und schon erzählte sie eifrig und mit glühenden Wangen von Alpenrosen, Enzian, Gamskresse, Mannsschild, Leimkraut, Silberwurz, Arnika, Hungerblümchen und vielen anderen Blumen und Kräutern, die Bertram nicht einmal dem Namen nach kannte. Sie erzählte und erzählte.
Allmählich löste sich seine innere Verspanntheit und es erwachte in ihm eine Vertrautheit zu dem unbekannten jungen Mädchen, die ihn fortriss in eine Welt, die er lange schon hinter sich gelassen glaubte.
Dann platzte es aus ihm heraus. Er wusste nicht warum. Es überkam ihn einfach.

Wie eine Sturzflut beförderte er aus seinem tiefsten Inneren all den Schmerz, all das Leid, das er seit vielen Monaten immer wieder verdrängt hatte.
Nun lachte Vroni nicht mehr. Voller Mitleid fasste sie Bertram am Arm, zeigte, ohne aufdringlich zu werden, dem Verzweifelten ihr Mitgefühl.
Beide brachen fast gleichzeitig in Tränen aus. Befreiende Tränen für diesen geschundenen Mann.
Dann Schweigen. Für lange Zeit.
„Es tut mir leid ..., wollte Bertram weitersprechen, aber das Mädchen schüttelte den Kopf.
„Weißt du was", sagte Vroni, „ich begleite dich jetzt nach Berchtesgaden, das ist ja auch mein Weg, Kräuter hab ich heute schon genug gesammelt. Ich hol schnell noch meinen Korb, den ich vorhin da oben abgestellt habe und dann gehts los. Mal schauen, wer den besseren Weg kennt."
Bertram war fasziniert von dem Mädchen. Ehe er noch etwas sagen konnte, lief sie voraus. Bertram wäre ihr gerne gefolgt, nahm aber dann doch den Weg nach Gern zu seinen Verwandten. Er rief ihr aber nach: „Ich komme dich morgen besuchen!" Sie lachte kurz zurück und Bertram hoffte, dass sie ihn noch verstanden hatte. Dann antwortete sie doch noch: „Auf Wiedersehn, irgendwann auf meinem Berg" und war verschwunden. Sein Ruf: „Wann denn?", hörte sie sicher nicht mehr.
Sein Onkel und seine Tante erzählten von den großen Sorgen, die auch die Bürger und Bauern immer mehr drückten. Zudem sollten noch einmal die Steuern erhöht werden. „Unser Fürst, der sich ohnehin nie bei uns blicken lässt, hat uns einen Abgesandten geschickt, einen Steuereintreiber der schlimmsten Sorte. Er kommt auf die Höfe, zählt das Vieh, die Obstbäume und Gemüsebeete, er geht in die Geschäfte

und spioniert überall herum und dann fordert er höchste Steuern, die er mit den Bütteln des Stiftes entreibt. Wir können bald nicht mehr."

Bertram merkt es auch an dem angebotenen Abendessen, das lediglich aus einem Stück Brot und einer Schale Sauermilch besteht, dass es auch bei seinen Verwandten nicht zum Besten bestellt sein kann.

„Ich bin morgen beim Dekan und versuche, euch zu helfen", versprach ohne große Hoffnung der Neffe. Er wusste aber, dass die Not auch vor Salzburg nicht halt machte.

Bertram, der zusah, in Berchtesgaden möglichst unauffällig zu bleiben, zu sehr war ihm noch sein letzter Besuch in Erinnerung, wurde im Stift vom Dekan empfangen, der sofort in weinerliches Klagen ausbrach.

„Das Salz verschafft uns keine Einnahmen mehr, wir haben nur noch Abgaben zu leisten, die Maximilian für die Liga von uns fordert. Selbst sein Bruder Ferdinand, unser Landesherr, den wir allerdings nie zu Gesicht bekommen, ist uns keine Hilfe. Maximilian meint, dass er Berchtesgaden deshalb zur Melkkuh machen könnte, weil wir als einzige Region bisher vom Krieg verschont geblieben sind. Unsere Bürger meutern, wagen den offenen Widerstand und ich bin allein hier, weil sich die feinen Herren Kapitulare ins friedliche Ausland abgesetzt haben. Selbstverständlich haben sie sich vorher noch kräftig aus der Stiftskasse bedient."

Bertram hatte ihn reden lassen, weil er den Eindruck hatte, mit dem Dekan an den falschen Ansprechpartner geraten zu sein.

„Die Zeit ist für uns alle nicht leicht, jeder hat zu kämpfen, an schriftliche Abmachungen sollten wir uns aber schon halten", wandte er ohne großen Nachdruck ein.

„Früher hatte ich noch ein wenig Unterstützung durch Bürgermeister Labermayr. Seit seinem Tod trage ich die Verantwortung vor Ort, muss ausbaden, was uns die Fürsten auferlegen. Wenn wir unser Salz nicht ungehindert und ohne große Mautaufschläge ausführen können, kommt noch größere Not über das Stift und seine Bewohner, dann weiß ich nicht, wie das Leben weitergehen soll", lamentierte er weiter.
„Hilft Ihm da nicht der neue Abgesandte seines Herrn?", wollte nun Bertram wissen.
„Ihr meint wohl den Jürgen Schrötermann, kennt er ihn?" Fast lauernd kam die Frage an den Salzburger.
„Ich kenne ihn nicht, aber vielleicht kann er mir vorgestellt werden. Gutes habe ich eigentlich über ihn nicht gehört."
Der Dekan atmete auf.
„Ein Wichtigmacher ist er. Ein Wolf im Schafspelz. Einer der überall herumspioniert, scheinheilig tut, Verständnis heuchelt. Wenn er glaubt, genug erfahren zu haben, schlägt er zu. Unbarmherzig treibt er Steuern ein und wir müssen ihm noch unsere Schergen abstellen.
Die Leute hungern, er aber ist ein herausgefressener Fettwanst, der seine Stellung ausnützt und sich ungeniert an junge Frauen heranmacht. Die müssen ihm dann zu Willen sein oder er droht sie und ihre Familien finanziell zu ruinieren. Selbst vor Knaben macht er nicht halt, das triebhafte Schwein!" Fuchsteufelswild erregte sich der Dekan.
„Schmeißt ihn doch hinaus, wenn er so ein Widerling ist!"
„Das können wir nicht, unser Kurfürst hat ihn doch gesandt, mit allen Vollmachten ausgestattet."
„Der Kurfürst ist weit und hat bestimmt andere Sorgen", warf Bertram ein.
„Bereits zwei unserer Lehensbauern hat der Schrötermann

schon in den Ruin getrieben.
Erst vor wenigen Tagen musste eine angesehene Familie von ihrem Ettenberger Lehen fliehen, weil sie Schrötermann in den Schuldturm werfen lassen wollte."
„Ja, das Anwesen steht jetzt leer, da sind zu viel Schulden drauf", beantwortete der Dekan Bertrams Frage.
„Dann lockt ihn nach Salzburg, wir wissen schon, wie wir mit ihm umzugehen haben."
Der Dekan zuckte resignierend die Schultern.
„Erst gestern hat mir die Brandner Theres berichtet, das ist meine Kräuterfrau, dass sich der Unhold an ihre Tochter herangemacht hat und sie sich keinen Rat mehr weiß."
„Heißt ihre Tochter vielleicht Vroni?", fragte nun ganz hellhörig Bertram.
„Ja, Vroni, ein ganz liebes und unschuldiges Ding."
Bertram versprach bei seinem Dienstherrn ein gutes Wort einzulegen und wollte wiederkommen. Dabei hatte er aber nicht unbedingt die Salzprobleme im Kopf. Darin spukte seit ein paar Stunden ganz etwas anderes. Zum Träumen bleibt aber keine Zeit. Rastlos reist Bertram im Auftrage seines Herrn durch die Lande.
In dieser Zeit entscheidet sich das Schicksal Europas für lange Zeit. Der furchtbare Krieg, der nun von der Ostsee bis zu den Alpen, von Ungarn bis nach Lothringen und von Italien bis nach Holland tobt, wurde durch das Eingreifen Frankreichs neu entfacht. Unsäglich sind die Verwüstungen, die von den schwedisch-holländischen Heeren in Niederdeutschland, Sachsen, Thüringen und Böhmen angerichtet werden. Bernhard von Weimar durchzieht mit seinen gnadenlosen Truppen Baden, Elsass und Franken. Die kaiserlichen Truppen marschieren über verbrannte Erde, über verwüstetes, menschenleeres Land, das seit nunmehr einer

Generation von Krieg und Pest heimgesucht wurde.
Mit Kaiser Ferdinand II. stirbt inmitten dieses Infernos ein Regent, der durch seine wankelmütige Politik einen Großteil der Verantwortung mitzutragen hat. Das katholische Frankreich lässt seine Maske fallen, tritt nun entscheidend auf die protestantische Seite, unterstützt Holland und Schweden, um zur ersten Macht in Europa aufzusteigen, indem es den Habsburgern den Todesstoß versetzen möchte.
Erzbischof Richelieu zieht geschickt die Fäden und lenkt das Rudel toll gewordener Wölfe, die im Begriffe sind, sich endgültig gegenseitig zu zerfleischen. Auch Spanien hat einen tödlichen Stoß erhalten.
Die Habsburger Ketten sind gesprengt, niemals wieder will Frankreich von einem übermächtigen Gegner in die Knie gehen müssen. Ferdinand III. besteigt den Thron. Der Erzbischof will Bertram zu den Krönungsfeierlichkeiten entsenden. Der hat jedoch anderes im Sinn.

13

Wieder sucht er sich den Weg nach Berchtesgaden.
Vroni geht ihm nicht mehr aus dem Kopf. Er spricht mit Karina und merkt, wie sehr sie sich schon von ihm und seinen Gedanken entfernt hat, anderen Bildern Platz macht. Er weiß mit Bestimmtheit, dass ihm Karina neues Glück gönnen würde. In Ettenberg fragt er nach dem verwaisten Lehen und findet, dass dies sein neues Zuhause werden könnte. Ein gutbestelltes Haus und Grundstück mit einem unvergleichlichen Ausblick auf seinen Berg, der von hier aus noch unbezwingbarer erscheint.
Noch immer trägt er eine fast unheimliche Gipfelsehnsucht

in sich, ein Ziel, das er einfach erreichen muss.

Die Bemerkung des Berchtesgadener Dekans, dass Vroni von Schrötermann bedrängt wird, lässt ihm keine Ruhe. Er muss zu ihr und hofft, dass er nicht zu spät kommt.
Dem Steuereintreiber geht Vroni ebenfalls nicht aus dem Kopf. Sooft er das Haus ihrer Mutter besucht und nach der Tochter fragt, erhält er ausweichende Antworten.
„Sie macht Besorgungen, sie ist beim Kräutersammeln, sie hilft im Waisenhaus, sie hilft im Stiftsgarten", und Ähnliches fällt ihrer Mutter immer wieder ein.
Schrötermann ändert daraufhin seine Taktik, verlässt die liebenswürdige, schleimige Tour und droht.
„Bisher habe ich schützend meine Hand über Euch gehalten."
„Die haben wir bisher auch nicht gebraucht", entgegnete Theres Brandner gelassen.
„Alle müssen mehr Abgaben entrichten, auch Ihr. Mit Eurem illegalen Gewerbe macht Ihr Euch ohnehin strafbar."
„Ich helfe nur, nehme dafür kein Geld, das wissen alle. Auch die Herren vom Stift können Euch das bestätigen!"
„Das hilft Euch nichts, ich habe hier das Sagen. Dass Ihr kein Geld nehmt, das kann glauben wer will, mich täuscht Ihr da nicht!"
„Was wollt Ihr denn von mir?"
„Ganz einfach. Ich brauche eine Hilfe, eine schreibgewandte, wie Euer Töchterlein. Sie muss mir Buch führen über alle Steuereinnahmen. Das ist ganz einfach, erfordert keine große Ausbildung. Sie wird dann auch in dem Hause wohnen, das mir das Stift zur Verfügung gestellt hat. Ein Schloss gegen Eure Hütte. Davon würde so manche Berchtesgadenerin träumen."

„Das muss ich erst mit meiner Tochter besprechen, die sich einige Tage in Salzburg aufhält.
Ihr hört von mir", vertröstete ihn die Mutter.
„Lange warte ich nicht, das merke Sie sich. Ein Schrötermann lässt sich nicht für dumm verkaufen."
Nun war guter Rat teuer.
Vroni hatte ihrer Mutter erzählt von ihrer bewegenden Begegnung mit dem Salzburger, einem hohen Diplomaten. Sie war sich sicher, dass er wiederkommen würde.
Einen Tag später erhält sie die Anzeige eines Arztes, der sie der gewerblichen Kurpfuscherei beschuldigt. Zur Rede gestellt, gesteht er, von Schrötermann aufgrund von Steuerschulden gezwungen worden zu sein.
Der Landrichter wird eingeschaltet, der dem Gesetze nach handeln muss. Theres bittet die Stiftsherren um Beistand. Aber selbst der Dekan zeigt sich machtlos. Überall ist die Einflussnahme und das rigorose Vorgehen Schrötermanns zu spüren. Wie vom Himmel geschickt, erscheint in der größten Bedrängnis Bertram.
Seine Tante hatte ihm die Adresse von Vroni verraten und er lief schnurstracks zu ihrem Hause. Dort erfuhr er von Theres von der großen Zwangslage.
Daraufhin ging Bertram, der Vroni noch nicht wiedergesehen hatte, zu Schrötermann, den er im Stift antraf. Der Abgesandte des Kurfürsten trat in der neuesten Mode auf. Sie wirkte an seinem unförmigen Körper geradezu lächerlich. Bertram konnte er jedenfalls nicht beeindrucken.
Die Männermode orientierte sich an der schwedischen Soldatenkleidung. So auch bei Schrötermann. Das feine Wildlederkoller war geschlossen über das Wams gezogen. Die seidenen Schlumphosen in giftgrüner Farbe reichten bis unter die Knie. Das Wams sah aus wie ein längerer Überrock

und weil die Taille nach unten rutschte, verglich ihn Bertram unwillkürlich mit einem tonnenförmigen Koloss. Der breite, mit einer riesigen Feder geschmückte Hut schien ebenfalls eine Nummer zu groß und drückte die Ohren in die Waagerechte. Über den mit seidenen Bändern gehaltenen Strümpfen trug er Stulpenstiefel mit Absatz. Natürlich durfte auch ein protziger Degen nicht fehlen.
Trotz allen Zierrats verrieten seine Gesichtszüge primitive Brutalität, seine schulterlangen Haare hingen in fettigen Strähnen über den breiten Spitzenkragen.
Der Dekan stellte sie vor und man tauschte Höflichkeiten aus.
Bertram erkundigte sich nach dem Befinden des Kurfürsten, den er von zahlreichen Begegnungen her persönlich kannte. Schnell kam die Sprache auf die enormen Kriegslasten, die allenthalben Steuererhöhungen mit sich brachten.
„Bei der Aufbringung der Mittel geht man hier in Berchtesgaden viel zu lax vor", beschwerte sich Schrötermann.
„Unsere Bürger und Bauern pfeifen bereits aus dem letzten Loch, wir können sie nicht noch mehr auspressen", verteidigte sich der Dekan.
„Ihr seid zu nachsichtig, das sieht auch mein Herr so, sonst hätte er mich nicht gesandt!"
„Allzu hart darf man nun auch nicht vorgehen, sonst riskiert man offenen Widerstand und Aufruhr, den sich kein Fürstentum in dieser schweren Zeit leisten kann", kam Bertram dem Dekan zur Hilfe.
„Das sehe ich anders. Gestern erst habe ich ihn auf eine Bürgerin hingewiesen, die kaum Steuern zahlt, obwohl sie einen florierenden Handel mit Arzneimitteln treibt und darüber hinaus ohne Approbation heilkundig tätig ist. Ich werde sie mir demnächst selbst vornehmen und dann werden wir ja

sehen!“
„Ihr meint doch nicht die Theres Brandner?“, fragte scheinbar unbefangen Bertram.
Der Dekan nickte und Schrötermann wollte erstaunt wissen „Kennt Ihr die auch?“
„Nur flüchtig, ich bin ihrer Tochter einmal begegnet. Die gefällt mir gut“, setzte er mit voller Absicht hinzu.
„Von der lasst Eure Finger, die ist mir versprochen“, trumpfte nun Schrötermann auf.
Die Maske des seriösen Gesandten hatte er abgestreift. Wut blitzte auf in seinen Augen.
„Da ist sicher der Wunsch der Vater Eures Gedanken. Von Euch hat mir Vroni nämlich nichts erzählt, aber ihre Mutter und die gewiss nichts Gutes.“
Auch Bertram verstellte sich nun nicht mehr. Sein persönlicher Eindruck und das, was er über Schrötermann gehört hatte, erweckte nur noch Abscheu in ihm.
„Ich gehe sofort zu ihr und niemand wird mich daran hindern. Dann soll diese Hexe ihr blaues Wunder erleben!“
Völlig erbost und wild entschlossen wollte er gehen, aber Bertram stellte sich ihm in den Weg.
Nun riss sich Schrötermann, außer sich vor Wut, einen seiner bis zum Ellenbogen reichenden Handschuhe herunter und knallte ihn Bertram ins Gesicht.
Der fragte nur: „Wann und wo?“
„In einer Stunde im Garten des Kreuzganges. Der Dekan stellt die Sekundanten.“
„Degen?, wollte Bertram wissen.
„Was sonst?“, baffte Schrötermann zurück.
Der Dekan wollte vermitteln. Als er aber sah, dass beide Kontrahenten wild entschlossen waren, gab er seine Bemühungen auf und suchte nach zwei adeligen Stiftsherrn, die

noch nicht geflüchtet waren. Fehlanzeige. Also ging er vor das Stift und bat zwei Bürger, die Sekundanz zu übernehmen. Er musste ihnen garantieren, dass dies ohne Folgen für sie bliebe. Duelle waren nämlich nicht nur selten in Berchtesgaden, sondern auch verboten.

In aller Eile wurden die Vorbereitungen getroffen. Wie ein Lauffeuer verbreitete sich die Kunde in der Bevölkerung, die in hellen Scharen herbeiströmte und sich nicht abweisen ließ. Der Kreuzgang war voller Menschen, als Bertram und sein Widersacher fast gleichzeitig erschienen.

Schrötermann trug jetzt eine sogenannte Rheingrafenhose, eine Art Hosenrock und eine lose Jacke aus übereinandergreifenden Zipfeln. Bertram hatte sich lediglich seiner Jacke entledigt, er kämpfte mit einer samtenen Kniehose und einer weißen Bluse mit breitem Spitzenkragen.

Alle Zuschauer wünschten sich einen Sieg Bertrams, waren aber angesichts des körperlichen Ungleichgewichts einigermaßen erschrocken. Einem Koloss wie ein Bär, stand ein schlanker Mann gegenüber, der darüber hinaus noch einen Kopf kleiner war.

Wahrscheinlich glaubte auch Schrötermann, kriegserfahren und kampferprobt wie er war, leichtes Spiel zu haben. Eine halbe Portion also, der er einmal zeigen wollte, wie gefährlich es ist, in fremde Reviere einzudringen. Ihm waren die vielen Zuschauer gerade recht. Die Berchtesgadener sollten einmal sehen, dass mit ihm nicht zu spaßen war.

Die Sekundanten hatten so etwas noch nie gemacht. So entfiel auch jede Erklärung und der Kampf konnte sofort beginnen.

Wild stürmte Schrötermann auf Bertram ein, rammte ihn mit seinem Körper, weil sein Degenstoß ins Leere ging. Bertram taumelte rückwärts, konnte jedoch einen Sturz verhindern und sah sich einem neuen, unkontrolliert vorgetragenen Angriff ausgesetzt.

Bertram wich seitlich aus und parierte mit seiner Klinge den Schlag seines Angreifers, der immer wütender wurde. Er griff an und stieß ins Leere. Wieder und wieder.

Beinahe wäre Bertram unvorsichtig geworden, als er unter den immer freudiger gestimmten Zuschauern Vroni erblickte. Schrötermann schlitzte ihm nur den Ärmel seiner Bluse auf.

Je länger der Kampf dauerte, umso langsamer wurden die Attacken Schrötermanns. Er versuchte es mit Finten; Bertram kannte sie alle.

Schrötermanns Gesicht hatte die Färbung eines gebrühten Krebses angenommen, sein Atem ging stoßweise, er wirkte angeschlagen, obwohl er noch nicht getroffen worden war.

Er schnaubte und stampfte wie ein riesiges Schlachtross nach fünfstündigem Kampfgetümmel. Nun versuchte er seinen Gegner mit Worten zu reizen, wobei Schimpfwörter wie Hurensohn, Bastard oder die Vroni hab ich schon gehabt bei Bertram abprallten, wie Regen am Fels.

Nun spielte Bertram, der bei den Jesuiten in Ingolstadt die besten Fechtlehrer gehabt hatte, mit seinem Gegner. Nach und nach schlitzte er ihm seine Kleidung auf. Zuerst hing sie nur noch in Fetzen an seinem Körper und im weiteren Verlauf verlor er immer mehr Stoff.

Die Zuschauer grölten, lachten und verspotteten Schrötermann auf übelste Weise. Der ganze Hass, der Frust, die Not und das Elend wurde in wilden Beschimpfungen artikuliert. Dann auch auf die Obrigkeit und deren Politik.

„Abstechen, stech ihn doch endlich ab, diesen Schuft, der hats verdient, dieses Schwein, das fette, dieser Blutsauger…“

Der Dekan war zwar froh, dass die Leute endlich ein Ventil hatten, dass sie sich etwas Luft verschaffen konnten in diesen schweren Zeiten, aber das hier durfte nicht eskalieren, musste ein einmaliges Ereignis sein. Die Bürger mussten anschließend wieder zur Vernunft kommen.
Als Bertram einer der nur noch selten und taumelnd vorgetragenen Angriffe mit einem eleganten Sprung auf die Balustrade des Kreuzganges auswich, rief ihm der hinter ihm stehende Dekan zu: „Mach bitte ein Ende!“
Bertram sah auf seinen Gegner, der schwer gezeichnet herumtorkelte, dem nur noch ungenügende Fetzen vom Leibe hingen und der dem Hohn, Spott und der Schadenfreude aller Zuschauer ausgesetzt war und schlug ihm den Degen aus der Hand. Als er seinen Degen auf die Brust seines Gegners setzte, fiel dieser auf die Knie und winselte um Gnade. Ein Bild des Elends und der Schande. Angeekelt wandte sich Bertram ab.
Jedermann wusste, dass Schrötermann keine Gefahr mehr darstellte. Bertram jedoch wollte zu Vroni. Sie musste seine Frau werden. Dies war sein sehnlichster Wunsch und er war sich sicher, dass er nicht abgewiesen werden würde.

14

Massiv waren die Forderungen des Kaisers bezüglich des Beitritts Salzburgs in die Liga.
Alle Bemühungen Bertrams waren erfolglos. Salzburg brauchte den Beistand des Papstes.
Mit seiner Fürsprache und der Abstellung von mehr Soldaten hoffte Erzbischof Paris Lodron seine bündnisfreie Politik fortsetzen zu können.

„Diesen Wahnsinn können wir nicht mitmachen", schwor er Bertram ein. „Es geht nicht mehr um die richtige Religion, es geht nur noch um Macht. Menschenleben spielen keine Rolle mehr. Ausländische Truppen und Söldner beherrschen das Reich."
Bertram kam soeben vom Reichstag in Regensburg zurück und musste seinem Herren von den Forderungen des Kaisers berichten.
„Schwedisch-französische Truppen versuchten mit einem Überraschungsangriff, den sie über die zugefrorene Donau vorangetragen hatten, den Reichstag empfindlich zu stören. Gott sei Dank ist das Eis eingebrochen und der größte Teil der Soldaten ertrunken", erzählte er weiter.
„Ist denn immer noch kein Friede in Sicht?", fragt verzweifelt der Erzbischof.
„Seit 1637 versuchen alle Seiten, einen Universalfriedenskongress durchzuführen; diese Absicht scheitert jedoch am Starrsinn Ferdinands III. Selbst seine Emissäre sind schon ganz verzweifelt, aber sie haben natürlich die Weisungen ihres Herren zu vertreten."
„Versucht in Rom Euer, unser Glück, Gott helfe Euch! Nehmt die schnellsten Pferde und eine gut bewaffnete Eskorte mit. Die Zeit drängt."

Ungern kommt Bertram diesem Auftrag nach. Er lässt seine junge Frau nicht gerne allein auf ihrem neuen Anwesen in Ettenberg.
Monate später kommt er zurück. „Die Kaiserlichen haben inzwischen eine entscheidende Schlacht gegen die Schweden bei Breitenfeld verloren. Es geht drunter und drüber und es scheint nun wirklich keine Rolle mehr zu spielen, welchem Bündnis die einzelnen Kriegsparteien angehören", meint

der Erzbischof, der schon damit rechnete, vom Papst keine Unterstützung zu bekommen. Bertram bringt allerdings ein Geschenk des Heiligen Vaters mit.
„Dies ist eine Pendeluhr. Die Erfindung eines gewissen Galileo Galilei, eines Physikers und Astronomen, der zwar beim Papst in Ungnade gefallen ist, weil er die Lehre des Nikolaus Kopernikus, dass sich die Erde um die Sonne dreht, wissenschaftlich nachweisen konnte, aber seine Erfindungen wollen sie schon."
Interessiert betrachtete der Erzbischof das Geschenk. Bertram musste noch viel erzählen von der Reise, die nicht gefahrlos verlief, von Rom und der Kurie, von Skandalen und politischen Entwicklungen.
Viel zu lange hielt ihn sein Dienstherr zurück. Als Lohn für seine Mission durfte er sich eines weiteren Grundstückes am Untersberg erfreuen.

Bertram sehnte sich nach seiner Vroni. Er nahm sich ein zweites, berggängiges Pferd mit, um seine Liebste nach so langer Zeit möglichst schnell wieder in seine Arme schließen zu können.
Er war froh, dass auch die Mutter Vronis bei ihnen eingezogen war. Nach ihrem Wegzug wollte auch der Landrichter die Anzeige wegen Kurpfuscherei nicht weiter verfolgen.
Es gab ein inniges Wiedersehen und Bertram war stolz auf seine Vroni, die ihm noch schöner schien, als er sie in Erinnerung hatte.
„Wie lange bleibst du zuhause, hoffentlich für immer", wünschte sich Vroni, die sich für die glücklichste Frau der Welt hielt.
Tags darauf besuchte ihn Hanns Faistenauer, der Sprecher der Berchtesgadener Bürger.

„Die Steuern sind unerträglich“, jammerte er. „Den Salzburgern geht es viel besser, wie man uns berichtet. Wir wären froh, wenn wir wieder zu Salzburg gehören würden.“

„Unsere Bürger haben auch hohe Lasten zu tragen. Das ist der Krieg, der vor keinen Grenzen halt macht. Hunger und Elend gehen auch bei uns Hand in Hand. Wer über kein eigenes Feld und Vieh verfügt, ist arm dran. Viele Leute verhungern oder sterben früh wegen der großen Not.“

„Trotzdem können wir nicht einsehen, dass wir für einen völlig sinnlosen Krieg, der gar nicht bei uns stattfindet, das Letzte hergeben müssen“, beklagte sich Faistenauer und wollte wissen:

„Ihr seid ein erfahrener Mann, ein Diplomat, der in der Welt herumgekommen ist, wie kein zweiter, habt Ihr keinen Rat für uns?“

„Ich kann euch nicht helfen. Ich weiß nur, dass die norddeutschen Stifte eures Landesherrn durch die enormen Kriegslasten völlig bankrott sind und so muss Ferdinand notgedrungen auf Berchtesgaden zurückgreifen, ob er will oder nicht. Dazu zwingt ihn schon sein Bruder Maximilian von Bayern, der für ein Heer zu sorgen hat, das uns und euch davor schützt, von den schwedischen Schwadronen in Schutt und Asche gelegt zu werden.

Der Krieg kann nicht mehr lange dauern, dafür gibt es sichere Anzeichen, und dann wird es hoffentlich wieder besser werden.“

„Der schlimmste Blutsauger ist nach dem Debakel mit euch Gott sei Dank verschwunden. Wir haben den Schrötermann nicht mehr gesehen, aber an der Steuerschraube wird trotzdem

unnachgiebig gedreht. Zu allem Überfluss haben wir auch erfahren, dass Schrötermann keinen Heller unserer Steuer an

den Kurfürsten abgeführt hat. Der Lump hat sich aus dem Staube gemacht und wurde bis heute nicht mehr gesehen. Kein Wunder auch in diesen Zeiten, wo es keine Ordnung und eine wild hin- und herwogende Flüchtlingswelle gibt. Wenn es so weitergeht, ist offener Aufruhr nicht mehr zu verhindern."
„Ihr seid aber auch recht bockbeinig. Ein Drittel eurer Steuerschuld habt ihr erst dann beglichen, als euch mit der Einquartierung einiger Hundertschaften aus dem Heer der Liga gedroht wurde", hielt Bertram dem Besucher entgegen.

Bereits nach wenigen Tagen in Ettenberg rief Erzbischof Paris Lodron schon wieder nach Bertram.
„Ich habe hoffnungsvolle Nachrichten", empfing ihn sein Dienstherr. „Jetzt scheint Bewegung in die kriegsmüden Parteien zu kommen. Die Kämpfe gehen zwar weiter, wir haben aber eine Einladung nach Hamburg, wo ernsthafte Verhandlungen aller kriegsführenden Fürsten über die Modalitäten eines Friedensvertrages festgelegt werden sollen.
Es gab zwar schon viele Versuche, aber dieses Mal bin ich voller Hoffnung", setzte er hinzu.
„Wir führen doch keinen Krieg, wir sind doch neutral, was wollen wir also in Hamburg?", wollte Bertram wissen, der auf diese Reise gerne verzichtet hätte.
„Ich kann mir vorstellen, dass die neutralen Länder, die keinem der Bündnisse angehören, eine wichtige Vermittlerrolle spielen werden, wir müssen dabei sein, wenn Ländergrenzen neu gezogen werden, wenn Reparationszahlungen festgelegt, Religionsfragen geregelt werden.
Da hat man schnell ganz schlechte Karten, wenn man nicht vor Ort ist. Außerdem wird der Ort festgelegt, in dem der Friedensvertrag geschlossen werden soll. Das könnte doch

Salzburg sein?
Ich weiß, was ich an Euch habe“, schmeichelte er. „Ihr kennt die meisten der Teilnehmer, habt gute Kontakte und einen hervorragenden Ruf. Ihr müsst da hin!
Freies Geleit für alle Teilnehmer ist gesichert. Hier ist Euer Passierschein. Geht sofort.“
Jeder weitere Versuch Bertrams, die Reise abzuwehren, scheiterte.
Er weiß, dass Hamburg durch seine Festungsmauern, seine Neutralität, aber vor allem durch seine Waffenhändler, die zu allen Kriegsparteien beste Handelsbeziehungen unterhalten, von fremder Besatzung, vor Plünderungen und Brandschatzungen verschont geblieben ist.
Während rundum alles in Schutt und Asche versinkt, erlebt Hamburg einen nie da gewesenen Aufschwung.
Mit Graf Stani und einem bayerischen Delegierten erfolgt die gemeinsame Anreise in Begleitung einer gut bewaffneten Eskorte. Auf der Fahrt begegnen sie überall Bildern des Grauens. Tote liegen auf den Straßen oder hängen in den Bäumen, die Felder sind unbestellt und verwüstet, Städte und Dörfer niedergebrannt und dem Erdboden gleichgemacht.
Organisiertes Militär akzeptiert ihre Passierscheine; wilde Landsknechthaufen fordern sie mehr als einmal zum Kampf. Nackte Not flackert aus den Augen der führerlosen Krieger, die schon lange keinen Sold mehr erhalten haben und sichtlich großen Hunger leiden.
Als sie schließlich Hamburg erreichen, sind bereits wichtige Entscheidungen gefallen.
Friedensverhandlungen sollen demnächst in Osnabrück und Münster aufgenommen werden.
Bertram versucht zwar noch Salzburg ins Spiel zu bringen,

findet jedoch kein Gehör.
Beide Verhandlungsstädte und die Verbindungswege werden von jeglichem Militär freigehalten und allen Delegierten wird freies Geleit zugesagt.
„Komm, wir sehen uns den Fischmarkt an, das siehst du sonst nirgendwo“, fordert Stani seinen Freund auf.
Obwohl Bertram Fisch nicht riechen kann, lässt er sich überreden.
Während der Wiener von Stand zu Stand pilgert, sich von den Händlern und Marktfrauen jeden Fisch erklären lässt, schlendert Bertram durch einen daneben liegenden Jahrmarkt, bei dem sowohl Waren für den täglichen Gebrauch angeboten werden, als auch Gaukler und Spieler die Besucher köstlich unterhalten.
Da gibt es ein Glückspiel, bei dem zu erraten ist, in welches Häuschen eine in die Mitte gesetzte Maus Zuflucht sucht. Kinder scharen sich um einen Märchenerzähler, andere messen sich im Armbrust- oder Bogenschießen, im Hufeisenwerfen oder im Erbsenweitspucken.
Dann sucht Bertram eine Wahrsagerin in ihrem Zelt auf, die ihm weissagt, Vaterfreuden entgegenzusehen. Wie soll das gehen, denkt Bertram, wenn ich nie zu Hause bin?
Akrobaten und Feuerschlucker faszinieren den Salzburger ebenso wie ein Falkner, der mit seinen Greifvögeln auf du und du zu stehen scheint. Jeder Befehl wird prompt ausgeführt.
Schließlich erwirbt er nach hartnäckigem Feilschen eine Halskette aus Bernstein, die wie Honig glänzt. Ein Geschenk für seine Liebste, der er gerne dieses Treiben gezeigt hätte.
Er drängt nach Hause und macht sich schließlich allein auf den Weg, weil seine Begleiter noch einige Zeit in Hamburg bleiben wollen, in einer Stadt, die vor Wohlstand nur so

strotzt.
Er wählt Postkutschen für die Rückreise, weil er hier die größte Sicherheit erwartet. Die Kutscher kennen die Wege und finden hin und wieder ein Rasthaus, in dem es für gutes Geld auch Essen und Getränke gibt. Gold ist die Währung.
Nach gut einer Woche machen sie Rast in einer vom Krieg weitgehend verschonten Herberge nahe Würzburg. Die Schweden waren auch hier, wie der Wirt berichtet. „Wir hatten aber durch die Einquartierung von Offizieren einigermaßen Schutz."
Bedient wurden sie von einem jungen Burschen, eigentlich noch ein Kind, der immer wieder von Weinkrämpfen geschüttelt wurde. Auf Fragen der Reisenden antwortete er nicht.
„Seine Familie hat ziemlich Pech gehabt", mischte sich nun der Wirt ein. Rundherum ist immer noch Krieg und vor den räuberischen, schwadronierenden Horden von Söldnern ist niemand sicher. Ihr seht auch unsere Befestigungen und Waffen. Auch eine Anzahl Musketen haben uns die Schweden hiergelassen. Da hat sich schon mancher eine blutige Nase geholt."
„Und was ist mit dem Jungen?"
„Das ist ein eigenes Kapitel. Seit einigen Wochen hat sich ein Bandenführer, ein Riese von einem Mann, der sich selbst kurfürstlicher Gesandter nennt, hier mit einigen bestens bewaffneten Spießgesellen niedergelassen. Sie spionieren herum und da, wo es etwas zu holen gibt, kassieren sie für irgend einen Kurfürsten Kriegssteuern."
„Was sagt denn der Landesherr, Euer Würzburger Bischof, dazu?"
„Der ist ziemlich machtlos, es brennt an allen Ecken und Enden und keiner beschwert sich, zu sehr sind die 800

Hinrichtungen an sogenannten Hexenmenschen durch das Bistum noch in Erinnerung."

„Was hat man denn dem Buben angetan, dass er immerzu weint?"

„Ah, ja, das war so." Er wartete, bis der Junge außer Hörweite war und sprach dann weiter.

„Seine Mutter hat am Markt eingekauft und war so unvorsichtig, mit Goldmünzen zu bezahlen. Man kriegt ja sonst nichts. Sie wurde beobachtet, verfolgt und plötzlich war das Haus voller Leute, natürlich Banditen von diesem Mann, von dem ich sprach.

Nachdem sich die Mutter weigerte, das Versteck des Goldes zu verraten, wurde sie brutal misshandelt und missbraucht. Sie ist kurz darauf den schweren Verletzungen erlegen. Ihr Junge, ein Verwandter von mir, der alles mit ansehen musste, kam dann zu uns. Ich hoffe, er kann das Trauma überwinden. Ich vermute auch, dass sich der Unhold auch noch am Jungen vergangen hat. Jedermann weiß inzwischen, dass der Kerl Mädchen und Jungen für seine perversen Praktiken missbraucht."

„Solche Schicksale gibt es zuhauf in diesen Zeiten, da ist kaum etwas zu machen", meinte ein Mitreisender.

Bertram hatte jedoch einen Verdacht. Groß und kurfürstlich? Brutal gegen Frauen und Kinder?

„Kennt Ihr den Namen des Anführers?"

Der Wirt schüttelte den Kopf.

„Vielleicht Jürgen Schrötermann?", hakte Bertram nach.

„Ja, Jürgen wurde er genannt", kam es nun vom Jungen, der sich unbemerkt genähert hatte.

„Er ist ein Teufel, er hat die Mama gequält, er hat ihr sehr weh getan und dann sind seine Kumpane über sie hergefallen", berichtet, von Tränen geschüttelt, der Junge. „Und

auch über mich“, fügt er stockend hinzu.
Der Wirt drückt den Jungen beruhigend an seine breite Brust.
Das konnte kein Zufall sein, den Schuft wollte sich Bertram genauer ansehen. Die Kutsche fuhr ohne ihn ab.

„Kann man die Bande hierher locken?“, erkundigte er sich beim Wirt.
Der erhob erschrocken die Hände. „Gott bewahre. Die rauben uns aus, brennen alles nieder. Nicht auszudenken, was meiner Frau und Tochter passiert.“
„Wenn aber nur einer allein käme. Den bräuchten wir doch nicht zu fürchten, oder?“
„Nun, ja, einer allein ...“, er kratzte sich nachdenklich am Kopf, „verdient hätte er es ja.“
Nachdenklich wiegte er sein Haupt hin und her und sagte dann „Wir bräuchten halt einen Lockvogel.“
„Kennt Ihr jemand, der sich auf so ein Abenteuer einlassen würde? An Geld soll es nicht fehlen“, versprach Bertram.
„Ich wüsste da schon eine. Die ist mit allen Wassern gewaschen. Die hat sogar die Schweden zu ihrem Vorteil eingewickelt.“
Daraufhin entwarfen Bertram und der Wirt einen Plan.

Graf Stani und der bayerische Gesandte hatten ebenfalls eine Postkutsche für die Rückreise gewählt. Auch sie wollten in der Raststätte nahe Würzburg übernachten. Die Überraschung war groß bei den drei Verbündeten.
„Wir haben auch eine gute Nachricht mitgebracht“, strahlt Graf Stani.
„Unsere und die Bayern haben die Franzosen in deren Winterquartier überfallen und ihnen gewaltige Verluste zugefügt,

von denen sie sich so schnell nicht erholen dürften. Vielleicht hilft auch das, damit die Franzosen endlich Ruhe geben", hoffen die Freunde gemeinsam.
„Bei den demnächst beginnenden Friedensverhandlungen bist du, Bertram, mit von der Partie. Wir haben dich bereits als versierten Vermittler ins Spiel gebracht und wenn dein Erzbischof einverstanden ist, dann sitzen wir bereits in wenigen Monaten wieder im selben Boot. Ganz Europa wird vertreten sein."

Nun erzählt Bertram die Geschichte des Jungen, der immer noch völlig verheult und verschreckt herumirrt.
„Wir werden den feinen Herrn gemeinsam empfangen, da kannst du dich total auf uns verlassen", versprechen die Freunde.
„Wenn ich mit Euch rechnen kann, so bin ich herzlich froh darüber, weil ich noch nicht abschätzen kann, ob der Finsterling auch alleine auftaucht.
Die Angel ist ausgeworfen und er hat bereits angebissen, wie mir der Wirt versicherte.
Die Dame hat ihm ein Versteck von Gold und sonstigen Wertgegenständen vorgegaukelt, die sich hier im Hause befinden sollen. Um glaubwürdiger zu erscheinen, hat sie ihm ein paar von meinen Goldtalern gezeigt", ergänzte er noch.
„Sie hat das schlau eingefädelt, als sie in einer Taverne, in der die Banditen zechten, scheinbar betrunken mit ihren Goldtalern prahlte."
„Sind wir drei nicht zu wenig, wenn der mit seiner Mannschaft aufkreuzen sollte?", warf Graf Stani ein.
„Der Lockvogel hat ihm gesagt, dass sie nur ihm das Versteck verraten würde. Dann bräuchte er auch nicht zu teilen, riet sie ihm und forderte selbst einen Anteil."

„Wir werden halt abwarten und dann entscheiden, wenn wir unsere Chancen abschätzen können“, schlug der Bayer vor.

„Heute nacht wollen sie uns besuchen“, verriet der Wirt ein paar Tage später.

Die Freunde hatten sich gut bewaffnet und ebenfalls der Wirt, der durchaus einen schlagkräftigen Eindruck machte.
Gegen Mitternacht war es dann so weit. Pferdegetrampel verriet, dass sich die Plünderer keine großen Sorgen machten. Sie glaubten auf einen ängstlichen Wirt zu treffen und leichtes Spiel zu haben.
Drei Männer und ein Mädchen betraten den Gastraum und Bertram erkannte ihn sofort, den Jürgen Schrötermann, wieder wie ein schwedischer Landsknecht gekleidet.
„Also, wo ist das Versteck?“, wandte er sich an das Mädchen.
„Ganz so schnell haben wir nicht gewettet“, antwortete dieses, „zuerst möchte ich wissen, wie hoch mein Anteil an der Beute sein wird.“
Höhnisches Gelächter schlug ihr ins Gesicht.
„Sei froh, wenn du mit heiler Haut davonkommst, du dummes Schwein!“, entgegnete ihr Schrötermann. „Wenn meine Leute mit dir Schlampe fertig sind, werden wir weitersehen. Also, wo ist das Versteck und wo ist der Wirt? Der hat wohl die Hosen bereits gestrichen voll, als er uns anreiten sah?“
„Ohne mich werdet ihr nichts finden und wenn ihr das ganze Haus auf den Kopf stellt.“
Das Mädchen hat Mut, dachte sich Bertram in seinem Versteck.
Der Schlag, den sie einfing, schleuderte sie durch den ganzen Gastraum. Stöhnend und aus einer Kopfwunde blutend,

blieb sie liegen. Hatten sie zu lange gewartet?
Völlig überraschend für die drei Eindringlinge waren die drei Freunde aufgetaucht, standen mit gezogenen Degen vor ihren Gegnern. Der Wirt tauchte ebenfalls auf; mit geladener Muskete.
Schrötermann glaubte zu träumen. Der Salzburger hier? Nach einer Schrecksekunde riss er seinen Degen aus der Scheide und fasste mit der anderen Hand nach einem Dolch.
„Heute bist du fällig, diese Rechnung ist schon lange offen, den Raum wirst du nicht lebend verlassen", brüllte er. Ein paar Schritte zurückspringend, schleuderte er den Dolch auf das Mädchen.
„Hier, dein Judaslohn!", schrie er wutentbrannt.
Dann drang er auf Bertram ein. Seine Kumpane folgten seinem Beispiel und waren überzeugt, gegen diese feinen Gimpel leichtes Spiel zu haben. Es kam jedoch anders. Es war ein Kampf auf Leben und Tod. Pardon gab es keinen, das war nach den ersten Attacken jedermann klar. Nacheinander lagen die Banditen bereits nach kurzer Zeit schwer verletzt oder tot am Boden, während die Verletzungen der drei Freunde kaum der Rede wert waren. Der Wirt brauchte nicht einzugreifen, er kümmerte sich um das Mädchen, für das aber jede Hilfe zu spät kam.
Schrötermann wand sich am Boden. Er blutete aus einer Bauchwunde. Aufgeben wollte er aber nicht. Er kam, gestützt auf seinen Degen, auf die Knie. Seine hasserfüllten Blicke galten ausschließlich Bertram.
Plötzlich fiel ein Schuss. Der Junge hatte die vom Wirt beiseite gelegte Muskete abgefeuert. Die Kugel durchdrang Schrötermanns Kopf. Die verheerende Austrittswunde ließ keine Identifizierung des Getöteten mehr zu.

„Ich lasse Ihnen Geld hier für die Beerdigung des Mädchens und für eine Ausbildung des Jungen. Das Gesindel hier“, er zeigt auf die drei Getöteten, „verscharren Sie am besten so, dass keine Spuren mehr zu sehen sind. Sollten noch weitere Kumpane von ihnen auftauchen, sagen Sie einfach, dass die drei mit großer Beute, die sie Ihnen geraubt hätten, weitergezogen wären. Sie hätten es sehr eilig gehabt, weil sie nicht mit Ihnen teilen wollten.“

15

Bertram und Vroni haben ein Töchterlein. Eine zweite Sarah. Sie können das Glück kaum fassen.

Ihr bisheriger Nachbar musste das Land verlassen. Protestanten werden in der Fürstpropstei nicht geduldet.

So konnte Bertram ein zweites Lehen erwerben. Er mauserte sich allmählich zum Landwirt, wenn er auch Hilfe brauchte. Ein, wegen seines Glaubens aus Franken geflüchtetes Ehepaar kannte sich in der Landwirtschaft bestens aus, was für die Brandstädters eine glückhafte Fügung war.

Ein paar Mal suchte Bertram nach einem Weg auf seinen Berg, doch von seinem Lehen aus schien sein Vorhaben ungleich schwieriger. Die hohe, steilaufragende Felswand fasziniert ihn. Je nach Sonnenlicht leuchtet sie in Rot, Gelb oder Schwarz. Er registriert die senkrechten Spalten und Risse und die Sehnsucht nach diesem Berg entfacht immer aufs Neue eine Glut in ihm, die ihn selbst auf seinen Reisen immer wieder überkommt.

Sein Freund Peter war nicht mehr gut auf den Beinen und daher auch nicht mehr in der Lage, gefährliche Bergtouren zu unternehmen.

Bertram hatte aber eine Idee. Er musste sein Vorhaben jedoch vorerst zurückstellen.

Eine hektische Zeit der Konsultationen war angebrochen, Hegemonieansprüche der Skandinavier und Franzosen, Bestrebungen nach Selbständigkeit der Schweiz und Hollands und vieles mehr galt es zu sondieren, zu besprechen und ließen auch Salzburg und seinen Unterhändler nicht zur Ruhe kommen.

„Ich bin nun bald fünfzig und wünsche mir so sehr einen Stammhalter.“ Fast bittend spricht er zu Vroni, die ihn liebevoll beruhigt. „Ich bin noch jung und wir werden noch viele Kinder haben. Dafür musst du aber schon öfter zu Hause sein, sonst kann das nichts werden“, scherzt seine Frau. Sie verschweigt, dass sie schon oft vor dem Marienbild in Gern und Ettenberg um einen Sohn gebetet hat.

Obst und Vieh gedeihen prächtig und auch Sarah entwickelt sich zu dem allerliebsten Kind. Darin sind sich die stolzen Eltern einig. Inzwischen haben sie sich auch Gänse angeschafft, die auch nachts besser aufpassen und besser Laut geben, als so mancher Hund.

Plünderer und anderem Gesindel ist Ettenberg zu beschwerlich zu erreichen, was sicher ein enormer Vorteil ist. Ihr Haus in Grafengaden wurde demgegenüber schon mehrfach überfallen und die Bewohner verletzt und bestohlen. Kein Haus im Tal ist mehr sicher.

„Mit Zäunen, Schutzwällen, Fallgruben und scharfen Hunden schützen sich die Leute, ohne eine garantierte Sicherheit zu haben“, sagt Bertram.

Die Ordnungskräfte sind überfordert, weil das Diebesvolk sofort wieder über die Grenzen verschwindet.

Kirchenmäßig gehören sie zu Schellenberg, wie auch schon

in Grafengaden. Mit den Pfarrherren stehen sie in gutem Kontakt, was auch daher rühren mag, dass jedermann weiß, wie eng Bertram mit dem Erzbistum Salzburg verbunden ist.
Der Pfarrer von Grafengaden, an den sich Bertram nach dem Brand und dem Tod seiner Familie gewandt hatte, riet ihm dringend, weitere Nachforschungen zu der Brandkatastrophe einzustellen, weil sie zu nichts führen und er sonst keinen Frieden finden würde.
Als Bertram weiter in den Geistlichen dringen wollte, schob dieser das Beichtgeheimnis vor. Er wusste etwas, da war sich Bertram sicher; vielleicht konnte der Bischof etwas in Erfahrung bringen, hoffte er vergeblich. Seine neue Familie half ihm dabei, dass die schmerzlichen Erinnerungen allmählich verblassten.

Bereits im März 1645 ereichte Bertram der Ruf zur Teilnahme an Vorabsprachen für einen Friedenskongress.
„Dieses Mal habe ich ein gutes Gefühl. Wenn es nämlich so weiterginge, würde dies den Exodus, den Untergang der deutschen und österreichischen Lande bedeuten. Kaiser Ferdinand III. wehrt sich zwar mit allem Nachdruck, dass die Reichsstände an den Verhandlungen teilnehmen, aber unser Hemd liegt uns näher, als des Kaisers Rock", unterstrich der Erzbischof seinen Entschluss, bereits an den Vorbereitungen zu den Friedensverhandlungen beteiligt zu werden.
Osnabrück und Münster hatten das Privileg, den Delegierten aller Konfliktparteien und der mittelbar beteiligten Fürstentümer und Länder das Gesprächsforum zu bieten.
In Osnabrück trafen sich nach päpstlicher und venezianischer Vermittlung die Kaiserlichen und die Franzosen. Bertram reiste zuerst nach Münster, wo auch Spanier und

Niederländer ihre Forderungen zur Sprache brachten. Der Krieg tobte noch immer wie ein Inferno durch die deutschen Lande. Trotzdem kamen die Vorbereitungen zum Friedenskongress nur zögerlich voran.
Bertram reiste nach Osnabrück, weil sich in Münster nichts bewegte. Zu starr waren die Fronten.
In Osnabrück traf er alte Freunde, unter Ihnen Graf Stani.
„Es ist nicht zum Aushalten", jammerte er.
„Täglich sterben Hunderte von Leuten, unter ihnen Frauen und Kinder, und hier streiten sie um Rang und Titel, wer als erster den Saal betreten darf, wer in welcher Reihe sitzt und wer reden darf oder als Beobachter einen Platz bekommt", fuhr er schimpfend fort.
„Ich dachte, bei euch geht es besser voran, weil in Osnabrück ebenfalls Nebensächlichkeiten zu Hauptthemen gemacht werden", tröstete Bertram seinen Freund und dachte sich: „Alt ist er geworden."
Sie hatten sich viel zu erzählen. Über Politik, die Familien, ihre Dienstherrn und erinnerten sich noch genau an das Aufeinandertreffen mit Schrötermann und seinen Spießgesellen.
„Ich war bei der Herfahrt noch einmal in dem Gasthof. Da steht nichts mehr, alles niedergebrannt. Vom Wirt oder anderen Personen keine Spur!"
„Am schwierigsten dürften die Verhandlungen zwischen uns und Frankreich werden", mutmaßte Graf Stani. „Wir stehen uns unversöhnlich gegenüber. Das wird sicher die härteste Nuss", setzte er hinzu.
Drei Jahre pendelt Bertram zwischen Osnabrück und Münster. Sein Rat wird zwar gern gehört, jedoch der Einfluss Salzburgs ist zu gering, um richtig ins Gewicht zu fallen. Trotzdem, und darin bestärken ihn viele Delegierte, ist seine

Anwesenheit wichtig, weil die Großen zu gerne Kompromisse zu Lasten der kleineren Fürstentümer schließen, ohne sich um deren Zustimmung zu scheren.
So weit es geht, schreibt er mit den Seinen und erhält auch Antwort, die aber auch oftmals bei den vielen Überfällen auf die Postkutschen verloren geht. Seine Briefe erreichen Vroni mit geschützter Diplomatenpost über das Erzbistum.
Er rät Vroni, das zweite Lehen den eingewanderten Franken ganz zu überlassen, wofür sie im Gegenzug weiterhin die Landwirtschaft auf ihrem Hof weiterführen sollen. Ein Empfehlungsschreiben an den Dekan fügt er bei.
Vroni ist in großer Sorge um ihren Mann. Sie betet viel und erschrickt jedes Mal, wenn ihr ein bischöflicher Kurier Post bringt.
Überraschend taucht eines Tages Bertram auf. Sein Dienstherr hat ihn zur Berichterstattung nach Salzburg beordert. Auch der ist maßlos enttäuscht, wie schleppend die Verhandlungen vorankommen.
„Der schwedische General Torstensson ist bis an die Donau vorgestoßen. Nun ist er in Böhmen einmarschiert und es wird nicht mehr lange dauern, dann hat er auch Prag erobert“, wusste der Erzbischof. „Nimmt denn das Morden überhaupt kein Ende! Haben diese Herren in Westfalen wirklich nichts Besseres zu tun, als ihre Eitelkeiten zu pflegen?“
Viel Hoffnung kann ihm sein Gesandter nicht machen. „An Salzburg hat sich noch keiner zu rühren getraut. Ich bin in Kontakt mit dem kaiserlichen Abgeordneten und mit dem päpstlichen Gesandten, den ich von meinem Rombesuch her kenne. Das macht sich jetzt bezahlt. Er hat sich sogar nach der Uhr erkundigt.“
„Er wird jetzt zu seiner Familie wollen, die wird jauchzen,

wenn sie endlich wieder Mann und Vater sehen. Schnelle Pferde stehen schon bereit." Der Dienstherr hatte vorgesorgt.
Das Wiedersehen macht alle glücklich. Früh am Morgen des nächsten Tages steht Bertram abermals vor der großen Wand. Viel ist nicht zu sehen, weil es in Strömen regnet. Wieder packt ihn der Berg, ergreift Besitz von ihm. Er saugt förmlich die Luft ein, die nach Kräutern, Quellwasser und Fels riecht. Er breitet die Arme aus, drückt sich an die nasse Wand. Stöhnend schwört er sich: „Dich pack ich noch. Nicht heute, aber irgendwann!"
Sie haben immer noch nur eine Tochter. „An mir soll es nicht liegen", lockt die Vroni, „komm, wir können gleich einen Versuch machen."
Bertram lässt sich das nicht zweimal sagen.
Die wenigen Tage des Glücks vergehen wie im Fluge. Haus und Hof sind bestens in Schuss. Ihre Nachbarn konnten das Lehen zu günstigen Bedingungen tatsächlich erwerben und bewirtschaften nun beide Anwesen. Das ist auch der Grund, warum der Mann nicht zum Militärdienst herangezogen wird. „Das haben wir Ihrem Mann zu verdanken, denn auf anderen Höfen gibt es keine Männer mehr", glaubt der Franke, nicht ganz zu Unrecht.
Der halbwüchsige Sohn zerreißt sich fast vor Hilfsbereitschaft. Mit feinem Sinn spürt Vroni, dass der Bursche in sie verliebt ist. Ständig bietet er seine Hilfe an, wacht eifersüchtig darüber, dass nur er die Arbeiten machen kann, die in der Nähe Vronis auszuführen sind.
Ich muss einmal mit seinen Eltern reden, nimmt sie sich vor, damit der arme Junge wieder zur Vernunft kommt.
Geld ist wertlos. Vroni tauscht daher Mehl, Brot, Zucker und andere Dinge, die für den Haushalt wichtig sind, gegen

Erzeugnisse des Hofes. Milch, Butter, Käse, Eier und Fleisch sind überall heiß begehrt.

Bertram ist wieder auf dem Weg nach Norden. Unter dem Druck der ausländischen Militärerfolge bewegt sich auch Ferdinand III.
Der Reichstag in Frankfurt, der bereits seit 1642 tagt, bringt letztendlich die Wende.
Nicht mehr der Kaiser alleine, auch die Reichsstände werden in die Verhandlungen mit einbezogen. Das bringt anfänglich noch mehr Wirrwarr, weil jeder ausschließlich seine Interessen im Kopf hat, aber allmählich gibt es konkrete Ergebnisse.

Die Nachbarn hatte Vroni zu einem ihrer köstlichen Kräutertees, Rezepte ihrer Mutter, eingeladen. Sohn Korbinian wollte mit Freunden nach Salzburg.
Nach Gesprächen, die ihre Höfe betrafen, die allgemeine Wirtschaftsnot, persönliche Sorgen und Nöte, konnte Vroni vorsichtig das Thema mit Korbinian ansprechen.
„Natürlich ist uns das auch nicht verborgen geblieben, das ist jugendliche Schwärmerei, er ist halt in einem schwierigen Alter“, wiegelte der Vater ab. „Das soll aber unsere gute Nachbarschaft nicht trüben, ich werde ihn mir demnächst zur Brust nehmen“, versprach er.
„Seien Sie aber nicht zu streng mit ihm, ich mag ihn ja ganz gut leiden und er ist immer so hilfsbereit. Mein Mann mag ihn auch. Er nimmt ihn sehr gerne auf seinen Erkundungswanderungen zu „seinem Berg“ mit.“
Das Gespräch führten jetzt nur der Vater und die Vroni. Es war jedoch der Mutter Korbinians durchaus anzumerken, dass sie ebenfalls etwas zu sagen gehabt hätte, aber ihrem

Mann nicht widersprechen wollte.
Der verabschiedete sich nach einiger Zeit, weil er die Kühe versorgen musste.
„Ich wollte mich vorher nicht einmischen“, begann die Mutter des Jungen das Thema wieder aufzugreifen.
„Aber wissen Sie, für unseren Sohn gelten nur noch Sie. Wir haben schon lange keinen Zugang mehr zu ihm. Er hat falsche Freunde. Sie gehen mit ihm sogar ins Hurenhaus nach Salzburg, das muss man sich einmal vorstellen. Und das mit 16 Jahren. Wenn wir ihm etwas verbieten, schnauzt er frech zurück. Mein Mann ist viel zu nachsichtig. Ich merke, wie verrückt er nach Ihnen ist. Bitte ermuntern Sie ihn in keiner Weise. Ziehen Sie mich und meinen Mann für Arbeiten heran, für die sich sonst Korbinian aufdrängt.“
Nun war Vroni doch etwas schockiert, wusste aber nicht, wie sie sich künftig verhalten sollte, ohne den Burschen allzu sehr vor den Kopf zu stoßen.
Natürlich, sie war viel allein. Manche, durchaus ansehnliche Männer, die sich vor dem Kriegsdienst gedrückt hatten, besuchten in zunehmenden Maße ihr Lehen.
Die Gründe für ihr Erscheinen waren meist an den Haaren herbeigezogen. Vroni genoss das, weil sie sich in ihrer Eitelkeit als Frau bestätigt fühlte und sie amüsierte sich an der Verlegenheit der Männer und ihrem meist doch recht linkischem Verhalten. Die richtigen Männer sind halt im Krieg, dachte sie sich.
Sie boten dann auch meist ihre Hilfe an, weil man eine so schöne junge Frau nicht so lange alleine lassen konnte. „Wann kommt ihr Mann wieder einmal?“ Diese Frage war meistens dabei und Vroni antwortete dann wie immer: „Ich erwarte ihn jeden Tag, der Post des Erzbischofs nach müsste er eigentlich schon hier sein. Wenn sie dann angestrengt auf

den Pfad zum Tal blickte, war sie den Gast schnell wieder los. Sie hatte genug zu tun, was ihr etwas Abwechslung verschaffte, aber Bertram fehlte ihr schon sehr.
Es war ein sehr heißer Augusttag und die von Salzburg her aufziehenden Wolken deuteten auf ein Gewitter. Das wird meinem Gemüse gut tun, wenn es endlich wieder einmal regnet, dachte sich Vroni.
Tagsüber durfte Sarah in dem zwischen den beiden Lehen gelegenen Löschteich schwimmen.
Bertram und sein Nachbar hatten ihn angelegt mit einer beachtlichen Tiefe, weil sie darin auch Fische züchten wollten, die im Winter nicht einfrieren durften.
Wind war aufgekommen und hatte die Wolken vertrieben. Im Hause war es unerträglich schwül. Es war schon dunkel und bei den Nachbarn rührte sich auch nichts mehr. Sie gingen immer bald zu Bett, weil in aller Herrgottsfrühe das Vieh zu versorgen war.
Vroni schlich daher vorsichtig zum Teich, ließ sich ins Wasser gleiten und genoss sichtlich die ersehnte Abkühlung. Schwimmen hatte sie schon früh gelernt und viele Badetage ihrer Kindheit am Königssee verbracht.
Sie legte sich auf den Rücken und schloss die Augen. Plötzlich spürte sie eine Bewegung. Sie wollte aus dem Wasser, als sie von hinten umklammert wurde. Der Schreck fuhr ihr in die Glieder. Ihr Herz pochte wie wild und sie versuchte, sich loszureißen. „Einen Kuss, nur einen Kuss!“ Sie erkannte die gepresste Stimme Korbinians. Sie lockerte ihre Abwehrhaltung und konnte sich umdrehen.
„Bist du denn von Sinnen“, rief sie, „lass mich sofort los oder ich schreie so laut, dass mich dein Vater hört.“ Der Junge aber reagierte nicht. Er hielt sie jetzt von vorne und presste sich wieder an sie. Sie spürte, dass auch er nackt wie

sie war.
„Lass mich los", redete sie nun ruhiger auf ihn ein, „dann vergessen wir das Ganze."
Korbinian war aber wie wild, Vernunftsgründen nicht zugänglich. Da Vroni keinen Rat mehr wusste, versuchte sie zu schreien, so laut sie nur konnte. Nach der ersten Silbe bereits hielt ihr Korbinian den Mund zu. Sie schlug und strampelte mit Händen und Füßen. Sie keilte richtig aus, aber Korbinian, der am ganzen Leib zitterte und keuchte, wie ein schwer beladener Ochse, ließ nicht von ihr ab.
Sie biss in seine Hand, zog die Beine an und drückte ihn unter Wasser. Alles half nichts.
Der Junge versuchte nun eine neue Taktik. Er drückte ihren Kopf unter Wasser, sodass sie nicht schreien konnte. Dann würgte er sie. Das ging über ihre Kräfte. Sie verlor das Bewusstsein.
Als sie wieder zu sich kam, lag sie mit dem Rücken am Ufer und spürte, wie Korbinian in sie eindrang. Sie war wie gelähmt, keines klaren Gedanken mehr fähig. Reflexartig versuchte sie sich zu befreien. Korbinian hatte ihre Arme ausgebreitet und mit seinen Händen fixiert und drückte mit seiner Stirn auch ihren Kopf in das feuchte Gras. Mit seinem Körpergewicht nagelte er sie förmlich fest, raubte ihr die Luft. Und wieder schwanden ihr die Sinne.

Tagelang vergrub sie sich in ihrem Haus, war für niemanden erreichbar. Nur ihre Mutter durfte zu ihr, versorgte sie mit dem Nötigsten.

Dann erschien Korbinians Mutter. Sie war in großer Sorge um ihren Sohn, weil er bereits einige Tage nicht mehr zu Hause erschienen war. Vroni erzählte ihr unter dem Siegel

der Verschwiegenheit, was vorgefallen war. Die Mutter war entsetzt. „Ich habe so etwas kommen sehen, aber auch nachts zu baden?“..., versuchte sie Vroni eine Mitschuld anzulasten, entschuldigte sich aber sofort, als sie Vronis empörten Blick sah.
„Er wird in Panik geflohen sein“, mutmaßte Vroni.
Seine Mutter überlegte laut:
„Er hat aber überhaupt nichts von seinen Sachen mitgenommen“, das gibt mir doch einige Rätsel auf.
„Mein Mann hat ihm allerdings nach dem letzten Streit gedroht, ihn den Soldaten-Werbern auszuliefern, vielleicht hat er das befürchtet und ist Hals über Kopf davon.“
Vroni machte sich Selbstvorwürfe. Was musste sie auch mitten in der Nacht an den Teich? Hätte sie dem Burschen nicht schon früher energischer entgegentreten müssen?
Verzweifelt weinte sie tagelang, wusch sich immer wieder, weil sie glaubte, den ganzen Schmutz fortspülen zu können. Sie führte schimpfend Selbstgespräche mit Bertram. „Warum bist du auch immer weg. Wärst du hier geblieben, wäre das nicht passiert!“
Sie hatte sich entschlossen, den Jungen nicht anzuzeigen. Er war noch so unreif und die Schuld lag nicht ausschließlich bei ihm, gestand sie sich. Dass er aber, sobald er wieder auftauchte, für lange Zeit vom Hof musste, daran führte kein Weg vorbei.
Der Vater von Korbinian suchte auf Geheiß seiner Frau bei seinen zweifelhaften Freunden in Berchtesgaden und Schellenberg nach ihm.
„Hat er es zuhause nicht mehr ausgehalten vor lauter stinkender Bauernarbeit und Euren ständigen Maßregelungen“, verspotteten ihn die Burschen.
Seit Tagen beobachtete er eine Großfamilie von Gänsegei-

ern, die sich in Nähe der Steilwand zu schaffen machten. Eine tote Gämse vielleicht oder ein Stück Weidevieh, das sich verstiegen hatte und abgestürzt war? Er verdrängte den Gedanken an seinen Sohn, er musste sich jedoch Gewissheit verschaffen. Das war doch genau der Platz, den ihm sein Sohn beschrieben hatte, als er zusammen mit Bertram nach einem Durchstieg durch die Wand gesucht hatte!
Je näher er sich der Ansammlung von Geiern und Dohlen heranpirschte, umso mulmiger wurde ihm zumute. Doch das nicht, sprach er sich Mut zu. Dann hatte er das Ziel erreicht. Mit seinem langen Bergstock vertrieb er die Greifvögel, die allerdings nur ein paar Hüpfer zur Seite machten.
Seine böse Ahnung wurde zur Wirklichkeit. Korbinian sah fürchterlich aus. Er musste in die Wand eingestiegen und abgestürzt sein.
Was die Geier noch übrig ließen, trug der Vater nach Hause. Er zimmerte selbst einen Sarg und regelte die Beerdigung, die in aller Stille stattfand. Der Pfarrer ging von einem Unglücksfall aus; Selbstmördern wurde nämlich das kirchliche Begräbnis verweigert.
Das Verhältnis der beiden Nachbarsfamilien war, seit Korbinian ein so schreckliches Ende gefunden hatte, merklich abgekühlt.
Irgendwie hatte Vroni das Gefühl, die Eltern gäben ihr eine Mitschuld am Tode ihres Sohnes.

Bertram befand sich noch in Münster. Die Friedensverhandlungen stockten immer wieder. Manches Mal kam es ihm vor, als ginge es einen Schritt nach vorne und am nächsten Tag zwei zurück.
Er machte sich auch Sorgen um seine Familie. Im letzten Brief sprach Vroni, dass dem Nachbarssohn ein Unglück

zugestoßen war. Viel schrieb sie jedoch nicht darüber. Nur von einem Vorfall, der schreckliche Konsequenzen nach sich gezogen hatte.

Nach einigen Wochen hatte Vroni die Gewissheit. Sie war schwanger.
Sie war verzweifelt, vertraute sich ihrer Mutter und dem Pfarrer von Grafengaden an.
Einen absolut richtigen Rat wusste keiner. Du kennst Bertram am besten und kannst einschätzen, wie er reagieren wird. Ich könnte dir schon etwas geben", meinte halbherzig die Mutter. „Was die Mutter Kirche davon hält, wenn man ungeborenes Leben auslöscht, das ist dir ja bekannt, mehr kann ich dazu nicht sagen. Viele Frauen landauf und landab sind in diesen Kriegszeiten in einer ähnlichen Situation. Vergewaltigungen sind an der Tagesordnung, die Landsknechte betrachten die Frauen in den besetzten Gebieten als Kriegsbeute. Schreckliche Szenen spielen sich täglich ab. So gesehen bist du eigentlich noch gut dran. Entscheide du, wie du es für richtig hältst, es ist schließlich dein Leben aber auch dein Kind und Gottes Geschöpf", war die Meinung des Pfarrers.

16

Endlich war es soweit. Die in Münster und Osnabrück ausgehandelten Verträge beendeten in großen Teilen des Reiches und der angrenzenden Länder das 30-jährige Blutvergießen.
Mit Graf Stani und einigen Freunden feierten sie in einer Münsteraner Kaserne den Vertrag, den sie aber recht un-

terschiedlich beurteilten und an dem sie auch ein bisschen mitgewirkt hatten. Es hieß aber auch Abschied nehmen.
„Gott sei Dank hat nun alles sein Ende, wenn sich auch mein Kaiser immer noch ziert", stellte der Graf fest.
„Er kann das Rad nicht zurückdrehen, irgendwann muss er klein beigeben," stellte Bertram fest.
„Ich möchte den kennen, der mir nur einen vernünftigen Grund für diesen Krieg nennen kann.
Mit den Verträgen werden zwar die Kampfhandlungen eingestellt, aber kaum eines der ursprünglichen Probleme gelöst. Er ist geradezu ein Paradebeispiel für einen sinnlosen Konflikt mit verheerenden Auswirkungen. Verbrannte Erde überall, sowohl in Natura als auch im übertragenen Sinn", fügte ihr bayerischer Freund hinzu.
Du hast zwar Recht, aber bis auf wenige Ausnahmen begrüßt doch jedermann ein Ende des jahrzehntelangen Mordens. Es wird zwar noch einige Zeit dauern, bis die Ratifizierungsurkunden von allen Beteiligten unterzeichnet werden, aber es gibt keine Kampfhandlungen mehr. Die immer noch plündernden wilden Söldnertrupps werden sicher bald mit vereinter Hilfe aufgerieben sein", hoffte Bertram.
„Profitiert haben ohnehin nur die Protestanten. Denen wurde jetzt alles zugestanden, was sie wollten. Der Friede ist eine Schande für das ehemals so dominante Heilige Römische Reich Deutscher Nation. Alle Länder, insbesondere Frankreich, können frohlocken. Sie sind die größten Profiteure und ohne Verluste im eigenen Land", schimpfte nun Graf Stani.
„Die Schweden nicht zu vergessen mit fünf Millionen Taler als Kriegsentschädigung! Für was eigentlich? Sie haben uns doch überfallen und dazu noch Vorpommern, Rügen, Wismar, Mecklenburg, Bremen und Verden annektiert.

Zusätzlich sitzen sie auch noch mit Stimmrecht bei unseren Reichstagen", erhitzte er sich weiter. „Ich darf gar nicht daran denken, wie schamlos wir ausgeplündert wurden! Mehr als 100.000 Quadratkilometer raubten sie uns, 4,5 Millionen Menschen sind mit einem Federstrich zu Ausländern geworden und die neue, weit in unsere Lande hereinreichende und ungeschützte Grenze zu Frankreich ähnelt den Fransen eines Teppichs."

So ging es hin und her, neu Hinzugekommene diskutierten eifrig mit.

„Ganz so schwarz würde ich das nicht sehen", warf einer von ihnen ein. „Festgeschrieben wurde auf jeden Fall der Religionsfriede, eine Generalamnestie, um weitere Verfolgungen und Zündstoff für neue Kriege zu vermeiden und die paritätische Besetzung des Reichsgerichtes. Wir müssen uns einfach damit abfinden, dass die Protestanten keine Minderheit mehr sind und auch durch einflussreiche Verbündete aus dem Ausland gestützt werden."

„Trotzdem haben wir uns schlecht verkauft; ohne die von den Protestanten hereingeholten Ausländer würde es für uns anders aussehen", mischte sich ein Kaiserlicher ein. „Der Krieg wäre in wenigen Wochen entschieden gewesen!"

„Wer jetzt noch meint, man müsste weitermachen, dem fehlt jeder Blick für die Realität.

Allein zwischen Leitha und Mosel, wo ich herkomme, liegen 15.000 Dörfer in Schutt, von einstmals mehr als einer Million Einwohnern der Pfalz haben nur knapp 50.000 überlebt, in Württemberg schrumpfte die Bevölkerungszahl um mehr als 80 Prozent und selbst in Augsburg, in dem vor dem Kriege 80.000 Menschen lebten, gibt es heute weniger als 18.000!", regt sich ein Delegierter auf.

„Das wissen wir doch alles..."

„Anscheinend nicht", beharrte der Delegierte.
„Ich bin nur dankbar, dass Bertram zu den Mediatoren, den Vermittlern gehört hat, sonst würden wir noch ein paar Jahre verhandeln", lobte ein anderer, um auch von der immer hitziger werdenden Debatte abzulenken.
„Ich war nur das kleinste Rad in dieser Gruppe", wehrte der Salzburger ab.
„Das Hauptverdienst hatte sicher der Kölner Nuntius und der Venezianer Contarini."
„Dass sich die Salzburger aus allen Kampfhandlungen und Bündnisverpflichtungen heraushalten konnten, ist auch zum großen Teil dein Verdienst. Solche Diplomaten könnten auch wir in Wien brauchen. Hast du keine Lust? Ich wüsste da schon was und geadelt würdest du ohnehin", lockte der Kaiserliche.
„Vielleicht komme ich auf dein Angebot einmal zurück. Zuerst muss ich aber nach Hause. Ich habe mich schon seit zwei Jahren nicht mehr sehen lassen, meine Familie wird Schwierigkeiten haben, mich überhaupt zu erkennen. Schau nur, wie grau ich geworden bin." Er zeigte auf sein Haar. „Außerdem habe ich noch ein großes Ziel. Ich möchte der Erste auf dem Untersberg sein und ich weiß auch schon wie."
Es war schon früher Morgen, als sich die Freunde trennten und sich beeilen mussten, die eskortierten Kutschen, die sie auf dem schnellsten Wege nach Hause bringen sollten, zu erreichen.

„Wir blieben total unangetastet", berichtete Bertram seinem Dienstherrn. „Die protestantische Seite honorierte, dass wir als katholisches Land nicht der Liga beigetreten sind und die Ligamächte erinnerten sich an unsere Finanzhilfe und die

Abstellung Salzburger Soldaten und Materials", und fährt dann fort, als er das Interesse des Landesherrn sieht.
„Arg gerupft wurde allerdings der Kaiser, weshalb Ferdinand III. sich vorerst auch weigern will, den Vertrag zu ratifizieren. Die Versammelten hatten durch alle Lager wenig Verständnis für den Kaiser, weil durch seine Sturheit der Krieg so lange gedauert hat."
„Ihr habt für Salzburg genug getan, zieht Euch auf Euer Lehen zurück, Ihr werdet eine freudige Überraschung erleben."
Eilig strebte Bertram auf den Berg und hatte in Rekordzeit seinen Hof erreicht.
Von Weitem sah er schon Sarah, die vor einer Wiege stand und sie heftig schaukelte,
Dann war Bertram heran.
Sarah erkannte ihren Vater nicht und rief laut: „Mama, Mama, komm, da ist ein fremder Mann!"
Bertram stand nun vor seiner Tochter, die zurückgewichen war, und schaute in die Wiege.
Er bemerkte Vroni erst, als sie von hinten die Arme um ihn schlang. Sie weinte und lachte, drehte Bertram zu sich und schmiegte sich an ihn. Lange hatte sie auf diesen Augenblick warten müssen. Auf ein Wiedersehen, das sie sehnlichst herbeigesehnt, vor dem sie sich aber auch gefürchtet hatte.
Etwas irritiert beobachtete Sarah die Szene, bis sie ihre Mutter herbeiwinkte und rief: "Vater ist heimgekehrt, kennst du ihn nicht mehr?" Nun gingen auch Sarah die Augen auf und die drei umarmten sich, wollten sich gar nicht mehr loslassen.
Vronis Mutter gesellte sich etwas später auch zu den Glücklichen, als sie mit einer Hand voll Kräutern vom Gemüsegarten kam.

„Wer liegt denn da in der Wiege?“, wollte nun Bertram wissen.
„Später, später, zuerst musst du dich ausruhen, essen, trinken und alles erzählen. Wir wissen bereits, dass Friede herrscht. Tagelang haben die Glocken geläutet, die Leute getanzt und gefeiert. So etwas habe ich noch nie erlebt.
Der Erzbischof hat uns einen Besuch abgestattet und alles erzählt. Er sprach in höchsten Tönen über dich.“
Stunden waren vergangen, Stunden des Glückes und des Erzählens. Bertram war erstaunt, wie gut ihr Anwesen in Schuss war.
Vronis Mutter nahm Sarah bei der Hand und ging mit ihr in den Gemüsegarten. „Wir müssen für Vater etwas ganz Besonderes kochen und du hilfst mir dabei, mein kleiner Schatz.“

Auf der Ruhebank vor dem Löschteich setzten sich die beiden. Bertram hatte den Arm um seine Frau gelegt, sie ihren Kopf auf seine Brust.
Du bist mir vorher ausgewichen. Was ist denn mit dem Kind in der Wiege? Ist es von den Nachbarn oder von Freunden?“
Du musst jetzt stark sein und mir in Ruhe zuhören“, bat Vroni und schmiegte sich noch mehr an ihren Mann.
Zuerst ganz ruhig, aber dann unter Tränen, berichtete sie von dem schlimmen Ereignis, das sie, aber auch die Nachbarn, so schrecklich getroffen hatte.
Bertram schwieg lange. Dann stand er auf und sagte: „Ich muss ein wenig allein sein.“
Er ging auf seinen Berg, die Gedanken schwirrten ihm durch den Kopf und letztendlich suchte er bei sich die Schuld. Vor der großen Wand stehend schrie er seinen ganzen Schmerz

hinaus. Konnte er sich jemals wieder seiner Frau vorbehaltlos nähern? Konnte er den Kleinen in seinem Hause dulden? Mussten ihn nicht seine Großeltern im Nachbarhaus aufnehmen?

Wie erkannte er, was Vroni wollte, fühlte?

Die Nacht über verbrachte er allein in einer Kammer, die für Besucher bereitstand.

Er fand aber keine Ruhe. Als es dämmerte, lief er los. Er hatte ein Ziel im Auge, das fast schon vergessen war.

Die Höhle war noch genauso verschlossen, wie er sie zurückgelassen hatte.

Nun kniete er vor dem Steinkegel, unter den er einst die Gebeine seiner Liebsten gelegt hatte. Tränen flossen aus seinen übermüdeten Augen und er sprach wirr durcheinander.

Er dachte daran, dass auch er ein Bastard war und jetzt wurde ihm ein Bastard in die Wiege gelegt.

Seine erste Frau wurde oftmals vergewaltigt und jetzt auch Vroni. Das konnte kein Zufall sein, redete er sich ein. „Was ist los mit mir, was habe ich verbrochen, dass diejenigen, die ich liebe, so viel erleiden müssen?", haderte er mit sich und der Welt. Er schlug mit der Stirn gegen den Fels, immer und immer wieder.

Allmählich fing er sich und er sprach mit Karina, so, als säße sie ihm gegenüber, seine schöne Frau, aus Fleisch und Blut.

Dann wusste er, was er zu tun hatte. Die Gebeine und der Schmuck der Toten mussten in geweihte Erde. Das konnte er mit dem Pfarrer von Grafengaden regeln. Das Neugeborene musste getauft werden und sollte für alle Welt als legitimer Sohn von Vroni und ihm anerkannt sein. Niemand wusste schließlich, wie oft er auf Heimaturlaub war.

Nachdem nun allgemeiner Friede verkündet und das Wohnen in Tallagen nicht mehr gefährlich war, würden sie auch

ihr Haus in Grafengaden beziehen. Den Pächtern stünde ein Wechsel auf ihr Lehen in Ettenberg frei.
Als er nach Hause kam, war er mit sich im Reinen. Es dauerte allerdings noch geraume Zeit, bis die beiden, ungetrübt von den zurückliegenden Ereignissen, wieder in Liebe zueinanderfanden.
Im Jahre des Herrn 1650 wurde ihr Sohn Martin geboren.
Nun war es für Bertram an der Zeit, sich seinen Lebenstraum zu erfüllen.

17

Bertram hatte schon gehört, dass die Erklimmung der Untersberger Gipfel von Grödig oder Reichenhall aus die leichteren Varianten darstellten.
Er wollte aber durch die Wand, die seinem ehemaligen Lehen so nahe lag. Das war die Herausforderung, von der er so lange geträumt hatte. Er wusste auch, wie er sein Ziel erreichen konnte.
Es würde zwar Tage dauern, aber das spielte für ihn keine Rolle.
Ängstlich hatte Vroni seine Vorbereitungen beobachtet und vergeblich versucht, ihn von seinem Vorhaben abzubringen. Du bist doch nicht mehr der Jüngste, du bist nicht trainiert oder ausgebildet. Viele sind schon zu Tode gekommen. Uns zuliebe, für deine Töchter und Söhne, gib es auf, du brauchst das nicht, um dich zu bestätigen."
Alles Flehen half nichts. Sie wandte sich an den Erzbischof, in dessen Diensten Bertram immer noch stand. „Haben Eure Eminenz nicht einen längeren Auftrag im Ausland für meinen Mann? Er ist im Begriff eine große Dummheit zu

machen. Sein Vorhaben ist lebensgefährlich!"
Auch Paris Lodron konnte Bertram nicht umstimmen.

Er quartierte sich auf der höchsten Alm Ettenbergs ein und vollendete seine Ausrüstung.
Als erstes zimmerte er sich eine große Anzahl von Holzkeilen unterschiedlicher Größe und brachte sie zur Wand an die Stelle, wo der lange Felsriss, der versetzt scheinbar bis zum Gipfel reichte, endete.
Dann setzte er an Ort und Stelle eine Holzleiter zusammen und beschaffte sich eine Menge von Stricken. Das mit der Leiter hatte er bei vielen Belagerungen gesehen, wo feindliche Truppen hohe Stadtmauern überwunden hatten.
Als er alles beisammen hatte, schlug er die ersten Keile in den Riss, immer im Abstand der Leiterlänge.
Beim höchst gelegenen Keil schob er die Leiter nach oben, hakte sie in einer der letzten Sprossen ein und fixierte sie mit einer Hand am Felsen, damit sie nicht zurück- oder seitlich wegfiel. Er selbst stand bei diesem Manöver auf einem der Holzkeile.
Mit der Leiter konnte er gut die Stellen überbrücken, bei denen er keine Keile einschlagen konnte, weil der Spalt zu breit oder auch zu eng war.
So recht und schlecht kam er voran, musste aber nach einigen Leiterlängen zurück, weil es Nacht wurde.
Er war wie besessen, Fieber hatte ihn gepackt und große Zuversicht, weil sein System bisher Erfolg hatte. Trotz allen Eifers musste er äußerste Vorsicht walten lassen. Zu wackelig und vor allem unerprobt war seine Konstruktion.
So ging es mehrere Tage. Je höher er kam, umso schwieriger wurde es. Der von unten so beständig aussehende Riss verschwand mit einem Male. Bertram war einer Täuschung erle-

gen. Genarrt hatten ihn Wasserspuren, die den Fels schwarz und grün färbten.
Dann sah er, dass ein paar Meter daneben ein weiterer, in die Höhe führender Riss war und weiter oben schien der alte Spalt sich doch noch fortzusetzen. Er schlug neue Keile, mit denen er seine festen Stricke verband.
Wie ein Akrobat schwang er sich so lange in die Richtung der anderen Spalte, bis er zugreifen und Keile einschlagen konnte. Da er vorher die Leiter an einem der mitgeführten Stricke befestigt hatte, konnte er sie nun vorsichtig herüberziehen. Er musste wieder zurück, weitere Keile holen. Wieder schwang er sich an seinen Stricken hängend zum alten Spalt. Er wollte zugreifen, Halt finden, aber er rutschte ab, bis ihn der Strick, den er um den Leib gebunden hatte, hielt. Kopfüber in der Wand hängend brauchte er lange, bis er wieder auf einem sicheren Keil zu stehen kam. Es war nicht sein erster Sturz. Hände und Knie waren blutverkrustet und zerschunden. Er beachtete sie nicht. Er hatte ein Ziel und das wollte er erreichen. Um jeden Preis.
Er musste zurück auf die Almhütte. Die Keile reichten längst nicht. Auch die Stricke waren aufgescheuert und nicht mehr sicher. Er musste sich neue besorgen.

Als er am nächsten Tage wieder aufstieg, hatte er Zuschauer. Neugierige wollten sich das Spektakel nicht entgehen lassen. Sie witterten eine Sensation.
Die Arbeit auf den Lehen blieb liegen. Herren und Knechte beobachteten Bertram in luftiger Höhe. Gänsegeier umkreisten ihn. Hofften sie auf ein reichliches Mal?
Bertram störte das alles nicht. Er wusste, dass seine Familie zuhause war, weil er sie darum gebeten und vorsorglich darauf hingewiesen hatte, dass sein Abenteuer 10 bis 12 Tage in

Anspruch nehmen könnte.

Verbissen kämpfte sich Bertram nach oben.
Er spürte bereits den Gipfelwind, triumphierend sah er, die Arme ausbreitend, nach oben zur Gipfelkante, als der, die Leiter haltende Keil ein wenig nach unten gedrückt wurde. In seiner Euphorie bemerkte Bertram die Veränderung zu spät. Die Leiter rutschte ab, neigte sich nach hinten und riss ihn mit in die Tiefe. Die durchgescheuerten Stricke vermochten ihn nicht zu halten.

Zweites Buch

1

Die noch hochstehende Oktobersonne ließ die sich färbenden Herbstblätter der Obstbäume in herrlich warmen Farben erstrahlen. Vor dem Haus der Brandstädter am Fuße des Untersberges, mit freier Sicht auf Salzburg, ein Bild scheinbar ungetrübter Freude. Mutter Elisabeth auf der Sonnenbank vor dem Haus mit Strickzeug, das sie emsig bediente, davor ihr Mann Martin, der mit ihrem Sohn Christian Holz für den Winter in ofengerechte Scheite zerteilte, die Christian an der Hauswand zu stapeln hatte. Elisabeth schaute immer wieder versonnen nach beiden und hoffte inständig, dass diese Idylle ewig währen möge. Elisabeth war eine schöne Frau. Schlank mit einem blonden Haarkranz und war in ihrem blauen, selbst gewebten und geschneiderten Leinenkleid einfach gut anzuschauen. Ihre beiden Männer hatten sich ihrer Oberkleider entledigt, trugen lange Hirschlederne und waren barfuß. Das kräftige Muskelspiel ihrer Körper verriet, dass sie an harte Arbeit gewohnt waren und sich vor niemanden zu fürchten brauchten.

Trotzdem zogen nach dem Besuch ihres neuen Nachbarn am gestrigen Nachmittag und dem daran anschließenden Gespräch mit ihrem Mann dunkle Wolken auf am Himmel dieser glücklichen Familie.

Sie fühlte es, dass Martin mit jedem Schlag seiner Axt nicht das Brennholz spalten wollte, seine Schläge zielten vielmehr in eine ganz andere Richtung.

Elisabeth sollte in wenigen Monaten Mutter ihres zweiten

Kindes werden, doch ihre Freude darauf war plötzlich in Angst umgeschlagen.
„Ich werde den Erzbischof um Schutz bitten, so gut kenn ich den doch, versuchte Martin sich und seiner Frau Mut zu machen. Zur Zeit ist er beim Fürstpropst in Berchtesgaden, aber sobald er zurückkommt ..."
Sie wussten aber beide, dass ihr neuer Nachbar einen sehr guten Draht zum Landesherrn hatte. Das hatten bereits viele Geschädigte leidvoll erfahren müssen.
Elisabeth und Martin hatten Angst, Angst auch um ihren Sohn, der indirekt Verursacher der Bedrohung war.
Es ging um Gold. Gold, das Christian immer wieder nach Hause brachte und von Martin bei seinem Freund und nächsten Nachbarn, dem Juden Ezechiel, gegen Geld eingetauscht wurde.
Die beiden Freunde vereinbarten, ja beschworen sich zwar der absoluten Geheimhaltung, aber irgendwie war Erich von Tutschburg, oder Tutsch, oder Tutsch-Teufl, wie er von vielen Leuten genannt wurde, auf ihr Tauschgeschäft aufmerksam geworden.
Tutsch war noch nicht lange im Lande, angeblich kam er aus Böhmen, konnte aber sehr schnell das Vertrauen des Landesherrn erwerben, weil er mit dem Aufbau eines Agentennetzes in zunehmendem Maße Lutheraner, Hexen und Zauberer aufbringen und überführen konnte. Die „Geständnisse" der armen Opfer waren samt und sonders erpresst. Ausweisung oder gar Hinrichtung durch Verbrennung waren die Folge.
„Es hat schon mehr als 100 Hexenverbrennungen gegeben und dabei wurden auch Kinder nicht verschont", wusste Martin zu berichten. „Das wird auch nicht aufhören, solange dieser Wüterich tun und lassen kann, was er will."

„Aber der Erzbischof, unser Erzbischof ...“, wandte Elisabeth ein.
„Der ist froh, so einen Henker gefunden zu haben. Max Gandolf von Kuenburg, unser Erzbischof, will jede sich regende Opposition im Keime ersticken. Neulich sagte er erst im Kreise seiner Domherren: Lieber ein paar Unschuldige opfern, als offene Unruhe im Lande.
Er will Kaiser und Papst davon überzeugen, dass er ein Musterland führt, in dem nur der rechte Glaube geduldet wird.
„Aber er muss doch von den vielen Ungeheuerlichkeiten wissen, die in seinem Namen geschehen...“
„Das rührt ihn nicht, in keinster Weise. Dem Halleiner Bürgermeister, der beim letzten Landtag laut Klage geführt hat gegen die Verbrennung von drei unschuldigen Kindern seiner Gemeinde und dabei den Tutschburg als hinterhältig und unmenschlich bezeichnet hat, wurde anschließend in einer Privataudienz deutlich klar gemacht, dass er künftig seinen Mund zu halten habe. Es könne sonst sein, dass Tutsch auch ihn und seiner Familie Belastungsmaterial unterschieben würde. Ein paar Tage danach wurde er übel zusammengeschlagen von Vermummten. Es konnten jedoch keine Schuldigen überführt werden.“
Furcht verbreitet sich im Lande.
„So sieht es aus und wir können nur beten, dass der Besuch gestern keine bösen Auswirkungen hat. Ich hoffe, den Erzbischof zu erreichen. Der kennt doch auch Christian von der letzten Jagd, bei der er sich sehr anerkennend über unseren Sohn geäußert hat.“
Trotz aller Hoffnung auf den Schutz des Erzbischofs, der das Anrecht auf ihr Lehen noch einmal persönlich garantiert hatte, lag die Bedrohung durch Tutsch wie ein riesiger Schatten auf ihnen.

Zu deutlich hatte ihm Tutsch gedroht. Unverfroren wies er auch darauf hin, dass ihr Grundstück gut zu seinem neuen Besitz passen würde. Dann prahlte er, wie sie Ezechiel Goldberg „überführt“ hatten.
„Der war so dumm, immer wieder kleine Goldbarren in der erzbischöflichen Wechselstube einzutauschen. Er glaubte bei einem Judenfreund gut behütet zu sein. Dachte er. Wir aber hatten diesen Burschen schon lange unter Beobachtung. Dieses Pack ändert sich nicht!“
„Aber Ezechiel ist doch zum rechten Glauben konvertiert“, warf Martin ein.
„Mich täuscht da keiner, die tun nur so, um hier bleiben zu können, aber insgeheim leben sie streng nach der Tora, treffen sich in getarnten Synagogen und schmieden finstere Pläne.
Ich hätte Wallenstein retten können; auch er ist einer Verschwörung zum Opfer gefallen, an dem auch diese verdammten Krummnasen die Fäden gezogen haben.“
„Sie kannten Wallenstein?“, hakte nun Martin nach, um den unliebsamen Besucher auf ein anderes Thema zu bringen.
„Das tut nichts zur Sache, ich bin wegen Ezechiel hier.“
„Wir sind nur Nachbarn, sehen uns kaum“, versuchte Martin ihre Freundschaft herunterzuspielen.
„Ja, ja, nur Nachbarn“, höhnte nun Tutsch. Da hatte ich aber einen ganz anderen Eindruck, als Ezechiel gesungen hat“.
„Es geht um Gold, mein Lieber, um Gold, das der Jude von Euch bekommen hat“
Martin hob abwehrend die Hände. „Das stimmt nicht, das kann nicht sein“, wehrte er ab. „Ezechiel muss da was verwechselt haben...“
„Das hat er nicht!“, brüllte Tutsch. „Allmählich verliere ich die Geduld. Dann will ich Ihm einmal erzählen, wie wir den

Juden zum Sprechen gebracht haben. Auch Ihm kann das passieren, wenn Er nicht kooperiert."

Drohend hatte er sich vor Martin aufgebaut und hantierte am Griff seines Degens herum. Dann sprach er weiter, hochmütig und wissend.

„Bei der Durchsuchung seines Hauses konnten wir zwar kein Gold feststellen, jedoch einen kleinen Schmelzofen mit Gussformen, die exakt mit den kleinen Barren übereinstimmten, die er immer zum Umtausch in die Wechselstube brachte. Sein Gefasel von alten Münzen und Familienschmuck, das er eingeschmolzen hat, war eine freche Lüge.

Die Experten des Ordinariats wussten sehr schnell, dass es sich um Reingold in einer Zusammensetzung handelte, das bei uns in einigen Regionen geschürft wird.

Natürlich wollte er nicht reden. Hinterhältig und verschlagen, wie diese Kerle sind, wand er sich wie eine Natter, versuchte immer neue Ausflüchte, aber das half ihm alles nichts.

Für Schmerzen schien er unempfindlich zu sein und wir kennen da viele Varianten, das kann Er glauben", freute sich, mit der Zunge schnalzend, der Teufel.

„Hören Sie auf, ich will das gar nicht wissen", stammelte Martin.

Tutsch weidete sich sichtlich am Entsetzen seines Gegenüber.

„Und ob Er das wissen muss, höre Er gut zu, dass es Ihm nicht genauso ergeht, wie seinem Nachbarn. Nachdem der leider seine Zähne verlieren musste, seine Finger kaputt und sein allgemeiner Zustand nicht gerade zum Besten bestellt war, was er sich alles selbst zuzuschreiben hatte, glaubte er weiterhin den Helden spielen zu müssen. So blieb uns leider nichts anderes übrig, als uns seiner Frau Esther und seiner Tochter anzunehmen."

„Sie Unmensch", würgte da Martin hervor und dachte einen Augenblick darüber nach, den Eindringling umzubringen. Zuerst will ich aber noch zum Erzbischof, nahm er sich fest vor.

„Die Tochter, so eine Judenschlampe", fuhr Tutsch fort, „war noch Jungfrau. Sie schrie fürchterlich und tat so, als würde ihr das keinen Spaß machen. Der Tutschburg hat aber noch jeder Spaß gemacht, hahaha..."

Martin hielt sich die Hände vors Gesicht. Wut kam in ihm auf, unsagbare Wut auf diesen Mann, der den Beinamen Teufel zu Recht trug. Am liebsten hätte er ihm mit voller Wucht ins Gesicht geschlagen, in dieses breitflächige, von wulstigen Lippen und von gnadenlosen Augen beherrschte Gesicht. Wahrlich eine Teufelsfratze, dachte sich Martin.

Tutschburg sah, wie es in Martin arbeitete. Das spornte ihn noch mehr an.

„Also, als sich auch meine Soldaten über die Tochter hermachten, brach der Widerstand des Alten und er sang wie ein Vögelchen. Er war zwar kaum zu verstehen, weil sein nunmehr zahnloser und Blut spuckender Mund keine klare Ausdrucksweise mehr zuließ; dass Sie aber sein Goldlieferant waren, das verstanden wir gut.

Das ersparte auch seinem Sohn eine weitere Sonderbehandlung. Mit seinen gebrochenen Armen wird er allerdings noch einige Zeit fremder Hilfe bedürfen. Samuel heißt er, auch so ein dreckiger Judenname. Der musste allerdings mit ansehen, wie wir mit seiner Schwester verfuhren, praktischer Aufklärungsunterricht, hahaha!"

„Meine Nachbarn sind ehrliche Leute, brave Bürger, die sich noch nie etwas zuschulden haben kommen lassen. An ihnen könnte sich manch Anderer ein Beispiel nehmen," versuchte Martin etwas abzulenken.

Voller Zynismus sah Tutsch auf Martin herab. „Nun, woher hat Er das Gold. Spreche Er, so kann Er sich die Erinnerungshilfen, wie sie sein Nachbar erleben durfte, ersparen. Wir sind da ganz gnädig, es soll auch Sein Schaden nicht sein", schmeichelte er dann.
Martin überlegte: Alles abstreiten, ja, den Tutsch für seine Freveltat sofort umbringen: vorerst nicht, weil Tutsch wahrscheinlich nicht allein gekommen war und seine Soldaten in Rufweite postiert sein dürften.
„Ich kann Ihm da nicht helfen, ich weiß von nichts, wenn ich Gold besitzen würde, hätte ich bestimmt ein anderes Zuhause. Außerdem hab ich Ihn nicht eingeladen. Dort ist die Türe, seine Freveltaten haben bestimmt ein Nachspiel, dafür werde ich sorgen, verlasse Er sich darauf."
Martin war aufgestanden und deutete energisch und voll Abscheu zum Ausgang.
Tutsch lachte nur. „Ah, Er meint wohl seinen Wohltäter, unseren Erzbischof, an den Er sich wenden könnte? Bis der zurückkommt, habe ich genügend Beweise gegen Euch, darauf könnt Ihr Euch verlassen. Einen Tutschburg wirft man nicht aus dem Haus. Denkt daran. Ab sofort ist es vorbei mit einem ruhigen Schlaf. Ich komme bald wieder."

Der Arbeitstag vor ihrem Anwesen ging für die Familie zu Ende. Mit den letzten Strahlen der untergehenden Sonne war es jedoch um ihren Frieden geschehen.
Wie aus dem Nichts tauchte Tutsch mit fünf weiteren Berittenen auf.

2

Zwei Tage schon, in jenem Oktober im Jahre des Herrn anno 1680, besprachen sich die beiden Landesfürsten Erzbischof Max Gandolf von Kuenburg aus Salzburg und der Berchtesgadener Fürstpropst Max von Bayern, um eine gemeinsame Strategie für die anstehende Reichstagssitzung des ständig tagenden Reichstages in Regensburg zu entwickeln.
Max Gandolf hatte turnusgemäß den Vorsitz im Reichsfürstenrat, mit 100 Stimmen die größte und einflussreichste Gruppierung.
Salzburg war aber von mehreren deutschen Fürsten angeklagt, Protestanten entschädigungslos ausgewiesen zu haben, was eindeutig einem früher gefassten Reichstagsbeschluss und mehreren Verträgen zum Religionsfrieden widersprach. Obwohl der Salzkrieg mit Bayern, den allerdings einer seiner Vorgänger zu verantworten hatte, nun schon 70 Jahre zurücklag, war es seitdem zu keinem Besuch eines Salzburger Landesfürsten mehr in Berchtesgaden gekommen. Es gab zwar befristete Handelsverträge, die vor allem die Salzausfuhr der Schellenberger Saline betrafen. Sie mussten immer wieder verlängert werden, Spannungen, die den Salzexport betrafen, bestanden aber unvermindert weiter.
Max Gandolf war es daher sicher nicht leicht gefallen, in die benachbarte Fürstpropstei zu kommen. Er brauchte aber Verbündete, die im Reichstag zu ihm standen. Da er wusste, dass auch die Berchtesgadener gegenüber den Lutherischen keinen Pardon kannten, hoffte er, dass er mit Fürstpropst Max einen Helfer gewinnen könnte. Es war auch purer Zufall, dass Max einmal aus Köln angereist war, um Berchtesgaden, um das er sich herzlich wenig kümmerte, einen Besuch abzustatten. Die Visite wollte er mit einem Abstecher nach

Regensburg verbinden.
Die Landesfürsten besuchten den Reichstag nur aus ganz besonderen Anlässen, ansonsten hatte es sich eingebürgert, dass sich die ständigen Mitglieder von Fachleuten ihres Vertrauens vertreten ließen.
Der ständige Reichstag setzte sich aus neun Mitgliedern des Kurfürstenrates, aus 100 Stimmen des Reichsfürstenrates, wobei die geistlichen Mitglieder 37 Vertreter entsenden konnten, und aus 51 Stimmen des Städterates zusammen. Die Leitung oblag grundsätzlich der Stadt Regensburg. Beschlüsse in den wichtigen Bereichen des Militärs, des Landfriedens und auch dem Nebeneinander der unterschiedlichen Konfessionen bedurften des Konsens mit dem Kaiser.
In dem für Religionsfragen zuständigen Ausschuss lag bereits ein fertiger Vorschlag für den Reichstag vor, der Salzburg verurteilen sollte, Entschädigungen in beachtlicher Höhe an vertriebene Protestanten zu entrichten und darüber hinaus Bußgeldzahlungen wegen der brutalen Verhörmethoden und dem teilweisen Verschwinden ganzer Familien. Die hatten sich zu Luther bekannt oder machten ihnen vor, noch heimlich dem Judentum anzugehören.
Der Salzburger wollte und musste daher mit aller Macht verhindern, dass sich der Reichstag mit diesem Thema befasste. Ihm war nicht wohl bei dem Gedanken, was bei einer eventuellen Anhörung von Zeugen alles zutage treten könnte. Vielleicht war es doch ein Fehler, dass er dem Tutschburg allzu freie Hand gewähren ließ.
Der Berchtesgadener wusste genau, was der Salzburger von ihm erwartete, tat aber so, als handle es sich um einen reinen Höflichkeitsbesuch.
„Wie verlief denn Eure Reise? Von Köln ist es doch ein ganz schönes Stück. Gibt es noch viele Kriegsschäden?“, wollte

der Erzbischof wissen.
„Allmählich normalisiert sich das Ganze. Von Fürstentum zu Fürstentum ist das sehr unterschiedlich. Was ich aber außerordentlich befremdlich empfinde, ist das Kauderwelsch, das allenthalben gesprochen wird. Von den ausländischen Kriegshorden ist ein Durcheinander an Wörtern übernommen worden, was dazu führt, dass man kaum noch etwas versteht. Außerdem wollen es alle den Franzosen nachmachen; vor allem in der Mode. Das ist einfach widerlich!"
Bewusst hatte er die Mode angesprochen. Der vor ihm sitzende Fürstbischof wollte ihn wohl mit seiner Kleidung beeindrucken. Zu einem knöchellangen Spitzenunterkleid trug er einen kardinalsroten, etwas kürzeren wallenden Rock. Ein kostbarer Hermelinumhang mit schwarzen Schwanzspitzen bedeckte die Schultern bis zu den Ellenbogen. Natürlich durften auch die hochhakigen Schuhe, ebenfalls in Kardinalsrot, nicht fehlen. Außerdem trug er eine Perücke, die für Bischöfe und Kardinäle eigentlich unangebracht war.
Der Erzbischof erschien lediglich in einer roten Soutane. Auf seiner Brust leuchtete ein silbernes Kreuz mit Edelsteinen. Er verachtete den Pomp, mit dem sich der Gastgeber herausgeputzt hatte.

Nach dem üblichen Vorgeplänkel aber, wobei das Thema Salz bewusst vermieden wurde, kam Max Gandolf zur Sache.
„Wie Ihr wisst, breitet sich Luthers Lehre wie eine Seuche über unsere Länder aus und wir haben alle Hände voll zu tun, um unser Land und seine Bewohner vor dieser grassierenden Ketzerei zu beschützen."
Er hoffte auf ein zustimmendes Nicken, aber Max sah ihn nur regungslos an.

„Ihr habt doch auch mit diesem Irrglauben zu tun, weil viele Leute aus der Scheffau, Schellenberg und Ettenberg diesem Virus erlegen sind oder sich dorthin geflüchtet haben..."
Scheinbar teilnahmslos hörte der Fürstpropst noch immer zu.
In seinem Innern aber frohlockte er, weil er die Not seines Besuchers deutlich spürte.
Das schadet ihm nicht, der soll nur schwitzen, dachte er sich im Stillen.
„Ihr habt ja selbst allein aus der Scheffauer Gnotschaft die Thanners, Kraxenberger und die vom Wernhof, Wachlehen und Prügellehen ausgewiesen, setzte der Salzburger nach."
„Ausgewiesen schon, das ging nicht anders, aber nicht hinausgeprügelt, und das macht den Unterschied", antwortete der Propst ruhig.
„Sicher habt Ihr schon gehört von dem Beschluss dieses protestantischen Ausschusses im Reichstag ?"
Achselzucken des Fürstpropstes.
„Nun tut nicht so, ich weiß doch von meinen Leuten, dass auch Ihr einen Vertreter in diesem Ausschuss habt."
„Nun ja, es kann schon sein, aber wir sind nicht bei jeder Sitzung mit einem unserer Fachleute vertreten, wir sind ein kleines Fürstentum", die Schultern hochziehend schüttelte Max den Kopf.
„Verzeiht, aber kleines Fürstentum trifft nun wirklich nicht zu. Natürlich habt ihr durch den Dreißigjährigen Krieg einiges an Land verloren, aber gegenüber Salzburg seid ihr immer noch ein Krösus. Also, macht euch nicht kleiner, als ihr seid. Natürlich hat euer Wort beim Reichstag großes Gewicht."
„Ihr verkennt die Lage. Ich kann nur für das kleine Berchtesgaden sprechen. Für Bayern ist mein Bruder zuständig. Der

will und braucht auch meinen Rat nicht."
„Aber sie ziehen doch oft am gleichen Strick. Sie werden sich doch nicht weigern, gemeinsam mit Bayern unser Problem zu lösen?"
Max ging auf diesen Vorwurf nicht ein, sondern kam zum Thema, das dem Salzburger so auf den Nägeln brannte.
„Selbstverständlich bereiten auch uns diese Leute große Sorge. Natürlich müssen auch wir ausweisen, sofern wir ihrer überhaupt habhaft werden. Sichere Zeugen oder eindeutiges Beweismaterial lässt sich schwer finden, und ...", nun sah er seinem Besucher ernst in die Augen, „... brutale Gewalt zur Erzwingung von Aussagen lehnen wir jedoch entschieden ab.
Da kenne ich kein Pardon. Berechtigte Klagen gegen einen meiner Leute hätten für den Betreffenden unliebsame Konsequenzen."
Das saß. Der Erzbischof schwieg darauf, marschierte, sich die Hände reibend, im Empfangsgemach seines Gastgebers auf und ab. Der beobachtete, nicht ohne Schadenfreude, die Verlegenheit seines Gastes.
Natürlich war Fürstpropst Max bestens informiert, natürlich wusste er, wie sehr Salzburg eine Verurteilung finanziell treffen würde. Auch der turnusmäßige Vorsitz der Salzburger im Reichsfürstenrat stand auf dem Spiel.
In Berchtesgaden beobachtete man schon seit geraumer Zeit die grausame Vorgehensweise durch die Obrigkeit des Nachbarlandes. Frauen und Kinder wurden der Hexerei bezichtigt und nach kurzem, unfairen Prozess verbrannt. Männern, die der Zauberei beschuldigt wurden, erging es ebenso. Protestanten und Juden wurden brutal verfolgt, Geständnisse durch Folter erpresst, hingerichtet oder ausgewiesen, wobei ihre ganze Habe im Lande verblieb.

„Wenn wir nicht zusammenstehen", der Erzbischof hatte sich wieder gesammelt, „wenn wir nicht zusammenstehen, gerade wir, die wir die gleiche Heilige Kirche vertreten, dem Papst die Treue geschworen haben, ja, wenn nicht, dann sind wir alle verloren. Wir haben es mit Güte versucht, wir haben missioniert, gepredigt, die Leute mit Arbeit und Brot versorgt, es war aber vergebens." Jetzt redete er sich in Rage.
„Überall und leider auch bei uns, sind diese ketzerischen Schriften aufgetaucht. Prediger, meist Abgefallene der Mutter Kirche, die ein Weib ehelichen wollten, die unsere Bevölkerung in Unsicherheit, in Zweifel stürzten und mit allerlei Versprechungen auf Seelenfang ausgehen. Die Sünde ist plötzlich keine Sünde mehr!"
Max hob beide Hände. „Ich weiß das alles, trotzdem ..."
„Trotzdem?" Fragend zog der Salzburger die Augenbrauen in die Höhe.
„Uns ist da einiges zu Ohren gekommen", Max zögerte etwas und schaute seinen Gesprächspartner direkt an, „.:. ich denke, dass man bei der Verfolgung der Andersgläubigen und -denkenden durchaus etwas humaner vorgehen könnte. Christliche Nächstenliebe sollte sich nicht nur auf Römisch-Katholische beziehen."
Er registrierte genau die Enttäuschung bei dem Erzbischof, der merken musste, dass sein Anliegen bei seinem Nachbarn nicht automatisch, wie er anfänglich überzeugt war, auf fruchtbaren Boden fiel.
Dennoch brauchte er ihn, wusste um den großen Einfluss des Kurfürsten im Reichstag. Er musste ein wenig zurückrudern, das war ihm schnell klar.
„Natürlich haben einige meiner Leute, die es besonders gut machen wollten, auch Fehler begangen, sind vielleicht manches Mal über das Ziel hinausgeschossen, aber Ihr wisst

doch, wo gehobelt wird ... außerdem Kaiser Leopold I. ist in dieser Beziehung auch nicht gerade zimperlich."
„Für ihn ist das auch nicht so einfach. Im Osten hat er die Türken abzuwehren und im Westen kämpft er gegen die Franzosen. Da muss er im eigenen Lande für Ruhe und Ordnung sorgen.
Was er nach dem desaströsen Ausgang des Dreißigjährigen Krieges in wenigen Jahrzehnten wieder aufgebaut hat, ist mehr als beachtenswert. Davon profitieren wir alle. Er ist geradezu gezwungen, Härte zu zeigen, wenn nicht alles wieder den Bach hinuntergehen soll. Sein Heer unter Prinz Eugen fürchten nicht nur die Türken", nahm Maximilian den Kaiser in Schutz.
„Wir sollten nicht so kleinlich sein. Jeder behilft sich in diesen schweren Zeiten so gut er eben kann, da müsst Ihr mir doch zustimmen", buhlte der Erzbischof.

Das erhoffte Verständnis in den Augen des Berchtesgadeners blieb immer noch aus. Damit stieg der Leidensdruck des Erzbischofs, der sich immer unbehaglicher fühlte und schon daran zu zweifeln begann, ob sein Besuch überhaupt sinnvoll war.
Max spürte den Stimmungsumschwung und wollte nun von sich aus ein bisschen Entgegenkommen und Verständnis zeigen.
„Eure Sorgen sind auch meine Sorgen. Vor allem Salzarbeiter, die wir wegen ihres handwerklichen Könnens aus dem Tirolerischen herüberholten, brachten die Lehren Luthers mit, infiltrierten unsere braven Berchtesgadener. Als wir die fatale Entwicklung bemerkten, war es fast schon zu spät. Ausweisungen der zugereisten Unheilsbringer folgten zwangsläufig.

Einheimische, die sich endgültig von unserer Mutter Kirche abgewendet hatten, durften mit all ihrer Habe das Land verlassen. Ein Aderlass, der uns in dem einen oder anderen Fall sehr weh getan hat.
Ich bin aber überrascht, wie gut Ihr informiert seid. Ihr lebt doch fast ausschließlich in Köln. Nach meiner Kenntnis sind Eure Aufenthalte hier äußerst selten und dann auch nur von kurzer Dauer. Darum dachte ich ...“
„Ich weiß nicht, wer Eure Informanten sind, doch darf ich Euch versichern, dass mir die Fürstpropstei sehr wohl am Herzen liegt und es deshalb auch nicht hinnehmen kann, wenn sich falscher Glaube breitmacht.“
Allmählich wird er ja, dachte sich vorschnell der Erzbischof, und nickte verständnisvoll mit dem Kopf und leicht amüsiert spann er seine Gedanken weiter: das Salz spielt natürlich überhaupt keine Rolle!
Der Propst marschierte auf und ab und hub nach einer kurzen Pause wieder an:
„Was wir mit aller Entschiedenheit ablehnen, ist die menschenverachtende Brutalität mit der Eure Leute unbescholtene Mitbürger malträtieren, ihnen unsagbare Qualen bereiten und sich unverschämt an den Gütern ihrer Opfer bereichern!“, sagte er unmissverständlich streng.
Der Salzburger, grau im Gesicht, hob abwehrend die Hände, schüttelte den Kopf, konnte aber die Anschuldigungen seines Gegenüber nicht stoppen.
„Wir wissen das von vielen Vertriebenen, die zumindest vorübergehend bei uns Zuflucht gefunden haben. Ihre Schilderungen waren glaubhaft und von überzeugender Übereinstimmung ...“, er machte eine kurze Pause und fuhr dann fort: „Im Ziel sind wir uns einig. Wir wollen beide keinen Irrglauben in unseren Ländern, aber bei den Maßnahmen

zur Säuberung sind wir total unterschiedlicher Auffassung!"
„Natürlich sind wir uns einig", versuchte der Erzbischof zu beschwichtigen, weil er die wachsende Erregtheit des Fürsten erkannt hatte, „manche Leute übertreiben oft ein wenig. Bis solche Berichte dann bei Euch landen, wird halt vielfach einiges dazugemacht, dramatisiert, so, wie es eben menschlich ist, da geht es doch uns allen so. Da müsst Ihr nicht alles glauben, was Euch so hintertragen wird ... das erleben wir doch alle Tage, Ihr und wir!"
„Dann will ich Euch kurz die Geschichte einer Familie erzählen, die vor ein paar Tagen bei uns eingetroffen ist."
Man sah dem Erzbischof das Unbehagen an. Er versuchte abzuwehren.
„Hin und wieder kann es schon Einzelfälle ... aber ich weiß auch nicht alles ... wir sollten uns nicht mit Kleinigkeiten ...". Stotternd wollte er dem Gespräch eine andere Wendung geben, biss jedoch auf Granit.
„Es mag ein Einzelfall sein, aber die häufen sich in letzter Zeit, seit Ihr einen Bluthund von der Leine gelassen habt, der überall, wo er auftaucht, eine Spur des Grauens hinterlässt.
Ich glaube, er nennt sich Tutschburg oder so ähnlich. Der wollte selbst bei der Verfolgung seiner Opfer bei uns eindringen, konnte aber von meinen Leuten bisher zurückgewiesen werden. Vor wenigen Tagen erst wurde mir berichtet, dass sie die Tordurchfahrt des neuen Mauthauses beim Schellenberger Festungsturm mit Gewalt erzwingen wollten. Das haben unsere braven Wachsoldaten, obwohl sie nur zu sechst sind, Gott sei Dank verhindert. Wenn wir unsere Grenzen gegenseitig nicht mehr respektieren, dann haben wir bald wieder Verhältnisse, die wir längst schon hinter uns glaubten."

„Gut, dass ich das heute erfahre, der Sache werde ich mich sofort annehmen. Gleich rufe ich meinen Sekretär, der sich im Nebenzimmer aufhält.“
„Trotzdem kann ich Euch den Vorfall nicht verschweigen, weil er die ganze Brutalität Eurer Leute wiedergibt.“
„Ich bitte Euch, ich glaube Euch ja ...aber muss das jetzt sein, wir haben doch Wichtigeres ...“
„Es muss sein. Also hört: Vor ein paar Tagen kam ein sehr angesehenes Mitglied unserer Propstei zu uns und bat um eine Aufenthaltsgenehmigung für eine befreundete Familie aus Grödig der schwerverletzt im letzten Augenblick die Flucht gelungen ist.
Es sind konvertierte Juden, rechtschaffene Leute, Goldberg heißen sie, die bereits einmal ihr ganzes Habe verloren, als sie vor der spanischen Inquisition fliehen mussten.
Der Mann kam mit zerschlagenen Händen, die Frau und die Tochter wurden mehrfach brutalst vergewaltigt, mit erheblichen Verletzungen und dem Sohn wurden beide Arme gebrochen.“
„Und das sollen meine Leute ...?“
„Das war die Truppe des Teufels, wie er wohl zurecht genannt wird, und der sich nun auf dem Anwesen seiner Opfer breitgemacht haben soll!“
„Die haben sich bestimmt schwerer Verbrechen schuldig gemacht.“
„Ihr Verbrechen war, dass man sie beschuldigte, weiterhin die jüdische Religion auszuüben, geheime Synagogen zu besuchen und weil man lutherische Schriften in ihrem Hause gefunden haben will. Äußerst merkwürdig, solche Schriften herumliegen zu lassen und das ausgerechnet bei Juden die zum katholischen Glauben übergetreten sind. Ein bisschen zu viel des Guten, meint Ihr nicht auch?“

„Ich kann das kaum glauben, aber wie gesagt, ich erfahre auch nicht alles und dass es hin und wieder zu bedauerlichen Übergriffen ...“, der Erzbischof wand sich wie ein Wurm. Er hatte nicht gedacht, dass der Berchtesgadener sich um solche Dinge kümmern würde. Umso mehr musste er alles daran setzen, dass dieses Thema beim Reichstag von der Tagesordnung verschwindet. Wenn da Zeugen auftraten, nicht auszudenken, dachte er.

Die beiden Diener warteten im Vorzimmer. Beide von nicht zu überbietender Arroganz, starrten sie auf die Malereien an den Wänden und der Decke.
Manchmal, wenn die Stimmen ihrer Herren etwas lauter wurden, spitzten sie gespannt die Ohren, taten aber blasiert gleichgültig.
Dann schauten sie wieder durch die Fenster auf den Platz vor dem Stift und der Kirche, wo großer Markttag war und sich eine Menge bunt gekleideter Bürgerinnen und Bürger vor den Marktständen aufhielten. Der Salzburger, ein asketisch aussehender Mann, der einem verarmten Adelsgeschlecht entstammte, staunte nicht schlecht über das üppige Warenangebot, das dem der Salzburger Schranne in keiner Weise nachstand. Gemüse, Käse, Fisch und Wild gab es ebenso wie Honig, Marmeladen, Blumen und allerhand Geflügel.
Das Geld war knapp; um jeden Kreuzer wurde erbittert gefeilscht.
Es gab auch einen Stand mit Schmuck und Edelsteinen. Auch der war gut frequentiert.
Neben dem Verkäufer fielen zwei Männer auf, die anscheinend schwer verletzt waren.
Bei dem Jüngeren waren beide Unterarme eingeschient und er verzog bei jedem Handgriff schmerzverzerrt sein Gesicht,

der Ältere hatte beide Hände eingebunden. Viel konnten sie nicht helfen, aber ihnen war anzumerken, dass sie sich unter den freundlichen Menschen einigermaßen wohlfühlten.
„Das ist Euer Werk", mit dem Kopf auf die beiden Verletzten deutend, wandte sich der Berchtesgadener an seinen Salzburger Kollegen, „so kommen sie bei uns an, hilfesuchend und ausgeraubt."
„Sie werden es schon nicht anders verdient haben. Dass Ihr dieses Gesindel auch noch aufnehmt, spricht nicht gerade für Euch", näselte der Angesprochene zurück.

Der Fürstpropst wurde, nachdem er seinem Gesprächspartner doch in einige Verlegenheit gebracht hatte, etwas versöhnlicher. Er war auch Diplomat und verstand seine Karten gut auszuspielen.
„Ich könnte mir schon vorstellen, dass ich unter Hintanstellung erheblicher Bedenken bei der betreffenden Sitzung im Reichstag an Eurer Seite stehe, ich brauche jedoch einige Garantien für Berchtesgaden, auch was die Einhaltung der beschlossenen Mindestrechte für die Menschen im Lande Salzburg betrifft. Erstens kann ich Übergriffe mit meinem Gewissen nicht vereinbaren und zweitens unterscheiden viele Leute im Reich nicht zwischen unser beider Länder, und daran leidet auch unser Ruf."
„Wir können über alles sprechen, eine Hand wäscht eben die andere. Dass ich für Eure Unterstützung eine spürbare Gegenleistung zu erbringen habe, damit musste ich rechnen. Was wollt Ihr also haben?"
Der Fürstpropst brauchte nicht zu überlegen. Er wusste es schon, als ihm der Besuch avisiert wurde.
Zollfreie Ausfuhr des Salzes. Das war es, was Berchtesgaden am dringendsten brauchte.

3

Breitspurig, mit hohen Stulpenstiefeln, ledernen bestickten Beinkleidern, mit protzigem goldenem Zierrat versehenem roten Samtwams und einem breitrandigen Hut mit gefärbten Federn marschierte Tutschburg auf Martin zu, der seine Axt weglegte und furchtlos dem Eindringling entgegentrat.
Seine Truppe flankierte ihren Herren, der sich nun vor Martin aufbaute und ihn barsch anbrüllte.
„Ich will Seine Antwort und zwar jetzt und auf der Stelle. Also woher hat Er das Gold?“
„Geht bitte ins Haus“, forderte nun Martin seine Frau und seinen Sohn auf.
„Die bleiben hier, solange ich das will.“
Als Elisabeth und Christian sich anschickten und ins Haus gehen wollten, wurden sie von den Schergen zurückgehalten. Tutschburg hatte einen Säbel umgeschnallt, seine Männer waren mit Musketen, Dolchen und Armbrüsten bewaffnet. Es waren verwegene Gestalten, Heimtücke und Brutalität war ihnen ins Gesicht geschrieben. Tutschburg hatte sich die richtigen Gesellen gesucht, sie passten ausgezeichnet zu ihm.
„Also, red Er, ich kriege es ohnehin heraus, das wird Ihm und seiner Familie aber dann sehr wehe tun!“
„Lassen Sie meine Familie aus dem Spiel und verschwinden Sie!“, sagte ruhig aber bestimmt Martin. Er hoffte, dass man ihm seine Angst, die Sorge um seine Familie, nicht anmerkte.
Elisabeth spürte sie aber; sie zitterte am ganzen Körper. Christian, der um die Stärke und Tapferkeit seines Vaters wusste, glaubte, dass die Eindringlinge bald unverrichteter Dinge abziehen würden.

„Wo hat Er das Gold ..?"
Martin schüttelte den Kopf, wonach ihm völlig unvorbereitet der brutale Fußtritt Tutschburgs in den Unterleib traf. Martin kippte voll Schmerz gekrümmt nach vorne. Sein Peiniger riss das rechte Knie hoch, das mit voller Wucht auf das Unterkiefer von Martin traf. Das Brechen des Kieferknochens war deutlich zu hören. Blut quoll aus Martins Mund.
Er sank nun stöhnend zu Boden und verlor das Bewusstsein, als einer der Häscher den Kolben der Muskete in Martins Hals rammte.
Elisabeth stürzte sich auf den Mann, krallte ihm ihre Fingernägel ins Gesicht und schlug verzweifelt auf ihn ein. Der stieß sie von sich und rammte ihr mit voller Wucht seine Muskete in den Unterleib. Elisabeth fiel auf den Boden, drückte mit beiden Händen auf ihren Bauch. Ihr entrang sich ein tiefer Schmerzensschrei.
Beide Eltern lagen nun am Boden. Christian stand wie erstarrt. Unfähig, sich zu rühren, musste er all das Schreckliche, das wie aus heiterem Himmel über sie hereingebrochen war, mit ansehen.
Tutschburg näherte sich nun Elisabeth.
„Nun wirst uns halt du erzählen, woher Ihr das Gold habt."
Elisabeth stöhnte noch immer voller Schmerzen. Christian hörte, wie sie immer wieder rief: Mein Baby, mein Baby. Dann sah er, wie Mutter blutete. Das Kleid war im unteren Bereich voller Blut und auch ihre Hände.
„Nun, wenn du nicht willst..." Tutschburg stand nun über ihr, schob ihr mit einem Fuß das Kleid hoch und knöpfte seinen Hosenlatz auf.
Dann drehte er sich um, sah Martin immer noch bewusstlos liegen und rief einem seiner Männer zu: „Schüttet ihm einen Krug Wasser über den Kopf, er soll nur sehen, was ihm seine

Sturheit einbringt."
Er wartete, immer noch über Elisabeth stehend, und berauschte sich an ihrem Blut und ihrer Angst und ihrem Wehgeschrei. Ihr Zustand schien ihn noch mehr anzuregen.
Auch seine Männer standen mit lüsternen Augen um die beiden herum, weil sie wussten, dass nach dem Herrn sie an die Reihe kamen. Das lief immer nach dem gleichen Schema ab.
Vor ein paar Tagen erst, bei der Judenfamilie, da war auch noch eine zirka 12-jährige noch unberührte Tochter.
Nun riefen sie nach dem mit dem Wasser, der auch alsbald mit einem Tonkrug gelaufen kam.
Er schüttete den Inhalt über den Kopf von Martin. Der gab jedoch kein Lebenszeichen von sich.
„Macht nichts, wenn sein Weib noch mehr zu jammern beginnt, wird er vielleicht doch noch aufwachen."
Der Soldat schlug den Tonkrug unter dem Gegröle seiner Kameraden auf Martins Kopf. Das Gefäß zersprang durch die Wucht des Aufpralls mit lautem Knall.
Christian, der bis dahin in völliger Erstarrung das Geschehen verfolgt hatte, so als ginge ihn das Ganze nichts an, als träumte er einen bösen Traum, war plötzlich hellwach.
Er sah, wie sich Tutschburg über seine Mutter beugte, sah den bewusstlosen oder vielleicht toten Vater, sah die geifernde und grölende Meute und raste los.
Er griff sich die Axt, die noch immer in der Nähe seines Vaters lag, schwang sie, völlig unbeachtet auf Tutschburg zulaufend, und schlug mit ganzer Kraft zu. Er traf den Peiniger, der nur bedingt ausweichen konnte, am rechten Knie. Der Knall erinnerte Christian an den Abschuss einer Muskete.
Tutschburg, der völlig unvorbereitet nicht sofort erfassen

konnte, was ihm geschehen war, knickte von der Wucht des Schlages weg und sank langsam zu Boden. Er sah auf sein Bein, bei dem der Unterschenkel seltsam wegstand. Blut sickerte in seinen Stulpenstiefel und er brüllte vor Erschrecken.
Allmählich merkten auch seine Leute, die von Christian noch immer keine Notiz nahmen, dass etwas nicht stimmte.
Elisabeth hatte die Situation am schnellsten erfasst. Sie hatte schon die ganz Zeit befürchtet, dass Christian eingreifen und sich ins Unglück stürzen würde. Sie schrie jetzt, so laut sie konnte: „Christian, lauf, lauf so schnell du kannst, lauf zu deinem Freund!"
Christian zögerte noch. Konnte er seine Eltern im Stich lassen?
„Lauf, Junge, lauf", schrie deshalb Elisabeth noch einmal mit ganzer Kraft.
Nun kam auch Bewegung in die Mannschaft.
Zwei von ihnen versuchten ihren Herrn aufzurichten und die anderen griffen nach Christian.
Flink und wendig wie ein Wiesel entwischte er seinen Häschern und rannte mit Riesensprüngen auf den nahen Wald zu.
Einer der Peiniger griff zur Armbrust und zielte.
Tutschburg aber donnerte ihn an: „Nicht schießen, den Bastard will ich lebendig. Bringt ihn zu mir, ich will euch reich belohnen!"
Daraufhin machten sich zwei Leute mit den Pferden auf den Weg und verfolgten die im feuchten Gras noch deutliche Spur des Flüchtenden.
Christian hatte inzwischen das Unterholz erreicht und schlängelte sich geschickt durch die schmalen Pfade, die auch vom Hochwild benutzt wurden, wenn sie zum Äsen in

der Dämmerung auf die Wiese heraustraten.
Zu meinem Freund soll ich gehen, überlegte Christian. Aber der war doch verschwunden, samt seiner Familie. Oder meinte die Mutter die Söhne von Sarah, seiner Tante? Die kamen jedes Jahr in den Ferien zu ihnen auf den Hof. Es war unglaublich, was Carl und Thomas verdrücken konnten, so mager wie sie waren. Er verdrängte diese Nebensächlichkeit sofort aus seinem Gedächtnis. Zu ernst, zu furchtbar war die Lage für ihn und seine Eltern.
Von ihnen wusste er, dass Tante Sarah einen adeligen Offizier geheiratet hatte. Er war jedoch spielsüchtig, weshalb sein Erbe und die Mitgift seiner Frau in kurzer Zeit verputzt waren. Bei einem Duell, bei dem es um Spielschulden ging, tötete er einen Kameraden und wurde nach einem Prozess, bei dem die Richter der Überzeugung waren, dass er vor dem Kommando bereits geschossen hatte, unehrenhaft aus der Armee ausgeschlossen. Nun lebte die Familie vom Einkommen des ältesten Sohnes Carl, der wegen seines adeligen Namens und der Protektion durch einen alten Freund der Familie trotz seiner Jugend beim Finanzminister des Kaisers in Wien eine Beschäftigung fand.
Dort konnte er also nicht hin. Einen Esser mehr würde die Familie bestimmt nicht verkraften.
Onkel Georg hatte auch einen Sohn, der etwa so alt wie Christian war. Ein richtiger Freund war das aber nicht. Sie lebten auf einem Lehen in Ettenberg, das einmal Christians Großeltern gehört hatte. Warum Onkel Georg bereits in jungen Jahren den Brandstädter Hof verlassen und nach Ettenberg gegangen war, darüber schwiegen sich die Eltern aus.
Zu Onkel Georg konnte er auch deshalb nicht, weil ihn Tutsch und seine Männer bestimmt in kurzer Zeit aufgespürt hätten. Gleiches galt für die Scheideggs in der Gnot-

schaft Gern, von denen jedermann wusste, dass sie mit ihnen verwandt waren und sich gegenseitig gerne besuchten. Eigentlich schade. Sie hatten nämlich einen Haufen Kinder und bei ihren gegenseitigen Besuchen meistens viel Spaß miteinander.

Dann hörte er die Pferde der Verfolger durch das Unterholz brechen und plötzlich wusste er, wen Mutter gemeint hatte. Das war der Ausweg, da würde ihn keiner finden. Diesen Jungen hatte er nur einmal gesehen, obwohl er regelmäßig mit ihm in Verbindung stand.
Es wurde schon dunkel und die mit den Pferden würden nicht weit kommen. Da konnte er sicher sein. Seine Gedanken galten seinen Eltern. Hoffentlich hatte er mit seinem Schlag dafür gesorgt, dass die Eindringlinge ihr Vorhaben und ihre lüsternen Gedanken vergessen hatten.

Tutschburg ließ eine Kutsche anspannen. Sein Bein wurde oberhalb des Knies abgebunden und der Unterschenkel mittels Holzspänen am Knie fixiert. Dann wollte er auf dem schnellsten Wege zum Medicus nach Salzburg.
Allmählich stellten sich auch die Schmerzen ein und er fluchte und stöhnte erbärmlich.
„Bringt mir bloß ganz schnell diesen Burschen“, schrie er immer wieder. „Dem ziehe ich die Haut bei lebendigem Leibe ab!“
Um Elisabeth und Martin kümmerte sich keiner mehr.
Der Teufel aber brüllte noch: „Fackelt die Hütte ab!“
Zu gerne kamen die Zurückgebliebenen diesem Befehl nach. Die hochschlagende Feuersbrunst sah man bis Salzburg.

4

Auch am kaiserlichen Hof war man mit der Reise-Vorbereitung zum Reichstag beschäftigt.
Wichtige Vorlagen sollten beschlossen werden und die Berater des Kaisers rieten ihrem Herrn zur persönlichen Teilnahme an der Sitzung. Man wusste, dass eine Reihe von Kurfürsten und Herzögen anwesend sein würden und dazu auch hohe geistliche Würdenträger.
Nach der von den Regensburgern vorgelegten Tagesordnung waren heftige Konflikte zu erwarten, ja, geradezu vorprogrammiert.
Nur der Kaiser konnte, kraft seines Amtes, die Wogen glätten und die Interessen der verschiedenen Parteien entweder ausklammern oder so zusammenführen, dass sie konsensfähig waren. Ein Auseinanderbrechen der Fraktionen könnte in offenen Streit ausarten und zum Schlimmsten führen. Ein erneuter Krieg, musste mit allen Mitteln verhindert werden.
Obwohl die Wunden des langen, 30 Jahre andauernden Krieges noch in keinster Weise verheilt waren, gab es immer noch Heißsporne unter den Mächtigen, denen ein erneuter Waffengang gerade recht käme. Da gab es ja noch alte Rechnungen zu begleichen, Ländergrenzen zu korrigieren, Rache an früheren Niederlagen zu nehmen, seinen Stolz wiederherzustellen, Religionsgrenzen zu verändern und vieles mehr.
Leopold I. hatte bereits 1654 den Thron bestiegen, obwohl dafür sein früh verstorbener Bruder vorgesehen war.
So galten die Vorlieben des von Jesuiten erzogenen Kaisers auch ursprünglich der Kunst. Als Musiker hatte er sich bereits einen Namen gemacht.
Er saß an der Stirnseite, etwas erhöht und auf einem etwas zu prunkvollen Stuhl des langen Tischovals, und hörte sich

die Argumente seiner Berater und Minister an.
Die endgültige Entscheidung lag kraft seines Amtes bei ihm. Er hatte auch auf einen Ersten Minister verzichtet, weil jeder in der Runde das gleiche Rede- und Stimmrecht haben sollte.
„Ich danke Ihnen, meine Herren, für Ihre wie immer fundierten und ausgezeichneten Beiträge. Kompliment."
Sich von seinem Platz erhebend sprach er weiter:
„Regensburg ist zwar wichtig, ich glaube jedoch, dass ich von Ihnen auch bei diesem Reichstag gut vertreten werde und unsere Interessen bei Ihnen in besten Händen sind.
Es ist uns schon bewusst, dass sich die Protestanten, die uns vor einigen Jahrzehnten alle ins Unglück gestürzt haben, wiederum um vermehrte Rechte, um vermehrten Einfluss bemühen werden. Die strickte Ablehnung ihrer Religion in unserem Lande ist ihnen ein Dorn im Auge.
Was ist also zu tun?"
Er sah in die Runde, erwartete aber keine Antwort.
„Wir haben uns entschlossen", dabei legte er die Hand auf die Schulter des neben ihm sitzenden Jesuiten, „in einigen wenigen Orten unseres Reiches eine beschränkte religiöse Freizügigkeit zu gestatten."
Ungläubig sahen die meisten Anwesenden auf ihren Regenten.
„Im Augenblick haben wir größere Sorgen. Das Reich wird massiv bedroht und wir brauchen Verbündete, die wir durch diese Geste gewinnen müssen.
Wir wissen, dass die Osmanen unter Kara Mustafa einen erneuten Feldzug gegen uns vorbereiten. Animiert von unserem Vetter Ludwig XIV., der bereits Straßburg und die linksrheinischen Gebiete, die ihm beim Westfälischen Frieden noch nicht abgetreten werden mussten, nun ebenfalls

annektiert. Nun schickt er sich zu weiteren Beutezügen an, wartet nur darauf, bis wir unsere Kräfte gegen die Osmanen konzentrieren müssen.
Darüber hinaus haben wir einen französischen Kurier abgefangen, der uns nach anfänglichem Leugnen gestehen musste, den Osmanen französischen Beistand zuzusichern, sofern sich diese zu einem Feldzug gegen uns entschließen."
Unruhe macht sich breit, das aufkommende Stimmengewirr beendet der Kaiser mit einer Geste.
„Ich habe mich daher entschlossen, nicht nach Regensburg zu gehen, sondern ich werde den polnischen König besuchen, der über ein starkes und bestens ausgerüstetes Heer verfügt. Er befehligt eine Reitertruppe, die Husaren, die es mit der wendigen osmanischen Reiterei durchaus aufnehmen können.
Weitere hochrangige Abgeordnete werden nach Sachsen, Bayern und zu süddeutschen Fürstentümern reisen, um diese Regenten für unseren Kampf gegen die Osmanen zu gewinnen. Sie wären nämlich die Nächsten, die bei einem Vormarsch Mustafas an der Reihe wären."
Er bemerkt auch Skepsis unter seinen Leuten. Er hatte sich wieder gesetzt und spricht daher noch einmal.
„Wir wissen auch, dass sich bei einem Überfall der Osmanen die Ungarn unseren Feinden anschließen wollen. Von dieser Seite können wir also keine Hilfe erwarten. Das Gegenteil ist der Fall!"
„Und Regensburg, was ist nun mit dem Reichstag?", will einer wissen.
„Da es sicher nur um Religionsfragen, kleinliches Gezanke und ums Geld geht, vertreten uns Pater Sebald und unser Finanzminister." Er blickt auf seinen Minister und bemerkt hinter ihm stehend einen jungen Mann.

„Nun, Herr Minister, haben Sie einen neuen Sekretär?“
„Sozusagen, Majestät, eine tüchtige Hilfe, wie mein zweites Gedächtnis. Er macht sich eifrig Notizen, damit ich auch nichts vergesse.“
Interessiert betrachtet der Kaiser den jungen Mann.
„Woher kommt er?, ich sehe ihn zum ersten Mal.“
„Es ist der junge Baron Carl von Thallheim. Sein Vater kommt aus Böhmen, die Mutter aus Salzburg.“
„Ah, Salzburg, da kennt er bestimmt den Biber, den Franz Biber. Ein genialer Musiker. Bei seinem nächsten Besuch in Salzburg“, nun schaute er Carl direkt an, „muss Er ihm eine persönliche Einladung nach Wien mitbringen. Aber nicht vergessen“, setzt er scherzhaft hinzu. Carl verneigt sich tief, um auch die aufkommende Gesichtsröte nicht zu deutlich sehen zu lassen.
„Seine Majestät hat ihn angesprochen. Das macht er sonst nie“, stellte der Minister auf der Heimfahrt zu seinem Palais fest.
„Er wird mich nach Regensburg begleiten und kann gerne den Umweg über Salzburg nehmen. Wir haben ohnehin noch zwei Wochen Zeit.“
Carl freut sich auf Salzburg. Die Erinnerung, im Hause seiner Tante Elisabeth zu sein, war immer mit großen Essensportionen und mit Wanderungen zusammen mit Onkel Martin und Christian auf den Untersberg zu den besten Beobachtungsplätzen für Rotwild verbunden.
Christian wusste die Stellen, wo man nahe genug an das seltene Wild herankam, das Carl in Wien noch nie zu Gesicht bekommen hatte. Auch bei seinen Freunden erntete er meist ungläubiges Staunen, wenn er von balzenden Auerhähnen, jungen Füchsen, die vor ihrem Bau spielten, geschäftigen Dachsen, Adlern und Geiern erzählte. Er freute sich auf ein

Wiedersehen, wenn auch sein kleinerer Bruder wegen der Schule dieses Mal nicht mitkommen konnte.

Christian hatte sich inzwischen einen Schlafplatz gesucht. Er kannte das kleine Wäldchen mit dichtem Buschwerk, das ihn vor neugierigen Blicken bewahren sollte. Von hier aus hatte er oftmals Schalenwild, aber auch Birk- und Auerhähne während der Balzzeit unbemerkt beobachten können. Er zog über sich ein paar große Äste, die ihn vollends unsichtbar machten.
Vogelgezwitscher weckte ihn. Es dämmerte schon und der rötlich-goldene Horizont kündigte die aufgehende Sonne an. Lange hatte er wach gelegen, er hatte zwar keine Angst, entdeckt zu werden, aber immer noch die schrecklichen Bilder vor Augen. Er betete unaufhörlich für seine Eltern, versprach Gott und seinen Heiligen sein Leben der Kirche zu widmen, wenn seine Eltern verschont geblieben waren. Er dachte mit Schaudern an den hell aufleuchtenden Schein über ihrem Hause, der so groß war, dass der halbe Wald in flackerndes Licht getaucht war. Feuer hatte das bedeutet, Feuer, das vielleicht ihr ganzes Anwesen und den Viehbestand vernichtet hatte.
Dann drang plötzlich Hundegebell an sein Ohr. Er musste also schnell weiter. Es war ihm klar, dass Tutsch mit allen Mitteln nach ihm suchen ließe. Er selbst konnte das sicher nicht mehr. Christian hatte noch immer den Knall in den Ohren, der von dem zerschmetterten Bein gekommen war. Er machte sich Vorwürfe. Ich bin schuld, ich habe meine Eltern ins Unglück gestürzt, sagte er sich immer wieder.

Vor einigen Monaten hatte ihn sein Vater zu einer Staatsjagd auf den Untersberg mitgenommen. Er wusste nämlich wie sein Vater die besten Einstände des Schalenwildes. Die bevorzugten Rast- und Äsplätze der kapitalsten Hirsche waren ihm bestens bekannt.

Ihm wurde ein Fürst zugewiesen, dem er einen starken 12-Ender zutreiben sollte.

Eifrig bemühte er sich, dem hohen Gast zu einem treffsicheren Schuss aus kurzer Entfernung zu verhelfen.

Der Pfeil aus der Armbrust verfehlte jedoch sein Ziel. Er streifte das Tier nur ganz geringfügig an der Hinterhand und einen weiteren Schuss ließ das flüchtende Wild nicht zu.

Ein bisschen Schadenfreude verspürte Christian schon, weil in seiner Seele zwei Seiten stritten. Einmal hatte er Mitleid mit seinem Wild und zum zweiten wollte er nicht gerne auf das Trinkgeld verzichten, das bei einem erfolgreichen Abschuss oft sehr reichlich ausfiel.

Du kennst doch sicher noch einen anderen Platz, wo ich zum Schuss kommen könnte. Es soll Dein Schaden nicht sein", lockte der Fürst den Buben.

„Rotwild ist weiter unten, da sind aber die besten Plätze schon durch die anderen Jäger belegt", wusste Christian. Er hörte aber auch, während die Jagd eingeblasen wurde, von hohen Wetten, mit denen sich die Jagdgäste gegenseitig aufstachelten.

„Es muss kein Hirsch sein. Ein Bär wäre mir am liebsten oder ein Adler. Selbst ein starker Gamsbock würde mir auch schon reichen."

Mit den scharfen Augen eines Jägers sucht Christian die Felsen, Schluchten und Höhen ab. Er kennt hier jeden Stein, jeden Baum, jeden Busch. Er weiß auch einen guten Platz, der dem Gast durchaus zu dem erhofften Jagdglück verhelfen könnte. Er lässt sich aber Zeit, wiegt mit dem Kopf hin und her, blickt suchend herum und rückt dann nach einiger

Zeit heraus mit der Sprache.
„Da müssen wir aber noch höher hinauf, da weiß ich ein größeres Rudel Gämsen, in dessen Nähe sich hin und wieder auch ein starker Bock zeigt. Die Brunftzeit ist nicht mehr weit. Vielleicht haben wir Glück."
Das hatten sie.
Der Wind stand günstig, der Bock, der scheinbar uninteressiert das Rudel beäugte, befand sich in Schussnähe. Für einen guten Schützen sicher keine allzu große Herausforderung.
Der Fürst traf auch. Aber nicht tödlich.
Der Bock wirbelte herum und stürmte kraftvoll bergwärts in die felsige, extrem steile Region.
Er war dieses Terrain gewohnt, Christian auch ein wenig, der Fürst aber nicht.
„Setz ihm nach, der ist schwer getroffen!"
Christian nahm es sportlich und verfolgte den Bock.
Er hatte ihn meist im Blick, trotzdem wurde der Abstand größer. Schwer kann der nicht verwundet sein, dachte sich der Junge, kletterte aber weiter. Er achtete kaum darauf, wie gefahrvoll das Gelände mit jedem Meter wurde.
Dann war der Bock verschwunden. Spurlos, trotz scheinbar guter Sicht. Sosehr sich der Junge auch anstrengte, herumsuchte, der Gamsbock war einfach weg.
Christian bedeutete seinem Jagdgast mit den Armen, dass die Verfolgung des Wildes erfolglos verlaufen war.
Der Fürst, voller Frust, den hämischen Kommentaren der übrigen Jagdgäste entgegensehend, machte sich schnurstracks auf den Rückweg. Er wollte nicht als Letzter zurückkommen. Vielleicht konnte er weiter unten noch etwas arrangieren und hoffte, dass ihn eventuell der Erzbischof von dieser Peinlichkeit befreien konnte. Der Junge müsste auf jeden Fall seinen Mund halten. Dafür würde er mit ein

paar Münzen schon sorgen.
Christian arbeitete sich an den Platz hoch, wo er den Bock zuletzt gesehen hatte. Die Schweißspur endete hier abrupt.
Er richtete sich auf, reckte sich in alle Richtungen. Plötzlich gab der Steinblock, auf dem er stand, etwas nach und Christian stürzte rücklings hinunter. Er schlug mit dem Kopf auf und verlor das Bewusstsein.
Es war dämmrig dunkel, als er wieder aufwachte und es roch nicht sehr angenehm.
„Er kommt zu sich“, hörte er eine fremde Stimme sagen.
„Wo bin ich, was ist mit mir?“
Er fasste sich an den Kopf, der gehörig brummte und schmerzte. Er fühlte so etwas wie einen Verband, der sich aus Moos und Blättern zusammensetzte.
Neben ihm bemerkte er einen Jungen, der ihn nicht aus den Augen ließ. Er sah, dass er sich im Eingangsbereich einer Höhle befand, die mit einem Felsblock verschlossen war.
Den Geräuschen nach mussten sich noch mehr Personen in der Höhle befinden, aber außer dem Jungen zeigte sich niemand.
„Du lagst besinnungslos auf dem Felsen da draußen“, er zeigte in die Richtung, wo etwas Licht hereindrang, da haben wir dich gefunden, nachdem du vorher nach dem Bock da“, er zeigte auf den abgetrennten Kopf eines Gamsbockes, „vergeblich Ausschau gehalten hattest.“
„Ah, deshalb“, mühte sich Christian zu sprechen und sich zu konzentrieren.
Allmählich kehrte die Erinnerung zurück. Er sah den anderen Jungen fragend an.
Du hast die ganze Nacht geschlafen, deine Platzwunde am Hinterkopf hat aufgehört zu bluten und du kannst wieder zurück ins Tal.“

Etwas wackelig auf den Beinen stand Christian auf und tappte auf den Eingang zu.
Ihm war etwas unheimlich zumute. Lebten hier Geister? Waren das die Wächter am Grabe Karls des Großen oder die Untersberggeister, von denen immer die Rede war?
Schnell weg hier, dachte er sich. Wenn ich schon die ganze Nacht hier war, wird mich Vater bestimmt schon suchen.
„Vielen Dank für die Hilfe. Wie, wie komme ich da raus?“, wollte er nun wissen.
„Der Felsblock lässt sich leicht zurückschieben, weil es draußen etwas abschüssig ist. Es bedarf allerdings vereinter Kräfte, wenn wir ihn wieder zurückholen und die Höhle verschließen müssen. Hier, sieh mal.“
Jetzt sah Christian ein starkes, mehrfach geflochtenes Lederband, das durch ein Loch des Felsblocks gezogen war und mit dessen Hilfe der Stein zurückgezogen werden konnte.
„Ich muss dir für das erste Stück Weg die Augen verbinden, damit dieser Ort absolut geheim bleibt. Du verstehst das gewiss.“
Der Junge konnte alleine den Stein zurückwälzen, der nach wenigen Metern von einem weiteren Felsen gestoppt wurde.
Als beide Jungen im Freien waren, fühlte sich Christian viel wohler.
Er wurde nun an der Hand geführt, auf Hindernisse aufmerksam gemacht, spürte aber, dass sie abwärtsgingen. Bereits nach kurzer Zeit wurde ihm die Augenbinde abgenommen und er blinzelte in das helle Licht der aufgehenden Sonne.
„Was macht ihr hier, ich habe noch nie etwas von euch gesehen oder gehört?“, fragte Christian nun frecher geworden.
„Das ist auch gut so und du musst mir auf Ehre und Ge-

wissen versprechen, kein Wort über uns oder unser Versteck verlauten zu lassen. Zu niemanden. Ansonsten müsstest du bei uns bleiben."
Du kannst dich auf mich verlassen, kein Sterbenswörtchen kommt über meine Lippen, das schwöre ich dir bei allen Heiligen."
Deine Heiligen sind zwar nicht die unseren, aber warte, ich komme gleich wieder."
Er ging noch einmal in die Höhle zurück. In der einen Hand hatte er den Kopf des Gamsbocks mit dem mächtigen Gehörn und in der anderen einen kleinen Beutel.
„Mit der Jagdtrophäe wirst du sicherlich etwas anfangen können. Du erzählst, dass über deiner Suche die Nacht hereingebrochen und du irgendwo kampieren musstest. Das klingt glaubhaft. Dabei musst du bleiben und beschreib deinen Schlafplatz möglichst weit von hier."
Das ist gut, dachte sich Christian, da ist auch noch ein saftiges Trinkgeld fällig!
„Und jetzt bitte ich dich noch um deine Hilfe. Es soll dein Schaden nicht sein. Setzen wir uns noch einen Augenblick."
Wie kann ich helfen?, überlegte Christian, war aber sehr gespannt auf das Angebot, das vielleicht mit einem weiteren Geheimnis verbunden war.
„Wir leben hier mit ein paar Familien, denen es aufgrund persönlicher Not nicht möglich war, die hohen Steuerforderungen des Erzbistums zu bezahlen. Andere sollten als Protestanten verfolgt und verurteilt werden.
So kam es zur Flucht in diese Höhle, deren Existenz einem früher verfolgten und später konvertierten Juden bekannt war. Das Leben ist hier nicht einfach. Wir haben zwar Fleisch, Eier, Wasser, Kräuter, Milch und Käse von unseren Ziegen, die ebenfalls mit uns in der Höhle leben..." Deshalb

der Gestank, dachte sich Christian.
„... uns fehlen aber Mehl, Salz, Zucker und Hülsenfrüchte, um nur das Nötigste aufzuzählen. Feuer können wir nur nachts machen, damit der Rauch unentdeckt bleibt.
Wir haben dich schon öfters beobachtet, wenn du nach den Einständen des Wildes gesucht hast und glauben, in dir den Richtigen gefunden zu haben. Bei dir fällt es nicht auf, wenn du dich am Berg herumtreibst
Kurzum: Wir würden dich herzlich bitten, dass du uns von Zeit zu Zeit mit Lebensmitteln versorgst."
Christian witterte ein Abenteuer. „Das könnte ich schon machen, aber habt ihr denn Geld?"
„Das ist ja das Kuriose. Wegen Geldschulden sind die meisten von uns hier und nun könnten wir alles in Gold bezahlen. Aber leider ist alles zu spät. Eine Familie hat es versucht und wollte uns benachrichtigen, wenn es geklappt hat.
Niemand ist zurückgekommen, wahrscheinlich wurden sie zu Tode gefoltert, um unser Versteck zu verraten und die Quelle des Goldes preiszugeben."
„Ich helfe euch, wie machen wir es?"
„Komm, ich zeige dir ein Versteck."
Sie querten den Hang, was nicht ganz ungefährlich war, und landeten nach einer knappen Stunde, hinter einer Felsnase versteckt, an einer Öffnung, die zweifelsfrei ebenfalls in eine Höhle führte.
Leonhard, so hatte sich der fremde Junge vorgestellt, und Christian krochen auf allen Vieren durch das Eingangsloch.
Im Dämmerlicht sah Christian ein riesiges Gewölbe, das scheinbar endlos war.
„Hierher deponierst du die Lebensmittel, wobei es sich bei jedem Transport nur um kleinere Mengen handeln darf, damit nichts auffällt."

„Bezahlen kannst du mit dem hier.“ Er öffnete den kleinen Lederbeutel, der allen Anschein nach Goldstaub und –körner enthielt.
„Vielleicht zeige ich dir einmal die Quelle, wenn wir sie nicht mehr selber brauchen“, versprach er.
Dann zählte er auf, was sie als erste „Lieferung“ erwarteten. „Komme bald wieder und hinterlege so lange die gleichen Lebensmittel, bis ich dich anders instruiere.
Das machen wir so: Diese drei großen Steine“, er legte sie nebeneinander, bedeuten in der Reihenfolge Mehl, Zucker, Salz. Nun lege ich jeweils drei kleinere Steine darunter. Brauchen wir mehr, füge ich Steine hinzu, brauchen wir einmal von einem Artikel weniger, würde ich Steine wegnehmen. Den Beutel mit Gold deponiere ich in diesem kleinen Loch, das durch einen Stein verschlossen wird. Reicht dir das Gold nicht, so lässt du einfach bei deinem nächsten Besuch den Verschlussstein weg. Außerdem habe ich, haben wir dich immer gut im Auge!
Das Gold tauscht du vorher bei einem Juden. Die sind verschwiegen und scharf auf Gold.
Von denen verrät dich keiner!“
So ging das viele Monate und Christian hatte großen Spaß daran.

Er wusste zwar das Versteck für die Lebensmittel, aber die exakte Stelle der Wohnhöhle kannte er nicht. Er kletterte daher in die Nähe seiner Unfallstelle und rief mehrmals den Namen von Leonhard.
Nichts rührte sich, er hörte aber das Bellen der Hunde, die zielstrebig seiner Spur folgten.
Wahrscheinlich liefen sie noch an langen Leinen, sonst hätten sie ihn sicher schon eingeholt.

Er schalt sich jetzt, nicht gleich in der Nacht versucht zu haben, sein Ziel zu erreichen.
Plötzlich stand Leonhard neben ihm. Kein Laut war zu hören gewesen. Christian erschrak. „Bist du ein Geist? Seid ihr alle Geister? Das Wegrollen des Steines hätte ich doch hören müssen."
Er bekam wieder die Augenbinde, musste aber bereits nach kurzer Zeit auf die Knie und auf allen Vieren weiterkriechen. Der bekannte Gestank machte ihm klar, dass sie ihr Ziel erreicht hatten.
Schnell hatte er seine Geschichte erzählt. Unter Tränen berichtete er von dem Überfall und auch von seiner Vermutung, dass ihr Anwesen abgebrannt worden war.
Nun hatten auch die Hunde den Eingang erreicht. Sie jaulten und bellten zwar wie verrückt, das lag aber sicher an einer halbverwesten Gams, die in der Nähe lag.
Die Verfolger registrierten nicht, dass kein einziger Geier zu sehen war. Ein Zeichen dafür, dass das Aas erst vor kurzem ausgelegt worden war.

5

Die Häscher Tutschburgs suchen pausenlos nach Christian. Ihr rigoroses Vorgehen, verursacht durch die hohe Belohnung, die ihr Anführer für seine Ergreifung ausgesetzt hat, verbreitet Angst und Schrecken.

Nachbarn, die zum Brandplatz geeilt waren, konnten das Anwesen nicht mehr retten. Sie fanden Elisabeth, an einer Fehlgeburt verblutet, ausgelöst durch den brutalen Schlag, vor den brennenden Trümmerresten ihres Hauses.

Martin lebte noch, erlangte aber erst nach einigen Tagen sein Bewusstsein.
Die Nachbarn hatten ihn zu einem Arzt nach Grödig gebracht, bei dem er fast aussichtslos dahindämmerte. Er war dort einigermaßen in Sicherheit. Schnell wurde der Verdacht, dass der Teufel hinter all dem stecke, zur fürchterlichen Gewissheit.
„Soll es Euch auch so ergehen wie den Brandstädters? Das kann schnell geschehen, wenn Ihr Euer Maul nicht aufmacht!" So oder ähnlich brüllten es die Männer Tutschburgs bei ihren Befragungen.
Es dauerte nicht lange, dann hatten sie Martin gefunden. Vielleicht hatte doch jemand geredet.
Trotz aller Qualen, die sie ihm mit sichtlichem Vergnügen bereiteten, kam von Martin nur ein unverständliches Lallen oder gequältes Stöhnen, wenn sie ihm noch stärkere Schmerzen bereiteten.
Den Arzt und seine Familie sperrten sie währenddessen in den eigenen Keller.
Der Arzt getraute sich zu keiner Anzeige, weil er wusste, dass die Bande immer mit der Rückendeckung des Erzbischofs operierte. Außerdem war er Konvertit, denen von Seiten der Obrigkeit ohnehin größter Argwohn entgegengebracht wurde. Darunter hatten er und seine Familie bereits viel zu leiden gehabt.

Nach ein paar Tagen kamen sie wieder.
Martin überlebte das erneute Verhör nicht.

Tutschburg, der sich laufend über den Stand der Ermittlungen unterrichten ließ, tobte, lobte, rastete aus und fing sich wieder. Man sah ihm an, dass er Schmerzen hatte. Die Ärzte

rieten ihm, sich das Bein unterhalb des Knies abnehmen zu lassen. Das war für ihn unfassbar und er stemmte sich mit aller Kraft gegen diese Maßnahme.
Er wollte andere, bessere Ärzte, schickte vergeblich nach dem Leibarzt des Erzbischofs. Auch an den Erzbischof sandte er eine Hilfsbotschaft, die ebenfalls ohne Antwort blieb.

Aufgrund ihrer rigorosen Befragungen dehnten die Häscher nun ihre Ermittlungen nach Ettenberg und Berchtesgaden aus. Die Familien waren jedoch vorbereitet.
Da man das Kommen der Tutsch-Teufel kurzfristig erwartete und ihr brutales Vorgehen kannte, war man bestens gewappnet. Nachbarschaftshilfe wurde groß geschrieben und so standen immer eine größere Anzahl wehrhafter, gut bewaffneter Bauern den Eindringlingen gegenüber. Diese waren aber nur dann mutig, wenn sie in der Überzahl und besser bewaffnet waren.
So musste es Tutsch mit einer großen Goldprämie versuchen, die jedoch niemand in Anspruch nehmen konnte oder wollte.
„Der Junge ist ein Elternmörder und Brandstifter, dafür gibt es unwiderlegbare Beweise“, logen die Verfolger dreist. Mochte der eine oder andere der Befragten auch seine Zweifel hegen, die Söldner Tutschburgs hatten bereits einen so schlechten Ruf, dass mit ihnen keiner etwas zu tun haben wollte. Eine Gefahr stellte jedoch das Kopfgeld dar, das mehr und mehr erhöht wurde.
Erst als sich bei Tutsch heftiges Wundfieber einstellte und die Lage lebensbedrohlich wurde, konnte ihm das Bein knapp oberhalb des Knies amputiert werden. Er war verzweifelt. Sein Hass aber wuchs ins Unermessliche.

Der Erzbischof hatte andere Sorgen. Der Tutschburg war für ihn so gut wie tot. Er würde ihn ausweisen lassen und seine Knechte ebenso.

Zuerst musste er zum Reichstag. Das war wichtig für ihn und nicht ungefährlich.

Gott sei Dank lag Krieg in der Luft. Krieg mit Türken und Franzosen, das waren Streitereien die den Umgang mit Andersgläubigen eher in den Hintergrund drängten. Hoffte er.

Was wohl der Berchtesgadener von ihm wollte? Sicher ging es wieder ums Salz.

Salzburg brauchte den Kaiser.

Leopold I. hatte inzwischen innerhalb des Reiches eine Machtposition erlangt, die allenthalben auf höchsten Respekt stieß. Er war nicht zum Kaiser erzogen, sprang für seinen zu früh verstorbenen Bruder in die Bresche und erledigte seine Aufgabe mit Bravour. Er war eher ein musischer Mensch und trotzdem in militärischen Entscheidungen höchst erfolgreich.

Max Gandolf hoffte, dem Kaiser beim Immerwährenden Reichstag in Regensburg zu begegnen. Er würde ihn wieder zur Jagd einladen, an die er sich bestimmt noch gerne erinnerte. Vier kräftige Gamsböcke hatte er damals eigenhändig erlegt.

Geldnot ist für den Erzbischof das größte Problem. Er verbraucht für seine Vorhaben die gesamten regulären Steuermittel. Die Baukosten für das von ihm gegründete Stift in Seekirchen, der Neubau der Kirche auf dem Plainberg, die Errichtung der Hofbibliothek im Zentrum, der Bau der Theatinerkirche und der Augustinerklöster in Hallein und Tittmoning verschlingen große Summen und übersteigen bei weitem die in den kommenden Jahren zu erwartenden Einnahmen.

Zu allem Überfluss hatte er nun noch auf der Festung die Feuerbastei und das Kaplanstöckl errichten lassen. Viel Vorwurf hat ihm das alles von seinen Finanzleuten eingebracht. „Ein Fürst muss auch durch Bauten Zeichen setzen", pflegte er zu entgegnen.
Dies ist auch ein Grund, warum er sich Steuereintreibern wie Tutschburg bedient. Seinen Beamten würde derart rigoroses Vorgehen höchst zuwiderlaufen.
Wenn der Kaiser beim Reichstag nun noch höhere Abgaben verlangt, wäre Salzburg bankrott.
Deshalb braucht er den Kaiser und auch dessen Unterstützung bei dem im Raume stehenden Vorwürfen über seine Praktiken beim Umgang mit den Protestanten, Hexen und Bettlern.
Er wird dem Kaiser eine Einladung zu dem nun endgültig fertiggestellten Residenzbrunnen überbringen, verbunden mit einem Konzert des berühmten Salzburger Kapellmeisters Heinrich Ignaz Franz Biber. Über dessen Schaffen hatte sich der Kaiser schon ein paar Mal erkundigt.
Auf den Residenzbrunnen war der Erzbischof besonders stolz. Er wurde mit reinem Quellwasser vom Untersberg gespeist, was durch eine über viele Kilometer führende Holzrohrkonstruktion ermöglicht wurde. Der größte Brunnen diesseits der Alpen, das war schon eine Reise wert.
„Es muss einfach klappen", redete er sich ein, obwohl ihn doch die Angst beschlich wegen der Vorwürfe, die er sicher zu hören bekam.
„Der Berchtesgadener Kurfürst muss mir helfen, wenn es zu eng wird, der hat es versprochen", machte er sich Mut.

6

Christian hatte sich gut eingelebt. Die Leute waren freundlich und versorgten ihn, soweit dies eben die begrenzten Lebensmittel erlaubten.
Betreut wurde er von Leonhard, den er nun näher kannte, und seiner Familie. Sie lebte schon fast ein Jahr in dieser Höhle und getraute sich nicht ins Tal, weil sie befürchten musste, in den Schuldturm gesperrt zu werden und dort elend zugrunde zu gehen.
Sie verfügten zwar nun über Gold, wussten jedoch von einem anderen Steuerschuldner, dem sein Gold abgenommen und so getan wurde, als hätte er nichts gehabt.
„Gold ist so eine Sache. Wertvoll, aber höchst gefährlich, es zu besitzen“, wusste nicht nur Leonhard.
„Da muss es doch eine Lösung geben“, sinnierte Christian laut.
„Euch hat es auch nur Unglück gebracht, vielleicht liegt auf diesem Gold ein fürchterlicher Fluch, weil die Geister im Berg nicht wollen, dass es hinausgetragen wird“, gab der Vater von Leonhard zu bedenken. Viele im Berg dachten so und wollten von dem Gold nichts wissen.
Sein neuer Freund hatte Christian herumgeführt und der war erstaunt über ein großes weitverzweigtes Höhlensystem, bei dem fünf Familien jeweils eine eigene Höhle bewohnten. Teilweise fiel sogar Tageslicht in die hohen Räume, das durch schmale Spalte und Ritzen einzudringen vermochte.
In einer der Höhlen liefen Schafe, Ziegen und Hühner frei herum und knabberten an Zweigen und Gräsern, die nachts von den Höhlenbewohnern von den Matten und Almwiesen gesammelt worden waren.
„Fressen die Hühner auch Gras?“, wollte Christian wissen.

„Nein, nein“, wehrte Leonhard ab, „die Biester sind äußerst heikel. Sie fressen nur die Samen der Blumen und Gräser, die wir für sie ebenfalls einsammeln müssen.“
In eine tiefer gelegene Höhle floss seitlich über von Hand geschlagene Stufen Wasser in ein Becken und suchte sich einen neuen Weg durch das poröse Gestein.
Am Beckenrand lagen zwei flache Tonschalen.
„Wollt ihr damit Wasser schöpfen?“, fragte Christian.
„Hier schöpfen wir was anderes, ich erklär dir das später einmal“, antwortete Leonhard ausweichend.

„Ich muss unbedingt wissen, wie es meinen Eltern geht. Seit einer guten Woche, ich weiß schon gar nicht mehr genau wie lange ich schon hier bin“, fügte er ein, „haben wir keine Verfolger mehr gehört oder gar gesehen. Ich muss hinunter, ich halte es nicht mehr aus, ich brauche Gewissheit, vielleicht brauchen meine Eltern dringend meine Hilfe. Sie werden sich auch Sorgen um mich machen, obwohl Mutter weiß, wohin ich geflüchtet bin.“
Leonhard hatte schon ein paar Tage die Unruhe gespürt, die seinen neuen Freund umtrieb. Er konnte ihn gut verstehen und wollte ihn auch nicht zurückhalten. Er besprach sich mit seinen Eltern.
„Also, Christian, du bist frei. Du kannst gehen, wann du willst und auch wohin du willst.
Du wirst aber verstehen, dass unser Versteck unter allen Umständen geheim bleiben muss.
Solltest du gefasst und vielleicht sogar gefoltert werden, dann zeige ihnen die Höhle, in die du unsere Lebensmittel gebracht hast.
Wir werden sie entsprechend präparieren, um deine Aussage glaubhafter zu machen.

Wenn du zurückkommst und absolut sicher bist, dass dir niemand folgt, so klopfe mit einem Stein zweimal an den Verschlussblock und wiederhole das in Abständen noch zweimal.
Bevor du gehst, werden wir dir einen Eid abnehmen, damit du dich an unsere Abmachung auch halten wirst. Ich weiß das zwar, aber alle anderen hier leben in großer Angst und erwarten das einfach von dir."
In der Nacht noch machte sich Christian auf den Weg.
„Ich bringe Lebensmittel mit, wenn ich das kann", rief er noch zurück, ehe der Stein wieder in die ursprüngliche Lage zurückgezogen wurde.
Es war mondhell und er kam gut voran.

Ihm bot sich ein Bild des Grauens. Er musste sich übergeben. Wo aber waren die Eltern?
Er stocherte wie von Sinnen in den verkohlten Resten und vom Feuer zerfressenen Holzbalken ihres Hauses herum, lief das Grundstück ab und redete mit sich selbst. An wen konnte er sich wenden? Ihm war alles egal. Jede Vorsicht außer Acht lassend, trommelte er gegen die Hoftüre der nächsten Nachbarn, die aber nicht öffneten. Es war noch nachtschlafende Zeit.
So versuchte er es bei weiteren Höfen, ehe ihm vorsichtig geöffnet wurde. Dreimal musste er vorher rufen, wer er war.
Misstrauen schlug ihm entgegen, weil man ihn nicht sogleich erkannte. Er war voller schwarzer Flecken, die er sich bei seiner Suche in der Brandstätte zugezogen hatte. Darüber hinaus glaubten alle Nachbarn, dass er in dem verbrannten Hause umgekommen sei.
Dann aber wurde er doch ins Haus gebeten, immer noch argwöhnisch beobachtet. War das Christian, der Sohn von

Elisabeth und Martin, oder sein Geist? Schaudern erfasste die Nachbarin, die ihn eingelassen hatte und deren Glaube an das Überirdische eine feste Basis hatte.
So weckte sie auch ihren Mann.
Christian erzählte die Geschichte vom Überfall, seiner Flucht auf den Berg und wollte nun wissen, wo er seine Eltern finden konnte.
Die Leute erzählten ihm, dass seine Eltern wahrscheinlich tot seien, ohne vorerst auf Einzelheiten einzugehen. Er brach in die Knie, schrie die Namen seiner Eltern, zuerst laut und dann immer leiser werdend, bis seine Worte in ein erschütterndes Schluchzen übergingen.
Die Tränen, die er dabei vergoss, hinterließen bizarre Linien in seinem rußgeschwärzten Gesicht.
„Wasch dich erst einmal und trink dann einen Becher Milch, wir sprechen dann über alles", versuchte ihn das Ehepaar zu trösten.
Sie erzählten ihm aber dann doch nichts, sagten nur, der Pfarrer von Grafengaden wüsste mehr, dort sollte er hin. Er müsste aber aufpassen, weil übles Gesindel nach ihm suche.
Das war für Christian nichts Neues. Er fühlte, dass ihm etwas verheimlicht wurde, wollte aber nicht stärker in die Leute dringen und machte sich deshalb auf den Weg ins Pfarrhaus. Niemand begegnete ihm.
Der Pfarrer machte sich gerade zur Frühmesse fertig, als Christian bei ihm auftauchte.
Ohne irgendwelche Einführung oder Entschuldigung für die frühe Störung, rief er: „Wo sind meine Eltern?"
Behutsam nahm ihn der Geistliche an der Hand und erzählte ihm, so vorsichtig und einfühlend wie es ging, die ganze Geschichte.
„Vielleicht war es Gottes Wille, genauso wie es Gottes Wille

war, dass du überlebt hast.
Du musst alles tun, damit du auch am Leben bleibst. Nachdem ich nun von dir gehört habe, welche Verbrecher hinter dem hinterhältigen Anschlag stehen, zögere ich nicht, unseren hochverehrten Landesherren in Kenntnis zu setzen.
Ich werde nicht ruhen, bis dir von höchster Stelle Schutz zuteil und das Gesindel einer gerechten Strafe zugeführt wird. Darauf gebe ich dir mein Wort."

Bei diesen Worten drückt er den Jungen an sich, tief erschüttert von dem, was diesem jungen Burschen widerfahren war.

Der Pfarrer ist sich seines Versprechens nicht allzu sicher. Die Schläger von Tutsch waren auch schon bei ihm, haben ihm unverschämt und handgreiflich zugesetzt und damit geprahlt, dass sie im Auftrag des Erzbischofs unterwegs wären.

Der Pfarrer wusste, dass Gemeinheit, Arglist, Wollust und Geldgier auch vor gesalbten Häuptern nicht halt machten.

„Versteck dich weiter auf deinem Berg, denn immer noch streichen diese Gauner bei uns herum, verbreiten Lügen, wenden Gewalt an und locken mit Geld. Nicht für jedes meiner Schäfchen kann ich die Hand ins Feuer legen", setzte er resignierend hinzu.

„Ich gebe dir noch Geld, deck dich ein, mit dem was du am Nötigsten brauchst und hinterlasse keine Spuren. Am besten holst du dir die Sachen in Schellenberg eventuell mit Hilfe meines dortigen Amtsbruders, mit dem ich beste Verbindung habe. Wir sind schließlich eine Pfarrgemeinde. Ich schreib dir ein paar Zeilen für ihn."

Er nickte, wie zur eigenen Bestätigung und setzte dann hinzu:

„Ja, das ist das Beste. Du schleichst dich unbemerkt in sein

Haus, er besorgt dir alles und in der folgenden Nacht verschwindest du wieder. Der Spuk wird sicher bald vorüber sein. Noch eines: wir haben deine Eltern in aller Stille beerdigt. Sie liegen hier auf unserem Friedhof. Ich muss dir schnell noch den Weg beschreiben. Die Leute warten schon zur Frühmesse.“

Christian kannte den Weg durch Wald und Fels nach Schellenberg, ohne das neue Mauthaus am Wehrturm passieren zu müssen.

Er war zutiefst niedergeschlagen. Irgendwie hatte er es geahnt was passiert war, aber immer wieder verdrängt.

Auch in ihm keimte nun unversöhnlicher Hass auf. Diesen Teufel wollte er persönlich zur Strecke bringen. „Irgendwann vernichte ich dich!“, schwor er sich.

7

Drei Tage nur brauchte der junge Baron, um nach Salzburg zu kommen. So schnell waren sie vorher noch nie. Er freute sich auf Tante Elisabeth und Onkel Martin und natürlich auch auf Christian, der ihn sicher wieder hoch hinauf auf seinen Berg führen würde zu all den Wildeinständen, die er wie kein anderer kannte.

Sicher, Onkel Martin war der bevorzugte Jäger des Erzbischofs, aber Christian kannte alle Schleichwege und es war immer ein Abenteuer, wenn er mit ihm durch die Wälder und Felshänge streifte.

Manches Mal tat er etwas geheimnisvoll, wollte anscheinend nicht alles verraten, oder tat einfach so, um einen Stadtmenschen so richtig neugierig zu machen.

Carl ließ sich vom Kutscher sofort zum Brandstädter Hof

nach Grafengaden fahren.
Fassungslos stand er vor der Brandruine.
Die Nachbarn zeigten sich äußerst verschlossen. Ja, einen Brand habe es gegeben und die Brandstädters wären dabei umgekommen. Das Grab des Ehepaares wäre am Friedhof von Grafengaden zu finden.
„Und Christian? Ist der auch tot oder wo kann ich ihn finden?“
Angstvolles Achselzucken, so als hätten alle der Befragten große Furcht. War es Brandstiftung oder Blitzschlag oder sonst was? Betretenes Schweigen.
Carl hatte nicht viel Zeit, er musste weiter nach Regensburg, wo er pünktlich seinem Herrn zur Verfügung zu stehen hatte.
Er wollte aber Licht in das Dunkel bringen, das Drama, das sich hier abgespielt haben musste, aufklären.
Er erinnerte sich an Onkel Georg in Ettenberg, der wusste sicher mehr. Fehlanzeige. Auch sein Onkel hielt sich unverständlicher Weise sehr bedeckt.
„Es war ein Unglück, ein furchtbares Unglück, lass es dabei bewenden, du machst keinen mehr lebendig, bete für sie“, riet er, ebenfalls mit angstvoller Miene.
„Aber Christian, was ist denn mit Christian?“
„Man hat ihn nicht gefunden. Vermutlich ist er im Hause verbrannt. Die Leute vom Erzbischof haben tagelang vergeblich nach ihm gesucht. Wir müssen diesen Schicksalsschlag hinnehmen, ob uns das passt oder nicht.“
Auf dem Rückweg ging Carl das Verhalten von Onkel Georg nicht aus dem Sinn. Er hatte ihm nicht alles gesagt. Welches Geheimnis verbarg sich hinter dem Unglück. War Christian noch am Leben?
Die Scheideggs in Berchtesgaden, die sich von seinen frü-

heren Besuchen gut an ihn erinnerten, zeigten sich tief erschüttert vom plötzlichen Tod ihrer Verwandten, stellten aber allerhand Mutmaßungen an, was den Grund und Hergang der Brandkatastrophe betraf. Sie waren auch davon fest überzeugt, dass ein Überfall stattgefunden hatte, dem Christian irgendwie entwischen konnte.
„Der Junge ist nicht auf den Kopf gefallen und kennt den Berg und seine Höhlen wie kein Zweiter. Der hält sich versteckt. Dafür spricht auch, dass allerhand Gesindel, das wahrscheinlich beim Überfall beteiligt war, wie besessen nach ihm sucht. Sicher wollen sie einen Zeugen mundtot machen“, war die einhellige Meinung der Scheideggs.
Von ihnen erfuhr er auch, wie Elisabeth und Martin umgekommen waren. Die tödlichen Verletzungen ließen sich nur durch Fremdeinwirkung erklären.
Einen Versuch wollte Carl noch machen. Er dachte zurück an eine Tour auf den Berg, auf der sie ein stattliches Gamsrudel beobachtet hatten.
Dabei hatte ihm Christian ganz geheimnisvoll erzählt, ein Versteck zu kennen, wo ihn niemand finden würde. „Notfalls kann ich da sogar eine zeitlang überleben, man weiß ja nie, ob wir nicht demnächst von kriegerischen Horden heimgesucht werden“, tat er wichtig und altklug.
Wenn er Christian finden wollte und sein Vetter noch am Leben war, dann wusste Carl in etwa, wo er ihn zu suchen hatte.
In aller Eile versuchte er den Weg zu suchen, auf dem ihn vor Monaten Christian geführt hatte.
Er hatte sich alles etwas einfacher vorgestellt. Seine Kleidung war in Kürze verschmutzt und von Dornenranken zerrissen. Sein Schuhwerk war auch nicht gerade bergtauglich. Es störte ihn jedoch nicht. Verbissen kletterte er weiter.

Seine Orientierung wurde besser, als er den hohen Baumbestand hinter sich gelassen hatte. Wildtiere oder Pflanzen interessierten ihn dieses Mal nicht.
Nun bewegte er sich im Fels, tastete sich auf allen Vieren immer höher, querte nach links und schwenkte nach rechts in gleichmäßigen Abständen, soweit es das Gelände zuließ. So laut er konnte, rief er immer wieder Christians Namen. Es hat keinen Sinn mehr, ich muss zurück, riet er sich selbst. So hoffnungsvoll, wie er losmarschiert war, so verzweifelt war er nun.
Schweiß troff ihm von der Stirn, Hände und Knie waren von den scharfen Steinen aufgeschürft und blutverkrustet. Das Rufen nach Christian hatte er aufgegeben, er fluchte nur noch laut.
Nun querte er den Hang in Richtung eines Felsgrates, weil er sich den Abstieg dort wegen der spärlicheren Bewaldung etwas einfacher vorstellte. Ein paar Mal schon war er über lockerem Felsmaterial ausgerutscht. Sein Hinterteil hatte dabei schmerzhaft mit hartem Gestein Bekanntschaft machen müssen. Dadurch wurde auch seine Sorge um Christian zurückgedrängt und seine Gedanken konzentrierten sich wieder auf die Reise nach Regensburg.

Aus sicherem Versteck heraus beobachteten die Höhlenbewohner die Suche von Carl und hörten auch die Rufe nach Christian.
„Bestimmt ein Spion, der sich eine Prämie verdienen will", mutmaßten die Beobachter.
Dann wurde Christian gerufen, der das Treiben dieses einzelnen Mannes ebenfalls beobachtete. Als er seinen Namen rufen hörte, glaubte er, die Stimme von irgendwoher zu erkennen. Sie sicher einzuordnen war ihm jedoch nicht mög-

lich, weil der Rufer zu weit entfernt war und viele Nebengeräusche, sei es in der Höhle selbst oder durch den Wind und das lockere Geröll im Freien, einfach keine klare Identifizierung zuließen.
„Der Kleidung nach ist er nicht von hier, es ist auch keiner von den Häschern. Es könnte sein, dass ich ihn kenne, bin mir aber meiner Sache nicht ganz sicher“, sagte Christian zu den Freunden. „Wenn er wieder abdreht, dann gehe ich ihm nach und zwar so, dass er mich nicht bemerkt. Erst dann kann ich feststellen, was der hier will. Merkwürdig ist das schon, dass gerade hier noch jemand sucht, obwohl nicht einmal die Hunde des Teufels etwas entdecken konnten.“

Nachdem er den Grat verlassen und wieder im Hochwald angekommen war, machte Carl völlig erschöpft erst einmal Rast. An einem vorbeifließenden Bächlein konnte er sich einigermaßen säubern und trinken.
Etwas erholt von den Strapazen, machte er sich schon wieder Vorwürfe, nicht länger gesucht zu haben.
Sollte er sich noch einmal auf den Weg machen und eine etwas andere Richtung einschlagen?
Er schloss die Augen, um sich noch einmal konzentriert an den Weg zu erinnern, den Christian seinerzeit mit ihm gegangen war. Das ging aber kreuz und quer, durch Wald, Fels, freie Wiesenflächen über Bachläufe und immer höher hinauf. Er kam nicht weiter.
Plötzlich rief jemand leise seinen Namen. „Carl, he Carl, schläfst du am helllichten Tage?“
Kurze Zeit darauf lagen sich die beiden Vettern in den Armen.
Christian berichtete Carl von dem furchtbaren Unglück, das ihrer Familie zugestoßen war, von seiner Flucht und von den

Leuten, die ihn aufgenommen hatten und die sich versteckt halten müssen. Du bist doch im Ministerium, kannst du da vielleicht helfen. Mir tun die Leute so leid. Sie haben nichts verbrochen. Einen anderen Glauben halt oder unverschuldet in Geldnot geraten. Was ich hier alles gehört habe, hat meine Meinung zu unserem Erzbischof und seinen Helfern total verändert. Zu uns war der immer freundlich. Vater war sein bester Jäger, sehr vertraut mit ihm und seinen hochrangigen Gästen. Er hat aber anscheinend auch eine andere, herzlose und brutale Seite.“

Carl hatte aufmerksam zugehört.

„Ich muss morgen in aller Herrgottsfrüh nach Regensburg. Ich spreche dort mit meinem Minister. Da auch euer Erzbischof anwesend sein wird, kann vielleicht eine Lösung gefunden werden. Ich will zwar nichts versprechen, aber ich habe da schon einen Plan. Das Gold der Leute, sollte schon die eine oder andere...“ Er sprach nicht weiter, wollte vorerst keine allzu große Hoffnung aufkeimen lassen.

„Leider kann ich dich nicht in das Versteck führen, aber das verstehst du sicher“, bat Christian um Verständnis, obwohl sein Vetter lebhaftes Interesse gezeigt hatte. So etwas sieht man halt nicht alle Tage.

„Kein Problem, ich habe ohnehin keine Zeit mehr. Du gehst wieder zurück und versteckst dich weiterhin. Den Gesellen, von denen du erzählt hast, ist alles zuzutrauen. Zeugen können sie nicht gebrauchen. Hinzu kommt noch, dass du ihren Anführer verletzt hast.

Wenn ich von Regensburg zurückkomme, kann ich hoffentlich mit guten Nachrichten aufwarten. Eines ist jedoch klar: Du kommst mit nach Wien. Hier bist du nicht sicher und eine halbe Ewigkeit in einer Höhle zu verbringen mag zwar für Kaiser Karl und seine Zwerge recht vergnüglich sein,

aber sicher nicht für dich oder sonst einen Sterblichen."
Sie vereinbarten noch einen Treffpunkt, an dem Carl mit einem Stein auf einen Felsen so lange schlagen sollte, bis sich jemand bei ihm einfindet.
Irgendwie erhielten die Leute von Tutsch davon Kenntnis, dass ein Vetter von Christian auch auf der Suche nach ihm war.

8

Einen Tag befanden sie sich bereits auf der Rückreise aus Regensburg, als sie Rast in der bischöflichen Residenz von Passau machten. Sie wählten diesen Weg, weil die Straße entlang der Donau bestens ausgebaut war und sie sich im Schutz des kaiserlichen Trosses, der nach Wien weiterzog, ausgesprochen sicher fühlen konnten.
Durch die Vermittlung seines Dienstherrn befand sich Carl von Thallheim im Tross des Salzburger Erzbischofs. Er saß in der zweiten Kutsche, die für die Berater des Bischofs vorgesehen war. Die ließen ihn überdeutlich spüren, dass sie an seiner Gesellschaft nicht interessiert waren. Erstens erschien er ihnen zu jung und zu unbedeutend und zweitens erinnerten sie sich zu gut an seine Anwesenheit als Gehilfe eines der vom Kaiser eingesetzten Schlichters, bei dem Carl Protokoll zu führen hatte. Dabei ging es auch um die Salzburger Verfehlungen gegenüber ihren Mitbürgern, die sie verjagt oder gar umgebracht hatten. Unrühmliche Taten, die Salzburg am liebsten ungeschehen machen würde.
Jetzt wichen Carls hochnäsige Reisegefährten bei ihren Gesprächen auf Latein aus, weil sie glaubten, dass Carl nur wenig davon verstehen würde.

So hatte er Zeit zum Nachdenken.
Wichtig war für ihn, was er für seinen Vetter und dessen Freunde erreicht hatte. So konnte er auch noch den Vorfall von Ezechiel und seiner Familie zur Sprache bringen, über die er von Christian wusste. Zu gut erinnerte sich Carl noch an einige Streiche, die sie, zusammen mit Samuel dem Nachbarssohn, ausgeheckt hatten.

Max Gandolf von Kuenburg, der Salzburger Erzbischof, befand sich beim Reichstag in einer argen Zwickmühle. Er sah sich massiven Vorwürfen ausgesetzt, die, gestützt auf die Anwesenheit mehrerer Zeugen, die unisono das brutale Vorgehen der Salzburger gegenüber Andersgläubigen und Personen, die sie der Hexerei bezichtigten, beschworen.
Er suchte Verbündete, auch unter den Kaiserlichen, wobei ihm der Finanzminister ein maßgeblicher Fürsprecher sein konnte.
Entgegen seiner ursprünglichen Absicht war Leopold I. doch persönlich zum Reichstag erschienen.
Nach einem vorbereitenden Gespräch mit ihm wusste sein Minister, dass der Kaiser sein Vorhaben durch keinerlei Streitereien beeinträchtigt haben wollte.
„Haltet mir eitles Gezänk und unnütze Reden fern“, befahl er seinen Leuten.
„Die Streithähne sollen ihre Händel unter sich austragen. Benennt Schlichter, die sich um die Angelegenheiten kümmern“, regte er weiter an.
Der kaiserliche Finanzminister, der von seinem jungen Assistenten über die Vorfälle in Salzburg informiert und um Beistand gebeten worden war, verabredete sich mit der Salzburger Delegation, die sich aus anderen Gründen freute, mit einem Vertrauten des Kaisers in Verbindung zu treten.

Bevor sie auseinandergehen, fasste der Minister ihre Abmachung zusammen:
„Also, wir werden alles tun, um die Vorwürfe gegen Euer Erzbistum nicht in der Vollversammlung dieses Reichstages zu behandeln.
Im Gegenzug verpflichtet Ihr Euch, einer Reihe von flüchtigen Protestanten eine faire Ausreise zu ermöglichen und einige Steuerschuldner, die wir Euch noch namentlich benennen werden, nicht weiter zu verfolgen. Wir garantieren die Begleichung der Steuerschulden innerhalb einer angemessenen Zeit."
Carl war sehr froh und freute sich schon auf die Menschen, denen er die glückliche Nachricht überbringen konnte.
Sein Minister war auch damit einverstanden, dass Christian einen Arbeitsplatz innerhalb des Zuständigkeitsbereiches von Carl zugewiesen erhielt.
„So, so, noch ein Enkel von Bertram, dem Salzburger", stellte der Minister fest.
Carl war immer wieder erstaunt, wie angesehen sein Großvater gewesen sein musste. Man sprach von ihm mit Hochachtung. Bertram, der Salzburger, war für viele ein Begriff. Den jungen Gesandten wurde er als Vorbild hingestellt.
Carl war immer noch beeindruckt vom Ablauf des Reichstages. Wenn er die Augen schloss, dann sah er sich wieder im großen Reichssaal sitzen, zwar ganz hinten, jedoch mit guter Sicht auf die erlauchten Teilnehmer, mit einem Kaiser, der sichtlich die meisten Anwesenden in seinen Bann zog. Leopold I. saß an der Stirnseite des prächtigen Saales , wobei sich sein Thron auf einem mehrstöckigen Sockel aus Marmor deutlich über den reichlich mit Schnitzwerk versehenen Eichenstühlen der geistlichen und fürstlichen Repräsentanten der Reichsstände auf der rechten und linken Seite des

Saales befand. Der Kaiser trug keine Kopfbedeckung, seine dunklen, schulterlangen Haare fielen auf den schwarz-seidenen Umhang, unter dem ein rotes Seidenwams herauslugte. Der schwarze Schnurrbart, leicht hochgezwirbelt, betonte noch das Dunkel seiner Augen. Krone, Apfel, Zepter und Schwert, seine mit Gold und Edelsteinen geschmückten Reichsinsignien, hatte er gleich nach seinem Einzug, bei dem sich die Anwesenden von ihren Sitzen erhoben und schweigend verbeugt hatten, abgelegt und einem Diener übergeben. Er wollte als Erster unter Gleichen gelten.
Die meisten Teilnehmer aber wussten, dass Leopold I. ein praktizierender Absolutist war, der aber heute, nicht zuletzt aufgrund seiner mangelhaften Finanzpolitik, auf die Hilfe anderer angewiesen war. Er musste Anleihen aus Prag und den Niederlanden aufnehmen und konnte selbst kein schlagkräftiges Heer aufstellen. Dazu reichten auch nicht außerordentliche Steuern, deren Einhebung bei den Betroffenen auf erheblichen Widerstand stieß.

Der Saal war Teil eines burgähnlichen, prächtigen Patrizierhauses, das an der Außenseite über und über mit Fresken biblischer Szenen geschmückt war.
Leopold I. machte unmissverständlich klar, dass es nur einen Hauptgrund geben konnte, der sein persönliches Erscheinen rechtfertigte. Seine Delegierten und Vertreter der Reichsstände hatten in den Tagen davor schon gründliche Vorarbeit geleistet und ein Abkommen vorbereitet, das bei diesem Reichstag verabschiedet werden musste. Er überließ es keinem seiner Herolde, vielmehr erhob er sich von seinem Thron und trug sein Anliegen selbst vor:
„Sie wurden bereits davon unterrichtet, dass die freche und aggressive Politik Ludwigs XIV. nicht nur die Hand nach

deutschen Landen ausstreckt, sondern sogar die Türken ermuntert, wieder gegen unser Vaterland vorzugehen. Wenn sie Erfolg haben, dann werden sie nicht in Wien halt machen, sondern unser gesamtes Land bis hin zum Rhein in Besitz nehmen wollen.

Diesem Begehren müssen wir uns mit vereinten Kräften entgegenstemmen, wenn wir nicht untergehen wollen.

Deshalb werden wir heute", er ließ keinen Zweifel aufkommen, „eine Reichskriegsverfassung beschließen, in der festgelegt wird, welchen Anteil die einzelnen Reichsstände personell und finanziell zu übernehmen haben. Unsere Kommissionäre haben mit Ihnen gemeinsam einen Verteilungsplan festgelegt, für den ich um Ihre Zustimmung bitten muss. Wir müssen sofort handeln, jeder Tag länger ist ein verlorener Tag.

Wenn wir den Türken Paroli bieten und auch Frankreich zeigen wollen, dass wir gerüstet sind, brauchen wir ein Heer von mindestens 40.000 Mann, gut ausgebildet und geschult in moderner Waffentechnik."

Mehr oder weniger überzeugt, beschlossen die Reichsstände ohne weitere Diskussion den Vorschlag des Kaisers.

Carl war beeindruckt vom Auftreten des Kaisers und seiner abgestimmten, weitsichtigen Handlungsweise. Durch diesen Pakt hatte er die Reichsstände praktisch um sich vereint, was sicher für seine weitere Politik von großem Vorteil war. Natürlich wusste er, dass der Pakt in erster Linie wegen der Reunionspolitik der Franzosen und der drohenden Türkengefahr zustande kam.

Sofort nach der Beschlussfassung reiste der Kaiser auf direktem Wege nach Polen weiter.

Dem Salzburger Erzbischof gegenüber hatte niemand das Schicksal der Familie Brandstädter angesprochen. Carl wusste nämlich nicht recht, wer genau hinter dem Anschlag auf seine Verwandten steckte. Gab es da Hintermänner? Vielleicht sogar der Erzbischof oder Vertraute von ihm?
Nach dem Abendmahl, das gemeinsam mit dem Passauer Bischof eingenommen wurde, ließ der Salzburger Landesherr völlig unvermutet Carl zu sich kommen.
Er kenne Wien zu wenig, weil er in Graz und Rom studiert habe und schon in jungen Jahren Kanoniker in Salzburg wurde.
„Also, junger Freund, was geschieht am Kaiserhof, was spricht man über Salzburg?", wollte er Carl, den er für einen jungen Wichtigmacher hielt, aushorchen. Er gab sich betont leutselig. Es lag ihm sehr daran, was der Kaiser, der ihn bereits 1665 in den Grafenstand erhoben hatte, von ihm und seiner Politik hielt.
Carl roch den Braten, tat sehr geehrt und log das Blaue vom Himmel herunter.
„Von Salzburg und seinem Regenten spricht man nur in löblichen Tönen und man beneidet Euch um die herrliche Gegend und die phantastischen Jagdgründe", lenkte er geschickt auf ein Thema, das er sehr vorsichtig angehen wollte. Hier bot sich eine einmalige Gelegenheit, die er nicht verstreichen lassen durfte. Es hörten zwar einige der Reisebegleiter des Kardinals mit, das war jedoch nicht zu verhindern.
„Ich hatte selbst schon die Ehre, an einer Eurer Jagden teilzunehmen. Sie wird mir immer unvergessen bleiben, Ihr wart selbst dabei und der erfolgreichste Schütze", schwärmte Carl.
„Wie kamt Ihr denn dazu?"
„Mit meinem Onkel Martin, Eurem Jäger aus Grafengaden."

Gespannt beobachtete nun Carl die Reaktion von Max Gandolf.
„Ah, das ist Euer Onkel. Ein tüchtiger Mann. Ihm gehört ja der halbe Untersberg und ich bin froh, wenn ich noch da jagen darf", lachte er.
„Ihr wisst nicht, dass er tot ist?"
„Tot sagt Ihr? Davon weiß ich nichts!"
Das klang glaubhaft und Carl berichtete ihm von dem Unglück.
„Und der Sohn hält sich versteckt, weil er um Leib und Leben fürchtet?", wollte der Erzbischof noch einmal hören.
„Leider ist das so und muss so bleiben, bis ihm seine Verfolger und die Mörder seiner Eltern nichts mehr anhaben können."
Der Kardinal erschien erschüttert und sehr nachdenklich. Ein Verdacht stieg in ihm hoch, der nach einigem Überlegen zur Gewissheit wurde.
„Der Mann muss verschwinden und alle seine Gesellen", nahm er sich vor.
Er kannte ihn zu gut, hatte ihn zu lange gewähren lassen. Er sah seinem Sekretär an, dass ihm anscheinend etwas unbehaglich zu Mute war. Der hätte nämlich schon früher tätig werden müssen.
„Christian soll sich umgehend bei mir melden. Ich helfe ihm, das bin ich seinem Vater schuldig", versprach der Erzbischof.

Tutsch, der jetzt auf einem Holzbein herumhumpelte, war nicht ganz untätig. Er spürte ganz deutlich, dass sich der Erzbischof von ihm trennen wollte. All seine Versuche, an ihn heranzukommen, waren nämlich gescheitert. Auch die Mitarbeiter des Bischofs, die ihm ansonsten höflich und eher

ängstlich begegneten, ignorierten ihn total.
Auch der Sekretär verhielt sich ziemlich bedeckt.
Im Register der Gemeinde Grödig hatte er sich den brandstädtischen Besitz als sein Eigentum eintragen lassen. Dazu legte er eine Übereignungsurkunde vor, die von Elisabeth und Martin Brandstädter unterschrieben war. Das Pergament enthielt noch eine Reihe von Namen angeblicher Zeugen.
Sein früherer Versuch, es beim Anwesen von Ezechiel genauso zu machen, war daran gescheitert, dass Ezechiel alle Dokumente in Hebräisch unterzeichnete, eine Unterschrift die dem Grödiger Beamten bestens bekannt war. Auf dem Pergament, das Tutsch vorlegte, war sie deutsch.
„Sie müssen Ezechiel schon bitten, selbst hierher zu kommen, dieses hier ist nicht seine Handschrift." Mit Nachdruck hatte der Beamte auf diesen Unterschied hingewiesen, weil ihm Tutsch ohnehin nicht ganz koscher vorkam.
Unverrichteter Dinge musste Tutsch wieder abziehen, nahm sich aber vor, dem Beamten durch seine Leute eine Lektion zu erteilen.

„Der junge Bursche hält sich noch bei uns auf, da bin ich mir sicher, also findet ihn gefälligst", schrie er seine Leute an.
„Wäre er bei einem der Nachbarn untergeschlüpft, hätten wir ihn schon. Ettenberg und Berchtesgaden können wir auch vernachlässigen. Ich gehe davon aus, dass er sich irgendwo in den Wäldern oder Höhlen des Untersberges verkrochen hat. Dort müssen wir Tag und Nacht suchen und dann werden wir auch Erfolg haben.
Darüber hinaus beobachten wir auch die Residenz. Sein Vater war ein geschätzter Mitarbeiter des Erzbischofs. Die Nachbarn werden sich hüten, den Jungen aufzunehmen. Vielleicht sucht er Hilfe beim Erzbischof, wer weiß?"

Er teilte seinen Spießgesellen einzelne Bereiche zu.
„Geld spielt keine Rolle, sagt das auch allen Leuten mit denen der Bursche Verbindung aufnehmen könnte. Seid einmal nicht so grob, das hilft vielleicht auch.
Ich habe auch erfahren, dass ihn sein Vetter gesucht hat. Der soll sich auch am Untersberg herumgetrieben haben. Er ist zwar wieder abgereist, doch kann es durchaus sein, dass er zurückkommt, um seinem Cousin zu helfen."

Mit großem Getöse kam die Salzburger Delegation über Passau vom Reichstag zurück.
Der Erzbischof berichtete selbstgefällig von seinen Kontakten mit den Kaiserlichen, die sich aufgrund seines Verhandlungsgeschicks äußerst vorteilhaft für Salzburg ausgewirkt hätten.
Carl wurde in der Residenz untergebracht, wollte aber in Kürze nach Wien weiterreisen.
Er bat den Erzbischof um eine Eskorte, die ihm auch zugesagt wurde. Er führte angeblich wichtige Dokumente mit sich, die der Kaiser nicht nach Polen mitnehmen wollte und keinem Unbefugten in die Hände fallen dürften.
Ihm war schon klar, dass er das Gold der Höhlenflüchtlinge nicht in Salzburg eintauschen durfte. Eine größere Menge konnte nie und nimmer geheim gehalten werden. Der Ursprung würde gnadenlos sowohl von Amts wegen, als auch von allerhand Glücksrittern zurückverfolgt werden. Was die Leute dann auszuhalten hätten, wäre wahrscheinlich schlimmer als ein weiteres Jahr in der Höhle.
Mit großer Vorsicht machte er sich auf den Weg nach Grafengaden. Er lief ein Stück zu Fuß, „um sich in Salzburg ein bisschen umzuschauen", wie er sagte und mietete sich dann eine vorüberkommende Kutsche bis Grödig. Er vergewis-

serte sich, dass er nicht verfolgt wurde.
Er glaubt sich unbeobachtet, als er in den Wald am Fuße des Untersberges eindringt.
Er quert durch das Unterholz bis zur Höhe der Brandstatt und geht dann zielstrebig den Berg an. Bald hat er den Felsblock erreicht auf dem er sogleich das verabredete Signal ertönen lässt. Der Schall der Schläge wird als mehrfaches Echo zurückgeworfen.

9

Tutschburg hatte noch immer einen guten Draht in die Residenz. Der Sekretär des Erzbischofs wurde schon lange von ihm für gute Informationen bezahlt.
Von ihm wusste er auch von Geschäften, die in der erzbischöflichen Wechselstube getätigt wurden oder auch von wohlhabenden Bürgern, die in Ungnade gefallen waren und daher schutzlos seinen Angriffen und Verleumdungen ausgesetzt waren.
„Es darf keinen Kontakt mehr zu Euch geben", begann verschwörerisch der Sekretär ihr konspiratives Gespräch. „Ihr habt übertrieben und wir sind in erhebliche Schwierigkeiten geraten, deren schlimme Auswirkungen mein Herr, Gott sei Dank, noch ablenken konnte."
„Hab ich Euch nicht immer gut bezahlt? Ihr seid mir einen letzten Dienst noch schuldig. Euer Schaden soll es auch dieses Mal nicht sein", sagte Tutsch, mit einem Beutel voller Münzen in der Hand winkend.
„Womit kann ich Euch noch helfen?"
„Ich brauche Informationen über einen jungen Burschen, einen Elternmörder und Brandstifter. Ich muss seiner habhaft

werden und der Gerichtsbarkeit überführen."
Von seiner Geldgier getrieben erzählte nun der Sekretär alles, was er auf der Reise von Carl erfahren hatte.
„Ihr wisst also nicht, wo sich der Bursche jetzt aufhält? Und dieser Vetter will eine Reihe von Flüchtlingen auslösen? Woher nimmt er das Geld?"
Allmählich formte sich ein Bild und Tutsch glaubte, auf der richtigen Spur zu sein.
Gold! Das war es.
Irgendwer hatte auf dem Berg Gold gefunden, es an Christian weitergegeben und durch Ezechiel umtauschen lassen. Nun sollten die Steuerschulden von einigen Familien, die sich versteckt hielten oder geflüchtet waren, plötzlich beglichen werden. Familien, die sich bestimmt in den Höhlen des Untersberges versteckt hielten. Christian war bei ihnen und sein Wiener Vetter war die Verbindung zu allem. So und nicht anders musste es sein. Davon war der Teufel felsenfest überzeugt.
Seine Vasallen mussten unbedingt noch vor dem Wiener am Berg sein, ihn beobachten und dann gnadenlos zuschlagen.
Gold und Christian auf einen Schlag, das wäre ein Triumph!
Da muss ich mit.
In seiner von Hass geprägten Vorfreude vergaß er sogar sein Holzbein.

Carl probiert es immer wieder und will schon aufgeben, als er von dem Geräusch rollender Steine aufgeschreckt, durch das angrenzende Geröllbett zwei Gestalten auf sich zukommen sieht. Endlich, denkt er, haben sie mich gehört.
Beim Näherkommen der beiden Männer sieht er ihre starke Bewaffnung, die ihm etwas zu denken gibt. Ihre Gesichter drücken darüber hinaus eine Verschlagenheit aus, die ihn

misstrauisch werden lässt. Sehen so hilflose Flüchtlinge aus? Höhlenbewohner mit blassen Gesichtern, die schon lange keine Sonne mehr gesehen haben? Er wartet ab.
„Endlich haben wir Euch gefunden. Ihr seid doch der Baron, der aus Wien, der Gast unseres Herrn Seiner Eminenz dem Erzbischof?“
„Das schon, aber was wollen Sie?“, war die reservierte Antwort von Carl.
„Der Sekretär des Erzbischofs, Monsignore Kohlinger, hat uns nachgeschickt. Wir sollen Sie beschützen und Ihnen helfen, Ihren Vetter aufzufinden. Gesindel gibt es ja leider genug bei uns. Ihr Vetter kann ein Lied davon singen. Seiner Familie wurde übel mitgespielt. Da bedarf es schon eines besonderen Schutzes. Wir machen das gerne, aber natürlich werden wir dafür auch bezahlt.“
„Wir haben Ihre Klopfzeichen schon gehört, sind sie ein Geheimzeichen, traut er sich darauf aus seinem Versteck?“, ergänzte der Zweite.
Carl sind die Kerle zuwider. Er hat kein gutes Gefühl, will sie loswerden.
„Herzlichen Dank, die Mühe hätten Sie sich ersparen können, ich komme allein zurecht. Ehrlich gesagt wäre es mir lieber, wenn sie zurückgingen und auch dem Monsignore sagen würden, dass er sich nicht zu bemühen braucht“, stellte Carl mit Nachdruck fest.
„Das können wir nicht, wir haben einen Auftrag, den wir zu erfüllen haben. Sie sollten mit Ihren Klopfzeichen fortfahren, dann haben wir es sicher bald hinter uns.“
„Die Klopfzeichen, wie Sie es nennen, galten dem Gamswild, das ich aus dem Latschenfeld herauslocken wollte. Mein Vetter befindet sich nicht hier, das dürfen Sie mir schon glauben.“

„Glauben wir aber nicht, klopfen Sie, sonst lernen Sie uns von einer anderen Seite kennen!“
Die Stimmen der beiden hatten einen drohenden Unterton angenommen. Einer von ihnen hatte seinen Degen gezogen und fuchtelte mit ihm vor Carl herum.
„Der Erzbischof wird sich wundern, wenn er davon hört, dass ich mich von zwei seiner Leute bedroht gefühlt habe. Wenn Sie sich also Ärger ersparen wollen, dann lassen Sie mich allein. Auf der Stelle!“
Die beiden lachten nur. Ordinär und boshaft.
„Ärger kriegen wir nur dann, wenn wir unverrichteter Dinge zurückkämen, also los, klopfen Sie!“
Carl wollte weggehen, doch der Weg wurde ihm verstellt.
„Sie geben jetzt Ihr Zeichen, oder wir ziehen andere Seiten auf!“
Da Carl stumm blieb, packten und banden sie ihn. Er war so klug, keinen Widerstand zu leisten. Er war sich darüber im Klaren, dass seine Gesundheit oder gar sein Leben in Gefahr war. Die Ganoven hatten ihre Maske fallen gelassen. Sie zerrten Carl nach unten und schleiften ihn zu einer Zirbe, an der sie ihn festbanden.
„Wir haben Zeit, können die ganze Nacht dableiben. Das Feuerchen wird aber nur uns wärmen. Überlegt er es sich anders, kann er jederzeit Bescheid geben. Wenn nicht, wird er die Nacht nicht überleben. Seinen Vetter finden wir trotzdem“, drohten sie unverblümt.
Was war aber mit Christian, warum hatte er sich nicht gezeigt, kein Lebenszeichen von sich gegeben, zu der Zeit, als die beiden Halunken noch nicht auf der Bildfläche erschienen waren? Konnte es sein, dass die Gruppe ihren Standort gewechselt hat oder gar abgezogen ist?
Lange konnte Carl seinen Gedanken nicht nachhängen, weil

die beiden Schurken, nachdem sie Feuer gemacht und etwas gegessen hatten, sich wieder verstärkt ihm widmeten.
„Na, ist dir kalt, hast du Hunger?“, spotteten sie und schlitzten ihm mit ihren Degen Hosenbeine und Ärmel auf. Sie hatten sichtlich Spaß an ihrer Quälerei und Carl rechnete damit, dass sie sicher nicht aufhören würden, selbst wenn sie Christian in ihre Gewalt gebracht hätten. Nicht nur aus ihren Bemerkungen wusste er sehr schnell, dass sie zu der Mörderbande gehörten, die das Leben von Christians Eltern auf dem Gewissen hatte.
Allmählich wurden sie aber müde, teilten sich die Wache ein und ließen von ihm ab.
Es dauerte nicht sehr lange, dann waren beide eingeschlafen, was deutlich zu hören war.
Nun versuchte Carl die Lederriemen, mit denen er am Baum festgebunden war, etwas zu lockern. So sehr er sich auch bemühte und die schneidenden Schmerzen unterdrückte, musste er zugeben, dass die Halunken ihr Handwerk verstanden. Sie hatten nicht zum ersten Mal einen Gefangenen an einen Baum gefesselt.
Plötzlich nahm Carl hinter ihm eine Bewegung wahr. Ein Tier? Vielleicht ein Wolf, der sich vor dem niederbrennenden Feuer nicht fürchtete und Beute witterte?
Dann war es wieder ruhig und Carl verfiel in einen Halbschlaf, immer wieder aufgeschreckt von den Geräuschen der Nacht und den schmerzenden Gliedern, in die sich die Riemen unbarmherzig immer tiefer hineinfraßen.
Auf einmal war der Schmerz an den Beinen fast weg. Er konnte sie bewegen, ausstrecken. Die Riemen um Leib und Arme fielen wie von Zauberhand zerschnitten ebenfalls ab und eine Hand legte sich um seinen Mund und er hörte, wie im Traum, die flüsternde Stimme Christians.

„Bleib ganz ruhig stehen, wir müssen uns vorher noch um deine Wächter kümmern.
Schatten huschten durch die Nacht, zwei dumpfe Schläge waren zu hören. Dann war es ganz still, das Schnarchen hatte aufgehört.
„Wir haben schon seit Tagen diese Raubvögel herumstreichen sehen. Wir registrierten auch dein Kommen. Wir mussten aber vorsichtig sein und siehe da, in einigem Abstand zu dir sahen wir deine Verfolger. Deshalb konnten wir uns nicht bemerkbar machen. Gott sei Dank hast du die Gefangennahme gut überstanden", freute sich Christian.
Sie hielten sich nun alle in der Wohnhöhle auf und Carl berichtete von der Abmachung mit dem Erzbischof.
„Er wird sich daran halten, weil er genau weiß, dass die Vereinbarung ganz nah am Kaiser getroffen wurde", war sich Christian gewiss.
Sie wollten aber sicher gehen und ihr Versteck erst dann verlassen, wenn der Erzbischof schriftlich zusicherte, dass sie keine Repressalien mehr zu erwarten hatten.
Die beiden Galgenvögel hatten sie im gefesselten Zustand, ohnmächtig, wie sie waren, in einer weiter entfernten Höhle untergebracht und überließen sie ihrem Schicksal.
„Die werden lange brauchen, bis sie sich von ihren Fesseln befreit haben", waren die Freunde überzeugt.
„Ihr müsst mir halt euer Gold anvertrauen, das ich erst in Wien sicher eintauschen kann.
Danach komme ich zurück und löse euch aus."
„Auf eine Woche mehr oder weniger kommt es uns nun auch nicht mehr an. Wir vertrauen Euch. Ihr werdet Wort halten und uns nicht im Stich lassen", antworteten die Leidensgenossen Christians hoffnungsvoll.

10

Tutschburg verließ Salzburg in großer Eile. Der Erzbischof war über diese Entwicklung sehr froh, weil er sich vorher nicht ganz sicher war, ob sein bisheriger Steuereintreiber und Aufbringer von Ketzern und Hexen kampflos das Feld räumen würde.
„Den Mann und seine Knechte hätten wir los und werden dafür sorgen, dass sie uns künftig nicht mehr belästigen. Informiert die Grenzübergänge, die in Zukunft für Tutschburg gesperrt bleiben müssen“, forderte er seinen Sekretär unmissverständlich auf.
Er hatte in der Vergangenheit Monsignore Kohlinger als Verbindungsmann zu Tutschburg eingesetzt und registriert, dass die beiden gut miteinander konnten.
Kohlinger war es auch, der gegen bare Münze Tutschburg sofort wissen ließ, dass Christian mit seinem Vetter nach Wien abgereist war.
„Auf nach Wien, befahl er seinen Leuten, den jungen Brandstädter finden wir auch dort. Da kann er sich in keiner Höhle mehr verstecken.“
Einen Mann ließ er bei Kohlinger zurück. Zwergenhaft und verschlagen. Natter genannt.

Es hatte ein paar Tage gedauert, bis sich die zwei Helfer von Tutsch ihrer Fesseln entledigen konnten und von ihrem Missgeschick berichteten.
Der Teufel tobte: „Ihr Missgeburten könnt nicht einmal eines Knaben habhaft werden. Ihr seid gefeuert und habt Glück, dass ich Euch nicht züchtige. Hinweg, aus den Augen mit Euch Pack!“
„Wir wissen aber, wo sich die Bande, die uns überfallen und

den Vetter Christians befreit hat, in etwa aufhält. Vielleicht sollten wir noch einmal Hunde einsetzen und dann Gnade ihnen Gott. Wir werden sie ausräuchern und so lange martern, bis sie uns verraten haben, wo sie ihr Gold versteckt haben“, versuchten sie, die Gunst ihres Herren wiederzuerringen.
„Das heben wir uns für später auf. Zuerst fassen wir den Burschen, der mir das angetan hat.“ Tutsch klopfte sich auf sein Holzbein und man sah ihm an, dass er nur noch von dem einen Gedanken nach Rache erfüllt war.
Er hatte eine große Summe an Goldmünzen und wertvollen Schmuck im Gepäck, alles was er in den letzten Monaten zusammengeraubt hatte. Er benutzte eine Kutsche, seine Leute Reitpferde. Alle waren bestens bewaffnet. Die alten Handfeuerwaffen mit dem Luntenschloss hatte er durch neue Waffen, die mit Schnapphahnschlössern und einem Feuerstein versehen waren, ersetzt.
„Ich finde ihn und wenn ich meine letzte Münze dafür ausgeben muss. Geld und Schmuck öffnen schließlich alle Türen!“, stieß er voller Grimm heraus.

Christian wurde von seiner Tante und der Familie freundlich aufgenommen. Sie erfuhren erst durch den Neffen von dem großen Unglück, das Sarahs Bruder und Elisabeth widerfahren war.
„Bei uns bist du sicher. Der Bösewicht weiß bestimmt nicht, wo du dich nun aufhältst. Der kann dich noch lange suchen auf eurem Berg. Ich werde bei meinem nächsten Besuch mit dem Erzbischof sprechen, der die Verantwortlichen dieser Freveltat zur Rechenschaft ziehen muss“, gab sich Carl optimistisch und selbstbewusst.
„Vorerst bleibst du hier bis ich wieder zurückkomme. Deine

Freunde werden schon ungeduldig warten. Die Eskorte der Salzburger wird mich wieder begleiten, damit ich vor Räubern geschützt bin und die Steuerschulden begleichen kann. Der Salzburger wird sich wundern, dass der Finanzminister des Kaisers hinter der Entschuldung steckt. Von mir erfährt er allerdings kein Wort der Aufklärung. Schlafende Hunde soll man nicht wecken!“

Christian war mit leeren Händen gekommen und merkte sehr schnell, dass es seiner Gastfamilie nicht allzu gut ging. Er machte sich deshalb im Haushalt nützlich und hoffte, dass nach dem Umtausch des Goldes und der Bezahlung der Steuerschulden so viel übrig blieb, dass er damit etwas helfen konnte. Er durfte die Kammer von Thomas beziehen, der als Novize bei den Franziskanern eingetreten war.

Sein Onkel Alfred verdiente zwar als Reit- und Fechtlehrer einiges hinzu, das er allerdings umgehend verwettete. Im Grunde war er ein guter Kerl, jedoch weit davon entfernt, seine Spielsucht aufzugeben.

Er mochte Christian und brachte ihm Fechten, Reiten und Schießen bei.

„So einen Schüler hatte ich noch nie“, lobte er seinen Neffen, „du gehörst zum Militär und nicht in eine Amtsstube“, stellte er immer wieder fest.

Carl war inzwischen wieder zurück und beobachtete mit Freude, wie sein Vater durch die Ausbildung von Christian neuen Lebensmut fasste.

Nach Bezahlung der Steuerschulden konnten die Freunde von Christian wieder in ihre Häuser zurückkehren und die Protestanten anstandslos ausreisen.

„Die Freude war riesig und alle lassen dir danken und dich herzlich grüßen“, hatte Carl seinem Freund zu bestellen.

Dieses Mal blieb Carl ungeschoren und auch im erzbischöflichen Steueramt stellte man keine neugierigen Fragen. Er gab sich als Kurier des Kaisers aus. Das wirkte.

„Der Tutschburg ist ebenfalls verschwunden. Er und seine Spießgesellen wurden nicht mehr gesehen“, berichtete er weiter. Der Erzbischof ist sicherlich froh darüber, diesen Helfershelfer los zu sein. Monsignore Kohlinger hat sich auch nach deinem Befinden erkundigt. Er bot im Namen seines Herrn Hilfe an, wenn du sie brauchen solltest. Er war mir allerdings etwas zu neugierig. Ich mag den Kerl nicht. Ich halte ihn für arg auf seine Karriere bedacht und undurchschaubar.“
Die beiden Vettern gingen nun täglich zusammen in das Ministerium, wo sie tagsüber blieben und die Aufgaben des Ministers erledigten.
„Wir müssten unser Finanzwesen gründlich umgestalten. Wir wursteln so dahin, müssen uns Geld leihen, neue Steuern erfinden und können uns trotzdem keine Rücklagen verschaffen. Darauf müsste aber ein Staat wie der unsrige im Notfall zurückgreifen können“, stellte Carl nicht zum ersten Male fest.
„Warum nehmt ihr das nicht Angriff?“, wollte Christian wissen.
„Das liegt einzig und allein beim Kaiser. Der will alle Macht ausschließlich für sich. Deshalb beruft er auch nur Minister, denen der Titel schon genug ist. Meiner bildet da keine Ausnahme.“
„Ich habe aber trotzdem den Eindruck, dass der Kaiser seine Sache gut macht und überall wegen seiner weitsichtigen Politik hochgeschätzt wird.“
„Ja, ja, wegen seiner gewonnenen Schlachten. Aber wie sieht

es mit deiner Zukunft aus? Die Arbeit bei mir zeigt deine guten Ansätze. Das reicht aber nicht. Du könntest Großes erreichen."

„Möchtest du mich los werden, sag schon", antwortete Christian halb im Scherz und halb im Ernst.

Du solltest auf die Schule gehen. Sprachen, Mathematik und Naturwissenschaften studieren.

Geld haben wir genug. Aus dem Umtausch des Goldes ist so viel übrig geblieben, dass wir deine Ausbildung locker bestreiten können."

„Aber das war doch nicht mein Gold", wehrte Christian ab.

„Aber der Wunsch deiner Freunde ist es. Sie haben mich beauftragt, das Geld für dich gewinnbringend anzulegen, und Bildung ist schließlich das größte Kapital!"

Dein Vater will mich zum Militär stecken, was hältst du davon?"

„Auch nicht schlecht, aber nur mit einer entsprechenden Schulbildung kommst du da weiter. Es sei denn du bist adeliger Abstammung, dann werden selbst die größten Idioten genommen!"

„Ich will ja nicht ewig euer Gast sein", wandte nun Christian ein, „zuhause wartet ein großes Grundstück auf mich. Ich will wieder ein Haus errichten und bewohnen. Außerdem habe ich Sehnsucht nach meinem Berg. Das wirst du sicher verstehen, so interessant die Zeit hier auch war."

Nach diesem Gespräch, das nicht das erste mit ähnlichem Inhalt war, wollte Christian allein sein und spazierte durch die Wiener Straßen, die auch am Abend noch gut belebt waren.

Er dachte über sein Leben und seine Zukunft nach, war hin- und hergerissen von seiner Karriere, die ihm Carl in Aus-

sicht gestellt hatte, und dem Wunsch nach seinen Salzburger Wurzeln. Er dachte an seine Eltern und maßlose Traurigkeit überkam ihn wieder einmal.
Wie geistesabwesend stolperte er voran, als er angestoßen wurde.
Er sah hoch, wollte sich entschuldigen, die Worte blieben ihm jedoch im Munde stecken.
Wie zugeschnürt fühlte sich sein Hals an. Schrecken breitete sich in seinen Gesichtszügen aus und Übelkeit überkam ihn.
„Na Bürschchen, überrascht, was? Wir beobachten dich schon seit Tagen. Wir haben aber Zeit, du entkommst uns nicht". Höhnisch lachend und das Gesicht zu einer widerlichen Fratze verzogen, erkannte Christian einen der Männer wieder, die seine Eltern überfallen und ihr Anwesen angezündet haben.
Der Mann entfernte sich. Christian hatte noch immer sein widerliches Gelächter im Ohr.
Er glaubte, seine Beine wären aus Blei. Dann aber riss er sich mit einem Ruck von diesem Alptraum los und lief, so schnell er konnte, nach Hause.
Wie war das möglich? Wie hatten sie ihn gefunden? Warum war er noch am Leben?
Tausende Gedanken, Vermutungen stürmten auf ihn ein, Verzweiflung überkam ihn.
Dann kam wieder Wut auf. Tutsch musste nicht weit sein und mit ihm wollte er noch abrechnen. Er durfte keine Furcht zeigen, einen Plan schmieden, bei dem am Ende er der Sieger war.
Tante Sarah bemerkte als erste die Veränderung, die mit Christian vor sich gegangen war.
Er wollte aber nicht reden. Er konnte nichts essen und

nachts wälzte er sich schlaflos in seinem Bett. Carl blieb das nicht verborgen, weil sie viel zusammen waren.
Auf dem Weg ins Ministerium am nächsten Tag blickte sich Christian immer wieder um, sah nach allen Seiten und hatte es furchtbar eilig. Kein Wort kam über seine Lippen.
„Ich komme mir vor wie ein Idiot. Sprich mit mir, was bedrückt dich", forderte Carl seinen Vetter auf.

„Den Burschen machen wir so mürbe, dass er auf allen Vieren angekrochen kommt und um Gnade bittet.
Wir lassen ihn nicht mehr aus den Augen. Er muss das Gefühl haben, ständig beobachtet zu werden. Wir lauern ihm vor der Haustüre auf, besuchen ihn im Amt, sitzen im Weinkeller neben ihm und marschieren neben ihm auf den Straßen.
Die Angst, die Ungewissheit, ob und wann wir zuschlagen, muss ihn verrückt machen.
Und wenn er glaubt, in Ruhe gelassen zu werden, dann schlagen wir zu. Dann wird er mich kennenlernen, dann wird er den Tag verfluchen, an dem er geboren wurde."
Im Banne seiner Gier nach Rache verfolgte der Teufel nur noch das eine Ziel: die gnadenlose Vernichtung des Mannes, der ihn zum Krüppel gemacht hatte.
Tutsch hatte ein Palais gemietet, das ganz in der Nähe des Ministeriums lag, in dem die beiden Vettern täglich zur Arbeit gingen. Das Palais hatte ein Protestant räumen müssen, der wegen seines Glaubens das Land in Richtung Ungarn verlassen hatte.
Tutsch, dem die miserablen finanziellen Verhältnisse des Kaiserreiches bekannt waren, führte sich beim Finanzminister mit einem Empfehlungsschreiben des Erzstiftes Salzburg ein, worin ihm große Verdienste bei der Eintreibung der

Landessteuern bescheinigt wurden.
Er bot sogleich dem Minister seine Dienste an, was äußerst wohlwollend aufgenommen wurde.
Carl hatte den Mann zwar kurz gesehen, wusste ihn jedoch nicht einzuordnen, weil er in einer anderen Abteilung zu tun hatte.
Tutsch hatte nach kurzer Recherche erfahren, wo sich Christian aufhielt, und danach Kontakt zum Minister aufgenommen. Er nannte sich in Wien Erich Tutsch von Burg und gab an, von einem böhmischen Adelsgeschlecht abzustammen.

Du schläfst kaum, isst nichts und sprichst kein Wort. So kann das nicht weitergehen. Von der Arbeit, die dir anfänglich so viel Freude bereitet hat, ganz zu schweigen. Ich will endlich wissen, was mit dir ist. Hast du Heimweh? Wenn ja, gibt es sicher einen Weg, der dir ein sicheres Zuhause garantiert. Der Erzbischof hat jede Hilfe zugesagt. Selbst Vater wundert sich, wie verbissen du an den Fecht- und Schießübungen teilnimmst."
So oder ähnlich bearbeitete Carl seinen Vetter schon seit Tagen, ohne groß auf Gegenliebe zu stoßen. Er wusste keinen Rat mehr. Christian führte, wenn er sich unbeobachtet glaubte, Selbstgespräche, wobei sein Gesichtsausdruck einmal maßlose Angst, Verzweiflung oder unsägliche Wut ausdrückte.
Auf dem Nachhauseweg vom Amt blieb Christian wie erstarrt stehen, klammerte sich an Carl und löste sich erst von ihm, als ihm der entgegenkommende Mann lauthals zulachte.
„Nun reichts aber, los, raus mit der Sprache oder wir bleiben hier so lange stehen, bis du deinen Mund aufmachst", fuhr Carl seinen Vetter wütend an.

„Gleich, wenn wir zuhause sind", kam kleinlaut die Antwort.

Daraufhin beriet sich der Familienrat. Das ist Psychoterror, die wollen den Jungen kaputt machen, war man sich einig. „Die Jesuiten haben ein Internat. Dort bist du geschützt. Keiner wird etwas erfahren. Wenn wir dich besuchen, werden wir so vorsichtig wie nur möglich sein. Dann kann dein Teufel so lange suchen, bis er schwarz wird. Ich werde gleich morgen mit dem Prior sprechen. Den kenne ich gut und er wird uns diese Bitte bestimmt nicht abschlagen", war sich Tante Sarah sicher.
Christian war einverstanden. Das war vielleicht der rettende Strohhalm.
„Und lernen tust du auch etwas. Die Jesuiten sind die besten Lehrer. Wenn du fertig studiert hast, kannst du überall anfangen, selbst beim Militär", scherzte Carl.

Ein paar Tage später beobachtete einer von Tutschs Männern, wie die beiden Vettern wie gewöhnlich ihr Amt aufsuchten. Am Abend kam aber Carl allein aus dem Hause.
Tagelang beobachteten die Männer das Wohnhaus der von Thallheim, das Ministerium, die Spazierwege und Weinlokale. Von Christian keine Spur.
Inzwischen hatte Tutsch bei der Eintreibung ausständiger Steuern erste Erfolge zu verzeichnen. Seine Männer gingen dabei nicht mehr mit der gleichen Brutalität vor, die sie in Salzburg an den Tag gelegt hatten. Im Ministerium war man froh, einen Mann verpflichtet zu haben, der ohne Rücksicht auf Rang und Namen hart durchgriff.
Tutsch bat um eine weitere Audienz beim Minister.
Nachdem einiges zur Steuermoral und artverwandten The-

men besprochen worden war, kam Tutsch zu seinem Anliegen.

„Ich hab da einmal so einen jungen Mann bei euch gesehen. Ich kann mich zwar täuschen, glaube aber, dass ich ihn schon von Salzburg her kenne. Oder täusche ich mich?“

„Ihr meint wohl den Vetter meines Assistenten?, ja, der stammt aus Salzburg. Hat beide Eltern verloren durch einen gewissenlosen Lumpen, wie mir berichtet wurde.“

„Aha, das ist löblich, dass Ihr ihn bei Euch aufgenommen habt. Da ist er ja in besten Händen“, schmeichelte Tutsch.

„In so einem Falle helfe ich gerne. Aber ich denke, wir haben alles besprochen. Weiterhin viel Erfolg. Ich muss jetzt zur nächsten Beratung. Auf Wiedersehen.“

„Wenn ich für den Jungen etwas tun kann, sozusagen von einem Salzburger für einen Salzburger...“, versuchte Tutsch noch betont bescheiden einzuwerfen.

„Dem geht es gut, um ihn kümmern sich jetzt die Jesuiten. Die bringen ihm sicher bei, wie er auf eigenen Füßen das Leben zukünftig meistern kann.“

Alle Versuche, an Christian heranzukommen, scheiterten vorerst. Hohe Mauern umschlossen das Internat. Fremde hatten keinen Zutritt.

„Der läuft uns nicht weg. Der bleibt sicher nicht ewig im Kloster“, vertröstete sich Tutsch.

Trotzdem stand Christian unter ihrer Beobachtung.

Sie sahen ihn bei den Ausflügen der Seminaristen, bei den gemeinsamen Besuchen des Stefansdomes, bei Aufmärschen der kaiserlichen Regimenter oder bei den Messfeiern in der Jesuitenkirche. Christian sah sie auch. Aber immer im Kreise vieler Studenten und Schüler, die von den Patres abgeschirmt und begleitet wurden.

Jetzt war es Christian, der seinen Beobachtern manchmal

zugrinste. Auch seine Kommilitonen erfuhren nach und nach, welche Bewandtnis es mit Christian und den ständigen Beobachtern auf sich hatte.

Du bist bei uns in Sicherheit, die sollten es nur versuchen, Hand an dich zu legen. Mit denen werden wir allemal fertig, vor allem, weil uns dein Onkel so trefflich schult", waren sie sich einig. Manche schienen sich sogar zu wünschen, dass es zu einem Handgemenge käme.

Zähneknirschend mussten sich Tutsch und seine Knechte eingestehen, dass ihre Zeit noch nicht gekommen war. „Wir kriegen dich, freu dich nicht zu früh", schienen sie ihm zuzurufen.

Die Aufnahme Christians in das Jesuitenkolleg war für Alfred von Thallheim ein Glücksfall.

Nachdem er vom Prior des Klosters die Erlaubnis erhielt, seinen Neffen weiterhin praktisch und theoretisch in Waffenkunde zu unterrichten, interessierten sich noch mehr Schüler für diese Ausbildung. Der Unterricht der Jesuiten konzentrierte sich in der Hauptsache auf Geisteswissenschaften, sodass alle Seiten froh waren, als sie in Alfred von Thallheim einen Lehrer fanden, der die körperliche Ertüchtigung der jungen Leute übernahm und zudem das Waffenhandwerk lehrte in einer Zeit, die von Kriegen geprägt war.

Christian hatte sich ein Seminarist angeschlossen, ebenfalls Sohn einfacher Eltern, der allerdings deshalb nicht den besten Ruf genoss, weil man ihm unterstellte, es mit dem Eigentum anderer nicht sehr ernst zu nehmen. Christian musste ihm, der nur der Fuchs genannt wurde, in Wirklichkeit aber Willibald hieß, des öfteren beistehen. Die Adeligen bildeten eine eigene Clique, die auf die anderen nicht nur herabsahen, sondern auch schikanierten, wenn sie sich stark genug fühlten. Als sie eines Tages den Fuchs offen des Diebstahls bezichtigten und Selbstjustiz üben wollten, konnte Christian seinen Freund gerade noch heraushauen.

Johannes, Spross einer adeligen Familie, der sich gern mit „junger Herr Baron“ anreden ließ, quälte gern Schwächere. Willibald war eines seiner Lieblingsopfer.

Weil sich der Adelige auch im Kartenspiel als der große Meister sah, glaubte er, in Fuchs ein leichtes Opfer zu finden. „Dem zieh ich den letzten Kreuzer aus der Tasche“, prahlte er.

Willibald nahm die Herausforderung in scheinbar unterwürfiger Haltung an.

Christian beobachtete das Spiel der Reichen mit dem fast mittellosen Willibald.

Als die dreisten Absprachen und Schwindeleien, immer zu Lasten Willibalds, immer bunter wurden, schritt Christian ein.

„Für wie blöd müsst ihr den Fuchs wohl halten? Der hat eure Tricks schon längst durchschaut. Spielt ehrlich, oder habt ihr Angst, etwas vom Geld eurer Eltern zu verlieren? Ich pass jetzt auf und packe jeden beim Kragen, der falsch spielt“, drohte er. Der Fuchs grinste in sich hinein, tat furchtbar nervös und enttäuscht.

Vor den Adeligen türmten sich die Münzen, die zum größten Teil von Willibald stammten. Aber auch von Christian, der ihm Geld zur Verfügung gestellt hatte.

Plötzlich wendete sich das Blatt. Nach und nach stiegen die Mitspieler aus. Nun wuchs der Münzberg vor Willibald. Nur Johannes spielte weiter. Er verfügte noch über eine größere Summe und glaubte, damit Willibald aus dem Felde zu schlagen. Nun trickste auch der. Man konnte seiner Geschicklichkeit kaum folgen.

„Dir Bastard werd ich schon zeigen, wer Karten spielen kann

und wer nicht. Du bist nichts als ein Bauernlümmel, dem ich die Hosen ausziehen werde"; höhnte der junge Baron. Schweiß stand ihm auf der Stirn. Seine Kumpane hüllten sich in betretenes Schweigen.
„Spielen wir doch um alles, was vor uns liegt", schlug nun Willibald scheinbar schüchtern vor.
„Mir solls recht sein, dann kann er gleich seine wenigen Habseligkeiten packen und für immer verschwinden!"
Geschickt und so schnell, dass man mit dem Auge kaum folgen konnte, mischte Willibald die Karten.
Johannes nahm das Blatt auf und lachte siegessicher.
Der Fuchs hatte aber zugebissen. Sein Blatt war um einen Tick besser und er um einiges reicher.
Wütend und geschlagen zogen die Adeligen ab.
Christian wollte lieber nicht so genau wissen, wie das bessere Blatt in Willibalds Hände gekommen war.
Selbst die Patres, die ansonsten Glückspiele gegen Geld nicht gerne sahen, übergingen den Vorfall, als hätten sie nicht davon erfahren.

Auch im Kloster wusste man von der großen Gefahr, die von den Osmanen ausging.
„Wer weiß, vielleicht ist das Führen eines Schwertes einmal wichtiger, wie die Beherrschung des Großen Latinums", sah auch der Prior ein.
In vielen Gesprächen mit dem Prior, angeregt durch seine Frau, löste sich allmählich der manische Drang nach Wettspielen bei Alfred von Thallheim, worüber nicht nur er sehr glücklich war.
Christian war im Kreise der meisten seiner Mitschüler sehr beliebt und galt als Musterschüler bei seinen Lehrern. Sie kannten seine Geschichte und wollten ihn beschützen und

ihm für sein künftiges Leben so viel Wissen mitgeben, dass er gut auf eigenen Füßen stehen konnte.
Sie drängten ihn nicht zu einer Entscheidung, in den Orden einzutreten, obwohl sie das gerne gesehen hätten. Er war nicht nur gescheit, sondern auch fromm, was selbst unter den Angehörigen des Ordens nicht immer selbstverständlich war.
Aufgrund seiner Vorkenntnisse, die er sich im Ministerium erworben hatte, wurde er Mitarbeiter in der hauseigenen Bank der Jesuiten, die für den gesamten Orden im Kaiserreich die Geldgeschäfte betrieb.
Er war voll beschäftigt, die Erinnerung an zu Hause und an seine Eltern wurde dadurch zurückgedrängt, wenngleich er sich manches Mal voller Sehnsucht an seine Wanderungen auf den Untersberg erinnerte. Er wusste, dass er einmal zurückkehren würde, wenn er das Trauma mit Tutschburg überstanden hatte. Selbst seine Rachegedanken hatten nicht mehr die Dimension wie vor seinem Eintritt in das Seminar.

11

Leopold I. hatte vieles getan, um sein Land vor dem Angriff der Osmanen zu schützen.
Er und seine Berater waren jedoch der Meinung, dass es noch viele Monate dauern würde, bis die Türken ein einsatzfähiges Heer beisammen hatten. Erst dann konnten sie den Angriff auf das christliche Abendland wagen.
Für die Wahrscheinlichkeit, dass Kara Mustafa mit seiner Armee angreifen würde, zeugten immer wieder von den kaiserlichen Soldaten aufgebrachte Späher der Türken, die sowohl die Verteidigungsbereitschaft der Österreicher als

auch die Aufmarschwege zu erkunden hatten.
Zudem schürte Ludwig XIV. mit Geld und militärischen Beratern die Angriffslust. Leopold I. war darüber durch seine französischen Spione bestens informiert.
Er war sich auch bewusst, dass die Türken in Ungarn auf wenig Widerstand stoßen würden, weil deren Fürsten eine osmanische einer Habsburger Herrschaft vorzogen. Allzu viele Protestanten gab es in Ungarn, die von Leopold nichts Gutes zu erwarten hatten.
Sie waren bereits schärfsten Sanktionen ausgesetzt, was zu Aufständen rebellierender ungarischer Stände führte, die der Kaiser jedes Mal brutal niederschlagen ließ.
Selbst die Jesuiten bezeichneten das Vorgehen Leopolds gegen die Ungarn nicht gerade als klug, obwohl selbstverständlich auch ihnen daran gelegen war, dass Ungarn katholisch blieb.
„Das war kein Ruhmesblatt, wie wir mit den Ungarn verfahren sind. Die zehn Jahre Verfolgung und Unterdrückung bezeichnet man schon heute als Trauerdekade und es bleibt uns nur zu hoffen, dass wir diese Aktion nicht einmal teuer bezahlen müssen," orakelte einer von Christians Professoren.
Dann schallte der Schreckensruf durch die Lande: Die Türken kommen. Sie stehen nur noch wenige Tagesmärsche vor der Ostgrenze. Die Kunde verbreitete sich in ganz Europa. Sie rüttelte selbst diejenigen noch auf, die trotz aller Vorzeichen lange Zeit daran glaubten, dass die Osmanen nach 1664 nicht noch einmal das Wagnis eines Feldzuges ins Herz von Europa auf sich nehmen würden.
1683 sollte jedoch zum Schicksalsjahr für ganz Europa werden.
Herolde und Werber riefen alle jungen und wehrfähigen

Männer auf, den Fahnen des kaiserlichen Heeres zu folgen. In hellen Scharen eilten alle, die sich kampferprobt genug fühlten, zu den Melde- und Sammelstellen. Das galt auch für die Seminaristen des Wiener Jesuitenkollegs, vor allem für diejenigen, die von Alfred von Thallheim in Waffenkunde geschult worden waren.

Plötzlich fehlte der Schutzring um Christian, der sich auch entscheiden musste.
So schloss er sich seinem Onkel an, der sich bei der Kavallerie anwerben ließ und aufgrund seiner früheren Offizierslaufbahn als Korporal eingesetzt wurde. Ihre Einheit war in den Außenbereichen der Stadt stationiert.
Auch Tutsch meldete sich mit seinen Kumpanen unter seinem adeligen Namen. Der aufnehmende Beamte war zuerst etwas skeptisch, was sich aber schnell legte, als Tutsch beiläufig fallen ließ, die Verletzung unter Wallenstein erlitten zu haben. „Solche Patrioten brauchen wir“, freute sich der Mann.
Aufgrund seiner Behinderung bewarb sich der Teufel als Zahlmeister, in der Hoffnung, gute Beute zu machen und herauszufinden, wie er am besten an Christian herankam.
Viel schneller als erwartet, legte Kara Mustafa mit seinen flinken Janitscharen einen Belagerungsring um Wien, in dessen Mauern 16.000 Verteidiger einer gewaltigen Übermacht gegenüberstanden. Eine Aufforderung zur Übergabe der Stadt wurde jedoch kategorisch zurückgewiesen.
Die Lage schien hoffnungslos, die Kaiserlichen wagten keinen offenen Angriff auf das Heer der Osmanen, das ihnen zahlenmäßig bei weitem überlegen war. Sie mussten auf Verstärkung warten. Papst Innozenz XI. hatte die Heilige Allianz gegründet. Ein Bündnis, das vorerst Österreich, Polen

und Venedig umfasste und gegen die Osmanen geschlossen wurde. Dabei kam es ihm vor allen auf die Polen an.
Kara Mustafas Taktik war der Angriff auf die Stadtmauern mit Minen, deren Explosionskraft weit über dem lag, was man in Mitteleuropa bisher kannte. Seine Artillerie feuerte ununterbrochen auf die Stadt, die ihrerseits mit mehr als 300 Geschützen antwortete.
Ein Befestigungsring nach dem anderen fiel den Attacken der Angreifer zum Opfer.
Die Einheit von Christian zog sich immer tiefer in das Stadtgebiet zurück. Die Verteidiger erlitten große Verluste, und es war nur noch eine Frage von Tagen, bis die Stadt eingenommen wurde.
Die Versorgung der Wiener mit Lebensmitteln und Frischwasser war nicht mehr gegeben. Die Rote Ruhr brach aus und wütete unter den Einwohnern, die darum beteten, dass endlich durch die eigenen Truppen der Belagerungsring gesprengt werden würde.
Abraham a Santa Clara, der Hofprediger des Kaisers, war in Wien geblieben. Er kannte die Nöte und Ängste auch des kleinen Mannes. Mit seinen aufrüttelnden Reden vor Tausenden von Hoffnungslosen, die seinen Worten auf den Plätzen der Hauptstadt folgten, verbreitete er immer wieder Mut und Zuversicht.
Sollte die Stadt kapitulieren oder kam doch noch die erhoffte Entlastung?

In Eilmärschen kamen die Verbündeten des Kaisers vor allem aus dem Westen und Norden.
„9.000 Sachsen, 10.000 Bayern, 10.000 von süddeutschen Fürstentümern, 800 Salzburger und 25.000 Polen, sodass unsere Gesamtstärke bei ungefähr 75.000 Mann liegen

müsste“, wusste Onkel Alfred seinem Neffen zu berichten. Christians Einheit half nun verstärkt der Zivilbevölkerung, um sie auf Häuser- und Straßenkämpfe vorzubereiten.

„Hoffentlich schaffen es unsere Verbündeten noch rechtzeitig. Wenn nicht, ist nicht nur Wien verloren, der ganze Westen steht dann den Eroberern kampflos offen“, befürchtete nicht nur Alfred.

Er dachte an seine Familie, denen eine grauenhafte Zukunft oder der Tod bevorstand, wenn die Türken Erfolg hatten.

Sie waren nicht mehr weit, man hörte ganz nah die Detonationen der türkischen Minen und der Pulverdampf der eigenen Geschütze zog durch die Straßen.

Christian und ein paar weitere Freiwillige hatten die Aufgabe, Minen, die nahe der Stadtmauern von dem Feind gezündet werden sollten, zu entschärfen.

Jede Nacht verließen sie durch einen verborgenen Kanal, von dem sie hofften, dass ihn die Belagerer noch nicht entdeckt hatten, die Stadtmauer und suchten nach Minen und den dazugehörenden Zündschnüren. Äußerste Vorsicht war geboten, weil der Feind ebenfalls den Schutz der Dunkelheit nutzte, um seine verheerenden Geschosse anzubringen.

„Wenn die noch eine weitere Mine unter der Löbel-Bastei, unserer schwächsten Stelle, zünden können, dann Gnade uns Gott“, stellte ihr Hauptmann fest und forderte seinen Suchtrupp auf, sich besonders auf diese Stelle zu konzentrieren.

Christian kannte die Örtlichkeit. Er und sein Freund Willibald aus dem Jesuitenkolleg meldeten sich freiwillig. Zu zweit schlüpften sie kurz nach Mitternacht durch den Kanal und schlichen zur Löbel-Bastei.

Sie beobachteten mehrere schemenhafte Gestalten und konnten, als sie sich mit größter Vorsicht näherten, gut

erkennen, dass sie türkische Soldaten vor sich hatten, die tatsächlich Minen auslegten. Sie lärmten und unterhielten sich, weil sie glaubten, nicht beobachtet zu werden.
Nach Vollendung ihres Werkes ließen sie zwei Mann Bewachung zurück und verschwanden in der Dunkelheit.
„Morgen Früh werden sie zünden, das müssen wir verhindern“, flüsterte Christian dem Fuchs zu. Sie krochen noch näher und spürten, dass die zwei Wachen ihrer Aufgabe keine große Sorgfalt widmeten.
Zu spät bemerkten diese die beiden Angreifer, die mit den mitgebrachten Knüppeln zuschlugen, ehe die Türken Alarm schlagen konnten.
Dann machten sie sich an die Arbeit.
„Gut, dass wir einen vom Feind übergelaufenen Söldner als Sprengmeister haben“, flüsterte der Fuchs. Er hatte sie bestens instruiert, was gemacht werden musste.
So konnten sie die Minen entschärfen, ohne dass die Manipulation offensichtlich war.
Während sie die Minen wieder in die ursprüngliche Lage brachten, stürzte sich ein wiedererwachter Wachtposten auf den Fuchs und rammte ihm von hinten sein Messer in den Rücken.
Instinktiv hatte Christian die Bewegung wahrgenommen, sein Messer, das er zum Präparieren der Minen benutzte, hochgerissen, und dem nun auf ihn stürzenden Feind in die Brust gestoßen. Auch der zweite Mann rührte sich jetzt. Christian blieb keine Wahl. Es war Krieg und Wien in höchster Not. Jedes Aufsehen, jeder laute Alarmruf, hätte die Aktion zunichte gemacht.
Nun kümmerte sich Christian um seinen Freund, der noch schwache Lebenszeichen von sich gab. Die Wunde zudrückend, schleppte er Willibald zurück durch den Kanal, wo

er ihn sofort an einen Sanitäter weiterreichte. „Ihr habt wohl schon auf uns gewartet“, war sein Kommentar.
Dann schlich er zurück, holte die beiden toten Osmanen und beseitigte, so gut es ging, die Spuren, die auf ihre Anwesenheit deuten konnten.
„Das habt ihr vorzüglich gelöst“, lobte der Hauptmann. „Fürs Erste habt Ihr uns mindestens einen Tag Aufschub verschafft.“ Als ihn Christian fragend ansah, beeilte er sich hinzuzufügen: Deinen Freund werden wir auch durchbringen. Er hat zwar viel Blut verloren, eine Fleischwunde, aber das ist ein zäher Bursche. Wie ein Fuchs halt.“

Tutsch hatte andere Gedanken. Wo fand er den Burschen? Er wusste bereits, dass der sich zum Militär abgesetzt hatte. Jedoch wohin?
Seit Tagen sondierte er die Meldelisten der Freiwilligen. Tausende Namen mussten durchforstet werden. Dann hatte er ihn: Christian Brandstädter las er und das Alter war mit 20 angegeben. Infanterie. Das musste er sein, da musste er hin.

Noch waren die eigenen Truppen in keine Kampfhandlungen verstrickt. Obwohl die Lage für Wien immer unerträglicher wurde, war ein Angriff auf die Übermacht der Osmanen mit einer Truppenstärke von nunmehr 200.000 kampferprobten Männern, die sicher darauf eingestellt waren, zu gefährlich.
Dann spitzte sich die Lage dramatisch zu. Späher hatten gemeldet, dass sich der Feind zu einem Generalangriff, der mit einer geballten Ladung von Minen eingeläutet werden sollte, entschlossen hatte.
So musste gehandelt werden. Der Kaiser wollte dem Angriff der Türken zuvorkommen. Er war zwar mit seiner Familie

bereits im Mai nach Linz geflüchtet, hatte aber die Fäden in der Hand.
Die Verteidigung der Stadt hatte er Graf Rüdiger von Starhemberg übertragen, dem zu Beginn der Belagerung lediglich 16.000 Mann unterstanden.

Dann war es soweit.
Von den Wiener Höhen stießen die kaiserlichen Truppen und Verbündeten herab und stürzten sich auf die Türken, die anscheinend auf einen so plötzlichen Angriff nicht vorbereitet waren.
Ihre Späher und Informanten hatten nämlich noch zuletzt gemeldet, dass das kaiserliche Heer noch nicht zum Gegenangriff bereit war. Man wartete noch immer auf die Truppen Verbündeter, ehe man eine offene Schlacht riskieren konnte.
Die Überrumpelung der Türken schien zu gelingen, geriet aber ins Stocken, wankte vor und zurück, als für die Türken völlig unerwartet vom Kahlenberg die soeben eingetroffenen deutsch-polnischen Truppen in den ungeschützten Rücken der Osmanen stießen. Herzog Karl von Lothringen rieb in einem kurzen Gefecht den schwachen rechten Flügel der Belagerer auf und die polnischen Husaren bezwangen mit einer stürmisch vorgetragenen Kavallerieattacke die hochgelobten und scheinbar unbezwingbaren Elitetruppen des Großwesirs.
In wilden, ungeordneten Fluchten stoben die Türken zurück und konnten sich erst in Ungarn wieder sammeln und in ihre Befestigungen zurückziehen.
Wie Christian später durch seinen Onkel erfuhr, wurde der Großwesir und sieglose Feldherr Kara Mustafa als Strafe für den verlorenen Feldzug auf Anweisung seines Sultans in Ungarn erdrosselt.

Die siegreiche Armee wurde noch zusammengehalten, weil man nicht genau wusste, ob sich die Türken zu einem erneuten Angriff, einem letzten Verzweiflungsschlag, entschließen würden.

Tutsch war gut im Geschäft, hatte große Summen des Soldes zurückgehalten, Papiere gefälscht und war recht hoffnungsvoll, seine Rache vollziehen zu können.

„Wir brauchen keine großen Vorsichtsmaßnahmen zu treffen, wir befinden uns immer noch im Kriegszustand, ein Soldat mehr oder weniger, das fällt nicht auf. Den Brandstädter gibt es schon nicht mehr, er erscheint auf keiner der einschlägigen Listen. Für seine Verwandten muss er halt als vermisst oder gefallen gelten."

Sein abgrundtief böses Lachen erschreckte sogar seine Männer.

Ich weiß, wo wir ihn finden, heute Nacht statten wir ihm unseren Besuch ab. Der wird sich freuen, hahaha!"

Tutsch zu Pferde, sein neu geformtes Holzbein hatte er mit hohen, bis zu den Knien reichenden Stulpenstiefeln kaschiert, und in der Uniform eines kaiserlichen Zahlmeisters, wurde er von zwei seiner Leute, ebenfalls in Uniform und zu Pferde, flankiert.

Er zeigte einen Passierschein und konnte so unbehelligt in das kaiserliche Infanterielager eindringen.

Er tat wichtig mit seinen Papieren und sagte im Befehlston dem Korporal des betreffenden Regimentes, dass er ihm unverzüglich Christian Brandstädter auszuliefern habe. Der Bursche sei unter falschem Namen hier und habe sich verschiedener Betrügereien, unter anderem durch Mehrfachbezug seines Soldes, schuldig gemacht.

Beflissen erledigte der Angesprochene den Auftrag, froh, nicht selbst irgendeiner Schurkerei bezichtigt zu werden.

Kurze Zeit darauf meldete sich ein junger Rekrut im Zelt des Korporals im Beisein von Tutsch und seinen Helfern.
„Brandstädter, zu Befehl!“
„Er ist doch nicht der Brandstädter, das ist gelogen, das gibt es nicht!“, schrie nun Tutsch.
Welche Teufelei hat er sich da ausgedacht, will wohl einen Kameraden schützen. Raus mit der Sprache, oder es wird Ihm schlecht ergehen, wir fackeln da nicht lange. Spione werden sofort hingerichtet!“
„Das ist aber Brandstädter, Herr Zahlmeister, ich habe ihn schon ein paar Monate bei meiner Truppe. Er kommt aus Melk an der Donau, ich kenne auch seine Familie und verbürge mich für ihn,“ schaltete sich nun der Vorgesetzte des Soldaten ein.
„Sie lügen auch, ich seh es Ihnen an“, das wird ein Nachspiel haben, das sich gewaschen hat“, tobte Tutsch weiter.
Vom Lärm angezogen war unbemerkt ein Obrist eingetreten.
„Was geht hier vor, berichte Er“, befahl er seinem Korporal. Der kam dem Befehl sofort nach.
„Es handelt sich also um ein Missverständnis. Das kann vorkommen. Ich würde es begrüßen, wenn wir es dabei bewenden ließen. Habe die Ehre, meine Herren.“
Sein Ton war nicht sehr freundlich. Er wartete ab, bis Tutsch, der einen denkbar schlechten Eindruck auf ihn machte, das Zelt mit kurzem Gruß verließ.
„Ein unangenehmer Kerl, schade, dass wir so etwas in unserer Armee dulden müssen.“ Mit diesen Worten verließ auch der Offizier das Zelt.
„Es sammelt sich immer mehr auf dem Konto des Jungen an“, brummelte Tutsch, in dem es innerlich kochte. Wohl oder übel musste er sich seinen Irrtum eingestehen.

Wo war aber der Bursche? Nicht beim Militär. Nicht mehr bei den Jesuiten.
Wien war befreit und er beschloss, den Thallheims einen Besuch abzustatten.
Vorher wollte er mit seinen drei Gesellen so richtig feiern. Geld hatten sie sich genug beiseite geschafft. Üble Kneipen und Hurenhäuser waren in den nächsten Wochen ihr zuhause.

„Der Sieg über die Türken bedeutet eine politische und wirtschaftliche Wende“, prophezeite Onkel Fred. Die Familie war wieder einmal unter sich, Alfred und Christian hatten einen Kurzurlaub beantragt und hofften demnächst vom Wehrdienst entlassen zu werden.
Vorsichtshalber war Christian unter dem Namen seines Vetters in die Kavallerie eingetreten, sodass zwei Thallheims in dem gleichen Regiment dienten.
Christian hatte sich beim Sturm auf die türkischen Linien so bewährt, dass ihm spontan durch die militärische Leitung ein Offizierspatent angeboten wurde.
„Ein äußerst tüchtiger Soldat und Adeliger, solche Leute brauchen wir“, stellte sein Kommandeur gegenüber Alfred fest.
„Der hat andere Pläne. Er möchte in den Jesuitenorden eintreten“, wehrte der Onkel das Angebot, nicht ganz wahrheitsgemäß, ab.
Christian stand am Scheideweg. In Wien herrschte absolute Not, die auch vor seinen Verwandten nicht halt machte. Die Türken hatten bei ihrem Aufmarsch weite Landesteile rund um die Hauptstadt geplündert und verwüstet. „Bis Lilienfeld und Melk hinauf haben sie alles verbrannt“, berichtete Carl, der wieder im Ministerium seinen Dienst versah.

„Deshalb fehlen auch Lebensmittel und die Bevölkerung hungert“, ergänzte Sarah.
„Ich geh zurück nach Salzburg. Kommt doch mit. Wir bauen uns ein Anwesen, das Platz für uns alle bietet, züchten Vieh und können gut leben“, bot Christian seinen Verwandten an.
„Wie ist das mit deinem Todfeind, fürchtest du den nicht mehr?“, wollte Carl wissen.
„Ich glaube, den gibt es nicht mehr. Ich habe weder ihn noch einen seiner Gesellen mehr gesehen. Außerdem habe ich bei den Salzburger Soldaten einen jungen Rekruten getroffen, einen Nachbarsburschen aus Grödig, der mir versicherte, dass Tutsch aus dem Haus Ezechiels vertrieben wurde. Beim Erzbischof scheint er in Ungnade gefallen zu sein. Da hat er also auch nichts mehr zu erwarten.“
„Wir werden noch einmal alles überdenken und reden morgen weiter. Du hättest doch auch bei uns glänzende Aussichten“, schloss Onkel Alfred die Diskussion.

Am selben Abend polterten ein paar wüste, anscheinend betrunkene Gesellen an ihre Haustüre. Sarah öffnete und wurde sogleich brutal beiseite geschoben.
„Wo ist er, wo habt ihr ihn versteckt, den elenden Feigling?“, riefen sie und stürmten in das Haus, wo sich ihnen zunächst Alfred in den Weg stellte.
Nach kurzem Wortwechsel richtete einer von ihnen seine Handfeuerwaffe auf ihn und schrie: „Sag sofort, wo wir diesen Mistkerl finden, dann passiert Euch nichts. Ansonsten“, er machte eine Geste des Halsabschneidens, „geht es Euch schlecht. Auf ein paar Tote kommt es heutzutage ohnehin nicht an!“
Alfred nahm die Arme in die Höhe und ließ die Kerle pas-

sieren. Er wusste genau, wen er vor sich hatte und vermied daher weiteren Widerstand.

Mit gezogenen Degen durchsuchten sie daraufhin alle Räume, ohne fündig zu werden.

Carl und Christian waren nämlich nicht im Haus.

Nach einiger Zeit kam ein Trupp Soldaten ins Haus, die zufällig des Weges gekommen waren und von Sarah um Hilfe gebeten wurden.

Sie nahmen ohne viel Federlesen die drei Eindringlinge fest, um sie auf die Polizeiwache zu bringen. „Dort werden sie bestimmt bis morgen festgehalten und dann können Sie Anzeige erstatten und für die Verwüstungen Entschädigung verlangen. Unsere Schnellgerichte greifen hart durch bei Überfällen und Plünderungen durch solches Gesindel“, wusste der Anführer des Kommandos.

Sarah nahm bei dem Eindringen in ihr Haus eine Kutsche wahr, die ganz offensichtlich zu der Bande gehörte. Durch das geöffnete Fenster konnte sie ein Gesicht erkennen, das bis zur Unkenntlichkeit mit weißem Puder verkleistert war. Sie dachte an eine Maske, damit man den Mann, der einen riesigen Schädel und unnatürlich wulstige Lippen hatte, nicht identifizieren konnte.

Beim Eintreffen der Soldaten fuhr die Kutsche in großer Eile ab.

Am nächsten Tag gingen die Thallheims und Christian gemeinsam zur Polizeiwache, um Anzeige zu erstatten.

Die Vögel waren aber ausgeflogen.

„Es war einer da, der sich als Zahlmeister unserer Armee auswies und sich für die Inhaftierten verbürgte. Er hinterließ eine Adresse und eine Kaution, mit der sicher die angerichteten Schäden zu begleichen sein dürften“, erhielten sie Auskunft.

Sie ließen sich die angegebene Adresse geben um später festzustellen, dass es sich um eine kriegsbedingte Hausruine handelte, die völlig unbewohnbar war.
„Für mich gibt es keinen Zweifel", sagte Christian, „der Überfall galt mir und ich kenne nur einen, der mich haben möchte, und das ist Tutsch!
Irgendwann muss ein Ende her, so ist es kein Leben mehr und wird außerdem auch zunehmend zu einer Bedrohung für euch. Ich werde mich dem Feind stellen und dann sehen wir, wie es ausgeht." Fest entschlossen hatte Christian gesprochen.
„Vielleicht ist dies das Beste. Und ich bin an deiner Seite," versprach Onkel Alfred.
Christian lief von da an viel durch die Straßen in der Umgebung des Wohnhauses seiner Verwandten. Er hatte sich mit einem langen Messer, das versteckt in einem seiner Stulpenstiefel steckte, bewaffnet und trug außerdem einen Degen, wenn es zum Äußersten kommen sollte. Die Übermacht fürchtete er nicht, das hatte er genügend in Nahkämpfen gegen die Türken bewiesen. Einen hinterhältigen Überfall möglichst zu vermeiden, half ihm Onkel Alfred, der ihm ganz offensichtlich den Rücken freihielt.
Es dauerte auch nicht lange, dann waren sie da. Er kannte die drei. Sie hatten sich unauslöschlich in sein Gedächtnis eingeprägt, als hätte der Überfall auf ihr Haus erst gestern stattgefunden. Er erkannte den, der seine Mutter in den Unterleib getreten hatte und auch jenen, der den Wasserkrug auf dem Kopf seines Vaters zertrümmerte.
Am liebsten hätte er sofort Blank gezogen. Wo aber war Tutsch? Ihn wollte er haben, er war der Wichtigste, sein Hauptfeind, der eigentliche Mörder seiner Eltern.
Sein Wunsch ging sofort in Erfüllung.

„Unser Herr hat eine höfliche Einladung für Ihn. Es wäre äußerst gnädig, wenn er mit uns käme, um seine Belohnung abzuholen“, spotteten sie.
Christian folgte ihnen scheinbar widerwillig. Der hat die Hosen voll, dachten die Männer, der leistet nicht den geringsten Widerstand, versucht nicht zu fliehen oder Passanten um Hilfe zu bitten, das ist viel leichter, als wir meinten.
Sie passierten ein schmiedeeisernes Tor, das den Zugang zu einem vornehmen Palais bildete.
Das Tor verschlossen sie.
Nun wurden sie grober, stießen Christian vorwärts die riesige Marmortreppe hoch in einen Saal, der halb abgedunkelt und kaum möbliert war. Er war voller Spiegel und Lüster, die Wände mit Stuck verziert und ausgemalt, feinster Barock also.
Dafür hatte Christian keine Augen. Er versuchte jedoch das Dunkel im Hintergrund zu durchdringen, weil er dort etwas sah, auf das auch die Aufmerksamkeit der drei Männer gerichtet zu sein schien.
„Hier haben wir ihn, Herr. War ganz leicht, der hat die Hosen gestrichen voll“, sprach nun der Wortführer in Richtung des dunklen Teiles des Saals.
Dann war es ruhig.
Alle Vier standen etwas unschlüssig herum, bis sich endlich eine Stimme erhob.
„Darauf hab ich gewartet. Lange gewartet. Du hast es mir nicht leicht gemacht. Ich wusste aber immer, dass ich dich kriege und dir hundertmal vergelten werde, was du mir angetan hast.“ Seltsam gepresst und langsam kamen die Worte.
Allmählich konnte Christian den Mann erkennen, der hinter einem Marmortisch saß und eine Handfeueraffe in der Hand hielt. Kein Zweifel, das war Tutsch. Der große quadratische

Schädel war unverkennbar, wenn auch seine Stimme etwas seltsam klang. Wahrscheinlich versoffen, dachte sich der freiwillig Gefangene.

„Ich will dich nicht gleich töten", kam es aus dem Hintergrund, „meine Leute, die mich bei der Suche nach dir jahrelang unterstützten, sollen auch ihren Spaß haben. Sie werden dich jetzt ein wenig mit ihren Degen kitzeln. Mal sehen, wie tapfer du bist."

„Drei Bewaffnete gegen einen Wehrlosen, das macht sicher Spaß und zeigt auch großen Mut. Seht zu, dass nicht Ihr am Ende ins Gras beißt, oder glaubt Ihr, ich bin gezwungenermaßen hier? Das war mein Plan. Ich wollte Euch noch einmal von Angesicht zu Angesicht entgegentreten. Dem feigen Mörder meiner Eltern. Der feigen Sau, die sich an Frauen und Kindern vergreift. Ihr seid Abschaum, eine elende Missgeburt, die sich mit Mordgesellen umgibt, weil Ihr selbst zu feige für einen ehrlichen Kampf seid! Nicht umsonst nennen Euch die Leute Teufel."

„Gebt ihm einen Degen und dann auf ihn. Tötet ihn aber nicht, das soll meine Rache sein", presste Tutsch wütend heraus.

Einer der Galgenvögel warf Christian seinen Degen zu und dann drangen sie auf ihn ein. Sie kämpften mit Säbeln, was ihren Schlägen mehr Wucht verlieh. Christian wich zurück bis zur Türe, die aber verschlossen war.

Siegessicher lachten die drei.

Er steppte zur Seite, was die Angreifer für ein Zeichen von Angst hielten. Sie blieben vor ihm stehen und verhöhnten ihn. „Nah, Bubi, fürchtest du dich? Sollen wir zuerst deine Ärmchen oder deine Beinchen aufschlitzen oder gar dein Bäuchlein?"

Christian wusste, dass sein letztes Stündchen schlagen wür-

de, wenn er nicht sofort agierte. Blitzschnell sprang er deshalb vorwärts und stieß mit seiner Waffe zu. Dem Manne, der seinen Vater auf dem Gewissen hatte, brachte er eine klaffende Wunde am Halse bei, aus der stoßweise Blut hervorquoll. Der Mann wollte schreien, er brachte aber nur ein Gurgeln zustande, das den Blutfluss noch verstärkte.
Christian war schon längst nicht mehr auf seinem alten Platz. Die beiden Angreifer kamen sich bei ihrer Attacke gegenseitig in die Quere.
Den zweiten Mann traf Christian seitlich in den Unterleib. Das war ein wuchtiger und gezielter Stoß. Der galt dem Mörder seiner Mutter. Der Mann ging in die Knie und presste jammernd die Hand auf seine Wunde.
Mit großer Kälte registrierte Christian, dass zwei der Angreifer ausgeschaltet waren.
Nun stand ihm noch einer gegenüber. Blitzschnell bückte sich Christian um den Säbel des zuletzt Getroffenen und focht mit diesem weiter
Tutsch feuerte den Mann an so laut er konnte. „Mach ihn fertig oder treib ihn zu mir, damit ich zu Schuss komme!"
Christian aber sah zu, dass der Mann immer zwischen ihm und Tutsch war. Er brauchte den letzten lebend, um an Tutsch heranzukommen.
Das war nicht ganz einfach, weil der erkannt hatte, einem ungeübten Fechter gegenüberzustehen. Man sah ihm an, dass er fliehen oder sich hinter seinem Herrn verschanzen wollte.
Christian ließ aber derartiges nicht zu.
Mit wilden Schlägen, bar jeder Fechtkunst, versuchte sich der Mann zu befreien. Er schlug und stach immer ins Leere. Plötzlich konnte er seinen Degen nicht mehr führen. Er starrte wie betäubt auf seinen Arm. Ihm fehlte nicht nur

die Klinge sondern auch die Hand. Er schrie entsetzlich. Im Schock wollte er sich noch einmal auf seinen Feind stürzen. Christian riss ihn jedoch herum, und setzte ihm von hinten sein Messer an den Hals.

Vor sich herschiebend bewegten sich die beiden auf Tutsch zu.

„Weg mit dir“, krächzte Tutsch immer wieder zu seinem Mann, „ich kann sonst nicht schießen“. Doch der ließ sich willenlos, immer wieder auf seinen Arm starrend, vorwärtsschieben.

Kurz vor dem Marmortisch schoss Tutsch. Er traf seinen Kumpanen mitten in die Brust.

Der entglitt Christian, der nun Auge in Auge vor seinem Verderber stand.

Christian wusste, dass mit dieser Handfeuerwaffe nur ein Schuss abgegeben werden konnte. Bevor Tutsch Zeit zum Nachladen blieb, schwang Christian den Säbel über seinen Kopf und rief voll Abscheu:

„So und jetzt büßt du Hund für alles, was du uns angetan hast!“

Er starrte auf Tutschburg und ließ die zum tödlichen Stoß erhobene Waffe sinken.

Tutsch saß vor ihm und Christian erkannte trotz der Dunkelheit ein furchtbar entstelltes Gesicht und genauso gezeichnete Hände. Flecken, Eiterblasen, Verkrustungen waren das eine Zeichen, der Gestank und die Stimme seines Feindes verschafften ihm Gewissheit: Blattern. Tödliche Blattern.

Christian wandte sich in dem Augenblick, als die Türe aufgesprengt wurde und Alfred erschien, angewidert ab.

Beide verließen in größter Eile dieses Haus des Grauens.

12

Salzburg feierte.
An seinem 64. Geburtstag, im Jahre des Herrn 1686, wird Max Gandolf von Kuenburg, der Salzburger Erzbischof, von Papst Innozenz XI. zum Kardinal ernannt.
In seiner Ernennungsurkunde lobte der Papst seine standhafte Haltung zur Römisch-Katholischen Kirche, seine soziale Einstellung und den großen Einsatz an Menschen, Geld und Material im Krieg gegen die Türken.
Christian befand sich unter den Tausenden, die sich um den großen Brunnen vor der Residenz versammelt hatten; in seiner Begleitung Katharina von Scheidegg. Er kannte sie schon als kleines Mädchen und war bei seiner Rückkehr nach Salzburg erstaunt, wie gut sie sich herausgemacht hatte. Sie hatte eine stramme Figur und rote Bäckchen zierten ihr Gesicht, das von einem geflochtenen Haarkranz gekrönt wurde. Sie trug ein langes Kleid aus Leinen und verkündete ihm stolz: „Selbst gemacht!“ Christian registrierte mit Besitzerstolz die bewundernden Blicke vieler Männer, die sie seiner Begleiterin zuwarfen.
Viele Tanz- und Musikgruppen hatten sich in ihrer meist bunten heimatlichen Kleidung eingefunden.
Sie kamen aus Italien, Polen, Böhmen aber auch aus verschiedenen österreichischen und deutschen Fürstentümern. Der päpstliche Nuntius konnte bei dieser Gelegenheit nunmehr auch Russland als Mitglied der „Heiligen Liga“ begrüßen.
Gaukler, Sänger, Akrobaten und Zigeuner mit allerlei Getier unterhielten die Zuschauer.
Ochsen wurden gebraten, Lämmer und Schweine. Fische, frisch aus den umliegenden Seen wurden ebenso zum Kauf angeboten, wie allerhand Geschirr und Hausrat.

Besonderen Zulauf erhielt eine Wahrsagerin, die gleichzeitig Arzneien gegen jede Krankheit anbot. „Hilft immer", tat sie geheimnisvoll, „auch bei Liebeskummer."

Der Kaiser hatte eine Delegation entsandt, in der sich mit seinem Minister auch Carl befand.

Groß war die Wiedersehensfreude und viele Erinnerungen an gute und schlechte Zeiten wurden ausgetauscht.

Carl hatte sich inzwischen zu einem unentbehrlichen Fachmann für Finanzfragen gemausert, wie sein Minister gegenüber Christian, an den er sich noch gut erinnern konnte, hervorhob.

„Der wird mich bald aus dem Amt drängen, er sägt schon an meinem Stuhl, das Zeug dazu hat er ja", bemerkte er scherzhaft.

Man merkte Carl an, wie sehr ihm Katharina gefiel. Das machte Christian stolz. Ich muss zwar aufpassen, dass sie mir der nicht noch wegschnappt, dachte er sich.

„Die Türken geben immer noch keine Ruhe", antwortete Carl auf eine Frage von Christian.

„Viel mehr Kopfzerbrechen bereiten aber dem Kaiser die frechen Hegemonieansprüche Ludwigs XIV. Er hat deshalb vor wenigen Tagen einen Beistandspakt mit den Preußen, mit Friedrich I., geschlossen.

„Hilfreich ist auch die Augsburger Allianz, der unter anderem auch Spanien und Schweden angehören. Der Kaiser ist sicher, dass er auch noch England und die Niederlande mit ins Boot bringt, die sich ebenfalls von den Franzosen bedrängt fühlen."

„In Salzburg sind wir da fein heraußen, wir zahlen, liefern, aber einem Pakt schließen wir uns nicht an. Das war schon im Dreißigjährigen Krieg unsere erfolgreiche Taktik.

Unsere Probleme liegen weit darunter, spielen im Weltgeschehen keine Rolle. Wir raufen höchsten ein bisschen mit den Berchtesgadenern, wenn es um das Salz geht", wirft Christian lachend ein.

Sie schlendern durch die Menge, erzählen, lachen, lassen sich unterhalten von den vielen Gruppen, die der Einladung des Kardinals gefolgt sind.

Dann treffen sie auf ihren alten Freund Samuel Goldberg, der mit seinen Eltern auf deren Landsitz zurückkehren durfte. Als unmittelbare Nachbarn halfen sie beim Neubau von Christians Anwesen mit. Nachdem dabei die letzten Geldreserven aus dem Höhlengold Christians aufgebraucht waren, liehen sie ihm auch das erforderliche Kapital für Material und Handwerker. Zinslos, weil sie wussten, dass Christian einen wesentlichen Anteil daran hatte, dass sie ihr Domizil wiedererlangt hatten.

Natürlich hatte Christian versucht, noch einmal in die Höhle zu gelangen, von der er wusste, dass es in ihr Gold gab. Trotz aller Mühe gelang es ihm aber nicht, den Stein vom Eingang wegzuwälzen. Es roch auch wieder so komisch. Er nahm daher an, dass andere Emigranten und Verfolgte einen Unterschlupf gesucht hatten. Also beließ er es vorerst bei dem einen Versuch. Vielleicht komme ich später noch einmal, dachte er sich. Vielleicht lag auch ein Fluch auf dem Gold, wer wusste das schon.

In einem Weinhaus nahe des festlich herausgeputzten neuen Domes diskutierten sie über Gott und die Welt.

„Eines muss man dem Kaiser lassen. Er hat Österreich und die Habsburger wieder zu alter Größe verholfen. Mit seiner Politik der Bündnisse kann das Reich wieder ruhig schlafen. Die aufsässigen Ungarn und auch Böhmen hat er in die Knie gezwungen und so auch im Zentrum des Reiches keine Brandherde mehr", lobte Samuel.

„Da solltest du einmal einen Blick auf seine Finanzpolitik werfen. Einfach fürchterlich, und mir, ich meine uns, sind die Hände gebunden“, warf Carl nicht gerade euphorisch ein.
„Mir ist da ein Gedanke gekommen“, meldete sich Christian zu Wort. „Eigentlich überlege ich mir das schon seit meiner Schulden, die ich bei Samuels Vater habe.“ Er machte eine kleine Pause, um die ungeteilte Aufmerksamkeit seiner Freunde zu haben.
„In vielen Ländern werden Banken gegründet. Das sind Institutionen, die auf Spareinlagen Zinsen zahlen und Kredite vergeben. Wenn wir drei so etwas wagen würden ... das wäre doch einen Versuch wert?“
Es war sehr laut in der Kneipe, aber Samuel und Carl zeigten, dass sie durchaus nicht uninteressiert waren.
„Gute Idee, am besten, wir sprechen morgen noch einmal darüber an einem ruhigen Plätzchen“, schlug Carl vor, der ohnehin schon lange an eine neue Herausforderung dachte. Er kannte auch die Geschäftspraktiken der Wiener Medici-Bank, die seinem Ministerium so manches Kopfzerbrechen bereitete. Da es Schuldner bis in die höchsten Kreise gab, konnte die Bank praktisch tun und lassen was sie wollte.
Er hatte sich schon oft gedacht, dass auch sie das können müssten, was die Italiener in den Hauptstädten ganz Europas vormachten. Sein Minister sprach jedoch nur von den großen Risiken und wollte partout von den Gedanken seines Mitarbeiters nichts wissen.

Bereits am nächsten Tag saßen die jungen Leute verschwörerisch beisammen und schmiedeten Pläne. Ein Virus hatte sich in ihren Köpfen festgesetzt. Der Virus, über eine eigene Bank zu verfügen.

„Wir müssen klaren Kopf behalten“, riet Carl, „genau sondieren, welche Chancen und Risiken bestehen, und vor allem praktische Erfahrungen sammeln.“
Die drei hatten jedoch lichterloh Feuer gefangen, diskutierten, machten Vorschläge und verwarfen sie wieder. Dann stand ihre Vorgehensweise fest.
„Ich fasse also zusammen“, führte Carl aus:
„Christian wird vor Ort mit dem Kardinal abklären, inwieweit wir in Salzburg mit einer eigenen Bank willkommen sind und die Konditionen erfragen.
Samuel wird die europäischen Banken aufsuchen, vorzugsweise die, die von Juden geführt werden, und ich versuche in Wien in der italienischen Bank zu hospitieren. Wir sollten uns ein Jahr geben und uns dann entscheiden.“
„Wir könnten doch auch schon früher zu einem Ergebnis kommen“, warf Samuel ungeduldig ein.
„Dann verständigen wir uns eben kurzfristig. Vielleicht kommen wir beide nach Wien“, schlug Christian vor.
Er hatte ohnehin genug auf seinem Hof zu tun. Praktische Erfahrungen in Geldgeschäften hatte er bereits bei den Jesuiten gemacht, was ihn auch veranlasste, den Gedanken einer eigenen Bank in die Tat umzusetzen. Mit zwei kompetenten Freunden ließ sich das natürlich leichter realisieren.
Auf seinem Hof, den er zur Zeit noch allein bewirtschaftete, gedieh alles zum Besten.
Er beschäftigte einige Leute aus der Nachbarschaft. Er entlohnte sie mit den auf seinem Hof produzierten Naturalien. So konnte er den Verkaufserlös für Fleisch, Milch, Käse, Eier und Gemüse an den Vater von Samuel zur Tilgung des Darlehens zurückzahlen.
Er hatte einen großen Bestand an Rindern und Schafen, was durch die enormen Weideflächen an den Hängen des Un-

tersberges möglich war.
Oft dachte er an seine Eltern, die ihm dieses Areal zurückgelassen hatten und besuchte bei jeder Gelegenheit ihr gemeinsames Grab in Grafengaden.
Alle paar Wochen pendelte er zwischen seinem Anwesen und der Gnotschaft Gern hin und her. Er war sich mit Katharina einig. Sie wollten heiraten, sobald über die Zukunftspläne der drei Freunde entschieden war.
Dann gestand ihm Katharina, guter Hoffnung zu sein. Flugs wurde geheiratet und seine frisch angetraute Frau zog zu ihm. Wie sehr ihm eine Frau gefehlt hatte, merkte er an dem, was Katharina in kurzer Zeit aus den Räumlichkeiten machte.
Sie waren glücklich und freuten sich auf den Nachwuchs.

Eines Tages erschien ein junger Mann, nach der neuesten Mode gekleidet, blasiertes Auftreten und stolzierte auf ihrem Anwesen herum, wie wenn er hier zuhause wäre.
Katharina hatte ihn beobachtet und Christian gerufen. Der stellte den Mann zur Rede.
„Ah, Sie haben sich also hier breitgemacht,“ redete er barsch Christian an. „Der Spuk ist aber bald zu Ende, denn Sie werden augenblicklich mein Grundstück verlassen!“
„Euer Grundstück? Ich glaube in Eurem Oberstübchen stimmt etwas nicht“, entgegnete ihm Christian. Der Fremde lachte und lachte. „Ein schlechter Witz, Sie Landdieb!“
„Guter Mann, hauen Sie ab, bevor ich Sie mit dem Stock von meinem Grund jage“, rief nun Christian aufgebracht und griff tatsächlich nach dem Stock, mit dem er täglich das Vieh auf die Weide trieb.
„Versuchen Sie es nur, es wird Ihnen nichts helfen. Bevor Sie hier den starken Mann markieren, sollten Sie sich einmal

beim Gemeindeamt Grödig über die wahren Besitzverhältnisse informieren. Das Grundstück hat vielleicht einmal ihren Vorfahren gehört, jetzt ist es mein Eigentum. Seien Sie froh, wenn Sie entschädigungslos davonkommen sollten. Wenn Sie sich aber weiterhin so bockig geben, kann es schon sein, dass noch ein hübsches Sümmchen auf Sie zukommt."

Christian schwang den Knüppel.

„Wir sehn uns in Kürze wieder, dann komme ich aber mit dem Büttel", drohte der Fremde zurückweichend.

Katharina, die von der kurzen Unterhaltung ein wenig mitbekommen hatte, war aus dem Haus getreten. Ihr Mann war außer sich. „So ein unverschämter Hund. Der Sprache nach wahrscheinlich ein Wiener!"

„Woher aber nimmt er diese Frechheit?", wollte Katharina wissen. Sie wusste zu wenig über das Anwesen, nur so viel, dass die Eltern und Großeltern von Christian schon immer hier gewohnt hatten.

„Geh vielleicht doch aufs Gemeindeamt, irgendwie kommt mir das alles komisch vor, so wie der aufgetreten ist ..."

„Das Grundstück ist auf einen Erich Tutschburg eingetragen. Der bei Ihnen war, hat sich hier als Adoptivsohn und Alleinerbe ausgewiesen. Die Papiere sind in Ordnung. Das wird schon seine Richtigkeit ..."

„Nichts hat es", begehrte Christian auf. „Der Besitz gehört uns, immer schon uns. Das hier ist ein großer Schwindel, eine Schurkerei, die ich kampflos nicht hinnehmen werde!" Er wollte dem Beamten das Buch aus der Hand reißen, was ihm aber nicht gelang.

„Ich verstehe Sie ja, aber Gesetz bleibt Gesetz. Ich schaue für Sie nach der Übertragungsurkunde. Im Zweifelsfalle gibt es auch noch Gerichte, die sich besonders mit Fragen der Landnahme beschäftigen", vertröstete der Beamte den aufgebrachten Besucher.

Völlig verstört und mit einer gehörigen Portion Wut im Bauch kam Christian nach Hause. „Mutter hat unterschrieben und auch Vater. Sie haben Tutsch alles überschrieben. Einen Tag vor dem Überfall. Das glaube ich einfach nicht. Das lassen wir uns nicht gefallen", sagte er zu Katharina.
„Vorerst scheint er im Recht zu sein. Wir müssen versuchen, unser Vieh wegzubringen, bevor es dieser Kerl zu seinem Besitz erklärt. Davon geht die Welt nicht unter. Wir ziehen eben vorübergehend nach Gern. Bei meinen Eltern ist genug Platz", schlug Katharina vor.
„Nie und nimmer. Das kommt überhaupt nicht in Frage. Ich geh gleich morgen zum Kardinal. Er hat mir Hilfe versprochen. Die brauche ich jetzt. Er kann den Wiener des Landes verweisen und dann hat der Spuk ein Ende", redete sich Christian Mut an. „So weit kommt es noch, unser Vieh nach Gern treiben! Den Burschen müssen wir vertreiben, das ist das Gebot der Stunde! So also wollte der Teufel späte Rache nehmen, aber das lasse ich nicht zu, dass uns dieser Hund über sein Grab hinaus Schlechtes antut."

„Seine Eminenz, der Kardinal, hat keine Audienz. Er ist krank und wird auch so schnell seine Amtsgeschäfte nicht aufnehmen", war die stereotype Antwort, die Christian immer wieder zu hören bekam. Monsignore Kohlinger sonnte sich sichtlich daran, einen verzweifelten Bittsteller abzuweisen.
Nun wandte sich Christian an den Bürgermeister.
Bei einer gemeinsamen Befragung des Beamten räumte die-

ser ein, dass er seinerzeit auch etwas unsicher war, sich jedoch von dem selbstherrlichen Auftreten Tutschs einschüchtern ließ. Er hatte aber vor, die Brandstädters zu befragen. Als er dies nachholen wollte, da waren sie allerdings schon tot. Was ihn aber beruhigte, war die Zeugenunterschrift von Monsignore Kohlinger auf dem Überschreibungspapier, die noch dazu das Siegel des Erzbistums trug.

„Gerade das hätte sie stutzig machen müssen, das ist doch völlig unüblich", rügte der Bürgermeister.

„Beim Ezechiel Goldberg hat er es auch versucht. Ich konnte aber aufgrund der eindeutig gefälschten Unterschrift die Übertragung verhindern. Der Tutschburg hat deswegen sogar fürchterliche Drohungen gegen mich und meine Familie ausgestoßen", rechtfertigte sich der Beamte.

„Wir sollten die Unterschrift Ihrer Eltern mit denen auf der Überlassungsurkunde vergleichen. Vielleicht bringt uns das weiter", schlug der Bürgermeister vor. „Sie haben doch sicher Schriftstücke zuhause, vielleicht ein Testament oder so etwas."

„Ist alles beim Brand umgekommen, ich wüsste nicht, wo ich etwas finden könnte."

„Wir brauchen Zeit. Vielleicht fällt uns etwas ein. Ich kann mir auch beim besten Willen nicht vorstellen, dass Ihre Eltern, aus welchem Grunde auch immer, Ihr Heim überschrieben haben sollten."

„Aber was können wir tun, wo können Sie uns helfen? Morgen will uns der junge Tutsch mit Gewalt vertreiben!"

„Wir suchen sofort den Landrichter auf. Er kennt Euch und war mit Euren Eltern befreundet. Der weiß sicher Rat."

„Vier Wochen haben wir jetzt Zeit. So viel hat uns der Landrichter eingeräumt. Entweder finden wir Beweise für den

Schwindel oder wir müssen fort aus unserem Haus", berichtete danach Christian zuhause.
Anschließend suchte er Samuel auf. Vielleicht wusste der einen Rat.
„Samuel ist in Rom, er besucht Freunde, die im Bankgeschäft tätig sind", erzählte ihm Ezechiel. „Ich helfe Euch aber gerne. Dem jungen Wiener geht es sicher nur ums Geld. Das kann er haben!"
Christian schrieb an Carl, schilderte ihm genau, was sich zugetragen hatte. Bat ihn, sich in Wien umzuhören, was es mit der Adoption und der Erbschaft auf sich hatte. Er bat auch Tante Sarah, nachzusehen, ob sie irgendeinen Brief oder ein Schriftstück seiner Eltern, auf dem die Unterschriften zu ersehen waren, aufbewahrt habe.

Der junge Tutsch trieb sich derweilen in den übelsten Salzburger Kneipen herum, suchte gleichgesinnte Kumpane, soff und wettete, warf mit dem Geld nur so um sich.
„Davon könntet ihr noch mehr haben, wenn ihr bei einem kleinen Abenteuer mitmacht, wollt ihr?" Zustimmendes Gejohle schlug ihm entgegen.
„Ich hab da eine Erbschaft gemacht, ein schönes Anwesen in dem sich nun andere Leute breitgemacht haben. Gold ist da auch zu holen. Nun soll ich vier Wochen warten, bis ich in mein Eigentum darf. Bis dahin ist es aber ausgeplündert, von den Dieben, diesen Schmarotzern, die es bis dahin auch bestimmt noch verwahrlosen lassen.
„Gold soll es da geben? Da habe ich doch meine Zweifel", warf einer dazwischen.
„Ehe mein Alter abkratzte, hat er mir noch versichert, dass auf dem Grundstück eine Menge Gold gefunden wurde. Vielleicht eine geheime Ader oder ein Versteck? Da heißt

es halt suchen und den Brandstädter, der jetzt da wohnt, so richtig ausquetschen, so dass ihm Hören und Sehen vergeht, hahaha... Oder was würdet Ihr tun?"
„Sofort wegtreiben, erschlagen, ausräuchern", waren Worte in einem Stimmengewirr, das Tutsch durchaus zustatten kam.
„Also, für jeden, der mitmacht, ist ein hübsches Sümmchen drin", versprach er und voll wildem Tatendrang brach die Horde auf.

Katharina, die in ihrem kleinen Blumengärtchen vor dem Hause Unkraut zupfte, sah die Bande schon von Weitem und rief Christian, der sogleich erkannte, was ihnen bevorstand. Er lief ins Haus und kam mit zwei Handfeuerwaffen im Gürtel zurück. Seine lange Bluse hing locker über der Hüfte, so dass die Waffen nicht sofort gesehen werden konnten.
„Katharina geh ins Haus, das ist nichts für dich in deinem Zustand", forderte er seine Frau auf. Die blieb.
Dann waren sie heran. Tutsch und ein halbes Dutzend von Taugenichtsen und Raufbolden, denen die nackte Gier nach schneller Beute im Gesicht stand.
Sie stoppten, als sie Christian sahen, der furchtlos vor seinem Hause stand.
„Was habt Ihr hier zu suchen. Verlasst sofort mein Grundstück oder ich hetze meine Hunde auf Euch.
„Lasst euch nicht täuschen, Hunde gibt es hier nicht", schrie nun Tutsch. „Jagt ihn vom Hof, er ist ohnehin nur allein."
Nun zog Christian eine Pistole und richtete sie auf die Kerle, die nur mit Messern und Knüppeln bewaffnet waren.
Christian dachte zurück. All das hatte er schon einmal erlebt. Es war furchtbar und er gab sich an der Tragödie immer noch eine Mitschuld, weil er zu spät eingeschritten war. Heu-

te sollte sich das nicht wiederholen. Mit großer Entschlossenheit rief er deshalb: „Keinen Schritt weiter, oder der erste von euch kriegt eine Kugel verpasst!“
Tutsch aber rief: „Wer ihm als erster den Knüppel über den Schädel zieht, für den ist dieser Beutel hier!“
Der größte Trunkenbold setzte sich knüppelschwingend in Bewegung, wurde aber von einem präzise abgefeuerten Schuss in die Schulter zurückgeworfen. Weinerlich fiel er auf die Knie, sah Blut und jammerte gottserbärmlich.
„Der nächste kriegt eine Kugel in den Kopf, also los ihr Helden!“
„Nachladen“, sagte er zu Katharina und warf ihr die Pistole zu, mit der er den ersten Schuss abgegeben hatte. Katharina konnte das.
Vor so viel Entschlossenheit wich die feige Bande zurück.
„Wenn Ihr wollt, Tutsch, dann können wir zwei das auch mit Messern austragen. Dann haben wir es hinter uns. Dem Sieger gehört dann Haus und Hof.“
Tutsch wollte aber nicht. Vorsichtig rückwärtsgehend bewegte auch er sich in Richtung der Kutsche, mit der sie gekommen waren.
„Ich komme wieder, dann wird abgerechnet!“, schrie er aus Leibeskräften zurück als er außer Reichweite war.
„Und ich werde Euch gebührend empfangen,“ war die trotzige Antwort, wohl wissend, dass die vom Landrichter gesetzte Frist bald abgelaufen war.

13

Die Verantwortlichen der Wiener Medici-Bank hatten Carl mit offenen Armen aufgenommen.
Ein Mitarbeiter seiner Reputation war ihnen hochwillkommen.
Sie kannten ihn von Gesprächen mit dem Minister, als es darum ging, eine Lizenz für ihre Bank zu erhalten. Die Medici-Banken waren zwar in Europa bekannt, mussten sich jedoch in jeder Stadt das Vertrauen der Bürger erwerben.
Die Kunden waren skeptisch. Gerüchte gingen um von Bankrotten, bei denen die Sparer ihr Geld verloren. Hohe Zinsversprechungen waren das eine, die Rückzahlung ihrer Einlagen ein anderes Kapitel.
Deshalb war die Aufnahme eines der engsten Mitarbeiter des Finanzministers in ihr Haus eine ausgezeichnete, vertrauensbildende Maßnahme.
Sie warben mit Carl, der aufgrund seiner guten Kontakte hohe Beamte und Offiziere als Kunden gewann. Das Kreditgeschäft lief erfreulich und erfasste auch Mitglieder des Kaiserhauses. Die Sicherheiten waren meist Schmuck oder Immobilien.
Konnten die Kredite nicht zurückgezahlt werden, veranlasste die Bank Versteigerungen, die sehr bald Carl in Eigenregie übertragen wurde. Er verstand sein Geschäft und erzielte dabei beachtliche Provisionen.
Die Bank druckte Papiergeld, das sie mit ihren Goldreserven absicherte. Wollte jemand sein Geld zurück, konnte er zwischen Goldmünzen oder Papiergeld wählen. Das schaffte Vertrauen und belebte das Geschäft.
Mit dem Kaiserhaus gab es eine Abmachung, wonach die Hälfte des jährlich auszuweisenden Gewinns an die Staats-

kasse abzuführen war.
Carl durchschaute die Tricks der Banker, deren Bilanzen, im Gegensatz zur Wirklichkeit, kaum Gewinn auswiesen. Für seine und die Pläne seiner Freunde waren dies wertvolle Erkenntnisse.

Die Habsburger hatten einen erneuten Sieg gegen aufständische Ungarn errungen. Leopold I. nahm dies und seinen Geburtstag zum Anlass, ein rauschendes Fest zu geben.
Der Schlossgarten von Schönbrunn erstrahlte im Lichte unzähliger Fackeln, ein Feuerwerk wurde abgebrannt, wie es Wien noch nie gesehen hatte.
Blitzende Karossen fahren auf dem Halbrund vor dem Schlossbrunnen vor. Das Schloss oder vielmehr die ehemalige Katterburg wurde bei der Türkenbelagerung fast völlig zerstört und befindet sich gerade im Wiederaufbau. Die Vergoldungen und Silberbeschläge der Kutschen glitzern im Lichte der Fackeln. Die Damen tragen nach der neuesten französischen Mode weitgebauschte Seiden- und Brokatröcke, glänzende Mieder und hohe Frisuren, ihre Kavaliere lange Samtröcke, die mit allerlei Zierrat der Kleidung der Damen in nichts nachstehen. Ihr unnatürlicher Gang erinnert Carl an die radschlagenden Pfaue des Schlossgartens. Gemessenen Schrittes wandeln einzelne Gruppen durch die wiederhergestellte Gartenanlage mit ihren Beeten und Hecken, eifrig über Gott und die Welt diskutierend.
Dann erklingt von Ferne Musik, die allmählich näher kommt. Noch mehr Raketen und Sternwerfer machen die Nacht zu Tage, Tänzerinnen und Tänzer, Nixen und Elfen bewegen sich anmutig im Takt der Musik und machen den Weg frei für den prunkvollen Einzug des Kaisers mit seinem Gefolge. Auch der Thronfolger Josef I. befindet sich unter

den Schönen und Mächtigen. Für ihn soll das Schloss neu entstehen. Auf der festlich geschmückten Bühne tanzt das höfische Ballett , dahinter haben, in angemessen erhobener Position der Kaiser mit Gemahlin Platz bezogen und nehmen die lauten Jubelrufe gnädigst entgegen.
Carl hat sich in der Menge etwas umgesehen und das Mädchen, das ihm schon früher aufgefallen war, wiederentdeckt. Sie ist scheinbar allein, und Carl, der von ihrer Schönheit tief beeindruckt ist, pirscht sich noch näher an sie heran. Er zieht unbemerkt ein Tüchlein aus seiner Tasche und spricht das Mädchen an: „Gehört dieses feine Tüchlein vielleicht Euch, schöne Unbekannte? Ich habe es soeben in Eurer Nähe aufgehoben."
So kommt er ins Gespräch und erfährt, dass Brigitta, so heißt sie, mit ihrem Vater gekommen sei und ihn aus den Augen verloren habe. Carl macht sich bekannt und bittet um ein Rendezvous an einem der nächsten Tage.
Erfolgreich mit seinem Wunsche, denkt er freudig: „Ich bin ihr sicher nicht ganz unsympathisch. Am besten ich geh mit ihr zum Heurigen, süffiger Wein hat noch nie geschadet", war seine Erfahrung mit der Damenwelt.
Mit Brigitta war das aber ganz anders. Bald schon gestand er ihr seine Liebe und bat bei ihren Eltern um die Hand der Tochter.

Als er einmal pfeifend und tanzend vor Glück nach Hause kam, zeigte ihm seine Mutter einen Brief, der sie mit erheblicher Verspätung erreicht hatte. Der Inhalt verhieß nichts Gutes für ihren Neffen Christian.
„Also hat der Tutsch-Teufel doch noch Rache geübt. Das ist infam und sicher stimmt hier etwas nicht", waren die Thallheims überzeugt.

„Ich werde mich morgen sofort schlau machen, ob es überhaupt eine Eheschließung gab. Und noch dazu ein alleinerbender Sohn! Soweit wir beobachtet hatten, war Tutsch allein, höchstens in Begleitung seiner Knechte. Selbst im Palais war für längere Zeit keine Frau, nur jeweils kurzzeitig Huren. Das haben wir später alles herausgekriegt."

Die Nachforschungen von Carl ergaben, dass Tutsch kurz vor seinem Ableben geheiratet hatte. Eine Hure, die auch den Blattern zum Opfer gefallen war. Sie hatte einen Sohn, der sich auch in Wien als Alleinerbe aufspielte. Er warf mit Geld um sich, verprügelte mit seinen Zechkumpanen unschuldige Bürger und zahlte jede Strafe, die ihm aufgebrummt wurde, ohne viel Aufhebens.

„Da können wir im Augenblick nicht einhaken, wir müssen einen anderen Weg finden, um Christian aus diesem Dilemma herauszupauken."

„Eines kann schon einmal gar nicht stimmen", sagte Sarah. „Elisabeth war zwar ein liebes und gescheites Mädchen, aber schreiben konnte sie nicht. Ich kann mich noch gut an ihre Hochzeit erinnern, als sie unterschreiben sollte. Der Pfarrer hat dann ihre Einwilligung in das Traubuch eingetragen. Wir haben als Zeugen doch auch unterschrieben?", wandte sie sich an ihren Mann.

„Ich weiß das nicht mehr so genau, wenn du aber Recht hast und auf der Übertragungsurkunde tatsächlich die Unterschrift von Elisabeth auftaucht, dann ist sicher etwas faul."

„Das wär doch was, ein Strohhalm nur, aber dennoch. Vielleicht gibt es noch Zeugen dafür, dass Elisabeth des Schreibens nicht mächtig war. Wir sind enge Verwandte, wir sind für die Gerichte keine so guten Zeugen."

„Das Traubuch", rief Carl, „wir brauchen das Traubuch und

dann sehen wir doch, ob Elisabeth eigenhändig unterschrieben hat!"
„Wenn es nicht zu spät ist. Die Frist, die der Landrichter gesetzt hat, läuft bereits morgen ab", sagte Sarah sorgenvoll.
„Ich reise noch heute. In spätestens drei Tagen bin ich in Salzburg. Hoffentlich halten die Brandstädter noch so lange durch", hoffte Carl.

„Ich war doch schon bei unserem Pfarrer. Es gibt dort nichts mehr, das mir weiterhelfen könnte. Bei seinem Ausscheiden hat der Vorgänger anscheinend zu gründlich ausgemistet. Trau-, Geburten- oder Sterbebuch aus der fraglichen Zeit sind nicht mehr vorhanden", erklärte Christian seinem Vetter. „Da hilft nur noch beten", meinte er verzweifelt, „und: warum nicht?"
Er wanderte zum Grab seiner Eltern, berichtete ihnen von diesem neuen Schlag, betete für sie.
An einem der Nebengräber beobachtete ihn eine alte Frau, die nach einiger Zeit näher kam.
„Gell du bist der Christian vom Brandstädter-Hof?"
In Gedanken versunken sagte er einfach: „Ja."
„Kommst du öfter ans Grab deiner Eltern?"
„Ja."
„Drückt dich was besonders schwer?"
„Ja."
„Gesprächig bist du nicht gerade."
„Entschuldigung, ich will nicht unhöflich sein, aber ..."
„Na, Bub, der alten Theres kannst du dein Herz ausschütten, das tut manchmal gut, selbst der alte Pfarrer Mayr, mein Dienstherr, hat das hin und wieder gemacht."
„Das ist ja mein Unglück. Der alte Pfarrer hat das Traubuch vernichtet, in dem meine Eltern standen. Ein Buch, das ich

dringend gebraucht hätte. Das schmeißt er einfach weg. Das durfte er doch gar nicht!“, bricht es nun aus Christian vorwurfsvoll heraus.

„Weggeschmissen hat der nie etwas. Vielleicht mitgenommen, das kann schon sein. Da müsstest ihn halt einmal aufsuchen, bei seiner Schwester droben am Dürrnberg.

Nein, nein, weggeschmissen hat der nie ...“, sich zu Christian hinwendend, sprach sie nicht weiter, weil der Junge schon weg war.

So schnell ihn seine Füße trugen, hetzte er auf den Dürrnberg.

Am letzten Tag der vierwöchigen Frist erschien Tutsch mit einem Korporal und zwei Soldaten vom Wachpersonal des Kardinals auf dem Anwesen der Brandstädter.

„Ihr seid also noch hier. Verschwindet, bevor ich Euch abführen lasse“, drohte er finster.

„Das ist unser Heim, wir haben es aufgebaut, nachdem es von Eurem Vater niedergebrannt wurde. Ich habe hier durch die Schuld Eures Vaters beide Eltern verloren und musste flüchten.

Noch einmal gehe ich nicht. Lieber verbrenne ich alles und nehme Euch mit!“

„Wenn Ihr nicht wollt. Auch gut. Korporal nehmt ihn und seine Frau fest, das befehle ich Euch!“

Dem Korporal, der von Monsignore Kohlinger abkommandiert wurde, war nicht ganz wohl in seiner Haut. Ihm war der Monsignore, der sich immer mehr herausnahm, seit der Kardinal krank daniederlag, nicht kompetent genug.

Er konnte den arroganten Kerl nicht ausstehen und außerdem tat ihm die schwangere Frau leid, die er nun von ihrem Hof vertreiben sollte.

„Befehlen können Sie mir überhaupt nichts, merken Sie sich das. Wie ich sehe, ist das Ehepaar nicht vorbereitet. Ich schlage vor, dass wir noch eine Frist von drei Tagen einräumen und dann weitersehen."

„Kommt überhaupt nicht in Frage. Ich habe hier den Beschluss des Landrichters. Heute ist Ultimo. Schluss. Aus und vorbei. Also ein bisschen plötzlich, herunter von meinem Grund und Boden", schrie mit überschlagender Stimme der Wiener

„Und ich sage, wir ziehen uns zurück, erstatten dem Monsignore Bericht und werden dann mindestens drei Tage abwarten. Also, Leute, wir rücken ab", befahl er seinen Soldaten.

Tutsch schäumte vor Wut. Schon wieder sollte er unverrichteter Ding abziehen. Er hegte Rachegelüste, wusste aber im Augenblick nicht, wie er dem Brandstädter beikommen sollte.

Schlimme Drohungen ausstoßend trat zähneknirschend auch er den Rückweg an.

Er musste sich eine neue Meute suchen. Dieses Mal bessere Leute, mit besserer Bewaffnung, nahm er sich vor.

In der zweiten Nacht rückt er mit einer Rotte von Männern an, ehemaligen Söldnern, die das Waffenhandwerk aus dem Effeff beherrschen. Er hat sie gut bezahlt, leichtes Spiel und große Beute versprochen.

Sie werden aber bereits erwartet. Christian war nicht untätig. Er hatte bis nach Berchtesgaden seine Fühler ausgestreckt, war bei Nachbarn und Freunden, auch bei jenen, mit denen er einst in der Höhle gelebt hatte, und die wussten wiederum Helfer, die sich, gut mit Feuerwaffen bestückt, im Anwesen der Brandstädter verschanzten.

Der Empfang, dem sie Tutsch und seinen Helfern bereiteten, ließ diese in großer Eile Fersengeld geben. Der Wiener

musste schließlich froh sein, mit heiler Haut davongekommen zu sein.
Aus dem leichten Spiel mit einem Ehepaar war blutiger Ernst geworden, für den die von Tutsch angeheuerten Söldner nichts, aber auch gar nichts übrighatten.

Einen Tag später wurde Tutsch zum Landrichter einbestellt. Es hatten sich noch mehr Leute eingefunden. Da war einmal Monsignore Kohlinger, der alte Pfarrer, Katharina und Christian sowie Carl von Thallheim und der Bürgermeister. Zwei bewaffnete Gerichtsdiener vervollständigten die Verhandlung.
Man sah deutlich, dass es Tutsch nicht wohl in seiner Haut war. Auch der Monsignore konnte sich noch so verstellen, er wetzte unruhig auf seinem Stuhl hin und her.
Christian bemerkte zum ersten Male so richtig die hervorstehenden Ohren und die schief stehende Nase des Geistlichen. Dann fiel es ihm wie Schuppen von den Augen.
Das war doch der, über den sich die Eltern einmal unterhielten, ohne zu wissen, dass er mithörte.
Du brauchst dem Erzbischof nichts zu sagen. Sein geistlicher Knecht mit seiner krummen Nase und den Segelohren kann mir nichts anhaben, sooft er es auch probiert. Er flucht zwar immer fürchterlich, ich lache ihn aber nur aus und das stinkt ihm am meisten, den geilen Bock“, so oder so ähnlich hört er noch heute seine Mutter sagen.
Er dachte sich auch immer, warum der Sekretär des Erzbischofs nie zur Jagd mitkam, immer einen Vorwand suchte, bei ihnen im Hause zu bleiben. Nun wusste er es. Später erzählte seine Mutter immer wieder die Geschichte von einem Erzbischöflichen, der ihr immer nachgestiegen sei. Sie nannte zwar keinen Namen, doch Christian konnte sich durchaus

vorstellen, dass Kohlinger gemeint war. Sie erzählte die Anekdote gern und sie lachte dabei, dass ihr die Tränen über die Wangen liefen.
Als sie sich einmal den handgreiflichen Annäherungsversuchen nicht mehr anders zu erwehren wusste, lud sie den „geilen Bock“, wie sie ihn nannte, zum Abendessen ein.
„Euer Mann wird dann wegen eines dringendes Auftrages des Erzbischofes außer Haus sein“, versprach der Geistliche.
Die Fleischroulade für den Gast war mit einem Gemüsemantel aus Attichblättern, Blutwurz und Alpenveilchen umhüllt. Dazu wurde ihm Tee aus Zwergholunder- und Faulbaumrinde gereicht. Zwischendurch prostete ihm die Hausfrau immer mit dem Selbstgebrannten zu, dem er, in Vorfreude auf das amouröse Abenteuer, eifrig zusprach.
Es dauerte nicht lange, dann verließ er fluchtartig die Stube. Mutter machte dann immer die Laute nach, die bis zu ihr hereindrangen. „Dem Manne war speiübel, bei dem ging es gleichzeitig hinten und vorne los. Der war geheilt und hat sich dann lange nicht mehr bei uns sehen lassen. Weil mir nichts fehlte, musste er seinen Zustand auf den übermäßigen Alkoholgenuss zurückführen.“

„Ich habe Sie heute zu mir gebeten, weil sich neue Fakten ergeben haben, die die Besitzverhältnisse des Brandtstädter Anwesens endgültig klären könnten.“
Die Spannung konnte nicht größer sein, zu viel stand auf dem Spiel. Kohlinger, der sich demonstrativ neben Tutsch gesetzt hatte, schaute nun diesen fragend an. Der zuckte allerdings nur mit den Schultern.
„Wir haben eine Zeugin, die eidesstattlich versichert, dass Elisabeth Brandstädter des Schreibens unkundig war und die

sich auf der Urkunde befindliche Unterschrift nicht eigenhändig von ihr sein konnte. Nun, Hochwürden", wandte er sich an Kohlinger, „Ihr habt doch den Pakt mit Unterschrift und Siegel bezeugt, wart Ihr da persönlich anwesend?"
„Daran kann ich mich doch heute nicht mehr erinnern, das wird schon so gewesen sein", war die etwas unsichere Antwort.
„So sicher seid Ihr also nicht. Einen Eid würdet Ihr also nicht leisten, wenn ich Eure Aussage richtig deute?"
„Also, wie gesagt, wer kann sich nach so langer Zeit daran erinnern. Außerdem, was besagt schon die Aussage einer Zeugin. Eine Unterschrift kann schließlich jeder erlernen, auch wenn er ansonsten nicht schreibkundig ist. Für mich ist dieser junge Mann aus Wien der rechtmäßige Besitzer des Anwesens. Ich habe schließlich seinen Vater gekannt, dem das Erzbistum viel zu verdanken hat."
„Dann reden wir von verschiedenen Personen. Meines Wissens wurde der Vater aus dem Land gewiesen wegen furchtbarer Greueltaten gegen die Untertanen des Erzbischofs", stellte der Bürgermeister fest und fuhr fort: „Es ist schon etwas merkwürdig, wie Ihr hier Partei ergreift. Man hört da so allerhand läuten, von Vorteilsname im Amt, ist nur ein Vorwurf , der gegen Euch im Umlauf ist.
Wenn sich hier herausstellen sollte, dass Ihr die Unwahrheit sagt oder Unrecht wissentlich gebilligt habt, kann Euch auch Euer Kardinal nicht mehr helfen. Das solltet Ihr bedenken."
Nun geht es um meine Haut, dachte mit einigem Schrecken der Angesprochene und räumte ein: „Es ist durchaus möglich, dass ich aus reiner Gefälligkeit auf der Urkunde mit unterschrieben habe. Schließlich musste ich davon ausgehen, dass alles mit rechten Dingen zugegangen ist. Wie gesagt,

Tutsch war doch ...“

Weiter kam er nicht, weil ihm der Richter ins Wort fiel.

„Die Unterschrift dieses Zeugen auf dem Pergament hier“, er hob das Papier hoch und zeigte es herum, „diese Unterschrift ist also keinerlei Beweis für die Rechtmäßigkeit der Übertragung.

Weiters haben wir den ehemaligen Pfarrer von Grafengaden gebeten, der uns jetzt bezeugen will, dass der Eintrag in das Traubuch, das er uns mitgebracht hat, von ihm, dem Ehepaar Brandstädter und zwei Zeugen vollzogen wurde. Das stimmt doch so, ehrwürdiger Herr?“

„Das kann ich beschwören, so wahr mir Gott helfe“, war die feste Antwort.

„Aber: Elisabeth Brandstädter hat nicht unterschrieben; dazu habe ich einen Vermerk angefügt und ihr Einverständnis zur Eheschließung schriftlich bestätigt.

Unterschrieben hat jedoch Martin Brandstädter mit der gleichen Unterschrift, die er auch bei der Taufe seines Sohnes Christian vollzogen hat.“

„Was beweist das schon. Ich bin der Erbe, darum lasse ich mich nicht durch Eure Spitzfindigkeiten bringen. Da gibt es noch andere Gerichte, die Eure Kungelei entlarven werden. Ich habe Freunde am Kaiserhof, die sich freuen, wenn sie hören, wie in Salzburg das Recht verbogen wird“, wehrte sich nun Tutsch.

„Seid ruhig und wartet doch ab“, riet ihm sein Nachbar.

„Ach was, auf Euren Rat kann ich verzichten. Ihr seid mir keine Hilfe. Bei meinem Vater habt Ihr die Hand aufgehalten und ich habe Euch ebenfalls fürstlich bedient. Und was macht Ihr? Bei dem geringsten Gegenwind fallt Ihr schon um. Ihr wollt wohl einen guten Ruf wahren, den es ohnehin nicht mehr gibt. Auf solch eine Ratte wie Euch kann ich ger-

ne verzichten. Schert Euch zum Teufel, der wartet schon mit großer Freude auf Euch", zischte ihm Tutsch zu.
„Wir wollen sachlich bleiben", mahnte daraufhin der Richter.
„Für mich ist der Fall sonnenklar. Elisabeth Brandstädter konnte nicht schreiben und, was noch schwerer wiegt in diesem Falle: die Unterschrift von Martin Brandstädter in den Kirchenbüchern und auf dem Übereignungspergament sind völlig unterschiedlich.
Somit ist klar bewiesen, dass eine bewusste Fälschung vorliegt, begangen von dem verstorbenen Erich von Tutschburg mit Hilfe des hier anwesenden Monsignore Hugo Kohlinger.
Beschluss: Die Räumungsklage von Tutsch Junior wird abgewiesen und Christian Brandstädter als rechtmäßiger Besitzer in dem Grundstücksbuch Grödigs eingetragen."
Katharina, Christian und Carl, der als Zuschauer mit anwesend war, lagen sich in den Armen.

„Bevor wir auseinandergehen habe ich noch ein Urteil zu verkünden", sprach der Richter noch einmal:
„Tutsch Junior wird wegen Aufwiegelung zu einer Straftat, Landfriedensbruch und Verleitung zu einer Falschaussage", dabei sah er mit Verachtung auf Kohlinger, „des Landes verwiesen.
Zur Vermeidung einer Haftstrafe hat er darüber hinaus eine Summe von 1.000 Gulden an die Armenkasse des Bistums zu leisten."

Anschließend nahm sich der Landrichter noch den Monsignore beiseite und riet ihm zu demissionieren. „Ihr braucht Euch nicht zu wundern, wenn bei solchen Vorbildern wie

Ihr eines seid, immer mehr Leute zu den Protestanten überlaufen!“

„Ich denke, dass dieser Spuk nun endgültig vorbei ist“, hoffte Christian.
Zur Feier des Tages begaben sich die, die etwas zu feiern hatten, in die Bräuwirtschaft von Kaltenhausen. Das dortige Braunbier genoss einen so guten Ruf, dass viele Salzburger und selbst Schellenberger den weiten Weg nicht scheuten.

14

Das Geburtsjahr von Lisa Brandstädter 1687 war gleichzeitig das Todesjahr von Kardinal Max Gandolf von Kuenburg und Kaiser Leopold I.
Beide Monarchen hatten ihre Verdienste, wobei der Salzburger wegen seiner Hexenjagden bei vielen seiner Einwohner schlechter wegkam. Mit ihm verschwand auch sein Sekretär in der Versenkung.
„Der hat sich mit einer seiner Mätressen aus dem Staube gemacht“, mutmaßte Katharina, die ihm immer noch nicht die üble Rolle, die er bei ihrem Verfahren gespielt hatte, verzieh, nach dem Besuch der Trauerfeier für den Kardinal.
„Den sehen wir bestimmt bald wieder. Der ist wie ein Stehaufmännchen und kennt keine Skrupel“, befürchtete Christian. Er sollte recht behalten.
Zur Inthronisation von Johann Ernst von Thun als neuen Fürsterzbischof trafen sich die Freunde, um wieder einmal über ihre Pläne zur Gründung einer eigenen Bank zu sprechen.
„Wir brauchen als erstes die Einwilligung des neuen Bi-

schofs, wenn wir das in Salzburg angehen wollen, und zweitens Startkapital. Am besten eigenes Geld, das wir ohne fremde Hilfe verleihen können und auf dem das ganze Unternehmen fußt", unterstrich Carl zum wiederholten Male.

„An den Kardinal konnte ich einfach nicht mehr heran. Kohlinger ließ das nicht zu. Nach seiner Blamage warf er mir Knüppel zwischen die Füße, wo er nur konnte. Auch er reklamierte plötzlich Besitzansprüche auf unser Anwesen. Im Interesse des Bistums, versteht sich. Seine Jagdgesellschaften tobten sich auf unseren Weidegründen aus. So manches Kalb wurde dann mit einem kapitalen Rotwild „verwechselt". Aber bei wem sollten wir uns beschweren? Beim Kohlinger? Gerne hätte ich dem einmal eine Tracht Prügel verpasst", wünschte sich Christian.

„Wir wissen jetzt, wie es geht, aber wenn wir selbst über kein ausreichendes Startkapital verfügen, müssten wir weitere Partner mit einbeziehen und das ist dann sicher der Anfang vom Ende. Alle wollen dann mitreden, keiner hat Ahnung, will in kürzester Zeit viel Geld verdienen und zieht sein Kapital zurück, wenn ihm etwas nicht passt oder wenn er sein Geld braucht. Das ist zu unsicher.

Ich schlage daher vor, Christian macht vor Ort seine Hausaufgabe mit dem neuen Bischof. Ich bleibe weiterhin bei den Italienern und Samuel nutzt seine guten Kontakte, an Geld zu kommen, ohne dass andere groß mitreden wollen".

„Wir kommen zur Krönung des neuen Kronprinzen, dann wissen wir sicher schon mehr", wurde Carls Vorschlag gerne angenommen.

In Begleitung von Carl war seine frisch angetraute Frau Brigitta, die sich auf Anhieb mit Katharina verstand.

„Ein bisschen böse müssten wir euch schon sein; uns nicht einmal zu eurer Hochzeit einzuladen", tat Katharina schmol-

lend aber nicht ganz ernst gemeint. Eine längere Abwesenheit vom Hof wäre ohnehin nicht möglich gewesen.
„Es ging alles ganz schnell. Selbst meine Eltern haben wir überrumpelt, sie vor vollendete Tatsachen gestellt. Wer weiß, was passiert wäre, wenn wir ihnen Zeit zum Überlegen gegeben hätten. Zur Taufe unseres ersten Kindes müsst ihr aber dann kommen“, die junge Frau streichelte dabei wissend ihren Bauch und blickte ihre neue Freundin verschwörend an: „Carl ahnt es noch nicht!“

„Die Zeit wäre jetzt recht günstig“, nahm wenig später Christian das Thema wieder auf.
„Die Bayern haben wertloses Münzgeld in Umlauf gebracht und zahlen damit unsere Salzlieferungen. Das Erzstift reagierte mit einem Gegenstempel auf den Münzen, um anzuzeigen, dass sie hier als solides Zahlungsmittel gelten. Das hat in der Bevölkerung für Unruhe gesorgt, man traut auch diesem Stempel mit unserem Stiftswappen nicht.
Ja, wenn wir eigene Silber- und Goldmünzen prägen dürften, bei denen die Leute selbst sehen könnten, dass es sich um wertvolles Material handelt, dann, ja dann wäre nur noch Münzgeld mit unserem Konterfei im Umlauf“, setzte er scherzhaft hinzu.
„Für größere Beträge müssen wir Papiergeld drucken, das setzt sich jetzt auch anderswo durch. Das absolute Vertrauen der Kundschaft ist dafür von enormer Wichtigkeit. Wenn wir die Leute überzeugen können, dass der Gegenwert jederzeit bei uns in Gold umgetauscht werden kann, haben wir gewonnen.“
„Dazu bedarf es einer Kundschaft, die ebenfalls im besten Leumund steht. Vertraut uns diese, kommen auch die Zögerlichen.“

Carl und Samuel schnaubten und dampften, wie jagende Rennpferde.
„Ihr wolltet es ja so", lachte Christian die Freunde aus. „Die zwei Gamslöcher mussten es ja sein, die eure Neugierde weckten. Ich kenne den Berg und habe euch gewarnt. Reicht es euch jetzt und sollen wir umkehren?"
Samuel und Carl schüttelten den Kopf. Sie wollten sich keine Blöße geben und ihrem Freund beweisen, dass auch sie Mut und Ausdauer besaßen.
Vier Stunden waren sie nun unterwegs, von Grödig aus in Richtung zweier großer Augen im Fels, die schwarz und geheimnisvoll ins Tal blickten.
Nun standen sie vor einer hohen Felswand, in deren Mitte sich ihr Ziel befand.
„Hier musste auch ich schon einmal umkehren. Die Wand ist einfach zu steil. Man sieht nur hin und wieder Gämsen, die sich auf diesem Gelände relativ sicher bewegen. Die Leute glauben, dass sie da oben ihre Nester haben; gesehen hat sie aber noch keiner", wusste Christian.
„Wenn wir uns gegenseitig helfen, dann schaffen wir das schon", machten sie sich Mut.
„Hier in dieser Rinne ist doch etwas Grasbewuchs, das ist vielleicht ein Weg nach oben", schlug nun Carl, der sich etwas erholt hatte und unbedingt seine Bergtauglichkeit beweisen wollte, vor.
„An mir soll es nicht liegen, also versuchen wir es", meinte Christian.
Er kletterte voran und es ging ganz gut. „Kommt nach, schaut aber nicht nach unten, das kann tödlich sein", rief er seinen Kameraden zu.
Die hatten sich exakt die Trittstellen ihres Freundes gemerkt. Bald hatten sie ihn an einem kleinen Felsabsatz eingeholt.

„Jetzt noch ein kleines Stück. Ich steig auf Deine Schulter und dann kann ich den Felsrand fassen, der zum linken Loch führt, glaube ich.“
Das ging gut, aber Samuel, als Letzter, hatte keine Aufstiegshilfe mehr. Nun war guter Rat teuer.
„Knüpft doch ein Seil aus eurer Kleidung und lasst es herunter.“
Es schien zu klappen, als wenige Handbreit vor der oberen Felskante, das „Seil“ riss und Samuel haltlos abrutschte. Er schien rettungslos verloren, als er sich auf dem Felsabsatz, auf dem er vorher gestanden hatte, mit letzter Kraft festkrallen konnte und trotzdem noch gefährlich ein Stück weit abrutschte.
Mit größter Vorsicht zog er sich wieder bis zur schmalen Stufe hoch.
Nachdem die Angst, die allen dreien in die Glieder gefahren war, etwas abebbte, rief Samuel seinen Freunden zu: „Ich steige keine Elle mehr weiter. Schaut euch oben um, ich warte auf euch und bin heilfroh, wenn wir gesund zurückfinden.“
Außer einem dunklen Schlund, der schier endlos in die Tiefe führte, und einer Menge Vogelkot, wahrscheinlich von den vielen Geiern, wie sie vermuteten, konnten sie nichts erkennen.
„Sofern wir uns das noch einmal antun, nehmen wir Fackeln mit“, nahmen sie sich vor.
Samuel nahm sie wieder in Empfang. Als er ihnen seine Hände entgegenstreckte, merkte er erst das viele Blut, das an seinen Armen herunterlief.
Die Kuppen seiner Finger waren tief aufgerissen, teilweise fehlten die Fingernägel, und die Unterarme waren eine einzige Schürfwunde.

„Das Geldzählen wirst halt in Zukunft uns überlassen müssen", scherzten die Freunde, um Samuel ein wenig abzulenken. Galt es doch auf dem steilen und felsigen Teil des Rückwegs tüchtig Arme und Hände einzusetzen.
„Und ihr seht zu, dass ihr das nächste Mal mit Hemden kommt, die nicht gleich bei der geringsten Belastung reißen!"
Christian war heilfroh, dass dieses Abenteuer gut ausgegangen war.
Noch immer sprach man vom Bergtod seines Großvaters, dem sein Berg zum endgültigen Schicksal geworden war. Es gab danach auch kaum noch Leute, die das Wagnis auf sich nahmen. Es gab Wichtigeres, Lebensnotwendigeres .

15

Ein knappes Jahr später wurde Martin geboren. Katharina und Christian freuten sich von ganzem Herzen über ihren Stammhalter. Es herrschte Friede rund um den Untersberg. Bürger und Bauern hatten sich von den Kriegswirren einigermaßen erholt, bescheidener Wohlstand war wieder eingekehrt.
„Unser neuer Erzbischof macht seine Sache recht ordentlich", lobte Christian dessen Arbeit.
„Ja", meinte Katharina, „Hexen werden keine mehr verbrannt, aber die heimlichen Protestanten, sobald sie aufgespürt werden, immer noch gnadenlos des Landes verwiesen. Das ist Unrecht."
„Bei Euch in Berchtesgaden ist das keinen Deut besser", rechtfertigte sich ihr Mann. „Euer Dekan war erst vor wenigen Tagen beim Erzbischof, um sich mit ihm abzustimmen."

„Warum sagst du immer noch „euer“. Ich bin jetzt eine Salzburgerin, wenn du das noch nicht gemerkt haben solltest, mein Lieber.“

Gerne zankten die beiden ein wenig, vor allem dann, wenn man sich gegenseitig seine Herkunft unter die Nase reiben konnte.

„Berchtesgaden hat jetzt einen neuen Koadjutor, wieder einen Wittelsbacher. Es ist Josef Clemens von Bayern. Man stelle sich einmal vor: Er ist noch minderjährig und auf Betreiben von Leopold I. schon Bischof von Regensburg. Selbst Papst Innozenz hat dazu seinen Segen gegeben. Auch scheint für ihn das Zölibat ein Fremdwort zu sein, wenn man dem glauben darf, was man sich bei uns so erzählt“, rieb ihr Christian mit sichtlichem Vergnügen unter die Nase.

„Wer es glaubt ...“

„Tatsache ist aber, dass unser Neuer trotz massiver finanzieller Schwierigkeiten wie verrückt baut. Du siehst es ja mit eignen Augen die ununterbrochen vorbeifahrenden Fuhrwerke mit dem Marmor von unseren Steinbrüchen. Keinen roten Heller sehen wir dafür. Künstler lässt er von überall herkommen. Ein Johann Fischer von Erlach gestaltet die Kollegien- die Dreifaltigkeits- und die Ursulinenkirche. Was seine Vorgänger nicht ganz geschafft haben: Er will Salzburg nun total barockisieren. Sein Baudrang ist unermesslich. 70.000 Gulden für das Virgilianische, 12.000 für das Siebenstädter Collegium und 100.000 Gulden für die Schule der Ursulinen und für den St. Rupert Ritterorden. Dafür leiht er sich überall Geld.“

Du scheinst gut informiert zu sein“, warf Christian ein.

„Während du mit den Erzbischöflichen auf Jagd bist, tauschen hier die Bediensteten und Lakaien immer das Neueste aus.

Die Domherren hätten ihn schon längst zum Teufel gejagd, wenn er nicht von Rom gestützt werden würde. Auch das weiß ich von der letzten Großpirsch, bei der der apostolische Nuntius anwesend war. Er soll den Domherren tüchtig den Kopf gewaschen haben, munkelt man."
„Was habe ich nur für eine kluge Frau, du weißt ja gefährlich viel. Ich liebe dich", setzte er, seine Frau in den Arm nehmend hinzu.
„Der Martin hat jetzt schon deine Schönheit, wenn er dann auch noch so gescheit, wie du wird, dann bringen wir den einmal ganz schnell unter die Haube", flüsterte er ihr noch schmeichelnd ins Ohr.

„Wann kommen denn nun deine Freunde, um eure hochtrabenden Pläne zu verwirklichen? Ich kann mir beim besten Willen nicht vorstellen, das so etwas klappen sollte. Aber träumen ist schließlich erlaubt."

Dann saßen sie wieder beisammen. Mit hochroten Köpfen erläuterten sie ihr Vorhaben.
„Ich habe mit unserem Neuen ein durchaus zufriedenstellendes Gespräch führen können", konnte Christian berichten. „Er ist mit der Gründung unserer Bank einverstanden und will mit einem Anteilsschein von 10.000 Gulden beteiligt werden. Zahlen tut er allerdings keinen Heller. Dafür wird er bei einem demnächst stattfindenden Empfang für die Honoratioren des Erzbistums und der benachbarten Länder auf unsere Neugründung aufmerksam machen. Daneben wird er auch bekannt geben, dass auch das Erzbistum finanziell beteiligt ist."
„Ein schlauer Fuchs, das kann man ihm schon lassen. Wahrscheinlich wird er auch bald Geld aufnehmen müssen, bei

dem Bauvolumen, das er in Angriff genommen hat", mutmaßte Samuel.

„Er hat sich jedoch ausbedungen, dass wir vorerst weder Geld drucken, noch eigene Münzen prägen dürfen", erklärte Christian auf eine Frage Carls.

„Samuel und ich sind uns aufgrund unserer praktischen Erfahrungen darüber im Klaren, dass wir ausschließlich Geld verleihen, mit kurz- oder langfristigen Verträgen.

Als Sicherheiten sind uns Grundstücke, Häuser oder Schmuck zu dem Teil zu übereignen, der das doppelte unseres Einsatzes beträgt."

„Welche Zinsen können wir erwarten?", wollte Christian wissen.

„Wir nehmen den Zehnten, das heißt, bei einer Verleihsumme von 1.000 Gulden erhalten wir pro Jahr 100 Gulden."

„Unser Grundkapital beträgt vorerst 30.000 Gulden, wobei auf jeden von uns 10.000 Gulden entfallen. Carls Schwiegervater streckt ihm die Summe vor, Samuels Vater ebenso. Ich verkaufe den Marmorsteinbruch, den seinerzeit mein Großvater erworben hat", fasste Christian ihre Überlegungen zusammen.

„Danach suchen wir uns kapitalkräftige Bürger, die Anteilsscheine von jeweils 10.000 Gulden erwerben können. An sie schütten wir jährlich die Hälfte der Zinsen aus.

Am besten ist, wir nehmen vorerst nur drei Interessenten, damit wir zusammen mit dem Erzbischof die Mehrheit unserer Bank behalten."

„Die brauchen doch nicht mitzureden. Die sollen froh sein, ihr Kapital, ohne einen Finger zu rühren, vermehren zu können", warf Christian ein.

„Wir werden sie schon klein halten, ein gewisses Mitspracherecht, müssen wir ihnen aber schon einräumen. Das machen

auch andere Banken so.
Wir übernehmen natürlich eine Garantie für die Rückzahlung. Wenn es ganz schief laufen sollte, dann gibt es für sie kaum ein Risiko", erläuterte Samuel und Carl pflichtete ihm bei.
„Wenn wir genügend einnehmen, können wir unseren Einsatz erhöhen und um das gleiche mehr Anteilsscheine ausgeben."
„Ein Gebäude habe ich schon. Es gehört zur Residenz. Der Erzbischof stellt es uns sozusagen als Morgengabe vorläufig mietfrei zur Verfügung. Irgendwie habe ich nämlich den Eindruck, dass er stolz darauf ist, an Salzburgs erster Bank so etwas wie Miteigentümer zu sein," glaubte Christian, der dann mit etwas skeptischer Stimme nachschob:
„Was mir allerdings etwas Kopfzerbrechen bereitet ist die Tatsache, dass der für die finanzielle Abwicklung zuständige Domherr Hugo Kohlinger ist. Ich war mir sicher, dass der nach dem Debakel mit Tutsch ein für allemal in der Versenkung verschwindet. Aber nun.
Was mich auch verwundert, dass er mir mit ausgesprochener Liebenswürdigkeit entgegenkam, so tat, als könne er sich an das Vorgefallene überhaupt nicht mehr erinnern."
„Der will halt vergessen, Hauptsache der Fürsterzbischof steht zu uns. Den Kohlinger wird es bald nicht mehr geben, vor dem sollten wir keine Angst haben", beschwichtigte Samuel seinen Freund.

„Ich komm schon allein zurecht", beruhigte Katharina ihren Mann. „Mein Bruder hat doch seine Hilfe angeboten, der ist firm in der Landwirtschaft und macht jedem unserer Tagelöhner etwas vor."
„Ist er denn wieder ganz gesund?"

„Dem fehlt nichts mehr. Der wollte doch nur bemitleidet und bewundert werden, als er mit den bayerischen Truppen mit einer Verletzung aus dem Osten zurückkam."

„Gott sei Dank konnten die Bayern und darauf können die wirklich stolz sein, die türkischen Besatzer weitgehend vertreiben. Dass aber Josef Clemens von Bayern, der ausschließlich in Köln Hof hält, seine Berchtesgadener mit ins Feld geschickt hat, ist eine Frechheit", erboste sich Christian.

„Die Menschheit wird einfach nicht schlauer. Nach dem verheerenden Dreißigjährigen Krieg musste doch allen klar sein, dass sich so etwas nicht wiederholen darf. Doch es geht immer weiter. Wir können nur hoffen, dass unser Land weiterhin verschont bleibt, Gott seine schützende Hand über uns hält."

„Kurfürst Clemens weiß wahrscheinlich selbst nicht mehr, was er alles ist. Propst in Berchtesgaden, Bischof von Regensburg und Freising, jetzt soll er auch noch, wie man hört, Koadjutor von Hildesheim werden", nahm Katharina den Faden wieder auf.

„Was du wieder alles weißt, du neunmalkluge Bäuerin", neckte Christian.

„Wenn selbst die höchsten Repräsentanten unserer Kirche nur noch an die eigene Karriere denken und Gott einen lieben Mann sein lassen, dann hören die Kriege niemals auf. Die besten bleiben auf dem Felde und die Mächtigen werden immer reicher", klagte Katharina.

„Gottes Strafgericht trifft dann die Bravsten. Über 70 Tote hat es gegeben, als ein Wallfahrerfloß auf der Überfahrt über den Königssee kenterte. Seit 1635 machen die Pinzgauer diese Wallfahrt, weil ein paar von ihnen von der Pest verschont wurden.

Ist Gott gerecht? Gütig? Hilft er den Armen? Ich sage nein. Schau dich doch nur um! Immer trifft es die Unschuldigen am härtesten!"
„Die Geschichte kenn ich doch. Der Herrgott wird schon wissen, was er tut. Ich glaube fest an ihn, wenngleich auch ich nicht alles begreifen kann", sagte Katharina überzeugend.

16

„Der Erzbischof erwartet einen größeren Kredit. Er will in Kleßheim ein Schloss bauen, hat jedoch anscheinend zu wenig in der Kasse", informierte Carl seine Freunde.
„Bis auf unsere Einlage, die wir nicht antasten wollten, sind wir zur Zeit nicht flüssig. Die nächsten größeren Darlehen müssen erst im kommenden Jahr zurückgezahlt werden. Und das ist nicht ganz sicher", wehrte sich Christian. „Das Risiko ist einfach zu hoch. Wir sollten auf jeden Fall mit unseren Anteilseignern sprechen", riet er.
„Dem Erzbischof das abzuschlagen, ist mehr als gefährlich. Der kann uns zugrunde richten, wenn er will. Wir müssen einfach einen Weg finden. Ich meine, dass unsere Geldgeber so breit gestreut sind, möglichst anonym bleiben wollen und sich einer Aufstockung ihrer Anteile, wenn sie wissen, dass unser Landesfürst dahintersteckt, nicht verschließen werden", war die Meinung Samuels.
„Ich glaube nicht an die Geldsorgen des Erzbischofs. Da steckt etwas anderes dahinter. Johann Ernst wird nicht umsonst der Stifter genannt. Er kann vom Reichtum seiner Familie aus dem Vollen schöpfen und außerdem soll er noch Gelder aus einer Beteiligung bei der Holländisch-Ostindi-

schen Handelskompanie beziehen. Das sind zwar Gerüchte, aber irgend etwas wird schon daran sein", rätselte Carl und fuhr fort: „Trotzdem können wir uns seinem Wunsche nicht verschließen. Klar ist nur, dass wir höllisch aufpassen müssen."

„Das bedeutet, dass wir unser gesamtes Kapital, unseren Grundstock, den wir nicht anrühren wollten, zur Verfügung stellen müssten. Das halte ich für zu wagemutig, wir verlieren Haus und Hof, wenn etwas schiefgeht", sperrte sich Christian.

„Das müsste schon mit dem Teufel zugehen. Wir vergeben doch nur bestens abgesicherte Kredite und sind seit Jahren damit gut gefahren. Die paar Auktionen, die wir mit den Grundstücken und dem Schmuck veranstaltet haben, waren doch erfolgreich. Sie haben uns eine Menge Geld in die Kasse gespült, mit dem wir vorher nicht gerechnet hatten. Was solls also: Geben wir ihm den Kredit und sichern uns bis zur Rückzahlung einen Teil des Schlosses.

Ist er damit einverstanden und auch unsere wichtigsten Anteilseigner, dann erfüllen wir ihm den Wunsch. Carl und Christian sprechen mit ihm und machen ihm klar, wie gerne wir ihm helfen, aber auch wie sehr wir deswegen über unseren Schatten springen müssen. Das trägt Früchte, glaubt mir das", warb Samuel.

„Mein Gott. Vier Kinder, einen florierenden Hof und ein Bankgeschäft, um das man euch weit über die Salzburger Grenzen hinaus beneidet", schwärmte Rudolf von Scheidegg, der Bruder von Katharina.

„Und eine Menge Sorgen dazu", wehrte Christian ab.

„Diese Sorgen möchte ich einmal haben. Bei uns in Berchtesgaden geht leider überhaupt nichts mehr voran. Die

Erhöhung der Steuergelder, die aus Anlass des Dreißigjährigen Krieges erfolgten, sind nicht mehr zurückgenommen worden. Jetzt verprasst sie unser Fürstpropst in Köln oder sonst wo. Das Stift verfällt zusehends. Der zweite Turm unserer 1596 abgebrannten Stiftskirche ist immer noch nicht erstellt und so verrottet allmählich alles, auf das wir einmal stolz gewesen sind", klagte sein Schwager, der von Christian scherzhaft unterbrochen wurde: „Dafür habt ihr jetzt ein eigenes Brauhaus!"

„Das haben sie uns auch nur aus dem Grunde hingestellt, damit wir anstelle des teuren Weines nur noch Bier trinken. Die Einnahmen daraus fließen wiederum in die Taschen unseres Kurfürsten oder verschwinden," redete sich Rudolf in Rage.

„Soweit mir aber aufgefallen ist, kann sich eure Verwaltung durchaus mit der unsrigen messen. Ihr habt tüchtige bayerische Beamte, die ihr Metier beherrschen, und das ist doch sicher von Vorteil, oder?"

„Wie man es nimmt. Auch das hat zwei Seiten. Diese Beamten versuchen uns eine bayernfreundliche Gesinnung anzuerziehen", schränkte Rudolf ein, „da haben sie sich aber geschnitten. Wir sind und bleiben Berchtesgadener und haben durchaus eigene Vorstellungen, was zu unserem Wohle ist. Die Wittelsbacher können uns gestohlen bleiben! Sie praktizieren die absolutistische Herrschaftsform in Reinkultur und scheren sich keinen Deut um die Rechte der Land- und Bürgerschaft."

Der Berchtesgadener machte aus seinem Herzen keine Mördergrube und Christian unterbrach ihn nicht. Er wusste, dass sein Schwager auch zuhause kein Blatt vor den Mund nahm. Darin war auch der Grund zu suchen, dass er mit zu den Türkenkriegen abgeordnet worden war.

„Weh tut uns auch der Aderlass mit der Abwanderung tüchtiger Handwerker im 87er Jahr, die wegen ihres Glaubens bei uns nicht mehr geduldet wurden. Ihr vertreibt sie ja auch, aber bei uns fällt das viel stärker ins Gewicht, weil wir insgesamt viel weniger qualifizierte Handwerker haben. Die meisten von uns arbeiten im eigenen Lehen oder im Bergwerk. Zuletzt wollten die hohen Herren gar unsere Salzproduktion nach Reichenhall verlegen.
Da regte sich aber gewaltiger Widerstand, sodass sie ihre Pläne wieder fallen ließen. Wer weiß, wie lange? Wir müssen gewaltig aufpassen, dass wir von unserem Landesherren und seinem bayerischen Bruder nicht verraten und verkauft werden!"
„Und du musst vorsichtiger werden, mit allem, was du in der Öffentlichkeit von dir gibst, sonst könnte es sein, dass du auch bald dein Bündel packen musst", warnte Christian. Fügte aber gleich hinzu: „Wäre ohnehin nicht schlecht, dann kämt ihr nämlich zu uns und dann wäre unser Hof in besten Händen."
„Das könnte dir so passen. Ich und dein Knecht!"
„Auf jeden Fall bin ich dir zu großem Dank verpflichtet, so wie du deiner Schwester und mir zur Seite stehst. Ohne dich hätten wir die Landwirtschaft bestimmt schon aufgeben müssen. Ich kann ja hier kaum weg. Die Arbeit wächst uns schon über den Kopf. Unser Denken kreist nur noch um Kredite, Anleihen, Versteigerungen. Dazu kommt noch der Ärger mit Leuten, die nicht oder nur zögerlich zurückzahlen. Haben wir gute Karten, dann mengt sich der Kohlinger, angeblich im Namen des Erzbischofs, ein. Nichts haben ist ein ruhiges Leben, hat Vater schon gesagt, aber wir wollen es halt so."
„Ihr habt doch den besten Leumund, selbst in Berchtesga-

den spricht man mit großer Hochachtung von eurer korrekten Geschäftspolitik.
Wenn ich daran denke, wie windige Geldwechsler, die sich jetzt als Banken bezeichnen, dem kleinen Mann das Geld aus der Tasche ziehen, riesige Zinsen versprechen und dann auf Nimmerwiedersehen verschwinden..."

„Diese Gauner verunsichern auch unsere Kunden. Deshalb haben wir das Geschäft mit Spareinlagen wieder beendet. Kleinvieh macht zwar bekanntlich auch Mist. Solange jedoch unser Kreditgeschäft gut läuft, tun wir uns diese Arbeit nicht mehr an."

„Die Neugründung von Banken soll zur Zeit im vollen Gange sein?", tat Rudolf wissend.

„Ganz so schlimm ist es noch nicht. Die meisten scheuen noch das Risiko. Noch gibt es zu viele kleine Geldverleiher, oftmals Juden, die nicht groß nach Sicherheiten fragen. Dennoch kommen sie auf ihre Rechnung.
Im letzten Jahr wurde die Bank of England gegründet, vor wenigen Wochen folgte die Bank of Scotland diesem Beispiel. Vielleicht wird 1695 das Jahr nationaler Bankgründungen werden."

„Da müsst ihr aber auf der Hut sein, damit ihr nicht plötzlich die Salzburger Landesbank seid und euer Landesherr das Sagen hat", warnte scherzhaft Rudolf.

„So ganz unbegründet ist dein Verdacht nicht. Wir haben jedoch Sicherheiten eingebaut, die es dem Landesherrn sehr schwierig machen würden, wenn er uns übernehmen wollte", gab sich Christian sicher.

„Wie sieht es denn mit eurem Berg aus. Soviel mir meine Schwester erzählt hat, konntet ihr den Marmorsteinbruch günstig zurückkaufen."

„Das war eine glückliche Fügung und Katharina zu verdanken. Sie erfuhr von finanziellen Schwierigkeiten des neuen Besitzers, informierte mich und einer schnellen Einigung stand nichts mehr im Wege. Ich musste allerdings, mit Wissen meiner Freunde, vorübergehend meine Einlage antasten."

„Euer Geschäft läuft also wirklich gut?"

„Fast zu gut. Unsere Kredite übersteigen bei weitem unser Stammkapital. Daran ist unser Landesherr nicht ganz unschuldig. Die Zinseinnahmen lassen allerdings nichts zu wünschen übrig. Hoffen wir, dass es so bleibt. Eine große Rezession oder gar ein Krieg ... nicht auszudenken", sinnierte er.

„Bald hätte ich es vergessen. Ich soll dich schön grüßen, von einem Freund, dem du einmal sehr geholfen hast. Ich komm nur nicht mehr auf seinen Namen. Wie hieß der doch gleich? Irgend etwas mit Wolf oder Luchs oder ...?"

Du meinst doch nicht Willi, den Fuchs? Klein, drahtig, immer in Bewegung?"

„Genau, der ist es, den ich bei deiner Tante Sarah auf dem Rückmarsch von Zenta in Wien kennengelernt habe."

„Wie geht's ihm denn, was macht er jetzt?"

„Dem Äußeren nach scheint er nicht schlecht zu leben. Elegante Kleidung, sicheres Auftreten. Ich wollte zwar auch wissen, mit was er seinen Lebensunterhalt verdient. Er wollte aber nicht so recht heraus mit der Sprache.

Deine Verwandten glauben, dass er sich mit Kartenspiel durchs Leben schlägt."

„Das glaube ich aufs Wort. Willi hat sämtliche Seminaristen und auch die Patres über den Tisch gezogen. Er war ein ausgesprochen geschickter Spieler. Dem konnte keiner das Wasser reichen. Ob es bei seinen Künsten immer ganz ehrlich zuging, bezweifelten nicht nur die Verlierer. Ich hab mich nie auf ein Spiel mit ihm eingelassen", erinnerte sich Christian.

„Noch einer war ganz interessiert an dir", erinnerte sich

Rudolf. „Ich hab zwar seinen Namen nicht richtig verstanden, aber ich glaube, wir haben uns über ihn schon einmal unterhalten. Er gehörte zum Regiment des Prinzen Eugen. Er meinte, du wirst dich sicher noch an ihn erinnern. Na ja, mir fällt sicher noch ein, wie er geheißen hat. Jedenfalls tat er sehr wichtig. Ein eher unangenehmer Kerl, der mich oder einen aus Salzburg förmlich gesucht hat. Mein Fall wäre der nicht!“

„Stellt euch vor“, berichtet Carl seinen Freunden, „anlässlich eines Termins in der Residenz nimmt mich Kohlinger, den ich beinahe nicht erkannt hätte, beiseite, weil seine riesige Nase immer röter und seine hervorstehenden Ohren immer größer werden. Also er wolle mir eine vertrauliche Mitteilung machen, unser Haus hier betreffend.
Ich weiß nicht, was ich davon halten soll, also hört: Eine Wiener Bank, nennt sich Internationale Böhmische Bank, kurz IBB, will angeblich bei uns einsteigen und dazu die Anteile unserer Eigner aufkaufen.“
„Der alte Sack, will uns sicher nur ängstigen, was für ein Interesse sollte auch eine Wiener Bank bei uns haben?“, glaubte Samuel.
„Auf die leichte Schulter sollten wir das aber nicht nehmen. Ich traue zwar dem Kohlinger auch nicht über den Weg, aber da könnte schon was dran sein“, war sich Christian nicht ganz sicher.
„Was schlägst du vor?“
„Wir besuchen unsere Anteilseigner, um festzustellen, ob an dem Gerücht etwas dran ist. Wenn nicht, werden wir uns den Kohlinger einmal tüchtig vorknöpfen. Der spukt nämlich schon zu lange herum. Ein böser Geist ist das, der gehört weg“!, forderte nun Christian.

„Das ist eine Katastrophe." In der Beurteilung der gegenwärtigen Situation waren sich die Freunde einig. Die Befragung ihrer Anteilseigner hatte ergeben, dass alle ihre Wertpapiere an IBB verkauft hatten. Sie handelten angeblich auf Anweisung des Landesherren und wurden zu strengstem Stillschweigen verpflichtet, damit Schaden von Salzburg und Verunsicherung bei den Bankkunden abgehalten werden würden.
„Die Aufkäufer konnten sogar ein Schreiben unseres Erzbischofs vorzeigen, worin dieser zum Verkauf der Anteilsscheine veranlasste", erzählten die Verkäufer.
Darüber hinaus verschwiegen sie auch nicht, dass sie für die Papiere den doppelten Kaufpreis erzielten.
„150.000 Gulden in fremder Hand, wenn das mal gut geht, mir schwant Fürchterliches", orakelte Christian.
„Ganz so schlimm wird es nicht werden. Was ist denn schon passiert. In Zukunft zahlen wir eben die Zinsen an die Wiener", versuchte Samuel zu beruhigen, obwohl ihm auch nicht wohl bei der Sache war.
„Ich schreib gleich an meine Freunde von der Medici Bank, um herauszufinden, was und wer hinter der ganzen Aktion steckt. Dann sehen wir weiter", erklärte Carl.

Bevor die Antwort aus Wien eintraf, meldete sich ein Abgesandter der IBB, ein Mann mit einer Stimme, als hätte er eine rostige Feile im Mund. Er legitimierte sich als Hausadvokat des Unternehmens.
„Sollten Sie es noch nicht wissen: Wir haben die Anteile Ihrer Bank, die sich im Fremdbesitz befanden, aufgekauft. Sie haben einen Kurswert von 300.000 Gulden. Das haben wir auch bezahlt. Unser Interesse an Ihrem Unternehmen hat aber stark nachgelassen, das heißt wir wollen, dass die

Papiere von Ihnen zurückgekauft werden, so wie Sie es mit den Käufern schriftlich vereinbart haben. Sie erhalten Ihre Scheine zurück. Dazu erwarten wir Ihre Zahlung innerhalb der nächsten vier Wochen."

Dabei bemühte er sich vergebens, seiner Stimme einen versöhnlichen Unterton zu geben.

Die drei Freunde zeigten Entsetzen, hatten Fragen, Einwände.

„Ich habe keinen Verhandlungsspielraum, das ist mein Auftrag."

„Wir haben diese Summe, die außerdem entschieden zu hoch ist, nicht flüssig. Unser ganzes Geld steckt in langfristigen Krediten. Es ist unmöglich, innerhalb so kurzer Zeit auch nur den ursprünglichen Nennwert zu bezahlen. Jeder im Bankgeschäft versteht das. Oder wollen Sie uns ruinieren?", fragte erregt Samuel.

„Halten Sie es wie Sie wollen. Zahlen sie nicht, dann sehen wir uns vor Gericht wieder. Und zwar in Wien. Da ist unser Gerichtsstand, meine Herren!"

Nachdem Sie eine Nacht darüber geschlafen hatten, hielten Sie Kriegsrat.

„Samuel versucht mit dem Erzbischof in Kontakt zu kommen. Der wird sicher einen Grund nennen können, wieso er dieses Geschäft, ohne uns zu informieren, unterstützt hat. Carl hält hier die Stellung, vor allem auch deshalb, weil seine Frau in wenigen Tagen ein weiteres Kind erwartet, und ich fahre nach Wien und versuche mit den Verantwortlichen der Bank eine gütliche Vereinbarung zu treffen", fasste Christian zusammen.

Wien hatte sich verändert. Alle Kriegsschäden waren beseitigt. Saubere Straßen und moderne Geschäfte beeindruckten den Besucher.
Tante Sarah und Onkel Alfred zeigten sich sehr besorgt, als ihnen Christian den Grund seiner Reise nannte.
„Da könnt ihr ja alles verlieren, auch unser Carl“, war ihr entsetzter Kommentar.
„Morgen geh ich gleich zu den Jesuiten, da gibt es bestimmt noch welche, die sich an mich erinnern. Die haben beste Beziehungen, bis zum Kaiser, da bin ich eigentlich ganz zuversichtlich“, zeigte sich Christian optimistisch.
Die Jesuiten kannten die IBB zu wenig, wussten jedoch, dass ihr Leumund nicht der beste war.
Sie erinnerten sich noch gerne an ihren einstigen Musterschüler, von dem erst nach und nach bekannt wurde, dass er einen entscheidenden Anteil daran hatte, dass die Türken Wien nicht einnehmen konnten.
Mit Stolz zeigten sie ihm ihre neue Aula, die mit ihrem Ensemble zu den besten Theatern der Stadt gehörte. Christian staunte nicht schlecht, als er sah, wie sich die Bürgerschule entwickelt hatte. Er war voller Bewunderung über die florierende Apotheke und Buchdruckerei. Das Waisenhaus der Jesuiten war beispielhaft für gleichartige Einrichtungen in anderen Städten, wie man ihm glaubhaft versicherte.

„Sie werden verstehen, dass wir uns bei der Beurteilung anderer Unternehmen strenge Zurückhaltung auferlegen müssen“, war der erste Bescheid eines leitenden Mitarbeiters der Medici Bank, eines Mannes, dessen Tränensäcke und gelblich verfärbte Augen unschwer einen Leberschaden erkennen ließen.
Christian ließ jedoch nicht locker.

„Sie erinnern sich doch sicher noch an Herrn von Thallheim, der für einige Zeit Ihr Mitarbeiter war? Wir sind Kompagnons einer Salzburger Privatbank.“

Kurze Zeit später saß Christian dem Generaldirektor gegenüber. Das Büro ist ja größer als unser ganzer Laden zuhause, dachte Christian.

„Also, junger Freund, grüßen Sie mir herzlich Herrn von Thallheim. Den haben wir seinerzeit nur ungern gehen lassen. Ein ausgezeichneter Mitarbeiter.

Nun zu Ihrem Anliegen: Die IBB kann man eigentlich nicht als Bank bezeichnen. Das sind Geldverleiher, sonst nichts. Ihre Geschäfte machen sie meist mit Leuten, denen die horrenden Zinsen über den Kopf wachsen und anschließend alles verlieren, was sie noch an Werten besitzen. Schändlich ist das. Die haben sich so abgesichert, dass ihrem dubiosen Treiben kaum beizukommen ist. Einen Advokaten können sich die armen Schlucker nicht leisten. Darauf spekuliert die IBB.

Die gehen sogar so weit, dass sie, wie man so hört, ihren Schuldnern wüste Schläger ins Haus schicken.“

„An wen sollte ich mich wenden, wer ist denn der maßgebliche Mann bei der IBB“, wollte Christian wissen.

„Das ist auch für mich ein Rätsel. Ich kenne auch nur die Handlanger. Ehrlich gesagt, bisher hat mich das eher kalt gelassen.

Wenn ich aber höre, wie rigoros man gegen Ihr Unternehmen vorgeht, sollte man doch die Exekutive einschalten. Bei einer Klage würden sich bestimmt viele Geschädigte melden.“

Christian marschierte vor dem IBB Gebäude auf und ab und überdachte seine Vorgehensweise. Er überlegte hin und her,

verwarf die eine und die andere Strategie und wurde, ganz in Gedanken versunken, plötzlich angesprochen.
„He, du Träumer, du bist hier in einer Großstadt und nicht auf deinem Bauernhof!"
Wie vom Blitz getroffen, fuhr Christian herum. Und dann lagen Sie sich in den Armen. Die beiden Freunde aus dem Kolleg und aus der Schlacht am Kahlenberge.
Sie lachten und tanzten vor Wiedersehensfreude und für einen Augenblick vergaß Christian den ernsten Grund seines Hierseins.
„Komm, ich lade dich ins „Mariandl" ein. Da waren wir schon früher, und die Tochter ist noch hübscher als ihre Mutter, bei der du immer rot geworden bist." Lachend zog der Fuchs seinen Freund in die Kneipe.
„Leider hab ich dich aus den Augen verloren und bin froh, dich gesund und munter anzutreffen", freute sich Christian. Du hast mir gleich zwei Mal das Leben gerettet. Das vergesse ich dir nie. Iss und trink was du willst, du bist mein Gast."
„Mein Schwager hat mir schon erzählt, dass du dich fein herausgemacht hast. Also, wie geht es dir und was machst du?"
Du hast mich seinerzeit aus dem offenen Feldlazarett herausgeholt und zu deiner Tante gebracht. Hättest du das nicht gemacht, wäre ich verreckt. Ich hatte hohes Fieber und immer wieder Schüttelfrost, aber das hast du sicher noch mitgekriegt. Meine total vereiterte Wunde hat mir deine Tante mit starkem Alkohol gesäubert und dann mit einer Wundersalbe, wie sie es nannte, bestrichen. Die stammte noch von deiner Großmutter aus Berchtesgaden, die sie aus allerlei Heilkräutern selbst gemacht hatte."
„Die Salbe haben auch wir noch in Verwendung und sie hilft immer. Aber wie gings weiter?"
„Die Jesuiten wollten mich nicht mehr. So habe ich mich

halt mit Gelegenheitsarbeiten durchgeschlagen, bis ich beim Kartenspiel einen Adeligen, böhmischer Abstammung, traf. Für den übernehme ich seither die eine oder andere Aufgabe. Nicht immer ganz koscher, aber was solls, man muss ja von irgend etwas leben, oder?"

Nach einiger Zeit rückte auch Christian mit seiner Geschichte heraus.

Nachdenklich hatte der Freund zugehört.

„Wenn ich alles richtig verstanden habe, bräuchtest du nur die Anteilsscheine, die sich bei der IBB befinden und ihr wärt aus dem Schneider?"

„Das ist richtig, wir haben aber nicht die Mittel, zumindest nicht sofort, um die Forderung der IBB auch nur einigermaßen zu erfüllen. Ich habe jedoch den Eindruck, die sind an einem Rückkauf nicht interessiert, die wollen uns aus irgendeinem Grund fertig machen. Darum geht es denen oder demjenigen der das Sagen hat.

Eine dubiose Einrichtung, die sich Bank nennt, könnte mit einem Schlag ein Institut erwerben, das weit über die Salzburger Landesgrenzen hinaus einen untadeligen Ruf genießt, mit vorzüglichen Kontakten und einer seriösen Kundschaft. Das wird der Grund für diese feindliche Übernahme sein", war Christian überzeugt.

„Ich kann dir helfen. Das wird mich wahrscheinlich meine gegenwärtige Einnahmequelle kosten, aber ich verdanke dir so viel, dass ich nicht zögern werde. Mein Entschluss steht fest: Ich helfe dir. Sicher."

„Das wäre wunderbar, aber: Du schuldest mir nichts! Wenn deine Arbeit auf dem Spiele steht, dann halte dich bitte aus dieser Sache heraus. Irgendwie muss ich das auch alleine schaffen", gab sich Christian kämpferisch.

„Ich spiele heute mit meinem Brotgeber Karten. Die bishe-

rigen Partien gingen, weil ich es so wollte, immer Pari aus. Heute aber nicht. Ich ziehe ihn aus bis zum letzten Hemd. Vielleicht wirft er dann eure Anteilsscheine in die Waagschale. Wer weiß. Auf jeden Fall bringe ich ihn so weit, mir zu verraten, wo er sie bunkert."
„Ist etwa dein Auftraggeber und der Besitzer der Bank ...?
„Lass mich nur machen", ließ Willi die Frage unbeantwortet.
„Morgen wissen wir mehr. Ich suche dich bei Tante Sarah und jetzt reden wir von schöneren Dingen."

Christian konnte nicht schlafen. Bereits am frühen Morgen trieb es ihn in der Stadt herum.
Mit lautem Geläute passierten mehrere, vierspännige Feuerwehrwagen seine Straße. Unwillkürlich folgte er ihnen. Fast magisch zog es ihn hin zum Gebäude der IBB.
Es war niedergebrannt. Bis auf die Grundmauern.
Dann sah er ihn. Wild gestikulierend, fluchend die Feuerwehrleute antreibend, leibhaftig: Tutsch.
Da wurde Christian am Arm gezupft. Es war Willi, der ihm zuflüsterte:
„Er wollte nicht heraus mit der Sprache. Viele Leute werden jetzt aufatmen. Ihre Schuldscheine wurden genauso ein Raub der Flammen, wie eure Anteilsscheine.
Jetzt ist er bankrott, völlig pleite, der Arme. Ich hab ihn heute Nacht ausgezogen bis aufs Hemd. Er hat seinen letzten Kreuzer verspielt. Wollte es einfach nicht wahrhaben. Und ich bin jetzt arbeitslos", fügte er mit gespielt traurigem Gesicht hinzu.
Völlig baff verfolgte Christian, was um ihn herum vorging. Tutsch hatte ihn noch nicht gesehen. Zu sehr war er mit dem Brand beschäftigt. Was mochte jetzt in seinem Kopfe vorgehen?

„Hoffentlich sind keine Menschen zu Schaden gekommen“, sorgte sich Christian.
„Keine Bange, da wohnt niemand und die beiden Wächter wurden mit ihren Hunden rechtzeitig aus dem Gelände gelockt. Sie waren es auch, die die Feuerwehren alarmierten“, beruhigte Willi seinen Freund.
Die beiden entfernten sich unauffällig vom Brandherd. Der eine freute sich diebisch, hatte er doch eine Schuld beglichen, und der andere war völlig aufgewühlt. Er konnte die Bedeutung dieses Ereignisses im Augenblick noch nicht richtig einordnen.
Die Anteilsscheine ein Raub der Flammen? Hatte etwa Willi? Er mochte diesen Gedanken nicht zu Ende führen. Das hatte er bestimmt nicht so gewollt.
Auf der anderen Seite hätte Tutsch bestimmt nicht klein beigegeben, dessen war er sich mehr als bewusst.
Christian lud seinen Freund ein mitzukommen.
Du arbeitest bei uns am Hof oder in der Bank. Kartenspielen kannst du, so viel du Lust hast. Ein paar Dumme findest du überall“, versprach Christian.
„Ich habe gestern viel eingenommen. Davon kann ich gut ein Jahr leben. Bis dahin findet sich wieder etwas. Wer weiß, vielleicht kommt auch der Tutsch wieder an Geld. Ich werde euch aber bestimmt einmal besuchen. Es kann dann durchaus sein, dass ich von deinem Angebot Gebrauch mache. Ich meine das mit dem Kartenspielen“, scherzte er.
Christian stellte keine Frage, wie es zu dem Brand gekommen war. Irgendwie fürchtete er sich vor der Wahrheit.

Nach seiner Rückkehr aus Wien hielten die Freunde Kriegsrat. Kohlinger bedeutete weiterhin eine ernst zu nehmende Bedrohung für sie. Wie eine Katze könnte auch Tutsch wie-

der auf die Beine fallen. Sie mussten Vorsorge treffen, um auch weiterhin in Ruhe arbeiten zu können.
„Das muss uns eine Lehre sein", waren sie sich einig.
„Die Neuausgabe von Anteilsscheinen dürfen nicht die Verpflichtung jederzeitigen Rückkaufes beinhalten. Wir zahlen höhere Zinsen und damit sollte es genug sein", schlug Carl widerspruchslos vor.
„Den Kohlinger müssen wir durch seinen Chef an die Kette legen lassen. Der versucht es sonst immer wieder. Der platzt vor Neid und gekränkter Eitelkeit. Durch seinen bösen Geist, dem ich erst vor ein paar Tagen die nötige Beachtung geschenkt habe, erhält er immer die nötigen Informationen, mit denen er dann anderen Schaden zufügen kann", sagte Samuel.
„Von wem sprichst du?", wollte Carl wissen.
„Ihr habt ihn bestimmt schon öfters gesehen, wenn man ihn auch nie so richtig registriert. Das ist aber seine Masche. Das ist doch der kleine, schwarzgekleidete. Er heißt Theo Hassler, genannt die Natter. Dem Namen macht er auch alle Ehre: Aus sicherer Deckung schnell zustoßend und sofort wieder unsichtbar werdend.
Der alte Tutsch hat ihn seinerzeit aus dem Böhmischen mitgebracht. Bereits für ihn hat er Kundschafter- und Spionagedienste erledigt.
Viele reiche Protestanten und Juden fielen seinen Denunziationen zum Opfer. Im Zweifelsfalle hinterlegte er auch in deren Wohnungen falsche Beweise. Wo er beteiligt war, hinterließ er eine Spur von Vertreibung, Kerker und Tod.
Die Informationen für Tutsch über meine und deine Eltern hat auch er ausbaldowert.
Ein fieser, äußerst gefährlicher Bursche, dem wir bisher leider keinerlei Beachtung geschenkt haben.

Ich weiß das alles von einem Freund meines Vaters, der gute Verbindungen in die Residenz hat“, unterrichtete Samuel die Freunde.
„Ist das der mausförmige, schielende Typ mit so einem spinnenartigen Schnurrbart? Einer den man eigentlich gar nicht sieht, nicht sehen will?“, meldete sich nun Christian zu Wort.
„Der war das also“, sprach er, ohne Antwort abzuwarten, zu sich mit leiser Stimme, die sich in Verwirrung und Bitterkeit verlor.
Nun erinnerte er sich, bei dem Überfall auf seine Eltern eine schwarze Gestalt bei den Pferden gesehen zu haben. Es war der gleiche Mann, der schon Tage vorher scheinbar bettelnd vor ihrer Haustüre stand. Dem werde ich das Handwerk legen, nahm sich Christian vor.

Für den Nachhauseweg mieteten sie sich die nächste freie Droschke, die soeben auf den Residenzplatz einbog.
Die arthritische Kutsche reihte sich ein in eine Schlange ähnlicher Gefährte. Sie holperte den Fahrweg neben der Salzach entlang, wobei der Kutscher bei dem herrschenden Verkehr höllisch aufpassen musste, um einen Zusammenstoß zu vermeiden. Nicht nur am Residenzplatz, auch auf dem Fahrweg verbreitete eine wahre Sintflut von Pferdeäpfeln einen Gestank wie in einem Stall. Der unangenehme Eindruck verstärkte sich durch die Flüche der Kutscher, das Klappern der Hufe und das Peitschenknallen zu einem Inferno, das sich etwas beruhigt, als sie in die Fahrstraße Richtung Grödig einbiegen.
Christian bekommt alles nicht mit. Zu sehr ist er mit seinen Gedanken beschäftigt, mit dem Schicksal seiner Eltern und mit den Bösen, die ihnen so viel angetan hatten.

Der Natter war sicher nichts nachzuweisen; ein Gerichtsverfahren würde deshalb auch nichts bringen. Ergo musste er selbst handeln.

Kohlinger konnte eine Audienz beim Erzbischof nicht länger verhindern.
Johann Ernst von Thun zeigte sich völlig überrascht, als er mit den Einzelheiten der Übertragung der Anteilsscheine konfrontiert wurde.
„Das hätte ich nie zugelassen, Ihre Anschuldigungen sind infam", entrüstete er sich.
„Ihr habt doch Euren Anteil ebenfalls verkauft oder befindet er sich noch in Eurem Besitz?
Euer Schein diente sogar dazu, die anderen Anteilnehmer davon zu überzeugen, dass der Wunsch zum Verkauf von Euch kam. Den Verkauf habt Ihr mit Eurer Unterschrift und Eurem Siegel bestätigt."
„Diese Unterstellung wird Euch teuer zu stehen kommen", wehrte sich der Bischof.
„Es ist eigentlich ganz einfach, Eure Eminenz. Ihr lasst Euch Eueren Anteilsschein vorlegen. Dann sind entweder wir und alle anderen Anlieger arglistig getäuscht worden, oder der Schein liegt nicht mehr hier, dann gibt es einen Schuldigen, der in Eurem Namen, mit Eurem Siegel und mit Eurer Unterschrift ein schändliches Spiel getrieben hat.
Haben wir uns geirrt, so sind wir bereit, alle Konsequenzen zu tragen. Ein neuer Anteilsschein stünde natürlich für Euch bereit.
Im übrigen: Prälat Kohlinger war bestens informiert, er hat uns, zwar zu spät, auf die Verkäufe hingewiesen."
Das saß. Sichtlich irritiert entließ sie der Erzbischof.

Beim Hinausgehen erwartete sie Kohlinger mit süßsaurem Gesicht.
„Alles gut gelaufen?", wollte er scheinheilig wissen.
Die Freunde nickten nur freundlich und ließen sich nichts anmerken.
Da entdeckte Christian die Natter. Beinahe hätte er den Zwerg wieder übersehen. Er ging auf ihn zu: „Wir kennen uns doch auch. Leider ist mir Ihr Name entfallen", tat Christian ganz jovial. Er gab der Natter die Hand und war überrascht, dass er zwischen seinen Fingern nicht die Schuppen einer Schlange verspürte.
Natter sagte keine Silbe.
„Das ist einer meiner Helfer, Herr Hassler", stellte ihn der Prälat vor.
„Er spricht nicht viel, ist aber durchaus brauchbar. Man muss auch solche Leute haben", setzte Kohlinger fast entschuldigend hinzu.
Christian sah dem Kirchenmann ins Gesicht, das von Laster und Verderbtheit gezeichnet war.
„Ich kann mich an ihren Mitarbeiter", er dehnte das Wort lächelnd in die Länge, „jetzt gut erinnern und ich denke, dass es ihm genauso geht, nicht wahr Herr Hassler?"

„Um einen großen Gefallen würde ich Euer Eminenz noch bitten, wenn Ihr mir das erlaubt", wandte sich Christian noch einmal an Kohlinger, der fragend nickte.
„Wir hatten eigentlich vor, mit dem Erzbischof über die Prägung eigener Goldmünzen zu sprechen, fanden aber die Gelegenheit nicht sehr günstig. Deshalb wären wir Euch sehr verbunden, wenn Ihr das Thema einmal zur Sprache bringen könntet. Wenn wir es klug anfangen, hätten alle Beteiligten etwas davon. Könnt Ihr uns da helfen?"

Kohlinger war interessiert. Goldmünzen? Das setzt doch den Besitz von Gold voraus? Er sah zur Natter hin, die allerdings so tat, als habe sie nichts gehört.
„Sicher ein sehr interessanter Vorschlag. Wir tragen uns schon selbst seit geraumer Zeit mit diesem Gedanken. Unsere Münzen haben jegliches Vertrauen verloren, der Handel beschränkt sich überwiegend im Austausch von Waren. Echte Goldmünzen mit einem Materialwert, der dem aufgeprägten entspricht, das wäre schon was. Dazu braucht es aber Gold und wo wollt Ihr das hernehmen?“
„Das lasst nur unsere Sorge sein“, erklärte Christian selbstbewusst.
„Bevor ich an seine Eminenz herantrete, bräuchte ich einen Beweis, das heißt Ihr solltet mir eine ausreichende Menge Eures Goldes vorweisen, dann will ich gerne ihn Eurem Interesse tätig werden,“, sagte Kohlinger, wobei er sich vergeblich bemühte, seine Erregung zu unterdrücken.
„In ein paar Tagen, das Material liegt ja nicht bei uns im Hause herum, sehen wir uns wieder“, versprach Christian.
Die gierigen Blicke zwischen Kohlinger und der Natter entgingen ihm nicht.
Der Köder war ausgelegt.
„In Kohlingers Haut möchte ich jetzt nicht stecken. Der Erzbischof ist bekannt für seine drakonischen Strafen. Geschieht ihm aber recht, dem Intriganten“, freute sich Samuel im Hinausgehen. „Aber sag mal, was sollte denn das mit den Goldmünzen, das war doch so nicht abgesprochen?“
„Ich hab da so einen Gedanken. Wenn mein Plan aufgeht, dann wird das ein großer Spaß, an dem sich diese beiden Galgenvögel bestimmt nicht richtig freuen werden“, schmunzelte Christian und setzte grimmig hinzu: „Diese beiden Scheißkerle könnten für mich der einzige Grund für

meinen Glauben an Gott und das himmlische Paradies sein. Dann habe ich nämlich die berechtigte Hoffnung, dass ihnen der himmlische Vater den ersten Platz mit den schlimmsten Höllenqualen reserviert hält!"

Die Natter fror erbärmlich. Die Zeit kroch mit der Langsamkeit einer schleimigen Nacktschnecke dahin. Dies seit zwei Tagen und zwei Nächten, seit er sich in sicherer Deckung unweit des Brandstädterhauses aufhalten musste.

„Der holt sich das Gold sicher vom Berg. Genau von dort, wo er bereits als Junge fündig geworden ist. Du und Tutsch habt die Stelle nicht gefunden. Aber jetzt, da bin ich mir ganz sicher, stehen wir kurz vor ihrer Entdeckung. Behalte den Brandstädter im Auge und wir werden bald am Ziel unserer Wünsche sein", bläute der Prälat seinem Agenten ein.

„Hab schon kapiert, bin ja nicht blöd", maulte der Kleinwüchsige zurück.

„Wenn du sicher bist, die Fundstelle entdeckt zu haben, dann sollte der Brandstädter einen Bergunfall erleiden. Das ist für dich sicher ein Kinderspiel", riet der Kirchenmann.

Endlich, am dritten Tag, in aller Herrgottsfrühe, sah die Natter Christian aus dem Hause schleichen. Er überquerte rasch das Wiesenstück hin zum Wald am Fuße des Untersberges. Aus einer Kraxe ragten Werkzeug und harzige Kienspäne heraus. Er führte einen langen Stock mit sich, alles Dinge, die auf den Aufstieg mit Höhlenbesuch hindeuteten.

Natter frohlockte. Müdigkeit und Kälte waren wir weggeblasen. Vorsichtig folgte er Christian. Nachdem sich dieser anfänglich einige Male auffällig umgesehen hatte und anscheinend nichts Verdächtiges bemerkte, schritt er nun rüstig voran und hatte nach wenigen Stunden sein Ziel erreicht.

Natter beobachtete, hinter Latschen in Deckung liegend, wie Christian mit Hilfe seines Stockes einen Felsblock verrückte, Feuer schlug, um einen Kienspan anzuzünden, um dann durch das freigelegte Felsloch in die Tiefe zu verschwinden. Der Beobachter hörte Hämmern, Scharren und noch einige Geräusche, die darauf schließen ließen, dass in der Höhle Geröll und Steine bewegt wurden.
Dann erschien der Kopf von Christian. Er schob einen prall gefüllten Sack aus dem Loch und zog seinen Körper ins Freie.
Den Sack steckte er in die Kraxe, verschloss den Eingang mit dem Stein und beseitigte auffällig seine Spuren mit lockerem Geröll.

Natter wartete, bis Christian unter den Bäumen des tiefer liegenden Waldes verschwunden war. Dann machte er sich an sein Werk. Er musste sich gleich Gewissheit verschaffen. Wurde er fündig, dann bräuchte er vielleicht in Zukunft seinen Herrn nicht mehr. Die Freude darüber, andere Menschen in das Verderben zu stürzen, war für ihn nicht mehr so vordergründig. Er wollte nun auch etwas haben von der fetten Beute, die er seinen jeweiligen Herren zugetrieben hatte. Sollte er das Erhoffte finden, bräuchte das der Kohlinger nicht zu erfahren.
Er war froh, in der Höhle noch einen glimmenden Kienspan und noch weitere unverbrannte Exemplare davon vorzufinden. Das erleichterte sein Vorhaben.
Er war überrascht, wie groß die Höhle war. Der kleine Bach gestattete sicher einen längeren Aufenthalt und Natter freute sich, unter Umständen auf ein Versteck zurückkommen zu können, sollte er sich einmal auf der Flucht befinden.
Er hatte jetzt keine Eile mehr, vielmehr musste er ruhig und

überlegt die Höhle nach Spuren absuchen, wo Christian vorher gearbeitet hatte.
Er drang tiefer in das Innere der Höhle ein, trat geräuschvoll den einen oder anderen Stein los, was einen gewaltigen Widerhall verursachte, der bis tief in das Labyrinth eindrang und wieder zurückgeworfen wurde.
So bemerkte er nicht, dass die Höhle von außen verschlossen und dabei der Felsblock so verkeilt wurde, dass er unverrückbar liegen blieb und von innen nicht mehr hochgedrückt werden konnte.
Zu spät erkannte die Natter, als kein Tageslicht mehr eindrang, dass er hoffnungslos eingeschlossen war.
Er schalt sich nun, blind in eine Falle geraten zu sein, blind wegen seiner Gier nach Gold.
Nun galt es einen Ausweg zu finden, Kräfte zu sparen und das Höhlensystem genauestens zu untersuchen. Hier wollte er nicht verrotten und nach seinem Selbstverständnis konnte er auch von Christian keine Gnade und von Kohlinger keine Hilfe erwarten.

Als Christian ein paar Tage später den Eingeschlossenen befreien wollte, war der Vogel bereits ausgeflogen.
„Hat der doch so schnell das Schlupfloch in luftiger Höhe entdeckt“, murmelte er etwas enttäuscht.

17

Rudolf von Scheidegg war wieder einmal in Ungnade gefallen. Mit anderen Bürgern und Bauern hatte er öffentlich gegen die Steuerpolitik seines Landesherren protestiert. Äußerer Anlass war die Enthebung des bisherigen Hofmeisters

Ferdinand Zeller, der durch den noch mehr an den Kurfürsten gebundenen Kammerschreiber Kaukol ersetzt wurde. Von dem musste man befürchten, noch mehr als bisher nach der Kölner Pfeife tanzen zu müssen.
Und weil der im vorauseilenden Gehorsam Soldaten für einen bayerischen Hilfstrupp gegen die Türken zusammenstellen wollte, bediente er sich mit Freude bei den aufmüpfigen Berchtesgadenern.
Rudolf hatte seinen letzten Einsatz in nicht allzu schlechter Erinnerung. Er widersetzte sich daher seiner neuerlichen Bestellung nicht, weil sich bei dem Berchtesgadener Fähnlein eine Reihe von Gleichgesinnten befanden.
Zudem wusste er das Anwesen seines Vetters in Grafengaden gut bestellt.
Er war dann ganz froh, dem Regiment des Prinzen Eugen zugeteilt zu werden, über dessen Kriegskunst wahre Wunderdinge berichtet wurden. Er hatte es selbst miterlebt bei der Schlacht von Zenta, als sie die Osmanen vernichtend geschlagen und die wenigen Überlebenden in den Fluss getrieben hatten.
„Mit dem haben wir nichts zu befürchten, der verjagt die Osmanen schneller, als die laufen können. Und wir machen reiche Beute“, schwärmte ein alter Haudegen, dem die Berchtesgadener anvertraut wurden und die er auch schon von früher her kannte.
„Tüchtige Burschen, furchtlose Draufgänger“, pflegte er zu sagen.
Sie gehörten ab sofort einer Gruppe von Pionieren an, die insbesondere für die Erstellung von Behelfsbrücken eingesetzt wurden.
Leopold I. wollte sein Reich im Südosten endlich von den letzten Stellungen der Osmanen befreit wissen; sie sollten

keinen Brückenkopf mehr zur Verfügung haben, der sie vielleicht ermuntern könnte, noch einmal in das Reich der Habsburger einzufallen.
Nach der Rückeroberung von weiten Teilen im Osten stand nun das südliche Ungarn mit seinem Zentrum Sarajewo auf dem Schlachtplan.
Der Feldzug im Jahre 1697 sollte denn auch die Befreiung von Türkisch-Ungarn, Siebenbürgen und der Slowakei bringen.

Natürlich war den Türken der Anmarsch der Kaiserlichen nicht verborgen geblieben.
Immer wieder wurde das Heer von Prinz Eugen in kleinere Gefechte verwickelt, vorgetragen von der schnellen Reiterei des Feindes, die wie aus dem Nichts auftauchten, ihre Pfeile abschossen und verschwanden, als hätten sie sich in Luft aufgelöst.
Die Truppe kam daher nicht so schnell voran, musste sich ihrerseits gegen diese Angriffe zur Wehr setzen, was jedoch zunehmend besser gelang.
Das Ziel des Feldzuges war auch den Türken völlig klar. Fiel Sarajewo mit seinen scheinbar unüberwindlichen Verteidigungsanlagen, dann war der Sieg auf der ganzen Linie perfekt.
Die Hauptmacht der Türken befand sich auf Feldzügen im Osten ihres Reiches und konnte gegen den Anmarsch der Kaiserlichen nicht eingesetzt werden.

Unweit westlich von Sarajewo schlug Prinz Eugen sein Feldlager auf und beriet sich mit seinen Offizieren über die beste Vorgehensweise. Kundschafter und Überläufer hatten die Verteidigungsanlagen exakt beschrieben. Danach musste

man sich auf ein geduldiges Ankämpfen einstellen, wenn es nicht gelang, durch eine möglichst wenig bewachte Bresche in die Stadt einzudringen.
Sarajewo war von bewaldeten Bergen umgeben und wurde durch den Fluss Miljacka praktisch in zwei Hälften geteilt.
Eugen verteilte seine Truppen ringsum auf den waldreichen Hügeln der Stadt mit einem Truppengürtel, der bei einem Ausbruchsversuch keinen Durchlass ermöglichte.
Von hier aus beschoss er die Stadt mehrere Tage, so dass es für die Verteidiger den Anschein hatte, als würde sich der Feind auf diese Strategie, die das Leben der eigenen Truppen schonte, beschränken. Nach dem Beispiel anderer Belagerungen brauchte man dann nur solange zu warten, bis den Eingeschlossenen Lebensmittel und Munition ausgingen.
Eine Kapitulation war dann nur noch eine Frage der Zeit.

„Wir errichten stadtnah, dort wo der Wald bis zur ersten Verteidigungsmauer reicht, eine Brücke über den Fluss, und dringen von dort mit Unterstützung unserer Kanoniere in die Stadt ein.
Die meisten unserer Angriffe tragen wir jedoch zum Schein mit großer Intensität auf der gegenüberliegenden Seite vor, so als wollten wir unbedingt von da aus den Eingang zur Stadt erobern.
Dazu brauchen wir unsere Pioniere, die uns bereits vor zwei Jahren so trefflich unterstützt haben."
Prinz Eugen und seine Offiziere berieten das möglichst unauffällige Vorgehen und erteilten daraufhin ihre Befehle.
Rudolf war ganz aufgeregt. Zum ersten Male sah er sich dem Heerführer persönlich gegenüber. Er wusste, dass der Prinz seit 1693 als Feldmarschall die höchsten militärischen Weihen besaß.

Er war kleiner als alle seine Männer, schien sogar etwas verwachsen, was dem Vernehmen nach Ludwig XIV. gehindert hatte, dem Prinzen ein eigenes Regiment zuzugestehen.
„Er ging daraufhin nach Österreich und kämpfte schon bei der Schlacht am Kahlenberge als Oberstleutnant gegen die Türken", wusste ihr Zugführer.
Rudolf war mit einigen seiner Kameraden zu Prinz Eugen befohlen worden, der daran interessiert war, mit denjenigen seiner Truppe zu sprechen, die sich bereits früher beim Bau von Behelfsbrücken erfolgreich beteiligten.
Der Prinz sprach mit ihnen wie mit seinesgleichen. Seit 1693 war er aufgrund seiner Erfolge Feldmarschall. Er trug nicht nur den gleichen Soldatenrock wie seine Leute, er führte seine Truppen grundsätzlich selbst in die Schlacht, wussten die Berchtesgadener. Darüber hinaus war er ein feinsinniger Mensch, der viel für Kultur übrighatte. Sein Stadtpalais in Wien ließ er sich von Fischer von Erlach, einem der bekanntesten Baumeister seiner Zeit, erbauen, schwärmte sein für die Pioniere zuständiger Korporal .

Die Brücke wurde weit außerhalb von Sarajewo, abgeschirmt vor feindlichen Blicken, zusammengestellt und sollte danach schwimmend an die Stadtmauer verbracht und befestigt werden.

Im Regiment des Prinzen befand sich auch ein Unterführer, dessen Beliebtheit sich in argen Grenzen hielt.
„Ein böhmischer Adeliger, ohne viel Erfahrung. Viel Wind und nichts dahinter", urteilten seine Untergebenen.

Nach seinem Debakel mit dem Brand seines Hauses wurde es für Tutsch äußerst brenzlig. Er lieh sich Geld, konnte es

nicht zurückzahlen und landete im Schuldturm.
Von da aus ließ er sich zum Militär anwerben, wo er nach kurzer Zeit aufgrund seines blenderischen Auftretens, befördert wurde. Er log das Blaue vom Himmel herunter, erzählte von seinem Einsatz bei der Schlacht auf dem Kahlen Berge, verwies auf die militärische Laufbahn seines Vaters und erzählte immer neue, kaum nachprüfbare Geschichten, wenn er Ross und Reiter nennen sollte.
Seine Aufgabe war es nun, auf der für die Behelfsbrücke zurückzulegende Strecke nach feindlichen Truppen Ausschau zu halten.
Ein Stoßtrupp von 12 Mann wurde zusammengestellt, der von ihm geführt werden sollte.

Er schickte drei Mann voraus, den Rest aufgefächert oder je nach Gelände auch im Gänsemarsch hintereinander. Wieder in einem sicheren Abstand wollte er die Nachhut bilden.
Die Türken, selbst in sicherer Deckung, hatten den Trupp schnell gesichtet und ließen ihn ungestört vorüberziehen.
Tutsch spürte förmlich, dass etwas in der Luft lag. Vögel flogen erschreckt auf und er hörte scheinbar tierische Laute, die aber keinen natürlichen Ursprung haben konnten.
Er ließ sich daher noch etwas weiter zurückfallen und kletterte auf einen mit Ästen dicht bewachsenen Baum, der ihn bestens verbarg. Sollte er die Seinen warnen? Lieber nicht, dachte er bei sich, sonst verrate ich womöglich mein Versteck an den Feind.
Dann sah er schon eine Anzahl von schemenhaften Gestalten, wie böse Waldgeister, unter seinem Versteck vorüberhuschen. Sie hatten ihn bestimmt schon beobachtet, wollten aber wegen eines Einzelnen nicht die ganze Truppe vorzeitig aufschrecken. Eine Überrumpelung wäre dann sicher nicht

mehr möglich gewesen. Ahnungslos und in der sicheren Meinung, dass von hinten keine Gefahr droht, schlich der Spähtrupp ohne seinen Hintermann weiter.
Dann brach das Unglück über sie herein. Plötzlich und ohne jegliche Vorwarnung wurde der Trupp von einer Überzahl von türkischen Kämpfern überfallen, die mit Pfeilen, Lanzen und Säbeln auf sie eindrangen.
Der Kampf wickelte sich fast lautlos ab. Verbissen setzten sich Tutschs Leute zur Wehr. Mit großer Tapferkeit schlugen sie sich gegen eine zunehmende Übermacht. Jeder Baum, jeder Busch schien zum Leben zu erwachen und sich in einen säbelschwingenden Osmanen zu verwandeln.
Dann kehrte Stille ein. Die feindlichen Krieger luden sich ihre Toten und Verwundeten auf die Schultern und waren ohne großes Getöse wieder verschwunden. Den Mann auf dem Baum ließen sie unbehelligt.
Nun getraute sich auch Tutsch herunter.
Ehe er das Weite suchte und den Rückzug antrat, lud er sich einen seiner toten Kameraden, die er so schmählich im Stich gelassen hatte, auf die Schultern und schlich zum Lager zurück.
„Überfall", keuchte er „hier, der lebt noch, ich konnte ihn gerade noch heraushauen. Es waren aber zu viele! Das waren Hunderte, sie ließen sich von den Bäumen herab und fielen über uns her. Wir haben eine ganze Reihe von ihnen getötet, wurden jedoch vollkommen aufgerieben!"

Tutsch, der sich ein paar Schnitte selbst beigefügt und sich mit Blut beschmiert hatte, wurde zu den Sanitätern gebracht, wo er jedoch jede Hilfe ablehnte und den großen Kämpfer mimte, der sofort wieder los wollte, um seine Kameraden zu rächen.

Prinz Eugen schickte nun einen größeren Trupp los, der jedoch kaum auf Gegenwehr stieß.

Rudolf und seine Leute waren inzwischen mit Baumfällarbeiten beschäftigt.
Die Bäume sollten später zu einer tragfähigen Brücke zusammengefügt werden.
Am Abend wurde auch bei den Pionieren über die Niederlage des Stoßtrupps gesprochen.
„Nur ein Mann kam zurück. Ausgerechnet der Anführer. Soll schwer verwundet einen Kameraden zurückgeschleppt haben“, erzählte einer.
„Den Unterführer kenne ich, war schon einmal in seiner Kompanie. Held ist das keiner, höchstens ein Maulheld. Alles was der zum Besten gibt, ist mit Vorsicht zu genießen, der schaut nur auf seinen eigenen Vorteil!“
„Meint ihr den Tutsch?“
„Den kenn ich auch. Ein feiger Angeber, sonst nichts. Ein Adeliger halt. Dem sollte man einmal gehörig auf den Zahn fühlen!“
Bei dem Namen Tutsch wurde Rudolf stutzig. Jetzt fiel es ihm wieder ein.
Der Mann hatte sich bereits einmal früher bei ihm nach Christian erkundigt. Sollte das der gleiche sein? Gab es solche Zufälle?
Er erinnerte sich nun auch an die Geschichte von Christian und die bösen Aktionen, die mit diesem Namen verbunden waren.
Den will ich, muss ich mir unbedingt ansehen, nahm er sich vor.
Prinz Eugen drängte jedoch auf die schnellstmögliche Fertigstellung der Brücke.

Kaiser Leopold stand nämlich ein neuer Krieg ins Haus. Der Franzose machte Anstalten sich im Westen noch mehr breit zu machen. Die Abwesenheit des kaiserlichen Heerführers waren für seine Expansionsgelüste geradezu eine Einladung.
Der junge habsburgische König Karl von Spanien war todkrank. Er hinterließ keinen Erben und Ludwig XIV. streckte auch hier bereits seine Fühler aus. Unmissverständlich machte er seine Ansprüche geltend. Auch Bayern scharrte bereits mit den Hufen. Ein großes Erbe war zu erwarten und ein erbitterter Verteilungskampf warf seine Schatten voraus.
Der Kaiser wollte den Krieg mit den Osmanen möglichst rasch beenden, selbst auf die Gefahr hin, dass es für sein Heer größere Verluste geben sollte.
„Ich brauche Euch hier“, ließ er dem Prinzen durch Eilkurier wissen.

Neben dem Bau der Behelfsbrücke säuberte Eugen gleichzeitig die Aufmarschwälder zu der Stadt von feindlichen Soldaten, die jedoch nur noch recht spärlich anzutreffen waren.
Die meisten hatten sich hinter die schützenden Stadtmauern zurückgezogen und erwarteten den Feind wegen dessen ständiger Attacken auf der Seite der Stadt, die anscheinend die leichtere Einmarschvariante bot.

Dann meldeten die Späher der Osmanen, dass sich der Feind anscheinend zurückzog. Dafür sprach auch, dass Kuriere des Kaisers abgefangen wurden, die den Befehl an Prinz Eugen zum sofortigen Rückmarsch enthielten.
Das kaiserliche Lager wurde in aller Eile abgebrochen, die Truppe setzte sich in Richtung Heimat in Bewegung. Die

Eingeschlossenen konnten befreit aufatmen.
In der gleiche Nacht jedoch steuerte die Behelfsbrücke Richtung Stadt. Die Truppen Eugens stürmten die Mauer mit aller Macht und fanden den in die Stadt führenden Durchschlupf am Fluss. Die Überrumpelung brachte vollen Erfolg.
Prinz Eugen hatte einen weiteren seiner glänzenden Siege errungen. Er konnte oder wollte nicht verhindern, dass die Stadt von seinen Soldaten geplündert und niedergebrannt wurde.
Auf dem Rückmarsch konnte sich Rudolf davon überzeugen, dass Tutsch derjenige mit der unseligen Verbindung zu Christian war.
Rudolf gratulierte Tutsch zu seiner Auszeichnung, die ihm aufgrund seiner großen Tapferkeit bei der Führung eines Stoßtrupps verliehen wurde.
„Ah, ich erinnere mich. Ihr seid doch der Berchtesgadener, durch den ich vor einiger Zeit Grüße bestellen ließ“, antwortete er mit kalten, tiefliegenden Augen, die im völligen Einklang zu dem grausamen Zug um seinen Mund standen. „Sagt doch dem Brandstädter, dass ich ihn demnächst besuchen werde.“
Diese Worte waren auch für jeden Außenstehenden wie eine Drohung zu verstehen.

18

Ein neues Jahrtausend war angebrochen.
Die drei Freunde hatten sich mit dem Erzbischof bestens arrangiert; kein Kohlinger störte mehr. Sein Dienstherr hatte ihn in die Verbannung geschickt. Auch die Natter war wie

vom Erdboden verschluckt.
„Das ist ein ganz feiger Hund, der nach seinen Instinkten lebt und im Zweifelsfalle die Flucht ergreift, wenn er seine Felle davonschwimmen sieht“, mutmaßte Samuel.

Die Eltern Samuels hatten zu einem Festmahl eingeladen, zu dem auch Christian und Carl mit ihren Familien geladen waren. Katharina und Christian hatten auch ihren Ältesten mitgenommen. Martin hatte sich prächtig entwickelt und war mit seinen dreißig Jahren einer der begehrtesten Junggesellen. „Ich hab keine Zeit zum Heiraten, ihr seht ja selbst, die viele Arbeit auf dem Hof ...“, redete er sich immer wieder hinaus.
„Vielleicht ist heute eine dabei“, hoffte Katharina, die sich allmählich Sorgen machte.
Ihre anderen Kinder waren bereits außer Haus. Fabian, der Zweitgeborene, arbeitete in der Bank und die beiden Mädel hatten sich in Berchtesgaden verheiratet. Ihr Jüngster, der in St. Peter das Priesterseminar erfolgreich absolviert hatte, wurde von den Benediktinern im Kloster St. Lambrecht als Pfarrer in den verschiedenen Pfarreien, die vom Stift mitzubetreuen waren, eingesetzt. Peter war kaum einmal zu Hause. Sie hörten manchmal von ihm, wenn Domherren aus Salzburg in sehr anerkennenden Worten über ihn berichteten. Peter hatte seinen Weg gewählt. Er wollte weder in die Bank, noch in die Landwirtschaft. Die einzige Leidenschaft, die aller Brandstädter, waren die Berge. In der Steiermark gab es davon aber auch reichlich.
„Ein Pfarrer in der Familie, das kann nie schaden“, war von Christian oftmals zu hören.
Er war jetzt Fünfzig, wirkte aber immer noch sehr jugendlich. Katharina betrachtete mit Stolz, wie er sich gewandt

zwischen all den eleganten Gästen bewegte.
Er war tüchtig, ein liebevoller Vater und immer noch ein prächtiger Liebhaber. Versonnen betrachtete Katharina ihren Mann und fragte sich, ob ihr Glück ewig halten würde.
Den Anlass für die Einladung der Goldbergs kannten sie nicht.
„Ezechiel hat uns doch noch nie so förmlich eingeladen, da muss schon etwas besonderes gefeiert werden“, glaubten die Freunde.
„Lassen wir uns halt überraschen!“
„Ester und Ezechiel Goldberg müssen schon einen sehr wichtigen Anlass für so eine pompöse Feier haben. Komisch, dass uns Samuel keinen Hinweis gegeben, sondern äußerst geheimnisvoll getan hat“, wunderte sich Carl.

Im Festsaal bewegten sich eine große Anzahl von Honoratioren, geistlichen Würdenträgern, Adeligen und vornehm gekleidete Gäste, die man vorher in Salzburg noch nie gesehen hatte.
Die Gespräche drehten sich vor allem um die neueste politische Entwicklung, die allenthalben mit großer Besorgnis beurteilt wurde.
„Der Kölner Kurfürst, dem auch unsere Berchtesgadener Nachbarn unterstehen, hat sich mit den Franzosen verbündet.“
„Und die Bayern unter Max Emanuel auch“, wusste ein Zweiter.
„Das lässt sich Kaiser Leopold nicht gefallen, das gibt Krieg. Hoffentlich können wir uns da heraushalten“, hoffte ein Mitglied der anwesenden Kurienvertreter, ein Mann mit einer Säufernase, der überaus wichtig tat.
„Karl II. von Spanien ist eben viel zu früh gestorben...“

„... weil ihn die Habsburger vergiftet haben...“, kam ein Einwurf.
„Das ist nicht bewiesen. Tatsache ist aber, dass er in seinem Testament einen Enkel Ludwigs XIV. als Alleinerben eingesetzt hat“, meldete sich ein Fremder zu Wort, der aber anscheinend bestens informiert war.
„Und andere auch“, tat der Kleriker wichtig.
„Und wie soll es nun weitergehen?“
„ Der Kaiser hat Prinz Eugen mit seinen Regimentern bereits in höchste Alarmbereitschaft gesetzt. Der wird es den Franzosen schon geben, der Mann ist ein Genie, nicht mit Gold aufzuwiegen. Er müsste sich aber teilen können, denn auch im Osten brennt es lichterloh. Selbst die Bayern müssen besiegt werden, um deren Vereinigung mit den französischen Streitkräften zu verhindern. Aus dem gleichen Grunde muss auch der Kölner Kurfürst Josef Clemens gebunden werden“, dozierte der Fremde, dem alle Umstehenden achtungsvoll lauschten.
Er stellte sich als Jacob Mandel aus Budapest vor und als Freund des Hauses Goldberg.

Ezechiel bewegte sich sicher und elegant durch die Reihen seiner Gäste, stellte sie da und dort einander vor, versprühte beste Laune.
Katharina, Christians Frau, war mit einem selbst geschneiderten Kleid erschienen, das die Bewunderung und Aufmerksamkeit nicht nur der Damenwelt erregte.
Von der hochgezogenen Taille liefen Bahnen aus grob gewebtem Baumwollstoff bis zum Boden in unterschiedlichen, jedoch fein aufeinander abgestimmten Naturfarben.
Eine Augenweide war der großzügige Ausschnitt, der viel von einem makellosen Busen zeigte und von keinem Hals-

schmuck gestört wurde. Ihr Haar ist hochgesteckt, mit feinen seidenen Bändern, die die Farben des Kleides widerspiegeln und mit silberziselierten Nadeln festgehalten werden.
Katharina interessieren die Gespräche der Männer nicht. Sie beobachtet die Anwesenden und amüsiert sich dabei köstlich.
Sie sieht eine wichtigtuerische Dame mit einer wachsgelben Gesichtshaut, unzähligen Gesichtsfalten und Fingern, die an kalte Nudeln erinnern. Einen rotgesichtigen Monsignore, dem dichte Haarbüschel aus Nase und Ohren wachsen, eine scharwenzelnde Gräfin, die sich mit näselnder Stimme in die Gespräche der Männer einmischt, dazu noch mit einem Schnurrbart, der manch jungem Manne zur Ehre gereicht hätte. Weiters einen an ihr vorbeischleichenden Jüngling, der nicht nur so aussieht, sondern bei dem man auch riecht, dass er zu der Gilde der Bettnässer gehört.
Sie wird von einem Manne angesprochen, der sich als Jurist ausgibt und mit seinen geröteten Augen wie ein Trauernder aussieht. Nichts mit lustig.
Katharina versucht schnell wegzukommen, um weiterhin möglichst ungestört Leute beobachten zu können. Viele Männer drängen sich jedoch zu ihr und bewundern ganz unverblümt ihr Dekolleté. Darum zieht sie das feine Seidentuch von ihren Schultern und verknüpft es so, dass für den Betrachter einiges an Phantasie gefragt ist. Eine reife Frau in der Blüte ihrer Jahre.
Nachdem alle Platz genommen hatten, wurde ein festliches Mahl kredenzt, das ausschließlich aus koscheren Speisen bestand. Den meisten fiel das nicht sonderlich auf.
Christian, der hin und wieder bei Samuel eingeladen war, wusste, dass Fleisch nur von Tieren mit gespaltenen Hufen, zum Beispiel Rindern, gegessen werden durfte. Die Schlach-

tung hatte dabei so zu erfolgen, dass mit dem Schnitt in die Halsschlagader das Tier praktisch verblutete.
Die Fische, die als eine der Vorspeisen gereicht wurden, mussten Schuppenträger sein, was den Aal, den Christian sonst so liebte, ausschloss.
Der feine Nachtisch aus Waldfrüchten konnte besser nicht munden, auch wenn er ohne Sahne angerichtet war, weil Milchprodukte bei einer Mahlzeit, in der auch Fleisch gereicht wurde, nicht verzehrt werden durften.
Natürlich waren eine Reihe von Gästen mit jüdischen Wurzeln anwesend. Offiziell gehörten sie aber der katholischen Kirche an und besuchten regelmäßig die Gottesdienste.
Katharina saß ihrem Manne gegenüber, neben ihr Carl, was sehr unterhaltend war, weil Carl viel von Christian aus ihrer gemeinsam verbrachten Jugendzeit zum Besten gab.
In der Tafelmitte saß Ezechiel, seine Frau und nach einem freien Platz Samuel. Katharina, die neben ihn gesetzt wurde, spürte, dass etwas Feierliches im Gange sein musste. Auf ihre Frage zuckte jedoch Samuel nur geheimnisvoll mit den Schultern.
Der vorzügliche Wein, der gut aber fremdländisch schmeckte, wirkte sich auf die Gesellschaft sehr wohltuend aus. Alles lachte, die ernsthaften Gespräche hatten Themen Platz gemacht, die sich mehr um Mode, gutes Essen und die Liaisons hochrangiger Persönlichkeiten drehten.
Dann erhob sich Ezechiel und augenblicklich trat gespannte Ruhe ein.
„Liebe Freunde, verehrte Gäste“, hob er an, „ ich danke, dass Sie alle gekommen sind um mit meiner Familie ein Ereignis zu feiern, an das meine Frau und ich schon bald nicht mehr zu glauben gewagt haben. Viele Jahre schon waren wir vergeblich auf der Suche nach einer Gemahlin für meinen Sohn.

All unsere Versuche scheiterten jedoch an seinem Widerstand.“

Nun zählte er auf, mit welchen Ausreden sich ihr Sohn immer wieder vor einer Verheiratung gedrückt hatte und erntete dabei viel Gelächter.

„Oftmals schob er seine Arbeit vor, dann wollte er uns gar glauben machen, an Frauen keinerlei Interesse zu haben. Es war zum Verzweifeln. Ein echter Mann braucht aber eine Frau, er braucht Nachkommen, eine Familie eben.“

Nun war also das Geheimnis beinahe gelöst. Daher also der freie Stuhl in der Mitte, dachte sich Katharina und blickte fragend auf ihren Mann. Der zuckte nur die Schultern, schien also auch nichts zu wissen.

Nach weiteren zum Teil sehr heiteren Worten sah Ezechiel auf den so gut informierten Fremden und bat ihn:

„ Jacob, bringst du uns die Blüte deines Hauses?“

Der Mann entfernte sich und kam daraufhin mit einem Mädchen zurück, dessen Gesicht mit einem dünnen Schleier verdeckt war.

Jetzt wurde Ezechiel ganz feierlich: „Darf ich vorstellen, das ist Judith, die wir als Gattin für unseren Sohn auswählen durften.“

Dabei nahm er ihr den Schleier ab und das Gesicht eines jungen Mädchens kam zum Vorschein, das alle Anwesenden in seinen Bann zog.

Artig hatte sich Samuel vor seiner Braut verneigt, auf beide Wangen geküsst und ihr den Stuhl auf seiner Seite zurechtgerückt.

Judith hatte tiefschwarze Augen, hüftlanges schwarzes Haar mit einem Rotschimmer und eine Figur, die keine Wünsche offen ließ. Sie trug keinerlei Schmuck und war auch nicht geschminkt.

Christian, der vorher mit Stolz die Blicke der Männer auf seine Frau, die Mutter seiner Kinder, registriert hatte, war nun vom Anblick Judiths völlig gefangen. Er spürte einen Stich in der Brust, sein Magen fühlte sich seltsam an und die Beine füllten sich wie mit heißem Blei. In seinem Kopf schwirrte es wie in einem Bienenstock. Er wechselte die Gesichtsfarbe, ihm wurde heiß und kalt.

Was ist los mit mir, was geschieht mit mir, das ich nicht beeinflussen kann? Er schüttelte den Kopf, konnte aber seine Blicke nicht von Samuels Braut abwenden. Ihre Blicke trafen sich und das Mädchen schloss für einen kurzen Moment die Augen und schaute nicht mehr zu Christian.

Katharina bemerkte die Veränderung, glaubte den Grund auch zu erraten, gab aber dann dem Wein die Schuld, von dem Christian doch schon einiges intus hatte.

Christian musste sich gewaltig anstrengen, um eine einigermaßen vernünftige Konversation aufrechtzuerhalten. Wie in Trance schloss er sich den Gratulanten an und sog wonnevoll den Duft des Mädchens ein, als er ihre Wangen küsste.

Samuel schien glücklich, seine Eltern waren es sichtlich auch. Sie trugen einen Besitzerstolz zur Schau, der sehr deutlich ausdrückte, wie froh sie waren, endlich die Richtige für ihren Sohn gefunden zu haben.

Auf dem Nachhauseweg brachte Katharina das Gespräch auf die Verlobungsfeier.

„Hübsches Mädchen, oder?“

„Mh.“

„Die könnte dir wohl auch gefallen?“

Nach einer Pause: „Ich hab doch dich!“

„Ja schon, aber wenn du frei wärst?“

„Wenn schon“, zeigte sich Christian wortkarg und gab zu verstehen, dass er nicht mehr weitersprechen wollte.

In seinem Kopf kreiste das Bild von Judith und er konnte denken, was er wollte, es kehrte immer wieder zurück.
Ich muss mich ablenken, noch mehr in die Arbeit stürzen, wieder einmal auf den Berg gehen.
Und danach gleich wieder: Vielleicht könnte ich da Judith mitnehmen, ihr die schönsten Plätze zeigen. Dann verwarf er den Gedanken. Er kam aber wieder, setzte sich fest in seinem Kopf. Samuel müsste man natürlich mitnehmen. Er war sein Freund und sein Partner. Aber hat dieser Stockfisch so ein Mädchen überhaupt verdient? Der ist doch viel zu alt für sie! Liebt er sie? Liebt sie ihn?
Vielleicht hat er kein Interesse an ihr? Aber was will ich, ich hab doch Familie, schlag dir das aus dem Kopf! Aber es ging nicht. An diesem Abend trank er etwas zu viel vom Selbstgebrannten, der sonst als Medizin Verwendung fand.
Sehr früh schon eilte er am nächsten Tag in die Bank. Viele Vorgänge waren zu bearbeiten, unangenehme Dinge, die er schon seit längerer Zeit vor sich hergeschoben hatte. Die immer wiederkehrenden Gedanken an Judith verscheuchte er schon im Ansatz, was ihm mehr oder weniger gut gelang.
Mit Carl kam auch Samuel und … seine Braut.
„Ich muss doch meiner Zukünftigen meinen Arbeitsplatz zeigen und meine Freunde vorstellen, weil das gestern doch nicht so richtig möglich war“, plauderte Samuel ganz ungezwungen.
Wie scheu sie ist, dachte sich Christian, dessen Herz wie wild zu klopfen begann.
„Schaut euch nur um, ich muss das und das noch schnell fertig machen“, schob Christian wichtige Arbeiten vor und hoffte, dass er sich wieder besser in den Griff bekommen würde.
Zu überraschend für ihn war Judith wieder in sein Blickfeld

gerückt. Er dachte ganz fest an seine Frau, seine Kinder, seinen Hof und seine Freunde, wollte, musste sich ablenken, mit aller Gewalt. Er stürmte aus dem Hause und hinterließ eine Nachricht, wonach er unbedingt einen Termin in der Residenz wahrzunehmen hatte.

Judiths Vater war wieder abgereist. Er war erfolgreicher Schmuckhändler in Budapest.
Seine Frau war schon früh gestorben und er war froh, seine nicht immer leichte Vaterrolle an die Eltern seines künftigen Schwiegersohnes abgeben zu können.
Judith wohnte nun bis zu ihrer Verheiratung zusammen mit ihrer Gouvernante in einem Nebenhaus des Anwesens ihrer Schwiegereltern.
Die Umgangssprache war vorerst Französisch, weil Judith zwar ausgezeichnet ungarisch aber kaum deutsch sprach. Eine Privatlehrerin aus Salzburg sollte ihr möglichst schnell die nötigen Sprachkenntnisse beibringen. Die Braut war mit der Wahl ihres Bräutigams einverstanden und fühlte sich im Kreise seiner Familie sehr wohl. Sie fand auch die Freunde ihres Zukünftigen sehr sympathisch, gaben sie ihr doch das Gefühl, schon lange dazuzugehören.
Nur Christian verwirrte sie. Sie wusste nicht recht, was sie von ihm halten sollte. Ging er ihr aus dem Wege? Mochte er sie nicht? Dabei wünschte sie sich so sehr seine Freundschaft. Der beste Freund von Samuel sollte doch auch ihr ein guter Freund werden.

Wie von ihm beabsichtigt, hatte die Gouvernante sehr schnell das Handtuch geworfen. Der steile Anstieg war für ihre Konstitution zu viel. Auch Schuhe und Garderobe waren höchst unpassend für eine Bergtour.

Immer wieder hatte Christian bei seinen Begegnungen mit dem Brautpaar auf die Schönheiten seines Berges hingewiesen.
Samuel war es dann, der seiner Braut empfahl, doch einen kleinen Ausflug mit seinem Freund zu unternehmen. „Ihr könnt doch die Gouvernante mitnehmen, die hat so etwas auch noch nicht gesehen", riet er augenzwinkernd.
Nun war also Christian allein mit Judith. In seinem Kopf rauschte und brauste es. Er war förmlich betört von ihrer Anwesenheit und befand sich genau in der Situation, die er sich immer wieder erträumt aber auch irgendwie gefürchtet hatte.
Judith schien glücklich, hörte seinen Erklärungen zur Flora und Fauna gerne zu. Es störte sie auch nicht, dass er hin und wieder den Arm um ihre Schulter legte oder ihre Hand ergriff, um ihr eine seltene Blume oder einen bunten Vogel zu zeigen.
Sie war froh, dass das Eis, das bisher zwischen ihnen lag, gebrochen war und bemühte sich ihrerseits besonders aufmerksam und heiter zu erscheinen.
Christian stand nun knapp hinter ihr, nahm ihre Hand und zeigte in Richtung Festung. Er ließ ihre Hand nicht mehr los, sog den Duft ihres Körpers ein und fühlte eine wilde Glut durch seinen Körper fließen. Er war wie betäubt, zitterte am ganzen Körper.
„Was ist mit dir", wollte nun das Mädchen wissen und berührte mit ihren Fingern vorsichtig seine Stirn.
Nun war es um ihn geschehen.
Er riss Judith an sich, bedeckte ihr Gesicht mit seinen Küssen, stammelte wirr, unzusammenhängend, unverständlich in einer Sprache, die sie nicht verstand. Er drückte sie zu Boden und seine Hände betasteten ihren Körper.

Judith war wie paralysiert. Diesen Überfall hatte sie nicht erwartet. Christian, der nette, freundliche, der beste Freund ihres Verlobten? Die Kehle war ihr wie zugeschnürt.
Da begann Christian ihre Kleider hochzuschieben. In diesem Moment löste sich ihr Schock.
„Nein“, schrie sie aus tiefer Kehle: „Nein, nein, nein!“
Ihre Gliedmaßen funktionierten auch wieder. Sie strampelte mit aller Macht mit ihren Beinen, traf Christian mit dem Knie an einer sehr empfindlichen Stelle, die ihn aufstöhnen ließ, und schlug ihn mit beiden Händen mehrmals ins Gesicht.
Als würde er aus einem bösen Traum erwachen, rollte er sich seitlich auf den Waldboden, blieb auf dem Bauch liegen und schlug mit Händen, Füßen und seinem Gesicht mit aller Kraft immer wieder in die steinige Erde.
Und auch er schrie jetzt wie ein weidwundes Tier: „Nein, nein, nein!“ Tränen strömten aus seinen Augen, die sich mit Blut und Erde vermischten. Ein Schüttelfrost überzog seinen Körper.
Judith rappelte sich auf. Sie sah ihren Peiniger nicht an. Sie entfernte sich ganz vorsichtig von ihm. Dann lief sie, so schnell sie nur konnte, bergab in Richtung ihrer Wohnung.

Unterwegs stieß sie auf ihre Gouvernante, die fröhlich ein Lied trällernd im weichen Grase saß.
Völlig aufgelöst, zuerst stockend und wild durcheinander, berichtete Judith von ihrem Erlebnis. Dabei blickte sie immer wieder ängstlich zurück, als erwarte sie jeden Augenblick eine erneute Attacke.
Nachdem sich die Begleiterin nach und nach ein Bild machen konnte, schalt sie sich, dass sie ihrer Aufsichtspflicht nicht nachgekommen war.

„Das hätte ich erwarten müssen“, gestand sie sich und ihrer Schutzbefohlenen.

Du und ein Mann, der es noch einmal wissen will, allein auf einem Berg! Es grenzt fast an ein Wunder, dass nicht mehr passiert ist. So sind eben die Männer, und ich hätte es ahnen müssen. Ich trage die Schuld und ich habe die Verantwortung!“

Nun war es Judith, die sie tröstend an der Schulter nahm. Du kannst gar nichts dafür. Die Schuld liegt allein bei Christian. Samuel wird sich sehr wundern, was er für einen Freund hat!“

Die beiden Frauen berieten, was zu tun war. Sie wollten keinen Fehler machen, nichts Übereiltes tun.

„Ich werde in Zukunft besser auf dich aufpassen“, versprach die Ältere. „Ich weiß genau, wie du auf Männer wirkst. Ein Blick mit deinen Augen, ein leichtes schürzen deines Mundes oder die anmutige Drehung deines Körpers lassen bei den meisten Männern Wünsche aufflammen, die kaum einzudämmen sind. Eine günstige Gelegenheit und jederzeit kann es, so wie heute, wieder passieren. Insofern dürfen wir mit Christian auch nicht zu hart ins Gericht gehen. Ich spreche mit ihm und erst dann entscheiden wir, inwieweit wir Samuel oder sonst wen, vielleicht auch Katharina, einweihen müssen.“

Die Gouvernante, die nur mit ihrem Vornamen Maria angesprochen werden wollte, entstammte einem angesehenen, aber verarmten ungarischen Adelsgeschlecht.

Sie bewegte sich auch wie eine Aristokratin, war charmant, jedoch von einer natürlichen Distanz, die ihr überall Achtung entgegenbrachte. Aus vielen Gesten und Blicken merkte man, wie sehr sie ihrer Schutzbefohlenen zugetan war.

„Wir haben dich zu lange im Verborgenen gehalten. So

konntest du nicht wissen, wie du auf Männer wirkst. Dein Vater wollte das so, aber es war falsch. Du musst auch diese Seite der Welt kennenlernen", versuchte Maria zu erklären. Esther und Ezechiel Goldberg waren beeindruckt von dieser Frau, der sie spontan ihre ganze Sympathie schenkten.
„Da hat uns Jacob Mandel neben seiner Tochter einen weiteren Schatz ins Haus gebracht", waren sich Samuels Eltern einig.

Christian rannte nach Hause. Beschämt und voller Gewissensbisse. Er sah fürchterlich aus. Er wusch sich, packte seine Bergausrüstung und verschwand wieder.
„Ich muss mal raus!", rief er zurück, ohne näher auf Katharinas fragenden Blick einzugehen.
Wie von Furien gehetzt, raste er auf den Berg zu.
Automatisch nahm er den Weg Richtung der beiden Zwillingslöcher, die man vom Tale aus gut erkennen konnte. Dort war er einmal mit seinen Freunden bei dem vergeblichen Versuch, eine der beiden Höhlen zu erforschen. Seither hatte er oft an ihre Tour gedacht und sich immer wieder vorgenommen, noch einmal, besser vorbereitet und ausgerüstet, einen Vorstoß zu unternehmen.
Nun war es so weit. Er stürmte voran und kam rasch vorwärts. Immer wieder erschien ihm das Gesicht Judiths. Enttäuscht, verängstigt, überrascht und er erinnerte sich an ihr hilfloses Gestrampel und den verzweifelten Schrei, der ihn einigermaßen zur Besinnung brachte. Er fühlte sich hilflos, ausgeliefert, beschämt und er wusste nicht, wie sein Leben weitergehen sollte.
Mit Absicht passierte er den Weg dicht an der Bärenhöhle vorbei. Er hatte sein Messer gezogen, um es auf einen Kampf auf Leben und Tod mit der Bestie ankommen zu lassen.

So geräuschvoll er sich auch gab, zornige Laute ausstoßend, keiner der Bären tat ihm den Gefallen.
Er kletterte weiter und befand sich schon bald vor der Wand, die es zu überwinden galt, um in eine der Höhlen zu gelangen.
Er überwand die Höhe problemlos, obwohl er nicht die geringste Acht auf seine Sicherheit nahm. Dann stand er vor dem schwarzen Loch, das eine unheimliche Aura verbreitete.
Nach dem Anbrennen einer Fackel drang er in die Dunkelheit ein, stürzte und rutschte ein gehöriges Stück bergab.
Die Fackel fest in der Hand, sah er sich um. Tief im Inneren bemerkte er ein seltsames Leuchten. Er ging darauf zu. Er spürte Eis unter seinen Füßen, obwohl es Sommer war, aber er achtete nicht sonderlich darauf. Ein paar Mal strauchelte er, rappelte sich wieder hoch und wurde weiter von dem seltsamen Licht wie magisch angezogen.
Dann befand er sich auf einmal in einem riesigen Raum mit Säulen und bizarr geformten Gebilden aus Eis, die bis hoch an die Decke des Gewölbes reichten. Eine schier endlos große Halle mit unzähligen Eisskulpturen, wie er sie noch nie vorher gesehen hatte.
Im Schein des flackernden Lichtes seines Kienspans fingen die Gebilde plötzlich an, sich hin und her zu wiegen, so als wollten sie tanzen. Sie trugen plötzlich Kleider aus durchsichtiger Seide mit langen Bändern, die sich flatternd bewegten. Dabei wurden sie immer schneller. Christian drehte sich mit und er drehte sich, immer schwindeliger werdend, bis er stolperte, stürzend nach einer Säule griff, mit dem Kopf dagegenprallte und bewusstlos zu Boden sank.
Nun sah er sie ganz deutlich, die Geister des Berges, wie sie nach ihm griffen, wie sie seine Kehle zuschnürten und ihm

den Atem nahmen. Manche hatten das Gesicht von Samuel, manche glichen der Natter, dem Tutsch und dem Kohlinger. Manche der Geister wollten ihm zu Hilfe kommen; schemenhaft erkannte er das Gesicht von Katharina und auch das Antlitz seiner Eltern. Ein wildes Gezerre entstand, er fühlte sich in Wasser getaucht, auf den Kopf geschlagen und spürte das Blut, das ihm aus der Nase lief.
Er tastete mit der Hand danach und kehrt aus seiner Bewusstlosigkeit zurück.
Es war kalt und stockfinster. Die Fackel war erloschen und er wusste nicht, wo er sich befand. Er tappte auf dem vereisten Boden herum, erhob sich mit weichen Knien und versuchte sich zu orientieren, sich wieder zu erinnern, wie er hierher gekommen war.
Er spürte, wie Blut aus seiner Nase troff und versuchte es mit Hilfe des eisigen Wassers zu stillen.
Da bemerkte er einen leisen Lufthauch, der beständig aus einer Richtung kam.
Er tastete sich dorthin und redete sich ein, dass der Luftzug mit jedem seiner vorsichtigen Schritte etwas wärmer wurde.
Dann wurde es, zuerst minimal und später dann immer heller, als er die Einstiegsöffnung erreichte. Es dämmerte bereits und er errichtete sich im Eingangsbereich der Höhle ein dürftiges Nachtlager.
Er überdachte das Erlebte und nahm sich vor, am nächsten Tag einen weiteren Vorstoß in das Innere der Höhle zu unternehmen.
Darauf konzentrierte er sich nun, um alle Gedanken an die Ereignisse, die ihn zu seiner Flucht veranlasst hatten, zu verdrängen.
Trotzdem wusste er sich keinen Rat und dachte, dass ihm vielleicht die Geister in der Höhle weiterhelfen könnten. Er

fragte sich, ob das, was er in der Höhle erlebt hatte, Wirklichkeit war oder einem Traum zugrunde lag.

19

Carl suchte Katharina auf, um den Grund von Christians Fernbleiben zu erfahren. Fabian, der in der Bank arbeitete, gab sich nämlich eher verschlossen.
Judiths Gouvernante machte einen Antrittsbesuch und erkundigte sich so nebenbei auch nach dem Herrn des Hauses.
„Oh, er ist auf den Berg. Ihn hat es wieder einmal gepackt. Ich kann noch nicht genau sagen, wann er wieder zurückkommt, aber ich denke bald“, redete sich Katharina hinaus.
Das Verhalten ihres Mannes wurde ihr immer rätselhafter. Er war ihr immer ein guter Ehemann, ein treusorgender Familienvater und ein verlässlicher Partner.
Sie machte sich Sorgen, obwohl sie um seine Umsicht wusste. Der Berg hatte aber schon manchen, der ihn bezwingen wollte, verschlungen. Wilde Geschichten und Fabeln kreisten um den Untersberg, kein Menschlicher konnte sich den unsichtbaren Mächten entziehen, wenn sie einen ins Verderben stürzen wollten. Das erzählten die Alten rund um den Berg. Irgendetwas musste an den Geschichten dran sein. Vor diesen Geschichten war auch Katharina nicht ganz gefeit.
„Fabian“, forderte sie deshalb ihren Zweitgeborenen auf, „du musst Vater suchen. Viele Leute fragen nach ihm und mir fallen keine Ausreden mehr ein. Auch mache ich mir ernsthaft Sorgen. Vielleicht liegt er irgendwo verletzt auf diesem Mörderberg oder er hat sich in irgendeiner dieser zahlreichen Höhlen verirrt und findet nicht mehr heraus.

Bitte geh und hol Vater zurück", flehte sie.
„Er hat immer von diesen Zwillingshöhlen gesprochen, die anscheinend seine Phantasie anregten. Dort könnte ich ihn zuerst suchen. Ansonsten wüsste ich nicht wohin. Der Berg mit seine Schroffen und Höhen, mit seinen Wänden und Höhlen ist unendlich. Da wird es schwer sein, vor allem dann, wenn er so schnell nicht zurück möchte. Wer weiß, vielleicht hatte er einmal gründlich die Nase voll von uns und braucht halt Zeit, bis er wieder ins Tagesgeschehen eingreifen möchte. Dem ist pudelwohl, das weiß ich", tröstete er die Mutter, machte sich aber insgeheim auch Sorgen. „Ich nehme auch seinen Lieblingshund mit, der findet ihn bestimmt", machte sich Fabian Mut und versuchte damit auch seiner Mutter Zuversicht zu vermitteln.
„Nimm genügend Proviant, Verbandszeug, Stricke und warme Sachen mit, man weiß ja nie...", riet die Mutter.
„Ich schicke nach meinem Bruder. Der kann sich ruhig wieder etwas nützlich machen bei uns. Du kannst dir also so viel Zeit nehmen, wie du brauchst, um Vater zu finden", kam Katharina seinem Einwand zuvor.

Wie viele Tage Christian schon in den beiden Höhlen verbracht hatte, wusste er nicht. Er konnte Tag und Nacht kaum unterscheiden und hatte sich an das Dämmerlicht gewöhnt, das in den beiden Höhlen ein wenig die Orientierung erleichterte.
Leichtsinnig, als bedeute ihm sein Leben nichts, tappte und forschte er in immer neuen Gängen, Schluchten und Hallen, war fasziniert von der nie gesehenen Pracht, schlitterte auf dem eisigen Boden, stürzte immer wieder und rutschte manches Mal viele Meter in die Tiefe.
Seine Schuhe hatte er, um einen besseren Halt zu haben, mit

Stricken umwickelt und er entwickelte allmählich ein Gespür dafür, wo er gefahrlos hintreten konnte, weil Steine und Sand ein Ausgleiten verhinderten. Hunger verspürte er nicht und Trinkwasser gab es genug.

Allmählich wich der Vorfall mit Judith aus seinem Gedächtnis. Gedanken an Geschäft und Familie verdrängte er bewusst.

Auf einmal hörte er von draußen Hundegebell, das ihn neugierig machte, weil er glaubte, das Gebell zu erkennen. War Nero, sein Lieblingshund vor der Höhle? Wie hatte ihn der Treue nur gefunden?

Das Gebell ging in Winseln über, als der Hund, der unterhalb der Wand stand, seinen Herren erblickte. Immer wieder sprang er hoch, rutschte aber an der steilen Wand ab und beruhigte sich auch nicht, als Christian ihn zu beschwichtigen versuchte.

Als er sich zu Nero abseilen wollte, bemerkte er vor der anderen Höhle eine Kraxe mit einem darüber geworfenen Rock, der ihm bekannt vorkam.

War Fabian hier oben?

Plötzlich überkam ihn das schlechte Gewissen. Er hatte seine Familie im Ungewissen gelassen, sich, wer weiß schon wie lange nicht gemeldet. Deshalb war Fabian hier, worüber es wegen des Hundes und der Kraxe keinen Zweifel gab.

Wo aber war der Sohn? Wahrscheinlich suchte er ihn in der Höhle, vor der seine Kraxe stand.

Christian entfachte rasch eine seiner Fackeln und betrat die Höhle, die er bereits gut kannte.

Er rief den Namen seines Sohnes, immer wieder, was einen gewaltigen Widerhall erzeugte, der aus den vielen Gängen und Verzweigungen zurückgeworfen wurde.

Fabian gab keine Antwort. Dafür bemerkte nun Christian

Steine, die wie auf einer Kette aufgereiht waren und sicher von Fabian stammten, der damit seinen Rückweg markieren wollte.
Schlauer Bursche, murmelte Christian und folgte nun der Spur.
Als er die Richtung ahnte, die Fabian eingeschlagen hatte, stieg Angst in ihm auf.
Der wird doch nicht?, dachte er mit Entsetzen.
Hinter einer Reihe eng stehender Tropfstein- und Eissäulen wurde nämlich der vereiste Boden plötzlich abschüssig, um nach wenigen Metern senkrecht in die Tiefe zu stürzen.
Auch er war einmal nicht achtsam genug. Er hatte sich jedoch im letzten Augenblick, mit dem Griff nach einer Tropfsteinsäule, gerade noch vor dem Absturz retten können.
Seine Befürchtung wurde zur Gewissheit. Plötzlich fehlten die richtungsweisenden Steine, gerade an der Stelle, wo sich der Absturz befand.
Christians Kehle war wie zugeschnürt. Er musste rasch handeln. Wie lange war Fabian schon hier? Stunden oder Tage?
Christian eilte zurück und holte alle Stricke, über die er verfügte.
Nero, der sich wie verrückt gebärdete und der ihm vielleicht bei der Suche nach Fabian hätte helfen können, ließ er vorerst zurück.
Er band die Stricke zu einem Seil zusammen, verkeilte den Anfang in einer Felsspalte und glitt auf der eisigen Fläche bis zur Absturzkante.
Er sah nur in ein schwarzes Loch. Deshalb warf er seine Fackel hinunter, die ein paar Mal aufprallte und nach geraumer Zeit die tiefste Stelle erreichte.
Ehe sie erlosch, sah Christian eine Gestalt am Boden liegen, bei der es sich nur um Fabian handeln konnte.

Er brüllte mehrmals seinen Namen, die Antwort war jedoch nur sein eigenes Echo.
Die Gedanken jagten durch Christians Kopf. Was war zu tun? Ein Abstieg unmöglich, hätte zumindest schwere Verletzungen nach sich gezogen und einen Wiederaufstieg ohnehin unmöglich gemacht.
Ein langes Seil musste her und zwar auf schnellstem Wege.
Christian kletterte zurück und lief, so schnell er nur konnte, ins Tal.
Er traf auf Martin, unterrichtete ihn mit wenigen Worten und suchte mit ihm alles zusammen, das für ein langes Seil verwendet werden konnte.
Sein Schwager Rudolf sollte auf dem schnellsten Wege bei einem der Nachbarn ebenfalls Stricke und Seile besorgen und sofort nachkommen.
„Lieber Gott", flehte Christian immer wieder, „lass Fabian leben." Er versprach dem Herrgott dafür alles und legte ein Gelübde nach dem anderen ab.
Traurig und mit vorwurfsvollem Blick sah ihn Katharina an, ohne dass ein einziges Wort über ihre Lippen kam. Er sah sie den Rosenkranz nehmen und sich im Herrgottswinkel niederknien.
Christian sah zum Fürchten aus. Hohle Wangen, unrasiert und die schwarz umränderten Augen tief in ihren Höhlen. Seine Kleidung zerrissen , blutverkrustet und verdreckt. Viele Bekannte hätten ihn nicht wiedererkannt.

An dem endlos langen Seil, das aus vielen Einzelteilen zusammengeknüpft war, ließ sich Christian selbst in die Tiefe.
Die Rufe nach dem Verunglückten blieben unbeantwortet.
Große Hoffnung hatte niemand mehr.
Inzwischen war wieder ein Tag vergangen und es war der

fünfte Tag, nachdem Fabian aufgebrochen war, nach seinem Vater zu suchen.
Fabian war tot.
Sein steifer Körper wurde von den Helfern hochgezogen und dann das Seil wieder hinabgelassen, um auch dem Vater den Aufstieg zu ermöglichen.
Der saß in sich zusammengesunken am Boden und fasste, trotz aller Rufe, nicht nach dem Seil. Es war, als wolle er bleiben, um so seinen Frieden zu finden.
Nachdem ihn Martin immer wieder gerufen hatte, raffte er sich aber dann doch zusammen und kletterte hoch.
Sein Blick war leer, sein Haar weiß geworden.

Nach der Beerdigung nahm Martin seinen teilnahmslosen Vater auf die Seite und redete so lange auf ihn ein, bis es aus Christian plötzlich hervorbrach. Er beschuldigte sich nicht nur, am Tod Fabians Schuld zu sein. Er erzählte ihm auch unter Weinkrämpfen von seiner Untat, wie er sie bezeichnete, gegenüber Judith.
Du musst mit ihr reden, sie für mich um Verzeihung bitten, ihr jede gewünschte Genugtuung anbieten. Ich habe nicht die Kraft dazu, ich bin zu feige, am liebsten würde ich Schluss machen. Mein Leben hat keinen Sinn mehr!“

„Das mit Judith, das hätte mir auch passieren können“, versuchte Martin seinen Vater zu beruhigen. „Das Mädchen ist so verführerisch, da würde jeder Mann schwach, wenn ihm so eine günstige Gelegenheit geboten wird.
Ich rede mit ihr und glaube auch nicht, dass sie den Vorfall groß erzählt hat. Samuel war nämlich erst gestern bei uns und hat sich völlig normal verhalten, als er sich nach dir erkundigte.“

Was sein Vater nicht wusste: Martin war bei der Verlobungsfeier ebenfalls von der Anmut und Schönheit Judiths fasziniert.
Die könnte mir auch gefallen, sagte er sich immer wieder. Samuel ist ohnehin viel zu alt für sie. Außerdem war es auch nicht seine Wahl; sie wurde ihm von den Eltern präsentiert, vielleicht liebt er sie überhaupt nicht?

Er machte sich umgehend auf den Weg zum Anwesen der Goldbergs und traf auf Maria, Judiths Gouvernante. Maria war vom tragischen Bergtod Fabians tief betroffen, sie kannte auch die Umstände und ahnte, dass der Anfang dieses Dramas mit ihrer Schutzbefohlenen und Martins Vater zu tun hatte.
„Ich glaube zu wissen, warum Sie Judith sprechen wollen. Vorher sollten uns aber wir zwei miteinander unterhalten, wenngleich ich der Überzeugung bin, dass Ihr Vater über kurz oder lang hier auftauchen wird."
„Mein Vater ist krank. Er ist nicht mehr er selbst. Er macht sich große Vorwürfe, hat sich von allem zurückgezogen. Er arbeitet nicht mehr in der Bank und den Hof will er in Kürze mir überschreiben. Er hat einfach keinen Lebensmut mehr, wir haben große Angst um ihn."
„Das, was zwischen Ihrem Vater und Judith vorgefallen ist, wollen wir ganz schnell vergessen. Wir wollen nicht noch mehr Salz in die Wunde streuen. Das ist auch für Judith das Beste. Sie hat keinerlei körperlichen Schaden erlitten und weiß, dass so etwas immer wieder passieren kann, wenn sie sich nicht anders verhält. Jedes schöne Mädchen muss wissen, wie es sich Männern gegenüber zu verhalten hat, wenn es allein mit ihnen ist.
Hier muss ich mir auch den Vorwurf gefallen lassen, meine

Aufsichts- und Aufklärungspflicht vernachlässigt zu haben", wandte die Gouvernante ein und fügte hinzu: „Deshalb müssen Sie nicht mehr mit ihr sprechen. Wir haben das bereits unter uns besprochen und geklärt."
„Mein Vater hat aber darauf bestanden, dass ich Judith persönlich sein großes Bedauern mitteile und sie um Verzeihung bitte", schwindelte Martin ein bisschen.
Er wollte Judith unbedingt sehen, selbst im Beisein von Maria.
Das Gespräch dauerte sehr lange. Judith fühlte sich auf seltsame Weise zu Martin hingezogen.
Auch Maria, die sie beide vergessen zu haben schienen, bemerkte dies und ihr wurde himmelangst. Bitte keine neuen Komplikationen, beschwor sie sich im Stillen und drängte auf ein Ende des Gespräches. Was sie auch vorbrachte, die beiden jungen Leute nahmen es einfach nicht zur Kenntnis, stellten sich taub.
„Besuch uns doch einmal, Mutter würde sich bestimmt freuen. Auch Vater würdest du sehr helfen und ihn von seiner verzweifelten Niedergeschlagenheit ein wenig befreien.
Ich berichte ihm gerne, dass du ihm nichts nachträgst. Da nimmst du ihm einen Teil von seiner großen Bürde. Zudem trägt er am Tode von Fabian schwer."
„Ich komme gerne, weil mich die Landwirtschaft sehr stark interessiert, das war schon in Ungarn so."
Auf einmal, dachte sich Maria, dieses Interesse hatte sie nie erkennen können. Hoffentlich geht alles gut. Ich muss mit Samuel reden, dass er die Hochzeit nicht zu lange hinausschiebt, nahm sie sich vor.

Von da ab kam Martin öfters zu den Goldbergs. Immer schob er einen wichtigen Grund vor und auch Maria musste

Judith das eine um das andere Mal auf den Brandstädter Hof begleiten.
Christian war nicht wiederzuerkennen. Nicht nur Äußerlich wirkte er wie ein Toter.
Katharina, die ihren Schmerz allein trug, versuchte ihn immer wieder aufzumuntern, ihn an den Arbeiten am Hof zu interessieren, scheiterte jedoch an der völligen Apathie ihres Mannes.
Er zog sich für immer längere Zeiten auf den Berg zurück, durchstöberte die Höhlen, versuchte, unzureichend ausgerüstet, mehrmals vergeblich den Aufstieg auf einen der Gipfel.
Dann überbaute er den Eingang zu einer der Höhlen mit einem Holzverschlag, auf dessen Giebel er ein hölzernes Kreuz anbrachte. Das war sein neues Zuhause, er wurde zu einem Einsiedler, der sich von den Früchten und Tieren des Waldes ernährte und von dem, was ihm seine Leute zum Essen brachten.

Zur Hochzeit von Martin und Judith kam er nicht.
Als die beiden ihn mit ihrem ersten Kind besuchten, redete er nur von Schuld und Sühne und betete laut um Vergebung.
Tief erschüttert verließ ihn die junge Familie.

Die Kaiserlichen hatten die Bayern besiegt und besetzten vorerst einige Teile des Landes. Die Habsburger wollten einfach Präsenz zeigen und dem Kaiser kam es darauf an, weitere Kriegshändel mit dem Nachbarn zu vermeiden
Eine Abordnung von Soldaten erschien auch in Berchtesgaden, die kaiserlichen Befehl vorgaben, nachdem auch der Berchtesgadener Souverän mit den Franzosen koalierte.
Anführer war Tutsch, der, wie sich später herausstellte, auf

eigene Verantwortung gehandelt hatte. Er rückte nach Schellenberg vor, wo er seine Leute einquartierte.
Er konnte nicht schnell genug nach Grafengaden kommen und passierte den Grenzturm, nicht uniformiert, als einfacher Geschäftsmann mit einem kleinwüchsigen Begleiter. Beide mit falschen Papieren.
Sie nahmen sich in einer nahen Herberge ein Zimmer, besuchten rundherum Gaststätten und Tavernen und wussten bald, wo Tutsch seinen Todfeind zu suchen hatte.
„Der lebt kaum noch, besteht nur noch aus Haut und Knochen“, hörte er immer wieder, wenn er wie beiläufig die Rede auf Christian Brandstädter brachte.
Er konnte also seine Soldaten in Schellenberg lassen. Andernfalls hätte das zu ernsten politischen Konsequenzen führen können.
Aber mit einer halben Portion wollte er schon selber abrechnen. Er hatte noch die Natter auf seiner Seite, die ihn in Wien gesucht und gefunden hatte. Das hatte er sich vorgenommen. Sein Hass auf Christian hatte sich tief in ihn hineingefressen. Er wollte ihn schinden und leiden lassen und seine Vorfreude auf die Qualen, die Christian bevorstanden, ließen ihn wohlig erschauern.
Seine Familie sollte ebenfalls büßen. Der Hof sollte brennen, lichterloh, so, dass man den Feuerschein bis Salzburg sehen könnte. Heimlich beobachtete er das Anwesen und die emsige Betriebsamkeit seiner Bewohner.
Die werden bald um ihr Leben rennen, war er sich gewiss.

Der erste Schnee war gefallen und mit ihm kam die große Kälte.
„Wir müssen nach Vater schauen“, sagte Katharina zu ihrem Sohn.

„Der kommt schon zurecht, ich hab ihm erst vor kurzem Holz genug hinaufgebracht, das reicht leicht für den ganzen Winter."
„Trotzdem mach ich mir große Sorgen. Wenn er wenigstens im Winter wieder heim käme."
„Ich geh morgen zu ihm und versuche ihn zu überreden. So ist es ja auch kein Zustand, die Leute lachen über ihn und das hat er nicht verdient. Also, lass mich nur machen, ich bringe ihn schon zurück."

Ein paar Tage später brachte Martin seinen Vater.
Er war tot. Von hinten erstochen, umgebracht von einem Meuchelmörder. Auch Nero, der ihm treu ergeben war, lag tot mit einer Schussverletzung vor der Höhle.
Wer konnte das getan haben? Was hatte sich abgespielt in der Klause?
Ein großes Rätselraten begann.
„Vater hatte doch keine Feinde", schluchzte Katharina. „Er war aller Leute Freund, hat die Hälfte seines Anteils an der Bank den Armen vermacht. Ich kann es nicht fassen, es will mir einfach nicht in den Kopf!"
Einen Tag später, als sie die paar in der Höhle verbliebenen Habseligkeiten Christians zu Tal brachten, fanden sie Natter, der anscheinend verblutet und erfroren war. Zankende Krähen und Geier machten sie auf die Fundstelle aufmerksam. Er hatte eine tiefe Bissverletzung an einer Schlagader, die ihm Nero beigebracht haben konnte.
Darüber hinaus hatte sich allerhand Raubzeug um den Toten „gekümmert".

Als die Trauergäste nach der Beerdigung im Wirtshaus zusammensaßen, berichteten einige Gäste von einem Fremden, der sich auffällig oft nach Christian erkundigt hatte. In seiner Begleitung meist ein ganz in Schwarz gekleideter kleiner Mann mit einem verschlagenen Gesichtsausdruck. „Wahrscheinlich sein Diener", mutmaßten sie. „Es könnte durchaus der sein, den sie am Berg so übel zugerichtet gefunden haben."

Sie sprachen Wiener Dialekt und der Größere war nach der neuesten Mode gekleidet und sehr spendierfreudig.

Martin konnte mit dieser Information fürs Erste nichts anfangen, zu sehr war er noch mit seinen Gedanken bei seinem Vater. Rudolf aber und gleich danach Carl befiel ein furchtbarer Gedanke, der zur Gewissheit wurde, als die Leute die Fremden noch besser beschrieben.

„Schnell zum Haus", rief Rudolf, packte seinen Rock und war schon auf dem Wege.

Viele der männlichen Trauergäste, die nicht wussten, um was es ging, folgten ihm. Eine unbekannte Gefahr drohte anscheinend dem Anwesen der Brandstädter. Das Haus war bis auf das Kind und eine Magd verlassen; alle waren bei der Beerdigung.

Tutsch nutzte die Abwesenheit der Bewohner. Zu gerne hätte er zwar einige von ihnen im Feuer umkommen lassen, aber so war es besser für seine eigene Sicherheit.

Er hatte viel Zeit. Der Wind stand günstig. Wenn er zuerst die Scheune anzündete, würden die Flammen schnell auf das Wohngebäude und die Stallungen übergreifen.

Das trockene Holz, das für den Winter vor dem Haus aufgerichtet war, würde seinem Vorhaben weiter entgegenkommen.

Er dachte zurück an seine Kindheit. Wieder einmal überkam ihn tiefe Bitterkeit. Wie sehr hätte er sich vorstellen können, auf einem begüterten Landgut im Kreise einer glücklichen Familie aufzuwachsen. Satt dessen vegetierte er mit seiner alleinstehenden Mutter in einer verdreckten Bude, aus der er jedes Mal zu verschwinden hatte, wenn seine Mutter Herrenbesuch empfing. Seinen Vater besuchte er anfänglich hin und wieder im Gefängnis.

Dann musste er für seine Mutter betuchte Freier heranschaffen, von deren Lohn sie sich einigermaßen über Wasser halten konnten. Nebenher erleichterte er so manchen Passanten um seine Brieftasche. Seine Methoden der Geldbeschaffung wurden dabei immer brutaler.

Jegliches Gerechtigkeitsempfinden war ihm abhanden gekommen.

Dann traf er auf Tutschburg, der anscheinend Gefallen an seiner Mutter fand. Kurz vor seinem Tode heiratete er seine Mutter, adoptierte ihn und machte ihn zum Erben.

Den Salzburger Nachlass legte er ihm besonders ans Herz.

„Vertreibe die Bande vom Hof, nimm keine Rücksicht, scheue keine Gewalt. Ich weiß, dass du dafür der richtige Mann bist", keuchte er noch kurz vor seinem Tode hasserfüllt heraus.

In der Scheune lagerte bis zur Decke trockenes Heu. Es wartete scheinbar nur darauf, in Flammen aufzugehen. Büschelweise warf es der Eindringling in die Luft und sog den Duft der getrockneten Blumen, Gräser und Kräuter fast wie im Rausch tief in sich hinein. Er lachte und hüpfte wie ein Kind nach einem gelungenen Streich in der Scheune herum

Nun war er in seinem Element; fühlte sich stark und freute sich diebisch auf sein Werk. Auf das, was er zu tun gedachte.

Er hatte ein Säckchen Schwarzpulver mitgebracht. Das schüttete er vor ein größeres Büschel Heu, ging einige Schrit-

te zurück und schoss mit seiner Handfeuerwaffe hinein.
Die daraufhin entfachte Stichflamme entzündete nicht nur das Heu. Durch den von Tutsch aufgewirbelten Heustaub entstand eine Verpuffung, die im Nu auch seine Kleider erfasste.
Er begriff nicht sofort, was passiert war. Er fasste sich ins Gesicht und hatte plötzlich große verrußte Hautfetzen in den Händen. Dann schlug er wie wild auf seine brennenden Kleider, wollte sie herunterreißen, schaffte es nicht, sprang zum Scheunentor zurück und wollte den Riegel, den er vorher, um nicht überrascht zu werden, zugeschlagen hatte, zurückschieben. Das gelang ihm nicht mehr. Er fluchte und schimpfte auf Gott, war halb wahnsinnig vor Angst, keuchte und rang nach Luft.
Er brannte nicht nur, er bekam auch immer weniger Luft. Die Verpuffung hatte seine Atemwege blockiert.
Während sich im Innern der Scheune das Feuer immer weiter ausbreitete, sank der Brandstifter leblos zu Boden.
Er vernahm nicht mehr die Rufe der Ankommenden und deren Löschversuche.
Die beschränkten sich notgedrungen auf das Wohnhaus und die anderen Gebäude; Gott sei Dank hatte sich der Wind gedreht. So wurde nur die Scheune ein Raub der Flammen.

Drittes Buch

1

Der Widerhall der Schläge mit dem schweren Holzhammer war bis ins Tal zu hören.
Auch Judith vernahm sie klar und deutlich.
Ein glückliches Lächeln umspielte ihre Lippen, als sie ihrer Schwiegermutter, in deren sorgsam gepflegten und mit üppiger Blütenpracht ausgestatteten Blumengarten half, auch das kleinste Pflänzchen Unkraut auszureißen.
Katharina, die sich nicht mehr recht bücken konnte, war froh um diese Hilfe, zumal sie auch sonst die Nähe ihrer Schwiegertochter außerordentlich schätzte.
Die Frauen verstanden sich prima und das war gut so, wenn man unter einem Dach lebt.
Judith hatte nach Rebekka, ihrem ersten Kind, inzwischen zwei Jungen das Leben geschenkt. Markus und Lukas, zwei aufgeweckte Burschen, die mit Ziehsohn Stefan für manche Aufregung sorgten. Stefan, ein paar Jahre älter, war heute früh schon mit Martin losgezogen, um auf ihrer Hochalm einen Zaun zu errichten.
Immer wieder waren nämlich verschreckte oder übermütige Schafe und Kälber in eine dicht neben der Weide gelegene Felsenschlucht zu Tode gestürzt. Hin und wieder wurde auch ein Tier das Opfer der Bärenfamilie. Das war aber die absolute Ausnahme.
„Denen ist Wildbret lieber“, war sich Martin sicher.
Mit wuchtigen Schlägen trieb er die Pfähle, die von Stefan gehalten wurden, in den Boden. Das war nicht ganz einfach, weil sie hin und wieder auf Fels trafen, erneut zugespitzt und

an einer anderen Stelle neu eingeschlagen werden mussten.
„Jetzt reicht es einmal, wir essen jetzt das, was Mutter eingepackt hat", wandte sich der Vater an seinen Neffen, weil er auch bemerkte, wie dieser Ermüdungserscheinungen zeigte. Tapfer hatte er die Pfähle gehalten und nicht mit der Wimper gezuckt, wenn der schwere Hammer niedersauste.
Stefan war der Sohn von Martins Schwester, die in Berchtesgaden verheiratet war und die Geburt ihres Sohnes nicht überlebt hatte. Ihr Mann, Stefans Vater, hatte sich wieder verheiratet und mit seiner zweiten Frau mehrere Kinder. Stefan fühlte sich nicht zu Unrecht als Außenseiter und lief ein paar Mal weg. Meistens brachten ihn dann die Scheideggs, bei denen er sich viel lieber aufhielt, zurück. Es blieb dann nicht bei Ermahnungen seiner Stiefmutter; Schläge und harte Strafen waren gewöhnlich die Folge.
Als Judith und Martin vom Schicksal des Jungen hörten, nahmen sie ihn mit freudiger Zustimmung seiner Eltern zu sich.

Ein paar Tage vorher hatten sie schon Stangen aus dem Unterholz geschnitten, mit denen sie die Pfähle zusammenfügen wollten. Mit in Wasser eingeweichten Weidenruten wollten sie die Hölzer so verbinden, dass sie einen sicheren Schutz vor der gefährlichen Schlucht bieten würden.
„Die Geier werden sehr traurig sein, wenn sie auf die Kadaver in der Schlucht künftig vergeblich warten", meinte altklug Stefan.
Er war jetzt 12 Jahre alt und kam sich wie ein richtiger Mann vor. In der Schule war er der Stärkste und jeder wollte sein Freund sein. Mädchen interessierten ihn vorerst noch nicht. Allerdings hatte er sich unsterblich in seine Pflegemutter verliebt. Er hatte vorher noch nie eine so schöne Frau gese-

hen und er himmelte sie geradezu an. Judith bemerkte dies natürlich und freute sich irgendwie, dass der Junge so sehr an ihr hing. „Eine jugendliche Schwärmerei halt, die sich legt, sobald ihm ein Mädchen seines Alters ins Auge stechen wird“, meinte sie scherzend zu ihrem Mann.
„Und das hat hoffentlich noch Zeit“, fügte Martin hinzu.
Stefans kleineren Brüdern, die ihm unbedingt nacheifern wollten, imponierte er mit seiner Kraft und Geschicklichkeit. Er spielte gerne mit ihnen, weil sie immer das taten, was er gerade wollte. Oft hielten sie sich im Bergwald auf, belauschten Tiere und erzählten todernst, Zwergen und Geistern begegnet zu sein.

Als sie nach getaner Arbeit nach Hause kamen, wartete eine Überraschung auf sie.
Onkel Peter war erschienen. Der Bruder von Martin war inzwischen als Domherr in die Dienste des Erzbischofs von Salzburg aufgenommen worden. Dies war einer seiner seltenen Besuche in seinem Geburtshaus und die Freude strahlte ihm aus den Augen.
Nach einem reichlichen Abendessen musste er erzählen. Nicht nur die Kinder hingen an seinen Lippen.
„Ich kann euch nun öfters besuchen“, versprach er. „Der Erzbischof hat mich nämlich zu einer Art Verbindungsmann gemacht. Ich soll künftig den Kontakt nach Wien, also zum Kaiserhaus, als auch nach Berchtesgaden zur Fürstpropstei halten.
Deshalb wurde ich auch geholt. Mein Dienstherr war sicher darüber informiert, dass unser Großonkel aus der Familie der Scheideggs inzwischen zu einem einflussreichen Chorherrn in Berchtesgaden aufgestiegen ist und Onkel Thomas ist nicht nur der Guardian des Franziskaner Klosters in

Wien, sondern auch Beichtvater des Kaisers. Er heißt jetzt Pater Bartholomäus.
Da kam ich dem Erzbischof gerade recht.
Hoffentlich entschließt er sich nicht zu einem neuen Abenteuer mit Berchtesgaden. Die sind zur Zeit ohne rechten Schutz. Die Bayern können ihnen nicht mehr helfen, die stecken selbst im Schlamassel, und der Berchtesgadener Kurfürst hat auch nichts mehr zu sagen.
Schuld daran ist der Krieg, der inzwischen ganz Europa erfasst hat."
Wissbegierig fragte Stefan: „Welcher Krieg, kommt der auch zu uns?"
Bereitwillig gab Peter, der Stefan sofort ins Herz geschlossen hatte, Auskunft.
„Man nennt ihn den Spanischen Erbfolgekrieg, wir werden uns aber, so Gott und der Erzbischof will, schön heraushalten..."
„So wie beim Dreißigjährigen ...", warf Martin ergänzend ein.
„Genau so", bestätigte der hohe Geistliche und als er den fragenden Blick von Stefan sah, der morgen in der Schule sicherlich sein Wissen weitergeben wollte, fuhr er erklärend fort:
„Der letzte spanische Habsburger, Kaiser Karl II., der, ohne einen männlichen Erben zu hinterlassen, gestorben ist, hat mehrere widersprüchliche Testamente verfasst und jedes Mal andere Begünstigte eingesetzt. Franzosen, Engländer, Österreicher und Bayern fühlen sich als die rechtmäßigen Nachfolger dieses Riesenreiches und bekämpfen sich seither mit größtem militärischem Einsatz. Bereits 1701 hat ein Enkel von Ludwig XIV. Madrid besetzt, was die anderen Parteien nicht hingenommen haben. Der Kaiser hat dar-

aufhin durch seinen Feldherrn Prinz Eugen die spanische Lombardei besetzen lassen, die Engländer sind in die niederländischen Besitzungen der Spanier eingedrungen und die Bayern haben dummerweise auf das falsche Pferd gesetzt, sich mit den Franzosen verbündet und sind dadurch in die Mühlsteine der Großmächte geraten. 30.000 Mann und Unsummen von Geld hat das kleine Land für seinen Machtanspruch umsonst geopfert. Bayern wurde zum Schlachtfeld der Auseinandersetzungen zwischen dem Kaiser und den Franzosen und zum zweiten Mal nach dem Dreißigjährigen Krieg in großen Teilen verwüstet."

„Und die Berchtesgadener mittendrin", warf Martin ein.

„Dem kleinen Land selbst ist da nicht allzu viel passiert", beschwichtigte Peter, „wenngleich ihr Fürstpropst, der in Köln residiert und auf seine Berchtesgadener Untertanen pfeift, sich ebenfalls mit den Franzosen verbündete, seine Besitztümer verlor und ins Exil gehen musste.

Unsere Nachbarn müssen sich jetzt immer an den Kaiser wenden, wenn sie Hilfe brauchen.

Da mahlen die Mühlen besonders langsam. Soweit es in meiner Macht steht, haben sie in mir einen Fürsprecher, wenn es um eine gerechte Sache geht. Schließlich haben wir doch alle verwandtschaftliche Wurzeln nach Berchtesgaden.

Ja, die bayerische Bevölkerung ist arm dran und der Willkür der kaiserlichen Truppen ausgeliefert."

„Das sind doch gute Soldaten, die bayerischen, das weiß ich von unserem Lehrer", mischt sich Stefan ein.

„Was hilft das gegen eine Übermacht. Im bayerischen Höchstädt und Blindheim unterlagen sie vor wenigen Monaten mit den verbündeten Franzosen einer Armee, die von Prinz Eugen mit einem englischen Kontingent exzellent geführt wurde."

Mit glänzenden Augen hört Stefan weiter auf die Gespräche, die von den Erwachsenen geführt werden. Er nimmt sich fest vor, in der Schule alles weiterzugeben und auch von seinem Onkel, dem Domherrn und weitgereisten Diplomaten, zu berichten.

„Es freut uns, dass du uns nun öfters besuchen willst", sagte Martin.

Du bist uns jederzeit herzlich willkommen. Durch dich erfahren wir wenigstens, was sich in Salzburg und in der großen Welt so tut", fügte Judith hinzu.

Sie war von dem Manne fasziniert. Groß und schlank, mit einem Feuer in den Augen, das so mancher Frau, die er anblickte, weiche Knie verursachen könnte, dachte sie im Stillen.

Auch sie hatte er so angesehen und Judith beruhigte sich mit dem Gedanken, dass es für Priester ein strenges Zölibat gab. Er hatte viel von Martin, wirkte aber irgendwie leidenschaftlicher, dynamischer, erotischer, gefährlicher.

„Wie alle Brandstädter, so habe ich auch den unstillbaren Wunsch, diesen Berg da", Peter deutete Richtung Untersberg, „zu bezwingen. Irgend einem muss das doch gelingen und es ist mein Ehrgeiz, dass dies ein Brandstädter ist. Auf einen der Gipfel werde ich es schon schaffen!"

„Nimmst du mich mit, ich kenn mich da aus", ließ sich begeistert Stefan vernehmen.

Katharina, die vorher schon etwas eingenickt war, fuhr bei diesen Worten erschreckt hoch.

„Dies ist ein Unglücksberg, ein Mörderberg, bleibt bitte fern von ihm", sprach sie fast flehend und doch so leise, dass sie kaum jemand verstand. Judith legte beruhigend einen Arm um sie.

Samuel und auch Carl hatten sich inzwischen aus dem Tagesgeschäft der Bank zurückgezogen. Am Eingang befand sich nun ein schlichtes Schild aus polierter Bronze mit der Aufschrift „Baron von Thallheimsche Privatbank". Zwei Söhne von Carl hatten jetzt die Leitung übernommen. Ein dritter Sohn, Benjamin, der auf der Jesuitenschule in Ingolstadt erzogen wurde, kam kaum einmal nach Hause. Er hatte sich in München einer Gruppe von politischen Wirrköpfen, wie Carl sie nannte, angeschlossen und lebte von den Zuschüssen, die ihm seine Brüder zukommen ließen.

Samuel war nur noch hin und wieder in der Bank, ansonsten widmete er sich dem Schmuckhandel seines verstorbenen Vaters. Er hatte sich nicht mehr verheiratet, wurde aber liebevoll von seiner Mutter umsorgt.

Bei den Brandstädters herrschte reges Leben. Die Kinder sorgten dafür, dass Mutter und Großmutter keinen ruhigen Augenblick hatten.

Judith war wieder schwanger, schonte sich aber nicht. Sie schlug vielmehr alle guten Ratschläge in den Wind. „Meine Mutter hat bis wenige Minuten vor meiner Geburt noch schwer gearbeitet. Das kann ich auch", wischte sie alle Einwände von sich.

Martin gratulierte sich immer wieder, bei der Wahl seiner Frau so hartnäckig gewesen zu sein.

Judiths Gouvernante war wieder nach Budapest zurückgekehrt und heiratete Jacob Mandl, den Vater Judiths. Die Freude war jedes Mal groß, wenn die „Ungarn" ein paar Tage Urlaub in Grafengaden verbrachten.

Maria und Judith ließen dann gerne die Erinnerung wieder aufleben, als die seinerzeitige Braut plötzlich den Bräutigam wechselte.

„Samuel war nicht das Problem, schon eher Ezechiel, der seine Felle auf baldige Nachkommenschaft davonschwimmen sah“, lachte Maria.
„Ich hab zwar vor der entscheidenden Aussprache Blut geschwitzt, aber dann lief doch alles besser als erwartet“, fügte Judith hinzu. „Eigentlich eine recht feine Familie. Es ist gut, dass wir Freunde geblieben sind. Esther kommt manches Mal, um die Kinder zu sehen.“

2

Nach der Flucht ihres Landesherren bemühten sich die Verantwortlichen in Berchtesgaden um eine strikte Neutralitätspolitik.
Insbesondere Chorherr von Scheidegg nutzte seine verwandtschaftlichen Bande zu Peter, dem Salzburger Domherren, um durch ihn dem österreichischen Kaiserreich wissen zu lassen, dass die Wittelsbacher in Berchtesgaden ausgespielt hätten.
„Die Bevölkerung hat von denen die Nase gestrichen voll. Sie saugen uns nur aus, lassen sich niemals bei uns blicken und reißen uns mit ihrer verhängnisvollen Bündnispolitik in gefährliches Fahrwasser“, betonte der Berchtesgadener immer wieder.
Er wusste von den guten Beziehungen seines Vetters zum Kaiserhaus und hielt ihre Verbindung bewusst aufrecht. Es war außerdem allgemein bekannt, dass sich Salzburg, nach dem Sieg des Kaisers über die Franzosen und Bayern ganz auf die Seite der österreichischen Habsburger geschlagen hatte.

Völlig überraschend bezogen dann im Januar des Jahres 1705 kaiserliche Soldaten in einer Stärke von 500 Mann Winterquartier in Berchtesgaden.
Die Truppe musste untergebracht, verpflegt und besoldet werden.
Chorherr von Scheidegg suchte seinen Vetter in Salzburg auf, der den Kaiser zum Abzug seiner Truppe bewegen sollte, weil die Berchtesgadener durch den enormen Aderlass, den ihnen ihr Landesherr zugefügt hatte, diese Besatzungskosten unmöglich aufbringen konnten.
Die Bevölkerung war arm und hatte kaum selbst etwas zum Leben.
Nachdem das Ersuchen abschlägig beschieden wurde, reiste von Scheidegg nach München, um einen Kredit zu erwirken, der die Besatzungskosten, zumindest fürs Erste, decken sollte.
Die Besatzer selbst benahmen sich wie die Sieger einer Schlacht. Anmaßendes Benehmen, Plünderungen, Vergewaltigungen und Schlägereien, waren keine Seltenheit.
Es war klar, dass der Hass auf die Kaiserlichen ständig wuchs.
Auch in vielen Gegenden Bayerns, hatten die Bewohner unter Willkür und Gewalt der Besatzer zu leiden.
Einem der Soldaten, der sich durch besondere Brutalität auszeichnete, wurde sein Vorgehen zum Verhängnis. Einige Bauern kauften den Mann bei seinem Offizier frei, weil sie ihn angeblich für eine besonders schwierige Aufgabe hoch oben am Untersberg verpflichten wollten.
Eine Magd lockte den Mann in ihre Kammer, in der bereits einige Burschen warteten und ihn erschlugen. Bei weiteren Übergriffen der Soldaten ließen sie diese wissen, dass sie durchaus dem Schicksal ihres Kameraden folgen konnten.

Untersuchungen der Befehlshaber verliefen im Sande, weil jedermann bezeugte, dass der Vermisste das Weite gesucht habe.

Da erfuhr man, dass Prinz Eugen auf seinem Feldzug nach Italien in Reichenhall Rast mache.
Sofort machte sich eine Berchtesgadener Delegation unter Teilnahme des Chorherrn von Scheidegg auf den Weg, um den Prinzen zu bitten, die Soldaten aus Berchtesgaden abzuziehen.
Der Prinz erwartete die Delegation hoch zu Ross in Galauniform. Seine graumelierte, gepuderte Perücke reichte ihm bis zu den Schultern. Unter einem langen goldfarbenen Brokat Rock, der sich von der Hüfte abwärts fächerartig bauschte, lugte am Hals und an den Handgelenken ein weißes Spitzenhemd hervor. Der schwarze Brustpanzer, verziert mit Goldbeschlägen, war makellos poliert. Dem Griff und dem Handschutz seines kunstvoll gefertigten Degens waren kostbare Edelsteine aufgesetzt.
Als er abgestiegen war, sahen sich die Besucher einem Mann gegenüber, der den meisten von ihnen nur bis zur Schulter reichte.
Trotzdem wurden sie von seiner Ausstrahlung ergriffen, die sie erahnen ließ, welch großer Persönlichkeit sie sich gegenübersahen.
Prinz Eugen galt als der mächtigste Mann im Reich der Habsburger. Er war dem Kaiser treu ergeben und nicht nur Heerführer. Viele Verträge mit anderen Ländern trugen seine Handschrift.
Er war beliebt bei seinen Soldaten und auch am Hofe. Rauschende Feste waren ihm allerdings ein Gräuel, was ihm den Ruf des Einzelgängers einbrachte.

Das alles wussten die Berchtesgadener und brachten ihm den nötigen Respekt entgegen.
So schafften sie es auch, dass die Zeit der Besatzung ein Ende hatte.
Gegen eine weitere Zahlung von 7000 Gulden wurde die Truppe in das kaiserliche Heer eingegliedert und marschierte nun ebenfalls in Richtung Italien.
Ingesamt schlug die Einquartierung mit 80.000 Gulden zu Buche.

Benjamin reiste durch das Land. Freunde aus München, die in Ostbayern beheimatet waren, berichteten von den brutalen Übergriffen der Kaiserlichen auf die Zivilbevölkerung, deren Hass mit der Hilflosigkeit gegenüber den Besatzern einherging.
Der junge von Thallheim sprach mit den Geschundenen, mit den Unterdrückten, die nicht nur wie minderwertiges Vieh behandelt, sondern auch ihrer letzten Ersparnisse beraubt wurden.
„Jeden Kreuzer müssen wir abliefern und uns dazu noch verhöhnen lassen", klagten Bürger, Bauern und Edelleute.
„Ihr müsst euch zusammentun, Verbündete suchen, eine starke Vereinigung gründen mit gleichen Rechten für alle. Dann habt ihr das ganze Volk auf eurer Seite, dann seid ihr die Stärkeren und die Kaiserlichen können schließlich nicht alle umbringen. Ihr könnt eine eigene Truppe zusammenstellen mit Leuten, die um ihr Hab und Gut kämpfen, aus ganzem Herzen und aller Kraft. Die kaiserlichen Söldner, die jetzt wie die Maden im Speck leben, werden davonlaufen, davon bin ich überzeugt", predigte Benjamin den Sprechern der Märkte und Städte auf der bayerischen Innseite.
„Ihr müsst jetzt handeln, denn sollte demnächst Josef

seinem Vater Leopold I. nachfolgen, dann wird es noch schlimmer. Den Aufmarsch und die Einquartierungen haben wir jetzt schon Josef zu verdanken, der von seinem Vater mit großen Vollmachten ausgestattet wurde, um ihn in die Pflicht zu nehmen. Er trachtet aber nach Krieg, muss sich aber noch mäßigen, solange sein Vater das Zepter in der Hand hat. Meinen Informationen nach bekommen wir bald einen neuen Kaiser."

„Wenn wir auch als eine Außenstelle Wiens bezeichnet werden, so tun wir gut daran, unseren kleinen Reichsstand unter den Schutz der Habsburger zu stellen. Alles andere wäre ein Abenteuer, das wir sicher nicht überleben würden."

„Das ist auch die Meinung aller vernünftigen Leute", stimmte Domherr Peter seinem Erzbischof zu.

„Nur so war es auch möglich, ungestört in unserem Erzbistum die nötigen Maßnahmen auf kulturellem und sozialem Gebiet umzusetzen. So kann unser großartiger Baumeister und Kirchenmaler Fischer von Erlach seine künstlerischen Ideen verwirklichen, nur so war es möglich, Schloss Mühlegg für Arme und Kranke zur Verfügung zu stellen und nur so ist es uns auch möglich, begabte Jugendliche aus unserem Lande studieren zu lassen. Nach erfolgreichem Abschluss können wir sie sodann in unsere Dienste übernehmen", lobte sich der Erzbischof selbst.

Er war ein guter Regent, eine gewisse Eitelkeit war ihm aber nicht abzusprechen.

Mit seinem Domherren Peter Brandstädter verstand er sich glänzend und gratulierte sich selbst, den fähigen Mann in seine Dienste berufen zu haben.

Die Gerüchte um seinen Mitarbeiter, die mit Liebschaften zu tun hatten, störten ihn dabei nicht.

Peter unterstützte ihn mit Erfolg bei seinen Auseinandersetzungen mit dem Domkapitel und hielt ihm den Rücken frei für Entscheidungen, die ansonsten für viel Gegenwind gesorgt hätten.
„Der Bau der Glashütte in Eich hat sich doch voll bezahlt gemacht. Jetzt jammert niemand mehr nach dem Glas aus Tirol oder dem Bayerischen Wald. Ich habe gerade die neuesten Zahlen bekommen. Wir können zufrieden sein."
Peter nickte zustimmend, wusste aber, dass die Glashütte nicht das abwarf, was sich der Erzbischof ursprünglich vorgestellt hatte. Er war jedoch nicht überrascht, dass sein Dienstherr gerade dieses Projekt angesprochen hatte.
„Vielleicht sollten wir uns einen Pächter suchen, dann haben wir gesicherte Einnahmen und brauchen uns mit dem Betrieb und allen Einzelheiten nicht mehr zu befassen", empfahl Peter.
„Ein guter Vorschlag, ich werde ihn überdenken.
„Was hört man aus Wien, was macht der Gesundheitszustand des Kaisers?", das Thema wechselnd sah er fragend auf seinen Domherren.
„Es sieht leider gar nicht gut aus. Das Leben von Leopold I. neigt sich dem Ende zu. Die Ärzte haben keine große Hoffnung mehr, wie mir Pater Bartholomäus, einer der engsten Vertrauten des Kaisers berichtet."
„Ist in der Nachfolgefrage schon etwas entschieden?", höchst interessiert blickte Ernst auf seinen Gesprächspartner. Eine Frage, die man sich schon seit geraumer Zeit überall im Reiche stellte.
„Es deutet alles auf Josef hin, obwohl ihm allenthalben keine große Sympathien gelten.
Er gilt als Abenteurer, wild und kriegslüstern. Von seinen unzähligen amourösen Affären ganz zu schweigen; aber er

ist halt der Ältere."
„Besser er stößt sich seine Hörner schon vorher ab. Ich glaube, dass wir uns mit Eurer Hilfe schon arrangieren werden."
„Ihr Wort in Gottes Ohr, Eminenz."

Der Kaiser war auf dem Höhepunkt seiner Macht. Er hatte das Reich vergrößert, seine Grenzen gesichert und auch dafür gesorgt, dass der römisch-katholische Glaube im ganzen Reich unangefochten war.
Nicht zuletzt waren seine Erfolge eng mit dem Namen eines Mannes verbunden: Prinz Eugen.
Es war ein Riesenfehler Ludwigs XIV., dessen Fähigkeiten nicht erkannt zu haben.
Wo der Prinz auch hinkam: der Sieg trug seinen Namen. Natürlich gab es da und dort regional begrenzte Aufstände. Sie wurden aber durch die Bank rigoros niedergeschlagen.

Leopold I. ließ seinen Beichtvater kommen. Er fühlte sein Ende nahen, und seine Leibärzte hatten keinen Zweifel daran gelassen, dass sein Herz nicht mehr lange standhalten würde.
Der Kaiser dachte zurück und erinnerte sich an seinen Werdegang und an das Glück, das ihm beschieden war.
Obwohl er viele Kriege führen musste, war er im Herzen ein musischer Mensch, aufgeschlossen für alle Künste, insbesondere die Musik, die er über alles liebte. Seine eigenen Kompositionen lobten nicht nur seine Günstlinge.

Thomas von Thallheim, jetzt Pater Bartholomäus, war einer der wenigen Vertrauten des Kaisers. Als sein Beichtvater wusste er um die Zweifel und Nöte des Monarchen. Ihm hatte Leopold I. auch anvertraut, dass er, nach Ansicht seiner Ärzte, nicht mehr lange zu leben hatte.

„Ich weiß nicht, ob ich vor meinem Schöpfer bestehen kann“, begann er das Gespräch, das überwiegend ein Monolog werden sollte.

„Viel ist erreicht worden in den Jahren meiner Regierungszeit, die Grenzen sind gesichert, dem Volke geht es gut. Aber“, er machte, an die Brust greifend und tief Atem holend, eine kleine Pause und fuhr dann fort: „viel Blut ist geflossen, auch viel Unrecht geschehen und alles in meinem Namen.“

„Majestät, für Untaten Eurer Leute seid Ihr nicht verantwortlich“, beschwichtigte der Beichtvater, weil er sah, wie dieser litt.

„Ich wäre viel lieber Musiker geworden oder Baumeister oder in einen Orden eingetreten. Ihr wisst ja, Jesuiten haben mich erzogen und mir hat deren Leben ganz außerordentlich zugesagt.

Das war mir vorgegeben, als Ferdinand, der Thronfolger, plötzlich starb und ich widerstrebend die Erbnachfolge antreten musste.“

Wieder machte er eine Pause und man merkte ihm deutlich seine Erschöpfung an.

„Ihr habt das Reich geeint und dadurch viel Elend verhindert. Ihr hinterlasst Eurem Nachfolger...“

Als hätte er auf das Stichwort gewartet unterbrach er seinen Vertrauten: „Nachfolger, ja wen denn?“ und fuhr dann ohne eine Antwort, mehr zu sich selbst redend fort: „Am liebsten wäre mir der Karl. Der ist fromm und gütig. Josef ist aber der Erstgeborene, nur aus ganz anderem Holz geschnitzt. Waghalsig, draufgängerisch, abenteuerlustig und überhaupt nicht fromm. Ich weiß von seinen Weibergeschichten. Mit

Vierzehn hatte er schon drei Mätressen, wie mir berichtet wurde. Und der soll mein Nachfolger werden?"
Pater Bartholomäus wurde angst und bange, wenn er an Josef nur dachte.
Der wurde von absoluten Atheisten erzogen, er hatte Freunde, die bekanntermaßen Protestanten waren. Weiter war er unter den Einfluss von Erziehern geraten, die zur Trennung von Staat und Kirche rieten. Einen Jesuiten, der eines Nachts als Geist verkleidet vor seinem Bett auftauchte und zur Ablösung eines freigeistigen Lehrers riet, ließ er kurzerhand aus dem Fenster werfen.
Bartholomäus schwieg vorerst.
„Ständig streitet Josef mit mir herum, möchte mehr Toleranz und weiß nicht, wie schnell die Macht dabei zerfließen kann, wie schnell Chaos ausbrechen kann, das Österreich in den Abgrund stürzt."
Er reibt sich die Hände, legt sie an die Schläfen, atmet schwer und fährt fort:
„Nach Gründung einer Reformpartei durch Josef habe ich ihn in die Regierungsgeschäfte eingebunden. Ich wollte ihm mehr Verantwortung übertragen, um Josef zu zeigen, wie schwer es ist, Worten Taten folgen zu lassen. Trotzdem konnte ich ihm seine Flausen nicht austreiben.
Er liebt den Krieg und nicht den Frieden."
Erschöpft lehnt sich Leopold I. in seinem Bett zurück.
„Wenn es so kommen muss, wobei Eure Majestät sicher noch ein langes Leben vor sich haben, werde ich alles in meiner Macht stehende tun, um dereinst Euren Nachfolger anzuhalten, das Land in Eurem Sinne zu regieren."
Der Kaiser war eingeschlafen und Bartholomäus wusste nicht, ob er ihn noch gehört hatte.
Bei dem nächsten Zusammentreffen wollte er aber Leopold I. bit-

ten, seinem Nachfolger einen Beichtvater zu empfehlen.
Am 5. Mai 1705 verstirbt Leopold I.
Ihm folgt Josef I., gekrönt als Kaiser des Heiligen Römischen Reiches Deutscher Nation, König von Böhmen und Ungarn.

3

Peter hatte den Berg schon ein paar Mal mit dem Pferd umrundet. Er sah ihn von Grafengaden, Grödig, Schellenberg, Berchtesgaden und Reichenhall aus und war sich sicher, dass er zumindest einen der Gipfel erklimmen könnte. Zudem zog es ihn immer wieder zu seinen Verwandten nach Grafengaden.
Judith fand er nach der Geburt einer Tochter noch schöner. Sie tauften die Kleine auf Maria, Judiths ehemalige Gouvernante und jetzige Stiefmutter.
Er versuchte, sich die immer wiederkehrenden Gedanken nach der Frau seines Bruders aus dem Kopf zu schlagen. Vergeblich. Ich gehe da nicht mehr hin, nahm er sich vor, aber immer wieder ertappte er sich dabei, wie er nach Gründen suchte, die einen erneuten Besuch rechtfertigen sollten.
Der Erzbischof ließ ihm völlig freie Hand bei der Gestaltung seines Tagesablaufes.
Sie trafen sich in der Regel nur einmal wöchentlich zu einer fest vereinbarten Zeit. Ansonsten konnte sein Domherr tun und lassen, was er wollte.
Ich muss mir eine feste Arbeit suchen, eine Aufgabe, die mich fordert und bindet, redete er sich immer wieder ein und dachte dabei an die Volksweisheit, wonach Müßiggang aller Laster Anfang sei.

Die Frau seines Bruders hatte für ihn tabu zu sein und doch ... Manches Mal aber fantasierte er, sein Bruder wäre tot und er kein Priester. Dann würde er mit Judith nach Amerika auswandern, in das Land, wo angeblich Milch und Honig fließen und Gold säckeweise eingesammelt werden konnte. Viele erzählten davon, viele folgten dem Ruf der Ferne, warum nicht auch er?
Schnell fand er aber immer wieder zur Realität zurück und hielt zu Wien, Berchtesgaden und auch München getreu seinem Auftrag engen Kontakt.
So war sein Dienstherr immer gut informiert und konnte auf politische Entwicklungen rechtzeitig reagieren.
Vorbehalte einiger Domherren, die sie gegen Peter vorbrachten, wischte er vom Tisch: „Der Mann ist Gold wert, Salzburg konnte mit ihm nichts Besseres passieren!“

Peter hatte sich gut vorbereitet. Sein Ausgangspunkt war Fürstenbrunn, das zur Gemeinde Grödig gehörte. Die Route, die er sich von unten mit einem Fernrohr gut eingeprägt hatte, sollte nicht allzu schwierig sein. Er war sehr optimistisch und verstand nicht die vielen fehlgeschlagenen Versuche seiner Vorfahren.
Er kam schnell voran und passierte nach einer guten Stunde die von Martin betriebene Schussermühle, die Kugeln aus den Untersberger Marmorsteinen mit Wasserkraft schliff.
Immer wieder rückwärts schauend, um die Orientierung nicht zu verlieren, stieg er in einem dichten Mischwald aus Eiben und Buchen höher. Er überquerte Bäche und Gräben und kam auf das von unten gesichtete Geröllfeld, das zu überqueren seinem Schuhwerk arg zusetzte. Er hatte jedoch vorgesorgt und ein Paar Reserveschuhe dabei.
Eine schroffe und zerklüftete Felswand versperrte ihm den

Weg. Er wich nach rechts aus und sah sich einer Öffnung gegenüber, dem Eingang zu einer Höhle.
Es war schon Abend geworden und er dachte sich, dass er in der Höhle die Nacht verbringen könnte. Er entzündete eine Fackel und drang in die Höhle ein.
Kälte schlug ihm entgegen und eine riesige Eisfläche, wie er sie noch nie gesehen oder gar erwartet hätte, schlug ihn in ihren Bann. Zudem drang ein Brausen an sein Ohr, das sich abwechselnd wie Musik und Sirenengeheul anhörte.
Obwohl er ein aufgeklärter Mensch war, der nicht an Spuk und Geister glaubte, schauderte ihn.
War etwas dran an den Geschichten über die Geister, Zwerge, Kaiser und Soldaten, die im Inneren des Berges ihre Wohnstatt haben sollten?
Rückwärts ging er aus der Höhle und kletterte soweit zurück, bis er sich aus belaubten Ästen, Moos und Zweigen ein Nachtlagerbereiten konnte.
Lange Zeit schlief er nicht ein. Er hörte immer noch das Rauschen und die Töne, die scheinbar auch jetzt noch an sein Ohr drangen.
Raben krächzten und Geier gaben schrille Töne von sich. Nicht weit über ihm kreisten die Vögel und waren sicher enttäuscht, als er sich aufrichtete. Für eine Mahlzeit kam er nicht in Frage. Noch nicht.
Ehe er wieder aufstieg, ließ er jedoch von seinem Frühstück einige Reste zurück, um die Enttäuschung der Aasfresser in Grenzen zu halten. Er hatte seine Lebensmittel, fest verpackt, an den Ast eines Baumes gehängt, um vor unliebsamen nächtlichen Überraschungen möglichst verschont zu bleiben. Die Wölfe waren zwar ausgerottet, es gab aber immer noch, wie ihm Martin versichert hatte, eine Bärenfamilie und natürlich Marder, Füchse, Dachse und Luchse. So ganz

geheuer war ihm diese Nacht auch aus diesem Grunde nicht Er hatte sie aber heil überstanden. Das gab ihm Mut.
Er stieg wieder höher und umging ganz bewusst den Eingang zu der Höhle so weitläufig wie möglich.
Was er von unten nicht sehen konnte, davor stand er jetzt: ein steiles Schneefeld mit einer total vereisten Oberfläche, die er überqueren musste, wollte er sein Ziel erreichen. Die Richtung stimmte, doch der Schnee, den er von unten als Geröll oder Sand angesehen hatte, wurde zu einem großen Problem.
Vorsichtig, Schritt für Schritt, den Bergstock als Halt und Stütze einsetzend, kämpfte er sich immer höher. Stunden vergingen und ihm kam vor, als käme er keinen Schritt voran. Er sah zurück und er sah hoch. Schwindel erfasste ihn. Er machte viele Pausen. Die Wand aus Eis und Schnee wurde immer steiler, gefährlicher, unpassierbarer.
Sein Ehrgeiz trieb ihn voran und auch der Gedanke an Judith, der er imponieren wollte mit seiner Erstbesteigung. Die hatte bisher noch niemand geschafft. Er schalt sich, dass er sie voreilig angekündigt hatte.
Dann fand er mit seinem Stock keinen Halt mehr. Das Eis war zu hart, die Eisenspitze hatte er schon im Geröllfeld verloren, nun war das Ende aufgefranst. Er musste den Stock umdrehen und mit der stumpfen Seite versuchen, sich einigermaßen zu sichern.
Er war zu früh im Jahr aufgebrochen. Die blühenden Wiesen im Tale waren zu trügerisch. Er dachte nicht daran, dass in dieser Höhe andere Temperaturen herrschten, Schnee und Eis bis in den Sommer hinein liegen blieben.
So versuchte er mit größter Vorsicht, den Rückweg anzutreten, der sich als noch viel schwieriger herausstellte, als der Aufstieg.

Mehrmals glitt er aus, konnte sich im letzten Augenblick noch abfangen. Ohne Stock und einem größeren spitzen Stein, der aus dem Schnee ausgeapert war und mit dem er sich schon beim Aufstieg provisorische Stufen kratzte, wäre er sicher verloren gewesen.
Er betete laut, bat um Verzeihung seiner Sünden und gelobte Besserung. Lieber Herrgott, ich will künftig deine Gebote beachten, meinen Stolz verdrängen und nur noch dir und der heiligen Mutter Kirche dienen. Hilf mir, meine sündigen Gedanken zu vertreiben, mach, dass ich mich fernhalte vom Haus meines Bruders...
Als er jedoch das schwierigste Wegstück geschafft hatte, irrten seine Gedanken schon wieder ab zu Judith und wie er es ihr erklären wollte, um nicht als Versager da zu stehen.

Das war heute nur ein Versuch. Der erste Versuch, den Berg zu bezwingen. Das nächste Mal wird es klappen, redete er sich selber ein.
Dann marschierte er quer durch den Hochwald zum Anwesen seines Bruders. Er lief immer schneller, konnte es kaum erwarten, Judith gegenüberzutreten, als ihm eine Wurzel zum Verhängnis wurde.
Er wusste nicht, wie lange er besinnungslos auf dem feuchten Waldboden gelegen hatte.
Sein rechtes Knie tat höllisch weh und auch mit seiner Nase, aus der Blut lief, stimmte etwas nicht. Behutsam tastete er sie ab und fand, dass sie krumm geworden war.
So konnte er sich unmöglich Judith zeigen. Er humpelte deshalb, gestützt auf einem Stock, zur Straße, um die nächste Kutsche in die Stadt zu nehmen.
War das die Strafe, ein Wink des Herrn? Er dachte an das 6. Gebot: Du sollst nicht begehren deines Nächsten Weib! Wie

furchtbar musste es dann erst in den Augen des Schöpfers sein, wenn er mit der Frau des eigenen Bruders ...?
Er dachte, dass es für ihn nur einen Ausweg gab. Er musste sich eine Mätresse suchen, eine die aussah wie Judith. Das wars! Er war richtig froh über diesen Einfall.
Viele junge Frauen kamen zu ihm in den Beichtstuhl. Nicht nur um ihre Sünden zu bekennen.
Sie erzählten ihm von ihren geheimen Wünschen, von ihren Leidenschaften und er hatte nicht nur einmal den Eindruck, dass sie darauf abzielten, ihn damit herauszufordern.
Seine Mitbrüder, neidisch wegen des Zulaufes an weiblichen Wesen, machten bei jeder Gelegenheit anzügliche Bemerkungen, die er jedoch lachend ignorierte.
Im Domkapitel war es ein offenes Geheimnis, dass seine Ablösung in St. Lamprecht auf einige Frauengeschichten zurückzuführen war. Er hatte zwar nie ein schlechtes Gewissen, weil er sich nur mit ledigen Mädchen und Frauen einließ, aber die Betschwestern am Ort gaben keine Ruhe, zerrissen sich ihre Schandmäuler und schwärzten ihn immer wieder beim Prior an.
Er verteidigte sich mit dem Gebot der Nächstenliebe, das ja das größte war. Insgeheim musste er sich jedoch eingestehen, dass er damit nur sein schlechtes Gewissen beruhigen wollte.

Er ließ seine Verletzungen in der neuen Krankenstation des umgebauten Schlosses Mühlegg behandeln, wo ihm die Nase wieder gerade gerichtet und mit einem Verband fixiert wurde.
Das Knie versorgten die Helfer mit einem Salbenverband.

Der Erzbischof hatte nach ihm rufen lassen.

Humpelnd und mit Verbandszeug im Gesicht und am Bein musste er Johann Ernst Graf Thun gegenübertreten.
„Ich bin gestürzt“, kam Peter einer entsprechenden Frage zuvor. „Aber es ist nicht schlimm!“
Er musste die Zähne zusammenbeißen, weil er noch immer große Schmerzen hatte.
„Im Domkapitel rumort es wieder einmal. Sie wollen mehr Mitspracherecht, schimpfen auf die neuen Steuern und kümmern sich bereits um meine Nachfolge. Das geht mir eindeutig zu weit, ihr müsst da eingreifen. Ihr könnt das“, setzte Graf Thun mit Nachdruck hinzu.
„Das mit den neuen Steuern solltet Ihr vielleicht noch einmal überdenken“, begann Peter vorsichtig.
Nachdem der Erzbischof nicht widersprach, fuhr Peter, mutiger geworden, fort.
„Ihr habt eine Schornsteinsteuer eingeführt, eine Steuer auf geistige Getränke, eine Steuer für Männer, die nicht zum Wehrdienst herangezogen werden, eine Pflastersteuer und eine Steuer für Geldanlagen im Ausland.
Alles richtige Steuern, jedoch so kurz hintereinander, da macht sich so mancher Domherr beim Volke beliebt, wenn er öffentlich darüber schimpft.“
Der Monarch hatte aufmerksam zugehört und sagte nur: „Weiter.“
Peter, der bisher stehend vor seinem Herrn sprach, massierte sein rechtes Knie, was den Erzbischof veranlasste, ihm einen Stuhl anzubieten.
„Was schlagt Ihr vor, damit wir die feige Meute zur Ruhe bringen?“
„Darf ich offen reden?“, fragte Peter, der bei seinem Gegenüber eine gewisse Ratlosigkeit bemerkte.
„Nur zu, nehmen Sie sich kein Blatt vor den Mund!“

Nach kurzer Überlegung, den Blick auf seinen Dienstherrn gerichtet, begann er mit fester Stimme:
„Ihr seid ein gewissenhafter Regent, der immer das Wohl des Volkes im Auge hat, ein kluger Politiker, der alle Kriegshändel von unserem Lande fernhält, ein eifriger Landesfürst...“
Weiter kam er nicht, weil ihn der Monarch unterbrach: „ Lob interessiert mich nicht, ich möchte Vorschläge, wie es weitergehen soll!“
„Nun gut. Euer Regierungsstil ist geprägt von einem unbedingten Absolutismus. Die Mitwirkung des Domkapitels ist auf ein Minimum beschränkt. Es wird das eine und andere Mal von Euren Entscheidungen überrascht.
Außerdem haben sie ihre Niederlage bei Papst und Kaiser, als sie gegen Euch opponierten, immer noch nicht vergessen.
Euer harter Regierungsstil hat sich gut für das Land ausgewirkt. Eine Hinwendung zu Frankreich, wie sie einige verblendete Domherren unter Führung von Graf Aspermont wollten, konntet Ihr Gott sei Dank verhindern.
Trotzdem würde ich jetzt raten, dass Sie vor Eure Domherren hintreten und versprechen sollten, alle wichtigen Entscheidungen vorher mit dem Kollegium zu besprechen.
Die Entscheidung trefft dann ohnehin Ihr. Euer diplomatisches Geschick versetzt Euch sicher in die Lage, dass Eure jeweilige Entscheidung in den Augen Eurer Herren so aussieht, als käme sie von ihnen.
Als zweites sollte die eine oder andere Steuer, die nicht so viel einbringt oder schlecht zu kontrollieren ist, wieder abgeschafft werden. Das beruhigt Eure Untertanen.
Drittens würde ich an Eurer Stelle einen Koadjutor berufen, der während Eurer Regierungszeit voll zu Euch steht und in dem Ihr einen würdigen Nachfolger seht.

In diesem Punkt kann ich Euch mit meinem ganzen Einsatz unterstützen, weil in der Frage der Nachfolge nicht nur das Domkapitel, sondern auch der Kaiser gehört werden sollte. Eine Empfehlung von Rom würde das Ganze noch erleichtern. Das ist vor allem dann angezeigt, sobald Ihr einen Kandidaten im Auge habt."

Johann Ernst Graf Thun ließ durch nichts erkennen, was er von den Vorschlägen seines Domherren hielt.

Humpelnd verließ Peter den Raum und wusste nicht, ob und wie lange er noch Domherr bliebe.

Er war zwar der Aufforderung, offen zu sprechen, nachgekommen, trotzdem hatte er kein allzu gutes Gefühl, weil der Miene des Erzbischofs eine gewisse Verärgerung deutlich anzusehen war.

Peter schätzte die Qualitäten seines Dienstherrn, der sich würdig in die Reihe seiner Vorgänger eingereiht hatte. Er war nicht nur ein untadeliger Priester, sondern ein machtvoller Regent, Kunst- und Kulturmäzen, der glanzvoll die Barockisierung der
Stadt vollendete.

Darüber hinaus hielt er mit der Hinwendung zum Kaiser die Stadt von Kriegshändeln fern.

Der Kaiser zeichnete ihn mit seiner Vertretung beim letzten Reichstag in Regensburg aus.

Nach Einschätzung Peters konnte sich Salzburg keinen besseren Landesherren wünschen.

Eine gewisse Eitelkeit war auch diesem Herrscher nicht abzusprechen. So schuf er sich selbst einige Denkmäler in Bauten und Einrichtungen, die seinen Ruhm mehren sollten.

Peter war nicht der einzige, der im Glockenspiel, das der Salzburger Uhrmacher Sauter zusammengestellt und mit einem Spielwerk versehen hatte, eine Attraktion sah, die allein dem Ansehen des Erzbischofs dienen sollte.

Nur Katharina spürte, wie am Verhalten ihres Sohnes Peter zu ihrer Schwiegertochter eine Veränderung vor sich ging. Nicht nur, dass sich Peter nun öfters bei ihnen sehen ließ. Man konnte durchaus den Eindruck gewinnen, dass er immer dann auftauchte, wenn sein Bruder im Wald oder auf dem Feld zu tun hatte.

Zufall? Vielleicht. Dennoch waren Katharina, mit den Augen einer liebenden Mutter, nicht die Blicke verborgen geblieben, mit denen Peter Judith betrachtete, wenn er sich unbeobachtet fühlte. Auch Judith schien von einer hektischen Nervosität befallen zu werden, sobald Peter auftauchte.

Lieber Herrgott, bitte verschone uns vor einem neuen Schicksalsschlag, flehte sie.

Aus Andeutungen, die Maria ihr gegenüber gemacht hatte, konnte sie sich zusammenreimen, was der Grund für die Veränderung von Christian gewesen war.

Peter war bereits während seiner Seminarzeit kein unbeschriebenes Blatt. Mehrfach musste Christian seinen ganzen Einfluss geltend machen, dass sein Sohn das Priesterstudium zu Ende führen konnte.

Ein Mädchen, das behauptete, ein Kind von Peter unter dem Herzen zu tragen, wurde sofort fürstlich abgegolten, und Katharina bot sich an, das Kind bei sich aufzunehmen. Es starb allerdings bereits wenige Tage nach der Geburt.

„Ein Schürzenjäger gehört nicht in einen Priesterrock“, pflegte der Vater zu sagen, aber Katharina, deren größter Wunsch ein Priester in der Familie war, widersprach: „Er ist doch noch ein ungestümer Junge und denk doch zurück, wir hatten doch alle ...“, sie unterbrach sich, weil sie sagen wollte:

„wir hatten doch alle mal unsere Jugendsünden", wollte jedoch den Satz nicht zu Ende sprechen, weil sie ihrem Mann nicht die Illusion nehmen wollte, eine Jungfrau geheiratet zu haben.
Als Peter dann die ersten Weihen als Diakon erhielt, schien es mit seiner Sturm- und Drangzeit vorbei zu sein. Er wurde zum Vorbild für die jungen Priesteranwärter und erhielt ob seines wachen Geistes, seiner Frömmigkeit und seines lauteren Charakters von seinen Ausbildern höchstes Lob.
Katharina nahm sich fest vor, Judith und Peter nicht aus den Augen zu lassen, immer präsent zu sein, wenn Peter wieder einmal unangemeldet kommen sollte.
Zu sehr liebte sie ihre Söhne und wollte daher verhindern, dass es zu einer Katastrophe kam.
Sie musste so tun, als wäre alles in Ordnung, weil sonst zu befürchten war, dass sich die beiden heimlich treffen könnten.

4

Was Benjamin befürchtet hatte, war eingetreten.
Kaum gekrönt, überzog Josef I. das geschlagene Bayern mit einem Heer von Soldaten. Die Bevölkerung wurde gedemütigt, ausgeplündert, um ihr Hab und Gut gebracht. Nach und nach regte sich Widerstand.
Benjamin hetzte durch die Lande, rüttelte Bauern und Bürger auf, passiv und aktiv gegen die Besatzer vorzugehen.
Er traf sich auch mit Peter, seinem Vetter in Berchtesgaden, das unter den hohen Lasten zugunsten des Kaisers zu leiden hatte.
„Am besten ihr bringt eure Einwände vor die Reichsver-

sammlung in Regensburg. Mein Erzbischof will sich für euch direkt beim Kaiser einsetzen. Der weiß natürlich meistens nicht, wie rigoros seine Administration mit scheinbar Schwächeren umgeht“, riet Peter, und Benjamin ergänzte: „Wehrt euch und wenn es nicht anders geht, dann eben mit Gewalt!“

Du legst ganz schön los, das kann böse für dich enden“, warnte ihn nun Peter und setzte hinzu: „Soweit mir zu Ohren gekommen ist, sind die Kaiserlichen bereits auf der Suche nach dir. Sie nennen dich einen Volksverhetzer, einen Saboteur, den sie unschädlich machen wollen. Also hüte dich, geh ins Ausland, aber bringe dich in Sicherheit.“

„Dies ist mit ein Grund, weshalb ich dich treffen wollte. Es kann nämlich sein, dass ich demnächst wirklich von der Bildfläche verschwinden muss. Dazu wollte ich von dir wissen, ob Salzburg bereit wäre, mir in diesem Fall Asyl zu gewähren?“

„Salzburg wird offiziell nichts für dich tun können. Wir sind zwar ein souveräner Staat, jedoch nur auf dem Papier. Hätten wir uns nicht freiwillig mit dem Kaiser verbündet, wären die Kaiserlichen bei uns sicher schon einmarschiert und würden unsere Bürger genauso gnadenlos behandeln, wie sie das in vielen bayerischen Städten tun. Mit meiner Hilfe kannst du immer rechnen. Aber, der Arm des Kaisers reicht weit. Rechtzeitige Flucht, vielleicht nach Frankreich, würde bestimmt mehr Sicherheit für dich bedeuten.“

„Ich stecke schon zu tief drin und ich bin auch fest davon überzeugt, dass die Habsburger Bayern verlassen müssen, wenn alle Einwohner Widerstand leisten. Keine Lebensmittel, keine Zahlungen, keine Fron- und Soldatendienste mehr. Das muss aber organisiert werden und ich habe mich dazu entschlossen, mit meiner ganzen Kraft mitzumachen, selbst

wenn es meine Freiheit oder gar mein Leben kosten sollte!"
Peter musste einsehen, dass er Benjamin nicht von seiner Mission abbringen konnte.
„Wenn du wegmusst, dann flüchte, möglichst unerkannt, zu Martin. Er wird dich verstecken. Ich rede mit ihm."
Peter war in den letzten Monaten nur wenige Male bei seinem Bruder. In ihm loderte immer noch die verzehrende Glut nach Judith. Es war ihm jedoch nicht möglich, sie alleine anzutreffen, weil seine Mutter, jedes Mal wie zufällig, anwesend war. Irgendwie war er sogar froh darüber, weil er genau wusste, dass eine Liebschaft mit Judith unweigerlich zu einem Unglück führen würde.
Er tröstete sich mit einer Bürgerstochter, die Ähnlichkeit mit Judith hatte. Wenn er sie liebte, schloss er die Augen und dachte an seine Schwägerin.
„Ich reise noch heute nach Braunau weiter", schlug Benjamin die Einladung der Berchtesgadener aus, „Braunau könnte nämlich die Keimzelle einer neuen Ordnung werden. Voraussetzung: alle Menschen stehen zusammen, weil sie die gleichen Rechte haben. Gemeinsam sind sie stark und können den Besatzern trotzen."
Peter sah man die Skepsis an den Augen an. Er sagte aber nichts, weil dem Enthusiasmus Benjamins nichts entgegenzusetzen war. Gewarnt hatte er ihn und helfen würde er ihm.
„Was hast du denn mit deinem Bein gemacht?", erkundigte sich Benjamin, du kannst ja kaum gehen."
„Das wird schon wieder. Trotzdem ich fast täglich neue Verbände mit unterschiedlichen Salben, Kräutern und Tinkturen auflege, geht es nur langsam voran. Es schmerzt mich besonders, weil ich jetzt eine todsichere Route auf den Untersberg wüsste. Nachdem der Berg endlich schneefrei ist,

hindert mich mein kaputtes Knie an meinem Vorhaben", bedauerte Peter.
„Aber nächstes Jahr ist der fällig", setzte er hinzu.
Benjamin hatte Höheres im Sinn. Dagegen ist dieser Berg ein Hügel, dachte er.

Judith nutzte den schönen Sommertag und die Abwesenheit von Martin und Stefan, die im Wald zu tun hatten, für ein gemeinsames Bad mit ihren vier Kindern.
Sie hatte den großen Holzzuber bereits am Morgen mit Wasser gefüllt, das sich tagsüber so weit erwärmte, dass es auch ihren Kindern nicht mehr zu kalt war. Katharina schüttete besorgt noch einen Topf voll mit heißem Wasser hinein.
Nach Rebekka kamen die beiden Buben an die Reihe. Auch sie wurden eingeseift, abgeschrubbt und anschließend mit der Großmutter ins Haus geschickt.
Dann stieg Judith mit der kleinen Maria ins Bad. Das Mädchen war meist kränklich, schrie nächtelang und machte Mutter und Großmutter viel zu schaffen.
Vielleicht ist das der Grund, warum Judith sich so verändert hat, dachten sich Katharina und Martin. Seit der Geburt ihrer Tochter wollte Judith von ihm nicht mehr allzu viel wissen, verweigerte sich oftmals, schützte allerhand Ausreden vor, wobei sie ihm klarzumachen versuchte, dass weitere Kinder vorerst für sie nicht infrage kämen.
Maria gefiel es sichtlich in dem warmen Wasser. Sie schrie, kicherte und gluckste vor Vergnügen. Judith schien es auch Spaß zu machen, nahm das eine ums andere Mal Maria in den Arm, stieg mit ihr hoch und ließ sich bei hoch aufspritzendem Wasser zurückplumpsen.
Plötzlich fühlte sie, dass sie nicht mehr alleine waren.
Sie sah hoch und erblickte zwischen den Sprossen des Bal-

kongeländers eine Gestalt, die unschwer als Stefan, ihr Pflegesohn, auszumachen war.
Sie verbarg sich soweit es ging im Zuber, rief Stefan beim Namen und befahl ihm: „Geh! Du hast da oben nichts zu suchen!“
Stefan, mit hochrotem Kopf, einem Fieberanfall nahe, rührte sich nicht vom Fleck. Er war wie angewurzelt, starr, bewegungsunfähig, er vergaß zu atmen.
Judith schrie ihn noch lauter an, immer wieder, bis Katharina auf den Plan trat.
Erst jetzt löste sich bei dem Jungen die Erstarrung. Er richtete sich auf, murmelte unzusammenhängend Worte der Entschuldigung und lief weg.
Martin hatte ihn kurz vorher vorausgeschickt, und Stefan, der schon von weitem die Jubelschreie der Kinder hörte, schlich sich unbemerkt heran.
Trotz aller Aufregung konnte er sich heimlich so am Balkon platzieren, dass er Judith sehen konnte, so wie sie Gott erschaffen hatte.
Er hatte sie vorher noch nie nackt gesehen, obwohl er sich dies immer gewünscht, erträumt hatte. Nun war ihm das Glück beschieden und er fühlte eine Erregung in sich aufsteigen, stärker als in jedem seiner Träume.
Er schämte sich fürchterlich, als er wieder einigermaßen zur Besinnung kam. Er wusste nicht, ob er Judith jemals wieder unter die Augen treten konnte.
Das Abendessen war eine Qual für ihn. Jeden Augenblick erwartete er ein Donnerwetter, aber nichts geschah. Die Familie unterhielt sich wie immer.
Judith erzählte den Vorfall beim Zubettgehen ihrem Mann. Martin lachte nur und meinte: „Na, wenn schon, dann hat er dich halt gesehen. Er hatte dazu noch das Glück, einen

makellosen Körper bewundern zu können. Ich wollte, mir wäre das auch in seinem Alter passiert."

Judith drängte aber, Stefan wegzuschicken. „Er sollte auf ein Internat oder in das Seminar. Der Junge ist begabt und jetzt in einem Alter, wo es höchste Zeit ist, dass er eine höhere Schule besucht. Außerdem fühle ich mich nicht ganz wohl, wenn ich mit ihm alleine bin.

Er hat mir nichts getan, geht mir zur Hand, wo er kann, und trotzdem, ich glaube, auch für ihn ist es besser, wenn er woanders hinkommt."

Sie hatte sehr energisch gesprochen und Martin versprach, um sie nicht gegen sich aufzubringen, eine baldige Lösung zu finden.

„Ich werde mit Peter sprechen, der weiß sicher, was gut für den Jungen ist."

Peter, dachte sich Judith ärgerlich, immer wieder Peter, und dennoch sehnte sie sich nach einem Besuch von ihm.

Stefan wurde in das Seminar von St. Peter aufgenommen, durfte jedoch in den Ferien zu seinen Pflegeeltern. Die Schwärmerei für Judith hielt sich nun in Grenzen. In Salzburg sah er viele hübsche Mädchen in seinem Alter und er wusste sehr bald, dass er kein Priester werden wollte.

Judith und Martin überraschten ihn eines Tages mit einer Urkunde, die besagte, dass er jetzt Brandstädter hieß.

„Jetzt haben wir fünf Kinder und ich denke, das reicht", sagte Judith zu ihrer Schwiegermutter.

Die Patres loben den Fleiß und Ehrgeiz von Stefan. Seine Benotung könnte nicht besser sein. Peter versprach ihm, sich um eine Beamtenstelle zu kümmern, wenn er den Priesterberuf nicht ergreifen wollte.

„Tüchtige Leute brauchen wir immer. Bei einem guten Abschluss wirst du deinen Weg schon machen“, ermunterte er Stefan. Das war nicht ganz uneigennützig gedacht, weil es ihm sicherlich zugute käme, dem Erzbischof einen tüchtigen und loyalen Mitarbeiter zukommen zu lassen.

5

Josef I. tobte.

„Ein Braunauer Parlament? Dass ich nicht lache. Und unser viel gelobtes Heer lässt sich von ein paar Bauernlümmeln, die mit Sensen und Flegeln ausgerüstet waren, vertreiben. Wenn das Schule macht, können wir einpacken. Wir müssen dazwischenschlagen, mit aller Härte und zwar sofort!“

Seine Berater hatten ihn noch nie so wütend erlebt. Er war in seinem Stolz getroffen. Er, der allmächtige, siegreiche Habsburger!

Der Samen, den Benjamin gesät hatte, war aufgegangen.

„Also, was raten mir meine Herren? Sollen wir vielleicht den Prinzen Eugen bemühen, der mit seinen Kanonen auf Mistprügel schießen soll?“

Die Antwort übernahm Baron von Fürstenbaum, ein Mann, der dem Kaiser am nächsten stand.

„Es ist nicht allzu viel passiert. Sicher, wir mussten ein paar kleine Städte abgeben, weil unsere Leute keine Gegenwehr geleistet haben. Das lässt sich aber mühelos korrigieren.

Es gibt eine Handvoll Aufwiegler, Verblendete, die dem Irrtum verfallen sind, sich mit uns anlegen zu können. Wir kontrollieren diese Leute, lassen sie austoben und an den großen Sieg glauben.

Wir haben aber in ihren Reihen Leute von uns. Daher wissen wir ganz genau, welche Schritte sie planen.

Wenn sie fest an ihren Erfolg glauben, wenn sie sich in Sicherheit wiegen, werden wir zuschlagen. Gnadenlos. Das wird den Bayern für alle Zeit die Lust zur Revolution rauben.
Majestät können beruhigt sein. Der Spuk ist bald vorüber."

Erstmals in der Geschichte gab es einen Zusammenschluss, bei dem alle Stände, alles Volk die gleichen Rechte hatten.
Leopold I. war allzeit darauf bedacht, sein Land so zu regieren, dass sich Zwistigkeiten möglichst vermeiden ließen. Selbst dort, wo seine Soldaten ein Land besetzt hielten, gönnte er den Besiegten so viel Selbstständigkeit, dass die Besetzung von der Bevölkerung kaum als solche empfunden wurde.
Ganz anders sein Sohn und Nachfolger. Der ließ sofort das bayerische Oberland und München besetzen. Weiter erhob er neue Steuern, quartierte Truppen ein und rekrutierte Soldaten, die dann irgendwo in seinem großen Reich an vorderster Front eingesetzt wurden.
Je brutaler die Besatzer vorgingen, umso mehr regte sich Unmut und Widerstand in der bayerischen Bevölkerung. In besonderem Maße machte sich dies in der Gegend um Tölz und in Niederbayern bemerkbar.
Dort, wo die Bauern und Bürger unter dem brutalen Vorgehen am meisten zu leiden hatten, schürten Männer, wie Benjamin, mit beredten Worten den offenen Widerstand.
In Braunau zeigte sich der erste Erfolg.
Nach Gründung eines paritätischen Gremiums, in dem alle Stände durch Delegierte vertreten waren, kam es zwangsläufig zur Bildung militärischer Gruppen, die von bayerischen Offizieren, Adeligen oder auch Beamten geführt wurden.
Schnell wurden in Braunau, Burghausen, Schärding und

Kehlheim die kaiserlichen Soldaten davongejagt.
Benjamin frohlockte. Nun war die Landeshauptstadt an der Reihe.
Er traf sich mit Gleichgesinnten, wie Sebastian Plinganser und Ägidius Fuchs, um einen Plan auszuhecken, wie sie den Kaiserlichen, deren Heer zum größten Teil aus verbündeten Würzburgern und Ungarn bestand, am besten zu Leibe rücken konnten.
„Die Soldaten des Kaisers haben kein Interesse, ihren Kopf zu riskieren. Braunau ist ein Beispiel, wie schnell sie laufen, wenn ihnen ein paar entschlossene Männer gegenüberstehen.
Männer, die wissen, für was sie ihr Leben einsetzen“, ermunterte er seine Verbündeten.
„Wie wenig die Kaiserlichen von ihrer Kampfkraft halten, zeigt uns doch ihr Angebot für einen Waffenstillstand“, war Plinganser überzeugt
„Wenn wir uns mit den Tölzern und Niederbayern abstimmen, dann können wir diese Blutsauger in die Zange nehmen und dann wird der Sieg schnell unser sein“, fügte Ägidius Fuchs hinzu.
„Natürlich sind wir schlechter bewaffnet. Das machen wir aber durch unsere Leidenschaft wett. Außerdem müssen wir angreifen, wenn sie es nicht erwarten. Am besten kurz vor dem Ende eines Waffenstillstandes“, schlug Benjamin vor.
„Am besten an den Weihnachtsfeiertagen, da rechnet niemand mit einem Angriff“, legte Plinganser nach.

Am 21. Dezember 1705 sammelten sich zirka 3.000 Mann Fußvolk und Reiter nahe dem Kloster Schäftlarn. Ihre Ausrüstung und Bewaffnung war völlig unzureichend.
Benjamin instruierte die Hauptleute.

„Unsere Verbündeten in München werden uns mit Raketensignalen anzeigen, dass sie bereit zum Kampfe sind.
Die Unterländer stoßen mit einer großen Schar von Kämpfern von Ebersberg über Zorneding in die Stadt, um sich mit uns zu verbinden.
Der Sieg wird unser sein. Wir werden die Besatzer überraschen und sie so weit jagen, dass ihnen für ein Wiederkommen die Lust gründlich vergehen wird.“
Benjamin ließ nicht locker. Er rüttelte Zaudernde auf, verwies auf die Siege in Ostbayern und auch darauf, dass das ganze Volk hinter ihnen stünde.
Inzwischen war auch zu ihm durchgesickert, dass die feindlichen Truppen verstärkt worden waren, höchste Alarmbereitschaft zeigten und so überhaupt nicht an weihnachtlichen Frieden dachten.
Die Aufständischen mussten aber weiter machen. Zu viel stand auf dem Spiel. Für Benjamin und die anderen Anführer gab es einfach kein Zurück mehr.

Ihr Plan wurde jedoch von einem vermeintlichen Mitverschwörer feige verraten.
So nahm das Verhängnis seinen Lauf.
Nachdem die Aufständischen anfänglich gut vorankamen, wurden sie bald darauf von der militärischen Übermacht verlustreich zurückgedrängt.
Einer der wild flüchtenden Haufen verschanzte sich in der Sendlinger Kirche, musste sich aber ergeben. Die kaiserlichen Offiziere, die Gnade signalisierten, ließen anschließend die waffenlosen Aufständischen auf brutalste Weise ermorden. Selbst Friedhof und Kirche ließen sie nicht unverschont.
Der Aufstand brach nun völlig zusammen und kostete auf bayerischer Seite an die 10.000 Menschenleben.

Benjamin konnte als einer der wenigen fliehen.
Zuerst wandte er sich nach Berchtesgaden.
„Bei uns bist du nicht sicher“, warnte ihn sein entfernt mit ihm verwandter Chorherr.
„Die Berchtesgadener erkauften sich die Gunst des Kaisers auch dadurch, dass sie sämtliche Aufständische, die sich hierher flüchten wollen, nicht nur die Einreise verweigern, sie nehmen sie auch gefangen und liefern sie ihren Verfolgern aus. Das wurde bereits mit vielen Reichenhallern praktiziert, die uns auf Schleichwegen erreichten. Unsere normalen Einfahrtsstraßen werden ohnehin bewacht.
Wie hast es denn du geschafft, unbemerkt hereinzukommen?“
„Ich war schon gewarnt und bin durch die Bergwälder des Untersberges“, war die einsilbige Antwort.
In seinem Stift hätte er mich schon leicht und vorübergehend unterbringen können, dachte sich Benjamin.
„Sie suchen dich im ganzen Bayernland. Auch bei uns waren sie schon“, sagte nun Chorherr von Scheidegg, als hätte er die Gedanken Benjamins geahnt.
„Geh nach Salzburg, dort findest du Helfer, denen du vertrauen kannst. Geh im Schutze der Nacht. Bis dahin bleibst du hier. So schnell wird man dich nicht entdecken. Nur leider gibt es überall Verräter. Da machen wir keine Ausnahme.“
„Ich würde noch gerne beichten, weil ich große Schuld auf mich geladen und den Tod unzähliger Menschen mit verursacht habe.
Obwohl ich zuletzt erkannte, einfach erkennen musste, dass wir gegen die Übermacht chancenlos waren, habe ich unsere Leute nicht zurückgehalten. Wenn wir uns rechtzeitig ergeben hätten, dann wären viele nicht hingemetzelt worden. Gefangennahme sicherlich, aber die meisten der einfachen

Kämpfer wären am Leben geblieben", machte sich Benjamin bittere Vorwürfe.
„An dem fürchterlichen Debakel trägst du keine Schuld. Der Aufstand war unausweichlich. Wie hieß es doch allenthalben: lieber bayerisch sterben, als kaiserlich verderben", tröstete Scheidegg. Ihm dauerte der junge Mann, ein Idealist, der nur das Beste für die Bevölkerung wollte.
„Wir wurden verraten, das war der Anfang vom Ende. Einer aus unseren Reihen wars, ein Starnberger, der vom Kaiser für seine Untaten einen hohen Judaslohn erhielt", grollte es in Benjamin.
„Höchst verwunderlich ist auch das Gerücht, dass auch der im Exil lebende bayerische Kurfürst Max Emanuel gegen den Aufstand war", unterbrach der Chorherr die Selbstanklage Benjamins.
„Da ist schon eine gewisse Logik erkennbar. Wenn die Bürger und Bauern gesiegt und nach dem Braunauer Vorbild eine eigene Volksvertretung, in der alle gleiche Rechte besitzen, ausgerufen hätten, dann wäre es für jeden Monarchen schwer geworden, absolutistische Herrschaftsansprüche, wie sie auch von den Wittelsbachern praktiziert werden, zu stellen. Man kann sicher davon ausgehen, dass nach einem Friedensvertrag der Kurfürst wieder zurückkehrt", setzte er hinzu.
In der folgenden Nacht schlich Benjamin aus dem Stift.

Chorherr von Scheidegg besuchte seinen Freund in Salzburg.
Peter, der fest im Sattel saß, und sich dem Wohlwollen seines Dienstherrn absolut sicher sein konnte, war seiner Mätresse überdrüssig geworden. Er dachte wieder viel an Judith und mied daher die Besuche in seinem Elternhaus.
„Unsere Länder haben mit dem gleichen Problem zu kämpfen, nämlich dem Salz", schnitt Peter ein neues Thema an, nachdem sie vorher eingehend über die Machtausübung des Kaisers und dessen brutales Vorgehen gegenüber Aufständischen gesprochen hatten.
Das beschränkte sich nicht nur auf Bayern, auch Ungarn und Siebenbürgen bekamen die gnadenlose Macht Josefs I. zu spüren.
Er wollte es dem Franzosenkönig Ludwig XIV. gleichtun, protzte mit dem geplanten Neubau von Schloss Schönbrunn und hatte in Prinz Eugen einen der genialsten Feldherren, der ihm Italien vollständig erobern und dem habsburgischen Machtbereich einverleiben sollte.
„Ja, vom Salz sind wir abhängig. Wir würden in der Geschichte keine Rolle spielen, hätten wir nicht das Weiße Gold", nahm Scheidegg den Faden auf.
„Wir können es nicht mehr hinnehmen, dass die Österreicher und die nun von ihnen gesteuerten Bayern die Salzausfuhr willkürlich so stark behindern, dass uns die Lebensgrundlage entzogen wird.
Mein Erzbischof will sich deshalb an den nächsten Reichsfürstentag wenden und strebt mit Berchtesgaden einen engen Schulterschluss an."
„Wir fechten gemeinsam, das ist schon klar, aber wir sind allein zu schwach, wir brauchen Verbündete, Mentoren, die

uns unterstützen. Ich denke dabei an die Reichsabgesandten Otten und Lauterburg. Beide haben großen Einfluss, ihnen schenkt man Gehör, solche Leute sind Gold wert", war der Vorschlag des Berchtesgadeners.

„In diese Richtung gehen auch unsere Überlegungen. Wir müssen aber Geld locker machen, denn umsonst sind diese Herren nicht zu haben", glaubte Peter.

„Eure Nürnberger Protestanten, die sich nun bei uns eingenistet haben, werden wir wohl nicht an euch ausliefern können. Das wäre schädlich für uns, würde zu viel Staub aufwirbeln und das käme gerade jetzt zur Unzeit. Wir müssen uns beim nächsten Reichsfürstentag vor solchen Störfaktoren unbedingt freihalten", sprach Peter ein weiteres heikles Thema an.

Es ging um ausgewiesene und emigrierte Berchtesgadener Protestanten, die sich ursprünglich in Nürnberg angesiedelt hatten, jedoch wieder in ihre Heimat zurückwollten. Sie warteten nun in Salzburg darauf, wieder nach Berchtesgaden einreisen zu können.

Berchtesgaden jedoch dachte nicht an Aufnahme, sondern wollte seinen ehemaligen Untertanen den Prozess machen, was zu heftigen Protesten der Stadt Nürnberg führte.

„Wir werden uns auf diplomatischem Wege mit den Nürnbergern arrangieren. Zumindest so lange, bis wir beim Reichsfürstentag Recht bekommen haben", versprach der Berchtesgadener.

Ihre Beratungen dauerten nun schon den ganzen Tag und sollten nach einem fürstlichen Abendessen am folgenden Tage fortgesetzt werden.

Es kam jedoch anders.

Peter hatte die Frühmesse im Dom zu zelebrieren und wartete dabei vergeblich auf Stefan, der ministrieren sollte.

Er vermisste den Jungen schon seit geraumer Zeit, machte sich aber keine Sorgen. Sein Amtsbruder Graf Ferdinand von Fürstenthal, einer von Stefans Professoren, hatte ihm nämlich berichtet, den Jungen in seine Obhut genommen zu haben, um ihn noch besser fördern zu können.
Fürstenthal hatte einen guten Ruf als Pädagoge, der sich selbstlos um junge Seminaristen kümmerte, die nicht selten mit summa cum laude ihr Studium abschlossen.
Fürstenthal, der einer reichen und mächtigen Adelsfamilie entstammte, war ein großer Förderer von Bauten und Kunstwerken der Stadt und deshalb auch einer der einflussreichsten Domherren und enger Vertrauter des Erzbischofs.
So holte er Johann Bernhard Fischer von Erlach, den größten nicht italienischen Künstler, in die Stadt, er beteiligte sich an der Finanzierung der Zwergenfiguren im Garten von Schloss Mirabell, stiftete die Felsenreitschule und beteiligte sich am Umbau des Schlosses Mühlegg. Es gehörte seiner Familie. Nun sollte es ein Krankenspital für Patienten beiderlei Geschlechtes werden.
Er war feinsinnig und fromm, hatte eine zarte Figur und Umgangsformen, von denen manche Adelige nur träumen konnten.
Peter wusste, dass er sich zur Zeit sehr oft in der Nähe von Lofer aufhielt, wo er, hoch in den Bergen, eine große Marienkathedrale errichten wollte.
Trotzdem versuchte es Peter mit einem Besuch bei ihm. Stefan ging ihm nicht aus dem Sinn. Er hatte sich sonst regelmäßig bei ihm eingefunden.
Der Weg führte ihn durch das unverschlossene schmiedeeiserne Tor in einen gepflegten Rosengarten zum Portal des Palais, das jedem Fürsten zur Ehre gereicht hätte.
Peter hatte Glück.

Bereits nach dem ersten Klopfzeichen mit dem kupfernen Ring an der Türe erschien der Diener des Hausherren und bat den Besuch herein.
Peter war noch nie in diesem Hause gewesen, die elegante und teure Einrichtung stellte aber keine Überraschung für ihn dar. Das hatte sich schon herumgesprochen im Kreise der Domherren.
„Der Kaiser würde neidisch, wüsste er, wie der Fürstenthal residiert“, so und so ähnlich hörte es sich an, wenn über den Domherren gesprochen wurde.
Vom übrigen Personal, das zahlreich wie die Bediensteten des Erzbischofs sein sollte, sah Peter vorerst nichts.
Nach einigen Höflichkeitsfloskeln kam Peter zum Grund seines Besuches.
„Ich wollte eigentlich nur wissen, wie es Stefan geht, den ihr doch unter Eure Fittiche genommen habt, wobei ich mich zu entschuldigen habe, dass ich mich erst heute nach ihm erkundige. Ich hoffe, er macht Euch keine Sorgen und lernt auch fleißig?“
„Nun bin ich doch etwas erstaunt“, Fürstenthal kräuselte leicht die Stirne, „Ihr erkundigt Euch und dabei wollte er doch schon vor gut einer Woche zu Euch. Seither habe ich ihn nicht mehr gesehen, auch nicht in meinen Vorlesungen. Gut, dass Ihr heute kommt, ich wollte Euch deshalb schon aufsuchen. Stefan? Ein aufgeweckter Junge, gescheit und lernwillig. Ich hatte selten einen so tüchtigen Schüler.
Wenn er nicht bei Euch ist, nicht im Seminar ...“
„Das ist schon mehr als merkwürdig“, unterbrach ihn Peter.
„Wir sahen uns doch gestern bei der Vesper, konntet Ihr da nicht ...“
„Und warum nicht Ihr?“
„Darf ich vielleicht das Zimmer von Stefan sehen. Es ist gut

möglich, dass wir einen Hinweis darauf finden, wohin er sein könnte“, bat Peter.
„Selbstverständlich. Ich führe Euch selbst.“
„Wahrscheinlich ist er zu Verwandten in Grafengaden oder nach Berchtesgaden. Ich denke, der Junge ist alt genug. Allzu große Sorgen brauchen wir uns, glaube ich, nicht zu machen“, sagte Peter beruhigend mehr zu sich selbst.
Das Zimmer war, wie alles in dem Hause, peinlich sauber, einfach aber funktionell eingerichtet. Es enthielt viele persönliche Sachen, auch das Studienmaterial von Stefan.
Auch sein Talisman, eine völlig ausgetrocknete Eidechse, fand sich noch auf seinem Nachttisch.
„Ich denke auch, Stefan wird bald wieder auftauchen. Dann müssen wir ihm aber gehörig den Kopf waschen, dass er solche Dummheiten in Zukunft lässt!“
„Ihr habt da ein tolles Haus, da lässt es sich wohnen. Stefan muss nicht ganz bei Trost sein, es so Knall auf Fall zu verlassen. Abmelden hätte er sich wenigsten können.“
„Es wäre mir eine Freude, Euch mein bescheidenes Haus zu zeigen.“
Peter tat interessiert. Irgend etwas stimmte hier nicht. Alles war so rein, so sauber. Auch der fürstliche Domherr. Glatt und kalt wie der Marmorboden.
Der Rundgang durch die Räumlichkeiten, die Luxus und Reichtum ausstrahlten, brachten ihm keine neuen Erkenntnisse. Er durfte sogar noch die Mansarden im ausgebauten Dachgeschoss bewundern.
Als er neugierig die Klinke einer Türe drückte, an der Fürstenthal vorbeiging, war diese verschlossen.
„Mein Weinkeller. Keine Überraschung“, war der kurze Kommentar des Hausherrn.
Nachdenklich verließ Peter das Haus. Stefan hatte nicht nur

alle Habseligkeiten zurückgelassen, sondern auch seinen Talisman, von dem er sich noch nie für längere Zeit getrennt hatte. Judith, schon wieder Judith, warf er sich vor, Judith hatte ihm öfters davon erzählt, wie sehr Stefan an der Eidechse hing.

Er ging zurück zum Dom und traf auf den alten Sakristan, der Stefan zum Ministranten ausgebildet hatte.

Peter erzählte ihm vom Verschwinden des Jungen und wollte wissen, wann er zum letzten Male als Messdiener fungierte.

„Seit er bei dem Fürstenthal ist, war er kaum noch einmal hier. Der gnädige Herr beansprucht halt seine Zöglinge zur Gänze. Das war schon immer so und Stefan ist nicht der Einzige, dem die große Fürsorge zu viel wurde und sich aus dem Staube gemacht hat."

Peter nickte dem Sakristan aufmunternd zu, wollte noch mehr hören.

„Vor einem Jahr erst ist ein junger Pongauer, der vom Domherrn unterrichtet wurde und bei ihm gewohnt hat, auf Nimmerwiedersehen verschwunden. Ein lieber Kerl, schön wie ein Mädchen."

Sollten die Gerüchte um den Domherren stimmen? Aber nein, der hatte doch immer Damenbesuch. Eine Tatsache, mit der Fürstenthal auch nicht hinter dem Berg hielt.

Ich muss noch einmal in das Haus. Dachte sich Peter. Fürstenthal hatte ihm nicht alles gezeigt. Vielleicht fand sich doch etwas, ein Hinweis, warum und wohin Stefan verschwunden war. Es war nur ein Gefühl, aber es ließ ihn nicht mehr los.

Er wollte gerade nach Grafengaden, als Martin auftauchte, der ihm geräucherte Würste von der hauseigenen Schlachtung vorbeibrachte.

„Weißt du zufällig, wo der Stefan steckt?", wollte Peter wissen.

„Nein, wieso, ist er nicht im Seminar?"

„Ich war gerade auf der Suche nach ihm. Blöde Frage. Er wird schon wieder auftauchen.“
Sie gingen zusammen in die Weinstuben von St. Peter, so wie immer, wenn Martin zu Besuch kam. Käse, Speck und Würste waren den anwesenden Gästen hochwillkommen. Meist luden sie sich selbst ein. Das Brot dazu kam aus der hauseigenen Bäckerei.
Auch hier erkundigte sich Peter vergeblich nach Stefan. Die weinselige Atmosphäre hatte schon vielmals die Zunge so manchen Zechers gelöst und Geheimnisse ans Licht gebracht, die im normalen Alltagsleben nicht ans Tageslicht gedrungen wären.

Am folgenden Tag hielt der Erzbischof ein großes Pontifikalamt, an dem alle Domherren teilzunehmen hatten.
Peter wartete ab, bis er beim großen Einzug der kirchlichen Würdenträger in den Dom auch Fürstenthal sah.
Dann ging er auf sein Zimmer und nahm sich die Alltagskleider mit, deren er sich immer dann bediente, wenn er durch die Kneipen und Tavernen zog und nicht gleich erkannt werden wollte.
Einen jungen Burschen, der ihm auf der Straße über den Weg lief, versprach er ein paar Kreuzer, wenn er den Bediensteten im Hause Fürstenthals die Weisung ihres Gebieters überbrachte, sich sofort in den Dom zu begeben, um der Heiligen Messe beizuwohnen.
Peter hatte sich inzwischen umgezogen und wartete mit dem jungen Boten so lange, bis er den Diener, den Gärtner und die Köchin in großer Eile das Haus verlassen sah.
Dann trennte er sich von dem Burschen, der fröhlich pfeifend und um ein paar Kreuzer reicher zum nächstgelegenen Markt marschierte.

An einem von Büschen umsäumten Teil des Palais, der schwer einzusehen war, überwand Peter rasch den Zaun. Dann umrundete er das Gebäude auf der Suche nach einer Einstiegsmöglichkeit. Von außen waren nur drei Seiten zugänglich, weil der hintere Teil mit dem Felsen verbaut war, auf dem sich hoch oben die Festung zeigte.

Neben einer Treppe, die in den Keller führte, fand er ein Fenster, das nur mit einem Stück Stoff verhangen war. Er drückte dagegen und stieß auf keinerlei Widerstand.

Schnell war er im Hause und versuchte, sich in der plötzlichen Dunkelheit zurechtzufinden.

Er stieg eine Treppe hoch, wo ihm eine Türe den Zutritt zum Wohnbereich versperrte.

Wahrscheinlich die Türe, die bei meinem Besuch geschlossen war und die nach Aussage des Hausherren in den Weinkeller führen sollte.

Also stieg er zurück und versuchte weitere Türen zu öffnen, die sich links und rechts im Gang des Kellers befanden. Die hintere Hauswand wurde durch den Felsen ersetzt, an dem das Haus angebaut war. Davor türmte sich allerhand schlampig aufgehäufter Hausrat, Werkzeug und Gartengeräte. Doch nicht alles so fein in dem noblen Haus konstatierte Peter.

Diese Räume hatten auch Fenster, durch die nach oben führenden Schächte konnte einigermaßen Licht eindringen.

Wein war nirgendwo zu sehen, dafür waren die Einrichtungen dazu geeignet, eine oder mehrere Personen zu beherbergen.

Eine Tür ließ sich nicht öffnen. Sie war mit Eisenbeschlägen besonders gesichert.

Peter kletterte noch einmal in den Garten zurück, um eine Eisenschaufel zu holen, die er bei seinem Eindringen bereits bemerkt hatte, sie aber wegen dem offenen Fenster noch

nicht brauchte.
Nun hebelte er, zuerst vorsichtig, aber dann mit brachialer Gewalt, weil die Zeit drängte, die Türe auf. Nach einiger Mühe hatte er Erfolg.
Nun befand er sich in einem Raum, dessen Wände mit weinrotem Stoff verkleidet waren.
In der Mitte befand sich ein riesiges, ebenfalls weinrot bezogenes Bett. An der Decke darüber war ein großer venezianischer Spiegel angebracht. Gemälde mit erotischen Darstellungen zierten die Wände.
An einer mit Haken versehenen Leiste hingen Peitschen, Ketten und Lederbänder.
Peter hatte genug gesehen. Er suchte weiter, jedoch keine Spur von Stefan. Obwohl die Zeit für das Pontifikalamt schon abgelaufen war, durcheilte Peter sämtliche Räume und Stockwerke im ganzen Haus. Erfolglos.
Eine schreckliche Ahnung drängt sich ihm auf. Welches Schicksal hatte Stefan erlitten? War er noch am Leben? Befand er sich gar unter einem der vielen frisch aufgeworfenen Rosenbeete?
Er brauchte Klarheit. Er überlegte fieberhaft.
Polizei? Unmöglich! Der Erzbischof? Vielleicht!
Als erstes wollte er nach Berchtesgaden, zum leiblichen Vater von Stefan.
Dort war er auch nicht. Sein Vater hatte schon lange keinen Kontakt mehr zu ihm. „Der wird halt möglichst weit weg sein. „Er hat bestimmt etwas angestellt. Das wäre für mich nichts Neues, so kenn ich ihn, der war schon immer etwas schwierig und hat eine harte Hand gebraucht“, war die lieblose Einschätzung seines Erzeugers.

Man brauchte nicht lange zu rätseln. Was Peter gesehen hatte, sagte genug über den Domherren und seine Neigungen aus. Die Bilder an der Wand zeigten ausschließlich nackte Männer und Knaben in eindeutigen Posen, wenn sie auch Fresken und Wandmalereien aus der Antike nachempfunden waren.

Nachdem seine Nachforschungen auch in Berchtesgaden nichts ergeben hatten, wandte sich Peter an seinen Dienstherrn.

Den Verdacht gegen seinen adeligen Domherren wies der jedoch unwirsch zurück.

„Fürstenthal ist über jeden Verdacht erhaben. Der Mann führt ein gottergebenes Leben. Er ist für uns alle ein Vorbild. Er verteilt sein Vermögen für mildtätige und soziale Zwecke. Ganz zu schweigen von seiner Großzügigkeit gegenüber unserem Bistum."

Peter ließ jedoch nicht locker.

„Ich habe für Stefan, den Adoptivsohn meines Bruders, die Verantwortung übernommen. Ich fühle mich verpflichtet, sein Verschwinden aufzuklären. Er war zuletzt bei Fürstenthal. Bei ihm muss ich meine Nachforschungen beginnen. Ich bitte Euch inständig, mir zu helfen", flehte er.

„Nun gut, ich werde mit ihm sprechen. In seinem Hause will ich mir, von dem was Ihr mir erzählt habt, selbst ein Bild machen. Er hat mich ohnehin schon des Öfteren eingeladen. Dem werde ich jetzt nachkommen. Und Ihr begleitet mich dabei!"

Bereitwillig führte sie Fürstenthal durch seine Räumlichkeiten. Von Peter auf seinen Weinkeller angesprochen, führte sie der Hausherr ohne zu zögern in den Keller, öffnete auch die Türe zu dem Raum, den Peter seinem Dienstherrn so plastisch beschrieben hatte.

Keine roten Tapeten, keine Malereien, keine Folterinstrumente! Dafür eine Reihe von Regalen, in denen Weinflaschen aus ganz Europa lagerten.
„Hier finden Sie Weine, die teilweise seit Jahrzehnten in diesen Regalen aufbewahrt werden und es wäre mir eine große Freude, wenn sich Eure Eminenz die eine oder andere Flasche aussuchen würde."
Auf die Frage nach Stefan drückte Fürstenthal seine große Bestürzung aus, als er hörte, dass sich der Junge weder bei seinen Eltern noch in Berchtesgaden befand.
„Ich kann mir sein Verschwinden absolut nicht erklären. Bei uns hat er sich so wohlgefühlt, tüchtig gelernt und mit Freude im Haus und Garten mitgeholfen."
„Apropos, Eurer Garten. Wirklich eine Augenweide, es würde uns freuen, wenn Sie uns die bunte Blütenpracht ein wenig erklären könnten."
Peter konnte trotz sorgfältigen Suchens keine größere Stelle finden, wo in letzter Zeit gegraben wurde. Ausnahme waren die Blumenrabatten, die neu bepflanzt waren. Trotzdem verblieb bei ihm ein beklemmendes Gefühl.
Ein wenig fürchtete er den Tadel des Erzbischofs, weil sich keinerlei Verdachtsmomente gezeigt hatten und der ominöse Kellerraum ganz anders, wie von ihm beschrieben, aussah.
„Wenn sich Stefan nicht bald einfindet, dürfen wir auch eine Entführung nicht ausschließen.
Meine Familie verfügt über genügend Mittel, um einen Erpresser auf dumme Gedanken zu bringen. Dann heißt es abwarten. Hektik hilft uns auch nicht weiter", riet der Adelige.

„Das war also ein Schlag ins Wasser. Wir wären bis auf die Knochen blamiert, wenn wir eine offizielle Hausdurchsuchung veranlasst hätten. Euer Verdacht stand schon von

Anfang an auf tönernen Füßen. Hoffentlich seid Ihr jetzt zufrieden." Der Ton des Erzbischofs war nicht ganz so vorwurfsvoll, wie Peter befürchtet hatte.
Er schwieg, scheinbar zerknirscht und dachte nach.
Seine Einbruchsspuren waren beseitigt und der Hausherr ließ mit keiner Mine erkennen, dass er ihn mit dem Einbruch in Verbindung brachte. Da war aber noch das eingeschlagene Kellerfenster, das jetzt wieder eingeglast und zusätzlich mit einem Gitter geschützt war.
Konnte Stefan durch dieses Fenster geflohen sein? Hatte er es eingeschlagen? War es daraufhin notdürftig mit einem Tuch verhängt worden?

„Was mir allerdings auffiel", fuhr der Erzbischof fort, die Regale in dem Weinkeller sahen ziemlich neu aus. Auch die Flaschen, die angeblich bereits seit Jahrzehnten dort lagerten, wiesen keinerlei Spuren von Staub auf. Das war schon einigermaßen merkwürdig und bestätigt indirekt Eure Behauptung, dass dieser Raum vor einiger Zeit noch ganz anders ausgesehen hat."
„Ich bin froh, Eure Eminenz, dass auch Ihr diese Beobachtung gemacht habt. Da stehe ich wenigsten nicht als Lügner da. Mir ist noch aufgefallen, dass die Wände, wenn sie auch von den Regalen zum Teil verdeckt wurden, frische Wandfarbe aufwiesen."
Auf dem Rückweg unterhielten sich die beiden Würdenträger noch recht angeregt, wobei Peter durchaus den Eindruck gewann, dass Johann Ernst von Thun nicht die Zuneigung für Fürstenthal empfand, die er ansonsten, zumindest nach außen hin, an den Tag legte. Ein Grund mochte wohl darin liegen, dass sein Domherr einst der Fraktion sehr nahe stand, die für ein Bündnis mit Frankreich eintrat.

Stefan aber blieb verschwunden. Zu gerne hätte Peter den Garten seines Amtsbruders umgegraben, weil er sich ziemlich sicher war, irgend einen Hinweis auf den Abgängigen zu finden.
Sooft er jedoch an der Umzäunung des riesigen Gartens um das feudale Haus vorbeiging; immer war einer der Gärtner zu sehen und nach einiger Zeit musste er die Anwesenheit großer Wachhunde feststellen. Nicht nur einmal beobachtete er einen der Hunde, der sich bellend und mit den Pfoten scharrend, an einem frischen Blumenbeet zu schaffen machte.
Der feine Herr hat Dreck am Stecken, das weiß ich und ich werde noch dahinterkommen, nahm er sich fest vor.
Ähnliche Gedanken hegte auch sein adeliger Amtsbruder. Dem war schon klar, aus welchem Grunde und durch wen er den Überraschungsbesuch des Erzbischofs zu verdanken hatte. Er konnte zwei und zwei zusammenzählen und war sich darin sicher, dass der Einbruch in sein Haus durch Peter oder einem seiner Beauftragten erfolgt war.
Mein Arm reicht weiter. Wenn du mir in die Quere kommst, hat dein letztes Stündlein geschlagen, sprach er grimmig zu sich selbst.

7

Obwohl er im Exil lebte, schien für Josef Clemens von Bayern, dem noch nominell das Chorherrenstift Berchtesgaden unterstand, 1706 ein gutes Jahr zu werden.
In der Kathedrale von Lille erhielt er nämlich durch den Bischof von Cambrai die Bischofsweihe. Seine Lebensgefährtin, Konstanze de Grousselier, gebar ihm ihr erstes Kind,

einen Sohn.
Nach einem Gnadengesuch beim Kaiser hoffte er, nach Köln zurückkehren zu können.
Stattdessen ächtete ihn Josef I. wegen Bündnisverbindungen mit Frankreich, die er immer noch nicht aufgeben wollte.
Der jetzt 28-jährige Habsburger Monarch hatte weiterhin die Zügel fest in der Hand.
Immer noch hoffte er mit der Kriegskunst Prinz Eugens seine Ansprüche als Erbe Karls von Spanien durchsetzen zu können.
Franz II. Rakozci, seinem ungarischen Widerpart, hatte er mit militärischer Macht in die Knie gezwungen und mit dessen letzten Getreuen nach Polen vertrieben.
„Es ist schon einleuchtend, Eure Majestät, dass Ihr für den Erfolg bei Eurem Krieg um das Erbe Spaniens viel Geld braucht. Ich würde jedoch strikt davon abraten, die Steuern noch weiter zu erhöhen", sagte Pater Bartholomäus, der zwar nicht mehr Beichtvater des Kaisers war. Sein Rat wurde jedoch gerne gehört und auch manches Mal erfolgreich umgesetzt.
Josef I. hatte kein Parlament eingerichtet, sich aber mit Beratern umgeben, die ihm loyal die Treue hielten.
„Ich will keinen Ratschlag, was ich nicht tun sollte, sondern Lösungsvorschläge, wie ich an die Mittel komme, mit denen ich mein legitimes Ziel erreichen kann!" Fast barsch wies er seinen Besucher zurecht.
Bartholomäus lächelte nur. Er hatte schon den Vater des Kaisers beraten. Ruhig sprach er weiter: „Wichtig schiene mir in erster Linie, dass Ihr dafür sorgt, die Steuern nach den jetzigen Bestimmungen erheben zu lassen. Ob Ihr das hören wollt, oder nicht", sagte er nun mit Nachdruck, „bei uns ist Schlampigkeit in der Beamtenschaft und Korruption

weit verbreitet!"
„Habt Ihr noch bessere Vorschläge, als einfach nachzusagen, was überall verbreitet wird?"
Bartholomäus gab nicht nach. Er wusste nämlich, dass Leopold I. am Sterbebett seinem Sohn aufgetragen hatte, ihn als Beichtvater zu nehmen.
„Ihr solltet die gesamte Beamtenschaft steuerpflichtig machen und Euch der Beamten entledigen, die ihren Dienst nachlässig versehen und sich bestechen lassen. Setzt Kommissare ein und Ihr werdet sehen, wie gut das Eurer Kriegskasse tut."
Der Kaiser hörte aufmerksam zu. Wahrscheinlich hatte er sich bereits ähnliche Gedanken gemacht, dachte sich der Pater.
„Weiters solltet Ihr die adeligen Grundstücksbesitzer mit einer Abgabe belegen, bemessen nach deren Einkünften und Größe ihrer Ländereien.
Schließlich, selbst wenn ich gegen die Mutter Kirche rede, gibt es auch bei uns Pfründe, die durchaus einen freiwilligen Aderlass vertrügen.
Dass Ihr die rheinischen und bayerischen Gebiete, die Ihr besetzt habt, mit zusätzlichen Steuern belastet, geht ohnehin schon an deren Existenz. Diese Schraube kann sicher nicht noch mehr angezogen werden."
Nun war es heraus und der Kaiser nicht unwillig. Auch er hatte sich bereits mit all diesen Vorschlägen befasst, das war nun seinem Mienenspiel deutlich anzumerken. Er sagte aber dazu nichts, sondern fragte:
„Habt Ihr noch mehr auf dem Herzen?"
„Es geht nicht um mich, Majestät. Ich bin Euch genauso verpflichtet wie Eurem Vater, Gott hab ihn selig.
Wenn Ihr aber noch einen Ratschlag anhören wollt?"

Nickend forderte der Monarch seinen Besucher auf, weiterzusprechen.
„Die Zahl Eurer Geheimräte scheint mir viel zu groß. Ich würde Euch empfehlen, die Anzahl seiner Mitglieder auf die besten dreißig zu beschränken. Auch Euch sind viele Mitglieder bekannt, die den Namen Geheimrat nicht verdienen. Sie plaudern zu viel und nützen ihre Position zum eigenen Vorteil aus. Sie dienen nicht dem Volk und ihrem Kaiser, sie denken nur an die eigene Kasse!“

Der Kaiser war froh, in Bartholomäus einen Mann zu haben, der kein Blatt vor den Mund nahm. Er hütete sich allerdings, dies auszusprechen. In vielem hatte Bartholomäus recht und er gedachte, das meiste von dem, was auch seiner Meinung entsprach, so schnell wie möglich durchzusetzen.
Sein Stolz verbot es ihm jedoch, Bartholomäus dafür zu danken.
Er hatte dafür gesorgt, dass der Pater, nachdem er turnusgemäß als Guardian des Wiener Klosters abgelöst, nicht in ein anderes Kloster versetzt wurde. Auch dem Orden lag sicher viel daran, den engen Kontakt mit dem Kaiserhaus aufrechtzuerhalten.
Bartholomäus konnte nicht umhin, für Josef I., der so gar nicht nach seinem Vater geriet, eine gewisse Sympathie und Anerkennung zu empfinden. Das galt nicht für seine Ablehnung gegen alles Klerikale oder sein brutales Vorgehen gegen Aufständische. Seine heimliche Bewunderung galt dem Musikliebhaber und Komponisten, dem Draufgänger, der seine Pferde selbst zuritt, und dem unerschrockenen Jäger, der bei der Sauhatz zu Fuß den größten Keiler, nur mit einer Saufeder bewaffnet, besiegte.
Darüber hinaus sah der Kaiser blendend aus und stach mit

seinem Charme und seiner eleganten Kleidung bei jedem seiner Feste alle Edelleute locker aus.
Der ideale Monarch, wenn er nur etwas frömmer wäre, dachte Bartholomäus.
„Eine Bitte hätte ich noch, Pater."
Bartholomäus sagte, sich verneigend: „Wenn es in meiner Macht steht!"
„Nun, Ihr wisst doch", begann Josef I., „so wie die meisten von uns, habe auch ich eine kleine Leidenschaft, die Jagd!"
„Und Ihr seid ein sehr erfolgreicher Jäger", warf Bartholomäus dazwischen.
„Meine Amtsgeschäfte lassen mir zu wenig Zeit. Aber die will ich mir jetzt einmal nehmen."
Ruhig wartete Bartholomäus, dass sein Monarch weitersprach. Er überlegte, was er wohl mit der Jagdleidenschaft des Kaisers zu tun hatte, zumal Josef I. sicherlich bekannt war, dass sein Berater die Jagd auf Gottes Geschöpfe, wie er es immer nannte, grundsätzlich ablehnte. Wollte er ihn gar umstimmen? Da wird er auf Granit beißen, dachte er sich, obwohl ihm schon klar war, dass er sich die Sympathien des Kaisers, auch im Interesse seines Ordens, unbedingt erhalten musste.
„Ich weiß", fuhr der Kaiser fort, „von Euren guten Verbindungen nach Salzburg.
Es ist daher mein Wunsch, dass Ihr Euch nach Salzburg begebt und einen Aufenthalt von mir und ein paar Freunden vorbereitet. Unter strengster Geheimhaltung natürlich!"
Bartholomäus nickte zustimmend. Schon lange wollte er seine Brüder besuchen. Ein Herzenswunsch, den er seit vielen Jahren hegte.
„In Salzburg oder besser: in den Wäldern des Untersberges soll es Rotwild geben, von dem wir hier, in Ungarn oder

auch in Siebenbürgen nur träumen können.
Ich brauche so eine Trophäe, die mein Amtszimmer schmücken und so manchen Besucher beeindrucken soll."
Eitel, eitel, dachte sich der Pater.
„Ich werde Eurer Bitte", absichtlich sagte er Bitte, „gerne nachkommen. Ihr braucht mir nur ungefähr zu sagen, wann die Reise stattfinden soll und ich werde alles arrangieren. In der Nähe eines meiner Verwandten gibt es ein Jagschlösschen, das Euren Bedürfnissen und dem Eurer Freunde sicherlich genügen wird. Außerdem weiß ich von Leuten, die rund um den Untersberg und seinen Jagdrevieren bestens Bescheid wissen."
„Nun gut, ich denke eine Woche Vorsprung müssten genügen. Zu Eurem Schutz gebe ich Euch eine Begleitung mit, in Zivil zwar, um möglichst kein Aufsehen zu erregen, jedoch schlagkräftig genug, um jegliche Zwischenfälle im Keime zu ersticken.
Ich selbst reise inkognito und möchte, dass es so bleibt. Also, lieber Bartholomäus, bitte strengste Geheimhaltung!"
„Majestät kann sich auf mich verlassen."
„Eines könntet Ihr für mich noch eruieren …"
„Nämlich?"
„Soweit mir bekannt ist, hat doch Euer Bruder ein bedeutendes Bankhaus, nicht wahr?"
„Es ist schon auf seine Söhne übergegangen", antwortete Bartholomäus zurückhaltend, weil er nicht wusste, auf was Josef I. hinauswollte.
„Ich werde mich sicher bei meinem Aufenthalt in Salzburg mit Johann Ernst von Thun, seinem Regenten treffen müssen. Dabei möchte ich ihn anhalten, einen weiteren Beitrag zu unseren Kriegskosten zu leisten. Wenn ich ihm in Aussicht stelle, nach dem Ausgang des Krieges um das Erbe Spaniens

seinen Anteil mit Zins und Zinseszins zurückzuzahlen, wird er sich leichter tun, meiner Bitte zu entsprechen. Es wäre daher von großem Vorteil, wenn ich um die Kassenlage des Erzstiftes genauer Bescheid wüsste."

„Wenn meine Neffen Einblick in die Finanzen Salzburgs haben, dann sollte das schon zu machen sein, Majestät."

Josef I., der ihn in einem seiner Privatgemächer empfangen hatte, trug einfache und sehr bequeme Kleidung. Er war kaum wiederzuerkennen, wirkte irgendwie jugendhafter und schlanker.

Bei ihrer letzten Begegnung, als der Kaiser die Gesandten aus vielen europäischen Ländern geladen und Bartholomäus, anstelle des Bischofs, als Vertreter der Katholischen Kirche hinzugezogen hatte, war sein Auftritt ein ganz anderer.

Da saß er auf seinem Thronsessel, flankiert von Soldaten und engen Beratern. Deutlich konnte er erkennen, wie sehr es der Kaiser genoss, seine Gäste durch ein pomphaftes Gehabe und die protzige Kleidung zu beeindrucken.

Seine bis zur Brust reichende Lockenperücke fiel auf einen reich bestickten blauen Samtumhang, darüber ein Schultertuch in weißer Spitze, auf dem zwei große Gold- und Silberketten prangten. An einer hing ein diamantenbesetzter Stern, den Bartholomäus schon bei Leopold I. gesehen hatte.

Weite Spitzenärmel bestanden aus dem gleichen Material, wie die unter dem Umhang hervorscheinenden Pluderhosen. Die Beine steckten in Strümpfen aus weißer Seide und die Füße in hochhakigen weißen Schuhen mit je einer Silberschnalle. Den breitkrempigen Federhut hatte er vor sich auf die Stufen zu seinem Thron gelegt. Daneben, auf einem eleganten Tischchen, waren auf roten Samtkissen die Reichsinsignien drapiert: Krone, Zepter, Reichsapfel. Pures

Gold, diamantenbesetzt.

Mit seinem rauen, knöchellangen braunen Habit und dem zur Tonsur geschorenen Kopf war mehr als deutlich zu sehen, dass er selbst einem Bettelorden angehörte. Tauschen wollte er mit seinem Monarchen jedoch nicht. Er hatte seinen Weg zu Gott noch nie bereut. Selbst jetzt, da er wieder einfacher Pater war, seinem Oberen zum absoluten Gehorsam verpflichtet, nicht.

Er freute sich auf Salzburg und seine Verwandtschaft. Er würde allerdings versuchen, für die Dauer seines Aufenthaltes bei den Kapuzinern unterzukommen.

Er schätzte diesen neuen Orden, deren Gründer sich von den Franziskanern getrennt hatten, weil diese von der Armutslehre des heiligen Franziskus nicht mehr allzu viel hielten.

8

Martin kam zu Peter, weil ihm der Gesundheitszustand ihrer Mutter Sorge bereitete.

„Sie kränkelt seit mehreren Wochen an einer Influenza, die sich nun auf Rippenfell und Lunge ausgeweitet hat“, berichtet Martin seinem Bruder.

„Wir versuchen alles, das heißt Judith bemüht sich rührend um Mutter, aber es wird eher schlechter, als besser.“

Judith, Judith, dachte sich Peter. Immer wieder Judith.

Er war in den letzten Wochen durch das Verschwinden Stefans etwas abgelenkt. Wie zu den Berchtesgadenern hielt er zwar auch nach Grafengaden ständig Kontakt, aber sein Hauptaugenmerk galt doch der Suche nach dem Jungen.

Er fühlte es einfach, dass Stefan noch lebte, und so konfrontierte er auch immer wieder Fürstenthal mit seinen Fragen. Der verbarg seine Abneigung gegen Peter hinter einer Liebenswürdigkeit, deren Scheinheiligkeit nicht zu überbieten war. So, als wolle er sagen, deine Zeit ist bald reif.
Ich muss noch einmal dem Michael Brand auf den Zahn fühlen, nahm sich Peter vor.
Der Seminarist, ebenfalls einmal Zögling Fürstenthals, hatte bisher beharrlich geschwiegen, als er ihn zum Verhalten des Mentors seines Sohnes befragte. Peter wusste nur, dass Michael Knall auf Fall von seinen Eltern bei dem Domherren abgeholt und in das Seminar zurückgebracht wurde.
Auch seine Eltern rückten nicht mit der Sprache heraus, fand Peter nach seinem Besuch und der eingehenden Befragung durch ihn. Er konnte jedoch deutlich spüren, dass die Gründe, die sie für den Wechsel ihres Sohnes zurück in das Seminar nannten, zu fadenscheinig waren. Wo er sich jetzt befand, wussten sie angeblich nicht. Damit konnten sie seine Zweifel und seinen Verdacht nicht zerstreuen. Eher war das Gegenteil der Fall.

Peter machte sich sofort auf den Weg zu seiner Mutter. Wenn der Bruder ihn holte, dann schien es doch schlimmer zu sein, als Martin verlauten ließ.
Peter dachte daran, wie ihm Katharina bei seinem letzten Besuch in die Augen geschaut und gesagt hatte: „Beunruhige Judith nicht!“ Nur diese drei Worte, mehr nicht. Peter, verständnislos blickend, erwiderte nichts, fragte nichts. Unausgesprochen wusste er jedoch, was Mutter meinte.
Zuhause eilte er sofort in das Schlafzimmer seiner Mutter. Er ließ sich nicht anmerken, wie betroffen er vom Aussehen Katharinas war. Sie hatte hohes Fieber und wurde von Hus-

tenanfällen geschüttelt. Peter nahm ihre Hand in die seine und erzählte ihr lustige Anekdoten aus dem Kapitel.
Katharina versuchte zu lachen, was jedoch nur einen neuerlichen Hustenreiz auslöste.
Martin bat seinen Bruder, etwas länger zu bleiben, weil er noch dringend auf die Hochweide musste. Ein Bär hatte bereits mehrmals Kälber gerissen.
„Ich muss den Burschen erledigen oder so verletzen, dass ihm künftig der Appetit auf mein Vieh vergeht“!, drohte er und marschierte mit seiner Armbrust auf den Berg.
Katharina schien eingeschlafen zu sein. Peter schlich leise aus dem Zimmer und begab sich in die Stube.
Judith war allein. „Die Kinder sind bei Freunden und kommen erst morgen zurück“, beantwortete sie Peters Frage.
Heiß stieg es in ihm auf. Allein mit Judith! Sie erschien ihm schöner, begehrenswerter als je zuvor. Sie trug jetzt ein neues Kleid. Enganliegendes, tief ausgeschnittenes Mieder und vom gleichen feinen Leinenstoff einen weitgeschnittenen Rock, unter dem er ihre Figur nur erahnen konnte. Ihre Wangen waren gerötet und die Lippen leuchteten in einem glänzenden Rot.
Eigentlich müsste ich jetzt gehen, einfach das Weite suchen, redete er sich zu. Aber er stand da. Wie angenagelt. Sein Herz raste.
Judith, die ebenfalls sehr nervös wirkte, brachte ihm ein Glas mit selbst gepresstem Most.
Er nahm mit zitternden Händen das Glas, stellte es neben sich auf den Tisch und berührte ganz leicht Judiths Arm. Dann streichelte er ihre Wange, legte, als er keinen Widerstand spürte, den Arm um ihre Schultern, zog sie gleich danach an sich und riss sie in seine Arme.
Wie von selbst fanden sich ihre Lippen, saugten sich anein-

ander fest und ein mächtiger Sturm erfasste sie beide. Ihre Körper, ihre Hände fühlten die Leidenschaft des anderen, ihr Atem ging keuchend. Als sich ihre Lippen voneinander lösten, stammelten sie wirre Worte, um sich gleich darauf wieder in wilden Küssen zu verlieren.

Plötzlich wurden sie von lautem, keuchendem Husten aufgeschreckt, der aus Richtung Zimmertüre kam. Die Türe war jedoch noch verschlossen. Also von außerhalb, hofften beide, wussten jedoch, von wem das Husten kam.

Judith, die sich als erste wieder in der Gewalt hatte, lief zur Türe und riss sie auf. Der Flur war aber leer.

Sie fanden dann Katharina im Bett, die erschöpft in ihr Kissen zurückgesunken war, ihnen aber ernst zulächelte. Es war kaum zu verstehen, als sie flüsternd sagte: „Macht euch nicht unglücklich!"

Peter ritt, ohne einen klaren Gedanken fassen zu können, zurück nach Salzburg.

Er nahm sich jedoch fest vor, keine Situation mehr heraufzubeschwören, wie er sie soeben erlebt hatte. Trotzdem spürte er noch deutlich die Küsse Judiths, ihren warmen Körper und saugte förmlich mit Inbrunst ihren Duft, den er immer noch zu riechen glaubte, tief in sich hinein.

In seiner Salzburger Wohnung wartete eine Überraschung auf ihn. Seine Wohnräume waren durchwühlt vom Keller bis zum Dach. Sie zeigten deutliche Spuren von rücksichtsloser Fremdeinwirkung. War etwas gestohlen worden oder was hatten der oder die Täter gesucht? Bei ihm gab es doch nichts Wertvolles, oder doch?

Während er noch darüber rätselte, was das alles zu bedeuten hatte, schlug mehrmals seine Hausglocke an und er beeilte sich, sofort zu öffnen.

Vor der Türe standen zwei Beamte des Erzbischofs, die, so viel er sich erinnern konnte, interne kirchliche Vorgänge des Bistums zu untersuchen hatten.
Sie erklärten ihm, auf Weisung des Erzbischofs seine Räume durchsucht zu haben, weil der dringende Verdacht bestand, dass er etwas mit dem Verschwinden von Michael Brand zu tun hatte. Nach Aussage des Domherren Fürstenthal hätte er in letzter Zeit viel mit dem Jungen zu tun gehabt, ja, ihn bedroht und zu Falschaussagen angestiftet. Selbst die Eltern von Michael hätte er massiv bedroht, was diese bereits schriftlich bestätigt hätten!
Michael wäre wiederholt bei ihm, seinem Förderer und väterlichen Freund, gewesen und hätte ihn um Beistand gebeten, weil er um sein Leben fürchtete.
Darüber hinaus hätten sie bei der Durchsuchung seines Hauses in einem Kellerraum Kleidungsstücke gefunden, die gut zu der Beschreibung Fürstenthals passten und durchaus dem Jungen zugeordnet werden könnten. Dies bedürfe allerdings noch einer näheren Untersuchung.
Peter war außer sich.
Er machte seine Aussage und beschuldigte nun seinerseits Fürstenthal, bei dem bereits drei seiner Zöglinge verschwunden waren.
„Nun“, meinten daraufhin die beiden Beamten, „Fürstenthal bringt auch das Verschwinden Eures Neffen mit Euch in Zusammenhang. Er hat es zwar nicht ausgesprochen, aber aus seinen Andeutungen war herauszuhören, dass er Euch im Verdacht hat, mit jungen Männern mehr als nur freundschaftlich zu verkehren. Ihr werdet verstehen, dass wir auch in dieser Richtung ermitteln müssen. Wir bitten Euch dringend, uns weiterhin rund um die Uhr zur Verfügung zu stehen. In Eurem Interesse hoffen auch wir, dass sich der

Verdacht gegen Sie rasch aufheben lässt."
Peter eilte schnurstracks zu Fürstenthal. Dessen Diener erklärte ihm aber, dass sich sein Herr für einige Tage auf das Schloss seiner Familie zurückgezogen habe.
Seine Bitte um eine Audienz beim Erzbischof wurde ihm harsch verweigert. Die übrigen Domherren gingen ihm auffällig aus dem Wege.
Dann kam es knüppeldick.
Ohne Angabe von Gründen wurde er, angeblich auf Anweisung von höchster Stelle, in das Kapuzinerkloster verbannt und in eine Zelle gesteckt, die beredten Beweis für diesen Bettelorden ablegte.
Ein Bett aus Brettern, Decke aus gewebtem Flachs, Betstuhl und eine Waschschüssel aus Ton, waren die einzige Möblierung. An der Wand ein Kruzifix und ein Bild des heiligen Franziskus. Dazu im Dreistundentakt, Tag und Nacht, Chorgebet. Die ihm zugeteilte Arbeit im Garten war schwer, brachte aber ein wenig Abwechslung. Er verstand nicht den zufriedenen Gesichtsausdruck seiner Mitbrüder trotz dieser spartanischen Lebensweise.
Er zählte nicht mehr die Stunden und Tage, er lebte den Rhythmus der Patres und unterdrückte seine Enttäuschung, seine Verzweiflung, so gut es ging. Gespräche mit ihm beschränkten sich auf das Notwendigste. Ausgang, auch nur für kurze Zeit, wurde ihm nicht gestattet.
Anfangs erdrückte ihn fast die Stille, die im Kloster herrschte. Selbst die Schritte der Insassen wurden von mit Filz belegten Sandalen gedämpft.
Nun vermisste er die alte Ilse, die sich seit Wochen vor seinem Haus aufgehalten hatte, die mit ihrem altersschwachen Leierkasten tagein tagaus dieselbe Melodie spielte, begleitet von Agnes, einer alten, zahnlosen Frau mit einem Zupfin-

strument. Das Duo lag meistens im Wettstreit mit blinden Straßenmusikanten, die sich im Nachahmen von Tierstimmen versuchten.

Genervt hatte er mehrmals versucht, Ilse zu vertreiben, als er jedoch bemerkte, dass sie blind war, ergab er sich seinem Schicksal. Und jetzt fehlte sie ihm.

Eines Tages, Peter hatte schon fast die Hoffnung auf eine Änderung seiner Situation verloren, wurde er vom Guardian, dem Vorsteher des Klosters, in das Sprechzimmer gerufen, wo Besuch auf ihn wartete.

Peter traf erwartungsvoll auf einen Franziskaner, der ihm, trotz der Dunkelheit, die im Raum herrschte, weil er auch als Beichtzimmer zur Verfügung stand, irgendwie bekannt vorkam.

Nachdem sie sich einige Zeit gemustert hatten und der Gast Peter aufmunternd zulächelte, fiel es diesem wie Schuppen von den Augen.

„Onkel Thomas, nein, natürlich Pater Bartholomäus“, brach es begeistert aus Peter heraus.

Er weinte Tränen der Freude. Er hatte Bartholomäus seit zwei Jahren nicht mehr gesehen und fand, dass sich dieser äußerlich sehr verändert hatte. Der Haarkranz der Tonsur war inzwischen grau geworden, die Backen jedoch voller und der Bart noch länger. Aber jetzt war er ihm wieder vertraut und er spürte, wie seine Niedergeschlagenheit von ihm abfiel und Optimismus Platz machte. Für seine derzeitige Lage sah er wieder Licht am Ende des Tunnels. Irgendwie glaubte er, dass sein geistlicher Onkel Rettung bringen konnte.

„Vorher hatte ich ein Gespräch mit eurem Erzbischof, ich kenne daher deine Lage. Der hochwürdige Herr Guardian hat mir darüber hinaus berichtet, wie unglücklich du dich fühlst.

Ich kann das verstehen und möchte dir gerne helfen.“

„Kannst du das? Du warst bei Graf von Thun? Was erzählt er über mich? Wieso hat er mich hierher verbannt? Ich bin doch schuldlos!“
„Davon bin auch ich überzeugt, aber deinem Dienstherrn sind die Hände gebunden.
Das beste für dich war die Abschottung in diesem Kloster. Damit wollte er dich vor seinen Kommissaren schützen, die anscheinend ganz wild darauf sind, dich hinter Gitter zu bringen.
Sie haben angeblich hieb- und stichfeste Beweise dafür, dass du für das Verschwinden von zwei Knaben verantwortlich bist ...“
„Ich doch nicht ...“, unterbrach er seinen Onkel verzweifelt.
„Es gibt drei Zeugen, die schriftlich zu Protokoll gegeben haben, dass du zuletzt Stefan vom Hause eines Domherrn, der Stefan unterrichtete, abgeholt hast.“
„Aber das ist doch alles ...“
„Lass mich weiterreden“, mahnte der Franziskaner. „Darüber hinaus wurden bei dir, versteckt in deinem Keller, Kleidungsstücke gefunden, die von Mitschülern eindeutig den beiden Verschwundenen zugeordnet wurden.“
„Das ist alles gelogen und inszeniert von dem Fürstenthal. Der hat mir das absichtlich eingebrockt, weil ich ihn verdächtige, Michael und Stefan verschleppt oder getötet zu haben“, wehrte sich Peter. Und weiter: „Was macht der Erzbischof? Der glaubt doch nicht an meine Schuld, er war sich nämlich auch nicht ganz sicher, als wir beim Fürstenthal waren ...“
„Graf von Thun befindet sich in einer schwierigen Situation. Man kann sein Verhalten schon verstehen. Er ist der Souverän des Landes, auch sein oberster Gerichtsherr. Für ihn müssen alle Leute gleich behandelt werden. Interveniert er, mischt er sich ein, noch dazu bei einem seiner Vertrauten,

dann ist es schnell vorbei mit seinem Ansehen. Er hat dich jetzt vorübergehend aus dem Verkehr gezogen und hofft, davon ist er überzeugt, dass sich die Jungen bald wieder einfinden werden."

„Das kann lange dauern oder überhaupt nicht geschehen, weil sie vielleicht schon tot sind! Nein, du musst versuchen, eine Gegenüberstellung zwischen mir und den angeblichen Zeugen zu erreichen. Ich glaube nicht, dass sie dann noch bei ihren Behauptungen bleiben werden. Bitte tu das für mich. Ich schwöre dir beim Heiligen, dass ich vollkommen unschuldig bin. Bitte hilf mir und damit auch unserer Familie, die auch mit diesem Makel, mit dieser Schande leben muss. Sprich doch noch einmal mit Graf Thun, auf dich hört er vielleicht."

„Fürstenthal sei über jeden Verdacht erhaben", sagte er mir bei meinem ersten Gespräch. „Er sei ein Vorbild an Frömmigkeit und Disziplin. Darüber hinaus der größte Wohltäter und Mäzen des Erzbistums. Ihn anzuklagen oder nur zu verdächtigen, würde eines der ältesten und angesehensten Adelsgeschlechter auf den Plan rufen. Das könne auch ein Landesfürst nicht riskieren", meinte er.

„Dann bin ich doch verloren. Nicht angeklagt, sondern bereits verurteilt. Du bist meine letzte Hoffnung!"

„Ich will versuchen, was ich kann. Demnächst erhält euer Landesherr hohen Besuch, zu dessen Vorbereitung ich nach Salzburg gekommen bin. Außerdem bewohne ich die Zelle neben dir und mit Erlaubnis des Guardians können wir in Ruhe unser Vorgehen besprechen."

Katharina, die sich nie mehr richtig erholen konnte, verstarb wenige Tage später. Peter durfte in Begleitung von Bartholomäus zur Beerdigung. Kirche und Friedhof waren überfüllt von einer riesigen Schar von Leuten, die von weit und

breit angereist kamen, um der angesehenen Frau die letzte Ehre zu erweisen.
Es ergab sich, dass Peter und Judith auf dem Rückweg zum Wohnsitz allein in einer Kutsche saßen.
„Ich habe Martin gebeten, mit dir fahren zu können, weil ich, praktisch als mehr oder weniger Unbeteiligte, über die Vorwürfe gegen dich mit dir unter vier Augen sprechen wollte. Das war, wie du dir denken kannst, nur die halbe Wahrheit."
„Ich musste immer an dich denken ... über unsere letzte Begegnung ... über deine Zärtl..."
Weiter kam er nicht, weil ihm Judith mit der Hand den Mund verschloss.
„Lass mich bitte sagen, was mich die ganze Zeit bedrückt, bitte lass mich ausreden."
Peter nickte, hielt jedoch ihre Hand, die sie ihm nicht entzog.
„Auch ich habe viel, sicherlich zu viel an dich gedacht. Die Sehnsucht nach dir hat mir fast das Herz zerrissen. Mit der Zeit jedoch ebbte das Verlangen nach einem zärtlichen Wiedersehen allmählich ab.
Ohne viel Worte hat mich Katharina in ihren letzten Tagen davon überzeugt, dass eine Liebe zwischen uns nur Unglück bringen würde und eine große Sünde wäre. Sollten wir diese Schuld auf uns laden? Ich kam zu der Überzeugung und habe mir das auch fest vorgenommen, dass ich jedem Alleinsein mit dir künftig konsequent aus dem Wege gehen werde. Ich habe das heute am Grabe Katharina noch einmal gelobt und ich bitte dich inständig, hilf mir dabei", flehte sie.
Peter war erschüttert, weil er ganz deutlich erkennen konnte, wie schwer Judith diese Worte gefallen waren. Sie zitterte am ganzem Leibe. Tränen liefen ihr die Wangen herunter.

Er hatte auch die gleichen Gedanken, verlor sich aber regelmäßig in einen Traum, der für beide im großen Glück enden sollte. Er wollte es jedoch Judith nicht noch schwerer machen und versprach: Du hast vollkommen recht, für uns gibt es keine Zukunft, du musst deinen Weg gehen und ich den meinen."

Befreit atmete Judith auf. Sie drückte die Hand Peters und küsste ihn. Sicher das letzte Mal, dachte sie.

Über die Gründe seiner Verbannung brauchten sie nicht mehr zu sprechen. Judith zeigte sich gut informiert.

„Ein Wolf im Schafspelz", urteilte sie über seinen Ankläger. „Gegen ihn müsste etwas zu finden sein, daran sollten wir arbeiten", fügte sie hinzu.

Der mit auf dem Bock sitzende Kapuzinerbruder, der Peter zu begleiten hatte, konnte die Ohren noch so spitzen, er bekam nur zusammenhanglose Wortfetzen zu hören.

9

Der Berchtesgadener Chorherr von Scheidegg erbat eine Audienz beim Salzburger Erzbischof. Er bat um Hilfe, bei Josef I. gegen die Übergriffe der kaiserlichen Administration zu protestieren, die glaubte, von München aus in die Geschicke des reichsunmittelbaren Stiftes eingreifen zu können.

Natürlich ging es wieder einmal ums Geld und um das Berchtesgadener Salz.

„Eigentlich habe ich gehofft, Euren Domherren Peter von Brandstädter anzutreffen", zeigte sich der Berchtesgadener enttäuscht. „Seine guten Verbindungen zum Kaiserhaus hätten uns auch dieses Mal wieder helfen können."

Der Salzburger bedauerte, dass sein Domherr zur Zeit nicht

zur Verfügung stünde.
Scheidegg kannte den Grund, kommentierte die Aussage allerdings nicht.
„Bringt mir Euer Anliegen vor, ich werde sehen, was ich für Euch tun kann," forderte er Scheidegg auf.
„Graf Löwenstein-Wertheim, der vom Kaiser quasi als Statthalter Bayerns eingesetzt ist, versucht sich bei uns Rechte anzumaßen, mit der Begründung, dass die bayerischen Kurfürsten einmal Verbündete von uns waren. Der Kaiser kann uns vor Übergriffen seiner Leute beschützen. Wir haben nicht nur einmal darauf hingewiesen, dass wir treu zum Kaiser stehen. Das kann sich sehr schnell ändern, wenn unsere Leute merken, dass sich diese Treue nicht lohnt!"
„Habt Ihr konkrete Beweise für unberechtigte Übergriffe oder ist es mehr ein Gefühl, das Euch treibt?"
„Wenn es nur ein Gefühl wäre! Wir haben unserem Kurfürsten vor seiner Verbannung etwa bis zum Jahre 1702 monatlich Tafelgelder abliefern müssen. Diese Zahlungen verlangt nun die kaiserliche Administration von uns. Eine Abgabe, die uns vor enorme finanzielle Schwierigkeiten stellt. Sie fußt auf keinem Gesetz, keiner Verordnung. Sie wäre jetzt auch völlig unmöglich, weil uns beim Salzverkauf Preise aufgezwungen werden, die nicht einmal mehr die Gestehungskosten decken."
„Davon können auch wir ein Lied singen", stimmte Ernst von Thun zu.
„Das ist noch nicht alles. Die Kaiserlichen wollen uns nun mit einer Finanzkommission auf den Pelz rücken. Das haben wir zwar, mit dem Hinweis auf unsere Selbstständigkeit, strikt zurückgewiesen. Gegen Gewalt jedoch, die uns unverhohlen angedroht wurde, können wir uns aber nicht wehren. Unsere Kassen weisen bereits jetzt ein Defizit von 100.000

Gulden auf; zusätzliche Lasten, wie sie durch die kaiserliche Administration gefordert werden, würden den Ruin unseres Landes bedeuten. Wir sind ein freies Reichsstift, für diese Unabhängigkeit haben wir lange genug gekämpft", betonte er mit Nachdruck „und diesen Status lassen wir uns auch nicht nehmen!"

Entschlossen und energisch trat der Berchtesgadener auf, und das gefiel dem Salzburger.

Wenn ich auch mehr von der Sorte hätte, bräuchte mir um das Erzbistum nicht bange zu sein, dachte er. Einen hätte ich ja, der aus dem selben Holz geschnitzt ist. Den musste ich aber selber auf Eis legen. So sehr er sich auch Gedanken machte, er fand keinen Ausweg.

Gestern erst hatte er nach dem Abendmahl mit seinen Domherren und Räten die Lage ihres Mitbruders besprochen und auch an sie appelliert, Entlastungsgründe aufzuzeigen.

Schnell stellte sich dabei heraus, dass die meisten Kollegen aus Neid, Missgunst oder Schadenfreude Peter gerne in dieser verzwickten Lage sahen.

Fürstenthal, der wieder zurück war, hielt sich erstaunlicher Weise aus dieser Diskussion heraus.

Direkt angesprochen und mit seinen belastenden Aussagen gegen Peter konfrontiert, ging dieser einer direkten Antwort aus dem Weg und flüchtete sich in Allgemeinplätze.

„Warum habt Ihr Eure Aussage, dass Stefan von Peter abgeholt wurde, nicht sofort gemacht?", wollte einer der Anwesenden wissen.

„Es lag mir doch fern, ohne irgendeinen handfesten Beweis einen Mitbruder in Verdacht zu bringen. Es war doch damit zu rechnen, dass der Junge bald wieder auftaucht. Wie wäre ich dann dagestanden?", konterte er den Vorwurf.

Nach dem Treffen kam jedoch Domherr Paulus von Retten-

bach auf seinen Dienstherrn zu und bat um einen Beichttermin.
„Ja, es könnte mit dem heutigen Thema zusammenhängen und deshalb sollte meine Aussage unter das Beichtgeheimnis fallen", antwortete er auf die Frage seines Erzbischofs.
Vielleicht ein Hoffnungsschimmer? Er wusste über diesen Domherrn eigentlich sehr wenig. Paulus war bestimmt der Frömmste unter ihnen. Sehr in sich gekehrt, fast scheu, auch seinen Mitbrüdern gegenüber. Er war seinerzeit von Fürstenthal, seinem Studienkollegen, dem Kapitel empfohlen worden. Weiß der etwas, das Licht in das Dunkel bringen könnte?

Das Gespräch mit dem Berchtesgadener, der sich eingehend nach Peter erkundigt hatte, endete mit dem Versprechen des Erzbischofs, die Wünsche der Fürstpropstei bei nächster sich bietender Gelegenheit beim Kaiser oder einem seiner zuständigen Mitarbeiter vorzubringen.
„Wenn ich keinen Erfolg haben sollte, werde ich Euch das sofort wissen lassen. Ich würde allerdings dann empfehlen, eine offizielle Delegation nach Wien zu entsenden, die noch einmal darauf verweist, dass sich Berchtesgaden beim bayerischen Volksaufstand in keiner Weise beteiligte, dass die Bevölkerung von den bayerischen Kurfürsten nichts mehr wissen will und Ihr darauf dringt, die vollständige Anerkennung als Reichsstand zu erhalten."
„Sollten wir vielleicht auch beim Ständigen Reichstag zu Regensburg unsere Position ...?", schlug Scheidegg vor.
„Davon würde ich abraten", war die Antwort des Salzburger Erzbischofs.

Voller Unruhe wartete Peter auf die Rückkunft Bartho-

lomäus, der Fürstenthal einen Besuch abstatten wollte.
Dann stand er endlich vor ihm. Seine Miene drückte Zuversicht aus.
Voller Erwartung wollte Peter wissen: „Hast du mit ihm gesprochen, bitte spanne mich nicht länger auf die Folter!“
„Gemach, gemach, mein Lieber. So schlecht sieht es für dich nicht mehr aus.“ Beruhigend sprach er auf Peter ein.
„Also, der Fürstenthal hat mich freundlich empfangen. Als Grund meines Besuches verwies ich auf eine geheime Mission, zu der ich vom Kaiser persönlich beauftragt wurde.
Ich habe darauf hingewiesen, dass die Fürstenthals im Kaiserreich einen ausgezeichneten Ruf genießen, deren Loyalität zu keiner Zeit bezweifelt wurde.
Ich sollte von ihm, unter dem Siegel der Verschwiegenheit, die Stimmung Salzburgs gegenüber dem Kaiserhaus erkunden. Wie es war mit der Frankreichfraktion, mit der Bündnistreue und mit den finanziellen Möglichkeiten, das kaiserliche Heer im Krieg um das Erbe Spaniens zu unterstützen.
Ich tat sehr geheimnisvoll, schmeichelte ihm, obwohl mir nicht danach zu Mute war.
Danach kam ich so ganz nebenbei auf unser Thema, so nach dem Motto: Mir ist da etwas zu Ohren gekommen, etwas von einem Skandal, in den ein Domherr verwickelt sein soll, der mit dem Verschwinden mehrerer Seminaristen in Verbindung gebracht wird.
Zuerst wollte er nicht so recht mit der Sprache herausrücken. Als ich ihm jedoch zu verstehen gab, dass in diesem Zusammenhang auch sein Name erwähnt wurde, redete er.“
In die Pause, die er nun machte, fiel Peter schnell ein: „Weiter, hat er sich verraten?“
„Ganz so weit ist er noch nicht. Aber er behauptet nun nicht mehr, dass er selbst gesehen hätte, wie du Stefan abgeholt

hast, er beruft sich vielmehr auf seine Mitarbeiter.
Ich wollte dann nicht weiter in ihn dringen, spazierte dann aber so lange in seinem Garten herum, bis ich auf den Gärtner traf. Den sprach ich direkt auf seine Aussage an.
Nun kommt das Merkwürdige. Er sagte mir, dass er erst vor wenigen Tagen eingestellt wurde, zusammen mit einem neuen Diener. Ihre Vorgänger wären angeblich zu neuen Dienstherrn nach Italien verzogen.
Also zusammengefasst: Die drei Belastungszeugen gibt es nicht mehr. Kein Richter wird die schriftlichen Aussagen alleine bewerten. Die Zeugen müssten vor Gericht unter Eid aussagen und das ist nicht mehr möglich!"
„Und wenn das Gericht die Zeugen suchen lässt? Das kann dann eine Ewigkeit dauern und ich sitze hier fest", sagte Peter resignierend.
„Weitere Belastungszeugen, die Eltern von Michael, dem zweiten Vermissten, suche ich auch noch auf. Ihre Aussage ist sicher erkauft oder erpresst worden, da bin ich mir sicher. Wenn sie mir den Urheber ihrer Beeinflussung benennen, können wir Licht in das Dunkel bringen. Ich werde auf jeden Fall alles versuchen, das verspreche ich dir", meinte nun, Optimismus ausstrahlend, der Franziskaner. „Wenn das auch nichts bringt, dann befragen wir eben alle Jungen, die der saubere Herr einmal unter seine Fittiche genommen hat", setzte er hinzu.
Peter stellte sich auf das Warten ein. Die Fastenzeit war angebrochen, worauf die schon kleinen Essensportionen im Kloster noch einmal halbiert wurden und an zwei Tagen in der Woche wurde total gefastet. Es schien ihm, als würden dafür die Arbeit und die Chorgebetszeiten verdoppelt. Nie mehr würde er über die Mönche spotten, nahm er sich vor. Was sie leisten mussten und dazu noch eine frohe Miene

machten, überstieg bei weitem das, was er vorher angenommen hatte.
Hin und wieder bekam er Besuch. Für kurze Zeit durfte er mit ihm im Sprechzimmer Gespräche ohne Beaufsichtigung führen.
Sein Guardian behandelte ihn respektvoll und machte keinen Unterschied zu den anderen Patres und Brüdern. Der absolute Gehorsam galt für alle.
Einmal kam Judith mit ihrer kleinen Tochter zu Besuch.
„Das ist unser Sonnenschein. Maria, gib dem Onkel Peter deine Hand“, forderte sie das Mädchen auf, das allerdings ängstlich zurückwich.
„Das ist der Habit, der das Kind erschreckt, das kommt öfters vor“, lachte Peter.
Er war sehr froh über diesen Besuch, weil er ihm zeigte, dass sich seine Gefühle für Judith verändert hatten. Er sah sie jetzt als seine hübsche Schwägerin. Sie anzuschauen, mit ihr zu plaudern war ganz natürlich und nicht belastet mit der leidenschaftlichen Glut von einst. Er liebte sie immer noch. Es war jedoch eine andere Liebe, glaubte er. In den Tagen und Nächten des Fastens und Betens hatte er vielmals abgeschworen von seiner Sehnsucht zu der geliebten Frau und sich allmählich von den Gedanken, sie zu besitzen, gelöst.
Auch Judith gab sich unbefangen und machte Scherze über seine dünne Figur, den langen Bart und die ausrasierte Tonsur.
Du wirst bald freikommen, davon bin ich fest überzeugt. Erstens bist du unschuldig und zweitens vermisst dich dein Dienstherr. Er braucht dich dringend, soll er vor kurzem verlauten haben lassen.
Er will noch etwas warten, damit Gras über die Sache wach-

sen kann."
„Gibt es ein Lebenszeichen von Stefan?", wollte Peter wissen.
„Leider noch nicht. Hoffentlich ist ihm nichts Ernstes zugestoßen. Ich denke mir halt, er hatte das Leben im Seminar oder bei diesem Fürstenthal satt. Darum hat er sich für einige Zeit aus dem Staube gemacht. Der kommt wieder, du wirst es schon sehen," gab sich Judith überzeugt.
„Dann wäre auch der Fall gelöst, oder? Aber so einfach wird es nicht sein. Meine Ahnung geht in eine ganz andere Richtung. Ich bete täglich zu Gott, dass sie sich nicht bewahrheitet."
Dein Bruder macht sich große Sorgen. Er möchte dir gerne helfen, dich sogar mit Gewalt befreien und über die Grenze schaffen. Ich habe ihn vorerst davon abbringen können. Flucht wäre zum gegenwärtigen Zeitpunkt sicher nicht das Klügste.
Martin hat sich auch mit dem Fürstenthal beschäftigt, allerhand Leute befragt, die mit ihm zu tun haben oder sich in seiner Umgebung aufhalten.
Alle reden nur das Beste über ihn. Ein lebendiger Heiliger, wie es den Anschein hat.
Das macht aber auch stutzig. Er hatte zum Beispiel noch keinerlei Affären, wie fast alle seine erlauchten Kollegen. Das ist doch nicht normal. Frauenzimmer, die sich an ihn hin und wieder heranmachen wollten, stieß er verächtlich zurück. Dafür mischt er sich oft in die Ausbildung der Domministranten ein. Das ist eigentlich nicht sein Ressort. Er sucht angeblich talentierte Jungen für das Priesterstudium.
Martin forscht weiter und hofft schon bald etwas gegen diesen Denunzianten in der Hand zu haben."
Nach einigen Tagen kam Bartholomäus von der Familie

Brand, den Eltern des verschwundenen Michaels zurück.
„Die haben ihre Aussage gewaltig abgeschwächt, als ich ihnen vor Augen hielt, welche Strafen auf falsche eidesstattliche Aussage drohten.
Sie bekannten, von einem fremden Mann unter Androhung von Gewalt zu ihrer Aussage genötigt worden zu sein.
Auch sie hoffen immer noch, dass ihr Sohn wieder auftaucht.
Diese Zeugen werden dir bestimmt nicht mehr schaden! So fällt die Anklage gegen dich sicherlich bald wie ein Kartenhaus zusammen“, ließ er keinen Zweifel offen.

Auch der Erzbischof sah die Dinge jetzt in einem anderen Licht. Nach der Beichte seines Domherren suchte er Peter auf. Offiziell kam er zu einem seiner turnusgemäßen Beichtbesuche in das Kloster.
„Alles deutet darauf hin, dass der Verdacht gegen Euch von dem wirklichen Übeltäter ablenken soll. Wir müssen jedoch die Scharade aufrechterhalten, mit größter Vorsicht zu Werke gehen, weil wir sonst befürchten müssen, das Leben der beiden Jungen aufs Spiel zu setzen. Es besteht nach meinem Dafürhalten eine große Chance, die Jungen lebend zu finden.
Wahrscheinlich werden sie irgendwo gefangen gehalten, darauf gründet sich meine Hoffnung“, erklärte er seinem Domherrn.
„Ich muss Euch solange hier festhalten, was ich sehr ungern tue, auch aus Eigennutz, weil ich Eure Dienste sehr vermisse“, gestand er weiter.
„Ihr braucht keinen Namen zu nennen, ich kenne meinen Feind und ich danke Euch für Eure Hilfe.
Eine Bitte hätte ich jedoch: Lockt den Fürstenthal und sei-

ne Bediensteten aus dem Haus und lasst ein Blumenbeet aufgraben, das bei meinem letzten Besuch auffällig frisch bepflanzt war. Einer seiner Wachhunde hat da intensiv herumgeschnüffelt und gescharrt."
„Habt noch ein wenig Geduld, bald werdet Ihr wieder an meiner Seite sein", munterte der Erzbischof seinen Vasallen auf.

10

Martin konnte, nachdem er Rebekka bis zu dem verfallenen Verschlag, hinter dem sein Vater zuletzt gelebt hat und dann umgekommen war, auf den Schultern getragen hatte, endlich absetzen.
„Mein Engelchen, bist du aber schwer, ab heute gibt es kein Essen mehr", drohte er scherzend.
Sie nahmen auf der kleinen Holzbank Platz, die er zusammen mit einem Kreuz, das den Namen seines Vaters trug, gleich nach dessen Tod errichtet hatte.
Oftmals war er seither schon aufgestiegen. Der Ort strahlte Mystik, Ruhe und Frieden aus.
Außerdem konnte man bei gutem Wetter eine grandiose Aussicht genießen, wie sie anderswo nicht schöner war.
Die mitgebrachte Brotzeit mundete seiner Tochter sichtlich. Er war sehr stolz auf sie. Für ihn gab es kein schöneres Kind. Judith musste als Kind genauso ausgesehen haben, war er sich sicher.
Rebekka kletterte, nach der Stärkung mit Brot und Speck, geschickt auf den Felsbrocken herum. Die hat der Berg auch schon im Griff, dachte sich Martin.
„Schau Vater, da oben", sie zeigte in den wolkenlosen Him-

mel. Ein, nein zwei, drei, fünf Adler!" Das Zählen hatte ihr Judith gelehrt, vermerkte der stolze Vater zum wiederholten Male. Ihre drei Brüder, die kurz hintereinander auf die Welt gekommen waren, liebte er auch. Aber das Mädchen war sein Sonnenschein. Sie war an allem, was mit der Natur zu tun hatte, sehr interessiert, und er war glücklich, ihr vieles zeigen und erklären zu können. Maria, ihre Jüngste, war zart und schwächlich. Ihr galt dafür die besondere Fürsorge der Mutter.

Am letzten Sonntag, als die gesamte Familie die Messe im Dom zu Salzburg besucht hatte,

präsentierte ein Falkner unter anderem einen Adler, der die ganze Aufmerksamkeit Rebekkas auf sich zog. Sie hatte Mitleid mit dem armen Tier, das an einer langen Leine, die der Mann in der Hand hielt, immer wieder im Kreise fliegen musste.

„Nein, Rebekka, das sind Geier, Gänsegeier."

„Fressen die unsere Gänse?"

„Nur wenn sie eine tote Gans finden. Sie sind nämlich Aasfresser, suchen sich also nur Kadaver."

Nachdem er ihr noch erklären musste, was Aas und Kadaver sind, fragte sie wissbegierig weiter:

„Wieso erkennst du, dass es keine Adler sind?"

„Adler fliegen nicht in so großen Gruppen. Außerdem haben die Geier und wenn du genau hinschaust siehst du das auch, einen kleinen Kopf, der mit dem gekrümmten Hals abwärts hängt, riesige Flügel und einen kurzen Schwanz. Während Adler durchgehend eine meist braune Farbe aufweisen, siehst du hier bei den Gänsegeiern einen weißen Kopf und Hals, der aus Daunenfedern besteht. Ähnlich den Daunen einer Gans oder Ente."

Rebekka versuchte das Gehörte genau zu erkunden und sah

nur noch dem Treiben der Vögel zu, die immer wieder neugierig näher kamen.

Du musst dich bewegen, sonst glauben die noch, sie könnten dich verspeisen", spottete Martin.

Sofort lief Rebekka zum schützenden Unterstand, getraute sich aber nicht in die Höhle.

Als sie Geräusche vernahm, die aus dem Inneren der Höhle kamen, lugte sie vorsichtig durch einen Spalt und schrak zurück.

Dann lief sie zu ihrem Vater und flüsterte. „Da ist einer in der Höhle, ich hab ihn genau gesehen!" Vor Erregung zitterte nicht nur ihre Stimme.

„Wahrscheinlich Kaiser Karl oder einer seiner Wächter", lachte der Angesprochene.

„Wenn du mir nicht glaubst, dann schau doch selber hinein", antwortete Rebekka beleidigt.

„In der Höhle ist es dunkel. Allerhand Krimskrams von deinem Großvater liegt da herum. Da fällt zwischen den Bretterritzen ein bisschen Licht hinein und schon lässt man sich täuschen und glaubt Gestalten zu sehen."

Rebekka schmollte und entzog sich auch seinen Armen, als er sie streicheln und an sich drücken wollte.

„Also gut", gab er nach, „ ich gehe in die Höhle und rufe dich, wenn ich etwas Interessantes finde. Bleibe solange auf der Bank hier sitzen."

Er wusste nicht recht warum, vielleicht weil er seiner Tochter zeigen wollte, wie ernst er ihre Beobachtung nahm, oder, weil es in der Höhle auch ihm nicht recht geheuer war, rief er, an dem Bretterverschlag angekommen: „Ist da jemand?"

Nachdem er zum dritten Male gerufen hatte, glaubte er ein Stöhnen zu vernehmen.

Einen Moment stutzte er erschrocken, schalt sich aber sogleich einen Tölpel, der einer Sinnestäuschung erlegen war. Dann aber zwängte er sich durch den schmalen Einlass beherzt in die Höhle.

Als er sich einigermaßen an die Dunkelheit gewöhnt hatte, sah er tatsächlich eine reglose Gestalt am Boden liegen.

Er näherte sich vorsichtig, blieb jedoch in einiger Entfernung stehen und rief: „Was machen Sie hier, wer sind Sie, kann ich Ihnen helfen?“

Ein kaum hörbares Stöhnen war die Antwort. Der kann mir nicht gefährlich werden, dachte sich Martin, als er näherkommend einen zerlumpten und ausgemergelten Mann sah, mit Spuren von eingetrocknetem Blut an Kopf und Händen.

Mehr tot als lebendig und fürchterlich anzuschauen. Eigentlich müsste ich ihn ins Freie tragen, aber Rebekka? Die würde sich sicherlich zu Tode erschrecken.

„Bleib bitte draußen!“, antwortete er auf ihre ängstlichen Rufe. „Ich bin gleich bei dir“, versuchte er sie zu beruhigen. Dann schöpfte er mit einem Tonscherben, der noch von seinem Vater in der Höhle verblieben war, Wasser aus einer Vertiefung, entledigte sich seines Hemdes und wusch damit dem Verletzten die Blutspuren aus Gesicht und Händen. Die Füße sahen ebenfalls schlimm aus. Schuhe waren nirgends zu entdecken.

Er ging zu Rebekka und erklärte ihr, dass sie einem verletzten Manne helfen müssten, dem großes Leid widerfahren war.

Du musst Krankenschwester spielen, das machst du doch gerne?“

Rebekka wurde ganz aufgeregt. Sie dachte an das Gleichnis vom Barmherzigen Samariter, das sie am vergangenen Sonntag in der Kirche gehört hatte. Ja, sie wollte eine Samariterin sein.

Der Mann sah im Freien fast noch schlimmer aus. Eingefallene Wangen, aus denen spitz die Wangenknochen herausstanden, wildes Bartgestrüpp, das noch immer blutverklebt war und, Augen, die tief in ihren Höhlen lagen.

Er hatte die Augen für einen kurzen Augenblick geöffnet, sie jedoch sofort wieder geschlossen, weil ihn anscheinend das Tageslicht zu sehr blendete.

Tapfer brachte Rebekka immer wieder Wasser aus der Höhle, mit dem Martin den Mann so gut es ging, säuberte. Manches Mal stöhnte der vor Schmerz.

Martin tastete ihn ab, konnte aber keine größere Verletzung oder gar Knochenbrüche feststellen.

„Geben wir ihm doch etwas zu essen, der hat doch nur noch Haut und Knochen“, flüsterte Rebekka, die furchtlos ihrem Vater zusah und voller Mitleid auf den Verletzten blickte.

Dankbar ließ sich der Fremde mit etwas Brot, das vorher ins Wasser getunkt wurde, füttern.

Beim Versuch, zu sprechen, kam nur ein unverständliches Lallen aus seinem Mund.

Gleich darauf verlor er die Besinnung.

Martin war unschlüssig. Sollte er Hilfe holen oder aus Ästen und Zweigen eine Trage bauen, die er dann zu Tal ziehen konnte?

Er untersuchte den Mann, der ihm irgendwie bekannt vorkam, noch einmal gründlich.

Er spürte, dass sofort geholfen werden musste, wenn der Mann am Leben bleiben sollte.

„Rebekka, du musst jetzt zu Fuß gehen. Bergab ist das leicht. Ich werde jetzt den Mann tragen, verstehst du das?“

Rebekka nickte nur und machte sich sogleich auf den Heimweg.

Martin hob den Mann hoch und dachte sich, dass dessen Gewicht nicht viel größer war, als das seiner Tochter, die er

vorher den Berg heraufgetragen hatte.
Er kam daher gut voran. Bald schon war er auf seinem Anwesen angelangt.
Hin und wieder war der Verletzte wach geworden, was Martin an seinem Stöhnen erkannte.
Er durfte jedoch keine Pause machen, weil ihm nur zu gut bewusst war, dass schnelle Hilfe lebensrettend sein konnte.
Judith versorgte den Mann löffelweise mit einem warmen Tee, von dem Katharina immer behauptete, er würde Tote auferwecken.
Dann kam der Arzt, der nach eingehender Untersuchung seine Anweisungen gab.
„Zu schwach für einen Transport ins Spital", war seine Einschätzung. Er übergab Tropfen, empfahl leichte Kost und Tee mit Honig, vorerst gering dosiert.
Judith wusch den Fremden von Kopf bis Fuß mit warmem Wasser, bestrich seine Wunden mit Kräuteressenzen, die mit Schweineschmalz vermischt waren, und zog ihm mit Hilfe ihres Mannes saubere Kleidung an.
Nach einigen Tagen hatte sich der Kranke soweit erholt, dass er zu sprechen anfing.
Die ersten Gehversuche folgten.
Als sie ihn zu dem gemeinsamen Abendessen an ihren Tisch einluden, war ihm deutlich anzusehen, wie gerne er dieser Aufforderung nachkam.
Nach dem Tischgebet sah er seine Gastgeber an und fragte: „Erinnert ihr euch nicht an mich?"
Judith und Martin sahen sich an. Ja, irgendwie hatten sie schon festgestellt, dass er mit jemanden, den sie schon einmal gesehen hatten, eine Ähnlichkeit aufwies.
Aber wer konnte es sein?
„Ich bin der Benjamin", kam es zögerlich aus dem Munde

ihres Gastes.
Nun wussten sie, wem sie sich ins Haus geholt hatten.
„Ich weiß, es ist gefährlich, mich zu beherbergen. Ich bin euch sehr dankbar für die Rettung und Pflege. Am besten wird es sein, wenn ich mich sofort wieder auf den Weg mache. Zu meinen Brüdern darf ich nicht. Dort habe ich Hausverbot.
Die Kaiserlichen suchen mich. Überall haben sie ihre Späher und Spione.
Ich konnte ihnen zuletzt mit knapper Not entkommen. Die Scheideggs in Gern hatten mir Zuflucht gewährt. Es muss mich aber jemand verraten haben.
Sie jagten mich mit Musketen und Hunden. Mir blieb nur die Flucht auf den Berg. Immer weiter, immer höher. Bis endlich das Gebell der Hunde nicht mehr zu hören war. Auch das Gebrüll der Verfolger verebbte allmählich."
Erschöpft lehnte er sich zurück. Nach einer Pause, ohne von seinen Gastgebern unterbrochen zu werden, fuhr er fort:
„Ich habe dann auch die Orientierung verloren, Nebel kam auf. Ich irrte tagelang umher und fror in den Nächten. Als sich das Wetter wieder besserte, orientierte ich mich nach der Sonne und lief und kletterte ostwärts, Richtung Salzburg, weil ich annehmen konnte, dass die Häscher des Kaisers die Souveränität Salzburgs mehr achten mussten, als sie dies in Berchtesgaden praktizierten."
Er sprach nicht flüssig, stockte immer wieder, wahrscheinlich auch deshalb, weil ihm die schrecklichen Bilder immer wieder vor seinen Augen gaukelten. Sein Blick richtete sich oftmals in die Ferne, so als wäre er alleine im Raum oder hoch oben auf dem Untersberg. Irgendwie schien er etwas zu verdrängen, das er nicht sagen wollte.

Martin sann nach einem Ausweg. Der Aufenthalt bei ihnen war für beide Seiten einfach zu gefährlich. Er beschäftigte zu viele Tagelöhner, denen er sich nicht ganz sicher sein konnte. Aus Wichtigtuerei wurde schon manch verhängnisvolles Ereignis ausgelöst. Vielleicht war aber auch schon bekannt geworden, welch hohes Lösegeld auf Benjamin ausgesetzt war.

Zu seinen Vettern aus dem Bankhaus wollte er auch keine Verbindung aufnehmen; sie hatten wiederholt erklärt, wenn die Sprache auf Benjamin kam, dass er von ihnen nicht nur keine Hilfe erwarten konnte, sondern dass sie seine Ideale strikt ablehnten.

„Benjamin kann später mit ihnen Kontakt aufnehmen, wenn er gesundheitlich über dem Berg und dies nicht mit der Gefahr einer Entdeckung verbunden ist," sagte Martin zu seiner Frau.

Er besuchte Peter, der bei den Kapuzinern, nachdem ihr Guardian mit dem Erzbischof gesprochen hatte, wieder das hohe Ansehen eines Domherren genoss.

Der Guardian wusste, dass in dem Fall der abgängigen Seminaristen eine Wende eingetreten war, die Peter völlig entlastete.

„Ich muss meine Büßerrolle hier weiterspielen", erklärte er seinem Bruder.

„Wie lange noch?", wollte dieser wissen.

„Bis die Falle zuschnappt", war die knappe aber durchaus optimistische Antwort.

Martin erzählte ihm von Benjamin.

„Schick ihn zu uns. Hier ist er sicher und er kann sich ganz erholen. Der Guardian wird mir sicher den Gefallen tun. Für ihn gilt nämlich noch das Gebot der Nächstenliebe. Der verrät niemanden oder liefert ihn gar aus. Da kannst du sicher sein. Außerdem verstehen sich die Patres hervorragend in Sachen Medizin. Besser als mancher Medikus!“

Martin fiel ein Stein vom Herzen.

In der gleichen Nacht noch brachte er seinen Schützling in das Kloster. Er wurde in der Zelle untergebracht, die Bartholomäus während seines Aufenthaltes bewohnte, also direkt neben Peter.

Der wartete schon voller Spannung auf den Neuankömmling. Vor allem wollte er genau wissen, wie Benjamin über den Berg kam. Seinen Berg! Den Schicksalsberg der Brandstädter!

Er musste jedoch seine Neugierde noch etwas im Zaume halten. Zu schwach noch war der Patient.

11

„Mein hochverehrter Herr von Fürstenthal“, begann der Erzbischof. „Es wäre mir eine außerordentliche Beruhigung, wenn Ihr unsere Delegation anführen würdet, die in Kürze der Einladung des Heiligen Vaters zu einer Audienz im Vatikan aufbrechen wird.

Offiziell wird uns Papst Clemens XI. seinen Dank für unsere Haltung bei der Bekämpfung des Protestantismus aussprechen. Der Hauptgrund seiner Einladung dürfte allerdings darin zu suchen sein, uns als Vermittler im Streit mit dem Kaiser zu gewinnen.

Ein hochbrisantes Thema, das nur von meinem besten Mitstreiter in Angriff genommen werden kann“, warb er um die Zustimmung Fürstenthals, der unbedingt für einige Zeit von der Bildfläche verschwinden musste.

Ein geschmeicheltes Lächeln huschte über das Gesicht des

Domherrn.
„Die Reise würde bestimmt einige Monate in Anspruch nehmen. Ich glaube, das kann ich mit meinem Gesundheitszustand nicht vereinbaren“, wiegelte er jedoch ab.
„Aber, aber, mein Lieber, manch Junger wäre froh darüber, hätte er Eure Konstitution. Das lasse ich jetzt nicht gelten, da müsst Ihr mir schon andere Gründe nennen“, gab sich Ernst von Thun nicht geschlagen. Er ahnte den Grund, warum sein Domherr sein Haus nicht für längere Zeit verlassen wollte. Er ließ aber nicht locker.
Fürstenthal wand sich, bedankte sich für das Vertrauen, für die große Ehre, redete sich auf seine Dienerschaft hinaus, die er unbeaufsichtigt nicht so lange allein lassen wollte, zumal sie erst seit kurzer Zeit bei ihm wären.
Als der Erzbischof kopfschüttelnd zu erkennen gab, dass ihm die Gründe nicht stichhaltig genug waren, bat der Domherr um Bedenkzeit.
„Nein, nein, mein Lieber, wir müssen das heute entscheiden. Die Zeit drängt und ich bin schon überrascht, dass Ihr diesen Auftrag nicht spontan annehmen wollt“, tat der Dienstherr erstaunt.
„Ich bitte untertänigst, entbindet mich von dieser Verpflichtung. Ich traue mir das einfach nicht zu. Ich wäre ein unwürdiger Vertreter unseres Landes, einer dem diese Schuhe einfach zu groß sind. Bitte habt Verständnis und nehmt einen anderen, jüngeren und geeigneteren.“
Er flehte fast. Ernst von Thun schüttelte wieder den Kopf.
„Gebt mir eine andere Aufgabe, so schwierig sie auch sein mag, ich will sie mit meiner ganzen Kraft, mit meinem ganzen Einsatz, erfüllen“, versprach er.
Nun habe ich dich so weit, war der Erzbischof überzeugt, der ohnehin als Delegationsführer für die Reise nach Rom

Peter auserkoren hatte. Das war für ihn der richtige Mann. Peter hatte durch seinen franziskanischen Verwandten beste Verbindung zum Kaiser, der ansonsten keinen Geistlichen an sich heranließ.

„Nun denn, ich will Euch nicht zwingen. In zwei Wochen haben wir, wie Ihr sicher wisst, beim Ständigen Reichstag in Regensburg eine bayerische Klage wegen unserer Salzausfuhr abzuweisen. Diese Aufgabe übernehmt Ihr und kein anderer!"

Mit Nachdruck, keinen Widerspruch zulassend, hatte von Thun gesprochen.

Wohl oder übel musste sich Fürstenthal fügen.

„Hoffentlich enttäusche ich Euch nicht. Es ist mir eine Ehre, diese Aufgabe übertragen zu bekommen, wenngleich ..." Der Erzbischof ließ ihn nicht weitersprechen und sagte:

„Apropos wegen Eurer Dienerschaft. Für Euren Gärtner hätte ich für einige Zeit gut Verwendung und Euren Diener nehmt Ihr mit. Für die Bewachung Eures Hauses sorge ich schon. Unsere Männer können regelmäßig vorbeischauen."

Der Domherr überlegte: Mit solchem Nachdruck wurde er noch nie mit einer Mission betraut. Auf den Reichstag wurden in der Regel Beamte geschickt, die in Fragen der Juristerei und der Diplomatie geschult waren.

Wollte ihn der Erzbischof weg haben? Steckte Peter dahinter, den er bei den Kapuzinern wusste, die der Erzbischof in letzter Zeit des öfteren aufgesucht hatte?

Er hatte schon seit einiger Zeit den Eindruck, dass ihm der Erzbischof nicht mehr mit der Herzlichkeit, die er früher ihm gegenüber an den Tag gelegt hatte, begegnete.

Konnte er noch eine plötzliche Krankheit vorschützen? Machte er sich womöglich völlig überflüssige Sorgen? Er war gut gewappnet, hatte um sich ein Schutzschild aufge-

baut, das einfach standhalten musste. Da war einmal der mächtige Einfluss seiner Familie und zum anderen dachte er mit seinen großzügigen Zuwendungen bei den vielen Bauten des Erzbischofs eine Abhängigkeit geschaffen zu haben, die ihn unter den bedingungslosen Schutz seines Landesfürsten stellte. Trotzdem war ihm unbehaglich zu Mute.
Angeblich war der Kaiser auf einem Kurzbesuch im Erzstift. Auch darüber war er nicht eingeweiht und er scheute sich auch, eine direkte Frage an seinen Herrn zu richten.
Ich muss mich vorsehen, nahm er sich vor. Auf jeden Fall wollte er seinen Mitbruder aus Seminarzeiten nach Regensburg mitnehmen. Der war in letzter Zeit noch stiller geworden, schien irgendwie weltentrückt. Der konnte ihm gefährlich werden. Ein Überfall, ein Unfall auf der Reise, wer weiß? Nicht alle Reisenden kamen immer zurück. Vagabundierende Söldner, Räuber oder anderes Gesindel sorgte immer wieder für Tote und Verletzte.

Kurz vor seiner Abreise nach Regensburg stürzte sich sein Amtsbruder, den er sich als Reisegefährten ausbedungen hatte, zu Tode.
Er sprang aus großer Höhe vom Festungsberg und landete mit zerschmettertem Körper im Garten Fürstenthals. Wollte er ein Zeichen setzen?, fragte sich nicht nur der Hausbesitzer.
Da nicht auszuschließen war, dass es sich um einen Unfall oder gar um Fremdeinwirkung handelte, wurde dem Domherren ein stilles Begräbnis mit Beteiligung des Domkapitels gewährt.
Peter, der mit seinem Guardian an der Beerdigung im Friedhof von St. Peter teilnehmen durfte, hoffte, dass irgendeines der Gebete, die in diesem Moment um sie herum aufstiegen,

genug Glauben in sich trug, um die Seele dieses armen Menschen an den rechten Ort zu bringen.

Nach der Abreise Fürstenthals sandte der Erzbischof seine Kommissäre zum Palais Fürstenthals und beauftragte sie, mit äußerster Diskretion vorzugehen.
Fürstenthal hatte jedoch vorgesorgt und zwei Wachleute zurückgelassen, die zuerst mit einer List aus dem Hause geholt werden mussten. Es waren zwei fremde Männer, deren Identität überprüft wurde, was sich einen ganzen Tag lang hinzog.
Die beiden Beamten kamen ohne Ergebnis zurück. Sie hatten das ganze Haus noch einmal gründlich untersucht und auch tief in das von Peter genannte Blumenbeet gegraben. Erfolglos.
„Das Erdreich war zwar auffallend locker, so wenn erst kürzlich gegraben worden wäre „jedoch gefunden haben wir nichts“!, beteuerten sie.
Der Erzbischof ließ Peter von dem Ergebnis der Durchsuchung durch einen verlässlichen Boten wissen.
Peter war enttäuscht. Er zermarterte sich sein Gehirn. Irgendetwas musste doch zu finden sein. Der Freitod des Domherren, der mit Fürstenthal in enger Beziehung stand, bestärkte ihn noch in seiner Vermutung, dass dieser nicht der war, für den er sich ausgab. Das ist Maskerade, so wie der sich gibt, war für Peter klar.
Mit Erlaubnis seines Guardians, der in die Affäre teilweise eingeweiht war, suchte Peter den Erzbischof auf.
„Ich muss in das Haus, noch einmal alles sehen. Vielleicht hat sich etwas verändert, vielleicht habe ich auch etwas übersehen, als ich zum ersten Male dort war. Zwei Stunden würden mir reichen“, bat er.

Der Erzbischof war sofort einverstanden.
„Die beiden Wachen übernehmen meine Leute und verschaffen Euch genügend Zeit, um sich noch einmal gründlich umzusehen. Es ist mir schon klar, dass Fürstenthal vor seiner Abreise alles beseitigt hat, was ihn verraten könnte."
Auch er glaubte nach der Beichte und dem Tod seines Domherren an die Schuld Fürstenthals.
Natürlich machte er sich auch Gedanken darüber, wie es nach der Entlarvung seines Mäzens weitergehen sollte. Die Finanzen Salzburgs waren nicht zum Besten bestellt. Ich muss eben eine Lösung finden, die das Haus Fürstenthal nicht belastet, und dafür wird sich die Familie erkenntlich zeigen müssen.
Noch war es aber nicht so weit.

Peter war verzweifelt. Er war schweißnass vor Eile und Anstrengung. Jedes Zimmer, jeden Kamin, jeden Schrank hatte er akribisch untersucht. Er war auch unter das Dach gekrochen. Nichts. Die Kellerräume in bester Ordnung. Alles wie gehabt.
Oder doch? Natürlich! Anstelle des Gerümpels vor dem Kellerfelsen war nun ein Regal aufgebaut, das ebenfalls Lagen von besten Weinen enthielt.
Ohne groß Rücksicht auf den Wein zu nehmen, räumte der Eindringling das Regal leer und schob es zur Seite. Fels, nichts als Fels. Er klopfte ihn ab, Zentimeter um Zentimeter. Überall der gleiche Ton. Die vollständig den Felsen bedeckenden grünlich-grauen Flechten schienen völlig unversehrt und ließen nicht die geringste Spur einer versteckten Öffnung oder eines verräterischen Spaltes erkennen. Nun schwand auch seine letzte Hoffnung.
Er spürte die bittere Reaktion eines Menschen, der sich su-

chend umsieht, jedoch überall nur Nichts erblickt.
Niedergeschlagen wollte er aufgeben, als er glaubte, Klopfzeichen zu hören. Spielt mir meine Fantasie einen Streich, bin ich schon halb verrückt geworden auf der Suche nach Beweisen, oder ist es der späte Widerhall auf meine Schläge?, fragte er sich.
Dann war es wieder still. Er legte sein Ohr an den Fels und an die Hauswand links und rechts davor. Stille.
Er schüttelte kräftig seinen Kopf und rieb sich die Stirn. Gehört hatte er etwas, da war er sich jetzt sicher. Vielleicht kam das Geräusch auch vom Nachklang des von ihm umgestürzten Weinregals, oder eine der Flaschen barst erst jetzt endgültig. Mach dich nicht verrückt, das ist einfach nichts, redete er sich ein.
Er fluchte und heulte. Wut mischte sich mit Verzweiflung. Er stemmte die Holzkonstruktion wieder hoch und knallte sie mit aller Kraft ein paar Mal gegen die Felswand.
Da war es wieder. Kein Echo, nein, er registrierte ganz deutlich Klopfzeichen. Leise zwar, aber unüberhörbar.
Er fand keinen Spalt, keine Öffnung, kein verstecktes Schloss oder einen geheimen Mechanismus, der den Weg frei machte in die Richtung, aus der die Klopfzeichen kamen.
Er trommelte wie wild an den Fels, signalisierte, dass er etwas gehört hatte, und rannte, so schnell es ging, zu den Beamten, die sich noch immer mit den beiden Wachleuten beschäftigten.
Schnell berichtete er, was er wahrgenommen hatte. Er stieß auf Skepsis. Sie wollten sich eine weitere Blamage ersparen. Er drohte ihnen mit dem Erzbischof. Im Befehlston forderte er sie auf, mitzukommen. „Nehmt Werkzeug und Fackeln mit, weil es vor dem Felsen im Keller mehr als dunkel ist“. Ihm war schon klar, dass sie unter Umständen in

einen höhlenartigen Raum mussten, der keine oder nur eine spärliche Beleuchtung aufwies. Viele solcher, von Menschen angelegter Höhlen gab es im Festungsberg, die in der Regel als Vorratsräume angelegt waren. Nachdem sie immer noch zögerten, drohte er ihnen härteste Strafen an, wenn sie nicht sofort das tun würden, was er aufgetragen hatte. Missmutig und gelangweilt setzten sie sich in Bewegung, mürrisch, abfällige Kommentare ausstoßend.
Nun brüllte Peter und fluchte wie ein Fuhrknecht.
Diese Sprache verstanden sie. Jetzt spurten sie, sperrten aber vorher noch die beiden Wächter Fürstenthals in eine Arrestzelle.
Anhand der Klopfzeichen, die nun regelmäßig ausgetauscht wurden, konnte sehr schnell lokalisiert werden, woher sie kamen.
Dem Felsen selbst war nicht beizukommen. Unmittelbar davor, verdeckt durch eine unauffällige Lehmschicht, wie sie auch der übrige Kellerboden aufwies, entdeckten sie eine Falltüre, die eine Treppe zu Tage förderte, die in einen Raum führte, der sparsam möbliert und ohne Beleuchtung war. Vor ihnen kniete ein abgemagerter Junge, der von Weinkrämpfen geschüttelt wurde.
Stefan! Erschüttert nahmen ihn seine Befreier in die Arme und führten ihn heraus.
In aller Heimlichkeit und unter dem Siegel der strengsten Verschwiegenheit fand Stefan vorerst im Kapuzinerkloster Zuflucht, wo er sich mit Peter und Benjamin bester Gesellschaft erfreute.
Er sprach ganz offen über sein Martyrium. Fürstenthal hielt ihn wie einen Gefangenen. Er musste Dinge tun, die bei allen nur Ekel und Abscheu erregten. An Flucht war nicht zu denken gewesen. Sein Peiniger bedrohte ihn mit dem Tod

und sagte ihm, dass Michael seine vergebliche Flucht mit dem Leben bezahlt habe. Er läge nun verscharrt unter einem Blumenbeet im Garten.
„Willst du ihm nachfolgen?“, war die wiederholte Frage des triebhaften Domherren.

Das Palais und vor allem der beschädigte Kellerbereich wurde wieder peinlich genau instandgesetzt. Es sollte wieder so aussehen, wie zu dem Zeitpunkt der Abreise Fürstenthals.
Besonders erbost zeigte sich Johann Ernst von Thun, dass Stefan ohne jede Nahrung zurückgelassen wurde, was unweigerlich zu dessen Hungertod geführt hätte. Seine einzige Nahrung war das Tropfwasser aus dem Felsen.
Dieser Teufel muss büßen und seine Familie dazu, schwor er sich. Aus der Beichte seines toten Domherren wusste er nämlich, dass die Familie ihren Spross in das Priesterseminar abgeschoben hatte, weil ihr seine triebhaften Neigungen bereits viel Verdruss eingetragen hatten. Niemand aus dieser sauberen Familie hielt es für nötig, die Seminarleitung oder später auch ihn zu warnen.

Fürstenthal wurde sofort nach seiner Rückkehr aufgefordert, seinem Dienstherrn persönlich Bericht zu erstatten. Viel hatte er nicht erreicht, was der Erzbischof schon vorausgesehen hatte. Im Reich gab es andere Probleme. Noch immer tobte der Krieg um das spanische Erbe. Russland und Schweden befanden sich ebenfalls kurz vor einem Krieg. Österreich wollte auf keinen Fall daran beteiligt werden.
Nach dem Austausch einiger Höflichkeiten kam der Landesherr zur Sache.
„Ich habe leider eine etwas unangenehme Angelegenheit, die mit den beiden immer noch abgängigen Seminaristen zu tun

hat“, begann er wohlüberlegt.
Fürstenthal zog fragend die Augenbrauen hoch und es war ihm anzumerken, wie wenig wohl er sich bei diesem Thema fühlte.
„Ich hatte gehofft, dass zumindest Stefan inzwischen wieder zurückgekehrt ist oder wenigstens ein Lebenszeichen von sich gegeben hat. Ist das nicht so?“, tat er unwissend.
„Leider tappen wir weiterhin im Dunkeln. Was den Fall nun einigermaßen kompliziert macht, ist ein anonymes Schreiben, in dem Ihr beschuldigt werdet, die beiden Seminaristen würden in Eurem Hause versteckt gehalten oder sind dort zu Tode gekommen und verscharrt oder verbrannt worden.“
„Das ist ja kaum zu glauben. Infam. Eine böswillige, völlig unhaltbare Behauptung, der Ihr doch keinen Glauben schenken werdet. Anonym dazu“!, zeigte sich der Domherr erregt.
Schweiß trat ihm auf die Stirn, er stand auf und lief aufgeregt hin und her.
„Setzt Euch wieder hin. Sicher ist an allem nichts dran, das ist mir persönlich klar. Da jedoch der Brief im Kapitel zirkulierte, bin ich gezwungen, eine Untersuchung zu veranlassen.“
„Das darf doch nicht wahr sein!“
„Nur eine Formsache, auch in Eurem Interesse. Damit können wir weitere Anschuldigungen und böse Gerüchte ad absurdum führen. Das seht Ihr doch auch so, oder?“
Der Domherr wand sich, wischte sich zum wiederholten Male den Schweiß von der Stirn und Ernst von Thun registrierte mit Genugtuung , wie sein Gegenüber litt.
„Nun denn, wenn es nicht anders sein soll. Meinetwegen“, antwortete sein Domherr, schwer atmend.
„In den nächsten Tagen werden ein paar meiner Kommissa-

re zu Euch kommen, das Haus noch einmal in Augenschein nehmen. Das wird dann auch alles sein.
Ich will deren Arbeit nicht beeinflussen oder gar behindern, das würde sicher zu neuen Gerüchten führen. Es könnte auch sein, dass die Leute in Ihrem Eifer auch im Garten oder Keller nach den Gesuchten graben werden. Sicher wird sich alsbald herausstellen, dass Ihr über jeden Verdacht erhaben seid. Je gründlicher die Untersuchung, umso schneller wird sich jede Anschuldigung als haltlos erweisen!"
„Ich dachte der Peter Brandstädter ...?"
„Der ist so gut wie inhaftiert, neue Beweise haben sich bisher nicht ergeben, also müssen wir in alle Richtungen ermitteln", unterbrach ihn der Erzbischof.

Fürstenthal hatte es sehr eilig, zu seinem Palais zu kommen. Als die Beobachter die erwarteten Geräusche aus dem Keller hörten, griffen sie zu. Das Verlies war noch nicht ganz freigelegt.
Fürstenthal brach zusammen. Er musste erwarten, dass die Fahnder den toten Stefan vorfinden würden.

Landesherr Johann Ernst von Thun bestellte das Oberhaupt der Fürstenthals in die Residenz. Vor ihm lag das schriftliche Geständnis seines Vetters.
Es dauerte nicht lange, bis ein Abkommen vereinbart war.
Der Domherr wurde, ohne Gerichtsverhandlung, in ein Karthäuser-Kloster für altersschwache Mönche nach Freudental in Slowenien verbannt. Die Fürstenthals, die unbedingt die Ehre und den Ruf ihrer Familie gewahrt wissen wollten, übernahmen die erheblichen Restkosten der neuen Kathedrale in Kirchental und erklärten sich zu weiteren regelmäßigen Zuwendungen für soziale Einrichtungen bereit.

Alle Beteiligten wurden zum absoluten Stillschweigen verpflichtet.

12

Staunend standen die zwei Salzburger vor den mächtigem Mauern und Säulen des Petersdomes. Domherr Peter Brandstädter und der neue Koadjutor, Franz Anton von Harrach, der durch den amtierenden Erzbischof im Oktober 1705 berufen wurde, waren offiziell zu einem Dankes- und Höflichkeitsbesuch nach Rom gereist.
Sie hatten erlesene Geschenke aus der Heimat mitgebracht, die sie, wenn möglich, dem Heiligen Vater persönlich überreichen wollten.
Da Papst Clemens XI. sich auf seinem Sommersitz, auf dem er nicht gestört werden wollte, aufhielt, mussten sich die zwei Herren in Geduld fassen.
Harrach, der auch in Rom studiert hatte, zeigte seinem Begleiter Sehenswürdigkeiten der Stadt, die Peter bei seinem ersten Besuch im Verborgenen geblieben waren.
„Man merkt halt, dass du länger hier warst", meinte anerkennend Peter.
Die Tage und Nächte vergingen schnell, weil sie, da sie keiner kannte, auch Tavernen und Kneipen aufsuchen konnten, in denen sich Geistliche sonst nicht sehen lassen.
Als sie eines Nachts am Ufer des Tibers gegenüber der Engelsburg bummelten, winkte ihnen aus einem Zelt eine junge Frau, die sie beide sogleich in ihren Bann zog. Jung, schlank, schwarze Mähne und das Gesicht eines Engels. Ihre glutvollen Augen, die sie unter langen Wimpern anschauten, ließen die Knie der Freunde weich werden. Große, goldene

Ohrringe und silberziselierte Halsketten, die ihren wohlgeformten Busen nur zum Teil verdecken konnten, waren mit ein Grund, warum sie eintraten.
Harrach flüsterte Peter zu: „Wahrsagerin!“
Teils aus Neugier, teils weil sie die junge Frau wegen ihrer Schönheit total faszinierte, waren sie mit ihrer Aufforderung, sich in die Zukunft schauen zu lassen, einverstanden.
Von Harrach war der erste. Sie saßen sich gegenüber, dazwischen ein kleiner Tisch. Unter einem Seidentuch zog die Schönheit eine Kugel hervor, drehte und wendete sie, warf sie ein Stück in die Luft, fächerte ein paar Mal mit dem Seidentuch darum herum und stierte dann auf die Kugel, unverständliche Worte sprechend. Sie gab sich voll konzentriert, wie in Trance, und schien ihr Gegenüber völlig vergessen zu haben.
Sodann legte sie die Kugel auf den Tisch zurück und das Tuch darüber.
Nun sah sie wieder auf Harrach, der sie mit einer gewissen Spannung anblickte.
„Du wirst einmal ein ganz Großer werden. Ich sehe dich auf einem Thron sitzen, vor vielen Leuten, die dir gehorchen müssen. Lauter Männer!“
Harrach lachte und sie mit ihm. Sie zeigte dabei eine Reihe weißer, makelloser Zähne, die einen prächtigen Kontrast zu ihren vollen, roten Lippen bildeten.
Dann war Peter an der Reihe.
„Ich sehe dich an einem großen Tisch sitzen, um dich herum viele Kinder und eine Frau, schön wie meine Mutter.“
Erst als Harrach übersetzt hatte, konnte auch Peter lachen.
„Bei dir wird die Prophezeiung sicher einmal eintreffen, bei mir hat sie sich aber gewaltig getäuscht“, sagte er.
„Wer weiß, was sie gesehen hat. Vielleicht unser Waisenhaus

mit einer schönen Betreuerin?“
Nun lachten beide aus vollem Herzen und auch das Mädchen, das sie anschließend mit einem Wortschwall überschüttete, dem auch Harrach nicht mehr gewachsen war.
Nachdem sie reichlich Trinkgeld gegeben hatten, lud sie die Hübsche noch auf ein Gläschen süßen Wein ein.
„Wenn wir hier nicht sofort gehen, dann könnte es gefährlich werden. Unser Zölibat ist in Höchstgefahr!“, warnten sie sich gegenseitig scherzhaft.

Peter wollte ursprünglich Benjamin, nachdem die Fahndung gegen ihn eingestellt war, weil man annahm, er wäre am Berg umgekommen, mit auf die Reise nehmen. Sein Gesundheitszustand ließ dies nicht zu.
Der Arzt diagnostizierte eine fortgeschrittene Herzentzündung. Es war zu befürchten, dass die Krankheit einen chronischen Verlauf mit rapide nachlassender Herzleistung nahm.
Benjamin, der einst mit großem Elan und Feuereifer für die Sache der Rechtlosen und Armen kämpfte, war nun ein Wrack und auf die Hilfe seiner Mitbrüder angewiesen.
Stefan war wieder im Seminar und hatte die traumatischen Erlebnisse soweit zurückdrängen können, dass er immer weniger von Alpträumen geplagt wurde.
Die Mitglieder des Domkapitels bemühten sich rührend um ihn, wie sie auch ihre Einstellung gegenüber Peter seit Bekanntwerden der heimtückischen Intrige änderten.

„Auf dem Platz hier vor dem Dom könnte man ganz Salzburg stellen,“ schwärmte von Harrach.
„Der Dom soll angeblich Platz für 60.000 Menschen bieten. Einfach unvorstellbar“, wusste selbst Peter.

„Gigantisch ja, aber um welchen Preis? Die Finanzierung mit dem Peterspfennig reichte ja nicht. Und der nachgeschobene, widersinnige Verkauf von Ablässen war der Auslöser der Reformation und des darauffolgenden unsagbaren Krieges!“, sinnierte der Koadjutor.
„Gottes Ratschlüsse ...“, wollte Peter einwenden, wurde jedoch von Harrach unterbrochen: „Gott möge verhüten, dass Ähnliches noch einmal vorkommt. Es gibt genug Elend auf der Welt. Gott gebe, dass die Kirche niemals mehr Auslöser eines solchen Massakers wird!“

Sie nahmen Verbindung zu einem Kardinal auf, von dem sie wussten, dass er in Fragen der Außenpolitik des Vatikans die Fäden zog.
Ihre Annäherung geschah ganz bewusst, weil sie in Erfahrung bringen sollten, wie der Heilige Stuhl auf die Besitznahme weiterer seiner Ländereien durch Josef I. reagieren würde.
Dem Kaiser war zwar Kirche und Papst ziemlich gleichgültig, eine Belegung mit dem Kirchenbann wollte er jedoch unbedingt vermeiden.
Die Besetzung von Parma und Piacenza hatte der Papst zähneknirschend hingenommen.
Er musste die militärische Stärke des Kaisers akzeptieren, war doch zu befürchten, dass er auch noch in den Kirchenstaat einrücken ließ.
„Josef I. will den Papst mit aller Macht davon abbringen, dass sich dieser beim Streit um die spanische Erbfolge weiterhin für die Seite der Franzosen stark macht. Der Kaiser möchte den Heiligen Vater dazu zwingen, Josefs Bruder, Karl VI., als rechtmäßigen König von Spanien anzuerkennen. Darüber hinaus soll er ihm auch noch das Königreich

Neapel überlassen!"
Dem ungläubigen Blick des Koadjutors beantwortete Peter: „Das hat mich Pater Bartholomäus vor unserer Abreise unter dem Siegel der Verschwiegenheit wissen lassen."

Die römisch-katholische Kirche und die Habsburger verband seit Jahrhunderten ein enges und für beide Seiten vorteilhaftes Verhältnis, das auch Josef I. nicht aufs Spiel setzen durfte.
In dieser Einschätzung bestand Übereinstimmung bei den zwei Romreisenden.

Die Zeit des Wartens verbrachten die Salzburger mit Besichtigungen, Gesprächen und Kirchenbesuchen, ließen sich aber auch von dem Studium profaner Dinge nicht abhalten. So erlebten sie auch, wie die hohen Herren Kardinäle und Bischöfe zu feiern verstanden.
Glänzende Feste, die mit kirchlichen Feiertagen begründet wurden, ließen durchaus erkennen, dass die Mitglieder der Kurie weltlichen Freuden keinesfalls abhold waren.
Neben den Purpurträgern sahen sie Mitglieder der römischen Aristokratie. Die Herren in seidenen oder samtenen Röcken, die mit Edelsteinen und Goldborten verziert waren, bunte, breitrandige Federhüte und zierliche Degen, die blank geputzt blinkten, wenn die Träger auf den hochhackigen und mit Silberschnallen versehenen Schuhen wie eitle Pfaue um die Damen herumscharwänzelten.
Die auffällig zurechtgemachten, kokettierenden Damen wippen mit ihren weiten Reifröcken, die nach französischer Mode gefertigt sind. Sie lachen ungeniert, als ihnen der Kardinal etwas ins Ohr flüstert. In den Miedern ist Fischbein verarbeitet, das die schmalen, geschnürten Taillen noch

mehr hervorheben soll.
Die kaum verdeckten Brüste werden mit weißer Spitze, bunten Federn und Perlen noch mehr zum Blickfang dekoriert.
Es wird gelacht, geflüstert, intrigiert, getrunken und gespeist.
Akrobaten, Tanzgruppen und Musiker heizen die Stimmung, die immer ausgelassener wird, an. Man unterhält sich französisch. Den beiden Salzburgern werden Avancen gemacht, denen sie sich kaum zu entziehen vermögen.
Peter ist geheilt und der Koadjutor macht nicht den Eindruck, als wäre er für amouröse Abenteuer empfänglich.
Dennoch besuchen sie am Abend immer wieder einen Platz, auf dem tagsüber Blumen, Obst und Gemüse in einer Vielfalt angeboten wurden, wie sie es anderswo noch nie gesehen hatten.
Sobald die Dunkelheit hereinbrach, flanierten darauf grell geschminkte Damen, die keinesfalls mit ihren Reizen geizten. Dazwischen Kavaliere mit eindeutigen Absichten.
„Der eine oder andere der Freier kommt mir bekannt vor", bemerkte Franz Anton von Harrach. „Ich habe auch schon einige von ihnen in geistlichen Gewändern im Vatikan gesehen", pflichtete ihm Peter bei.
„Auch Michelangelo wird sich hier seine Anregungen geholt haben, wenn ich da an so manche seiner Darstellungen in der Sixtinischen Kapelle denke", setzte er nicht ganz ernst gemeint hinzu. Worauf sein Begleiter einwarf: „Er muss seine Modelle aber dann mitgenommen haben, weil ihn der Papst meist gefangen hielt."
Die beiden waren von den mit bunten Fresken völlig bedeckten Wandflächen der päpstlichen Kapelle außerordentlich beeindruckt und verbrachten viele Stunden mit dem Betrachten und der Deutung der Darstellungen.
Während bei den Festen französisch gesprochen wurde, un-

terhielt man sich in den Kreisen der Kurie in Latein. Peter beherrschte beides. Nur für das Italienische war er unbedingt auf die Hilfe des Koadjutors angewiesen.

Der Papst ist immer noch nicht nach Rom zurückgekehrt. So machen sich die beiden wieder auf den Heimweg. So viel wissen sie aber, dass sich der Kaiser hüten sollte, noch mehr Land zu annektieren, das rechtmäßig dem Kirchenstaat gehört.

Ob er sich daran hält, ist eine andere Frage. Weite Teile Oberitaliens sind im Besitz der Habsburger. Josef I. gelüstet es auch noch nach dem päpstlichen Reichslehen Comaccio. Der Ort, der wie Venedig auf einer Insel liegt, hat eine große wirtschaftliche Bedeutung und grenzt an das Land der Habsburger. Es ist ein Kleinod, das Josef I. schon lange ins Auge sticht.

Seit dem Siegeszug Prinz Eugens braucht der Kaiser in dieser Region militärisch niemanden mehr zu fürchten. Wenn es da nicht den Kirchenbann gäbe!

Zwei Monate später sind sie wieder in Salzburg.

Für Peter bleibt nicht viel Zeit. Er muss weiter nach Wien und im Auftrage seines Erzbischofs berichten.

Darüber hinaus hat er die Aufgabe, den Kaiser gnädig zu stimmen, was dessen Verhältnis zu Salzburg betrifft. Das Abkommen über die Salz- und Holzlieferungen wird von der kaiserlichen Administration immer mehr zum Nachteil der Salzachmetropole ausgelegt.

Die Mehrzahl des Salzburger Domkapitels hat inzwischen Habsburger Wurzeln.

Das kann einerseits ein Vorteil für uns sein, denkt Peter, ist aber auch von Nachteil, weil wir auf Gedeih und Verderb

mit dieser Dynastie verbunden sind.
Des Weiteren ist weit mehr als die Hälfte der Kanoniker miteinander verwandt, was zu einer gewissen Lähmung und Entscheidungslosigkeit im Konvent führt, von der jedoch Ernst von Thun durch seinen absolutistischen Führungsstil noch nicht angesteckt ist.
Peter wünscht sich daher, dass der eher gutmütige und auf Konsens bedachte Franz Anton von Harrach nicht allzu früh das Ruder übernehmen muss.

Der Salzburger Parlamentär wird überraschend schnell zu einem der höchsten Berater des Kaisers vorgelassen. Zu wichtig war für Josef I., schnellstmöglich zu erfahren, wie der Papst eine Besetzung der Inselstadt aufnehmen würde.
Peter wusste dabei nicht, dass Josef I. bereits Befehl erteilt hatte, Comacchio einzunehmen.
„Der Heilige Vater würde die Eroberung der Stadt sicher als einen Affront ansehen, wobei ich, aufgrund der Gespräche in Rom, nicht glaube, dass er dies zum Anlass nehmen würde, den Kaiser mit dem Kirchenbann zu belegen. Das würde dann sicher zu einer Eskalation führen, deren Auswirkungen unabsehbar wären. Der Kaiser hat bereits jetzt Protestanten in seinem Berater- und Freundeskreis. Das ist auch Papst Clemens bekannt", war die Einschätzung Peters.
Nach weiteren Informationen über die römische Politik konnte Peter das Anliegen seines Erzbistums zur Sprache bringen.
„Wie Ihr wisst, gibt es zwischen uns einen Vertrag, nach dem wir Euch Holz liefern und Ihr gestattet uns dafür die freie Ausfuhr unseres Salzes nach Böhmen."
„Ist bekannt, aber was wünscht Ihr daran zu ändern?", gab sich der Kaiserliche verwundert.

„Wir haben uns strikt an unsere Abmachung gehalten, werden jedoch immer öfter von kaiserlichen Beamten daran gehindert, unser Salz außer Landes zu bringen. Dies geht zum Teil sogar so weit, dass immer mehr Transporte von Euren Beamten zurückgeschickt werden."
„Dafür wird es schon Gründe geben. Ich werde mich der Sache annehmen. So schlimm wird es schon nicht sein", war die beruhigende Antwort.
„Wenn es so weitergeht, dann treibt Ihr uns mit Gewalt in die Arme der Bayern. Etwas, das weder in Eurem Interesse noch in unserer Absicht liegt!"
„Wenn wir den Vertrag nicht einhalten, warum liefert Ihr dann weiterhin Holz an uns. Holz, das wir dringend brauchen?"
„Weil wir auf die Einnahmen für das Holz nicht verzichten können. Ansonsten wäre die Grundversorgung unserer Bevölkerung nicht mehr gewährleistet. Wir produzieren leider selbst viel zu wenig Getreide und Fleisch. Das ist der springende Punkt. Ich bitte Euch, für Abhilfe zu sorgen. Als immerwährende treue Verbündete Wiens haben wir das auch verdient", betonte Peter mit Nachdruck und fügte hinzu: „Wir wollen nicht mehr und nicht weniger, als dass sich beide Partner an die einvernehmlich geschlossenen Verträge halten."
Nach dem Gespräch, von dem er nicht wusste, ob er etwas für Salzburg erreicht hatte, suchte er im nahen Franziskanerkloster noch Pater Bartholomäus auf.
Die Freude war auf beiden Seiten groß.
Peter berichtete von seiner Mission und Bartholomäus hörte aufmerksam zu.
„Die Religion ist bei uns auf einem Tiefpunkt angelangt", bricht es dann aus ihm heraus.

„Der Leibhaftige soll die ganze Gesellschaft holen, mit ihrem vornehmen Getue, mit ihrem Pseudowissen, von dem sie glauben, auf Gott verzichten zu können.
Das einfache, gottesfürchtige Leben wird verspottet und verachtet. Wir Priester werden mit Hohn überschüttet. Ehe und Familie, Moral und Anstand, die gesunden Werte haben keine Gültigkeit mehr. Alles ist hinter Masken, Puder, Perücken und Falschheit verschwunden.
Wir Franziskaner und andere Kuttenträger können uns kaum mehr auf die Straße wagen;
Kinder bewerfen uns mit Schmutz und Steinen, grölende Erwachsene bedenken uns mit den übelsten Zoten. So sieht es aus bei uns. Schuld trägt die Gottlosigkeit unseres erlauchten Kaisers!“
Peter hatte diesen Ausbruch des sonst so sanften und gescheiten Franziskaners nicht erwartet.
„Komm doch nach Salzburg, da scheint zwar auch nicht immer die Sonne, aber dort hast du mehr Ruhe und lebst unbehelligt,“ forderte er den Pater auf.
„Das kann ich nicht. Ich bin noch der Einzige, der dem Kaiser hin und wieder ins Gewissen reden kann. Gott wird mir die Kraft geben, meine Aufgabe ehrenvoll zu erfüllen.“

13

An Martin und seiner Familie war die Not der Bevölkerung auch nicht spurlos vorübergegangen.
Nachdem die Viehdiebstähle auf ihren Weiden immer mehr zunahmen, musste er sich entschließen, seinen Viehbestand zu verkaufen. Sie besaßen nun noch wenige Rinder und Kälber, die ihren täglichen Bedarf an Milch, Butter und Käse

deckten. Sein Fischteich und das Bienenhaus lagen so nahe beim Wohnhaus, dass sich Plünderer sehr hüten mussten, zumal Martin zwei Wachhunde hatte, die das Anwesen ausgezeichnet zu verteidigen wussten.

Den Überschuss an Honig, Käse, Butter und Räucherfischen verkaufte Martin in Reichenhall, weil in Bayern wesentlich höhere Preise zu erzielen waren. Außerdem konnte er damit gleichzeitig seine Familie mit Getreideprodukten und anderen Lebensmitteln, die in Salzburg kaum zu haben waren, versorgen.
Nachdem jedoch auf Ein- und Ausfuhr von Nahrungsmitteln hohe Zölle erhoben wurden, musste Martin die offiziellen Grenzübergänge meiden und den Soldaten aus dem Wege gehen, die zwischen den Grenzstellen auf Schmuggler oder illegale Einwanderer besonders scharf waren.
Martin ging meist nachts und war dann am frühen Morgen immer dann in Reichenhall, wenn Markttag war. Ein befreundeter Händler kaufte regelmäßig Martins Waren und tauschte oder verkaufte ihm das, was er mit nach Grafengaden bringen wollte. Für den Rückweg wählte Martin wieder die Nacht.
Er kannte seinen Weg, wie er ihn nannte, blind. Er führte auf halber Höhe am Untersberg entlang und bot genügend Schutz, um vor Entdeckung sicher zu sein.
Ein Problem gab es jedoch. In einer der vielen Höhlen, die unmittelbar neben Martins Pfad lag, hatte sich eine Bärenfamilie niedergelassen. Es war ein Pärchen, das Martin bereits mehrmals vertreiben wollte, als sie immer wieder in seine Viehbestände auf den Almen einbrachen.
Töten durfte er sie nicht; das Jagdrecht lag ausschließlich beim Landesherrn. Auf Wilddieberei konnte sogar die To-

desstrafe ausgesprochen werden.
Die Bären mussten aber weg, wenn er weiterhin den sicheren Weg nach Reichenhall benutzen wollte. Zu seiner Verteidigung hatte er zwar in Höhlennähe einen gewaltigen Spieß mit einer gezackten Eisenspitze versteckt, wusste jedoch, dass bei einem Angriff der Bären diese Waffe nicht viel nützen würde.
Auf dem Rückweg von Reichenhall fand er den Kadaver eines kapitalen Rothirsches, der eindeutige Riss- und Bissspuren der Bären aufwies.
Diesen Kadaver schleifte er mit sich, bis er ihn mit einem seiner Pferde ins Tal ziehen konnte.
Er lud ihn auf seine Kutsche und ab gings zur Residenz.
Er bat, zum Erzbischof vorgelassen zu werden, was vorerst abschlägig beschieden wurde.
Da fiel ihm Peter ein.
In der Residenz fiel rasch eine Entscheidung.
„Viele Leute hungern, weil wir unseren Fleischbedarf nicht decken können. Wenn wir nun noch unsere Wildbestände durch Raubtiere dezimieren lassen, dann muss schnellstens Abhilfe geschaffen werden“, meinte der zuständige Beamte.
Auch der Erzbischof schloss sich dieser Meinung an. Die Bärenhatz war beschlossen.

Bereits vor Morgengrauen rückten Jäger mit ihren Hunden an, die von Martin zielsicher zur Bärenhöhle geführt wurden.
Beim Anstieg wählte er einen anderen, viel schwierigeren Weg als den, den er bei seinen Schmugglertouren benutzte.
Die Hunde, die die Witterung bereits aufgenommen hatten, wurden von den Leinen gelassen.
Sofort stürzten sie sich in wildem Gerangel und Gebell in die Höhle. Jeder wollte der erste sein.

Vor der Höhle warteten die Jäger, bewaffnet mit Musketen, Äxten und Saufedern.
Martin hatte sich seinen Spieß gegriffen.
Wildes Gekläffe war zu hören. Die Jäger dachten bereits, das Wild wäre nicht mehr in der Höhle, als zorniges Brummen und Fauchen zu vernehmen war, das zu einem wahren Inferno an Kampfeslärm anschwoll.
Der Übermut der meisten Hunde wich bald einem schmerzhaften und ängstlichen Gejaule.
Hund um Hund wurde aus der Höhle geschleudert, meist mit fürchterlichen Verletzungen von Bisswunden und Tatzenhieben.
Auch die Bären schienen ihren Teil abbekommen zu haben. Sie verließen nun die Höhle, weil sie sich im Freien besser verteidigen oder auch schneller das Weite suchen konnten.
Draußen aber wurden sie mit Schüssen, Pfeilen und Speeren empfangen.
Es war der Feuereifer, das Jagdfieber, oder was auch immer; die meisten der Schüsse gingen ins Leere. Die Bären bluteten aus vielen Wunden, ihre Augen blitzten tückisch, als sie die Angreifer sahen. Wesen, denen sie bisher immer aus dem Wege gegangen waren, die sich noch nie als Feinde gezeigt hatten. Instinktiv hatten sie die neue Situation begriffen und blitzschnell gingen sie zum Angriff über.
Einer der Jäger, der sich mit seiner Axt zu weit nach vorne gewagt hatte, wurde das erste Opfer. Er konnte zwar seine Axt noch hochheben, da traf ihn schon der Prankenhieb des Bärenmännchens und schleuderte ihn gegen einen Baum, vor dem er schwer verletzt liegen blieb. Auch das Weibchen wirbelte herum, als es einen Pfeil in den Rücken bekam und packte mit ihren kräftigen Kiefern den Schützen, der beim Zurückweichen über eine Wurzel stolperte und fiel,

am Kopf und biss gnadenlos zu. Die noch kampffähigen Hunde verbissen sich im dichten Fell der Tiere, zerrten und sprangen sie immer wieder an. Den Jägern wurde es dadurch unmöglich gemacht, gezielt Schüsse anzubringen, wollten sie ihre Hunde nicht gefährden. Ihre Tiere reagierten auf keinen Befehl mehr. Sie waren wie im Blutrausch und bezahlten ihr ungestümes Vorgehen nach und nach mit dem Leben.
Auch ein Jäger, der seinen Lieblingshund von einem der Bären mit Gewalt losreißen wollte, wurde sein Vorgehen zum tödlichen Verhängnis. Der Prankenhieb des Bären brach ihm das Genick.
Nun gab es für die übrigen Jägern kein Zurück mehr und auch keine Rücksicht auf ihre Hunde. Auf die bereits geschwächten Bären prasselte ein wahres Trommelfeuer nieder, dem sie schließlich erlagen.
„Ein Toter, zwei Schwerverletzte, einige wurden zudem noch von den eigenen Hunden, die sich wie verrückt aufführten, gebissen. War es das wert?", stellte der Erzbischof in den Raum.
„Es war fürchterlich, wie bei einer Schlacht, der Tote und die Verletzten waren jedoch zu unvorsichtig, zu ehrgeizig, weil sie sich zu weit vorwagten, um vielleicht als erfolgreiche Bärenjäger prahlen zu können.
Mein Bruder, der einem der Bären den tödlichen Stoß versetzte, hatte alle Jäger gewarnt. Es war aber, als hätte er gegen den Wind gesprochen. Die Männer waren nicht zu bremsen, wie wild darauf, den Bären schnell den Garaus zu machen. Sie hatten aber übersehen, dass sie gefährlichen Raubtieren gegenüberstanden, die sich tapfer zur Wehr setzen konnten. Ich war als Beobachter mit dabei und habe einen heroischen Kampf erlebt, bei dem schlussendlich die Übermacht und die besseren Waffen den Ausschlag gegeben haben."

Peter musste dem Erzbischof Rede und Antwort stehen, der merkte, dass die Sympathie seines Mitarbeiters eher den erlegten Tieren galt.

„Nun denn, Unfälle gibt es immer. Auch bei der Jagd. Wir wollen nichts dramatisieren. Jeder der Beteiligten musste sich vorher der Gefahr bewusst sein," beendete der Erzbischof dieses Thema.

„Im übrigen, weil Ihr soeben Euren Bruder erwähnt habt: Mir ist zu Ohren gekommen, dass er einen schwunghaften Handel mit seinen landwirtschaftlichen Produkten betreiben soll, der sich nicht auf ganz legalen Wegen abspielt. Wisst Ihr etwas davon?"

„Natürlich bin ich in die Geschäfte meines Bruders nicht eingeweiht. Aber Eurer Eminenz ist sicher bekannt, dass vieles heute an unseren offiziellen Grenzen vorbeiläuft. Die Zölle sind einfach zu hoch. Solange kein kommerzieller Handel getrieben wird und nur einzelne Personen für ihre eigenen Familien sorgen, um sie vor Hunger zu bewahren, sollten wir da auch ein Auge zudrücken, denke ich."

„Was mich noch interessieren würde und dazu erbitte ich Eure ehrliche Meinung", wandte sich Ernst Graf von Thun an seinen Domherren.

„Ihr wart für längere Zeit mit meinem Nachfolger zusammen. Was haltet Ihr von ihm? Kann man ihm, wenn die Zeit gekommen ist, die Erzdiözese anvertrauen? Ist er dieser Aufgabe gewachsen?"

Franz Anton von Harrach war älter als Peter, sprach neben Französisch und Latein fließend Spanisch und Italienisch, war bereits viele Jahre Domherr in Passau und Koadjutor in Wien, und er, der unbedeutende Peter Brandstädter, sollte ein Urteil abgeben?

Er zögerte jedoch nicht und antwortete mit fester Stimme:

„Ihr habt einen würdigen Nachfolger ausgewählt!"

Lächelnd entließ der Erzbischof seinen Vertrauten.

14

Benjamin, der wieder einigermaßen bei Kräften war, verfolgte die Geschehnisse der Welt da draußen, wie er es nannte, nur noch am Rande.
Er trug nun zu Recht den Habit der Kapuziner, hatte aus voller Überzeugung die Profess abgelegt und war zu einem wertvollen Mitglied des Ordens geworden.
Er kümmerte sich liebevoll um die Armen, besuchte Einsame und Kranke und half überall, wo er gebraucht wurde. Er versah den Dienst an der Pforte, wo er den vielen Hilfesuchenden mit Rat und Tat zur Seite stand, sie mit warmem Essen, Brot oder heißem Tee versorgte.
Er verteilte von ihm selbst aus Schweinefett und Kräutern zubereitete Salben oder Tropfen gegen die vielen Gebrechen der Armen, die sich ärztliche Hilfe nicht leisten konnten.
In Peter, der ihn hin und wieder besuchte, hatte er einen echten Helfer, der den einen oder anderen seiner Schützlinge dort unterstützen konnte, wo der Arm eines Kapuziners nicht hinreichte. Peter berichtete ihm auch bei jedem seiner Besuche was sich in Salzburg ereignet hatte und sonst in der Welt tat.
Er hörte gerne zu, empfand Mitleid mit den Geschundenen und Hungernden. Das andere aber, das Ränkespiel der Mächtigen, die Intrigen, politisch motivierten Morde, Kriege, Verschwörungen, die auch vor den Mitgliedern des Klerus und der Kurie nicht haltmachten, berührten ihn nicht

mehr.
„Das vergangene Jahr wird in die Geschichte eingehen“, war sich Peter sicher.
„Am meisten zu bedauern ist jedoch der Tod von Abraham a Santa Clara, der im hohen Alter von 65 Jahren in Wien verstarb. Er verstand es wie kein anderer, die Dinge beim Namen zu nennen, seine Finger in offene Wunden zu legen, Unmoral und den sittenlosen Verfall aller Schichten anzuprangern. Ich wollte, ich könnte sein wie er“, wünschte sich Benjamin, der nun auf den Ordensnamen Kleophas hörte.
„Die wenigsten Leute wissen, dass Abraham a Santa Clara in den 60er Jahren unser Salzburger Gymnasium besucht hat“, ergänzte Peter und fügte hinzu: „Seine Schriften werden noch lange Bestand haben und in vielen Bibliotheken zu finden sein.“
„Nachdem unser neuer Erzbischof das Amt seines verstorbenen Vorgängers übernommen hat“, nahm Kleophas einen anderen Gesprächsstoff auf, „hat sich bisher nicht viel verändert.“
„Der ist schon in Ordnung. Die schlechte Versorgungslage der Bevölkerung hat andere Gründe. Krieg herrscht überall. Wir werden auch gezwungen, einen nicht unerheblichen Teil an dessen Lasten zu tragen. Wir stellen für das kaiserliche Heer nicht nur Menschen, Waffen und Material. Ein Großteil unserer Steuereinnahmen fließt ebenfalls in die Kriegskasse des Kaisers.
Prinz Eugen hat zwar die Franzosen in ihrem eigenen Lande besiegt; trotzdem ist dieser Krieg noch lange nicht beendet.
Der Zar hat die Schweden besiegt, die sich ihrerseits nun mit den Türken verbunden haben.
Auch das spricht für weitere Kriegshändel, deren Auswirkungen auch wir zu spüren bekommen.

Darüber hinaus wütet die Pest in den preußischen Landen und wir müssen hoffen und beten, dass ein neuerliches Übergreifen in den Süden verhindert werden kann", berichtet Peter weiter.

„Wir müssen Buße tun und beten und mit gutem Beispiel vorangehen. Nur so kann das Böse besiegt werden. Eines Tages wird auch die Pest ihren Schrecken verloren haben. Eines Tages wird die Menschheit erkennen müssen, dass Kriege nur Verderben für alle bringen", gab sich Kleophas prophetisch.

„Ich will dich auf keinen Fall bedrängen, aber du bist mir immer noch die Wegbeschreibung deiner Flucht über den Untersberg schuldig. Ich würde den Berg doch so gerne bezwingen und der erste unserer Familie sein, dem dieses Wagnis gelingt. Mit deiner Hilfe könnte ich es vielleicht schaffen", bat nun fast flehentlich Peter.

„Ich habe alles, was mit meiner Flucht und der wundersamen Errettung zusammenhängt, tief in mir vergraben. Ich denke, es ist aber nun an der Zeit, auch dieses Kapitel meines Lebens aufzuarbeiten. Du wirst der Einzige sein, der alles erfährt. Lass mir noch ein bisschen Zeit dazu."

Peter fühlte deutlich, dass Kleophas noch immer an seiner dramatischen Flucht zu leiden hatte. Der Guardian hatte ihm zu verstehen gegeben, dass manche Nacht qualvolles Stöhnen und wilde Schmerzensschreie aus seiner Zelle zu hören waren.

„Ich denke, das hat mit seinen Schuldgefühlen zu tun, weil er glaubt, dass die vielen Toten, die beim Aufstand des bayrischen Volkes gegen seine Besatzer zu beklagen waren, auf sein Wirken mit zurückzuführen waren.

In langen Gesprächen habe ich wahrscheinlich vergeblich versucht, ihn von seinen Selbstvorwürfen abzubringen. Er

ist jedoch schon bedeutend ruhiger geworden. Es wird halt noch eine Weile dauern, bis er seinen Seelenfrieden gefunden hat", tat er überzeugt.
Peter, dem der Berg einfach keine Ruhe ließ, hoffte, dass dies bald eintreten würde.

Franz Anton von Harrach, der Peter sehr schätzte, bediente sich auch seiner Fähigkeiten und Verbindungen, genauso wie sein Vorgänger Johann Ernst von Thun, der im Alter von 66 Jahren verstorben war.
Zu der prunkvollen Beerdigung war auch eine Abordnung aus Braunau mit Bürgermeister Dürnhardt erschienen, der mit bewegenden Worten Abschied vom Regenten nahm.
„Der Erzbischof hat mir und meinen Kameraden das Leben gerettet, als wir wegen des bayerischen Volksaufstandes bereits zum Tode verurteilt waren", offenbarte er zum Erstaunen manches Domherren am Sarge, der in der Domgruft beigesetzt wurde.
Harrachs Wahlspruch: „Gerechtigkeit und Güte geben einander den Bruderkuss", war kein leeres Versprechen. Er gab sich leutselig, sprach viel mit einfachen Leuten, hörte geduldig ihre Sorgen und Nöte an und bemühte sich nach Kräften, die Not der Armen zu lindern.
Der Hochmut vieler seiner Domherren war ihm ein Greuel.
Peter besuchte seinen Bruder und informierte ihn davon, dass seine Schmugglertouren anscheinend ein offenes Geheimnis waren, weil bereits der alte Erzbischof davon wusste.
„Unser Neuer, von finanziellen Sorgen geplagt, will auf die durch den Schmuggel entgangenen Zölle nicht verzichten. Sei also vorsichtig", warnte er.
„Die erwischen mich nie, wo ich gehe, da kommt keiner

hin“, war der jedoch fest überzeugt.
„Auf deinem geheimen Pfad vielleicht nicht. Von Harrach hat sich jedoch mit den Berchtesgadenern und den Bayrischen abgestimmt, die ebenfalls ihre Zölle lückenlos einheben möchten.
„Aha, daher weht also der Wind! In letzter Zeit drückt mich nämlich mein Reichenhaller Händler immer mehr mit dem Preis, mit der Begründung, es würde immer gefährlicher, mit illegal eingeführter Ware zu handeln.
Ich habe aber schon Verbindung mit einem anderen Händler aufgenommen, einem, der schon lange mit mir ins Geschäft kommen wollte. Er hat mir sogar bessere Preise angeboten“, offenbarte Martin seinem Bruder. „Ich weiß allerdings nicht, ob ich ihm auch trauen kann. Ich denke aber schon“, sprach er mehr zu sich selbst
„Trotzdem, Vorsicht ist die Mutter der Weisheit. Sei also weise und denke vor allem an deine Familie“, mahnte Peter noch einmal.

Martin war gut über die Grenze gekommen und war schon, bevor die Sonne aufging, bei seinem neuen Händler.
„Ich hab alles dabei, was du bestellt hast“, sagte Martin und packte Käse, Honig, Räucherfische und frische Landbutter auf den Tisch.
„Frierst du“, fragte er den Mann, weil dieser am ganzen Leibe zitterte.
Der gab keine Antwort und kramte unschlüssig in Martins Sachen herum.
Martin wurde stutzig, sah in der Wohnung herum, wandte sich dann aber ans Fenster, als er Geräusche aus dem Garten hörte.
Der Schreck fiel ihm augenblicklich in die Glieder. Auf den

drei Seiten, die er einsehen konnte, pirschten sich Gendarmen an das Haus heran. Ein Einsatz, der nur ihm gelten konnte.
Spontan packte er den Händler beim Kragen, zog ihn zu sich heran und zischte:
Du Drecksau hast mich verraten, du bist ein Spitzel und ich blöder Hund bin auf dich hereingefallen!"
Mit den Worten: „Ich komme wieder, dann rechnen wir ab!", lief er auf die Rückseite des Hauses, die vom Fenster aus nicht eingesehen werden konnte.
Er schien Glück zu haben. Niemand war zu sehen. Er öffnete das Fenster in dem Augenblick als er hörte, wie die Gendarmen an die Haustüre polterten.
Höchste Zeit, dachte er und sprang behände aus dem Fenster. Beinahe wäre er mit einem der Gendarmen zusammengeprallt, der diesen Fluchtweg zu überwachen hatte.
Der Vorteil lag klar bei ihm. Die beiden Beamten waren so erschrocken, dass sie ihn nicht zu fassen kriegten. Ihre Musketen brachten sie nicht schnell genug hoch und dann war Martin bereits im Gebüsch verschwunden.
Ein anderer, der eines der Seitenfenster bewachen musste, war aber besser vorbereitet.
Er schoss sofort auf die Stelle der Büsche, hinter der Martin verschwunden war.
Nun liefen alle zusammen in die Richtung, auf die ihr Kollege hinwies.
Martin, der einigen Vorsprung hatte, verschwand im dichten Unterholz und lief, so schnell er konnte, zu seinem Weg, zu dem Pfad, den nur er kannte.
Er war zornig auf sich selbst und seine Wut auf den Händler schier grenzenlos. Der wird mir das büßen, nahm er sich vor.

Erst allmählich verspürte er einen stechenden Schmerz in der linken Hüfte. Er fasste an die Stelle und hatte viel Blut an der Hand. Nun erinnerte er sich an den Schlag, den er bekam, als er durch die Büsche brach.
Er hielt sich mit einer Hand die Wunde zu und lief weiter, weil er annehmen musste, verfolgt zu werden.
Erst als er nichts mehr hörte, blieb er vorsichtig, hinter einem Baum Deckung suchend, stehen, zog Rock und Hemd aus und versuchte etwas zu erkennen. Sobald er sich nach rückwärts drehte, wurde der ziehende Schmerz unerträglich.
Seinen Rock ließ er zurück und mit dem zusammengeknüllten Hemd drückte er auf die Wunde, die immer noch stark blutete.
Er musste nach Hause, so schnell es ging, damit er nicht zu viel Blut und vielleicht die Besinnung verlor. Den Schmerz, der sich bei jedem Schritt stärker bemerkbar machte, unterdrückte er so gut es ging.
Felsbänder, die er sonst mit Mühe und zwei einsatzfähigen Händen passierte, schaffte er nun mit einer Hand. Allmählich spürte er jedoch, wie ihm die Sinne schwanden.
Es war seine Erfahrung, sein Instinkt, seine gute Konstitution, die ihm mit letzter Kraft ermöglichten, sein Anwesen zu erreichen.
Vor der Haustüre brach er mit einem röchelnden Schmerzenslaut zusammen.

Zwei Tage und Nächte kämpfte der rasch hinzugezogene und der Familie bestens vertraute Medikus um das Leben des Vaters. Judith wachte am Krankenbett, träufelte stärkenden Tee mit Honig in Martins Mund und legte ihm immer wieder feuchte Umschläge auf die Stirn.

Der Arzt hatte die Kugel aus der Niere geholt, die Wunde versorgt und genäht.
Nur hin und wieder hatte Martin die Augen geöffnet, wollte etwas sagen, brachte aber keine Silbe hervor. Starkes Wundfieber stellte sich ein.
Am dritten Tag seines Leidens schloss er für immer die Augen.

Verwandte und Freunde waren tief betroffen. Niemand von ihnen kannte den genauen Hergang der Tragödie. Erst nach und nach sickerte durch, wie es zu der Schussverletzung kam. An Rache dachte jedoch niemand.
Das Leben der Familie Brandstädter musste weitergehen. Es waren vier Kinder zu versorgen in einem Alter, in dem ein Vater enorm wichtig gewesen wäre.
Alle rieten Judith zu einer Wiederverheiratung, auch Peter.
Sie aber wollte nicht. Der Tod Martins hatte ihr so richtig bewusst gemacht, was sie an ihm verloren hatte.
Sie musste einen Teil der Tagelöhner entlassen.
Stefan hatte das Seminarleben satt. Er fühlte sich mehr zu den Salzburger Mädchen hingezogen. Deshalb kam er der Aufforderung Peters gerne nach, zog auf den Hof und unterstützte nach Kräften seine Adoptivmutter.
Peter kam ins Grübeln. Lag ein Fluch auf der Familie? Mussten alle Oberhäupter frühzeitig eines unnatürlichen Todes sterben?
Hatte das etwas mit der Weissagung aus dem Buch Exodus Nummer 34 zu tun, wo für die Sünden der Väter weitere Generationen büßen mussten? Hatte einer ihrer Ahnen schwere Schuld auf sich geladen?

Stefans Ehrgeiz bestand darin, Martin bei allen Arbeiten

gleichwertig zu ersetzen, was ihm auch nach und nach immer besser gelang. Er war jetzt der junge Brandstädter und seine Stiefgeschwister hörten auf ihn.
Die Kugelmühle am Marmorsteinbruch hatte er nunmehr in eigener Regie übernommen und belieferte mit den Schussern reisende Händler, die seine Produkte in ganz Europa vertrieben.
Er selbst besuchte alle Jahrmärkte in der Umgebung, wo seine Ware reißend Absatz fand. Die Kinder waren ganz wild auf die bunten Steinkugeln.
Die Einnahmen aus der Landwirtschaft waren gering, der Hof ernährte soeben noch die Familie.
„Die meisten anderen Leute sind noch schlechter dran, als wir. Sind wir also zufrieden, was uns Gott bereithält“, mahnte Judith ihre Kinder, wenn diese über das Essen maulten.

„Die Berchtesgadener haben wieder große Sorgen, die jedoch in etwa deckungsgleich mit denen Salzburgs sind“, klagte Stiftsherr von Scheidegg seinem Salzburger Verbindungsmann.
Peter waren die Sorgen bekannt. „Ich weiß genau, wo uns beiden beziehungsweise unseren Ländern der Schuh drückt. Da sind sich die Münchner und Wiener einig. Unser Salz wollen sie und auch den Preis bestimmen sie. Aber, wie wollen wir aus diesem Teufelskreis herauskommen? Ich weiß mir keinen Rat mehr. Seit Jahrzehnten nehmen uns die beiden mächtigen Nachbarn in die Zange und wir sind geradezu hilflos“, stellte Peter resigniert fest.
„Trotzdem. Wenn wir nicht vor die Hunde gehen wollen, müssen wir alle Register ziehen, uns jeder Hilfe bedienen, koste es was es wolle!“, gab sich Scheidegg kämpferisch.
Sie hatten schon einmal eine kleine Verbesserung erreicht,

wenn auch mit Hilfe von Schmiergeldern. Aber immerhin, es hatte sich bezahlt gemacht.

Immer wieder trafen sich die beiden Repräsentanten ihrer Stifte, berieten, wie sie die Not ihrer Bewohner lindern konnten, waren sich aber bewusst, dass sie nur dann etwas erreichen konnten, wenn sie von einem ihrer mächtigen Nachbarn gebraucht wurden.

„Wir sind halt die Zwerge und können nur hoffen, dass wir nicht zerquetscht werden“, sagte der Stiftschorherr nicht nur einmal.

„Wenn wenigstens unsere gnädigen Herren mit dem was wir unternehmen zufrieden wären“, seufzte Peter.

„Da kann auch ich ein Lied davon singen. Bei uns in Berchtesgaden mischen sich immer mehr Leute in die Regierungsgeschäfte ein. Alle Stiftskapitulare wollen mitregieren, hinzu kommen noch drei weltliche Herren, nämlich der Vorsteher der Kanzlei, der Landrichter und der Hofmeister. Unsere Geistlichkeit hat, so schwer es mir fällt das zu sagen, sich von unserer Ordensregel weit entfernt. Ihr Interesse gilt mehr den weltlichen Genüssen. Ungeniert besuchen sie ortsbekannte Frauenzimmer und Tanzvergnügen, ziehen die Jagd den kirchlichen Verpflichtungen vor.

So sieht es derzeit bei uns aus, lieber Peter. Ein gerüttelt Maß an diesem Zustand trägt unser Kurfürst, der sich aus dem Staube gemacht hat und sich einen Dreck um uns schert ...!“

„Aber Ihr habt doch einen Dekan, einen sittenstrengen noch dazu, wie ich mich selbst überzeugen konnte. Haut der nicht richtig dazwischen?“

„Auf den hört schon lange keiner mehr. Der hat resigniert. Selbst ein Schreiben von Kurfürst Josef Clemens aus dem Exil, worin dieser zur Besinnung auf das mönchische Leben ermahnte, fand nicht nur kein Gehör, es löste vielmehr bei den Angesprochenen nur Hohn und Spott aus. Die Verschwendungssucht kennt keine Grenzen und das Volk leidet!"

„Es ist halt wie immer, trotzdem sollten wenigsten wir unsere Pflicht erfüllen", ermunterte er sich und den Berchtesgadener.

„Nun denn, ich bin der Meinung, dass wir beim Ständigen Reichstag noch einmal unsere Situation darlegen, mit aller gebotenen Vorsicht. Die Mehrzahl der Delegierten ist uns wohlgesonnen, das weiß ich von meinem letzten Besuch. Wenn Wien und München erkennen, dass die meisten Teilnehmer viel Verständnis für unsere Probleme zeigen, dann werden sie vielleicht doch ihre willkürliche Politik gegenüber uns etwas verlässlicher gestalten. Mehr, als auf die Einhaltung der gültigen Verträge pochen wir ohnehin nicht."

„Ich bin dabei, freue mich auf Regensburg. Am besten reisen wir zusammen. Unseren Geleitschutz stellt Salzburg", schlug von Scheidegg vor.

15

Peter hatte in letzter Zeit wieder öfter sein Elterhaus besucht. Um nach dem Rechten zu sehen, wie er sich einredete.

Nach und nach musste er sich aber gestehen, dass es Judith war, die ihn wieder beschäftigte. War er wirklich ganz frei gekommen, von der Sehnsucht, sie zu besitzen?

Judith war immer noch eine Schönheit. Viele Freier, die

schon bald nach Martins Tod bei ihr warben, hatte sie schon abgewiesen. Sie war sich aber bewusst, dass die Kinder die energische Hand eines Mannes brauchten.
Sie vertraute sich Peter an, dem es einen Stich ins Herz gab, als er von ihren Überlegungen hörte. Jeder Besucher, von dem sie ihm erzählte, versetzte ihn in Eifersucht.
Seine vorsichtigen Einwände zu dem einen und anderen ließen jedoch Judith bald erkennen, dass er grundsätzlich gegen ihre Wiederverheiratung war.
Wenn Peter kein Priester wäre, dachte sie immer öfter, dann gäbe es kein Halten mehr. Tief in ihr schlummerte immer noch die Glut von dem Feuer, das er einmal in ihr entfacht hatte.
Seine Reisen für den neuen Erzbischof, mit dem er freundschaftlich verbunden war, führten zwangsläufig zu längeren Abwesenheiten.
Die Freude war jedes Mal groß, wenn er wieder zurückkam. Auch die Kinder mochten ihn. So brachte er auch ihnen immer kleine Geschenke mit.
Du verwöhnst sie zu sehr, die fragen schon immer, wann kommt der Onkel Peter und was wird er uns dieses Mal wieder mitbringen?“, sagte Judith.
Ihr heiteres Gemüt hatte die Trauer zurückgedrängt. Sie lachte wieder und Peter bemerkt dabei die kleinen, haarfeinen Fältchen an den Augenwinkeln, die er am liebsten geküsst hätte.
Sie lässt es gerne zu wie er sie ansieht. In seine Umarmungen, wenn er sie begrüßt oder sich verabschiedet, schließt er auch die Kinder mit ein, doch der Körperkontakt ist bei ihr viel intensiver.
Peter ist verzweifelt. Er hat ein Gelübde abgelegt, als er zum Priester geweiht wurde. Ein Leben lang wollte er sein Pries-

teramt ausfüllen, mit seinem ganzen Herzen und all seinen Kräften. Das Zölibat war unverrückbar.
Noch immer kamen die jungen Frauen in seinen Beichtstuhl, um ihre erotischen Phantasien und Leidenschaften auszubreiten. Obgleich sich dabei seine emotionelle Anteilnahme in Grenzen hielt, schweiften seine Gedanken unwillkürlich zu Judith.
Er wurde nervös, konnte nicht mehr richtig schlafen, wirkte auf seine Mitbrüder schroff und arrogant. Er fühlte sich krank, unverstanden und haderte mit seiner Existenz, wollte nicht mehr leben.
Er irrte durch die Stadt und fand sich plötzlich auf der Brücke über die Salzach wieder.
Die Hände verkrampft am Brückengeländer, sieht er in die wild schäumenden Fluten des reißenden Flusses, sieht Abfälle und Äste, die auf den Wellen ihren Tanz aufführen und rasch flussabwärts verschwinden. Allerhand Wasservögel streiten sich bereits in der Luft um Fischabfälle, die der Händler auf der Brücke soeben ausgeweidet und im hohen Bogen in den Fluss befördert hat. Peter fühlt sich magisch angezogen von den Wasserstrudeln, von den sich immer neu formierenden Wasserkronen und von der Gischt, die der Wind von den Brückenpfeilern heraufsprüht.
Wie von Geisterhand gezogen steigt er auf das Geländer, hält aber inne, als ihm der Wind die bekannte Melodie des Leierkastens herüberträgt und seine Trance löst.
Noch immer benommen und wirr von wildesten Gedanken folgt er dem Klang der Musik.
Er erkennt zwar den Leierkasten, aber die alte, blinde Spielerin ist abgelöst von einem Buckligen, dessen leerer Blick ebenfalls Blindheit bedeutet. Er lächelt und dankt überschwänglich, wenn er eine Münze in seiner Mütze klimpern

hört. Dabei kommen, schweratmend, ziehende Pfeiftöne aus seiner Brust.
Der Mann in seiner Armut, mit seinen Gebrechen scheint glücklich zu sein. Ich bin reicher, gesünder, bedeutender, warum hadre ich?, fragt sich Peter.
Seine Verzweiflung, seine tiefe Niedergeschlagenheit sind etwas gewichen.

Aber Judith sah die Veränderung an ihm. Er wollte sich jedoch nicht offenbaren und sie drang deshalb auch nicht weiter in ihn.
Hatte das mit ihr zu tun?, fragte sie sich.
„Ich sehe, dass mit dir etwas nicht in Ordnung ist. Bitte vertraue dich jemanden an. Ist es ein größeres Problem, das dich so niedergeschlagen erscheinen lässt, dann geh doch zum Erzbischof. Er ist dein Freund und er wird überall ob seiner Güte gepriesen“, bat sie ihn.

Er stürmte auf den Berg, den er schon so lange bezwingen wollte. Auf halbem Weg drehte er wieder um und lief in sein Elternhaus. Er fand seine Situation aussichtslos. Auf keinen Fall wollte er Judith damit belasten. Ich muss und werde das alleine schaffen, hämmerte er sich ein.
Doch dann bat er den Erzbischof um ein Gespräch, das ihm dieser gerne gewährte.
Auch ihm war die fahrige Art aufgefallen, die Peter immer mehr veränderte.

„Was ich mit Euch besprechen möchte, sollte vorerst unter das Siegel des Beichtgeheimnisses fallen“, begann Peter.
„Wie du wünscht.“ Harrach war froh, dass sich sein Freund und Mitstreiter ihm anvertrauen wollte. Hatte er große Sor-

gen, ein Anliegen, wollte er ihm gerne helfen.
Peter wusste nicht recht, ob er bei dem brüderlichen du bleiben sollte, tat es aber dann doch.
Wenn wir uns nach dem Gespräch wieder Siezen, dann soll es eben so sein, dachte er.
Dann erzählte Peter von seiner Liebe zu Judith, zu der Witwe seines Bruders, die er mit ihren vier Kindern so gerne beschützen wollte.
„Wenn du sie nur beschützen willst und deine Liebe in deinem Innersten behältst, dann sehe ich kein Problem. Du kannst dir so viel Freizeiten nehmen, wie du brauchst.
Ich stelle dich vom Beichtdienst frei und die täglichen Messopfer kannst du abhalten, wann und wo du möchtest“, kam ihm Harrach entgegen, obwohl er spürte, dass es hier um mehr ging.
„Die Frau zu sehen und ihr doch nicht ganz nahe sein zu dürfen, übersteigt meine Kräfte. Ich quäle mich seit Monaten, bin hin- und hergerissen, ich kann einfach nicht mehr“, warb er um Verständnis.
„Viele unserer Priester haben wir schon verloren, weil sie eine Frau genommen haben. Sie finden meistens Aufnahme bei den Protestanten. Das müssen wir verhindern. In Rom ist das kein Thema. Protestanten gibt es da nicht. Andererseits steht weder in der Bibel noch in den Zehn Geboten, dass Priester nicht heiraten dürfen“, sinnierte der Erzbischof.
„Bei den Jüngern Jesu waren auch Verheiratete“, schob Peter nach, weil er eine gewisse Unsicherheit bei Harrach zu bemerken schien.
„Trotzdem gilt unser Gebot, gilt dein Gelübde, das du auf Lebenszeit abgelegt hast. Ich kann, ich darf dich einfach nicht freisprechen, auch wenn ich deine Situation durchaus zu verstehen versuche.“

„Ich bleibe immer Priester, das ist mir schon klar, aber wird Gott mich bestrafen, wenn ich mir ein Weib nehme? Wenn ich einen Pfarrer finde, der uns verheiratet?"
„Verantwortlich bist du nur deinem Gewissen. Du musst wissen, was recht ist. Ich werde immer dein Freund bleiben, egal, wie du dich entscheidest.
Aus den vielen Beichten ist dir aber bekannt, dass die Leidenschaft im Laufe der Jahre abflacht, dass sich manche Eheleute bereits nach kurzer Zeit überdrüssig werden. Könnte es nicht sein, dass es dir ebenso ergeht? Könnte es sein, dass dich die Sünde gegen ein Gebot der Kirche und gegen deinen Eid nicht für den Rest deiner Tage unglücklich machen?
Ich schicke dich nach Rom mit dem Angebot, beim Konflikt zwischen Kaiser und Papst unsere Vermittlerdienste anzubieten. Du hast dann einige Monate Zeit zu überlegen. Vielleicht bietet sich die Gelegenheit, mit einem Vertreter des Vatikans deine Gewissensnot zu besprechen. Ich kann mir vorstellen, dass man dort mehr Erfahrung hat, wie man helfen kann. Vielleicht behalten sie dich ganz in Rom. Tüchtige Priester sind auch dort dringend nötig."

Peter besuchte vor seiner Abreise Benjamin, der immer noch vor sich hinkränkelte.
„Mein Herz setzt manchmal aus, dann schlägt es wieder wie rasend, trommelt, hüpft und springt, als würde es jeden Augenblick zerplatzen", erzählte er Peter.
„Bekommst du schon die richtige Medizin?", fragte der und dachte: die gleichen Symptome wie bei mir, nur die Ursache ist eine andere.
„Ich denke schon", antwortete Benjamin oder wie er jetzt

hieß, Bruder Kleophas. „Es ist Tee aus Weidenrinde, der das Blut flüssig machen soll. Mehr kann man nicht machen, sagt unser Medicus. Der Körper muss sich selbst heilen. Ich bete viel, nicht nur für mich, sondern für die armen Seelen der Männer, die durch meine Schuld den frühzeitigen Tod erlitten haben. Wie viele Witwen, wie viele Waisen trauern um ihren Ernährer!"

Er war immer noch nicht über den Berg. Das Schuldgefühl machte ihn krank, erkannte Peter mit aller Deutlichkeit.

„Du bist nicht schuld, du hattest die richtige Idee, du wolltest doch nur das Beste für die rechtlose Bevölkerung. Die Zeit war noch nicht reif. Eines Tages ist es so weit. Dann wird man mit Dankbarkeit deiner gedenken", versuchte er Benjamin Mut zu machen.

Der schüttelte aber resigniert mit dem Kopf.

Benjamin war fromm geworden. Er galt als weise. Viele Besucher des Klosters fragten ihn um Rat. Auch unter den Patres und Brüdern galt sein Wort. Bruder Kleophas war bald überall im Lande bekannt und es gab viele, die seinem Beispiel nacheifern wollten. Seine Herkunft gab den Leuten allerhand Rätsel auf, doch im Schutze des Klosters verspürte er keine Angst mehr, entdeckt zu werden.

Peter vertraute sich ihm an.

„Du bist nur dir und deinem Gott verantwortlich. Lebe so, wie du überzeugt bist, dass es richtig ist. Entsagung kann allerdings oft mehr Erfüllung bringen als schnelles Glück. Es verschwindet wie der Rauch aus dem Kamin. Ich wünsche dir von Herzen, dass du die richtige Entscheidung triffst."

Echte Zuneigung war aus den Worten des Kapuzinerbruders zu hören, doch Peter hätte sich eine eindeutige Empfehlung gewünscht. Nun war er so schlau, so unschlüssig wie vorher. Sollte er seinen Verstand sprechen lassen oder sein Herz? Er

hoffte in Rom Klarheit zu finden.
Bevor er ging, sagte er noch: „Wenn ich zurück bin, dann will ich unbedingt die Geschichte deiner Flucht hören. Das lässt mir einfach keine Ruhe. Ich muss immer daran denken, dass du wahrscheinlich der erste Mensch warst, der unseren Berg bezwungen hat. Du kannst versichert sein, dass ich dann nicht mehr locker lasse und dir so lange auf die Nerven gehe, bis du mir alles erzählt hast."
Kleophas nickte lächelnd.
Beim Abschied von Judith sorgte er dafür, dass auch Stefan und die Kinder anwesend waren.

Josef I. hatte sich inzwischen Ländereien angeeignet, die dem Kirchenstaat gehörten.
Peter wurde sofort zu dem Kardinal, der für den weltpolitischen Bereich zuständig war, vorgelassen.
Peter war auch beim zweiten Male beeindruckt von der Persönlichkeit dieses Mannes.
Er war ein Aristokrat vom Scheitel bis zur Sohle. Er war schlank, viel größer als sein Besucher, hatte aber eine aufrechte Haltung, die auf disziplinierte körperliche Ertüchtigung hindeutete. Sein edles Gesicht wurde von keinerlei Falten oder Narben entstellt und seine stahlgrauen Augen forderten unbedingt die Wahrheit von seinem Gesprächspartner. Peter fühlte sich wie unter Hypnose. Er hatte zwar keine Angst, war aber tief beeindruckt. Er war sehr froh, dass er gutes Latein sprach, wenn er auch nicht im Entferntesten die ausgesuchte Wortwahl und den Feinschliff des Kardinals erreichte.
Der bedankte sich für das Vermittlungsangebot der Salzburger, winkte jedoch resigniert ab.
„Die Sache ist entschieden. Wir mussten klein beigeben, uns

der militärischen Bedrohung beugen. Mit dem Vertrag von 1709 haben wir die Rechte auf unsere Ländereien zugunsten der Österreicher aufgegeben, konnten jedoch damit verhindern, dass die Heilige Stadt auf Dauer besetzt wurde. Die Truppen Josefs I. waren bereits bei uns eingedrungen!"
„Habt Ihr Euch nicht zur Wehr gesetzt, den Kirchenbann verhängt oder die Franzosen um Beistand gebeten?", fragte Peter.
„Es war die Entscheidung seiner Heiligkeit. Der Heilige Vater ist kein Mann der Gewalt oder des politischen Ränkespiels. Er ist der Frömmste von uns, zudem gelehrt und pflichtbewusst. Seine Liebenswürdigkeit ist sprichwörtlich. Er hat sich bis zuletzt gewehrt, als er als Kandidat für den Heiligen Stuhl vorgeschlagen wurde. Er glaubt an Gottes Gerechtigkeit, der sich auch der Kaiser nicht entziehen kann."

Peter vermutete mit Recht, dass sein Erzbischof über den Abschluss des Vertrages zwischen Kaiser und Papst Bescheid wusste und ihn eigentlich grundlos auf diese lange Reise geschickt hatte.
Das heißt, einen Grund gab es ja: Judith!

„In mir ist die Liebe zu einer Frau entbrannt, dessen Feuer ich alleine nicht zu löschen vermag." Peter saß einem Jesuiten gegenüber, den ihm der Kardinal in seiner Gewissensnot empfohlen hatte.
Er sah einen Asketen, dessen dünne Gestalt auch die Soutane nicht verbergen konnte.
Sein feingeschnittenes Gesicht wurde von nachtschwarzen Augen beherrscht, die Klugheit und Weisheit des Alters verrieten. Ob der überhaupt versteht, was mich bedrückt?, frag-

te sich Peter insgeheim. Gefühl für Erotik oder gar Leidenschaft für das andere Geschlecht, waren für den bestimmt Fremdwörter. Trotzdem wollte Peter nach diesem Strohhalm greifen, die kleine Chance nützen.

Der Geistliche hörte sich aufmerksam die Beichte des Salzburgers an, der zuerst stockend, dann immer schneller werdend, all seine Empfindungen, seine Gefühle, seine Qualen und sein Hoffen offenbarte.

„Ich habe mich kasteit, gegeißelt, abgeschottet. Ich habe um Beistand gefleht, meine toten Eltern und meinen Namenspatron angerufen und um Hilfe gebeten. Alles umsonst. Je verzweifelter meine Bemühungen waren, umso mehr dachte ich an sie, umso mehr wollte ich sie besitzen."

Alle Not brach aus ihm heraus und sein Gesprächspartner kannte diese Problematik aus vielen Begegnungen mit anderen Priestern.

„Viele Geweihte haben mit dem Gleichen oder Ähnlichem zu kämpfen. Je nach innerer Stärke und der Liebe zu unserem Heiland widerstehen sie der Versuchung oder erliegen im Kampf gegen sich selbst", begann der Jesuit.

„Letztendlich liegt es alleine an Euch, an Eurem Willen, an Euren Fähigkeiten, dieser Sünde zu entsagen. Und es ist eine Sünde, wenn Ihr Euer Gelübde brecht. Davon kann Euch niemand entbinden, nicht einmal unser Heiliger Vater."

Peter hörte eine Reihe von guten Ratschlägen, ihm wurden viele Beispiele genannt und die Hoffnung mitgegeben, dass sich alles zum Guten wenden könnte.

Aber: Er fühlte sich nicht klüger als vorher. In seinem tiefsten Innern hatte er gehofft, eine kirchlich abgesegnete Lösung aufgezeigt zu bekommen, die es ihm gestattete, die Liebe zu Judith legal zu vollziehen.

Nicht nur aus Gesprächen wusste er, dass viele geistliche Mitglieder der Kurie mit Frauen zusammenlebten, eigene Kinder hatten und trotzdem ihr Priesteramt so ausübten, als gäbe es kein Zölibat.

Er brauchte dafür nicht einmal nach Rom zu gehen; Josef Clemens von Bayern, der Regent des Nachbarn Salzburg, war auch Bischof von Köln, Lüttich und Regensburg. Auch er lebte mit einer Frau zusammen und hatte mit ihr gemeinsame Kinder. Trotzdem wurde er nicht exkommuniziert, seiner Ämter nur zeitweise enthoben und alle Welt wusste von seinem Lebenswandel.

Und ich kleiner Domherr soll auf mein Glück, auf das verzichten, was mir Gott zu einem erfüllten Leben mitgegeben hat?, fragte er sich immer öfter.

Wie sah seine Zukunft aus? Wie würde es weitergehen, wie würde er sich entscheiden?

Fast magisch zog es ihn wieder zu den Ufern des Tibers. Er brauchte nicht lange zu suchen.

Die schöne Wahrsagerin erkannte ihn sofort wieder. Wahrscheinlich war unser Trinkgeld zu üppig ausgefallen, dachte sich Peter. Sie rief einen jungen Mann herbei, der Latein konnte und als Dolmetscher dienen musste.

Das Prozedere kannte er schon.

Nachdem sie die Kugel mit dem Schleier weggelegt hatte, sah sie ihm tief in die Augen.

Innerlich lachte er, war aber doch gespannt, was sie ihm dieses Mal weissagen wollte.

„Lache nicht“, schien sie Gedanken lesen zu können, „oder ich sage nichts, was ich in deiner Zukunft gesehen habe.“

„Nein, nein, ich höre dir gerne und mit vollem Ernste zu“, beschwichtigte er das Mädchen.

Nun hatte er doch etwas weiche Knie, wobei er sich nicht

ganz klar darüber war, ob der Grund dafür die tiefschwarzen Augen der Schönheit oder die Tatsache war, dass sie sein inneres Lachen erraten hatte.

„Also höre: Der Tisch, an dem ich dich im Kreise vieler Kinder sitzen sah, ist leer.

Dich aber sah ich, hoch in den Lüften schwebend, Hand in Hand mit einer Frau. Ich glaube, es war dieselbe, die ich auch das letzte Mal ..."

„Wie sah sie aus? Wie ist ihr Name? Wie alt ist sie? Liebt sie mich?", unterbrach er sie ganz aufgeregt.

„Mehr kann ich dir nicht sagen. Werd selber schlau aus dem, was ich dir offenbart habe."

Verwirrt verließ Peter das Zelt.

Sie hatte doch erraten, dass Harrach auf einem Thron sitzen würde! Aber bei mir?

Hand in Hand mit einer Frau? Das konnte nur Judith sein, redete er sich ein. Hoch in den Lüften? Im Siebenten Himmel vielleicht?

Frohgemut reiste er zurück.

Auf der langen Reise, die dank seines Passes und der päpstlichen Passierscheine ungehindert vonstatten ging, gewann er keinen Abstand zu Judith, vielmehr verstärkte sich seine unstillbare Sehnsucht nach ihr.

Je näher er der Heimat kam, desto unruhiger wurde er. Hatte sich Judith bereits einem anderen versprochen? Sehnte sie auch seine Heimkehr herbei? War sie wohlauf und wie ging es den Kindern? Er trieb die Kutscher zu höchster Eile an, schob dringende Gründe des Erzbistums vor und schreckte auch nicht vor Nachtfahrten zurück.

Endlich hielt die Kutsche vor der erzbischöflichen Residenz. Er berichtete Harrach von seiner Mission, wobei er deutlich durchblicken ließ, dass die Reise eigentlich überflüssig war.

Harrach lächelte nur und sagte: „Ich hoffe, dass Euer Gemütszustand wieder in ruhigen und klaren Bahnen läuft."
Peter war nicht mehr zu halten.
Er ließ sich ein Pferd satteln und preschte im Galopp nach Grafengaden.
Dort wartete eine Überraschung auf ihn.

16

Bruder Kleophas, alias Benjamin, hatte nach ihm gerufen.
Er lag im Sterben und es hatte durchaus den Anschein, als hätte ihm der Tod so lange Aufschub gewährt, bis er mit Peter gesprochen hatte.
„Seit Wochen befürchteten wir schon sein Ableben, aber irgend etwas hielt ihn am Leben. Wahrscheinlich war es der Gedanke an Euch, weil er immer wieder fragte, ob Ihr aus Rom schon zurück seid", berichtete ihm der Guardian.
„Viele Leute kommen und wollen von dem beliebten Bruder Abschied nehmen. Sein lebensbedrohlicher Gesundheitszustand hatte sich überall herumgesprochen. Jetzt sehen wir erst, wie angesehen Kleophas bei weiten Teilen der Bevölkerung ist", setzte er hinzu.
Peter setzte sich ans Krankenbett und hielt die Hand seines verehrten Freundes, den er bei vollem geistigem Bewusstsein antraf. Dessen Aussehen erschreckte ihn aber zutiefst. Hier half nur noch ein Wunder, war er sich im Klaren.
„Ich habe auf dich gewartet, weil du mir sicher den Segen des Heiligen Vaters mitgebracht hast und außerdem schulde ich dir noch die Schilderung meines Fluchtweges aus Berchtesgaden."
„Das Sprechen strengt dich zu sehr an, komm zuerst wieder

zu Kräften und danach höre ich gerne, was du mir berichten wirst. Auf ein paar Tage mehr oder weniger kommt es nun auch nicht mehr an“, redete er Kleophas zu, obwohl er innerlich hoffte, dass der Bruder reden würde.

„Also der Reihe nach“, überging der Todgeweihte den halbherzigen Einwand seines Besuchers. Die Häscher des Kaisers suchten seit der Niederschlagung unseres Aufstandes nach mir. Sie scheuten keine Mühe und keine Mittel, um meiner habhaft zu werden. Bekannte, Verwandte und ehemalige Kampfgefährten wurden erheblichem Druck und sogar nackter Gewalt ausgesetzt.

Weiß ich doch alles, dachte sich Peter und drückte aufmunternd die Hand seines Freundes.

Der blickte zu Peter und sagte dann noch leiser: Du hast dich also entschieden und die Soutane mit bürgerlichem Gewand getauscht.“

„Ganz so ist es nicht“, antwortete Peter. Den traurigen Zug um den Mund des Kranken nahm er deutlich wahr. Er glaubte sogar, in feuchte Augen zu blicken.

„Ich erzähle dir alles etwas später. Du bist aber zuerst an der Reihe“, forderte er Kleophas auf, weiterzuerzählen.

Es blieb jedoch eine Weile still. Peter wusste nicht den Grund, dachte sich aber, dass Kleophas Schwierigkeiten mit der Konzentration hatte und nicht er die Schuld trug.

„Ich konnte mich bei den Scheideggs in der Gnotschaft Gern verstecken in dem festen Glauben, dort sicher zu sein.

Es ging gut, vielleicht zu gut. Ich wurde leichtsinnig, ließ mich im Freien sehen. Prompt muss mich jemand gesehen und verraten haben. Nicht alle Nachbarn sind Freunde“, setzte er wissend hinzu. „Es könnte aber auch ein Jäger oder Jagdgehilfe gewesen sein, weil für die fürstlichen Herrschaften ein umfangreiches Jagdgebiet eingerichtet wurde,

das von der Ache bis zum Fuße des Untersberges reichte. Letztlich spielte das aber keine Rolle für mich.
Eines Tages stürzte einer der schulpflichtigen Söhne ins Haus und berichtete atemlos, dass eine Schar von Uniformierten in Begleitung von Hunden auf dem Weg zu uns waren.
Sie hatten sich nach dem Weg zu unserem Hof bei ihm erkundigt. Er lief eilig heim, nachdem er der Gruppe einen Umweg beschrieben hatte."
Kleophas musste wieder eine Pause machen, während der ihm Peter Tee einflößte. Dabei bemerkte er, wie sehr die Hände seines Freundes zitterten.
„Wenn es dich zu sehr aufregt, dann unterbrechen wir so lange, bis du dich wieder erholt hast, oder ich komme in den nächsten Tagen noch einmal vorbei", schlug er vor.
„In den nächsten Tagen?", sagte der Kranke lächelnd.
„Nein, nein du musst es noch heute erfahren. Du hast lange genug gewartet. Meine Uhr läuft ab."
Er schüttelte den Kopf, als Peter etwas sagen wollte.
„Ohne etwas mitnehmen zu können, lief ich aus dem Haus. Das Kläffen der Hunde hörte ich bereits. Der einzige Weg, der einigermaßen sicher schien, war der auf den Berg.
Ich lief nicht zu schnell, weil ich mich auf einen langen Fluchtweg einrichten musste. Dadurch kamen die Verfolger immer näher. Nun hörte ich nicht nur die Hunde, ich sah auch die Verfolger. Irgendjemand, wahrscheinlich der Denunziant, musste mich beobachtet haben, wie ich aus dem Hause lief und die Verfolger sofort auf meine Spur gehetzt haben."
Gespannt hörte Peter zu und hoffte in Kürze etwas über den Untersberg zu hören.
Du bist doch dann ...?", wollte er fragend einwerfen, wurde aber von der weiteren Schilderung Kleophas unterbrochen.

„Im Unterholz fand ich etwas Deckung, weil ich spürte, dass sich die Häscher bereits bis auf Schussweite genähert hatten. Dann kam der Hochwald, in dem ich ebenfalls die großen Bäume als Schutzschild benutzen konnte.
Ich bemerkte, dass den Verfolgern allmählich die Luft ausging und nur diejenigen den Abstand nicht zu groß werden ließen, die von ihren Hunden hinterhergezogen wurden.
Trotzdem gaben sie nicht auf. Die hohe Prämie, die auf meinen Kopf ausgesetzt war, spornte sie anscheinend immer wieder an.
Ich überquerte den kleinen Wasserfall, musste die letzten Almwiesen umgehen, weil ich dort zu leicht ausgemacht werden konnte.
Der Baumbestand wurde spärlicher und ging fließend in einen breiten Latschengürtel über, der bis zu den Felsabstürzen reichte. Zwischen den Latschen kam ich gut voran, weil ich einen schmalen Pfad benutzen konnte, der vom Wildwechsel stammte.
So konnte ich den Abstand zu den Verfolgern wieder vergrößern, was sicherlich darauf zurückzuführen war, dass sich die Leinen der Hunde im dichten Astwerk verhedderten.
Normalerweise hätte mich die hohe Felswand, wie auch viele andere vor mir, zur Umkehr gezwungen. Von Furcht getrieben, kraxelte und krabbelte ich aber auf allen Vieren, ohne zu überlegen, in die Höhe.
Es gab immer wieder Stellen, die umgangen werden mussten, aber auch Bereiche, wo mir Busch- und Graswerk ein sicheres Vorankommen ermöglichten. Zurück durfte ich nicht mehr schauen. Dafür hörte ich Schüsse, deren Kugeln splitternd an der Felswand abprallten.
Einzelne Hunde wurden von der Leine gelassen, sie kamen jedoch nicht so gut voran wie ich.

Die Verfolger schienen vorläufig aufgegeben zu haben. Das Gekläff und Gejaule der Hunde wurde weniger, die wütenden Zurufe und die kräftigen Flüche der Männer ebbten ganz ab.
Sie dachten wohl, dass ich am Berg rettungslos verloren sei.“
Peter hörte aufmerksam zu, wischte dem Erzähler immer wieder den Schweiß von der Stirn und gab ihm Tee, sobald sich ein Schwächeanfall bemerkbar machte.
„Den Gebirgsstock kannte ich von den Fahrten zwischen Grafengaden und Berchtesgaden.
Ich hoffte also, auf dem auch von unten gut einzusehenden Grat Richtung Salzburg zu kommen.
Inzwischen war es dunkel geworden und ein Weiterkommen zu gefährlich. Ich rollte mich also, so gut es ging, in ein Felsloch, in dem ich vor Erschöpfung einige Stunden geschlafen haben musste.
Dann erwachte ich, weil die von den Druckstellen der Steine verursachten Schmerzen größer als meine Müdigkeit waren.
Ich wartete den Tag ab, versuchte mich zu orientieren und glaubte immer noch Hundegebell zu hören. Wahrscheinlich ein Streich meiner Phantasie.
Dann sah ich den Gipfel vor mir. Zum Greifen nahe. Der Anstieg war nicht mehr so steil, sodass ich kaum mehr die Hände zum Festhalten brauchte.
Die Aussicht von der höchsten Erhebung aus war unbeschreiblich. So etwas Schönes hatte ich noch nie vorher gesehen. Hier spürte man die göttliche Schöpfung und ich vergaß für kurze Zeit, was mich hierher getrieben hatte. Ich durfte einen Blick ins Paradies werfen.
Beinahe empfand ich Dankbarkeit für meine Feinde.
Ich musste aber weiter, vielleicht noch am gleichen Tag den

Weg zu euch schaffen.
Wo es ging, da lief ich, sah nach links und rechts, wo gewaltige Felsabstürze drohten.
Dabei vergaß ich, auf den Boden zu achten, und stürzte über einen Stein. Ich bin mit dem Kopf aufgeschlagen und war sofort besinnungslos.
Als ich wieder erwachte, war es mir, als hätte mich jemand gerüttelt. Alles um mich herum war in Nebel getaucht. Taumelnd kam ich hoch, versuchte mich zurechtzufinden, aber es war unmöglich. Der Nebel war so dicht, dass ich nicht erkennen konnte, wo es bergauf und wo es bergab ging. Leichter Nieselregen hatte eingesetzt und das Gestein gefährlich nass gemacht.
Ich setzte mich wieder hin, fror in meinen nassen Kleidern. Depression erfasste mich. Ich musste heulen und war nicht imstande, den Tränenfluss zu hemmen.
War das mein Ende? Ich wusste, dass der Berg manches Mal viele Tage und sogar Wochen wolkenverhangen bis in Talnähe war. Auch Schneefall war in diesen Höhen zu jeder Jahreszeit nichts Ungewöhnliches. Ich glaubte mich schon irgendwann erfroren liegen zu sehen.
Der Versuch, mich in eine Richtung vorzutasten, endete an einem Felsabsturz in gähnender, nebelverhangener Tiefe.
Ich haderte mit mir selbst, dachte daran, dass ich mir dieses Schicksal selbst zuzuschreiben hatte, verfluchte die Kaiserlichen, verdammte den Verräter und gelobte ein gottgefälliges Leben zu führen, wenn ich diese ausweglose Lage überstehen würde.
Selbst wenn sich das Wetter bessern würde, zurück konnte ich nicht und die Gefahr des Abstieges auf Salzburger Seite war riesengroß. Hinzu kam, dass ich im Tal mit einem „kaiserlichen“ Empfang rechnen musste.

Ich sah mit tränenverschleierten Augen den Nebelschwaden zu, die vom kalten Wind getrieben an mir vorüberzogen. Dann waren sie plötzlich da. Aufgetaucht wie aus dem Nichts!"

Überwältigt von der Erinnerung und völlig geschafft von der langen Erzählung, ließ sich Kleophas noch tiefer in sein Kissen zurückfallen.

Peter wagte kaum noch zu atmen, wollte seinen Freund nicht von dessen Erinnerungen abbringen, ahnte aber, dass jetzt der Teil kommen würde, weshalb Kleophas so lange geschwiegen hatte. Unbewusst registrierte er, dass man dem Sterbenden ein richtiges Bett mit Wolldecke und Kopfkissen gegeben hatte.

Der Kranke schien zu schlafen.

Dann sprach er mit geschlossenen Augen weiter. Peter hielt ein Ohr an den Mund des Freundes, um alles hören zu können.

„Zuerst dachte ich an Gebilde, die der Nebel zeichnet, dann schrieb ich es meinen fiebrigen

Phantasien zu. Ich rieb mir die Stirn, das Gesicht, schloss die Augen. Als ich sie wieder öffnete, waren sie noch immer da."

Jetzt schwitzte auch Peter und er fragte leise und vorsichtig: „Wen hast du gesehen?"

Kleophas, der die Augen wieder geöffnet hatte und wieder einen wachen und geistig frischen Eindruck machte, schaute auf Peter und sagte: „Behalte das bitte für dich, was ich dir nun berichte."

Peter nickte, weil seine Kehle wie zugeschnürt war, und streichelte die Hand des Erzählers.

„Es herrschte zwar undurchdringlicher Nebel und trotzdem sah ich die kleinen Gestalten, Männer, die von vielen alten

Leuten als Untersberg-Mandl bezeichnet werden. Mal waren die Konturen ganz scharf, dann verschwammen sie mit dem Nebel zu fast durchsichtigen Wesen.
Sie winkten mir, immer wieder. Bis ich aufstand und ihnen folgte. Sie liefen, nein, sie schwebten mir voraus und ich hatte nie das Gefühl, in Gefahr zu sein, geschweige denn, abzustürzen.
Ich habe sie angerufen, wollte mit ihnen sprechen, sie schüttelten jedoch den Kopf und hoben abwehrend die Hände. Es war gespenstisch, irreal und doch so wirklich, wie der Fels, auf dem wir liefen. Irgendwie signalisierten sie mir, ich empfand es einfach so, dass sie mein Eindringen in ihr Reich missbilligten.
Mit dem aufsteigenden Nebel verschwanden auch sie.
Das Terrain, das wir überquerten, war unregelmäßig, voller Falten und Trichter, Kuppeln und Mulden, einfach voller Fallstricke, die ich mit Hilfe meiner Führer unbeschadet bewältigte. Dann stand ich vor einer großen Schlucht. Ich wusste ungefähr, wo ich mich befand. Tief unten musste Schellenberg sein.
Beim Abstieg in die Schlucht stürzte ich wieder. Ich weiß nicht, wie lange ich besinnungslos liegen blieb. Sicher kam auch eine gewisse Schwäche hinzu. Ich hatte nichts zu essen. Wenigstens gab es in den kleinen Vertiefungen der Felsen etwas Regenwasser.
Der Weg von der Schlucht in die gegenüberliegende Höhe war mörderisch. Ich musste viele Pausen einlegen. Hände und Knie waren blutig geschlagen, einen Arm konnte ich nicht mehr bewegen, weil ich mir bei einem der Stürze die Schulter verletzt hatte. Dennoch wurde ich angetrieben von dem unbedingten Willen, zu überleben, es zu schaffen und mein Leben anders, besser zu gestalten. Lieber Gott, betete

ich immer wieder, lass mich nicht sterben und ich gelobte alles, was ihm gefallen könnte und mir gerade in den Sinn kam.

Nach Tagen der Mühe, der Schmerzen und der Entbehrung sah ich, einer Fata Morgana gleich, weit entfernt und tief unten Salzburg vor mir liegen. Tränen der Freude ließ ich freien Lauf. So schwach, so zermürbt und verletzt ich auch war, ich jubelte laut und dankte Gott.

Doch der jähe Absturz des felsigen Geländes schien unüberwindbar. Ich war jedoch besessen von dem Drang nach unten, meiner Sinne kaum mehr mächtig. Jede Vorsicht außer Acht lassend, kletterte, rutschte und stürzte ich in die Tiefe. Wieder verlor ich die Besinnung. Als ich aufwachte, sah ich, dass ich das Ärgste überwunden haben musste.

Mit letzter Kraft schleppte ich mich hinter den Holzverschlag einer Höhle. Dorthin, wo ich schließlich nach vielen Tagen des Deliriums gefunden wurde.

Jetzt kennst du meine Geschichte."

Immer langsamer werdend, kraftlos, mit erkennbar großer Mühe hatte Kleophas gesprochen.

Er hatte seine Augen wieder geschlossen. Friede lag auf seinen Zügen. Peter schien es, als lächle er.

„Meine Geschichte erzähle ich dir beim nächsten Besuch", flüsterte Peter.

Kleophas wollte sie jedoch nicht mehr hören.

Peter verließ geräuschlos die Zelle und merkte nicht, dass Kleophas für immer eingeschlafen war.

17

Judith und Peter hatten bei den Scheideggs in der Gnot-

schaft Gern übernachtet.
Auch der Berchtesgadener Chorherr war gekommen.
Peter und er unterhielten sich angeregt über die Tagespolitik in ihren Ländern, wobei sie immer wieder feststellten, dass es kaum Unterschiede gab.
„Bei uns zieht jetzt eine Weibsperson an den Fäden der Stiftspolitik. Es ist die Frau unseres Landrichters. Viele unserer Kapitulare fressen ihr aus der Hand. Bei mir hat sie sich allerdings bisher die Zähne ausgebissen. Das stempelt mich fast zum Außenseiter und sie verfolgt mich nun ganz offen mit ihrem weiblichen Hass. Aber", setzte er hinzu, „bis ich einem Weib verfalle, müssten schon Himmel und Hölle einstürzen!"
Peter dachte sich: dich hat es halt noch nie richtig erwischt! Er wich schnell auf ein anderes Thema aus: Salz. Darauf sprangen sofort alle an. Das Weiße Gold war Dreh- und Angelpunkt im Leben jedes Einzelnen.
Sie stellten ihr Kommen als reinen Höflichkeits- bzw. Verwandtschaftsbesuch dar, der eine kleine Bergwanderung zu den Almen des Untersberges mit einschließen sollte.
Über ihr wirkliches Vorhaben bewahrten sie Stillschweigen.
„Wir dürfen doch Maria so lange bei Euch lassen, wenn sie morgen so früh noch nicht wach sein sollte?", bat Judith.

Im Morgengrauen waren sie aufgebrochen, den Untersberg im Auge, dessen Gipfel sich von den ersten Strahlen der aufgehenden Sonne majestätisch gegen den blauen Himmel abhob.
Sie marschierten recht zügig die erste Wegstrecke, die sie über Almwiesen allmählich in die Höhe führte.
Niemand verfolgte sie, niemand bedrängte sie. Die himmlische Ruhe wurde nur von Zeit zu Zeit von der Glocke einer

weidenden Kuh unterbrochen.
Das Tor der neu erbauten Wallfahrtskirche Maria Gern war um diese Zeit noch verschlossen. So beteten sie im Vorbeigehen ein Vaterunser.
Trotz des herrlichen Tages schwang bei den beiden eine gewisse Melancholie, ja Verzweiflung mit, die sie seit Wochen begleitet hatte und die einfach nicht abzuschütteln war.

Als Peter von Rom zurückkam, erwartete ihn eine völlig aufgelöste Judith.
Drei ihrer Kinder waren gestorben und das vierte lag mit hohem Fieber im Bett und kämpfte seit Tagen ums Überleben.
Die Diphtherie war ausgebrochen und hatte innerhalb kürzester Zeit großes Leid über viele Familien gebracht.
Stefan, der sich immer mehr zum Herrn des Hauses aufgespielt hatte, brachte eines Tages eine junge Zigeunerin ins Haus. Er hatte sie bei einem seiner Marktbesuche, bei denen er seine Schusser verkaufte, kennengelernt. Sie schlief mit ihm in seiner Kammer.
Judith, die auf die Hilfe ihres Adoptivsohnes nicht verzichten konnte, machte gute Miene zum bösen Spiel.
Nach ein paar Tagen kam auch die Sippe des Mädchens mit einem Haufen Kinder.
„Die bleiben nur so lange, bis die Kinder, die sich schwer erkältet haben, wieder gesund sind“, versprach Stefan.
Die Sippe fühlte sich bald wie zuhause auf dem Anwesen. Sie belegten ungefragt oder mit Zustimmung von Stefan die freien Zimmer, verdrängten Judith immer mehr aus der Küche. Selbst die große Stube gehörte auch bald ihnen.
Alle Proteste halfen nichts. Allmählich fürchtete sich Judith. Einmal, weil die Männer immer zudringlicher wurden, und

zum anderen, weil ein Kind nach dem anderen immer kränker wurde. Die Behandlung durch eine alte zahnlose, rauchende Großmutter schien wenig oder nur vorübergehend zu helfen.
Nach und nach stellte Judith den Verlust von Hausrat und Schmuck fest, den sie von ihrer Mutter geerbt oder von Martin geschenkt bekommen hatte.
Zur Rede gestellt, wurde sie verhöhnt und bedroht.
Stefan hatte sich völlig gewandelt. Er fraß dem Mädchen förmlich aus der Hand, vernachlässigte seine Arbeit und suchte auch tagsüber immer wieder seine Kammer auf.
Der Lärm ging Judith zunehmend auf die Nerven.
Sie forderte von Stefan, dass die Sippe sofort das Haus verlassen müsse.
„Die bleiben", sagte er mit Nachdruck „und wenn die gehen, dann bist du mich auch los, dann kannst du sehen, wie du zurechtkommst!"
Dann wurde auch ihr erstes Kind, Rebekka, krank. Zuerst dachte sie an einen grippalen Infekt.
Als sich aber zu den Schluckbeschwerden Husten, Heiserkeit und hohes Fieber einstellten, holte sie einen Arzt.
Es war jedoch zu spät. Die Atemwege waren durch die Schwellungen im Halse dicht.
Tod durch Ersticken. Diphtherie.
Auch Thomas und Lukas, die beiden Jungen starben kurz danach. Nur Maria, das immer kränkelnde Nesthäkchen, schien gegen die Krankheit gefeit.
Der Tod schlug aber auch bei den Kindern der Zigeuner zu.
Judith lief zum Bürgermeister und schilderte ihre Not. Der Weg in die Residenz war zu weit.
Sie litt und sehnte Peter herbei, wusste aber, dass die Reise

nach Rom viele Monate dauern konnte.
Der Bürgermeister schickte Gendarmen. Sie fanden unter den Habseligkeiten der Sippe den Schmuck und andere Gegenstände, die sie gestohlen hatten. Eigentlich noch viel mehr, als Judith vermisste. So verwiesen die Ordnungskräfte die Zigeuner nicht nur vom Hof, sondern auch aus dem Salzburger Land.
Stefan zog mit ihnen.
Nun kämpfte Judith um das Leben ihres vierten Kindes, machte Umschläge, Quarkwickel,
Kräutertees und vieles mehr, was der Arzt angeordnet hatte.
Hilfesuchend blickte sie auf das Bildnis der Jungfrau, das neben dem Kruzifix im Herrgottswinkl der großen Stube hing, und flehte immer wieder für ihr Kind, das den Namen der Mutter Gottes trug.
Die Arbeit blieb liegen. Die Landwirtschaft konnten einige Taglöhner, die ihr der Bürgermeister vermittelt hatte, einigermaßen aufrechterhalten.
Als ein freudestrahlender Peter zurückkam und sie in die Arme schließen wollte, berichtete sie unter Tränen, was inzwischen für ein Unglück über sie hereingebrochen war.
Peter war zutiefst erschüttert. Die Sehnsucht, ja die Gier nach Zärtlichkeit war einer großen Sorge und Verantwortung gewichen, die er zu meistern hatte.
„Es waren brave Kinder. Sie sind bestimmt sofort in den Himmel gekommen“, versuchte er Judith Trost zu spenden.

Die Würfel waren gefallen.
Er zog seine Soutane aus und schlüpfte in das Gewand eines Bauern. Nun galt es, den Hof in Ordnung zu bringen, das Weidevieh zu versorgen und die Kugelmühle zu vergeben.

Tag und Nacht arbeitete Peter und entschuldigte sich auch bei seinem Erzbischof, der für diese Notlage durchaus Verständnis hatte.

„Ich habe unter mein bisheriges Leben einen Schlussstrich gezogen. Meine Aufgabe ist hier und all mein Sinnen und Trachten gilt nur dir“, sagte er eines Abends feierlich zu Judith.

„Ich spüre, dass auch du mich liebst. Ich möchte dich zur Frau nehmen. Vor Gott und vor den Menschen.“

Judith vergrub ihren Kopf an seiner Brust und wurde von Weinkrämpfen geschüttelt.

„Auch ich liebe dich schon lange. Eigentlich seit ich dich zum ersten Mal sah. Daran besteht kein Zweifel, auch ich möchte gerne mit dir als Frau und Mann zusammenleben, aber das ist nicht möglich“, sagte sie schluchzend.

„Natürlich ist das möglich“, protestierte er und küsste sie immer wieder auf den Mund, auf den Hals, auf die Brust. Sie drückte ihn sanft von sich.

„Mir zerreißt es fast das Herz, aber ich habe geschworen, dich nie von deinem Priesterberuf wegzubringen. Das eine Mal am Krankenbett und am Grabe deiner Mutter und erst vor kurzem, als meine Maria dem Tode näher als dem Leben war.“

„Das kann man doch aus der Welt schaffen. Es gibt nichts Größeres als die Liebe. Das sieht auch Gott so. Sonst hätte er uns anders erschaffen. Du wirst darüber hinwegkommen und ich will mit dir zusammen glücklich und alt werden“, warb Peter weiter.

„Ich kann nicht, mein Versprechen ist unverrückbar, bitte habe Verständnis für meine Not.

So kannst du mir am besten deine Liebe beweisen.“ Die Tränen liefen über ihr immer noch schönes Gesicht und Peter erfasste unsäglicher Schmerz und Mitleid mit seiner

Geliebten.
Er musste am Hof bleiben, hoffte aber immer noch, dass sich an der Einstellung von Judith etwas ändern würde. Mit der Zeit ..., redete er sich ein.
Eines Tages kam Maria weinend von der Schule nach Hause.
„Alle sagen, dass wir in Sünde leben, dass du eine Hexe bist, die einen Priester verführt habe und in ewiger Verdammnis umkommen würde“, klagte sie.
Peter beschwerte sich beim Lehrer und beim Pfarrer, der den Kindern Religionsunterricht erteilte, und der ebenfalls sowohl in der Schule, als auch von der Kanzel sittenloses Treiben geißelte, das neuerdings auch in Kreisen geweihter Priester anzutreffen war.
Er nannte keine Namen, aber die Leute wussten ohnehin Bescheid, wer damit gemeint war.
Judith begleitete ihre Tochter in die Schule und holte sie von dort auch wieder ab.
Als sie sich einmal verspätete, traf sie auf eine Schar mit Schussern spielende Kinder. Maria stand abseits und weinte, weil sie nicht mehr mitmachen durfte, obwohl die Schusser aus ihrer eigenen Mühle stammten. Es gab auch andere Kinder, die nicht mitmachen konnten, weil sie keine der begehrten Marmorkugeln besaßen. Es waren diejenigen, die seit den letzten Wintertagen bis zum ersten Schneefall im November barfuss und in zerlumpter Kleidung in die Schule kamen.
Allmählich war zu erkennen, wie sie auch von den Nachbarn, mit denen sie früher ein freundschaftliches Miteinander gepflegt hatten, immer mehr gemieden wurden.
Bei ihren Marktgängen wurde getuschelt und mit Fingern auf sie gezeigt. Anfänglich übergingen sie diese Behandlung,

die jedoch Formen von Gehässigkeit und Anfeindungen annahmen. Außerhalb ihrer vier Wände wurde das Leben schier unerträglich.
Judith widersetzte sich nach wie vor einer Heirat.
„Die Böswilligen würden auch dann nicht aufhören und ihre Schandmäuler weiterhin an uns wetzen", war sie sich gewiss.
Dann wollte die Tochter nicht mehr in die Schule gehen. Den Hänseleien war sie nicht mehr gewachsen. Ihre Leistung als ehemals Beste ihrer Klasse, hatte rapide abgenommen.
„Wir müssen unsere Heimat verlassen. Das heißt, ich muss weg. Ich gehe nach Budapest, wo ich einst aufgewachsen bin, nehme das Kind mit und du versiehst wieder deinen Dienst im Domkapitel", schlug Judith verzweifelt immer wieder vor.
„Wir werden das überstehen", antwortete trotzig der Angesprochene, wohl wissend, dass sich kaum etwas ändern würde.
„Lass uns auf den Berg gehen. Benjamin kam als neuer Mensch zurück. Ich bin mir sicher, dass auch wir dort oben, frei von allen Ängsten und Sorgen, eine gute Lösung finden werden", schlug Peter vor, in dessen Inneren immer noch der starke Wunsch schlummerte, als erster Brandstädter ihren Schicksalsberg zu bezwingen.

Sie kamen gut voran. Die meiste Zeit schwiegen sie, lauschten dem Gesang der Vögel und blickten immer wieder zurück, wo sich eine grandiose Bergkulisse auftat. Sie hatten den Watzmann und die anderen Berge noch nie so herrlich gesehen. Im Vordergrund die barocke Wallfahrtskirche, ein Bild zum Malen und zum Träumen.
Immer wieder fassten sie sich an den Händen, schauten sich

verliebt in die Augen, konnten aber dennoch eine gewisse Traurigkeit nicht verbergen, wohl wissend, dass ihr Glück nie die ganz große Erfüllung finden würde.
Es erschreckte sie nicht, als in ihrer Nähe ein schriller Pfiff ertönte, weil sie die Kolonie der Murmeltiere bereits vorher ausgemacht hatten. Der Wächter hatte einen Adler gesehen, der wie ein Pfeil zu Boden stürzte. Die Fänge ausgestreckt, hatte er sich ein Jungtier als Beute ausersehen. Sein Todesstoß ging jedoch daneben, weil das Opfer, durch den Pfiff gewarnt, im letzten Augenblick ausweichen und in der Erdhöhle verschwinden konnte.
„Es glückt halt nicht alles im Leben", meinte Peter philosophisch.
„Ich bin froh, dass das Junge mit dem Leben davongekommen ist. Es hat doch sein Leben noch vor sich", schloss sich Judith an.

Sie dachte dabei an ihr Mädchen, das sie bei den Scheideggs zurückgelassen und das noch tief geschlafen hatte, als sie das Haus verließen. Sie hatte an der offenen Türe gehorcht und lächelte, weil sie das ruhige Atmen ihrer Tochter hörte. Sie dankte täglich der Heiligen Jungfrau, die ihre Maria vor dem Tode bewahrt hatte.

Ein Rudel Gämsen beäugte sie neugierig, ohne den geringsten Versuch einer Flucht zu machen. Die Jungtiere hüpften, sprangen und neckten sich. Den beiden Wanderern bot sich ein Bild unbeschwerter Harmonie und sie verweilten eine Zeit lang, um dem lustigen Treiben zuzusehen.
Mit jedem Schritt in die höheren Regionen fiel auch ein wenig ab von ihren Sorgen. Sie wurden beschwingter, ausgelassener, sahen aus wie Kinder, die sich unbeschwert ihren

Spielen hingeben können.
Peter fand die von Kleophas beschriebene Route auf Anhieb. Ohne Probleme kamen sie durch das Latschenfeld und auch den Durchstieg der Felswand, die so unangreifbar schien, schafften sie mit gegenseitiger Hilfe.
Dann wurde es wieder etwas flacher. Sie konnten wieder aufrecht gehen.
„Der Kleophas hat recht gehabt. War doch gar nicht schwer, oder?, liebe Judith."
Judith nickte, bückte sich und schlürfte aus einer Mulde das kühle Nass, das vom letzen Regen zurückgeblieben war.
Sie waren ohne Proviant und Wasser losmarschiert.
„Es ist beinahe unverständlich, warum sich noch niemand hierher gewagt hatte. Gefährlich ist das bisher nicht", stellte Peter verwundert fest.
„Die Leute haben halt andere Sorgen. Außerdem fürchten sie die bösen Geister, die den Bergsteiger in den Tod treiben sollen", antwortete Judith.
Inzwischen hatten sie reichlich Brombeeren verspeist, die auf einem Areal, in dem häufiger Lawinen abgingen, gesammelt hatten.
„Der da oben ist anscheinend unser guter Geist, der uns Geleitschutz gibt", sagte Peter auf den Adler zeigend, der immer noch über ihnen kreiste.
„Oder er hofft auf fette Beute, wenn er dich so sieht", neckte ihn Judith.
„Hier ist es so wunderschön, da will ich nicht mehr weg. Schon gar nicht mehr nach Salzburg", setzte sie traurig, an die letzten Wochen denkend, hinzu.
„Wir brauchen auch nicht zurück. Ich habe mir das schon überlegt. Wir verkaufen unser Anwesen, ganz gleich, wie viel wir dafür bekommen, und gehen nach Berchtesgaden oder,

noch besser, gleich nach Amerika!" Euphorisch klang sein Vorschlag und Judith fand Gefallen daran.
Bald hatten sie die höchste Stelle, den Gipfel erreicht.
Staunend sahen sie in die Runde. Es dauerte einige Zeit, bis sie sich gefasst hatten.
„Der Kleophas hat untertrieben. So überwältigend habe ich mir das nicht vorgestellt."
Judith schwieg, drehte sich mehrmals ganz langsam um die eigene Achse und sog mit jedem Atemzug das grandiose Panorama in sich hinein.
Mit einem Mal fühlten sie sich frei, so als wären sie allein auf der Welt, als schwebten sie mit den Wolken. Alle Sorgen, alle Ängste waren wie weggeblasen.
Sie fielen sich in die Arme und küssten sich, so wie sie es bisher immer vermieden hatten.
Judith spürte seine Erregung und sie ließ sich fortführen in das Land ihrer Träume.
Wie hatte sie sich nach seiner Umarmung gesehnt, nach seiner Liebe, nach seiner Zärtlichkeit.
Peter fühlte sich wie im Rausch. Konnte es noch eine Zukunft für sie geben, ein gemeinsames Leben, wie er sich das vorstellte? Es musste einfach klappen!
Judith schien bereit zu sein. In seinen Gedanken zimmerte er ihre Zukunft.
Sie lagen nun auf einem Felsen, berührten sich zärtlich, benahmen sich wie ein junges Paar, das sich zu ihrer ersten Liebe findet.
Urplötzlich ertönte in unmittelbarer Nähe der Schrei eines Adlers und fast gleichzeitig das röchelnde Todesstöhnen einer jungen Gams, in deren Nacken der Vogel seine Krallen schlug.
Blitzschnell richtete sich Judith auf.

Hatte sie geträumt? Sie sah auf Peter, der am liebsten dem Raubvogel, der sich jedoch mit seiner Beute in den Fängen bereits entfernt hatte, den Kragen umgedreht hätte.
Hatten sie sich vergessen? Alle Not, all das Unbill, das über sie hereingebrochen war?
In diesem Leben würde sie niemals die Frau ihres Liebsten werden. Die Mutter konnte sie von ihrem Versprechen nicht entbinden und das Versprechen an Gott, der ihr das letzte Kind beließ.
„Ich liebe dich, es zerreißt mir das Herz, wenn ich auf dich verzichten muss, aber ich kann nicht, ich darf nicht und ich schäme mich für meine Schwäche, die mich beinahe mit dir fortgerissen hätte. Bitte verzeih mir."
Peter, der auch aufgestanden war, konnte es nicht fassen. Sie waren sich so nahe und jetzt...?
Ihm kam Kleophas Schilderung von den Mandln in den Sinn. Ging hier alles mit rechten Dingen zu? Seit wann stößt der Adler einen lauten Schrei aus, ehe er zuschlägt?
Jetzt erst bemerkte er, wie sich das Wetter verändert hatte. Wolken waren aufgezogen und Wind kam auf, der rasch an Heftigkeit zunahm.
Auch in ihrem Innersten hatte sich ein Wandel vollzogen. Vor wenigen Minuten noch glaubten sie, eine gemeinsame und glückerfüllte Zukunft läge vor ihnen.
Mit dem zunehmenden Sturm und der sich zum Gipfel bedrohlich zuschiebenden Wolkenbank verlor sich auch ihre Hoffnung. Schmerz erfasste sie und grenzenlose Traurigkeit.
Wortlos gingen sie ein paar Schritte und sahen auf die Ache, die von Berchtesgaden nach Grafengaden floss. Unter ihnen die hohe, senkrechte Felswand.
Schwindel überkam sie und ein unbändiger Drang, der sie

wie ein Sog nach unten zu ziehen schien. Noch einmal sahen sie sich in die Augen, suchten ihre Hände und dann sprangen sie.

Eine gewaltige Sturmböe drückte sie gnadenlos in die steile Felswand, ehe ihnen die Sinne schwanden.

1711 starb Josef I., wie viele seiner Landsleute, an Pocken.
1714 endete der Spanische Erbfolgekrieg.
1715 verstarb Ludwig XIV., Sonnenkönig genannt
Kurfürst Josef Clemens von Bayern durfte 1715 sein Exil verlassen und kehrte nach Köln zurück. Er blieb bis zu seinem Lebensende auch der Souverän Berchtesgadens.
Erzbischof, die Kardinalswürde hatte er abgelehnt, Franz Anton von Harrach regierte bis zu seinem Tode im Jahre 1727 das Erzbistum Salzburg.
Prinz Eugen erstürmte 1717 Belgrad, die letzte Bastion der Türken.

Päpste:
1592 –1605 Clemens VIII.
1605-1621 Paul V.
1621-1623 Gregor XV.
1623-1644 Urban VIII.
1655-1667 Alexander VII.
1670-1676 Clemens X.
1676-1689 Innozenz XI.
1689-1691 Alexander VIII.
1691-1700 Innozenz XII.
1700-1721 Clemens XI.

Kaiser:
1576-1612 Rudolf II.
1612-1619 Matthias
1619-1637 Ferdinand II.
1637-1657 Ferdinand III.
1653-1654 Ferdinand IV.
1658-1705 Leopold I.
1705-1711 Josef I.

Salzburger Erzbischöfe und Kardinäle:
1587-1612 Wolf Dietrich von Raitenau
1612-1619 Marcus Sittikus von Hohenems
1619-1653 Paris Graf von Lodron
1654-1668 Guidobald Graf von Thun
1668-1687 Max Gandolf von Kuenburg
1687-1709 Johann Ernst Graf von Thun
1709-1727 Franz Anton Fürst von Harrach

Berchtesgadener Fürstpröpste:
1567-1594 Jacob II. Püttrich
1594-1650 Ferdinand von Bayern
1650-1688 Maximilian Heinrich von Bayern
1688-1723 Josef Clemens von Bayern

Bayerische Herzöge:
1597-1651 Maximilian I.
1651-1679 Ferdinand Maria
1679-1726 Maximilian